Patricia Cornwell

BASTARD

Ein Kay-Scarpetta-Roman

Aus dem Amerikanischen
von Karin Dufner

Weltbild

Die amerikanische Originalausgabe erschien 2010 unter dem Titel
Port Mortuary bei G. P. Putnam's Sons, New York.

Besuchen Sie uns im Internet:
www.weltbild.de

Genehmigte Lizenzausgabe für Verlagsgruppe Weltbild GmbH,
Steinerne Furt, 86167 Augsburg

Übersetzung: Karin Dufner
Umschlaggestaltung: Jarzina kommunikationsdesign, Holzkirchen
Umschlagmotiv: Corbis, Düsseldorf (© Ocean)
Gesamtherstellung: GGP Media GmbH, Pößneck
Printed in the EU
ISBN 978-3-86365-074-2

2015 2014 2013 2012
Die letzte Jahreszahl gibt die aktuelle Lizenzausgabe an.

Für Staci
Du musst mit mir leben, während ich es auslebe …

1

In der Umkleidekabine für Mitarbeiterinnen werfe ich meinen schmutzigen OP-Anzug in den Eimer für kontaminierte Wäsche und ziehe meine restlichen Sachen und die Arztpantoffeln aus. Dabei frage ich mich, ob das Namensschild *Colonel Scarpetta* an meinem Spind wohl entfernt werden wird, sobald ich morgen früh nach Neuengland zurückgekehrt bin. Dieser Gedanke gefällt mir gar nicht. Denn eigentlich will ich nicht weg von hier.

Trotz der harten Ausbildung und der traurigen Tatsache, dass ich im Auftrag der amerikanischen Regierung täglich mit dem Tod zu tun hatte, hat das Leben auf dem Luftwaffenstützpunkt Dover auch seine Vorteile. Mein Aufenthalt ist erstaunlich ereignislos, ja sogar angenehm verlaufen. Ich werde es vermissen, vor Morgengrauen in meinem spartanisch eingerichteten Zimmer aufzustehen, in eine Cargohose, ein Polohemd und Stiefel zu schlüpfen und durch Dunkelheit und Kälte quer über den Parkplatz zum Clubhaus am Golfplatz zu gehen, einen Kaffee zu trinken und etwas zu essen und anschließend mit dem Auto in ein Rechtsmedizinisches Institut zu fahren, in dem ich nichts zu sagen habe. Solange ich für den Armed Forces Medical Examiner (AFME), den obersten Rechtsmediziner der Streitkräfte, tätig bin, übe ich keine Leitungsfunktion aus. Eine ganze Reihe von Leuten steht in der Hierarchie über mir, weshalb ich nicht befugt bin, Entscheidungen von größerer Tragweite zu fällen, vorausgesetzt, ich werde überhaupt gefragt. Ein himmelweiter Unterschied zu Massachusetts, wo sich alle auf mich verlassen.

Es ist Montag, der 8. Februar. Die Wanduhr über den blitzblanken weißen Waschbecken zeigt 16:33. Die Zahl blinkt rot wie ein Warnsignal. In knapp neunzig Minuten soll ich bei CNN vor der Kamera stehen, um zu erklären, was ein forensischer Pathologieradiologe ist, warum ich mich dazu habe ausbilden lassen und welche Rolle der Luftwaffenstützpunkt in Dover, das Verteidigungsministerium und das Weiße Haus dabei spielen. Ich bin inzwischen eine Mischung aus Rechtsmedizinerin und Reservistin beim AFME. Seit den Anschlägen vom 11. September, dem amerikanischen Einmarsch im Irak und dem Truppeneinsatz in Afghanistan – um mich für die Sendung vorzubereiten, gehe ich in Gedanken die einzelnen Punkte durch, die ich nicht vergessen darf – ist die Grenze zwischen dem militärischen und zivilen Bereich wohl für immer durchlässig geworden. Nur eines der Beispiele, die ich vielleicht anführen werde: Im letzten November wurden innerhalb von achtundvierzig Stunden dreizehn gefallene Soldaten aus dem Nahen Osten eingeflogen. Ebenso viele Tote wurden aus Fort Hood, Texas, hergebracht. Das Massensterben beschränkt sich also nicht mehr nur auf das eigentliche Schlachtfeld. Das Schlachtfeld kann überall sein: unser Zuhause, unsere Schulen, unsere Kirchen und Passagiermaschinen, die Orte, wo wir arbeiten, einkaufen und Urlaub machen.

Ich krame in meinem Kosmetikkoffer und sortiere dabei noch einmal im Kopf meine Anmerkungen zu Themen wie 3D-bildgebende Radiologie, Magnetresonanztomographie und Computertomographie im Autopsiesaal. Außerdem darf ich nicht versäumen, zu betonen, dass mein neues Institut in Cambridge, Massachusetts, zwar als erste zivile Einrichtung in den Vereinigten Staaten virtuelle Autopsien durchführt, Baltimore jedoch als Nächstes folgen wird – ein Trend der Zukunft also. Die traditionelle Obduktion, bei der man munter drauflosschneidet, anschließend fotografiert und hofft, dass man weder etwas vergessen noch selbst Spuren hinterlassen hat, wird dank entsprechender moderner Technologien erheblich effizienter und genauer werden. Und genau so sollte es auch sein.

Ich bedaure, dass ich heute Abend nicht in *World News* auftreten werde, denn eigentlich würde ich dieses Gespräch lieber mit Diane Sawyer führen. Dass ich so häufig bei CNN zu sehen bin, bringt nämlich ein Problem mit sich: Wer zu bekannt ist, wird oft nicht mehr ernst genommen. Daran hätte ich früher denken müssen. Das Interview könnte, wie mir plötzlich einfällt, ins Persönliche abgleiten, eine Gefahr, die ich gegenüber General Briggs hätte erwähnen sollen. Ebenso den Zwischenfall am heutigen Vormittag, als die aufgebrachte Mutter eines toten Soldaten mich am Telefon beschimpft, mich der Diskriminierung beschuldigt und gedroht hat, sich mit ihren Beschwerden über mich an die Medien zu wenden.

Metall auf Metall, es knallt wie ein Schuss, als ich die Tür meines Spinds schließe. In der Hand einen Plastikkorb mit Olivenöl-Pflegeshampoo, einem Peeling aus fossilen Meeresalgen, einem Damenrasierer, einer Dose Rasiergel für empfindliche Haut, Flüssigseife, einem Waschlappen, einer Mundspülung, Zahnbürste, Nagelbürste und einem parfümierten Neutrogena-Öl, gehe ich über die hellbraunen Fliesen, die sich unter meinen nackten Füßen stets kühl anfühlen. In einer offenen Kabine baue ich meine Sachen in Reih und Glied auf dem gekachelten Sims auf und stelle das Wasser so heiß ein, wie ich es gerade noch aushalte. Ein harter Strahl prasselt auf mich herunter, während ich meinen Körper bewege, damit er mich auch überall erreicht. Erst hebe ich den Kopf, dann blicke ich zu Boden auf meine blassen Füße. In der Hoffnung, dadurch meine angespannten Muskeln ein wenig zu lockern, lasse ich das Wasser meinen Nacken und meinen Hinterkopf bearbeiten. Dabei überlege ich, was ich heute Abend anziehen soll.

General Briggs – oder John, wie ich ihn nenne, wenn wir allein sind – möchte, dass ich Fliegerkleidung oder besser noch die blaue Uniform der Air Force trage. Ich bin dagegen und plädiere für Zivil, denn so kennen mich die Zuschauer von den meisten Fernsehinterviews her. Am besten ein schlichtes, dunkles Kostüm, eine elfenbeinfarbene Bluse mit Kragen und die dezente Breguet-Uhr mit Lederarmband, ein Geschenk meiner Nichte Lucy. Nicht die Blancpain mit dem überdimensionalen schwarzen Zifferblatt und der Keramikfassung, ebenfalls von Lucy, die ein Faible für technisch aufwendige und teure Uhren hat. Keine Hose, sondern Rock und Pumps, damit ich nicht bedrohlich und zugänglich wirke, ein Trick, den ich vor langer Zeit im Gerichtssaal gelernt habe. Aus mir unbekannten Gründen wollen die Geschworenen meine Beine sehen, während ich tödliche Verletzungen und die qualvollen letzten Lebensminuten eines Opfers in allen drastischen anatomischen Einzelheiten schildere. Briggs wird mit meiner Garderobe unzufrieden sein. Doch wie ich ihm gestern Abend – im Fernsehen lief Baseball – bei ein paar Drinks erklärt habe, sollte ein Mann einer Frau nicht sagen, was sie anzuziehen hat. Außer er hieße Ralph Lauren.

Ein Luftzug durchdringt den Dampf in meiner Duschkabine, und ich glaube jemanden gehört zu haben. Sofort fühle ich mich gestört. Es könnte jede x-Beliebige sein. Eine Militärangehörige – Ärztin oder nicht –, die berechtigt ist, sich in dieser streng zugangsbeschränkten Einrichtung aufzuhalten, auf die Toilette muss, ein Desinfektionsmittel braucht oder sich umziehen möchte. Ich denke an die Kolleginnen, mit denen ich gerade im großen Autopsiesaal zusammen war, und habe den Verdacht, dass es wieder einmal Captain Avallone ist. Sie hat sich den Großteil des Vormittags während der Computertomographie wie eine Klette an mich geheftet, als ob ich nach all den Lehrgängen nicht wüsste, wie man diese Untersuchung durchführt. Den restlichen Tag ist sie um meinen Arbeitsplatz geschlichen. Bestimmt ist sie gerade hereingekommen. Ich bin sogar ziemlich sicher, und ich spüre, wie Abneigung in mir aufsteigt. *Verschwinde.*

»Dr. Scarpetta?«, ruft ihre vertraute Stimme, die ohne Ausdruck und Leidenschaft ist und mich überallhin zu verfolgen scheint. »Ein Anruf für Sie.«

»Ich habe gerade erst angefangen zu duschen«, überschreie ich das laute Wasserrauschen.

Auf diese Weise will ich ihr mitteilen, dass sie mich in Ruhe lassen soll. *Bitte, ein kleines bisschen Privatsphäre.* Ich möchte jetzt weder Captain Avallone noch sonst jemanden sehen. Und das liegt nicht daran, dass ich nackt bin.

»Tut mir leid, Ma'am. Aber Pete Marino will Sie unbedingt sprechen.« Ihre gefühllose Stimme kommt näher.

»Dann muss er eben warten«, erwidere ich.

»Er sagt, es sei wichtig.«

»Können Sie ihn nicht fragen, was er will?«

»Er sagt nur, dass es wichtig ist, Ma'am.«

Ich verspreche, ihn so bald wie möglich zurückzurufen. Vermutlich klinge ich unhöflich, aber ich kann nicht immer charmant sein, auch wenn ich die besten Absichten habe. Pete Marino ist der Ermittler, mit dem ich mein halbes Leben lang zusammengearbeitet habe. Hoffentlich ist zu Hause nichts Schlimmes geschehen. Nein, wenn es ein Notfall wäre, würde er dafür sorgen, dass ich es sofort erführe. Wenn meinem Mann Benton oder Lucy etwas zugestoßen wäre oder es im Cambridge Forensic Center, zu dessen Leiterin ich ernannt worden bin, ein ernstes Problem gegeben haben sollte, hätte Marino mir nicht einfach ausrichten lassen, dass er am Apparat und dass es wichtig sei.

Ich öffne weit den Mund, um den Geschmack nach verwesendem und verbranntem Menschenfleisch loszuwerden, der sich in meiner Kehle festgesetzt hat. Die Dampfwellen treiben mir den Gestank der Leiche, an der ich heute gearbeitet habe, bis tief in die Nebenhöhlen; Moleküle verfaulender Biomasse wirbeln um mich herum durch die Dusche. Ich schrubbe mir die Fingernägel mit antibakterieller Seife aus einer Flasche. Dasselbe Mittel benutze ich auch fürs Geschirr oder um an einem Tatort meine Stiefel zu desinfizieren. Dann putze ich Zähne, Zahnfleisch und Zunge mit Listerine-Mundspülung. Ich reinige mir die Nasenlöcher, so tief, wie ich hineinkomme, schrubbe jeden Zentimeter meiner Haut ab und wasche mir anschließend nicht nur einmal, sondern zweimal die Haare. Doch der Geruch ist immer noch da. Es gelingt mir einfach nicht, ihn loszuwerden.

Der tote Soldat, um den ich mich gerade gekümmert habe, hieß Peter Gabriel, wie der Rockstar, nur dass dieser Peter Gabriel Private First Class, also Gefreiter, in der Army und noch nicht einmal einen Monat in der nordwestafghanischen Provinz Badghis im Einsatz gewesen ist, als ein am Straßenrand deponierter Sprengsatz – zusammengebastelt aus einem Stück Abwasserrohr aus Plastik, vollgestopft mit C4-Plastiksprengstoff und verschlossen mit einer Kupferplatte – die Panzerung seines Humvee durchdrang, so dass es im Fahrzeuginneren geschmolzene Metallteile hagelte. PFC Gabriel hat mich den Großteil meines letzten Tages hier in diesem riesigen, hochtechnisierten Institut in Anspruch genommen. Der AFME befasst sich häufig mit Fällen, bei denen die Öffentlichkeit nie an uns denken würde: dem Attentat auf John F. Kennedy, den jüngsten DNA-Analysen der Zaren-Familie Romanow und der Mannschaft der C.S.S. *H. L. Hunley*, des konföderierten U-Boots, das während des Bürgerkriegs gesunken ist. Wir sind eine elitäre, aber kaum bekannte Truppe, deren Anfänge bis ins Jahr 1862 und ins Army Medical Museum zurückreichen, dessen Chirurgen den tödlich verwundeten Abraham

Lincoln behandelt und später obduziert haben. Alles Dinge, die ich bei CNN erwähnen sollte. Ich muss das Positive hervorheben und vergessen, was Mrs. Gabriel mir an den Kopf geworfen hat. Ich bin weder ein Ungeheuer noch eine Heuchlerin. *Man darf der armen Frau ihren Zorn nicht zum Vorwurf machen*, halte ich mir vor Augen. Immerhin hat sie gerade ihr einziges Kind verloren. Die Gabriels sind Afroamerikaner. *Wie würdest du dich an ihrer Stelle fühlen, verdammt? Natürlich bist du keine Rassistin.*

Wieder spüre ich, dass jemand im Raum ist. Jemand hat den Umkleideraum betreten, den ich inzwischen mit Nebel gefüllt habe wie ein Dampfbad. Wegen der Hitze habe ich kräftiges Herzklopfen.

»Dr. Scarpetta?« Captain Avallone klingt nun nicht mehr so zögerlich, sondern eher, als hätte sie bedeutsame Nachrichten.

Ich stelle das Wasser ab, verlasse die Duschkabine und wickle mich in ein Handtuch. Captain Avallone ist ein undeutlich auszumachender Schemen, der im Dunst neben den Waschbecken und den mit Bewegungsmeldern ausgestatteten Händetrocknern verharrt. Ich erkenne nur ihr dunkles Haar, ihre khakifarbene Cargohose und das schwarze Polohemd mit dem aufgestickten gold-blauen Emblem.

»Pete Marino …«, setzt sie an.

»Ich rufe ihn sofort zurück.« Ich nehme mir ein zweites Handtuch vom Regal.

»Er ist hier, Ma'am.«

»Was soll das heißen, *er ist hier*?« Fast rechne ich damit, dass er wie ein Geschöpf aus grauer Vorzeit im vom Dampf erfüllten Umkleideraum erscheint.

»Er erwartet Sie hinten in der Anlieferungszone, Ma'am«, teilt sie mir mit. »Er wird Sie nach Eagles Rest fahren, damit Sie Ihre Sachen holen können.« Sie sagt das, als würde ich vom FBI abtransportiert, weil ich verhaftet oder gefeuert worden bin. »Ich habe Anweisung, Sie zu ihm zu bringen und Ihnen in jeglicher Hinsicht behilflich zu sein.«

Captain Avallone heißt mit Vornamen Sophia. Sie ist Angehörige der Army, hat gerade die Facharztausbildung zur Radiologin hinter sich und verhält sich stets militärisch korrekt und unterwürfig höflich, während sie sich um mich herumdrückt. Als ich meinen Kosmetikkoffer über den Fliesenboden trage, folgt sie mir auf den Fersen.

»Ich soll erst morgen abreisen, und mit Marino irgendwohin zu fahren war eigentlich nicht geplant«, erwidere ich.

»Ich kümmere mich um Ihr Auto, Ma'am. Soweit ich informiert bin, sollen Sie nicht selbst fahren …«

»Haben Sie ihn gefragt, worum zum Teufel es geht?« Ich hole Haarbürste und Deo aus dem Spind.

»Ich habe es versucht, Ma'am«, entgegnet sie. »Aber er war nicht sehr gesprächig.«

Ein Großraumtransporter C-5 Galaxy im Landeanflug auf Bahn 19 dröhnt über meinen Kopf hinweg. Der Wind weht wie immer aus Süden.

Einer der vielen Grundsätze beim Fliegen, die ich von Lucy, die auch Helikopterpilotin ist, gelernt habe, lautet, dass die Nummern der Landebahnen gemäß ihrer Position auf dem Kompass vergeben werden. 19 steht zum Beispiel für 190 Grad, was bedeutet, dass 01 das entgegengesetzte Ende ist. Die Gründe für dieses System sind der Bernoulli-Effekt und Newtons Gesetze der Bewegung, also die Geschwindigkeit, mit der Luft über eine Tragfläche streichen muss, und das Starten und Landen mit dem Wind, der in diesem Teil Delawares vom Meer her kommt. Hochdruck- und Tiefdruckgebiete, von Süden nach Norden. Tagein, tagaus bringen die Flugzeuge Leichen und schaffen sie wieder fort, auf einem schwarzgeteerten Band, das wie der Fluss Styx hinter Port Mortuary verläuft.

Die haifischgraue Galaxy ist so lang wie ein Football-Feld und so gewaltig und schwer, dass sie am blassblauen Himmel mit seinen Federwolken, die die Piloten Stutenschweife nennen, stillzustehen scheint. Ich würde den Flugzeugtyp auch ohne Hinschauen erkennen, und zwar an seinem schrillen Kreischen und Pfeifen. Inzwischen habe ich Erfahrung mit dem Geräusch von Triebwerken, die einhundertsechzigtausend Pfund Schubkraft erzeugen, und kann eine C-5 oder eine C-17 schon aus vielen Kilometern Entfernung identifizieren. Ich weiß auch einiges über Helikopter und Kipprotoren und bin in der Lage, einen Chinook von einem Black Hawk oder einem Osprey zu unterscheiden. Wenn ich bei schönem Wetter ein paar Minuten Zeit habe, setze ich mich auf eine Bank vor meiner Unterkunft und beobachte die Flugmaschinen von Dover, als wären es exotische Geschöpfe wie Manatis, Elefanten oder prähistorische Vögel. Ich kann von ihrer schwerfälligen Dramatik, ihrem Dröhnen und den Schatten, die sie im Vorüberfliegen werfen, nicht genug bekommen.

Räder berühren, begleitet von Rauchwolken, so dicht in meiner Nähe den Boden, dass ich die Vibration in meinem Inneren spüre, als ich die Anlieferungszone mit ihren vier gewaltigen Toren, der hohen Sichtschutzmauer und den Notstromgeneratoren durchquere. Dort parkt ein blauer Transporter, den ich noch nie zuvor gesehen habe. Pete Marino macht keine Anstalten, sich zu rühren, mich zu begrüßen oder mir die Tür aufzuhalten, was alles oder nichts bedeuten kann. Er vergeudet seine Energie nicht mit Umgangsformen. Solange ich mich erinnern kann, stand Charme oder gar Freundlichkeit bei ihm nie oben auf der Liste. Unsere erste Begegnung in der Gerichtsmedizin von Richmond, Virginia, liegt inzwischen über zwanzig Jahre zurück. Vielleicht habe ich ihn auch am Tatort eines Mordes kennengelernt. Ich weiß es nicht mehr genau.

Ich steige ein und klemme die Reisetasche zwischen die Füße. Mein Haar ist noch feucht vom Duschen. Offenbar findet er, dass ich zum Fürchten aussehe, und bildet sich schweigend ein Urteil. Das erkenne ich stets an seinen Seitenblicken, mit denen er mich von Kopf bis Fuß mustert und die an gewissen Stellen hängenbleiben, die ihn nichts angehen. Er mag es nicht, wenn ich meine AFME-Uniform, bestehend aus khakifarbener Cargohose, schwarzem Polohemd und Funktionsjacke, anhabe. Ich glaube, die wenigen Male, die er mich in dieser Aufmachung erlebt hat, haben ihn eingeschüchtert.

»Wo hast du das Auto geklaut?«, frage ich ihn, während er rückwärts aus der Parkposition rangiert.

»Eine Leihgabe von Civil Air.« Seine Antwort verrät mir wenigstens, dass Lucy nichts zugestoßen ist.

Der Privatterminal am nördlichen Ende der Startbahn wird von Zivilisten benutzt, die die Genehmigung haben, auf dem Luftwaffenstützpunkt zu landen. Also hat meine Nichte Marino hierhergeflogen, und ich überlege, ob sie mich damit haben überraschen wollen. Sie sind unangekündigt erschienen, um mir den morgigen Linienflug zu ersparen und mich endlich nach Hause zu bringen. *Wunschdenken.* Weil das nicht der Grund sein kann, suche ich in Marinos derbem Gesicht nach der Antwort und lasse sein Äußeres auf mich wirken wie bei der ersten Musterung eines Patienten. Turnschuhe, Jeans, eine mit Fleece gefütterte Harley-Davidson-Jacke, die er schon seit Ewigkeiten besitzt, eine Baseballkappe mit dem Emblem der Yankees, die er, da er nun im Revier der Red Sox lebt, auf eigene Gefahr trägt, und seine altmodische Nickelbrille.

Ich kann nicht erkennen, ob er sich das schüttere graue Haar heute abrasiert hat, aber er ist frisch gewaschen und verhältnismäßig gepflegt. Außerdem hat er weder ein vom Whiskey gerötetes Gesicht noch einen aufgedunsenen Bierbauch. Seine Augen sind nicht blutunterlaufen, seine Hände ruhig. Ich rieche auch keine Zigaretten. Also ist er noch immer sauber, und das in mehr als einer Hinsicht. Marino hat eine solche Menge von Problemen, dass er sie aneinanderreihen könnte wie die Waggons eines Zuges, der durch die unbefriedeten Gebiete seiner angeborenen Neigungen rattert: Sex, Alkohol, Tabak, Essen, Fluchen, Vorurteile, Faulheit. Vermutlich sollte ich noch mangelnde Wahrheitsliebe hinzufügen. Wenn es ihm in den Kram passt, weicht er aus oder lügt wie gedruckt.

»Ich nehme an, Lucy ist beim Hubschrauber …«, beginne ich.

»Weißt du, dass die sich hier geheimniskrämerischer anstellen als bei der gottverdammten CIA, wenn du gerade an einem Fall arbeitest?«, unterbricht er mich, während wir in den Purple Heart Drive einbiegen. »Dir hätte die Bude abbrennen können, ohne dass dir jemand ein Sterbenswörtchen gesagt hätte. Fünfmal habe ich angerufen. Also musste ich eine Managemententscheidung treffen und bin mit Lucy hergeflogen.«

»Es wäre sehr hilfreich, wenn du mir den Grund dafür verraten würdest.«

»Niemand wollte dich stören, während du den Soldaten aus Worcester untersucht hast«, fügt er zu meiner Überraschung hinzu.

PFC Gabriel stammte aus Worcester, Massachusetts, und ich kann mir nicht erklären, woher Marino weiß, welchen Fall ich hier in Dover auf dem Tisch hatte. Das hätte ihm niemand verraten dürfen. Alles, was wir hier in Port Mortuary tun, ist mit äußerster Diskretion zu behandeln, wenn nicht gar streng geheim. Ich frage mich, ob die Mutter des gefallenen Soldaten ihre Drohung wahr gemacht und sich an die Medien gewandt hat. Hat sie sich bei der Presse beschwert, die weiße Gerichtsmedizinerin, die ihren Sohn obduziert habe, sei eine Rassistin?

Ehe ich nachhaken kann, spricht Marino weiter. »Offenbar ist er der erste Kriegstote aus Worcester, weshalb sich die Journalistenmeute vor Ort daraufgestürzt hat. Wir hatten einige Anrufe. Anscheinend haben die Leute nicht ganz durchgeblickt und geglaubt, dass jeder Tote mit Wohnort in Massachusetts bei uns landet.«

»Man möchte meinen, die Reporter müssten inzwischen wissen, dass alle Gefallenen direkt hierher nach Dover gebracht werden«, entgegne ich. »Bist du sicher, dass das die Erklärung für das Medienecho ist?«

»Warum?« Er betrachtet mich. »Kannst du dir eine andere vorstellen, von der ich nichts ahne?«

»Ich habe bloß gefragt.«

»Ich kann nur sagen, dass einige Leute angerufen haben. Wir haben sie nach Dover verwiesen. Du warst mit dem Jungen aus Worcester beschäftigt, weshalb dich niemand ans Telefon holen wollte. Also habe ich schließlich General Briggs angerufen, als wir, nur noch zwanzig Minuten von hier entfernt, in Wilmington aufgetankt haben. Der hat dann Captain Do-Bee losgeschickt, um dich aus der Dusche zu holen. Ist sie eigentlich solo? Oder singt sie in Lucys Chor? Sie sieht nämlich nicht schlecht aus.«

»Woher weißt du, wie sie aussieht?«, wundere ich mich.

»Du warst nicht da, als sie auf dem Weg zu ihrer Mutter in Maine im CFC vorbeigeschaut hat.«

Ich versuche mich zu erinnern, ob mir das jemals mitgeteilt worden ist. Marino führt mir gerade in aller Deutlichkeit vor Augen, dass ich keine Ahnung habe, was sich im Cambridge

Forensic Center, das ich eigentlich leiten sollte, in letzter Zeit abgespielt hat.

»Fielding hat ihr die große Besichtigungstour verabreicht und sich als Gastgeber in die Brust geworfen.« Marino kann Jack Fielding, meinen Stellvertreter, nicht leiden. »Die Sache ist, dass ich wirklich versucht habe, dich zu erreichen. Ich wollte nicht einfach so hereinplatzen.«

Marino weicht mir aus, und der Ablauf, wie er ihn mir schildert, deckt sich ganz sicher nicht mit den Tatsachen. Frei erfunden. Aus irgendeinem Grund hielt er es für nötig, mich mit seinem Besuch zu überraschen. Vermutlich, weil er sichergehen wollte, dass ich ihn auf der Stelle begleite. Mir schwant Übles.

»Du bist sicher nicht wegen des toten PFC Gabriel hier hereingeplatzt, wie du es ausdrückst«, merke ich an.

»Ich fürchte, nein.«

»Was ist passiert?«

»Wir haben ein Problem.« Er blickt starr geradeaus. »Und ich habe Fielding und allen anderen streng verboten, die Leiche anzufassen, bevor du da bist.«

Jack Fielding ist ein erfahrener Rechtsmediziner, der für gewöhnlich nicht nach Marinos Pfeife tanzt. Wenn mein Stellvertreter entscheidet, die Finger davon- und mir den Vortritt zu lassen, heißt das vermutlich, dass der Fall entweder politische Dimensionen hat oder uns eine Klage einbringen könnte. Es macht mir ziemlich zu schaffen, dass Fielding nicht versucht hat, mich anzurufen oder mir eine E-Mail zu schicken. Ich überprüfe noch einmal mein iPhone. Keine Nachricht von ihm.

»Gestern Nachmittag gegen halb vier in Cambridge«, erklärt Marino. Inzwischen sind wir auf der Atlantic Street und fahren langsam in der Dämmerung mitten durch den Stützpunkt. »Norton's Woods, Irving Street, nicht einmal einen

Block von deinem Haus entfernt. Du hättest zu Fuß zum Tatort gehen können. Vielleicht hätten die Dinge sich dann anders entwickelt.«

»Welche Dinge?«

»Ein Mann, weiß, schätzungsweise Mitte zwanzig. Sieht aus, als wäre er mit seinem Hund spazieren gegangen und dann plötzlich mit einem Herzinfarkt umgekippt«, spricht er weiter, während wir an Wartungshallen aus Beton und Metall, Hangars und anderen Gebäuden vorbeifahren, die Nummern statt Namen tragen. »Es war am helllichten Sonntagnachmittag, und es wimmelte von Leuten, weil in dem Gebäude – du weißt schon, das mit dem großen grünen Metalldach – irgendeine Veranstaltung stattfand.«

Norton's Woods, ein bewaldetes Anwesen mit einem beeindruckenden Bauwerk aus Holz und Glas, das man für besondere Anlässe mieten kann, beherbergt die American Academy of Arts and Sciences. Es befindet sich einige Häuser weiter von dem, das Benton und ich im letzten Jahr bezogen haben, damit ich in der Nähe des Instituts wohnen kann, während er es nicht weit nach Harvard hat, wo er dem Lehrstuhl für Psychiatrie an der Medizinischen Fakultät angehört.

»Mit anderen Worten: überall Augen und Ohren«, fügt Marino hinzu. »Ein toller Zeitpunkt und Ort, um jemandem das Licht auszupusten.«

»Ich dachte, du hättest einen Herzinfarkt erwähnt. Da er noch so jung war, meinst du vermutlich Herzrhythmusstörungen.«

»Ja, das hat man allgemein angenommen. Einige Zeugen berichten, er habe sich plötzlich an die Brust gegriffen und sei zusammengebrochen. Angeblich war er beim Eintreffen des Krankenwagens bereits tot. Wurde auf direktem Weg in dein Institut geschafft und hat die Nacht in der Kühlkammer verbracht.«

»Warum *angeblich*?«

»Heute am frühen Morgen ist Fielding in die Kühlkammer gegangen und hat Blutstropfen am Boden und eine Menge Blut auf der Bahre bemerkt. Also hat er Anne und Ollie geholt. Der Tote hat aus Nase und Mund geblutet, was er am Nachmittag zuvor, als er für tot erklärt wurde, noch nicht getan hat. Kein Blut am Fundort, nicht ein einziges Tröpfchen, und jetzt blutet er. Um Leichenwasser handelt es sich eindeutig nicht, weil er noch nicht verwest. Das Laken, mit dem er zugedeckt ist, ist ebenfalls blutig, und im Leichensack befindet sich etwa ein Liter Blut. Ich habe noch nie einen Toten so bluten gesehen. Daraufhin habe ich alle angewiesen, wegen dieses gottverdammten Problems den Mund zu halten.«

»Was hat Jack gesagt? Was hat er unternommen?«

»Du machst Witze, oder? Einen tollen Stellvertreter hast du dir da angelacht. Ich spar mir meinen Kommentar lieber.«

»Wissen wir, wer der Mann ist? Und warum Norton's Woods? Wohnt er in der Nähe? Ist er Student in Harvard oder vielleicht am Priesterseminar?« Das liegt gleich um die Ecke von Norton's Woods. »Ich bezweifle, dass er bei dieser Veranstaltung war. Nicht, wenn er einen Hund dabeihatte.« Ich klinge viel ruhiger, als ich mich fühle, während wir auf dem Parkplatz des Eagles Rest Inn dieses Gespräch führen.

»Wir kennen nicht viele Einzelheiten, aber es handelte sich offenbar um eine Hochzeit«, erklärt Marino.

»Am Sonntag des Super-Bowl-Turniers? Wer legt seine Hochzeit auf diesen Termin?«

»Vielleicht jemand, der lieber allein feiert. Oder jemand, der kein Amerikaner oder antiamerikanisch eingestellt ist. Keinen blassen Schimmer. Allerdings glaube ich nicht, dass unser Toter ein Hochzeitsgast war, und das liegt nicht nur an dem Hund. Er hatte nämlich eine 9-Millimeter-Glock unter der Jacke. Keinen Führerschein. Dafür aber ein tragbares

Satellitenradio. Also kannst du dir wahrscheinlich denken, worauf ich hinauswill.«

»Eher nicht.«

»Lucy kann dir mehr zum Thema Radio sagen. Anscheinend hat er jemanden überwacht oder ausspioniert. Und dann hat derjenige, dem er damit auf den Wecker gefallen ist, beschlossen, es ihm mit gleicher Münze heimzuzahlen. Kurz gesagt, gehe ich davon aus, dass er eine Verletzung hatte, die von den Sanitätern irgendwie übersehen worden ist. Der Transportdienst hat auch nichts bemerkt. Deshalb wurde er in den Leichensack gesteckt und hat während des Transports zu bluten angefangen. Und das wäre nicht passiert, wenn er keinen Blutdruck mehr gehabt hätte, was heißt, dass er noch lebte, als man ihn in die Rechtsmedizin gebracht und in die verdammte Kühlkammer gesperrt hat. Da drin sind es minus fünf Grad. Bis zum Morgen war er vermutlich erfroren. Vorausgesetzt, dass er nicht zuerst verblutet ist.«

»Warum hat er am Fundort nicht geblutet, wenn er eine Verletzung hat, aus der Blut nach außen austritt?«, wundere ich mich.

»Das musst schon du mir erklären.«

»Wie lange haben sich die Sanitäter mit ihm beschäftigt?«

»Fünfzehn bis zwanzig Minuten.«

»Könnte während der Wiederbelebungsmaßnahmen ein Gefäß geplatzt sein?«, frage ich. »Verletzungen kurz vor und auch nach dem Tod können, wenn sie schwer genug sind, kräftige Blutungen auslösen. Vielleicht ist ja bei der Herzmassage eine Rippe gebrochen worden und hat eine Arterie durchbohrt. Hat man ihn aus irgendeinem Grund vorsorglich intubiert, was möglicherweise zu einer Verletzung und den von dir beschriebenen Blutungen geführt hat?«

Doch ich kenne die Antworten schon, noch während ich die Fragen stelle. Marino hat jede Menge Erfahrung als Inspector bei der Mordkommission und als Ermittler in Mordfällen. Niemals hätte er meine Nichte und ihren Helikopter bemüht, um unangekündigt nach Dover zu fliegen, wenn es für den Vorfall eine logische oder zumindest plausible Erklärung gäbe. Außerdem ist Jack Fielding ganz sicher in der Lage, zwischen einer tatsächlichen Verletzung oder den Folgen eines Versehens zu unterscheiden. *Warum hat er sich noch nicht bei mir gemeldet?*

»Die Feuerwache von Cambridge ist etwa anderthalb Kilometer von Norton's Woods entfernt. Deshalb war die Rettungsmannschaft schon nach wenigen Minuten da«, verkündet Marino.

Wir sitzen bei abgeschaltetem Motor im Transporter. Draußen ist es beinahe dunkel. Im Westen verschmelzen Horizont und Himmel, nur getrennt von einem hauchzarten Lichtstreifen. *Wann hat Fielding je ohne meine Hilfe eine Katastrophe gemeistert? Nie.* Er verschwindet dann einfach und überlässt es anderen, das von ihm angerichtete Durcheinander zu beseitigen. Das ist der Grund, warum er nicht versucht hat, mich zu erreichen. Vielleicht hat er wieder einmal einfach alles hingeworfen. Wie oft wird er das noch tun, bis ich genug habe und ihn endgültig nicht noch einmal einstelle?

»Laut den Sanitätern war er sofort tot«, fügt Marino hinzu.

»Sofern man nicht von einer Sprengfalle in tausend Stücke gerissen wird, ist man nie sofort tot«, wende ich ein. Ich mag es nicht, wenn Marino sich unpräzise ausdrückt. Sofort tot. Tot umgefallen. Tot, bevor er den Boden berührt hat. Seit zwanzig Jahren gibt er diese Allgemeinplätze nun schon von sich, ganz gleich, wie oft ich ihm auch predige, dass Herz- und Atemstillstand keine Todesursachen, sondern Symptome des Sterbens sind und dass das Eintreten des klinischen Todes mindestens einige Minuten dauert. Es passiert nicht sofort.

So einfach ist das nicht. Zum wohl hundertsten Mal halte ich ihm diese medizinische Tatsache vor Augen, weil ich nicht weiß, was ich sonst sagen soll.

»Nun, ich wiederhole nur, was man mir erklärt hat. Nach Auffassung der Sanitäter war es unmöglich, ihn wiederzubeleben.« Marino redet, als würden sich Sanitäter besser mit dem Tod auskennen als ich. »Keine Reaktion. So stand es auf dem Formular.«

»Hast du mit ihnen gesprochen?«

»Mit einem. Heute Morgen am Telefon. Kein Puls, gar nichts. Der Bursche war tot. Zumindest behauptet das der Sanitäter. Aber was soll er auch sonst sagen? Dass sie nicht sicher waren, ihn jedoch trotzdem ins Leichenschauhaus geschickt haben?«

»Hast du ihm also verraten, warum du ihn das fragst?«

»Nein, zum Teufel, ich bin doch nicht geistig zurückgeblieben. Schließlich wollen wir nicht, dass der *Globe* es auf der Titelseite bringt. Wenn die Geschichte in den Nachrichten kommt, kann ich genauso gut wieder bei der New Yorker Polizei anfangen oder mir vielleicht einen Job als Nachtwächter suchen, nur dass der Stellenmarkt zurzeit recht eng ist.«

»An welche Vorgehensweise hast du dich gehalten?«

»Ich hatte keine Chance, mich an irgendwas zu halten. Fielding hat alles an sich gerissen. Natürlich beteuert er, er wäre streng nach Vorschrift vorgegangen. Die Polizei von Cambridge hätte am Fundort nichts Verdächtiges entdeckt, anscheinend ein natürlicher Tod in Gegenwart von Zeugen. Also hat Fielding die Erlaubnis gegeben, die Leiche ins Institut zu schaffen, unter der Bedingung, dass die Polizei die Pistole sicherstellt und schnellstens ins Labor bringt, damit wir rauskriegen, auf wen sie zugelassen ist. Ein Routinefall also und nicht unsere Schuld, wenn die Sanitäter Mist gebaut haben. So waren wenigstens Fieldings Worte. Und weißt du, was ich dazu sage? Dass es keine Rolle spielen wird. Wir sind so oder so die Sündenböcke. Die Medien werden sich auf uns stürzen, dass uns Hören und Sehen vergeht, und fordern, dass das Institut zurück nach Boston verlegt wird. Kannst du dir das vorstellen?«

Bevor mein Cambridge Forensic Center im letzten Sommer die ersten Fälle übernahm, war das Rechtsmedizinische Institut des Bundesstaates Massachusetts in Boston ansässig und Schauplatz von politischen und wirtschaftlichen Problemen und Skandalen, die stets ihren Weg in die Nachrichtensendungen fanden. Leichen gingen verloren, wurden in die falschen Beerdigungsinstitute geschickt oder ohne vorherige gründliche Untersuchung eingeäschert. In mindestens einem Fall von Verdacht auf Kindesmissbrauch wurden die falschen Augäpfel überprüft. Chief Medical Examiner kamen und gingen, und wegen der Mittelkürzungen mussten Außenstellen geschlossen werden. Doch Marinos Andeutungen stellen sämtliche Vorwürfe, die je gegen dieses Institut erhoben wurden, in den Schatten.

»Ich lasse lieber die Finger vom Spekulieren und befasse mich mit den Tatsachen.« Ich öffne die Beifahrertür.

»Genau das ist ja der springende Punkt, dass wir momentan nichts in der Hand haben, was wirklich Sinn ergibt.«

»Hast du General Briggs dasselbe erzählt wie gerade mir?«

»Nur das, was er wissen musste«, erwidert Marino.

»Dasselbe, was du mir erzählt hast?«, wiederhole ich meine Frage.

»Mehr oder weniger.«

»Das hättest du nicht tun dürfen. Es wäre meine Aufgabe gewesen. An mir liegt es, zu entscheiden, wie weit er eingeweiht werden soll.« Die Beifahrertür steht weit offen. Wind weht herein. Da ich noch feuchte Haare vom Duschen habe, fröstle ich. »Man ignoriert nicht einfach den Dienstweg, nur weil ich beschäftigt bin.«

»Nun, du warst aber schwer beschäftigt, und so habe ich es ihm gesagt.«

Beim Aussteigen rede ich mir ein, dass Marinos Schilderung unmöglich auf Fakten beruhen kann. Dem Rettungsdienst von Cambridge würde niemals ein so fataler Fehler unterlaufen. Also zermartere ich mir das Hirn nach einer Erklärung, warum eine tödliche Verletzung am Fundort zunächst nicht blutet und dann plötzlich heftig zu bluten beginnt. Dann denke ich über den Todeszeitpunkt und die Todesursache eines Menschen nach, der in der Kühlkammer meines Rechtsmedizinischen Instituts gestorben ist. Ich bin ratlos und tappe völlig im Dunkeln. Und vor allem mache ich mir Sorgen um ihn, diesen jungen Mann, der, angeblich tot, in mein Institut eingeliefert worden ist. Ich stelle ihn mir in ein Laken gewickelt und in einem verschlossenen Leichensack vor. Stoff für alte Gruselmärchen. Ein Mensch, der im Sarg wieder zu sich kommt. Bei lebendigem Leib begraben wird. Noch nie ist mir so etwas Grausiges passiert, nicht einmal annähernd, kein einziges Mal in meiner gesamten beruflichen Laufbahn. Und ich kenne auch sonst niemanden, dem es untergekommen wäre.

»Wenigstens deutet nichts darauf hin, dass er sich aus dem Leichensack befreien wollte.« Marino gibt sich Mühe, uns beide aufzumuntern. »Kein Hinweis darauf, dass er irgendwann aufgewacht und in Panik geraten ist. Du weißt schon, Zerren am Reißverschluss, Strampeln oder so. Wenn er sich gesträubt hätte, hätte er schief auf der Bahre gelegen, als wir ihn heute Morgen gefunden haben. Vielleicht wäre er sogar runtergefallen. Bei genauerem Nachdenken bin ich allerdings nicht sicher, ob man in diesen Dingern nicht erstickt. Wahrscheinlich schon, weil sie ja angeblich wasserdicht sind. Aber sie lecken trotzdem. Zeig mir einen Leichensack, der nicht leckt. Und da wäre noch etwas: die Blutstropfen auf dem Boden, die von der Anlieferungszone in die Kühlkammer führen.«

»Warum verschieben wir dieses Gespräch nicht auf später?« Es ist gerade Zeit fürs Einchecken. Als wir auf die moderne, aber schlicht verputzte Fassade des Hotels zugehen, wimmelt der Parkplatz von Menschen, und Marinos Stimme klingt so laut, als spräche er in einem Amphitheater.

»Ich glaube kaum, dass Fielding sich die Mühe gemacht hat, die Aufnahmen anzusehen«, fährt Marino dennoch fort. »Überhaupt bezweifle ich, dass er auch nur einen Finger gerührt hat. Ich habe den Schwachkopf seit heute Morgen nicht mehr zu Gesicht gekriegt. Spurlos verschwunden, wie schon so oft.« Er öffnet die Glastür. »Hoffentlich müssen wir seinetwegen nicht dichtmachen, verdammt. Wäre das nicht ein Witz? Du tust dem Idioten einen Gefallen und gibst ihm einen Job, obwohl er sich beim letzten Mal einfach verdrückt hat. Und er versetzt dem Institut den Todesstoß, noch ehe wir richtig angefangen haben.«

In der mit Vitrinen voller Orden und Souvenirs der Air Force, bequemen Sesseln und einem riesigen Flachbildschirmfernseher ausgestatteten Vorhalle begrüßt ein Schild die Gäste in der Heimat der C-5 Galaxy und der C-17 Globemaster III. An der Rezeption reihe ich mich schweigend hinter einem Soldaten in der Kampfuniform der Army mit ihrem gedeckten Muster aus durchbrochenen Tigerstreifen ein, der Rasierschaum, Wasser und einige Minifläschchen Scotch, Marke Johnnie Walker, kauft. Dann teile ich dem Mann am Empfang mit, dass ich früher abreise als geplant. Ja, ich werde nicht vergessen, meinen Schlüssel abzugeben. Und natürlich sei mir klar, dass ich den für Staatsbedienstete üblichen Preis von achtunddreißig Dollar pro Tag bezahlen müsse, obwohl ich die Nacht nicht hier verbringen würde.

»Wie heißt es noch mal so schön?«, spricht Marino weiter. »Keine gute Tat bleibt ungesühnt.«

»Wir sollten uns bemühen, nicht so negativ zu sein.«

»Wir beide haben gute Positionen in New York aufgegeben und das Büro in Watertown geschlossen. Und jetzt haben wir den Salat.«

Ich schweige.

»Ich hoffe nur, dass wir unsere Karrieren nicht in den Sand gesetzt haben, verdammt«, ergänzt er.

Ich antworte nicht, denn ich habe genug gehört. Als wir an den Läden und Verkaufsautomaten vorbeigehen und die Treppe in den ersten Stock hinaufsteigen, teilt er mir endlich mit, dass Lucy uns nicht am Helikopter auf dem Zivilflugplatz erwartet. Sie ist in meinem Zimmer, wo sie meine Sachen packt, sie berührt, Entscheidungen über sie fällt, meinen Wandschrank und meine Schubladen leert und meinen Laptop, meinen Drucker und mein Navigationsgerät abbaut. Er hat diese Information bis jetzt zurückgehalten, weil er weiß, dass ich mich unter gewöhnlichen Umständen unglaublich darüber ärgern würde, obwohl ich meine Nichte – Computergenie und ehemalige FBI-Agentin – wie eine Tochter großgezogen habe.

Allerdings sind die Umstände alles andere als gewöhnlich, und so bin ich erleichtert, dass Marino hier ist, dass Lucy sich in meinem Zimmer aufhält und dass die beiden gekommen sind, um mich abzuholen. Ich muss nach Hause, um zu retten, was noch zu retten ist. Wir folgen dem langen, mit einem dunkelroten Teppich belegten Flur und passieren eine mit Möbeln im nachgeahmten Kolonialstil geschmückte Empore mit einem elektrischen Massagestuhl, den ein fürsorglicher Mensch für müde Piloten aufgestellt hat. Während ich den Kartenschlüssel ins Schloss meiner Zimmertür stecke, frage ich mich, wer Lucy wohl hereingelassen hat. Im nächsten Moment denke ich wieder an Briggs und CNN. Ein Fernsehauftritt kommt nun nicht mehr in Frage. Was, wenn die Medien Wind von dem Zwischenfall in Cambridge bekommen haben? Doch das würde ich inzwischen wissen. Marino ebenfalls. Bryce, mein Verwaltungschef, würde mir sofort Bericht erstatten. Also wird alles gut.

Lucy sitzt auf meinem ordentlich gemachten Bett und schließt gerade meinen Kosmetikkoffer. Als ich sie umarme, steigt mir der frische Zitrusduft ihres Shampoos in die Haare, und mir wird klar, wie sehr ich sie vermisst habe. Der schwarze Pilotenoverall betont ihre kühn wirkenden grünen Augen, das kurze rötlich blonde Haar, die markanten Züge und ihre schlanke Figur. Wieder einmal erkenne ich, dass sie auf ungewöhnliche Weise atemberaubend gut aussieht, jungenhaft, aber weiblich, muskulös, aber mit Brüsten, und so leidenschaftlich, dass sie bedrohlich wirkt. Ganz gleich, ob meine Nichte ausgelassen oder höflich ist, sie neigt dazu, andere einzuschüchtern, und hat deshalb nur wenige Freunde außer Marino. Ihre Liebesbeziehungen halten nie lange. Nicht einmal die mit Jaime Berger, obwohl ich meinen Verdacht noch nicht ausgesprochen habe. Ich habe nicht nachgefragt, doch ich nehme Lucy die Geschichte nicht ab, dass sie aus finanziellen Gründen von New York nach Boston gezogen ist. Selbst wenn es mit ihrem auf Computerermittlungen spezialisierten Unternehmen bergab ging, was ich auch nicht glaube, hat sie in Manhattan um einiges mehr verdient als das klägliche Gehalt, das mein Institut ihr bezahlt. Meine Nichte arbeitet quasi ehrenamtlich für mich. Sie hat das Geld nicht nötig.

»Was war mit dem Satellitenradio?« Ich beobachte sie aufmerksam und versuche, ihre wie immer unterschwelligen und widersprüchlichen Signale zu deuten.

Kapseln klappern, als sie nachprüft, wie viele Advils noch

in dem Döschen sind. Sie kommt zu dem Schluss, dass sich das Einpacken angesichts der geringen Menge nicht lohnt, und wirft die Kopfschmerztabletten in den Papierkorb. »Eine Schlechtwetterfront zieht auf. Deshalb möchte ich so schnell wie möglich verschwinden.« Sie öffnet ein Döschen Zantac und entsorgt es ebenfalls. »Wir können uns unterwegs unterhalten. Außerdem brauche ich deine Hilfe als Copilotin, weil wir es auf dem Flug mit Schneeschauern und Eisregen zu tun bekommen werden. Zu Hause ist ein halber Meter Schnee angesagt. Gegen zehn soll es anfangen zu schneien.«

Mein erster Gedanke gilt Norton's Woods. Ich muss dem Fundort unbedingt einen Besuch abstatten, doch bis ich dort bin, wird alles verschneit sein. »Wie dumm«, antworte ich. »Wir haben nämlich aller Wahrscheinlichkeit nach einen Tatort, der nie als solcher untersucht worden ist.«

»Ich habe die Polizei von Cambridge heute Morgen gebeten, sich noch einmal umzuschauen.« Marinos Blick gleitet neugierig durch den Raum, als wäre es mein Zimmer, das durchsucht werden müsste. »Sie haben nichts gefunden.«

»Haben sie dich gefragt, warum sie überhaupt suchen sollten?« Wieder die Besorgnis.

»Ich habe erklärt, wir hätten noch Zweifel, und alles auf die Glock geschoben. Die Seriennummer wurde abgefeilt. Ich glaube, das habe ich dir noch nicht erzählt«, fügt er hinzu, sieht sich um und betrachtet alles außer mir.

»Im Waffenlabor können sie versuchen, die Seriennummer mit Säure wieder sichtbar zu machen. Wenn alles scheitert, probieren wir es mit dem Großkammer-Rasterelektronenmikroskop«, entgegne ich. »Falls noch Spuren vorhanden sind, finden wir sie. Außerdem werde ich Jack bitten, nach Norton's Woods zu fahren und alles unter die Lupe zu nehmen.«

»Klar, und er wird sich bestimmt gleich an die Arbeit machen«, höhnt Marino.

»Er kann fotografieren, ehe es zu schneien anfängt«, spreche ich weiter. »Oder ein anderer erledigt das. Wer hat denn Dienst …?«

»Zeitverschwendung«, gibt Marino zurück. »Von uns war gestern niemand da. Deshalb wissen wir nicht einmal, wo genau die verdammte Stelle ist – nur, dass es neben einem Baum und einer grünen Bank passierte. Sehr hilfreich bei zweieinhalb Hektar Grund, wo es von Bäumen und grünen Bänken nur so wimmelt.«

»Was ist mit Fotos?«, frage ich, während Lucy weiter die Salben, Schmerzmittel, Magentabletten, Vitamine, Augentropfen und Handdesinfektionsmittel aus meiner kleinen Hausapotheke durchgeht und sie auf dem Bett ausbreitet. »Die Polizei muss doch Fotos von der Leiche am Fundort angefertigt haben.«

»Ich warte noch immer darauf, dass der Detective sie mir zukommen lässt. Der Typ, der als Erster am Fundort war, hat die Pistole heute Morgen im Labor abgegeben. Lester Law, genannt Les Law. Auf der Straße heißt er nur Lawless – der Gesetzlose –, wie schon sein Vater und Großvater vor ihm. Die Polizisten von Cambridge können ihren Stammbaum bis zur bescheuerten *Mayflower* zurückverfolgen. Bin ihm bis jetzt noch nicht begegnet.«

»Ich denke, das wär's.« Lucy steht vom Bett auf. »Vielleicht solltest du dich vergewissern, dass ich nichts vergessen habe«, meint sie zu mir.

Papierkörbe quellen über, gepackte Taschen sind an der Wand aufgereiht, die Schranktür steht weit offen. Bis auf die Kleiderbügel ist der Schrank leer. Computerausrüstung, Ausdrucke, Zeitschriftenartikel und Bücher sind von meinem Schreibtisch verschwunden. Es ist nichts im Schmutzwäschekorb, im Bad oder in den Kommodenschubladen zurückgeblieben, die ich überprüfe. Als ich den kleinen Kühlschrank öffne, ist er ausgeräumt und geputzt. Während Lucy und Marino meine Sachen hinaustragen, suche ich Briggs' Nummer in meinem iPhone. Dabei betrachte ich das dreistöckige verputzte Gebäude auf der anderen Seite des Parkplatzes, das im zweiten Stock eine gewaltige Glasfront aufweist. Gestern Abend war ich mit ihm und einigen anderen Kollegen in jener Suite, um mir das Spiel anzuschauen. Das Leben war schön. Wir feuerten die New Orleans Saints und uns selbst an und brachten Trinksprüche auf das Pentagon und das Institut für Rüstungsforschung, DARPA, aus, das es ermöglicht hat, in Dover und nun auch am CFC, meinem Institut, CT-unterstützte virtuelle Autopsien durchzuführen. Wir feierten den Abschluss eines Projekts und eine großartige Leistung. Und nun das. Es ist, als hätte der letzte Abend nicht wirklich stattgefunden. So als hätte ich ihn nur geträumt.

Ich hole tief Luft und drücke auf »Anrufen«. Ein hohles Gefühl breitet sich in mir aus. Sicher ist Briggs nicht zufrieden mit mir. Bilder flackern über den an der Wand befestigten Flachbildschirmfernseher in seinem Wohnzimmer. Im nächsten Moment geht er an dem Gerät vorbei. Er trägt die Kampfuniform der Army, grün und sandbraun mit Stehkragen, die er immer anhat, wenn er nicht gerade im Autopsiesaal oder an einem Tatort ist. Ich beobachte, wie er den Anruf annimmt und zu dem großen Fenster zurückkehrt, wo er innehält und mich ansieht. Getrennt von einer geteerten Fläche und geparkten Autos, stehen wir, der Chief Medical Examiner der Streitkräfte und ich, einander gegenüber, als wollten wir uns duellieren.

»Colonel«, begrüßt mich seine nüchterne Stimme.

»Ich habe es gerade erst erfahren. Und ich versichere Ihnen, dass ich mich darum kümmern werde. Noch innerhalb der nächsten Stunde fliege ich mit dem Helikopter los.«

»Wissen Sie, was ich immer sage?« Als seine dunkle, befehlsgewohnte Stimme durch den Hörer dringt, versuche ich, seinem Tonfall zu entnehmen, wie verärgert er ist und was er unternehmen wird. »Auf alles gibt es eine Antwort. Das einzige Problem ist, sie zu finden, und zwar auf die bestmögliche Art und Weise. Mit einer Methode, die der Situation angemessen ist.« Er ist kühl. Er ist vorsichtig. Und sehr ernst. »Wir holen es ein andermal nach«, fügt er hinzu.

Damit meint er die geplante Abschlusssitzung. Außerdem bin ich sicher, dass er auch auf CNN anspielt, und frage mich, was Marino ihm wohl erzählt haben mag. Wie präzise hat er sich ausgedrückt?

»Ganz Ihrer Ansicht, John. Wir sollten alles absagen.«

»Ist bereits geschehen.«

»Sehr gut.« Ich klinge ganz sachlich, damit er mir meine Zweifel nicht anmerkt, denn ich weiß verdammt gut, dass er mich darauf abklopft.

»Kein guter Zeitpunkt für Sie, vor die Kamera zu treten. Das brauchte Rockman uns nicht eigens zu erklären.«

Rockman ist der Pressesprecher. Briggs muss nicht mehr mit ihm reden, weil er es schon getan hat. Da bin ich ganz sicher.

»Verstehe«, entgegne ich.

»Ein bemerkenswertes Timing. Wenn ich an Verfolgungswahn litte, könnte ich fast glauben, dass jemand eine Art Sabotageakt gegen Sie verüben wollte.«

»Angesichts der Informationen, die man mir gegeben hat, sehe ich nicht, wie das möglich gewesen sein sollte.«

»Ich sagte, wenn ich an Verfolgungswahn litte«, wiederholt Briggs. Von meinem Standort aus kann ich zwar seine beeindruckend kräftige Gestalt sehen, allerdings nicht seinen Gesichtsausdruck. Doch das ist überflüssig. Er lächelt nicht, und seine grauen Augen erinnern an gehärteten Stahl.

»Das Timing ist entweder Zufall oder Absicht«, erwidere

ich. »So lautet ein Grundsatz in der Kriminalistik, John. Es ist immer das eine oder das andere.«

»Wir wollen die Sache keinesfalls auf die leichte Schulter nehmen.«

»Nichts läge mir ferner.«

»Ich kann mir nichts Schlimmeres vorstellen, als einen Menschen bei lebendigem Leib in Ihre verdammte Kühlkammer zu stecken«, meint er knapp.

»Wir wissen noch nicht …«

»Nach der vielen Mühe ist es eine gottverdammte Schande.« Als ob alles, was wir im Lauf der letzten Jahre aufgebaut haben, am Rand des Abgrunds stünde.

»Wir können nicht sicher sein, ob die Berichte stimmen …«, setze ich an.

»Ich halte es für das Beste, die Leiche herzubringen«, fällt er mir wieder ins Wort. »Das DNA-Labor könnte mit der Identifizierung beginnen. Rockman wird dafür sorgen, dass die Angelegenheit unter Verschluss bleibt. Wir haben hier alles, was wir brauchen.«

Ich bin wie vor den Kopf geschlagen. Briggs will ein Flugzeug nach Hanscom Field beordern, dem Luftwaffenstützpunkt, der mit meinem CFC zusammenarbeitet. Das DNA-Identifizierungslabor der Streitkräfte und vermutlich auch noch andere Labors des Militärs sollen sich mit diesem, *meinem* Fall befassen, weil er mich als inkompetent einstuft und mir nicht traut.

»Wir können noch nicht sagen, ob dieser Fall Bundesangelegenheit ist«, wende ich ein. »Außer Sie wissen mehr als ich.«

»Hören Sie. Ich will nur das Beste für alle Beteiligten.« Briggs hat die Hände hinter dem Rücken verschränkt und die Beine leicht gespreizt. Über den Parkplatz hinweg starrt er zu mir hinüber. »Ich schlage vor, eine C-17 nach Hanscom zu schicken. Dann hätten wir die Leiche um Mitternacht hier. Das CFC ist ebenfalls ein Rechtsmedizinisches Institut der Streitkräfte, und dazu sind solche Einrichtungen da.«

»Sind sie nicht. Wir haben nicht die Aufgabe, Leichen vorübergehend anzunehmen und sie dann zur Autopsie und Laboranalyse anderswohin weiterzuschicken. Das CFC war nie als Stelle geplant, die Dover zuarbeitet und vorläufige Untersuchungen durchführt, bevor sich die wahren Fachleute ans Werk machen. Das war niemals meine Arbeitsplatzbeschreibung, und es stand auch nicht im Vertrag, als dreißig Millionen Dollar in das Institut in Cambridge gesteckt wurden.«

»Bleiben Sie einfach in Dover, Kay. Wir holen die Leiche her.«

»Ich bitte Sie, sich nicht einzumischen, John. Im Moment unterliegt dieser Fall dem Zuständigkeitsbereich des Chief Medical Examiner von Massachusetts. Bitte, hinterfragen Sie weder mich noch meine Autorität.«

Eine lange Pause entsteht. »Sie wollen also wirklich die Verantwortung übernehmen.« Das ist eine Feststellung, keine Frage.

»Es ist meine Verantwortung, ob ich nun will oder nicht.«

»Ich habe nur versucht, Sie zu schützen.«

»Lassen Sie es.« Das war ganz und gar nicht seine Absicht. Er hat kein Vertrauen zu mir.

»Ich kann Captain Avallone zu Ihrer Unterstützung abstellen. Das wäre doch keine schlechte Idee.«

Ich traue meinen Ohren nicht. »Das wird nicht nötig sein«, entgegne ich mit Nachdruck. »Das CFC ist durchaus in der Lage, den Fall zu bearbeiten.«

»Mein Angebot wurde vermerkt.«

Vermerkt von wem? Mir kommt der beunruhigende Gedanke, dass eine dritte Person am Telefon oder im Raum mithören könnte. Briggs steht noch immer am Fenster. Ich kann nicht erkennen, ob sich sonst jemand in der Suite aufhält.

»Ihre Entscheidung«, meint er zu mir. »Ich werde Ihnen keine Steine in den Weg legen. Rufen Sie mich an, sobald Sie neue Erkenntnisse haben. Wenn es sein muss, wecken Sie mich.« Er verabschiedet sich weder, noch wünscht er mir viel Glück oder sagt, dass er sich über meinen sechsmonatigen Aufenthalt hier gefreut hat.

2

Lucy und Marino haben mein Zimmer verlassen. Meine Koffer, Rucksäcke und Kartons sind fort. Es ist nichts mehr übrig, und das Zimmer sieht aus, als wäre ich nie hier gewesen. Ich fühle mich so allein wie schon seit Jahren, ja vielleicht Jahrzehnten nicht mehr.

Ich schaue mich ein letztes Mal um und vergewissere mich, dass nichts vergessen worden ist. Mein Blick wandert an der Mikrowelle vorbei zu dem kleinen Kühlschrank mit Gefrierfach, der Kaffeemaschine, den Fenstern mit Aussicht auf den Parkplatz und Briggs' erleuchteter Suite. Ein schwarzer Himmel spannt sich über einen menschenleeren Golfplatz. Dichte Wolken ziehen über den länglichen Mond, so dass er immer wieder aufleuchtet und erlischt wie eine Signallampe. So, als wollte er mir mitteilen, was sich auf dem Pfad nähert und ob ich stehenbleiben oder weitergehen soll. Die Sterne kann ich nicht erkennen. Ich mache mir Sorgen, dass das schlechte Wetter schneller aufziehen könnte, herangetragen von demselben starken Südwind, der auch die großen Flugzeuge mit ihrer traurigen Fracht bringt. Eigentlich sollte ich mich beeilen, aber der Badezimmerspiegel und das Gesicht darin lenken mich ab. Ich halte inne, um mich im grellen Schein der Neonröhre zu betrachten. *Wer bist du jetzt? Wer bist du wirklich?*

Meine blauen Augen, das kurze blonde Haar, das markante Gesicht und die Figur haben sich kaum verändert. Ich komme zu dem Schluss, dass ich mich unter Berücksichtigung meines Alters bemerkenswert gut gehalten habe. Ich habe den Aufenthalt in fensterlosen Räumen aus Beton und Stahl unbeschadet überstanden. Vieles davon ist genetisch, ein ererbter Überlebenswille in einer Familie, in der es so tragisch zugegangen ist wie in einer Oper von Verdi. Die Scarpettas stammen von robusten Norditalienern mit ausgeprägten Gesichtszügen, heller Haut, blondem Haar und kräftigen Muskeln und Knochen ab, mit Körpern, die sich hartnäckig dem Leid und auch dem Raubbau durch Laster widersetzen, die mir die meisten Menschen niemals zutrauen würden. Allerdings kann ich diese Neigungen nicht leugnen, die Schwäche für Essen, Trinken und alles Körperliche, ganz gleich, wie zerstörerisch es auch sein mag. Ich sehne mich nach Schönheit und habe tiefe Gefühle, bin allerdings auch ein wenig aus der Art geschlagen. Ich kann gnadenlos und herrschsüchtig sein, unbeweglich und starr, angelernte Verhaltensweisen, die für mich überlebenswichtig sind. Sie wurden weder mir noch jemandem in meiner aufbrausenden und zu Dramen neigenden Familie in die Wiege gelegt. So viel weiß ich über meine Herkunft. Was den Rest angeht, bin ich mir nicht so sicher.

Meine Vorfahren waren Bauern oder arbeiteten bei der Eisenbahn. Doch in den letzten Jahren hat meine Mutter Künstler, Philosophen, Märtyrer und alle möglichen anderen Exoten in den Familienstammbaum aufgenommen, denn sie treibt jetzt Ahnenforschung. Wenn man ihr glauben kann, bin ich ein Nachkomme der Handwerker, die den Hochaltar, das Chorgestühl und die Mosaiken in der St.-Markus-Basilika und das Deckenfresko in der Chiesa dell'Angelo San Raffaele geschaffen haben. Außerdem habe ich einige Pater und Mönche unter meinen Ahnen und bin seit kurzem – basierend auf Fakten, die ich nicht kenne – entfernt mit dem Maler und Mörder Caravaggio sowie über drei Ecken mit Giordano Bruno verwandt, der zur Zeit der Inquisition in Rom wegen Ketzerei auf dem Scheiterhaufen verbrannt wurde.

Meine Mutter wohnt noch immer in ihrem kleinen Haus in Miami und hat sich der Aufgabe verschrieben, aus mir schlau zu werden. Ihres Wissens nach bin ich die einzige Medizinerin in der Familie, und sie begreift nicht, warum ich mich für Patienten entschieden habe, die bereits tot sind. Weder meine Mutter noch meine einzige Schwester Dorothy haben eine Vorstellung davon, wie stark ich von einer schweren Jugend geprägt bin, die hauptsächlich daraus bestand, einen sterbenskranken Vater zu pflegen und anschließend im Alter von zwölf Jahren die Verantwortung für unseren Haushalt zu übernehmen. Also bin ich sowohl von meiner Vorgeschichte als auch von meiner Ausbildung her sozusagen Expertin für Leid und Schmerz. Und aus unerklärlichen Gründen ende ich stets als Leitfigur oder als Sündenbock. Ausnahmslos.

Ich schließe die Tür des Zimmers, das nicht nur sechs Monate lang, sondern eigentlich länger mein Zuhause gewesen ist. Briggs ist es gelungen, mich daran zu erinnern, woher ich komme und wohin ich will. Es ist ein Weg, der schon lange vor dem vergangenen Juli vorgezeichnet worden ist. Er begann bereits im Jahr 1987, als ich erkannte, dass ich in den Staatsdienst wollte, und nicht wusste, wie ich die während des Medizinstudiums angehäuften Schulden abbezahlen sollte. Und so habe ich zugelassen, dass eine Banalität wie Geld und ein Laster wie Ehrgeiz alles unwiederbringlich veränderten, und zwar nicht zum Guten, nein, vielmehr zum Allerschlechtesten. Doch ich war jung und idealistisch. Ich war stolz und wollte mehr, ohne zu ahnen, dass mehr für einen unersättlichen Menschen stets weniger ist.

Da ich die Klosterschule ebenso wie Cornell und die Juristische Fakultät der Georgetown University mit einem Vollstipendium besuchen durfte, hätte ich unbelastet von Kreditverpflichtungen ins Berufsleben eintreten können. Aber ich lehnte das Angebot der Bowman Gray School of Medicine ab, weil ich unbedingt an der Johns Hopkins University studieren wollte. Noch nie zuvor hatte ich mir etwas so gewünscht, und da ich das Studium ohne jegliche finanzielle Unterstützung aufnahm, stand ich nach dem Abschluss vor einem astronomischen Schuldenberg. Meine einzige Rettung war ein Stipendium des Militärs, mit dem sich auch einige meiner Kommilitonen, wie vor mir Briggs, über Wasser gehalten hatten. Ich lernte ihn in den Anfangstagen meiner beruflichen Laufbahn kennen, als man mich dem Pathologischen Institut der Streitkräfte zuteilte. Briggs wiegte mich in dem Glauben, ich könne in aller Seelenruhe im Walter Reed Army Medical Center in Washington, D.C., militärische Autopsieberichte überprüfen. Wenn meine Schulden erst einmal abbezahlt seien, stünde mir eine feste Stelle in der zivilen Rechtsmedizin offen.

Womit ich nicht gerechnet hatte, war Südafrika im Dezember 1987, Sommer auf diesem weit entfernten Kontinent. Noonie Pieste und Joanne Rule, Dokumentarfilmerinnen und etwa in meinem Alter, waren an Stühle gefesselt, geschlagen und mit dem Messer traktiert worden. Dann hatten die Täter den beiden Frauen zerbrochene Flaschen in die Vagina gestoßen und ihnen die Luftröhre herausgerissen. Morde aus Rassenhass, verübt an zwei jungen Amerikanerinnen. »Sie fliegen nach Kapstadt«, wies Briggs mich an. »Um den Fall zu untersuchen und die Leichen zu überführen.« Propaganda des Apartheidregimes. Lügen und noch mehr Lügen. *Warum die beiden und warum ich?*

Auf dem Weg die Treppe hinunter in die Vorhalle versuche ich, nicht daran zu denken. *Weshalb erinnere ich mich überhaupt?* Doch ich kenne den Grund. Seit ich heute Morgen am Telefon angeschrien und beschimpft worden bin, stehen mir die Ereignisse von vor zwanzig Jahren wieder klar vor Augen. Die verschwundenen Autopsieberichte und mein durchwühltes Gepäck. Die Gewissheit, dass man mir ans Leben wollte, ein Unfall zur rechten Zeit, ein Selbstmord oder ein inszenierter Mord wie der an den beiden Frauen, die ich so deutlich vor mir sehe wie damals. Bleich und steif auf Stahltischen. Ihr Blut floss durch Rinnen auf dem Boden eines Autopsiesaals, der so miserabel ausgestattet war, dass wir die Schädeldecken mit Handsägen öffnen mussten. Es gab kein Röntgengerät, und ich musste meine eigene Kamera mitbringen.

Ich gebe meinen Schlüssel an der Rezeption ab und lasse mein Telefonat mit Briggs Revue passieren. Plötzlich fällt es mir wie Schuppen von den Augen. Ich weiß nicht, warum ich die Wahrheit nicht sofort erkennen konnte, und ich denke an seinen abweisenden Tonfall und seine kühle Gleichgültigkeit, als ich ihn durch die Fensterscheibe beobachtet habe. Ich habe ihn schon öfter so reden gehört, doch für gewöhnlich wendet er sich dann an andere, und es geht um ein Problem, dessen Tragweite seine Befugnisse übersteigt. Hier ist mehr im Spiel als nur seine persönliche Meinung über mich. Es ist nicht nur eine Frage seiner typisch berechnenden Art und unserer von tragischen Ereignissen überschatteten Vergangenheit.

Jemand übt Druck auf ihn aus, und zwar nicht der Pressesprecher noch sonst irgendwer in Dover, sondern jemand, der eine Etage höher sitzt. Ich bin sicher, dass Briggs sich mit Washington abgesprochen hat, nachdem Marino nicht den Mund hat halten können. Warum musste er nur die wildesten Mutmaßungen verbreiten, bevor ich Gelegenheit hatte, auch nur ein Wort zu äußern? Marino hätte niemals über den Fall in Cambridge oder über mich sprechen dürfen. Damit hat er eine Lawine losgetreten, deren Ursache und Folgen er nicht versteht. Überhaupt versteht er eine ganze Menge nicht. Er war nie beim Militär, hat nie für die Bundesregierung gearbeitet und ist in Sachen internationale Politik völlig ahnungslos. Marino besitzt nicht das geringste Gespür für Macht von der Art, die eine Präsidentschaftswahl zum Kippen bringen oder einen Krieg vom Zaun brechen kann.

Ohne Zustimmung des Verteidigungsministeriums hätte

Briggs niemals vorgeschlagen, eine Militärmaschine nach Massachusetts zu schicken, um eine Leiche abzuholen. Eine Entscheidung wurde getroffen, und zwar eine, in der ich nicht vorkomme. Draußen auf dem Parkplatz steige ich in den Transporter. Ich bin so wütend, dass ich Marino keines Blickes würdige.

»Erzähl mir mehr über das Satellitenradio«, wende ich mich an Lucy, weil ich der Sache auf den Grund kommen und herausfinden will, was Briggs weiß – oder was man ihm weisgemacht hat.

»Ein Sirius Stiletto«, antwortet Lucy vom dunklen Rücksitz aus, während ich die Heizung hochdrehe, weil Marino stets schwitzt und wir anderen deshalb frieren müssen. »Im Grunde genommen nur ein Speichermedium für Dateien plus Stromquelle. Natürlich kann man es als tragbares Satellitenradio benutzen, was es eigentlich auch ist. Aber der Kopfhörer ist sehr interessant, kein Meisterwerk zwar, doch technisch gut umgesetzt.«

»Es sind eine stecknadelkopfgroße Kamera und ein Mikro eingebaut«, ergänzt Marino beim Fahren. »Deshalb glaube ich, dass unser Toter ein Spion war. Er muss doch gewusst haben, dass ein audiovisuelles Aufnahmegerät in seinem Kopfhörer steckt.«

»Vielleicht hat er es tatsächlich nicht gemerkt. Jemand hätte ihm nachschnüffeln können, ohne dass er etwas davon ahnte«, sagt Lucy zu mir, und ich spüre, dass sie und Marino bereits über dieses Thema gestritten haben. »Das Loch befindet sich zwar oben am Bügel, allerdings an der Kante, wo man es kaum sieht. Und selbst wenn, würde man nicht unbedingt an eine schnurlose Kamera, kleiner als ein Reiskorn, ein ebenso winziges Mikrofon und einen Bewegungsmelder denken, der sich nach neunzig Sekunden in den Ruhezustand versetzt, falls sich nichts tut. Der Typ ist mit einer

Mini-Webcam herumgelaufen, die ihre Aufnahmen auf der Festplatte des Radios und außerdem auf einer SD-Karte mit acht Gigabyte Speicherplatz gesichert hat. Es ist zu früh, um zu sagen, ob er es wusste – mit anderen Worten also, ob er das Ding selbst gebastelt hat. Mir ist klar, dass Marino davon ausgeht. Aber ich bin mir da nicht so sicher.«

»Gehört die SD-Karte zum Standardzubehör des Radios, oder wurde sie nachträglich eingebaut?«, erkundige ich mich.

»Nachträglich. Also eine ganze Menge Speicherplatz. Mich würde interessieren, ob die Dateien in regelmäßigen Abständen auf einen anderen Rechner heruntergeladen wurden, zum Beispiel auf seinen Computer zu Hause. Wenn wir den in die Finger kriegen, erfahren wir vielleicht, was hier gespielt wird.«

Damit will Lucy sagen, dass uns die bis jetzt von ihr gesichteten Videodateien nicht viel weiterhelfen. Außerdem vermutet sie, dass der Tote zu Hause einen Computer, möglicherweise sogar mehrere, stehen hat. Allerdings hat sie noch keinen Hinweis darauf entdeckt, wo er gewohnt hat oder wer er ist.

»Die Aufnahmen auf Festplatte und SD-Karte lassen sich nur bis zum 5. Februar zurückverfolgen, also bis zum letzten Freitag«, fährt sie fort. »Ob das heißt, dass die Überwachung gerade erst begonnen hat, kann ich nicht feststellen. Wahrscheinlicher ist, dass die Dateien heruntergeladen und dann von der Festplatte und der SD-Karte gelöscht wurden, denn sie brauchen ziemlich viel Speicherplatz. Deshalb handelt es sich hier vermutlich nur um die Aufnahmen aus jüngster Zeit, was jedoch nicht bedeuten muss, dass es nicht noch andere gibt.«

»Dann werden die Videoaufzeichnungen sicher von einem fremden Rechner heruntergeladen.«

»So würde ich es wenigstens machen, wenn ich die Spionin

wäre«, erwidert Lucy. »Ich würde mich in die Webcam einloggen und herunterladen, was mir gefällt.«

»Was ist mit Beobachtungen in Echtzeit?«, frage ich.

»Wenn jemand ihn ausspioniert hat, konnte sich derjenige in die Webcam einklinken und ihm bei allem zuschauen.«

»Um ihm nachzustellen? Ihn zu beschatten?«

»Das wäre einer der Gründe. Vielleicht auch, um Informationen über ihn zu sammeln oder ihm nachzuschnüffeln. Wie es manche Leute tun, wenn sie glauben, dass ihr Partner sie betrügt. Alles, was du dir vorstellen kannst, ist auch möglich.«

»Dann könnte er auch seinen eigenen Tod gefilmt haben.« Ich spüre, wie ein Funke Hoffnung in mir aufsteigt, obwohl mich die Vorstellung gleichzeitig bestürzt. »Ich füge hinzu, unwissentlich, weil wir noch mit zu vielen Unbekannten zu tun haben. Wir können zum Beispiel nicht sagen, ob er ein Selbstmörder ist und seinen eigenen Tod absichtlich aufgenommen hat. Zu diesem Zeitpunkt möchte ich noch nichts ausschließen.«

»Ein Selbstmörder ist er auf gar keinen Fall«, protestiert Marino.

»Zu diesem Zeitpunkt sollten wir noch nichts ausschließen«, wiederhole ich.

»Oder ein Amokläufer«, meint Lucy. »Wie an der Columbine High School oder in Fort Hood. Vielleicht wollte er in Norton's Woods so viele Menschen wie möglich mitnehmen und sich anschließend selbst umbringen. Aber etwas ist dazwischengekommen und hat ihm einen Strich durch die Rechnung gemacht.«

»Wie haben es mit zu vielen Unbekannten zu tun«, beharre ich.

»Im Magazin der Glock waren siebzehn Schuss, eine Patrone steckte in der Kammer«, erklärt Lucy. »Eine Menge

Munition. Eindeutig genug, um jemandem die Hochzeit zu verderben. Wir müssen rauskriegen, wer geheiratet hat und wer die Gäste waren.«

»Die meisten Selbstmordattentäter haben zusätzliche Magazine bei sich«, entgegne ich. Ich weiß alles über die Amokläufe in Fort Hood, an der Virginia Tech und den viel zu vielen anderen Orten, wo Täter, ungeachtet der Identität ihrer Opfer, das Feuer auf ihre Mitmenschen eröffnet haben. »Für gewöhnlich haben solche Leute massenweise Munition und Ersatzwaffen dabei, wenn sie einen Amoklauf planen. Aber ich stimme dir zu. Die American Academy of Arts and Sciences ist sehr bekannt. Deshalb sollten wir die Namen des Brautpaars und der Gäste in Erfahrung bringen.«

»Was die Aufnahmen angeht, gibt es gute und nicht so gute Nachrichten.« Lucy streckt die Hand über die Sitzlehne und reicht mir ihr iPad. »Die gute Nachricht ist, wie ich bereits sagte, dass offenbar nichts gelöscht worden ist. Zumindest nicht in jüngster Zeit. Falls ihn jemand überwacht und dann zu seinem Ableben beigetragen hat, hätte diese Person sich doch in den E-Mail-Account eingeklinkt und Festplatte und SD-Karte gesäubert, ehe Leute wie wir einen Blick darauf werfen.«

»Warum dann nicht gleich das verdammte Radio mitsamt Kopfhörer vom Tatort entfernen?«, wendet Marino ein. »Das heißt, falls der Typ wirklich beschattet und verfolgt und von dem, der ihn beobachtet hat, kaltgemacht worden ist. Nun, ich würde mir als Täter einfach Kopfhörer und Radio schnappen und in aller Seelenruhe weiterspazieren. Deshalb würde ich jede Wette abschließen, dass er selbst gefilmt hat. Ich halte es für absolut unwahrscheinlich, dass es ein anderer war. Und außerdem bin ich felsenfest davon überzeugt, dass dieser Bursche irgendein krummes Ding vorhatte. Ganz gleich, wozu er die Spionageausrüstung auch benutzt haben mag, er war der Einzige, der davon wusste. Dumm ist nur, dass es keine Aufnahmen vom Täter gibt, also von dem Kerl, der ihn umgenietet hat. Und das ist wichtig. Warum hat die Kamera im Kopfhörer es nicht gefilmt, wenn er beim Gassigehen von jemandem überfallen worden ist?«

»Der Kopfhörer hat deshalb nichts gefilmt, weil der Mann den Täter nicht gesehen hat«, erwidert Lucy. »Er hat ihn nicht angeschaut.«

»Ausgehend von der Annahme, dass eine andere Person für seinen Tod verantwortlich ist«, halte ich den beiden vor Augen.

»Richtig«, stimmt Lucy zu. »Der Kopfhörer zeichnet alles auf, worauf der Träger den Blick richtet. Die Kamera auf seinem Scheitel zeigt nach vorn wie ein drittes Auge.«

»Dann hat der Killer sich von hinten angeschlichen«, folgert Marino. »Und es ging so schnell, dass das Opfer keine Chance mehr hatte, sich umzudrehen. Entweder das, oder wir haben es mit einem Scharfschützen zu tun. Vielleicht wurde er ja aus großer Entfernung erschossen. Zum Beispiel mit einem Giftpfeil. Gibt es nicht Gifte, die Blutungen auslösen? Das mag an den Haaren herbeigezogen sein, doch solcher Mist geschieht hin und wieder. Erinnert euch an den KGB-Spion, der mit einem Regenschirm gestochen wurde. Die Spitze war mit Rizin getränkt. Es geschah an einer Bushaltestelle, und niemand hat etwas gemerkt.«

»Der Mann war ein bulgarischer Dissident, der für die BBC gearbeitet hat. Ob es ein Regenschirm war, steht bis heute nicht fest. Und du verirrst dich ohne Landkarte immer tiefer im Wald«, entgegne ich.

»Außerdem fällt man von Rizin nicht auf der Stelle tot um«, ergänzt Lucy. »Die meisten Gifte wirken nicht so schnell. Nicht einmal Zyanid. Ich glaube nicht, dass er vergiftet wurde.«

»Meine Erfahrung als Polizist ist meine Landkarte«, meint

Marino zu mir. »Ich setze meine Fähigkeiten im Schlussfolgern ein. Man nennt mich nicht umsonst Sherlock.« Mit seinem kräftigen Zeigefinger tippt er sich an die Baseballkappe.

»Kein Mensch nennt dich Sherlock«, ertönt Lucys Stimme vom Rücksitz.

»Deine Beiträge sind nicht sehr hilfreich«, sage ich bestimmt und betrachte seine massige Gestalt am Steuer und seine riesigen Pranken auf dem Lenkrad, das, selbst wenn er sein sogenanntes Kampfgewicht hat, seinen Bauch streift.

»Bist du nicht diejenige, die mir immer predigt, ich sollte über den Tellerrand hinausschauen?« Sein Tonfall ist schneidend und rechtfertigend.

»Ratespielchen bringen uns nicht weiter, und Punkte miteinander zu verbinden, die womöglich die falschen sind, ist Leichtsinn, und das weißt du ganz genau«, sage ich zu ihm.

Marino hatte schon immer einen Hang zu voreiligen Schlussfolgerungen, doch seit er die Stelle in Cambridge angenommen hat und wieder für mich arbeitet, ist es noch schlimmer geworden. Ich schiebe es auf die ständige Präsenz des Militärs in unserem Leben, die so allgegenwärtig ist wie die gewaltigen Transportmaschinen, die tief über Dover hinwegfliegen. Genau genommen gebe ich Briggs die Schuld. Marino vergöttert diesen mächtigen Forensiker, der außerdem General in der Army ist, auf eine geradezu lächerliche Art und Weise. Meine Verbindungen zum Militär haben ihn hingegen nie gekümmert. Er hat sie nicht einmal zur Kenntnis genommen, weder als Teil meiner Vergangenheit, noch als ich nach den Anschlägen vom 11. September wieder in den aktiven Dienst versetzt wurde. Marino hat meine Beziehungen zur Regierung schon immer ignoriert und tut so, als wären sie nicht vorhanden.

Er blickt starr geradeaus. Die Scheinwerfer eines herannahenden Autos beleuchten sein Gesicht, das Missstimmung und die für ihn so typische Verständnislosigkeit ausdrückt. Ich könnte ihn bemitleiden, denn ich möchte nicht abstreiten, dass ich ihn gernhabe. Aber nicht jetzt. Nicht unter diesen Umständen. Er soll nicht merken, wie aufgebracht ich bin.

»Was hast du Briggs sonst noch mitgeteilt – abgesehen von deinen Theorien?«, erkundige ich mich bei Marino.

Als er nicht antwortet, tut es Lucy für ihn. »Briggs hat dieselben Aufnahmen gesehen, die ich dir jetzt zeigen werde«, erwidert sie. »Es war nicht meine Idee, und ich habe sie ihm auch nicht gemailt, nur um das klarzustellen.«

»Was genau hast du ihm nicht gemailt?« Allerdings weiß ich es bereits, und mein Entsetzen wächst. Marino hat Briggs Beweise zukommen lassen. Obwohl es *mein* Fall ist, hat Briggs die Informationen als Erster erhalten.

»Er hat nachgefragt«, erklärt Marino, als ob das ein triftiger Grund wäre. »Was hätte ich ihm denn sagen sollen?«

»Gar nichts. Du hast über meinen Kopf hinweg gehandelt. Es ist nicht sein Fall«, entgegne ich.

»Ja, nun, eigentlich schon«, meint Marino. »Er wurde vom Gesundheitsminister ernannt, was heißt, dass er praktisch vom Präsidenten selbst eingestellt worden ist. Also steht er, wenn man es so betrachtet, in der Hierarchie über allen Anwesenden in diesem Auto.«

»General Briggs ist nicht der Chief Medical Examiner von Massachusetts, und du arbeitest nicht für ihn, sondern für mich.« Ich lege mir meine Worte sorgfältig zurecht und versuche, so ruhig und gelassen zu klingen, wie ich es auch tue, wenn ein feindseliger Verteidiger mich im Zeugenstand auseinandernehmen will. Oder wenn Marino kurz vor einem Wutausbruch steht. »Der Tätigkeitsbereich des CFC ist nicht klar umrissen. In gewissen Situationen kann es Fälle übernehmen, für die eigentlich die Bundesbehörden zuständig sind. Das mag manchmal ein wenig verwirrend sein. Unser

Institut ist eine Gemeinschaftsinitiative der Regierungen von Bundesstaat und Bund, dem Massachusetts Institute of Technology und Harvard. Da dieses Konzept noch nie da gewesen ist, birgt es seine Fallstricke. Und genau deshalb hättest du die Angelegenheit mir überlassen sollen, anstatt mich zu übergehen.« Ich bemühe mich um einen sachlichen Ton. »General Briggs verfrüht, um nicht zu sagen, überstürzt in den Fall einzuweihen kann nämlich dazu führen, dass die Dinge eine Eigendynamik entwickeln. Aber was geschehen ist, ist geschehen.«

»Was soll das heißen? Was *geschehen* ist?« Marino hört sich schon weniger selbstbewusst an. Ich bemerke einen besorgten Unterton, werde ihm allerdings nicht aus der Patsche helfen. Er soll über den Zwischenfall nachdenken, denn er hat ihn schließlich zu verantworten.

»Und wie lauten die nicht so guten Nachrichten?« Ich drehe mich zu Lucy um.

»Schau selbst«, erwidert sie. »Das sind die letzten drei Aufnahmen und ein paar kurze andere Schnipsel.«

Das Display des iPads leuchtet hell und bunt in der Dunkelheit. Ich berühre das Symbol der ersten Videodatei, die Lucy ausgesucht hat. Der Film beginnt. Nun sehe ich das, was auch der Tote am gestrigen Tag um 15 Uhr 04 gesehen hat: einen schwarzweißen Greyhound, zusammengerollt auf einem blauen Sofa in einem Wohnzimmer mit Fichtenholzparkett und einem blauroten Teppich.

Die Kamera bewegt sich mit dem Mann, weil er sie am Kopfhörer trägt. Dabei nimmt das Gerät die folgenden Gegenstände auf: einen mit ordentlich gestapelten Büchern und Papieren bedeckten Couchtisch und etwas, das wie spezielles Zeichenpapier für Architekten oder Ingenieure aussieht, mit einem Bleistift darauf. Dazu ein Fenster mit geschlossenen

Fensterläden aus Holz, ein Schreibtisch mit zwei großen Flachbildschirmen, zwei silberne MacBooks, ein Telefon, möglicherweise ein iPhone auf einer Ladestation, eine Pfeife aus bernsteinfarbenem Glas in einem Aschenbecher, eine Stehlampe mit grünem Schirm, ein Hundebett aus Fleece und herumliegende Spielzeuge. Ich erhasche einen Blick auf eine Tür mit einem Riegel. An den Wänden hängen gerahmte Fotos und Poster, die zu schnell vorbeigleiten, als dass ich Einzelheiten erkennen könnte. Ich werde sie später genauer betrachten.

Bis jetzt gibt es nichts, was mir verraten würde, wer der Mann ist oder wo er wohnt. Allerdings scheint es die kleine Wohnung oder vielleicht auch das Haus eines Menschen zu sein, der Tiere liebt, in finanziell gesicherten Verhältnissen lebt und großen Wert auf Privatsphäre und Sicherheit legt. Der Mann, vorausgesetzt, es sind seine Wohnung und sein Hund, bewegt sich intellektuell und technologisch auf hohem Niveau, ist kreativ und organisiert, raucht vermutlich Marihuana und hat sich für ein Haustier entschieden, das ein anspruchsvoller Hausgenosse ist, kein Vorzeigeobjekt, sondern ein Geschöpf, das in einem früheren Leben Grausamkeiten erdulden musste. Ich habe Mitleid mit dem Hund und frage mich, was wohl aus ihm geworden ist.

Sanitäter und Polizei hätten einen hilflosen Windhund sicher nicht allein und einsam in Norton's Woods dem neuenglischen Wetter überlassen. Benton hat mir gesagt, heute Morgen seien es in Cambridge minus zehn Grad gewesen und es soll zu schneien anfangen, bevor die Nacht zu Ende ist. Möglicherweise befindet sich der Hund ja inzwischen in der Feuerwache, wo er gut gefüttert und rund um die Uhr versorgt wird. Oder ein Ermittler hat ihn mit nach Hause genommen. Allerdings könnte es auch sein, dass niemand den Hund als Eigentum des Toten erkannt hat.

»Was ist mit dem Greyhound passiert?« Ich muss die Frage einfach stellen.

»Keine Ahnung«, erwidert Marino zu meiner Bestürzung. »Bis heute Morgen, als Lucy und ich uns denselben Film angesehen haben wie du jetzt, wusste niemand von seiner Existenz. Die Sanitäter erinnern sich nicht an einen frei herumlaufenden Windhund, auch wenn sie nicht direkt Ausschau nach einem gehalten haben. Aber das Tor zu Norton's Woods war bei ihrer Ankunft geöffnet. Wie du sicher weißt, wird es nie abgeschlossen und steht deshalb meistens weit offen.«

»Er wird den Frost nicht überleben. Wie konnte kein Mensch bemerken, dass das arme Tier ohne Leine umherirrt? Ich kann mir nämlich nicht vorstellen, dass der Hund nicht mindestens einige Minuten im Park hin und her gerannt ist, bevor er durch das offene Tor verschwand. Der gesunde Menschenverstand sagt, dass ein Hund nicht einfach aus dem Wald und auf die Straße flüchtet, wenn sein Herrchen plötzlich zusammenbricht.«

»Viele Leute nehmen ihre Hunde von der Leine und lassen sie in Parks wie Norton's Woods frei laufen«, wendet Lucy ein. »So mache ich es wenigstens mit Jet Ranger.«

Jet Ranger ist ihr betagter Bulldoggenrüde. Ich würde seine Fortbewegung nicht unbedingt als Laufen bezeichnen.

»Also ist es vielleicht niemandem aufgefallen, weil es nichts Ungewöhnliches war«, fügt sie hinzu.

»Außerdem wurden die Leute sicher ein wenig davon abgelenkt, dass da ein Typ aus heiterem Himmel tot umgefallen ist«, stellt Marino das Offensichtliche fest.

Ich mustere die Unterkünfte der Soldaten entlang der schlechtbeleuchteten Straße und die Flugzeuge, die, strahlend und riesenhaft wie Planeten, am bewölkten dunklen Himmel schweben. Was ich da gerade gehört habe, ergibt für mich keinen Sinn. Mich wundert, dass der Hund nicht in der Nähe seines Herrn geblieben ist. Vielleicht ist er ja in Panik geraten oder wurde aus einem anderen Grund nicht bemerkt.

»Der Hund taucht sicher wieder auf«, spricht Marino weiter. »In einer Gegend wie dieser werden die Leute einen allein umherirrenden Windhund nicht einfach seinem Schicksal überlassen. Bestimmt ist er bei einem der Nachbarn oder einem Studenten. Falls der Typ allerdings umgelegt wurde, hat der Täter den Hund möglicherweise mitgenommen.«

»Wieso?«, wundere ich mich.

»Wie du schon sagtest, sollten wir für alles offen sein«, erwidert er. »Woher wissen wir, ob der Mörder nicht in der Nähe war und alles beobachtet hat? Und in einem günstigen Augenblick hat er sich dann mit dem Hund davongemacht und getan, als wäre es seiner.«

»Aber warum?«

»Er könnte ein Beweisstück sein, das auf irgendeine Weise zum Täter führt«, schlägt er vor. »Ein Hinweis auf seine Identität. Vielleicht war es auch nur ein Spiel. Nervenkitzel. Ein Souvenir. Keine Ahnung, zum Teufel. Aber du wirst in der Videoaufzeichnung erkennen, dass dem Hund irgendwann die Leine abgenommen wurde. Und dreimal darfst du raten: Man hat sie nie gefunden. Sie wurde nicht mit dem Kopfhörer und der Leiche eingeliefert.«

Der Hund heißt Sock. Auf dem Display des iPads bewegt sich der Mann vorwärts, schnalzt mit der Zunge und fordert Sock zum Aufstehen auf. »Komm, Sock«, lockt er ihn in einem angenehmen Bariton. »Los, du fauler Hund. Es ist Zeit für einen Spaziergang und einen Schiss.« Ich nehme einen leichten Akzent wahr, vielleicht ein britischer oder australischer. Es könnte auch ein südafrikanischer sein, was wirklich ein merkwürdiger Zufall wäre. Ich muss aufhören, an Südafrika zu denken. *Konzentrier dich auf das, was du vor dir hast*, befehle ich mir, während Sock vom Sofa springt. Ich stelle fest, dass er kein Halsband trägt. Sock, nach dem Namen zu urteilen vermutlich ein Rüde, ist mager. Seine Rippen treten leicht hervor, was typisch für Greyhounds ist. Außerdem ist er ausgewachsen und offenbar alt. Eines seiner Ohren hat einen unregelmäßigen Rand, als wäre es eingerissen worden. Ich bin sicher, dass er von der Hunderennbahn gerettet wurde, und frage mich, ob er wohl mit einem Mikrochip ausgestattet ist. Wenn ja und falls wir ihn finden, wissen wir dann, woher er stammt und wer ihn adoptiert hat.

Zwei Hände kommen ins Bild, als der Mann sich bückt und Sock eine rote Leine um den langen, schmal zulaufenden Hals legt. Ich bemerke eine Uhr aus silbernem Metall mit einem Entfernungsmesser am Rand und sehe Gelbgold aufblitzen. Möglicherweise ein College-Ring. Falls der Ring mit der Leiche eingeliefert wurde, hilft er uns vielleicht weiter, sofern er graviert ist. Die Hände wirken schmal, mit schlanken Fingern. Die Haut ist leicht gebräunt. Ich erhasche einen Blick auf eine dunkelgrüne Jacke, eine weite schwarze Cargohose und die Spitze eines abgewetzten braunen Wanderstiefels.

Die Kamera richtet sich auf die Wand über dem Sofa. An der wurmstichigen Vertäfelung aus Kastanienholz kommt der untere Rand eines Metallrahmens in Sicht. Als der Mann sich aufrichtet, ist ein Poster oder Kunstdruck zu sehen. Ich kann die Reproduktion der mir vertrauten Zeichnung näher betrachten und erkenne die Skizze von Leonardo da Vinci aus dem 16. Jahrhundert, die ein Gerät mit Flügeln, eine Flugmaschine, darstellt. Meine Gedanken wandern in die Vergangenheit. Wann genau war es? Im Sommer vor den Anschlägen vom 11. September. Ich habe mit Lucy eine Ausstellung in der Londoner Courtauld Gallery besucht. *Leonardo der Erfinder.* Viele spannende Stunden haben wir damit verbracht, Vorträgen der weltweit angesehensten Wissenschaftler zu lauschen und dabei da Vincis Entwürfe von Kriegsmaschinen zu Wasser und zu Land, seiner Luftschraube, der Tauchausrüstung, dem Fallschirm, der riesigen Armbrust, dem sich selbst antreibenden Wagen und dem Roboterritter zu betrachten.

Das große Genie der Renaissance vertrat die Überzeugung, dass Kunst Wissenschaft und Wissenschaft Kunst sei. Die Lösung aller Probleme ließe sich in der Natur finden, wenn man nur sorgfältig und aufmerksam genug hinschaue und wirklich nach der Wahrheit suche. Diese Grundsätze habe ich meiner Nichte den Großteil ihres Lebens über zu vermitteln versucht. Immer wieder habe ich ihr erklärt, dass unsere Umgebung uns Lektionen erteilt, falls wir bescheiden, still und mutig sind. Der Mann, den ich auf dem kleinen Gerät in meiner Hand beobachte, kennt die Antworten, die ich suche. *Sprich mit mir. Wer bist du, und was ist geschehen?*

Er nähert sich der Tür, die mit einem vorgeschobenen Riegel gesichert ist. Plötzlich ändern sich Perspektive und Kameraeinstellung, und ich frage mich, ob er den Kopfhörer zurechtgerückt hat. Vielleicht hatte er ihn nicht richtig über den Ohren und wollte vor dem Aufbruch Musik einschalten. Er geht an einem wie ein technisches Gerät aussehenden, zusammengeschustert wirkenden Gegenstand vorbei. Möglicherweise eine aus Metallschrott gebastelte groteske Skulptur. Ich halte den Film an, vermag das Objekt jedoch nicht richtig zu erkennen. Wenn ich mir ein wenig Zeit gönnen kann, werde ich das Video wieder und wieder abspielen, jede Einzelheit gründlich unter die Lupe nehmen und nötigenfalls Lucy bitten, die Bilder elektronisch schärfer zu stellen. Doch jetzt muss ich den Mann und seinen Hund zu dem bewaldeten Grundstück, keinen Block von Bentons und meinem Haus entfernt, begleiten. Ich muss Zeugin der Ereignisse werden. In wenigen Minuten wird er sterben. *Zeig es mir, und ich werde die Wahrheit in Erfahrung bringen. Lass dir von mir helfen.*

Der Mann und der Hund steigen in einem schummrig

beleuchteten Treppenhaus vier Stockwerke hinunter. Ihre Schritte auf dem blanken Holz klingen leicht und schnell. Dann treten die beiden auf eine laute, belebte Straße hinaus. Die Sonne steht tief am Himmel. Schneeflecken sind mit einer schwarzen Schmutzkruste bedeckt und erinnern mich an zerquetschte Oreo-Kekse. Wenn der Mann nach unten schaut, sehe ich nasse Pflastersteine, Asphalt und außerdem Sand und Salz, gestreut wegen des Schnees. Autos und Menschen bewegen sich ruckartig und machen Sprünge, als er den Kopf wendet und sich beim Gehen umblickt. Im Hintergrund spielt Musik. Annie Lennox im Satellitenradio. Ich nehme nur so viel von der Außenwelt wahr, wie durch den Kopfhörer dringt und vom Mikrofon im Bügel aufgefangen wird. Offenbar hat der Mann das Radio auf volle Lautstärke gestellt, was nicht ratsam ist, weil man es dann nicht bemerkt, wenn sich jemand von hinten nähert. Warum macht er sich keine Gedanken darüber, was sich in seiner Umgebung abspielt, obwohl er doch so besorgt um seine Sicherheit ist, dass er seine Wohnungstür doppelt verriegelt und eine Waffe trägt?

Aber die Leute sind heutzutage leichtsinnig. Selbst Menschen, die in einem vernünftigen Rahmen Vorsicht walten lassen, überfrachten ihre Konzentrationsfähigkeit in einer ans Lächerliche grenzenden Art und Weise. Sie schreiben SMS und fragen ihre E-Mails ab, während sie Auto fahren, gefährliche Maschinen bedienen oder eine belebte Straße überqueren. Beim Radfahren oder Skaten, ja sogar am Steuerknüppel eines Flugzeugs wird telefoniert. Ich sehe dasselbe wie der Mann und stelle fest, dass er die Concord Avenue entlanggeht. Er und Sock schreiten rasch aus und passieren Mietshäuser aus rotem Backstein, das Polizeipräsidium von Harvard und die dunkelrote Markise des Sheraton Commander Hotel gegenüber vom Cambridge Common. Also wohnt er ganz in der Nähe des Common in einem älteren Mietshaus mit mindestens vier Stockwerken.

Es wundert mich, dass er mit Sock nicht in den Common geht. Der Park ist bei Hundebesitzern sehr beliebt. Doch er und sein Windhund setzen ihren Weg fort, vorbei an Statuen, Kanonen, Laternenmasten, kahlen Eichen, Bänken und an neben Parkuhren am Straßenrand abgestellten Autos. Ein gelbes Taxi jagt ein dickes Eichhörnchen, und Annie Lennox singt *No more I love you's … I used to have demons in my room at night …* Ich bin Augen und Ohren des Mannes und sehe und höre das, was der Kopfhörer aufnimmt. Nichts weist darauf hin, dass er über die versteckte Kamera und das Mikrofon im Bilde ist oder überhaupt an derartige Dinge denkt.

Außerdem habe ich nicht den Eindruck, dass er böse Absichten hegt oder jemanden ausspionieren will, während er seinen Hund spazieren führt. Nur dass er eine halbautomatische Glock mit achtzehn Schuss 9-Millimeter-Munition unter seiner grünen Jacke trägt. Warum? Ist er unterwegs, um jemanden zu erschießen, oder hat er die Waffe zur Selbstverteidigung bei sich? Und wenn ja, wovor hat er Angst? Vielleicht ist es ja einfach nur eine Angewohnheit von ihm, mit einer Waffe in der Tasche herumzulaufen. Manche Leute tun das eben, ohne einen Gedanken daran zu verschwenden. Aber weshalb hat er die Seriennummer der Glock abgefeilt? Oder hat ein anderer es getan? Ich überlege, ob die im Kopfhörer versteckten Aufnahmegeräte vielleicht ein privates Experiment von ihm oder Teil eines Forschungsprojekts sind. Cambridge und Umgebung sind ein Mekka der technischen Innovation, einer der Gründe, warum das Verteidigungsministerium, der Staat Massachusetts, Harvard und das MIT einverstanden waren, das CFC in einem Gebäude des Biotechnischen Instituts im Memorial Drive am Nordufer des Charles River anzusiedeln. Möglicherweise war der Mann ja Doktorand, Informatiker oder Ingenieur. Ich betrachte die ruckartigen und verwackelten Aufnahmen auf dem Bildschirm des iPads, die die Mather Court Apartments, einen Spielplatz, die Garden Street und die windschiefen, verwitterten Grabsteine des Old Burying Ground zeigen.

Auf dem Harvard Square wendet er sich dem Zeitungskiosk an der Crimson Corner zu. Er scheint mit dem Gedanken zu spielen, hinzugehen, vielleicht, um aus dem ausgesprochen breitgefächerten Angebot, das Benton und ich so lieben, eine Zeitung auszuwählen. Das hier ist unser Stadtviertel, das wir auf der Suche nach Kaffee, exotischen Speisen, Büchern und Zeitungen durchstreifen. Der *New Yorker*, die *Los Angeles Times*, die *Chicago Tribune*, das *Wall Street Journal* und, wenn es einen nicht stört, dass die Nachrichten schon ein paar Tage alt sind, Zeitungen aus London, Berlin und Paris. Manchmal stoßen wir auch auf ein Exemplar von *La Nazione* oder *L'Espresso*. Ich lese Artikel über Florenz und Rom vor, wir studieren die Mietangebote für Villen und träumen davon, zu leben wie die Einheimischen und die Ruinen und Museen, die italienische Landschaft und die Küste von Amalfi zu erkunden.

Der Mann bleibt auf dem belebten Gehweg stehen und hat es sich offenbar anders überlegt. Er und Sock trotten über die Straße, und ich weiß inzwischen, wohin sie wollen. Zumindest glaube ich das. In der Quincy Street geht es nach links. Mittlerweile schreiten sie noch schneller aus, und der Mann hat eine Plastiktüte in der Hand, als könnte Sock es sich nicht mehr sehr lange verkneifen. Vorbei an der modernen Lamont Library, dem Harvard Faculty Club, einem dem georgianischen Stil nachempfundenen Backsteingebäude, dem Fogg Museum und der gotischen Church of New Jerusalem. In der Kirkland Avenue biegen sie rechts ab. Wir sind zu dritt. Ich begleite sie, als sie auf die Irving Street zusteuern und sich dort nach links wenden. Bis zu Norton's Woods und Bentons und meinem Haus sind es nur wenige Minuten. Im Satellitenradio läuft Five for Fighting ... *even heroes have the right to bleed ...*

Meine Beklommenheit wächst mit jedem Schritt, als wir uns dem Moment nähern, in dem der Mann stirbt und der Hund sich in der bitteren Kälte verläuft. Ich will es verzweifelt verhindern, und ich gehe mit ihnen, als würde ich sie zur Schlachtbank führen, denn im Gegensatz zu ihnen weiß ich, was gleich geschehen wird. Ich möchte sie dazu bringen, anzuhalten und umzukehren. Dann erscheint links von uns das Haus, dreistöckig und weiß, mit schwarzen Fensterläden und einem Schieferdach. Amerikanischer Klassizismus, erbaut im Jahr 1824 von einem Transzendentalisten, der mit den Schriftstellern Ralph Waldo Emerson und später Henry David Thoreau befreundet war. Innen ist das Haus, Bentons und mein Haus, mit originalen Holzteilen, Stuck, verputzten Decken und freiliegenden Balken ausgestattet. Auf Höhe der Treppenabsätze befinden sich prachtvolle französische Buntglasfenster, die Tierszenen darstellen und im Sonnenlicht funkeln wie Edelsteine. In der schmalen, gepflasterten Auffahrt erkenne ich einen Porsche 911. Abgaswolken quellen aus dem verchromten Auspuff.

Benton rangiert den Sportwagen rückwärts. Die Heckleuchten funkeln wie feurige Augen, als er bremst, um einen Mann mit Hund vorbeizulassen. Der Mann wendet den Kopfhörer Benton zu. Vielleicht bewundert er den Porsche, ein schwarzes Turbo-Cabriolet mit Allradantrieb, das Benton stets blank poliert wie Lackleder. Ich frage mich, ob er sich an den jungen Mann mit der weiten grünen Jacke und dem weißen Greyhound erinnert und ob sie ihm überhaupt aufgefallen sind. Aber ich kenne Benton. Er wird anfangen zu grübeln und vermutlich genauso wenig von dem Mann und seinem

Hund loskommen wie ich. Ich überlege, was Benton gestern getan hat. Am späten Nachmittag hat er kurz in einem Büro im McLean Hospital vorbeigeschaut, weil er vergessen hatte, die Fallakte des Patienten, über den er heute ein Gutachten anfertigen soll, nach Hause mitzunehmen. Das Kleine-Welt-Phänomen: ein junger Mann und sein alter Hund, die bald für immer auseinandergerissen werden, und mein Mann, allein im Auto und auf dem Weg ins Krankenhaus, um eine vergessene Akte zu holen. Ich beobachte, wie sich die Dinge entwickeln, als wäre ich Gott. Wenn es sich wirklich so anfühlt, Gott zu sein, ist es sicher ein schrecklicher Zustand. Ich weiß, was geschehen wird, und bin absolut machtlos dagegen.

3

Ich bemerke, dass der Transporter stehengeblieben ist. Marino und Lucy steigen aus. Wir parken vor der John B. Wallace Civil Air Facility. Ich bleibe sitzen und beobachte weiter die Geschehnisse auf dem Bildschirm des iPads, während Lucy und Marino anfangen, meine Sachen auszuladen.

Kalte Luft weht durch die offene Heckklappe herein. Ich frage mich, warum der Mann beschlossen hat, Sock in Norton's Woods auszuführen, beinahe in Somerville. Weshalb ausgerechnet hier und nicht in der Nähe seiner Wohnung? War er mit jemandem verabredet? Ein schwarzes Eisentor füllt den Bildschirm. Es steht einen Spalt offen, und seine Hand öffnet es weiter. Ich bemerke, dass er dicke schwarze Handschuhe angezogen hat, die wie Motorradhandschuhe aussehen. Friert er an den Händen, oder hat er andere Gründe? Womöglich hat er doch üble Absichten. Vielleicht plant er ja, die Pistole zu benutzen. Ich stelle mir vor, wie er den Schlitten einer 9-Millimeter-Pistole zurückschiebt und abdrückt. Mit dicken Handschuhen an den Händen? Es ergibt keinen Sinn.

Ich höre, dass er die Plastiktüte aufschüttelt. Als er nach unten schaut, sehe ich sie und erhasche einen Blick auf einen Gegenstand, der offenbar eine winzige Holzschachtel ist. *Zur Aufbewahrung von Marihuana*, denke ich. Einige dieser Schachteln bestehen aus Zedernholz und sind sogar mit einem winzigen Hygrometer ausgestattet, wie ein Humidor. Mir fällt die bernsteinfarbene Glaspfeife auf dem Schreibtisch in seiner Wohnung ein. Vielleicht führt er seinen Hund gern in Norton's Woods aus, weil der Park abgelegen und für gewöhnlich menschenleer ist. Außerdem ist er für die Polizei kaum von Interesse, wenn sich nicht gerade ein Prominenter hier aufhält oder eine wichtige Veranstaltung stattfindet, so dass Sicherheitsmaßnahmen erforderlich werden. Vielleicht kommt er ja gern hierher, um einen Joint zu rauchen. Er pfeift Sock heran, bückt sich und nimmt ihm die Leine ab. »Na, alter Junge, kennst du unser Plätzchen noch? Zeig mir unser Plätzchen«, höre ich ihn sagen. Er fügt noch etwas hinzu, allerdings so gedämpft, dass ich es nicht richtig verstehe. Es klingt wie »Und für dich«, gefolgt von »Möchtest du eins schicken ...?« oder »Wirst du eins schicken ...?«. Auch nach zweimaligem Abspielen weiß ich noch immer nicht, was er meint. Vermutlich liegt es daran, dass er sich vorbeugt und in den Kragen seiner Jacke spricht.

Mit wem redet er? Ich kann niemanden in der Nähe erkennen. Nur den Hund und die behandschuhten Hände. Dann wechselt die Kameraeinstellung. Der Mann richtet sich auf, und ich habe wieder Blick auf den Park: Bäume, Bänke und auf der einen Seite ein gepflasterter Weg, der an dem Gebäude mit dem grünen Dach entlangführt. Ich erkenne auch einige Personen und schließe aus ihren dicken Wintersachen, dass sie keine Hochzeitsgäste sind, sondern aller Wahrscheinlichkeit nach im Park spazieren gehen wie der Mann. Sock trottet ins Gebüsch, um seine Notdurft zu verrichten, während sein Herr weiter in den idyllischen, von alten Ulmen und grünen Bänken geprägten Park hineinschlendert.

Er pfeift. »Hey, alter Junge, komm mit.«

An den schattigen Stellen und rings um die Rhododendronbüsche liegt tiefer, von totem Laub, Steinen und zerbrochenen Zweigen durchsetzter Schnee, der in mir morbide Gedanken an heimlich verscharrte Leichen, abgelöste Haut und verwitterte, abgenagte und verstreute Knochen wachruft. Der Mann beobachtet, schaut sich um, und die versteckte Kamera richtet sich auf das aus drei Schichten bestehende grüne Metalldach des Gebäudes aus Glas und Holz, das ich von der Sonnenterrasse von meinem und Bentons Haus aus sehen kann. Als der Mann sich umdreht, erkenne ich im Erdgeschoss eine Tür, die ins Freie führt. Die Kamera nimmt eine grauhaarige Frau auf, die vor dieser Tür steht. Sie trägt ein Kostüm und einen langen braunen Ledermantel und telefoniert.

Der Mann pfeift. Seine Schritte knirschen auf dem mit Granitkieseln bestreuten Pfad, als er zu Sock hinübergeht, um die Hinterlassenschaft des Hundes einzusammeln. *I get so lost, sometimes days pass and this emptiness fills my heart …*, singt Peter Gabriel. Ich erinnere mich an den jungen Soldaten mit demselben Namen, der in seinem Humvee verbrannt ist, und rieche ihn, als hätte sich sein Gestank tief im Inneren meiner Nase gehalten. Dann denke ich an seine Mutter und ihre Trauer und Wut am Telefon, als sie mich heute Morgen anrief. Rechtsmediziner kann zuweilen ein undankbarer Beruf sein, denn hin und wieder behandeln mich die Hinterbliebenen, als ob ich den Tod ihres geliebten Angehörigen persönlich verschuldet hätte. Ich versuche mir das vor Augen zu halten. *Du bist nicht gemeint.*

Die behandschuhten Hände schütteln wieder die Plastiktüte aus. Es ist eine, wie man sie auf dem Markt bekommt. Und dann geschieht etwas. Die Hand des Mannes fährt zu seinem Kopf, und ich höre ein Klappern, als sie gegen den Kopfhörer prallt. Es ist, als wollte er nach etwas schlagen. »Was zum …? Hey …!«, ruft er atemlos und erschrocken. Vielleicht ist es auch ein Schmerzensschrei. Aber ich kann nichts und niemanden sehen. Nur Wald und einige Gestalten in der Ferne, allerdings weder Mann noch Hund. Ich spule die Aufnahme zurück und spiele sie noch einmal ab. Unvermittelt erscheint seine schwarz behandschuhte Hand im Bild, und er stößt die Worte »Was zum …? Hey …!« hervor. Ich komme zu dem Schluss, dass er überrascht und verärgert klingt, so als hätte ihn etwas getroffen, dass ihm die Luft wegbleibt.

Wieder spiele ich das Video ab und spitze die Ohren. Meiner Ansicht nach ist sein Tonfall empört, vielleicht ein wenig ängstlich, ja, und Schmerzen sind auch dabei, wie bei einem Menschen, der auf einem belebten Gehweg mit dem Ellbogen gestoßen oder heftig angerempelt wird. Im nächsten Moment wirbeln die Wipfel der Bäume um ihn herum. Schiefersplitter kommen ins Bild und werden größer, als der Mann mit einem dumpfen Geräusch auf den Pfad fällt. Entweder liegt er auf dem Rücken, oder er hat den Kopfhörer verloren. Auf dem Bildschirm erscheinen kahle Äste und ein grauer Himmel. Dann rauscht der Saum eines langen schwarzen Mantels vorbei, als jemand schnell davongeht. Erneut ein lautes, scharrendes Geräusch, und das Bild wechselt noch einmal. Kahle Äste und ein grauer Himmel, allerdings andere Äste, die durch die Ritzen einer grünen Bank zu erkennen sind. Alles geschieht sehr schnell.

Unbeschreiblich schnell. Die Stimmen und Geräusche von Menschen werden lauter.

»Jemand soll einen Krankenwagen rufen!«

»Ich glaube, er atmet nicht mehr.«

»Ich habe kein Telefon dabei. Ruf du den Krankenwagen!«

»Hallo? Es hat … äh, ja, in Cambridge. Ja, Massachusetts. Herrgott! Beeilen Sie sich, beeilen Sie sich. Das ist ja nicht zu fassen! Ja, ja, ein Mann. Er ist zusammengebrochen und atmet offenbar nicht mehr … Norton's Woods, an der Ecke Irving Street und Bryant … Ja, jemand versucht es mit Herzmassage. Ich bleibe am Apparat … Ich bleibe dran. Ja, ich meine, ich weiß nicht … Sie will wissen, ob er immer noch nicht atmet. Nein, nein, er atmet nicht! Er bewegt sich nicht! Ich habe nicht gesehen, wie es passiert ist. Als ich mich umgedreht habe, lag er auf dem Boden. Ganz plötzlich.«

Ich drücke auf Pause und steige aus. Es ist kalt und sehr windig, als ich in den Terminal haste. Es ist ein kleines Gebäude mit Toiletten, einem Sitzbereich und einem alten Fernsehgerät, das gerade eingeschaltet ist. Ich sehe mir eine Weile die Nachrichten auf Fox an und spule dabei das Video auf dem iPad vor, während Lucy am Empfangstisch lehnt und mit einer Kreditkarte die Landegebühr bezahlt. Inzwischen bin ich sicher, dass der Kopfhörer, die Kamera nach oben gerichtet, unter einer Bank gelandet ist. Das XM-Radio spielt *Dark lady laughed and danced and lit the candles one by one* ... Die Musik ist jetzt lauter, weil der Kopfhörer nicht mehr am Kopf des Mannes anliegt. Es ist ziemlich absurd, Cher singen zu hören.

Stimmen, sie klingen drängend und aufgeregt. Ich höre Schritte und das entfernte Heulen einer Sirene. Unterdessen plaudert meine Nichte mit einem älteren Mann, einem Kampfpiloten im Ruhestand, der nun, wie er ihr bereitwillig erläutert, in Teilzeit im Verwaltungsgebäude des Flugplatzes arbeitet.

»... in Vietnam. Das wäre dann eine F-4 gewesen, richtig?«, meint Lucy.

»Ja, und eine Tomcat. Das war die letzte Maschine, die ich geflogen habe. Aber die Phantom war noch bis in die achtziger Jahre im Einsatz. Wenn man sie richtig wartet, sind sie nicht kaputtzukriegen. Schauen Sie sich nur an, wie lange es die C-5 schon gibt. In Israel haben sie, glaube ich, noch immer ein paar Phantom. Vielleicht auch im Iran. Die, die in den USA noch übrig sind, verwendet man als unbemannte Maschinen, als Drohnen. Ein tolles Flugzeug. Haben Sie je eins gesehen?«

»In Belle Chasse, Louisiana, auf dem Luftstützpunkt der Marine. Ich war mit meinem Helikopter dort, um nach dem Wirbelsturm Katrina zu helfen. Man hat bei der Orkanbekämpfung versucht, mit einer Phantom ins Auge des Hurrikans hineinzufliegen.« Der Mann nickt.

Der Bildschirm des iPads wird schwarz. Der Kopfhörer hat nichts mehr aufgezeichnet. Mittlerweile bin ich überzeugt, dass er ein Stück entfernt unter der Bank gelandet ist, als der Mann zu Boden stürzte. Der Bewegungsmelder hat nicht mehr genug Aktivität aufgefangen und ihn deshalb in den Ruhezustand versetzt. Das wundert mich. Auf welche Weise genau hat der Mann den Kopfhörer verloren, und wie ist das Gerät unter die Bank geraten? Vielleicht wurde es von jemandem mit dem Fuß weggestoßen. Entweder zufällig von einem Helfer oder absichtlich von dem Menschen, der den Toten ausspioniert hat. Ich denke an den vorbeirauschenden Saum des schwarzen Mantels und spule in Etappen weiter vor. Dabei nehme ich eine Einstellung nach der anderen unter die Lupe und spitze die Ohren. Doch bis 16 Uhr 37 bleibt es still. Plötzlich fangen Bäume und Himmel an, wild zu schwanken, große, nackte Hände füllen den Bildschirm, und Papier knistert, als der Kopfhörer in einer braunen Tüte verstaut wird. »... auf jeden Fall die Colts«, verkündet eine Stimme. »Die Saints können einpacken. Sie haben ...« Dann wird es dunkel. Die Stimmen werden leiser. Schließlich Schweigen.

Ich entdecke die Fernbedienung auf der Armlehne eines der Sofas im Terminal, schalte auf CNN, sehe mir die Nachrichten an und lese das am unteren Bildschirmrand mitlaufende Schriftband. Marino kommt aus der Toilette und tut, als bemerke er mich nicht. Entweder schmollt er, oder er bereut seinen Fehler und ist verlegen. Ich will ihm nicht verzeihen, dass er Briggs das Video gemailt und dass er überhaupt mit ihm gesprochen hat. Wenn ich Marino ausnahmsweise einmal nicht verzeihe, lernt er vielleicht endlich etwas daraus. Allerdings ist mein Problem, dass es mir nie gelingt, ihm oder anderen Menschen, die mir etwas bedeuten, ernsthaft böse zu sein. Katholische Schuldgefühle. Keine Ahnung, woran es liegt, aber ich werde schon wieder weich, und meine

Entschlossenheit schwindet. Ich kann es förmlich spüren, während ich, auf der Suche nach Nachrichten, die sich womöglich schädlich auf das CFC auswirken, durch die Sender schalte. Marino geht zu Lucy hinüber und kehrt mir den Rücken zu.

Ich wende mich vom Fernseher ab. Für den Moment bin ich überzeugt, dass die Medien nichts von der Leiche ahnen, die mich in meinem Autopsiesaal in Cambridge erwartet. Eine Sensation wie diese würde sicher Schlagzeilen machen, sage ich mir. Mein iPhone würde heißlaufen. Briggs hätte bestimmt schon davon gehört und sich dazu geäußert. Selbst Fielding hätte mich darauf aufmerksam gemacht. Nur dass Fielding sich noch immer nicht bei mir gemeldet hat. Wieder versuche ich ihn anzurufen. Er geht nicht ans Mobiltelefon und ist auch nicht im Büro. Natürlich nicht. So lange arbeitet er nämlich nie. Also wähle ich seine Privatnummer in Concord und erreiche wieder nur den Anrufbeantworter.

»Jack? Ich bin es, Kay.« Ich hinterlasse ihm noch einmal eine Nachricht. »Wir starten gleich in Dover. Könntest du mir eine SMS oder E-Mail mit den neuesten Erkenntnissen schicken? Wie ich annehme, hat Ermittler Law nicht zurückgerufen. Wir warten noch immer auf die Fotos. Hast du Informationen über einen vermissten Hund, einen Greyhound? Er gehörte dem Opfer, heißt Sock und wurde zuletzt in Norton's Woods gesehen.« Meine Stimme klingt angespannt. Fielding geht mir aus dem Weg, und das nicht zum ersten Mal. Er ist ein Meister darin, spurlos zu verschwinden, was nicht weiter verwundert, denn schließlich hat er es schon oft genug getan. »Gut, dann versuche ich es nach der Landung wieder. Wahrscheinlich erwartest du uns im Büro so gegen halb zehn oder zehn. Ich habe Anne und Ollie Nachrichten geschickt. Könntest du dich vielleicht darum kümmern, dass sie auch da sind? Wir müssen das noch heute Nacht erledigen. Wärst du außerdem so gut, dich bei der Polizei von Cambridge nach dem Hund zu erkundigen? Sicher hat er einen Mikrochip ...«

Es klingt albern, dass ich mich in das Thema Sock verbeiße. Was zum Teufel soll Fielding über den Hund wissen? Er hat sich ja nicht einmal die Mühe gemacht, persönlich zum Tatort zu fahren. Und Marino hat recht: Jemand hätte es tun sollen.

Lucys Bell 407 ist schwarz und hat getönte Heckscheiben. Während sie Türen und Gepäckraum aufschließt, peitscht ein Wind gegen die Rampe.

Ein Windsack zeigt steif nach Norden, wie ein waagerechter Verkehrskegel, was ein gutes und ein schlechtes Zeichen ist. Wir werden den Wind im Rücken haben, allerdings auch eine Schlechtwetterfront mit schweren Regenfällen, Schneeregen und Schnee. Marino fängt an, meine Sachen zu verstauen, während Lucy den Helikopter umrundet und Antennen, statische Stabilität, Rotoren, Notfloße, die Stickstoffflaschen, um sie aufzublasen, den Leitwerksträger aus Aluminiumlegierung, Getriebegehäuse, Hydraulikpumpe und Hydraulikbehälter überprüft.

»Wenn ihn jemand ausspioniert, ihn heimlich gefilmt und dann bemerkt hat, dass er tot ist, hat diese Person etwas mit der Sache zu tun«, sage ich unvermittelt zu ihr. »Wäre in diesem Fall nicht anzunehmen, dass der Betreffende die vom Kopfhörer aufgezeichneten Videos per Fernbedienung gelöscht oder sie wenigstens von Festplatte und SD-Karte beseitigt hätte? Würde so ein Mensch nicht sichergehen wollen, dass wir die Aufnahmen nicht finden, anstatt uns die Anhaltspunkte frei Haus zu liefern?«

»Kommt drauf an.« Lucy umfasst einen Griff am Rumpf, steckt die Fußspitze in eine eingebaute Stufe und klettert hinauf.

»Wenn du die Täterin wärst?«, beharre ich.

»Wenn ich die Täterin wäre?« Sie löst Schließen und Bolzen und öffnet eine Luke in der leichten Außenhaut aus Aluminium. »Solange ich sicher sein kann, dass nichts Wichtiges oder Belastendes aufgenommen wurde, würde ich nichts löschen.« Mit einer kleinen, aber starken SureFire-Taschenlampe untersucht sie Motor und Aufhängung.

»Warum nicht?«

Ehe sie antworten kann, nähert sich Marino. »Ich geh noch mal verschwinden«, sagt er zu niemandem im Besonderen. »Wenn sonst noch jemand muss, wäre jetzt der richtige Zeitpunkt.« Als ob er der Chefsteward wäre, der uns daran erinnert, dass es im Helikopter keine Toilette gibt. Offenbar möchte er bei mir um gut Wetter bitten.

»Danke, alles bestens«, antworte ich ihm. Er überquert die Rampe und kehrt zum Terminal zurück.

»Wenn ich die Täterin wäre, hätte ich nach dem Tod des Mannes Folgendes getan.« Lucy lässt den grellen Lichtstrahl weiter über Schläuche und Kabel gleiten und vergewissert sich, dass nichts locker oder beschädigt ist. »Ich hätte die Videos sofort heruntergeladen, indem ich mich in die Webcam einlogge. Und falls ich nichts Besorgniserregendes entdeckt hätte, hätte ich alles gelassen, wie es ist.«

Sie klettert noch ein Stück höher, um Hauptrotor, Mast und Taumelscheibe zu untersuchen. Ich warte, bis sie wieder unten ist. »Warum?«, frage ich dann.

»Überleg mal.«

Ich umrunde mit ihr den Helikopter, damit sie auf der anderen Seite hinaufsteigen und nach dem Rechten sehen kann. Sie scheint meine Fragen beinahe komisch zu finden, so als läge die Antwort auf der Hand.

»Wenn die Videos nach dem Tod des Opfers gelöscht werden, heißt das, dass wir es ganz sicher mit einem Verbrechen zu tun haben, richtig?«, stellt sie fest und leuchtet sorgfältig unter die Haube.

Danach springt sie hinunter auf die Rampe.

»Natürlich hat er die Filme nach seinem Tod nicht selbst löschen können«, meine ich erst jetzt, denn ich möchte sie nicht ablenken, damit sie sich beim Herumklettern auf dem Helikopter, insbesondere in der Nähe des Rotormasts, nicht noch verletzt. »Und deshalb würdest du die Videos nicht anrühren, falls du den Mann ausspioniert hättest und wüsstest, dass er tot ist oder dass du ihn selbst umgebracht hast.«

»Wenn ich ihn ausspioniert und verfolgt hätte, um ihn zu töten? Nein, natürlich nicht. Ich würde die letzten Videoaufnahmen auf der Festplatte belassen. Und den Kopfhörer würde ich auch nicht vom Tatort entfernen.« Wieder leuchtet sie mit der starken Taschenlampe den Rumpf ab. »Denn sicher haben ihn Leute im Park oder auf dem Weg dorthin mit dem Kopfhörer gesehen, weshalb man sich fragen würde, wo das Ding jetzt steckt. Es ist nämlich ziemlich groß und auffällig.«

Wir gehen um die Nase des Helikopters herum.

»Außerdem müsste ich mit dem Kopfhörer auch das Satellitenradio mitnehmen. Dazu wäre ich gezwungen, in seiner Jackentasche herumzuwühlen, um es herauszuholen. Das kostet Zeit und ist recht aufwendig, wenn er am Boden liegt. Und ich würde riskieren, dass mich jemand dabei beobachtet. Und was ist mit den älteren Dateien, die irgendwo gespeichert sind, vorausgesetzt, er wurde bereits seit einer Weile ausspioniert? Wie würden wir es uns erklären, wenn wir zu Hause auf seinem Computer oder auf einem Server Videos fänden, es jedoch nirgends ein Aufnahmegerät gibt? Kennst du den Spruch?« Sie öffnet eine Wartungsluke über dem Pitotrohr und leuchtet hinein. »Jedes Verbrechen zieht ein zweites nach sich. Auf die Tat selbst folgt der Versuch, sie zu vertuschen.

Also ist es klüger, Kopfhörer und Videodateien nicht anzurühren und die Polizei oder Leute wie dich und mich in dem Glauben zu wiegen, er habe sich selbst gefilmt, was ja auch Marino annimmt. Doch ich bezweifle es.«

Sie schließt die Batterie wieder an. Ihre Begründung, warum sie sie abklemmt, sobald sie den Helikopter, ganz gleich wie lange, aus den Augen lässt, lautet, dass jemand ins Cockpit eindringen und mit ein wenig Glück durch Herumspielen an den Hebeln und Schaltern versehentlich den Motor starten könnte. Bei abgeklemmter Batterie ist das nicht möglich. Selbst wenn Lucy in Eile ist, führt sie vor dem Start eine gründliche Überprüfung durch, insbesondere falls der Helikopter unbewacht war, selbst auf einem Militärstützpunkt. Allerdings entgeht mir nicht, dass sie alles noch sorgfältiger untersucht als sonst. So, als hätte sie einen Verdacht oder ein ungutes Gefühl.

»Alles in Ordnung?«, frage ich sie. »Alles startklar?«

»Darüber vergewissere ich mich ja gerade«, entgegnet sie, und ich spüre, dass sie mich abwimmeln will. Sie hat Geheimnisse.

Lucy traut niemandem. Und das sollte sie auch nicht. Ich hätte einigen Leuten auch nicht trauen dürfen, und zwar von Anfang an. Menschen, die andere beeinflussen und belügen und vorgeben, es für eine gute Sache zu tun. Für eine richtige, gottgewollte oder gerechte Sache. Noonie Pieste und Joanne Rule wurden im Bett erstickt, vermutlich mit einem Kissen. Deshalb hat ihr Gewebe nicht auf die Verletzungen reagiert. Die sexuellen Übergriffe, die mit einer Machete und Glasscherben beigebrachten Schnittwunden, ja selbst das Fesseln an die Stühle – all das geschah erst nach ihrem Tod. Nach Ansicht der Verantwortlichen eine gottgewollte, gerechte Sache. Eine beispiellose Ungeheuerlichkeit, und sie sind ungeschoren davongekommen. Bis zum heutigen Tag wurden sie nicht zur Rechenschaft gezogen. *Grüble nicht darüber nach. Schau nach vorn, nicht zurück.*

Ich öffne die linke vordere Tür und klettere eine Kufe hinauf. Der Wind zerrt an mir. Nachdem ich mich an der Steigerungssteuerung und an der Blattverstellung vorbeigezwängt und auf dem linken Sitz Platz genommen habe, schließe ich meinen Vierpunktgurt. Ich höre, wie Marino die Tür hinter mir aufmacht. Er bewegt sich geräuschvoll und raumgreifend, und ich spüre, wie der Helikopter unter seinem Gewicht in die Knie geht, als er wie immer hinten einsteigt. Selbst wenn er allein mit Lucy fliegt, darf er nicht vorn sitzen. Dort befinden sich nämlich Kontrollhebel, an die er versehentlich stoßen oder die er, ohne nachzudenken, als Armlehne benutzen könnte. Er ist und bleibt ein Elefant im Porzellanladen.

Lucy steigt ebenfalls ein und beginnt mit der nächsten Sicherheitsüberprüfung. Ich helfe ihr, indem ich die Checkliste halte und sie gemeinsam mit ihr durcharbeite. Ich hatte noch nie das Bedürfnis, die verschiedenen Maschinen zu fliegen, die Lucy im Lauf der Jahre besessen hat. Ich möchte auch nicht ihre Motorräder oder ihre schnellen italienischen Autos fahren. Aber ich bin eine gute Copilotin und kenne mich mit Landkarten und Navigation aus. Ich weiß, wie man Funkgeräte auf die richtige Frequenz einstellt oder Rufzeichen und andere Informationen in den Transponder oder das Chelton Flight System eingibt. Im Notfall könnte ich den Helikopter wohlbehalten landen, auch wenn das bestimmt kein schöner Anblick wäre.

»Über-Platz-Schalter aus«, gehe ich weiter die Liste durch.

»Ja.«

»Unterbrecher an.«

»Richtig.« Lucys geschickte Finger berühren alles, was sie kontrolliert, während wir die laminierte Liste abarbeiten.

Sie schaltet kurz die Ladedruck-Pumpen ein und stellt den Steuerknüppel auf Leerlauf.

»Rechts alles klar.« Sie schaut aus dem Seitenfenster.

»Links alles klar.« Ich blicke auf die dunkle Rampe hinaus und betrachte das kleine Gebäude mit seinen erleuchteten Fenstern und eine Piper Club, die, in einem Sicherheitsabstand vertäut, im Schatten parkt. Ihre Plane flattert im Wind.

Als Lucy auf den Startknopf drückt, beginnt der Rotor, zunächst langsam und schwerfällig, sich zu drehen. Bald jedoch rattert er schneller als ein Herzschlag, und ich denke an den Mann, an seine Angst und das, was ich den drei Wörtern, die er gerufen hat, habe entnehmen können.

»Was zum …? Hey …!«

Was hat er empfunden? Was gesehen? Den Saum eines schwarzen Mantels. Eines weiten, schwarzen Mantels, der vorbeirauschte? Wessen Mantel? Ein Wollmantel oder ein Trenchcoat? Ein Pelzmantel war es nicht. Wer ist der Träger dieses langen schwarzen Mantels? Jemand, der nicht stehengeblieben ist, um dem Mann zu helfen.

»Was zum …? Hey …!« Ein erschrockener Schmerzensschrei.

Immer wieder lasse ich die Szene Revue passieren. Der abrupte Wechsel des Kamerawinkels. Im nächsten Moment richtete sich die Linse direkt nach oben auf kahle Äste und einen grauen Himmel. Dann der Saum des langen schwarzen Mantels, der eine Sekunde lang auf dem Bildschirm zu sehen ist. Wer würde einfach um einen Mann in Not herumgehen, als ob er ein lebloser Gegenstand wie ein Fels oder ein Baumstamm wäre? Was ist das für ein Mensch, der einen Mann, der sich an die Brust greift und zusammenbricht, kaltblütig ignoriert? Der Täter vielleicht. Oder eine Person, die sich aus irgendeinem Grund nicht einmischen will. So wie Zeugen eines Unfalls oder einer Gewalttat, die sich blitzschnell aus dem Staub machen, um nicht in die Ermittlungen hineingezogen zu werden. Mann oder Frau? Habe ich Schuhe gesehen? Nein, nur den flatternden Saum des Mantels. Darauf folgte ein Klappern, und andere kahle Äste, betrachtet durch die Unterseite einer grünen Bank, kamen in Sicht. Hat die Person im langen schwarzen Mantel den Kopfhörer mit dem Fuß unter die Bank gestoßen, damit die Kamera nicht aufnehmen konnte, was dann geschah?

Ich muss mir die Videoaufzeichnung gründlicher anschauen, aber das ist jetzt nicht möglich. Das iPad liegt im Gepäckraum, und außerdem fehlt die Zeit dafür. Der Rotor durchschneidet die Luft, und der Generator läuft. Lucy und ich setzen unsere Kopfhörer auf. Sie betätigt einige Hebel über ihrem Platz: Avioniksteuerung und Navigationsinstrumente. Ich stelle die Gegensprechanlage auf Besatzung, damit Marino nichts hört, während Lucy mit dem Fluglotsen spricht. Die Scheinwerfer und die Landungslichter spiegeln sich auf dem Asphalt und verfärben ihn weiß, als wir auf die Starterlaubnis des Towers warten. Ich tippe Zieldaten ins GPS, das bewegliche Display mit der Karte und ins Chelton Flight System ein, korrigiere die Höhenmesser, vergewissere mich, dass die digitale Treibstoffanzeige mit der Tankuhr übereinstimmt, und erledige die meisten Handgriffe mindestens zweimal, weil Lucy eine unbedingte Anhängerin von Wiederholungen ist.

Der Tower gibt uns frei. Wir schweben in niedriger Höhe zur Startbahn, steigen mit Kurs auf Nordosten und überqueren auf tausend Fuß den Delaware River. Das vom Wind aufgepeitschte dunkle Wasser sieht aus wie zähflüssiges, geschmolzenes Metall. Kleinen Feuern gleich, funkeln die Lichter der Häuser durch die Bäume.

4

Weil die Sicht in Küstennähe schlechter wird, ändern wir den Kurs in Richtung Philadelphia. Ich stelle die Gegensprechanlage wieder um, damit wir uns nach Marinos Befinden erkundigen können.

»Ist hinten bei dir alles in Ordnung?« Inzwischen habe ich mich ein wenig beruhigt und bin zu sehr mit dem langen schwarzen Mantel und dem erschrockenen Ausruf des Mannes beschäftigt, um Marino böse zu sein.

»Über New Jersey wäre es schneller«, verkündet seine Stimme. Er weiß, wo wir sind, denn der Bildschirm in der Passagierkabine zeigt eine Karte.

»Nebel, Eisregen und nahezu keine Sicht in Atlantic City. Und schneller ist es auch nicht«, entgegnet Lucy. »Wir werden die meiste Zeit auf ›Besatzung‹ schalten, damit ich mich mit der Flugwegverfolgung befassen kann.«

Marino wird wieder aus dem Gespräch ausgeschlossen, während wir uns von einem Tower zum nächsten lotsen lassen. Der Kartenausschnitt von Washington liegt aufgeschlagen auf meinem Schoß. Ich gebe ein neues GPS-Ziel ein, und zwar Oxford, Connecticut, für den Fall, dass wir auftanken müssen. Als wir die Wetterverhältnisse auf dem Radar beobachten, sehen wir, dass sich dichte grüne und gelbe Felder vom Atlantik her nähern. Lucy sagt, dass wir den Unwettern davonfliegen oder ihnen ausweichen können, solange wir uns im Landesinneren halten, der Wind uns gewogen ist und wir die Fluggeschwindigkeit erhöhen, die bereits beachtliche einhundertfünfzig Knoten beträgt.

»Wie fühlst du dich?« Ich halte weiter nach Mobilfunktürmen und anderen Flugzeugen Ausschau.

»Wenn wir erst einmal da sind, wird es mir bessergehen. Aber ich bin sicher, dass wir es schaffen, schneller zu sein als dieser Schlamassel.« Sie deutet auf den Bildschirm des Wetterradars. »Doch sobald ich auch nur die Spur eines Zweifels kriege, landen wir.«

Sie hätte mich nie abgeholt, wenn sie davon ausgegangen wäre, dass wir die Nacht auf irgendeinem Feld verbringen müssen. Also mache ich mir keine Sorgen. Vielleicht bin ich ja auch zu erschöpft, um mir über solche Dinge den Kopf zu zerbrechen.

»Das war eher eine allgemeine Frage. Wie fühlst du dich?«, spreche ich in das Mikrofon, das meine Lippen berührt. »Ich habe in den letzten Wochen oft an dich gedacht«, versuche ich weiter, ihr etwas zu entlocken.

»Ich weiß, wie schwierig es ist, unter diesen Umständen Kontakte zu pflegen«, erwidert sie. »Immer wenn wir glaubten, dass du zurückkommst, ist etwas passiert, bis wir die Hoffnung irgendwann aufgegeben haben.«

Das Ende meines Aufenthalts ist dreimal aufgrund von dringenden Angelegenheiten verschoben worden. Der Abschuss von zwei Helikoptern mit dreiundzwanzig Toten an einem einzigen Tag im Irak. Der Amoklauf in Fort Hood. Das Erdbeben in Haiti. Da das Rechtsmedizinische Institut der Streitkräfte zuständig war und jede Kraft gebraucht wurde, hat sich Briggs geweigert, mich aus dem Lehrgang zu entlassen. Und vor ein paar Stunden hat er mit seinem Vorschlag, ich solle doch in Dover bleiben, schon wieder versucht, meine Abreise hinauszuzögern. Anscheinend möchte er meine Rückkehr nach Hause verhindern.

»Ich habe schon befürchtet, dass wir in Dover eintreffen und herausfinden, dass du noch eine Woche, zwei Wochen oder einen Monat lang dort festsitzt«, fügt Lucy hinzu. »Aber du bist fertig.«

»Offenbar haben sie mich allmählich satt.«

»Wollen wir hoffen, dass du nicht gleich nach der Ankunft zurückmusst.«

»Ich habe die Abschlussprüfung bestanden. Es gibt nichts mehr zu tun. Außerdem muss ich ein Institut leiten.«

»Jemand sollte es leiten. So viel steht fest.«

Ich habe keine Lust, mir weitere Kritik an Jack Fielding anzuhören.

»Und ist sonst alles in Ordnung?«, frage ich.

»Die Garage ist fast fertig. Trotz Waschecke ist sie groß genug für drei Autos. Vorausgesetzt, ihr parkt hintereinander.« Sie gibt mir die neuesten Informationen zum Thema Bauarbeiten, was mich daran erinnert, wie sehr ich zu den Vorgängen in meinem eigenen Haus den Kontakt verloren habe. »Der Bodenbelag aus Kunststoff wurde schon verlegt, doch die Alarmanlage ist noch nicht fertig. Sie wollten sich nicht mit Kontakten in den Fensterscheiben abgeben, aber ich habe darauf bestanden. Leider hat eines der alten Originalfenster aus gewelltem Glas den Umbau nicht überstanden. Also zieht es momentan ein bisschen in deiner Garage. Wusstest du Bescheid?«

»Benton kümmert sich darum.«

»Nun, er war beschäftigt. Hast du die Frequenz für Millville? Ich glaube, es ist eins-zwei-drei-Komma-sechs-fünf.«

Ich konsultiere die Karte, bestätige die Frequenz und gebe sie in Comm 1 ein. »Wie fühlst du dich?«, versuche ich es erneut.

Ich möchte wissen, was mich – außer einem Toten in der Kühlkammer meines Instituts – zu Hause sonst noch erwartet. Doch Lucy verrät es mir nicht, und nun macht sie Benton zum Vorwurf, dass er beschäftigt ist. Solche Äußerungen meint sie nie wörtlich. Sie ist sehr angespannt und starrt abwechselnd auf die Instrumente, die Radarschirme und aus dem Fenster des Cockpits, als rechnete sie mit einem feindlichen Flugzeug, einem Blitzschlag oder einem Motorschaden. Ich habe den Eindruck, dass etwas nicht in Ordnung ist. Aber vielleicht liegt es ja auch an meiner Stimmung.

»Er hat einen wichtigen Fall«, ergänze ich. »Einen ausgesprochen unschönen.«

Wir wissen beide, welchen Fall ich meine. Sämtliche Nachrichtensendungen haben darüber berichtet. Johnny Donahue, Patient im McLean Hospital und Student in Harvard, hat letzte Woche gestanden, einen sechsjährigen Jungen mit einer Nagelpistole umgebracht zu haben. Benton hält das Geständnis für falsch, weshalb Polizei und Staatsanwaltschaft nicht sehr zufrieden mit ihm sind. Alle wünschen sich ein wahrheitsgemäßes Geständnis, weil sie die Vorstellung nicht ertragen, der Täter könne noch auf freiem Fuß sein. Ich frage mich, wie die heutige Begutachtung verlaufen ist, und denke an die Videoaufzeichnung, die zeigt, wie Bentons schwarzer Porsche 911 rückwärts aus unserer Einfahrt rangiert. Er war unterwegs ins McLean, um Johnny Donahues Fallakte zu holen, als ein junger Mann mit seinem Greyhound an unserem Haus vorbeiging. Das Kleine-Welt-Phänomen. Die soziale Vernetzung, die auf Erden miteinander verbindet.

»Lass uns eins-zwei-sieben-Komma-drei-fünf auf Comm 2 behalten, damit wir wissen, was sich in Philadelphia tut«, sagt Lucy. »Allerdings werde ich von ihrer Class B fernbleiben. Ich denke, das müsste zu schaffen sein, falls dieses Zeug von der Küste nicht noch näher kommt.«

Sie deutet auf die grünen und gelben Symbole auf dem Satelliten-Wetterradar, die zeigen, dass Niederschläge heranrücken, als wollten sie uns nach Nordwesten in die hell erleuchtete Skyline der Innenstadt von Philadelphia hineintreiben, bis wir gegen ein Hochhaus prallen.

»Mir geht es prima«, fügt sie hinzu. »Die Sache mit ihm

tut mir leid. Ich merke dir an, dass du sauer bist.« Sie weist mit dem Daumen nach hinten auf Marino. »Was hat er denn angestellt, außer einfach nur so zu sein wie immer?«

»Hast du sein Telefonat mit Briggs mitgehört?«

»Das war in Wilmington. Ich war damit beschäftigt, den Treibstoff zu bezahlen.«

»Er hätte ihn nicht anrufen dürfen.«

»Das ist, als würdest du Jet Ranger verbieten zu sabbern, wenn ich die Tüte mit den Leckerbissen raushole. Vor Briggs den dicken Max zu markieren und sich in die Brust zu werfen ist bei Marino ein Pawlow'scher Reflex. Warum wundert dich das mehr als sonst?« Lucy fragt, als kennte sie die Antwort bereits und wollte weiter nachbohren, weil sie auf etwas Bestimmtes aus ist.

»Vielleicht weil daraus ein noch verzwickteres Problem als sonst entstanden ist.« Ich erzähle ihr, dass Briggs die Leiche nach Dover bringen wollte.

Dann erkläre ich ihr, der Leiter des Rechtsmedizinischen Instituts der Streitkräfte verfüge über Informationen, die er für sich behalte. Zumindest hätte ich den Verdacht, dass er mir etwas Wichtiges verschweigt. Vermutlich wegen Marino, ergänze ich. Weil er über meinen Kopf hinweg gehandelt und damit eine Lawine losgetreten hat.

»Ich glaube, das ist noch längst nicht alles«, meint Lucy. Im Funk wird ihre Flugnummer aufgerufen.

Sie drückt auf den Funkknopf und schaltet die Blattverstellung an. Während sie mit der Flugwegverfolgung spricht, gebe ich die nächste Frequenz ein. So wechseln wir von Flugraum zu Flugraum. Die Symbole auf dem Radarschirm sind inzwischen zum Großteil gelb und rücken uns von Südosten aus auf die Pelle. Sie weisen auf starke Regenfälle hin, die in dieser Höhe für gefährliche Bedingungen sorgen würden, wenn eiskalte Wassertropfen auf die Kanten der Rotorblätter treffen und dort festfrieren. Als ich auf der Frontscheibe aus Plexiglas nach Feuchtigkeit Ausschau halte, kann ich kein einziges Tröpfchen entdecken. Dabei frage ich mich, was Lucy mit *noch längst nicht alles* gemeint haben mag.

»Ist dir etwas in seiner Wohnung aufgefallen?«, hallt Lucys Stimme in meinem Ohr. Ich nehme an, dass sie von dem Toten und dem Video spricht, das die Kamera in seinem Kopfhörer aufgezeichnet hat.

»Du hast gesagt, das sei noch längst nicht alles«, beharre ich. »Verrate mir, was das heißen soll.«

»Das werde ich noch. Ich wollte es nur nicht in Gegenwart von Marino erwähnen. Er hat es nicht bemerkt und hätte es sowieso nicht erkannt. Ich habe ihn nicht darauf hingewiesen, weil ich zuerst mit dir reden wollte. Außerdem bin ich nicht sicher, ob er es überhaupt erfahren sollte.«

»Worauf hast du ihn nicht hingewiesen?«

»Vermutlich hatte Briggs keinen Hinweis nötig«, fährt Lucy fort. »Er hatte viel mehr Zeit als du, sich die Videos anzuschauen. Er und die Leute, denen er die Aufnahmen gezeigt hat, haben sicher das Metallobjekt neben der Tür entdeckt. Es sieht aus wie ein Insekt mit sechs Beinen, das jemand aus Drähten und verschiedenen Metallteilen zusammengeschweißt hat. Etwa so groß wie eine Waschmaschine und ein Trockner übereinandergestapelt. Die Kamera hat das Ding etwa eine Sekunde lang ins Bild gekriegt, als der Mann und der Hund sich auf den Weg nach Norton's Woods gemacht haben. Du hast es ganz bestimmt nicht übersehen.«

»Ich hielt es für eine schlecht gemachte Metallskulptur.« Offenbar ist mir eine ihrer Schlussfolgerungen entgangen. Eine wichtige.

»Ein Roboter, und zwar nicht irgendeiner«, teilt Lucy mir mit. »Es handelt sich um einen Prototyp, der fürs Militär entwickelt wurde. Einen taktischen Transportroboter für den

Kampfeinsatz, gedacht für die Truppen im Irak. Und dann hatte jemand einen anderen kreativen Vorschlag für seine Verwendung, der völlig in die Hose gegangen ist.«

Plötzlich fällt es mir wie Schuppen von den Augen. Ein unbehagliches Gefühl steigt in mir auf, so dass es mir die Brust zuschnürt. Die Erkenntnis ruft eine Erinnerung wach.

»Dieses Modell hatte keine lange Lebensdauer«, spricht sie weiter, und inzwischen glaube ich zu wissen, was sie meint.

MORT. Mortuary Operational Removal Transport. Ein Gerät zur Bergung von Leichen auf dem Schlachtfeld. Gütiger Himmel.

»Es wurde nie in der Praxis eingesetzt und ist mittlerweile veraltet, nur noch ein Museumsstück. Man hat ihn durch Roboter mit Beinen ersetzt, die schwere Lasten auch über unebenes oder rutschiges Gelände tragen können«, erklärt sie. »Wie der Vierbeiner namens Big Dog, den man bei YouTube bewundern kann. Das verdammte Ding ist in der Lage, Hunderte von Kilo zu schleppen, und zwar den ganzen Tag lang und unter den unangenehmsten Bedingungen, die du dir nur vorstellen kannst. Es springt wie ein Hirsch und findet sein Gleichgewicht wieder, wenn es stolpert, ausrutscht oder getreten wird.«

»MORT.« Ich gebe mir einen Ruck und spreche das Wort aus. »Warum hat er einen Transportroboter wie MORT in seiner Wohnung? Anscheinend verstehe ich dich nicht richtig.«

»Hast du MORT mit eigenen Augen gesehen, als du auf dem Capitol Hill darüber debattiert hast? Und du verstehst mich ganz richtig.«

»Mit eigenen Augen nicht.« Ich kenne den Roboter nur aus Lehrvideos und hatte mehr als einmal Streit deswegen, insbesondere mit Briggs. »Wozu braucht er so ein Ding?«, erkundige ich mich noch einmal nach dem Roboter, der laut Lucy in der Wohnung des Toten steht.

»Ein unheimliches Teil. Wie eine riesige mechanische Ameise mit Benzinmotor«, fährt sie fort. »Es klingt wie eine Kettensäge, wenn es sich langsam auf seinen kurzen, dicken Beinen fortbewegt und zwei Paar Greifzangen ausstreckt wie Edward mit den Scherenhänden. Wenn so ein Roboter auf dich zukommt, haust du entweder so schnell wie möglich ab oder wirfst eine Granate nach ihm.«

»Aber warum in seiner Wohnung?« Ich erinnere mich an die Vorführungen, die mir Angst eingeflößt haben, und die hitzigen Diskussionen mit Kollegen wie Briggs beim AFME, im Walter Reed und im Russell Senate Office Building.

MORT. Das Sinnbild fehlgeleiteter Automatisierung, das heftige Konflikte in militärischen und medizinischen Kreisen auslöste. Das Grausige daran war nicht die Technologie an sich, sondern ihre mögliche Anwendung. Es war ein stickiger Sommermorgen in Washington. Die Hitze stieg von den Gehwegen auf, und es wimmelte von Pfadfindergruppen, die die Hauptstadt besichtigten, während Briggs und ich stritten. Wir schwitzten in unseren Uniformen und waren gereizt. Ich weiß noch, wie wir am Weißen Haus vorbei durch die Menschenmenge gingen. Dabei fragte ich mich, was wohl als Nächstes kommen würde. Welche Unmenschlichkeiten würde die Technik uns noch zumuten? Und das war vor einem knappen Jahrzehnt, verglichen mit heute, in der Steinzeit.

»Ich bin ziemlich sicher, ja sogar mehr als das, dass in der Wohnung dieses Typen so ein Ding steht«, verkündet Lucy. »Und so etwas kauft man nicht bei eBay.«

»Vielleicht ist es nur ein Modell«, mutmaße ich. »Nicht funktionstüchtig.«

»Auf gar keinen Fall. Als ich es näher herangeholt habe, konnte ich die Einzelteile genau sehen. Sie weisen Abnutzungserscheinungen auf, vermutlich von Demonstrationen in rauem Gelände. Es hat auch einige Kratzer abgekriegt. Ich konnte sogar die Fiberglaskabel erkennen. MORT war nämlich nicht drahtlos, eine seiner vielen Schwächen. Kein Vergleich mit den autonomen Robotern von heute, die mit Computern ausgestattet sind und durch am menschlichen Körper tragbare Sensoren gesteuert werden, so dass man keinen lästigen Koffer voll Elektronik mehr mit sich herumschleppen muss. So haben die Soldaten im Kampfeinsatz die Hände frei, wenn sie mit ihren Robotern unterwegs sind. Diese leichten Prozessoren, die man in eine Weste einarbeiten kann, um ein unbemanntes Fahrzeug oder einen bewaffneten Roboter zu lenken, sind die neueste Erfindung von SWORDS, dem Special Weapons Observation Remote Direct-Action System, der Abteilung, die für die Entwicklung ferngesteuerter Waffensysteme zuständig ist. Mir ist nicht sehr wohl bei dem Gedanken, und ich weiß ja, wie du darüber denkst.«

»Ich glaube, meine Haltung dazu kann ich gar nicht in Worte fassen«, erwiderte ich.

»Im Irak sind bis jetzt drei SWORDS-Einheiten stationiert, haben ihre Waffen allerdings noch nicht eingesetzt. Es kann nämlich niemand sagen, wie man einen Roboter dazu bringt, eine Situation richtig einzuschätzen. Künstliche emotionale Intelligenz. Eine ziemliche Herausforderung, aber gewiss nicht unmöglich.«

»Roboter sollte man nur für befriedende Maßnahmen, zur Überwachung und als Packesel verwenden.«

»Das findest du. Manche Leute sehen es anders.«

»Sie dürfen keine Entscheidungen über Leben und Tod fällen«, füge ich hinzu. »Das wäre, als würde der Autopilot bestimmen, ob wir durch die Wolken fliegen sollen, die da auf uns zukommen.«

»Der Autopilot könnte das, wenn mein Helikopter über Feuchtigkeits- und Temperatursensoren verfügen würde. Bau noch Kraftumformer ein, und er würde ganz allein und federleicht landen. Wenn genügend Sensoren vorhanden sind, werde ich überflüssig. Du steigst einfach ein und drückst auf einen Knopf wie die Jetsons, diese futuristische Zeichentrickfamilie. Klingt zwar verrückt, aber je verrückter, desto besser. Frag bei DARPA nach. Hast du eine Vorstellung davon, wie viel Geld die Forschungsbehörde des Verteidigungsministeriums in die Umgebung von Cambridge gepumpt hat?«

Lucy drückt den Hubkrafthebel herunter, so dass der Helikopter sinkt, und geht vom Gas, als sich wieder eine gespenstische Wolkenwand aus der Dunkelheit auf uns zuwälzt.

»Abgesehen von den Mitteln, die in dein CFC gesteckt wurden«, fügt sie hinzu.

Ihr Verhalten, ja sogar ihr Gesichtsausdruck hat sich verändert, und sie macht keinen Hehl mehr aus ihren Gefühlen. Ich kenne diese Stimmung nur zu gut. Ich habe sie zwar schon seit einer Weile nicht mehr so erlebt, bin aber damit vertraut wie mit den Symptomen einer Krankheit, die eine Weile geschlummert hat.

»Computer, Robotertechnik, synthetische Biologie, Nanotechnologie, je abgefahrener, desto besser«, spricht sie weiter. »Der verrückte Wissenschaftler ist ausgestorben. Inzwischen bin ich nicht mehr sicher, ob es so etwas wie Science-Fiction gibt. Erfinde die aberwitzigsten Gerätschaften, die du dir vorstellen kannst, und du wirst sehen, dass sie vermutlich schon irgendwo im Einsatz und Schnee von gestern sind.«

»Willst du damit andeuten, der Mann, der in Norton's Woods ums Leben gekommen ist, hatte etwas mit DARPA zu tun?«

»Es muss irgendeine Art von Verbindung existieren. Ich weiß nicht, ob direkt oder indirekt«, antwortet Lucy. »MORT wird nicht mehr verwendet, weder vom Militär noch zu anderen Zwecken. Aber vor acht oder neun Jahren, als DARPA die Mittel für den Einsatz von Robotertechnik, Biotechnik und

Information für militärische und geheimdienstliche Zwecke erhöht hat, war er der letzte Schrei. Außerdem ging es um Forensik und andere Anwendungen im Zusammenhang mit unseren Gefallenen und den Kampfhandlungen auf dem Schlachtfeld.«

DARPA hat die Erforschung und Entwicklung der Röntgengeräte finanziert, die wir in Dover und jetzt auch am CFC bei virtuellen Autopsien benutzen. Auch mein viermonatiger Lehrgang, der dann schließlich ein halbes Jahr lang gedauert hat, wurde von DARPA bezahlt.

»Ein erheblicher Prozentsatz der Forschungsmittel fließen an Labors in der Umgebung von Cambridge, nach Harvard und ans MIT«, fährt Lucy fort. »Erinnerst du dich, wie es war, als es plötzlich nur noch um den Krieg ging?«

Es wird zunehmend schwieriger, sich eine Zeit ins Gedächtnis zu rufen, in der das noch nicht der Fall war. Der Krieg ist in unserem Land zum wichtigsten Industriezweig geworden, so wie früher die Automobilindustrie, die Stahlbranche oder die Eisenbahn. Das ist die gefährliche Welt, in der wir leben. Ich glaube nicht, dass sie sich noch zum Besseren verändern wird.

»Die tolle Idee, Roboter wie MORT dazu einzusetzen, Gefallene auf dem Schlachtfeld zu bergen, damit Soldaten ihr Leben nicht für tote Kameraden aufs Spiel setzen müssen?«, hält Lucy mir vor Augen.

Das ist keine tolle Idee, sondern eine ausgesprochen bedauerliche. Und, wie ich damals dachte und bis heute denke, eine unglaublich idiotische. Briggs und ich waren in dieser Sache unterschiedlicher Meinung. Er wird es mir trotzdem nicht danken, dass ich ihn vor einem Tritt ins Fettnäpfchen bewahrt habe, das ihn vermutlich die Karriere gekostet hätte.

»An dem Projekt wurde eine Zeitlang mit aller Kraft geforscht, und dann hat man es ad acta gelegt«, ergänzt Lucy.

Und zwar, weil die Verwendung eines Roboters zu diesem Zweck voraussetzt, dass er die Fähigkeit besitzt, zu entscheiden, ob ein am Boden liegender Soldat, ein Mensch also, nur schwer verwundet oder nicht mehr am Leben ist.

»Das Verteidigungsministerium hat deswegen – zumindest intern – ziemlichen Ärger gekriegt, weil die Idee als eiskalt und inhuman galt«, sagt sie.

Und zwar zu Recht. Kein Mensch sollte in den Greifzangen eines Apparats sterben, der ihn vom Schlachtfeld, aus einem zerbeulten Fahrzeug oder den Trümmern eines eingestürzten Hauses zerrt.

»Worauf ich hinauswill, ist, dass die ersten Generationen dieses Roboters vom Pentagon unter Verschluss gehalten wurden. Entweder landeten sie auf einem geheimen Schrottplatz oder wurden wegen der Ersatzteile ausgeschlachtet«, erklärt Lucy. »Und trotzdem hat der Typ in deiner Kühlkammer einen in seiner Wohnung stehen. Wo hat er ihn her? Er muss Beziehungen haben. Auf seinem Couchtisch liegt Zeichenpapier. Vermutlich ist er Ingenieur oder etwas in dieser Richtung und an streng vertraulichen Projekten beteiligt, die eine hohe Geheimhaltungsstufe erfordern. Aber er ist Zivilist.«

»Was macht dich so sicher, dass er Zivilist ist?«

»Glaub mir, da würde ich jeden Eid drauf schwören. Er hat keine militärische Ausbildung und arbeitet eindeutig nicht beim militärischen Geheimdienst oder bei der Regierung. In diesem Fall würde er nämlich beim Spazierengehen nicht laute Musik hören und eine teure Pistole mit entfernter Seriennummer mit sich herumschleppen, was heißt, dass er sie vermutlich auf der Straße gekauft hat. Er hätte eine, die man nicht zu ihm zurückverfolgen kann. Eine, die man einmal benutzt und dann wegwirft …«

»Wir wissen nicht, zu wem sich die Pistole zurückverfolgen lässt«, betone ich.

»Soweit ich im Bilde bin, noch nicht, was ein Witz ist. Der Typ ist kein verdeckter Ermittler. Niemals. Ich glaube, er hat Angst«, verkündet Lucy, als handelte es sich um eine Tatsache. »*Hatte*. Jemand hat ihn überwacht, und nun ist er tot. Meiner Meinung nach ist das kein Zufall. Ich würde dir raten, extrem vorsichtig zu sein, wenn du mit Marino sprichst.«

»Manchmal ist er ein schrecklicher Trampel, aber er versucht nicht, mir zu schaden.«

»Sein Verständnis von Geheimhaltung beschränkt sich darauf, seine Fälle nicht mit seinen Kumpels beim Bowling zu erörtern und nicht mit Reportern zu sprechen. Sich Leuten wie Briggs anzuvertrauen, findet er hingegen völlig in Ordnung, weil er vor hohen Militärs viel zu viel Respekt hat.« Lucy ist so ernst, wie ich sie schon seit Ewigkeiten nicht mehr erlebt habe. »Er hätte sich an mich oder an Benton wenden müssen.«

»Hast du Benton dasselbe erzählt wie mir?«

»Ich überlasse es dir, ihm MORT zu erklären, weil er nicht verstehen wird, was das Problem ist. Er war nicht dabei, als du dich mit dem Pentagon herumgestritten hast. Du erläuterst ihm alles, und dann setzen wir uns alle zusammen und unterhalten uns. Das heißt, du, er und ich. Mehr Leute sollten im Moment nicht eingeweiht werden, weil du noch nicht weißt, wer wo steht. Zuerst musst du die verdammten Fakten klarkriegen und Freund und Feind unterscheiden können.«

»Wenn ich Marino in einem Fall wie diesem oder überhaupt einem Fall nicht vertrauen kann, wozu beschäftige ich ihn dann überhaupt?« Mein Tonfall ist scharf und gereizt, denn Marino einzustellen war ebenso Lucys Idee wie meine.

Sie hat mir zugeredet, ihm die Stelle als oberster Ermittler am CFC anzubieten, und ihn überzeugt, sie anzunehmen. Allerdings hat er sich nicht lange bitten lassen. Obwohl er es niemals zugeben würde, weicht er nur sehr ungern von meiner Seite, und als ihm klarwurde, dass ich nach Cambridge übersiedeln würde, hatte die New Yorker Polizei plötzlich ihren Reiz für ihn verloren. Er hatte kein Interesse mehr an Jaime Berger, der Staatsanwältin, deren Büro er zugeteilt war. Er geriet in einen erbitterten Streit mit seinem Vermieter in der Bronx. Er begann sich über die Steuern in New York zu beklagen, obwohl er sie bis dahin jahrelang klaglos gezahlt hatte. Er beschwerte sich, es sei eine Zumutung, nirgendwo Motorrad fahren oder einen Pick-up parken zu können, auch wenn er damals keines von beiden besaß. Er fand, es sei Zeit für einen Umzug.

»Es geht nicht um Vertrauen, sondern darum, seine eigenen Grenzen zu erkennen.« Es ist untypisch für Lucy, so viel Nachsicht zu zeigen. Für gewöhnlich tut sie ihre Mitmenschen einfach als böswillig oder unfähig ab und findet, dass sie die Strafe verdient haben, die sie über sie verhängt.

Nun schiebt sie den Hubkrafthebel leicht nach oben und justiert vorsichtig die Blattverstellung, damit wir schneller werden und um zu verhindern, dass wir zu weit steigen und in die Wolken geraten. Rings um uns herrscht stockfinstere Nacht. Streckenweise kann ich keine Lichter am Boden erkennen, ein Hinweis darauf, dass wir über Bäumen fliegen. Ich gebe die Frequenz von McGuire ein, damit wir den dortigen Luftraum überwachen und gleichzeitig das Traffic Collision Avoidance System im Auge behalten können, das der Vermeidung von Zusammenstößen in der Luft dient. Nirgendwo ist eine andere Maschine in Sicht. Durchaus möglich, dass wir heute Abend als Einzige unterwegs sind.

»Ich kann es mir nicht leisten, nachsichtig gegenüber den Beschränkungen anderer zu sein«, antworte ich meiner Nichte. »Was heißt, dass es vermutlich ein Fehler war, Marino einzustellen. Fielding war vielleicht ein noch größerer.«

»Nicht vielleicht und auch nicht zum ersten Mal. Jack hat dich in Watertown sitzenlassen und ist nach Chicago gezogen. Da hätte er meinetwegen auch bleiben können.«

»Der Gerechtigkeit halber muss man bedenken, dass uns in Watertown die Mittel gestrichen worden sind. Er wusste, dass das Institut wahrscheinlich schließen würde, und das ist ja dann auch geschehen.«

»Er ist nicht aus diesem Grund gegangen.«

Ich erwidere nichts, weil sie recht hat. Es ist tatsächlich nicht der Grund. Fielding wollte nach Chicago, weil seine Frau dort ein Stellenangebot hatte. Zwei Jahre später hat er mich gebeten, zurückkehren zu können. Er sagte, er vermisse es, für mich zu arbeiten. Ihm fehle seine Familie. Lucy, Marino, Benton und ich. Eine große, glückliche Familie.

»Es sind nicht nur die beiden. Du hast mit jedem dort ein Problem«, fügt Lucy hinzu.

»Also hätte ich niemanden einstellen sollen. Offenbar auch dich nicht.«

»Richtig. Ich bin nicht unbedingt teamfähig.« Lucy ist beim FBI und bei der ATF, der Behörde für Alkohol, Tabak und Feuerwaffen, rausgeflogen. Ich glaube, niemand kann ihr Vorschriften machen, nicht einmal ich.

»Nun, das ist ja ein hübscher Empfang«, meine ich.

»Das ist die Gefahr bei einer Einrichtung, die experimentellen Charakter und, ganz gleich, was alle auch behaupten, zivile und militärische Aufgaben hat. Die Verwaltung vor Ort und die Bundesbehörden wollen ein Wörtchen mitreden, und die Universitäten sind auch noch mit von der Partie«, verkündet Lucy. »Der Laden ist weder Fisch noch Fleisch. Deshalb wissen die Mitarbeiter nicht, wie sie sich verhalten sollen, und erkennen ihre Grenzen nicht, vorausgesetzt, dass sie sie überhaupt verstehen. Davor habe ich dich schon vor langer Zeit gewarnt.«

»Ich kann mich an keine Warnung erinnern. Nur an einen Hinweis.«

»Wir gehen auf die Frequenz von Lakehurst und geben durch, dass wir auf Sichtflug gehen, weil ich das Flugleitsystem verlasse«, beschließt sie. »Das schickt uns nämlich nur immer weiter nach Westen, wo uns die Seitenwinde um mehr als zwanzig Knoten bremsen und wir schließlich gezwungen sind, in Harrisburg oder Allentown zu landen und dort die Nacht zu verbringen.«

5

Schneeflocken tanzen wie wild gewordene Motten vor unseren Landescheinwerfern und dem Luftzug unseres Rotors, während wir auf den Holzkarren aufsetzen. Die Kufen berühren vorsichtig die Oberfläche und gehen dann in die Knie, als das Gewicht der Maschine sich verteilt und vier Scheinwerferpaare vom Sicherheitstor neben dem Flughafengebäude auf uns zukommen.

Langsam bewegen sich die Scheinwerfer über die Rampe und beleuchten das dichte Schneetreiben. Ich erkenne die Umrisse von Bentons grünem Porsche Cayenne. Der Suburban und der Range Rover, beide schwarz, sind mir auch vertraut. Im Gegensatz zum vierten Auto, einer eleganten, dunklen Limousine mit verchromtem Kühlergrill. Anscheinend sind Lucy und Marino heute getrennt gefahren und haben ihre Autos beim Flughafenpersonal hinterlassen, was Sinn ergibt. Meine Nichte ist stets vor allen anderen am Flugplatz, um den Helikopter startklar zu machen und ihn vom Pitotrohr an der Front bis zur Halterung am Leitwerksträger zu überprüfen. Ich habe sie schon seit einer Weile nicht mehr so erlebt, und während wir zwei Minuten lang im Leerlauf abwarten, bevor sie die Systeme abstellt, versuche ich, mir das letzte Mal ins Gedächtnis zu rufen. So hoffe ich herauszufinden, was hier gespielt wird. Denn sie erzählt es mir einfach nicht.

Sie wird schweigen, solange es ihr in den Kram passt, und es gibt keine Möglichkeit, ihr Informationen zu entlocken, die sie noch nicht preisgeben will, was im Extremfall auch nie heißen kann. Lucy liebt Heimlichtuerei und verstellt sich leidenschaftlich gern, anstatt zu sich zu stehen. Das war schon früher in ihrer Kindheit so. Ein Geheimnis zu haben verleiht ihr Macht, und sie liebt Dramen, Risiken und Gefahren. Je bedrohlicher, desto besser. Bis jetzt hat sie mir nur verraten, dass es sich bei dem veralteten Roboter in der Wohnung des Toten um einen Transportroboter namens MORT handelt, der vor einiger Zeit für die Leichenbergung auf dem Schlachtfeld, mit anderen Worten: zum Abtransport von Toten im Krieg, eingesetzt werden sollte. MORT war ein Projekt, gegen das ich vor Jahren heftig opponiert habe. Doch der seltsame Umstand, dass sich so ein Ding in der Wohnung des Toten befindet, erklärt Lucys Verhalten nicht.

Wann hat sie mir schon einmal solche Angst gemacht – nicht, dass das das einzige Mal gewesen wäre –, weil ich befürchtete, sie könnte im Gefängnis landen? Vor sieben oder acht Jahren, sage ich mir, als sie aus Polen zurückkam. Dort war sie an einer Mission von FBI-Agenten in Zusammenarbeit mit Interpol beteiligt. Bis heute weiß ich nicht, worum genau es ging. Ich habe keine Ahnung, wie viel sie mir verraten würde, wenn ich sie stark genug bedrängte. Aber ich werde es nicht tun. Ich habe nämlich beschlossen, was die besagte Aktion angeht, lieber im Dunkeln zu tappen. Was ich weiß, ist genug. Mehr als genug. So würde ich niemals über Lucys Gefühle, ihre Gesundheit oder ihr allgemeines Wohlbefinden sprechen. Jedes einzelne Molekül von ihr ist mir wichtig. Doch mit einigen verschlungenen und geheimen Seiten ihres Lebens ist es eine andere Sache. Für sie und mich ist es besser, wenn ich bei manchen Dingen nicht nachhake. Es gibt Geschichten, die nicht erzählt werden wollen.

Während der letzten Stunde unseres Flugs nach Hanscom Field ist sie immer geistesabwesender und ungeduldiger, aber gleichzeitig übertrieben wachsam geworden. Insbesondere die Wachsamkeit ist eine Eigenart, die ich nur zu gut kenne; sie ist eine Waffe, die sie dann zückt, wenn sie sich bedroht fühlt und in die gewisse Stimmung gerät, vor der ich mich früher gefürchtet habe. Beim Auftanken in Oxford, Connecticut, hat sie den Helikopter keine einzige Sekunde aus den Augen gelassen. Außerdem hat sie den Tankwagen beobachtet. Ich musste im kalten Wind die Aufpasserin spielen, als sie ins Flughafengebäude lief, um zu bezahlen, denn sie traut Marino den Wachdienst, wie sie es ausgedrückt hat, nicht zu. Sie hat mir erklärt, dass er, als sie auf dem Flug nach Dover in Wilmington, Delaware, aufgetankt haben, so sehr mit Telefonieren beschäftigt gewesen sei, dass er sich weder um die Sicherheit noch um das geschert habe, was um ihn herum geschah.

Sie sagt, sie habe ihm durchs Fenster dabei zugeschaut, wie er redend und gestikulierend auf dem Vorfeld hin und her lief. Zweifellos war er damit beschäftigt, Briggs von dem Toten zu berichten, der angeblich noch lebte, als man ihn in meine Kühlkammer eingesperrt hatte. Kein einziges Mal habe sich Marino zum Hubschrauber umgedreht, empört sich Lucy. Er habe es nicht einmal bemerkt, als ein anderer Pilot auf die Maschine zugeschlendert sei, um sie sich aus der Nähe anzuschauen, in die Hocke ging, das Nachtsichtgerät und die Nightsun-Scheinwerfer inspizierte und dann durch die Plexiglasscheibe in die Kabine starrte. Marino habe völlig vergessen, dass die Türen und der Tank nicht verriegelt waren und dass es unmöglich ist, die Kabine zu sichern. Man kann die Triebwelle, den Motor und die Gangschaltung, also die lebenswichtigen Organe eines Hubschraubers, erreichen, indem man einfach ein paar Klappen öffnet.

Ein wenig Wasser im Tank genügt für einen Flammabriss und ein Motorversagen in der Luft. Wenn man zum Beispiel den Behälter, der die Hydraulikflüssigkeit enthält, mit einer kleinen Prise eines Fremdstoffs, zum Beispiel Erde, Öl oder Wasser, verunreinigt, fallen die Kontrollhebel aus wie die Servolenkung eines Autos – nur mit ernsthafteren Folgen, weil man sich siebenhundert Meter hoch in der Luft befindet. Wer eine wirkliche Katastrophe auslösen will, verschmutzt Treibstoff und Hydraulikflüssigkeit und erzeugt auf diese Weise gleichzeitig einen Flammabriss und einen Hydraulikausfall. Lucy hat mir – die Gegensprechanlage war während des Flugs auf »Besatzung« gestellt, damit Marino nicht mithörte – die grausigen Einzelheiten geschildert. Besonders fatal würde es sich nach Einbruch der Dunkelheit erweisen, wenn eine an sich schon heikle Notlandung noch dadurch erschwert wird, dass man nicht sieht, was sich unter einem befindet. Man kann nur hoffen, dass es weder Bäume noch Stromleitungen oder andere Hindernisse sind.

Natürlich ist das Anbringen eines Sprengsatzes der Sabotageakt, den sie am meisten fürchtet. Sprengstoffe und ihre Anwendung beschäftigen sie ohnehin sehr. Ständig grübelt sie darüber nach, wer sie gegen uns einsetzen könnte, einschließlich der amerikanischen Regierung, falls es gewissen Leuten in den Kram passt. Nachdem ich diesen Vortrag eine Weile über mich hatte ergehen lassen, hat sie mich noch mehr geängstigt, indem sie mir erklärte, wie mühelos sich so ein Sprengsatz unter dem Gepäck oder einer Fußmatte im hinteren Teil des Helikopters verstecken ließe, so dass er bei der Explosion den Treibstofftank unter den Rücksitzen zerreißen würde. *Dann verwandelt sich der Hubschrauber in ein Krematorium*, fügte sie hinzu, was mich wieder an den Soldaten im Humvee und die Hasstirade seiner leidgeprüften Mutter am Telefon erinnert hat. Den Großteil des Fluges hing ich bedrückenden Gedanken nach, denn jede geschilderte Katastrophe ruft deutliche Bilder meiner eigenen Fälle in mir wach. Ich weiß, wie Menschen sterben. Und ich weiß auch genau, was in diesem Fall mit mir passieren würde.

Lucy stellt die Zündung ab und zieht die Rotorbremse. Als der Rotor stoppt, öffnet sich die Fahrertür von Bentons

Wagen. Die Innenbeleuchtung geht nicht an. Das wird sie auch in den anderen Geländefahrzeugen auf der Rampe nicht tun, da Polizisten und FBI-Agenten ihre Marotten haben. Sie sitzen nie mit dem Rücken zur Tür. Sie schnallen sich nur sehr ungern an. Und sie haben etwas gegen Innenbeleuchtung in ihren Autos. Man hat ihnen eingebläut, Hinterhalte und Gurte, die sie an der Flucht hindern könnten, zu meiden. Außerdem wollen sie sich nicht in beleuchtete Zielscheiben verwandeln. Sie sind wachsam. Allerdings nicht so wachsam wie Lucy in den letzten Stunden.

Benton nähert sich dem Helikopter und wartet neben dem Karren, die Hände in den Taschen einer alten schwarzen Lammfelljacke, die ich ihm vor vielen Jahren zu Weihnachten geschenkt habe. Der Wind zaust sein silbergraues Haar. Groß und schlank hebt er sich vor der verschneiten Nacht ab. Seine Züge sind im Spiel aus Licht und Schatten klar zu erkennen. Wenn ich ihn nach einer langen Trennung wiedersehe, betrachte ich ihn stets mit den Augen einer Fremden und fühle mich wieder von ihm angezogen wie bei unserer ersten Begegnung vor vielen Jahren in Virginia. Damals war ich der neue Chief Medical Examiner, die erste Frau in den USA, die einem so großen rechtsmedizinischen Institut vorstand. Er war eine Legende beim FBI, der berühmteste Profiler und Leiter der damaligen Abteilung für Verhaltensforschung in Quantico. Als er in meinen Konferenzsaal spaziert kam, fühlte ich mich plötzlich befangen und verunsichert, und das hatte nichts mit den Serienmorden zu tun, die wir gerade erörterten.

»Kennst du diesen Typen?«, flüstert er mir ins Ohr, als wir uns umarmen. Er küsst mich sanft auf die Lippen, und ich rieche den holzigen Duft seines Rasierwassers und spüre das weiche Leder seiner Jacke an der Wange.

Dann schaue ich an ihm vorbei und den Mann an, der aus

der Limousine steigt. Inzwischen kann ich erkennen, dass es ein dunkelblauer oder schwarzer Bentley ist, dessen V12-Motor leise schnurrt. Der Mann ist groß und übergewichtig, hat schlaffe Wangen und einen schütteren Haarkranz, der im Wind flattert. Bekleidet ist er mit einem langen Mantel. Er hat den Kragen bis über die Ohren hochgeschlagen und trägt Handschuhe. Höflich Abstand haltend, gibt er sich so diskret wie der Chauffeur eines britischen Adligen. Allerdings spüre ich, dass er uns beobachtet. Benton scheint ihn sehr zu interessieren.

»Sicher wartet er auf jemand anders«, stelle ich fest, als der Mann zwischen Benton und dem Helikopter hin und her blickt.

»Kann ich Ihnen helfen?« Benton tritt auf ihn zu.

»Ich suche Dr. Scarpetta.«

»Und warum suchen Sie Dr. Scarpetta?« Benton verhält sich zwar freundlich, aber auch bestimmt und unzugänglich.

»Ich soll etwas hier abgeben. Man hat mir gesagt, die betreffende Person befände sich in diesem Helikopter oder erwarte ihn hier.«

»Was kann ich für Sie tun?«

»Ich habe den Auftrag, Dr. Scarpetta etwas persönlich auszuhändigen. Sind das vielleicht Sie?« Der Fahrer sieht zu, wie Lucy und Marino meine Sachen aus der Passagierkabine und dem Gepäckraum holen. Ich bin für ihn nicht vorhanden, und er würdigt mich keines Blickes. Offenbar bin ich nur die Frau des hochgewachsenen, attraktiven Mannes mit dem silbergrauen Haar. Der Fahrer hält Benton für Dr. Scarpetta und glaubt, der Helikopter gehöre ihm.

»Am besten sorgen wir dafür, dass Sie so schnell wie möglich aufbrechen können, bevor wir noch einen Schneesturm bekommen«, sagt Benton und steuert auf den Bentley zu, so dass der Fahrer keine andere Wahl hat, als ihm zu folgen.

»Soweit ich gehört habe, rechnet man mit zwanzig bis fünfundzwanzig Zentimeter Neuschnee. Aber ich fürchte, es wird noch mehr werden. Das hat uns gerade noch gefehlt. Was für ein Winter! Woher kommen Sie? Nicht von hier. Irgendwo aus dem Süden. Ich tippe mal auf Tennessee.«

»Das merken Sie noch nach siebenundzwanzig Jahren? Muss wohl weiter an meinem Nordstaatenakzent arbeiten. Nashville.« Er öffnet die Beifahrertür und beugt sich in den Wagen.

Ich warte auf der Rampe, wo Benton mich stehengelassen hat. Ich weiß, dass ich ihm nicht zum Bentley folgen darf, habe jedoch keine Lust, in unserem Auto zu sitzen, solange ich keine Ahnung habe, wer der Mann ist, was er abgeben soll oder woher er die Information hat, dass eine Person namens Scarpetta entweder mit einem Hubschrauber in Hanscom landet oder ihn dort erwartet und wann das sein wird. Der Erste, der mir einfällt, ist Jack Fielding. Er ist sicher über meine Reisepläne informiert, und ich habe einen Blick auf mein iPhone geworfen. Anne und Ollie haben auf meine SMS geantwortet und befinden sich bereits im CFC. Aber Fielding hat sich nicht gemeldet. *Was ist nur los mit ihm?* Etwas liegt da im Argen, anscheinend etwas Ernstes. Sicher handelt es sich nicht nur um ein weiteres Beispiel seiner üblichen Verantwortungslosigkeit, Gleichgültigkeit oder Sprunghaftigkeit. Hoffentlich fühlt er sich wohl, ist weder krank noch verletzt und hat auch keinen Streit mit seiner Frau. Ich beobachte, wie Benton etwas in die Jackentasche steckt. Er geht sofort zu seinem Cayenne. Das ist eine Botschaft an mich: Steig ein und stell auf der Rampe keine Fragen. Gerade ist etwas geschehen, das ihm trotz seines lockeren und freundlichen Gesprächs mit dem Fahrer nicht gefällt.

»Was ist passiert?«, erkundige ich mich, während wir gleichzeitig die Türen schließen. Marino öffnet die Heckklappe und fängt an, meine Kartons und Taschen ins Auto zu schieben.

Benton schaltet die Heizung ein und antwortet nicht, als meine übrigen Sachen verladen werden. Dann kommt Marino zur Beifahrerseite und klopft mit dem Fingerknöchel an die Scheibe.

»Wer zum Teufel war das?« Er schaut zum Bentley hinüber. Der Schnee fällt in dicken Flocken, sammelt sich auf dem Schirm seiner Baseballkappe und schmilzt auf seiner Brille.

»Wussten viele Leute, dass du und Lucy heute nach Dover wolltet?« Beim Sprechen lehnt Benton die Schulter an meine.

»Der General. Und Captain Avallone, als ich versucht habe, anzurufen und Doc Scarpetta etwas ausrichten zu lassen. Und gewisse Leute in unserem Institut. Warum?«

»Sonst niemand? Vielleicht eine beiläufige Bemerkung gegenüber den Sanitätern oder der Polizei von Cambridge?«

Marino hält inne und überlegt. Kurz verändert sich seine Miene. Er ist nicht sicher, wem er es erzählt hat. Jetzt versucht er, sich zu erinnern, und geht in Gedanken seine Optionen durch. Falls er leichtsinnig war, wird er es nicht zugeben. Schließlich hat er sich oft genug Vorwürfe wegen seiner Redseligkeit anhören müssen und vermutlich keine Lust auf eine weitere Standpauke. Wie man gerechtigkeitshalber außerdem einräumen muss, hatte er keinen Grund, anzunehmen, dass es sich bei seinem und Lucys Flug nach Delaware, um mich abzuholen, um eine vertrauliche Information handelt. Mein Aufenthalt dort war schließlich kein Staatsgeheimnis. Morgen hätte ich ohnehin nach Hause kommen sollen.

»Kein Problem, wenn du es jemandem gesagt hast.« Anscheinend denkt Benton dasselbe wie ich. »Ich möchte nur herausfinden, woher der Bote wusste, wann der Helikopter landet, mehr nicht.«

»Was für ein Bote fährt mit einem Bentley herum?«, fragt Marino.

»Offenbar einer, dem man eure Reiseroute und auch die Hecknummer des Helikopters mitgeteilt hat«, entgegnet Benton säuerlich.

»Fielding, dieser Schwachkopf! Was zum Teufel bildet er sich ein? Der Typ ist total durchgeknallt.« Marino nimmt die Brille ab und findet dann nichts, um sie zu putzen. Sein Gesicht wirkt ohne die alte Nickelbrille seltsam nackt. »Ich habe gegenüber ein paar Leuten erwähnt, dass du schon heute und nicht erst morgen zurückkommst. Ich meine, natürlich waren einige im Bilde, und zwar wegen unseres Problems mit dem blutenden Toten und so«, wendet er sich an mich. »Aber Fielding ist derjenige, der genau über deine Pläne informiert war. Und er kennt auch Lucys Helikopter, denn er war schon an Bord. Mist, du wirst noch Augen machen«, fügt er mit Grabesstimme hinzu.

»Wir unterhalten uns im Büro.« Benton will, dass er den Mund hält.

»Was zum Teufel wissen wir über ihn? Was führt er im Schilde, verdammt? Es wird langsam Zeit, dass du aufhörst, ihn in Schutz zu nehmen. Umgekehrt tut er es nämlich eindeutig nicht«, sagt Marino zu mir.

»Wir sollten später darüber sprechen«, entgegnet Benton drohend.

»Der will dich reinlegen«, meint Marino zu mir.

»Jetzt ist nicht der richtige Zeitpunkt.« Bentons Tonfall wird schneidend.

»Er ist scharf auf deinen Job. Oder vielleicht gönnt er ihn dir einfach nicht.« Marino betrachtet mich, steckt die Hände in die Taschen seiner Lederjacke und tritt vom Fenster zurück. »Willkommen daheim, Doc.« Schneeflocken wehen ins Wageninnere und landen feuchtkalt auf meinem Gesicht und

Hals. »Es ist gut, daran erinnert zu werden, wem du wirklich trauen kannst, oder?« Er starrt mich an, während ich das Fenster schließe.

An den Tragflächen der geparkten Flugzeuge blinken rotweiße Antikollisionslämpchen, als wir langsam über die Rampe zum Sicherheitstor rollen, das gerade aufgegangen ist.

Der Bentley fährt hindurch, wir folgen. Ich stelle fest, dass er Kennzeichen aus Massachusetts hat, auf denen nicht das Wort *Fahrdienst* eingestanzt ist. Das heißt, dass der Wagen nicht einer Autovermietung gehört. Das wundert mich nicht. Bentley sind selten, insbesondere in dieser Gegend, wo die Menschen, auch die Besitzer von Privatflugzeugen, zurückhaltend und umweltbewusst sind. Ich sehe nur selten einen Bentley oder Rolls-Royce. Die meisten fahren Toyota oder Saab. Wir passieren das Verwaltungsgebäude von Signature, einer der wenigen Fluggesellschaften im zivilen Teil des Flugplatzes. Ich lege die Hand auf Bentons Jackentasche aus weichem Wildleder, ohne den cremeweißen Briefumschlag zu berühren, der ein winziges Stück herauslugt.

»Möchtest du mir nicht endlich erklären, was das gerade war?« Offenbar hat man ihm einen Brief übergeben.

»Niemand hätte wissen dürfen, dass du gerade gelandet bist. Auch nichts über dich persönlich oder deinen Aufenthalt. Und damit basta«, entgegnet Benton. Seine Miene und seine Stimme sind hart. »Anscheinend hat sie im CFC angerufen, und Jack hat es ihr erzählt. Sie hat ganz sicher dort angerufen, und wer außer Jack käme in Frage?«

Wie er es ausspricht, klingt es nicht nach einer Frage. Ich habe keine Ahnung, worauf er anspielt.

»Ich begreife nicht, warum er oder überhaupt jemand mit ihr gesprochen hat, verdammt«, fährt Benton fort. Allerdings bin ich überzeugt, dass er sehr wohl versteht, wovon er redet.

Sein Tonfall sagt nämlich das genaue Gegenteil aus. Ich merke ihm an, dass er nicht einmal überrascht ist.

»Wer?« Ich habe nämlich keine Ahnung. »Wer hat im CFC angerufen?«

»Johnny Donahues Mutter. Offenbar ist das ihr Fahrer.« Er zeigt auf den Wagen vor uns.

Die Scheibenwischer quietschen, als sie über die Scheibe gleiten und den Schnee beiseiteschieben, der sich beim Auftreffen auf das Glas in Matsch verwandelt. Ich betrachte die Rücklichter des Bentley und versuche, mir auf Bentons Worte einen Reim zu machen.

»Wir sollten uns das Ding einmal anschauen.« Damit meine ich das Kuvert in seiner Tasche.

»Es ist ein Beweisstück und sollte im Labor untersucht werden«, erwidert er.

»Ich will aber wissen, was es ist.«

»Heute Morgen bin ich mit Johnnys Begutachtung fertig geworden«, erklärt Benton. »Mir ist bekannt, dass seine Mutter einige Male im CFC angerufen hat.«

»Woher?«

»Johnny hat es mir gesagt.«

»Ein Psychiatriepatient sagt dir etwas. Und das ist für dich eine zuverlässige Information?«

»Ich habe seit seiner Einweisung insgesamt fast sieben Stunden mit ihm verbracht und glaube nicht, dass er einen Mord auf dem Gewissen hat. Es gibt da zwar eine ganze Reihe von Dingen, die ich ihm nicht glaube. Allerdings halte ich es auf der Grundlage dessen, was ich weiß, für gut möglich, dass seine Mutter im CFC anruft.«

»Sie kann doch nicht ernsthaft annehmen, dass wir den Fall Mark Bishop mit ihr erörtern würden.«

»Heutzutage halten die Menschen jede Information für öffentliches Eigentum, auf das sie ein Recht haben«, meint er, und es ist nicht seine Art, Mutmaßungen anzustellen oder sich in Allgemeinplätzen zu ergehen. »Mrs. Donahue hat ein Problem mit Jack«, ergänzt Benton.

»Johnny hat dir erzählt, seine Mutter hätte ein Problem mit Jack. Und wie kommt sie dazu, sich ein Urteil über ihn zu bilden?«

»Über einige Dinge darf ich nicht sprechen.« Er blickt starr geradeaus und fährt auf der verschneiten Straße weiter. Es schneit immer heftiger. Die Flocken fallen schneller, wirbeln im Lichtkegel der Scheinwerfer und prasseln gegen die Scheibe.

Ich merke es Benton an, wenn er mir etwas verheimlicht. Für gewöhnlich stört es mich nicht. Doch im Moment bin ich versucht, heimlich den Umschlag aus seiner Tasche zu ziehen und mir anzuschauen, was jemand, vermutlich Mrs. Donahue, mir mitzuteilen hat.

»Hast du sie kennengelernt oder mit ihr gesprochen?«, frage ich Benton.

»Bis jetzt habe ich es geschafft, das zu vermeiden, obwohl sie seit seiner Einweisung mehrere Male im Krankenhaus angerufen hat, um mich aufzuspüren. Aber ich darf nicht mit ihr reden. Es gibt so viele Dinge, über die ich nicht reden darf, und mir ist klar, dass du das verstehst.«

»Wenn Jack oder sonst jemand ihr Einzelheiten über Mark Bishop erzählt hat, haben wir ein Riesenproblem«, antworte ich. »Ich habe zwar Verständnis für deine Zurückhaltung oder glaube es wenigstens, doch ich habe ein Recht, zu erfahren, ob er das getan hat.«

»Ich hatte keine Ahnung, wie gut du im Bilde bist oder ob Jack etwas zu dir gesagt hat«, entgegnet er.

»Worüber genau?«

Ich kann mich nicht genau erinnern, wann ich zuletzt mit Fielding gesprochen habe. Unsere Unterhaltungen, so sie denn stattfanden, waren kurz und sachlich. Als ich über die Feiertage einige Tage lang zu Hause war, habe ich ihn nicht gesehen. Er war verreist, wie es hieß, mit seiner Familie, aber ich bin nicht sicher. Fielding hat vor vielen Monaten aufgehört, mir irgendwelche Einzelheiten über sein Privatleben mitzuteilen.

»Insbesondere in diesem Fall, dem Fall Mark Bishop«, fährt Benton fort. »Hat Jack kurz nach der Tat mit dir darüber geredet?«

Am 30. Januar, einem Samstag, hat der sechsjährige Mark Bishop im etwa eine Stunde entfernten Salem im Garten gespielt, als ihm jemand Nägel in den Kopf schlug.

»Nein«, erwidere ich. »Hat er nicht.«

Als der Junge ermordet wurde, war ich in Dover. Fielding hat den Fall übernommen, was ich ziemlich ungewöhnlich fand. Er hatte schon immer ein Problem damit, Kinder zu obduzieren, sich aber aus mir unbekannten Gründen entschieden, diesmal eine Ausnahme zu machen, was mich sehr erschreckt hat. Früher pflegte Fielding sich zu verdrücken, wenn eine Kinderleiche unterwegs zum Autopsiesaal war. Deshalb war es reichlich merkwürdig, dass er sich um den Fall Mark Bishop gekümmert hat. Inzwischen bereue ich, dass ich nicht nach Hause gekommen bin, denn das war mein erster Gedanke, den ich eigentlich in die Tat hätte umsetzen sollen. Doch ich wollte mit meinem Stellvertreter nicht genauso umspringen wie Briggs mit mir, indem ich ihm mangelndes Vertrauen signalisierte.

»Ich habe mir die Sache gründlich angesehen, sie jedoch nicht mit Jack erörtert. Allerdings habe ich ihm unmissverständlich klargemacht, dass ich ihm im Notfall unter die Arme greifen würde.« Ich spüre, dass ich anfange, mich zu rechtfertigen. Ich hasse es, wenn ich mich so verhalte. »Offiziell war es sein Fall. Ich war nicht hier.« Obwohl ich weiß, dass es wie eine faule Ausrede klingt, muss ich es aussprechen und ärgere mich über mich selbst.

»Mit anderen Worten: Jack hat nicht versucht, dich über die Ergebnisse – oder besser seine Ergebnisse – aufzuklären«, stellt Benton fest.

»Vergiss nicht, wo ich war und dass ich alle Hände voll zu tun hatte«, halte ich ihm vor Augen.

»Ich behaupte ja nicht, dass es deine Schuld ist, Kay.«

»Was soll meine Schuld sein? Und was meinst du mit *seinen* Ergebnissen?«

»Mich würde interessieren, ob du Jack danach gefragt hast oder ob er dir möglicherweise aus dem Weg gegangen ist.«

»Du weißt ja, wie er auf tote Kinder reagiert. Ich habe ihm eine Nachricht hinterlassen, er könne den Fall auch einem anderen Rechtsmediziner übertragen, aber Jack hat es selbst erledigt. Das hat mich überrascht, doch so war es nun einmal. Wie schon gesagt, habe ich sämtliche Unterlagen überprüft. Seinen Bericht, den Polizeibericht, die Laborberichte und so weiter und so fort.«

»Also hast du offenbar wirklich keine Ahnung, was gespielt wird.«

»Anscheinend gehst du davon aus.«

Benton schweigt.

»Soll das heißen, es gibt noch mehr als das Geständnis des jungen Donahue?«, versuche ich es noch einmal. »Natürlich habe ich die Nachrichten gesehen. Und wenn ein Student aus Harvard ein solches Verbrechen gesteht, wird natürlich überall darüber berichtet. Du willst vermutlich darauf hinaus, dass man mir bis jetzt bestimmte Einzelheiten vorenthalten hat.«

Wieder antwortet Benton nicht. Ich male mir aus, wie Fielding mit Donahues Mutter gesprochen hat. Durchaus möglich, dass er ihr verraten hat, wo ich mich heute Abend aufhalten würde. Daraufhin hat sie ihren Fahrer beauftragt, mir einen Umschlag auszuhändigen. Allerdings schien dieser Fahrer nicht zu wissen, dass Dr. Scarpetta eine Frau ist. Ich betrachte Bentons schwarze Lammfelljacke. In der Dunkelheit kann ich undeutlich die Kante des weißen Umschlags in seiner Jackentasche ausmachen.

»Warum sollte jemand aus deinem Institut mit der Mutter des Menschen sprechen, der das Verbrechen gestanden hat?« Bentons Frage klingt eher wie eine Feststellung. Rhetorisch. »Vielleicht gibt es ja eine logische Erklärung, auf welchem Weg sie es erfahren hat. Eine, die nicht mit Jack zusammenhängt. Ich bemühe mich, für alles offen zu sein.«

Er klingt aber ganz und gar nicht danach, sondern eher, als glaubte er, Fielding habe einen Grund gehabt, es Mrs. Donahue zu sagen. Allerdings kann ich mir auch nicht annähernd keinen denken. Außer Marino hat mit seiner Bemerkung von vorhin recht gehabt, Fielding lege es darauf an, dass ich meinen Job verlöre.

»Wir beide kennen die Antwort.« Mein selbstbewusster Tonfall macht mir klar, was ich Jack Fielding alles zutraue. »Soweit ich weiß, ist in den Nachrichten nichts darüber gekommen. Und selbst wenn Mrs. Donahue es so erfahren hat, hat ihr das doch keinen Hinweis auf die Hecknummer von Lucys Helikopter geliefert. Auch nicht darauf, dass ich mit einem Helikopter in Hanscom landen werde und wann.«

Als Benton weiter in Richtung Cambridge fährt, tobt draußen ein Schneesturm. Die Flocken werden kleiner, und ein böiger Wind peitscht das Auto und bringt es zum Schwanken. Die Nacht ist wechselhaft und trügerisch.

»Nur, dass der Fahrer dich mit mir verwechselt hat«, füge ich hinzu. »Das habe ich daran erkannt, wie er dich behandelt hat. Er hat dich für Dr. Scarpetta gehalten. Dabei muss Johnny Donahues Mutter doch wissen, dass ich kein Mann bin.«

»Schwer zu sagen, was sie weiß«, erwidert Benton. »In diesem Fall ist Fielding der zuständige Rechtsmediziner, nicht du. Wie du bereits angemerkt hast, hast du nichts damit zu tun. Offiziell bist du nicht verantwortlich.«

»Als Chief Medical Examiner bin ich letztlich immer verantwortlich. Im Grunde genommen fallen alle Autopsien in Massachusetts in meine Zuständigkeit. Also habe ich doch etwas damit zu tun.«

»So habe ich es nicht gemeint, aber ich bin froh, dass du es selbst aussprichst.«

Natürlich hat er das nicht gemeint. An das, was er mir wirklich sagen wollte, möchte ich lieber gar nicht denken. Ich war fort. Man hat von mir erwartet, in Dover zu sein und gleichzeitig in Abwesenheit das CFC an den Start zu bringen. Vielleicht war das zu viel verlangt. Vielleicht hat man mein Scheitern von vornherein mit eingeplant.

»Das soll heißen, dass du seit der Eröffnung des CFC von der Bildfläche verschwunden warst«, fährt Benton fort. »Verschwunden in der Nachrichtensperre.«

»Absichtlich«, entgegne ich. »Beim Rechtsmedizinischen Institut des Militärs hält man nicht viel von Öffentlichkeitsarbeit.«

»Natürlich war es absichtlich. Ich mache dir keinen Vorwurf.«

»Briggs' Absicht.« Ich spreche das aus, worauf Benton vermutlich hinauswill.

Er traut Briggs nicht über den Weg. Das hat er noch nie. Ich habe es bis jetzt immer auf Eifersucht geschoben. Briggs ist ein sehr mächtiger und gefährlicher Mann, während Benton sich seit seinem Abschied vom FBI weder mächtig noch gefährlich gefühlt hat. Außerdem haben Briggs und ich eine gemeinsame Vergangenheit. Er ist einer der wenigen Menschen in meinem Leben, die ich schon länger kenne als Benton.

»Der AFME wollte nicht, dass du Interviews zum Thema

CFC gibst oder öffentlich über irgendwelche Vorgänge in Dover sprichst, ehe das Institut nicht eröffnet war und du deinen Lehrgang beendet hattest«, fügt Benton hinzu. »Deshalb hast du eine geraume Weile nicht im Rampenlicht gestanden. Ich überlege gerade, wann du zuletzt bei CNN aufgetreten bist. Es ist mindestens ein Jahr her.«

»Zufälligerweise sollte ich heute Abend zum ersten Mal wieder vor die Kamera. Und genauso zufällig wurde der Termin bei CNN abgesagt. Er ist schon zum dritten Mal abgesagt worden, ebenso wie sich meine Rückkehr immer wieder verschoben hat.«

»Ja. Ziemlich viele Zufälle.«

Möglicherweise sägt Briggs ja ganz bewusst an meinem Ast. Es wäre doch ein toller Trick, mich auf eine wichtigere Aufgabe, die wichtigste in meinem bisherigen Leben, vorzubereiten und mich gleichzeitig systematisch unsichtbar zu machen. Mich zum Schweigen zu bringen. Mich letztlich loszuwerden. Allein die Vorstellung ist erschreckend. Ich fasse es nicht.

»Du musst herauskriegen, wer diese Zufälle arrangiert hat«, verkündet Benton. »Damit will ich nicht behaupten, dass Briggs unser Machiavelli ist. Er ist nicht das Pentagon an sich, sondern nur ein Rädchen in einem sehr großen Getriebe.«

»Ich weiß, wie sehr du ihn verabscheust.«

»Es ist der Apparat, den ich verabscheue. Aber er wird immer da sein. Du musst nur dafür sorgen, dass du ihn durchschaust, um nicht von ihm vereinnahmt zu werden.«

Schnee prasselt gegen die Windschutzscheibe, während wir vorbei an offenen Feldern und durch dichte Wälder fahren. Rechts von uns fließt ein Bach dicht an der Leitplanke vorbei, als wir eine Brücke überqueren. Sicher ist die Luft kälter hier. Die Schneeflocken sind klein und gefroren, und das Wetter ändert sich alle paar Meter, was ich ziemlich beunruhigend finde.

»Mrs. Donahue ist darüber im Bilde, dass der Chief Medical Examiner und Leiter des CFC, ein Mensch namens Dr. Scarpetta, Jacks Boss ist«, meint Benton. »Das muss so sein, denn sie hat sich immerhin die Mühe gemacht, dir etwas per Boten zu schicken. Aber vielleicht ist das ja alles, was sie weiß«, fasst er zusammen.

»Lass uns das Ding anschauen.« Ich will das Kuvert.

»Es gehört ins Labor.«

»Sie weiß, dass ich Jacks Boss bin, denkt aber, ich sei ein Mann.« Das klingt absurd, ist jedoch möglich. »Sie hätte mich nur zu googeln brauchen.«

»Es gibt auch Leute, die nicht googeln.«

Ich halte mir vor Augen, wie leicht ich vergesse, dass auf dieser Welt noch immer Menschen leben, die nicht auf dem neuesten Stand der Technik sind – selbst solche, die einen Chauffeur beschäftigen und einen Bentley besitzen. Die Rücklichter des Wagens sind weit vor uns auf der schmalen, zweispurigen Straße zu sehen. Sie werden immer kleiner und entfernen sich.

»Hast du dem Chauffeur deinen Ausweis gezeigt?«, frage ich.

»Was glaubst du?«

Natürlich würde Benton so etwas nicht tun. »Also hat er keinen Verdacht geschöpft, dass du nicht ich sein könntest.«

»Ich habe ihn in dem Glauben gelassen.«

»Wahrscheinlich wird Mrs. Donahue jetzt weiterhin denken, dass Jack für einen Mann arbeitet. Merkwürdig, dass Jack ihr zwar erklärt hat, wie man mich findet, allerdings ohne einen Hinweis, woran der Fahrer mich erkennen kann. Er hätte ihr wenigstens mitteilen können, dass ich eine Frau bin. Offenbar hat er sich sogar die verräterischen Pronomen gespart. Wirklich eigenartig. Keine Ahnung, warum.« Unsere Theorie überzeugt mich nicht. Ich finde sie irgendwie nicht plausibel.

»Mir war gar nicht klar, dass du solche Zweifel an Jack hast. Nicht, dass sie nicht gerechtfertigt wären.« Benton versucht, mir etwas zu entlocken. Das ist der FBI-Agent in ihm. Ich habe ihn schon eine Weile nicht mehr so erlebt.

»Ich hatte, was ihn angeht, nur mein übliches Bauchgrimmen und habe wie immer die Augen vor den Problemen verschlossen«, antworte ich. »Die Informationen reichten nicht, um sich mehr Sorgen zu machen als sonst.« Auf diese Weise möchte ich Benton auffordern, mir die fraglichen Informationen zu geben, falls er sie besitzt. *Du musst vor mir keine Geheimnisse haben.*

Aber er hat sie. Schweigend starrt er geradeaus, so dass sich sein Profil scharf von der Armaturenbrettbeleuchtung abhebt. So ist es bei uns schon immer. Am Anfang unserer Beziehung stand ein Ehebruch, denn Benton war damals mit einer anderen Frau verheiratet. Wir wissen beide, wie man seine Mitmenschen täuscht. Ich bin nicht stolz darauf und wünschte, es wäre beruflich nicht nötig. Insbesondere nicht in diesem Augenblick. Benton übt sich in Heimlichtuerei, während ich die Wahrheit hören will. Und muss.

»Schau, wir beide wissen, wie er ist. Und ja, ich war seit der Eröffnung des CFC untergetaucht«, fahre ich fort. »Ich war in einer anderen Welt und habe mein Bestes getan, um alles aus der Entfernung zu organisieren und gleichzeitig achtzehn Stunden am Tag zu schuften. Ich hatte nicht einmal Zeit, mit meinen Mitarbeitern zu telefonieren. Wir haben nur elektronisch kommuniziert und E-Mails und PDF-Dateien ausgetauscht. Gesehen habe ich kaum jemanden. Ich hätte Jack unter diesen Umständen niemals die Leitung übertragen dürfen. Indem ich ihn wieder eingestellt und dann die Stadt verlassen habe, habe ich uns allen genau die Suppe eingebrockt, die wir jetzt auslöffeln müssen. Du hast mich gewarnt, und du warst nicht der Einzige.«

»Du wolltest einfach nicht sehen, dass dieser Mann ein ernsthaftes Problem darstellt«, merkt Benton in einem Tonfall an, der mich noch mehr aus dem Konzept bringt. »Obwohl du ausreichend Erfahrung mit ihm gemacht hast. Wenn wir uns mit einer Sache nicht abfinden können, weil sie unerträglich für uns ist, werden alle Beweise der Welt nichts daran ändern. Du schaffst es nicht, ihm gegenüber objektiv zu sein, Kay, und ich bin nicht sicher, ob ich den Grund verstehe.«

»Du hast recht, und ich ärgere mich über mich selbst.« Ich räuspere mich, damit meine Stimme zu zittern aufhört. »Und es tut mir leid.«

»Ich weiß nur nicht, ob ich je dahinterkommen werde.« Benton wirft mir einen Seitenblick zu. Er hat beide Hände am Steuer. Wir sind allein auf einer verschneiten, schlechtbeleuchteten Straße und fahren durch die winterliche Dunkelheit. Der Bentley vor uns ist nicht mehr zu sehen. »Ich verurteile dich nicht.«

»Er setzt sein Leben in den Sand und braucht mich jetzt wieder.«

»Es ist nicht deine Schuld, dass er sein Leben in den Sand setzt, außer du verschweigst mir etwas. Aber eigentlich wäre es auch in diesem Fall nicht dein Fehler. Menschen ruinieren ihr Leben nämlich selbst. Sie haben dazu keine Hilfe nötig.«

»Das stimmt nicht ganz. Was ihm als Kind zugestoßen ist, hat er sich nicht ausgesucht.«

»Auch das ist nicht deine Schuld«, wendet Benton ein, als wüsste er mehr über Fieldings Vergangenheit als die wenigen Einzelheiten, die ich kenne und ihm anvertraut habe. Ich habe stets darauf geachtet, meine Mitarbeiter, insbesondere Fielding, nicht auszuhorchen. Denn ich bin gut genug über die Tragödien seiner Jugendjahre im Bilde, um zu erspüren, worüber er nicht sprechen möchte.

»Mir ist klar, wie dumm das klingt«, füge ich hinzu.

»Nicht dumm. Es ist nur ein Drama, das immer wieder dasselbe Ende nehmen wird. Ich habe nie ganz begriffen, warum du dich verpflichtet fühlst, dabei mitzuspielen. Außerdem habe ich den Eindruck, dass etwas geschehen ist. Etwas, das du mir nie erzählt hast.«

»Ich erzähle dir alles.«

»Wir wissen, dass das für uns beide nicht stimmt.«

»Vielleicht sollte ich mich einfach an die Toten halten.« Ich höre, wie verbittert ich klinge. Der Widerwille sickert durch die Barrieren, die ich den Großteil meines Lebens so sorgfältig errichtet habe. Vielleicht habe ich ja verlernt, ohne sie zu existieren.

»Sag so etwas nicht«, erwidert Benton leise.

»Mit Jack wird es keine Schwierigkeiten mehr geben. Dieses Drama ist vorbei, das verspreche ich dir. Vorausgesetzt, er hat es nicht schon selbst beendet, indem er seinen Job hingeworfen hat. Das hat er nämlich schon öfter getan. Er muss gefeuert werden.«

»Er ist nicht du, war es nie und wird es auch niemals sein. Außerdem ist er nicht dein Kind, verdammt.« Benton hält die Lage für einfacher, als sie ist.

»Ich muss ihm kündigen«, beharre ich.

»Er ist ein sechsundvierzigjähriger Rechtsmediziner, der weder das in ihn gesetzte Vertrauen verdient hat noch sonst irgendetwas, das du für ihn tust.«

»Du bist also fertig mit ihm.«

»Du bist fertig mit ihm. Ich fürchte, es stimmt, und du wirst ihm kündigen müssen«, sagt Benton, als wäre die Entscheidung bereits gefallen und läge nicht bei mir. »Weshalb hast du so ein schlechtes Gewissen?« In seinem Tonfall und Verhalten ist etwas, das ich nicht zu fassen bekomme. »Damals in Richmond, als du angefangen hast, mit ihm zusammenzuarbeiten. Warum das schlechte Gewissen?«

»Tut mir leid, dass ich so viele Probleme verursache«, weiche ich seiner Frage aus. »Ich habe das Gefühl, alle enttäuscht zu haben. Entschuldige, dass ich nicht hier war. Ich kann dir gar nicht sagen, wie sehr ich es bedaure. Ich übernehme die Verantwortung für Jack und lasse nicht zu, dass es so weitergeht.«

»Für manche Dinge solltest du nicht die Verantwortung übernehmen. Du kannst nichts dagegen tun, und ich werde dich immer wieder daran erinnern. Aber wahrscheinlich wirst du trotzdem glauben, dass es deine Schuld ist«, verkündet mein Mann, der Psychologe.

Ich möchte nicht erörtern, was meine Schuld ist und was nicht, weil ich nicht darüber reden kann, warum ich so unvernünftig bin, Jack Fielding weiter die Treue zu halten. Als ich aus Südafrika zurückkam, war Jack Fielding meine Buße. Er verkörperte die sozialen Arbeitsstunden, zu denen ich mich zur Strafe verurteilt hatte. Verzweifelt sehnte ich mich danach, ihm etwas Gutes zu tun, weil ich überzeugt war, allen anderen Schaden zugefügt zu haben.

»Ich schaue es mir an.« Damit meine ich den Inhalt von Bentons Jackentasche. »Ich kann einen Brief lesen, ohne Spuren zu zerstören, und ich muss wissen, was Mrs. Donahue mir geschrieben hat.«

Vorsichtig hole ich den Umschlag heraus und halte ihn an den Ecken fest. Ich stelle fest, dass die Lasche mit grauem Isolierband zugeklebt ist, das eine in altmodischer Fraktur eingeprägte Adresse zum Teil verdeckt. Die Straße liegt im Bostoner Stadtteil Beacon Hill unweit des Public Garden und ganz in der Nähe des Backsteinhauses, das Benton und ich früher besessen haben und das sich schon seit Generationen im Besitz seiner Familie befand. Vorn auf dem Kuvert steht in geschwungenen, mit Tinte geschriebenen Buchstaben *Dr. Kay Scarpetta: Vertraulich*. Ich achte darauf, nichts mit bloßen

Händen zu berühren, insbesondere nicht das Klebeband, das eine ausgezeichnete Quelle für Fingerabdrücke, DNA und mikroskopische Spuren ist. Auf porösen Flächen wie Papier kann man latente Fingerspuren durch Chemikalien wie Ninhydrin sichtbar machen. Ich überlege.

»Hast du ein Messer zur Hand?« Ich lege den Umschlag auf meinen Schoß. »Und ich muss mir deine Handschuhe ausleihen.«

Benton greift über mich hinweg und öffnet das Handschuhfach, in dem ein Leatherman-Multifunktionsmesser, eine Taschenlampe und ein Bündel Servietten liegen. Dann nimmt er ein Paar Hirschlederhandschuhe aus den Jackentaschen. Meine Hände versinken zwar darin, aber ich möchte weder meine Fingerabdrücke hinterlassen noch die einer anderen Person verwischen. Da die Sicht nach draußen so schlecht ist und immer mehr abnimmt, schalte ich die Lampe zum Lesen von Landkarten nicht an. Stattdessen leuchte ich mit der Taschenlampe und stecke eine kleine Klinge in eine Ecke des Kuverts.

Nachdem ich den Umschlag oben aufgeschlitzt habe, hole ich zwei gefaltete cremefarbene Briefpapierbogen heraus. Sie sind von hoher Qualität und mit einem Wasserzeichen versehen. Ich kann nicht genau erkennen, was es darstellt. Offenbar ein Emblem oder Familienwappen. Im Briefkopf steht dieselbe Adresse in Beacon Hill. Die beiden Seiten sind mit der Schreibmaschine in einer Kursivschrift getippt worden, wie ich sie schon seit Jahren, vielleicht seit einem Jahrzehnt, nicht mehr gesehen habe. Ich lese den Brief laut vor.

Dr. Scarpetta,

hoffentlich können Sie mir diese in Ihren Augen sicherlich unpassende und aufdringliche Geste meinerseits verzeihen.

Doch ich bin eine Mutter und so verzweifelt, wie eine Mutter es nur sein kann.
Mein Sohn Johnny hat ein Verbrechen gestanden, das er meines Wissens nach nicht begangen hat und auch nicht hat begehen können. Zugegeben, er hatte in jüngster Zeit Schwierigkeiten, weshalb wir für ihn ärztliche Hilfe in Anspruch nehmen mussten. Dennoch hat er nie ernsthafte Verhaltensstörungen gezeigt, nicht einmal, als er als schüchterner und schikanierter Fünfzehnjähriger das Studium in Harvard aufnahm. Falls er zu Nervenzusammenbrüchen neigen sollte, hätte es meiner Ansicht nach damals geschehen müssen. Schließlich war er das erste Mal von zu Hause fort und besaß nicht die üblichen gesellschaftlichen Fähigkeiten, um Kontakt mit seinen Mitmenschen zu knüpfen und Freunde zu finden. Bis zum vergangenen Herbstsemester seines letzten Studienjahres schlug er sich erstaunlich wacker, bis sich seine Persönlichkeit dramatisch veränderte. Aber er hat niemanden ermordet!
Dr. Benton Wesley, Berater beim FBI und Beschäftigter des McLean Hospital, weiß sehr viel über die Vergangenheit und die Entwicklungsschwierigkeiten meines Sohnes und hat vielleicht die Möglichkeit, diese Einzelheiten mit Ihnen zu erörtern, da er offenbar nicht dazu bereit war, mit Ihrem Assistenten Dr. Fielding darüber zu sprechen. Johnnys Geschichte ist lang und kompliziert, und ich hielte es für wichtig, dass Sie sie sich anhören. Ich möchte an dieser Stelle nur anmerken, dass er am vergangenen Montag ins McLean eingeliefert wurde, da man ihn als Gefahr für sich selbst eingestuft hat. Er hatte niemandem Schaden zugefügt und auch keine derartigen Absichten geäußert. Dann, aus heiterem Himmel, gestand er plötzlich ein so grausames und entsetzliches Verbrechen und wurde daraufhin sofort in die geschlossene Abteilung für geisteskranke Straftäter verlegt. Jetzt frage ich Sie,

wie es möglich ist, dass die Behörden seinen albernen und wirren Geschichten so schnell Glauben schenken konnten.
Ich muss mit Ihnen sprechen, Dr. Scarpetta. Ich weiß, dass Ihr Institut die Obduktion des kleinen Jungen, der in Salem starb, durchgeführt hat, und halte es für vernünftig, eine zweite Meinung einzuholen. Sicher ist Ihnen bekannt, dass es sich bei dem Mord laut Dr. Fieldings Untersuchungsergebnissen um eine vorsätzliche, sorgfältig geplante und kaltblütige Hinrichtung, den Initiationsritus einer satanistischen Sekte, handelte. Eine derartige Gräueltat passt überhaupt nicht zu dem üblichen Umgang meines Sohnes mit anderen Menschen. Außerdem hatte er noch nie Kontakt mit irgendwie gearteten Sekten. Es ist eine empörende Unterstellung, dass seine Schwäche für Bücher und Filme, die Horror, das Übernatürliche oder Gewalt zum Thema haben, ihn dazu verleitet haben könnten, diese Neigung »auszuleben«.
Johnny leidet am Asperger-Syndrom. Er ist in manchen Bereichen außergewöhnlich begabt, in anderen hingegen völlig überfordert. Er hat sehr starre Gewohnheiten und Verhaltensmuster, von denen er niemals abweicht. Am 30. Januar war er wie jeden Samstagvormittag zwischen zehn und eins mit der Person, die ihm am nächsten steht, einer ausgesprochen intelligenten Doktorandin namens Dawn Kincaid, im Bisquit beim Brunch. Deshalb hat er am frühen Nachmittag, als der arme kleine Junge getötet wurde, unmöglich in Salem sein können.
Johnny verfügt über die bemerkenswerte Fähigkeit, sich auch die unwichtigste Kleinigkeit merken und sie nachplappern zu können. Deshalb steht für mich fest, dass seine Aussage gegenüber den Behörden direkt mit dem zusammenhängt, was man ihm über den Fall erzählt hat und was in den Nachrichten berichtet wurde. Anscheinend hält er sich (aus für mich unerfindlichen Gründen) wirklich für schuldig und

behauptet sogar, eine »Stichwunde« an seiner linken Hand rühre daher, dass die Nagelpistole losgegangen sei, als er den kleinen Jungen damit beschossen habe. Natürlich ist das frei erfunden. Er hat sich die Verletzung selbst zugefügt, und zwar mit einem Steakmesser, einer der vielen Gründe, warum wir ihn überhaupt ins McLean gebracht haben. Offenbar ist mein Sohn fest entschlossen, sich für ein Verbrechen, das er nicht begangen hat, schwer bestrafen zu lassen, und wie es aussieht, wird sein Wunsch in Erfüllung gehen.

Nachfolgend finden Sie die Nummern, unter denen Sie mich erreichen können. Ich hoffe, dass Sie Verständnis für meine Lage haben und sich baldmöglichst mit mir in Verbindung setzen werden.

Mit freundlichen Grüßen

Erica Donahue

6

Ich stecke die dicken, steifen Briefbogen zurück in den Umschlag, wickle diesen dann zum Schutz in Servietten aus dem Handschuhfach und verstaue ihn so sicher wie möglich im Innern meiner Handtasche. Wenn ich etwas gelernt habe, dann das, dass es kein Zurück gibt. Ist ein Beweisstück erst einmal zerstört, verunreinigt oder verloren, steht man vor der gleichen Situation wie ein Archäologe, der mit seiner Schaufel ein wertvolles altes Stück zerschmettert hat.

»Offenbar weiß sie nicht, dass wir beide verheiratet sind«, stelle ich fest. Am Straßenrand biegen sich die Bäume im Wind, und weiße Schneeflocken tanzen.

»Mag sein«, erwidert Benton.

»Weiß es ihr Sohn?«

»Ich erörtere mein Privatleben für gewöhnlich nicht mit meinen Patienten.«

»Dann ist sie vermutlich nicht besonders gut über mich informiert.«

Ich überlege, ob Erica Donahue ihrem Fahrer womöglich nicht gesagt hat, dass er den Brief einer zierlichen blonden Frau, nicht einem hochgewachsenen Mann mit silbergrauem Haar aushändigen soll.

»Sie hat eine Schreibmaschine benutzt, vorausgesetzt, sie hat den Brief selbst getippt«, fahre ich in meinen Mutmaßungen fort. »Und wer sich die Mühe macht, einen Umschlag zuzukleben, damit der Inhalt auch sicher vertraulich bleibt, würde niemand anders mit dem Tippen des Briefes beauftragen. Wenn sie noch immer eine Schreibmaschine verwendet, geht sie vermutlich nicht ins Internet und googelt nicht. Das geprägte Briefpapier mit Wasserzeichen, der Füllfederhalter, die Kursivschrift. Vielleicht eine sehr strukturierte Person, die die Dinge auf eine ganz bestimmte und immer gleiche Weise angeht.«

»Sie ist Künstlerin«, erklärt Benton. »Eine klassische Pianistin, die die Technikbegeisterung ihrer restlichen Familie nicht teilt. Der Ehemann ist Atomphysiker. Der ältere Sohn arbeitet als Ingenieur in Langley. Und Johnny ist, wie sie betont, hochbegabt in Mathematik und Naturwissenschaften. Mit diesem Brief hat sie ihm keinen guten Dienst erwiesen. Ich wünschte, sie hätte ihn nicht geschrieben.«

»Du scheinst dich sehr für ihn zu interessieren.«

»Ich kann es nun einmal nicht leiden, wenn ein hilfloser Mensch zum Sündenbock gemacht wird. Dass jemand ein Sonderling ist, der sich nicht so verhält wie wir anderen, heißt noch lange nicht, dass er ein Verbrecher sein muss.«

»Der Staatsanwalt von Essex County würde sich bestimmt nicht freuen, das aus deinem Mund zu hören.« Ich bin davon ausgegangen, dass er Benton damit beauftragt hat, ein Gutachten über Johnny Donahue zu verfassen. Allerdings handelt Benton nicht wie ein Berater im Dienst der Staatsanwaltschaft. Weit gefehlt.

»Irreführende Aussagen, mangelnder Blickkontakt, falsche Geständnisse. Ein Junge mit Asperger-Syndrom und seine nie endende Einsamkeit und Suche nach Freundschaft«, fügt Benton hinzu. »Es ist nicht ungewöhnlich, dass sich ein solcher Mensch besonders leicht beeinflussen lässt.«

»Warum sollte jemand Johnny überreden wollen, ein Gewaltverbrechen zu gestehen?«

»Dazu ist nur ein kleiner Verdachtsmoment nötig, zum Beispiel, dass jemand wirres Zeug redet und eine Fahrt nach Salem und den dort ermordeten kleinen Jungen erwähnt. Sind Sie sicher, dass Sie die Hand in eine Schublade gesteckt und sich dabei an einem Steakmesser geschnitten haben? Oder ist es vielleicht anders gewesen, und Sie erinnern sich nicht mehr? Jemand hält Johnny für schuldig, und so denkt er es schließlich selbst. Er neigt dazu, das zu sagen, was die Leute seiner Ansicht nach hören und glauben wollen. Die Folgen seines Verhaltens sind ihm nicht bewusst. Menschen mit Asperger-Syndrom, insbesondere Jugendliche, sind unter den Personen, die unschuldig wegen eines Verbrechens verhaftet und verurteilt werden, statistisch überrepräsentiert.«

Die Schneeflocken werden plötzlich größer und wehen wie weiße Hartriegelblätter wild im heftigen Wind. Benton schaltet das Tiptronic-Getriebe herunter und tritt leicht auf die Bremse.

»Vielleicht sollten wir rechts ranfahren.« Ich kann die Straße nicht mehr sehen, weil sich der Lichtkegel der Scheinwerfer in dem weißen Wirbel rings um uns verliert.

»Eine eigenartige Sturmzelle, wie ein Mini-Unwetter.« Er beugt sich über das Steuer und starrt geradeaus, während wir von kräftigen Windböen gebeutelt werden. »Ich finde es das Beste, weiterzufahren, um hier rauszukommen.«

»Sollten wir nicht lieber anhalten?«

»Wir sind auf der Straße. Ich kann erkennen, auf welcher Fahrspur wir uns befinden. Niemand kommt uns entgegen.« Er schaut in die Spiegel. »Und hinter uns ist auch niemand.«

»Hoffentlich irrst du dich nicht.« Ich meine nicht nur den Schnee. Alles wirkt unheilverkündend, so als wären wir von bedrohlichen Mächten umzingelt. Wie eine Warnung.

»Es war kein sehr kluger Schritt von ihr. Sie hat rein emotional gehandelt und es vielleicht sogar gut gemeint, aber es war trotzdem ein Fehler.« Im Schneckentempo fährt Benton durch das weiße Chaos. »Es ist nur Hörensagen und wird niemanden weiterbringen. Am besten rufst du sie nicht an.«

»Ich muss den Brief der Polizei zeigen«, entgegne ich.

»Oder zumindest davon erzählen, damit sie entscheiden können, was sie damit tun wollen.«

»Sie hat die Sache bloß verschlimmert.« Er klingt, als wäre er derjenige, der die Entscheidungen trifft. »Lass dich nicht hineinziehen, indem du sie anrufst.«

»Womit hat sie die Sache denn verschlimmert, wenn man davon absieht, dass sie versucht hat, das Rechtsmedizinische Institut zu beeinflussen?«, frage ich.

»Weil sie einige unrichtige Behauptungen aufstellt. Johnny liest keine Bücher, in denen es um Horror, das Übernatürliche oder Gewalt geht, und er sieht sich auch keine einschlägigen Filme an. Zumindest nicht, soweit ich im Bilde bin. Außerdem wird ihm diese Information nur schaden. Hinzu kommt, dass Mark Bishop nicht am frühen Nachmittag ermordet wurde. Es war gegen vier. Womöglich ahnt Mrs. Donahue gar nicht, in welches Licht sie ihren Sohn damit rückt«, sagt Benton. Der weiße Wirbel endet so plötzlich, wie er angefangen hat.

Die Flocken sind wieder klein und gefroren, wehen wie Sand über den Asphalt und sammeln sich in kleinen Halden am Straßenrand.

»Johnny war mit seiner Freundin im Bisquit, das stimmt«, spricht Benton weiter. »Doch laut seiner Aussage war er bis zwei dort, nicht nur bis eins. Offenbar gehen er und seine Freundin öfter in dieses Lokal. Aber meines Wissens nach hält er sich nicht streng an das Ritual, jeden Samstag zwischen zehn und eins dort mit ihr zu sitzen.«

Das Bisquit befindet sich in der Washington Street, knappe fünfzehn Gehminuten von unserem Haus in Cambridge entfernt. Ich denke an die Samstage, die ich zu Hause gewesen bin und mit Benton das kleine Café mit dem Speisenangebot auf einer Tafel und den Holzbänken betreten habe. Ob Johnny und seine Freundin wohl je gleichzeitig mit uns dort gewesen sind?

»Wann haben sie denn laut Aussage seiner Freundin das Café verlassen?«, erkundige ich mich.

»Sie behauptet, sie sei gegen eins vom Tisch aufgestanden und habe ihn sitzen lassen, weil er sich seltsam benommen und sich geweigert habe, sie zu begleiten. Gegenüber der Polizei hat sie geäußert, Johnny habe nach Salem fahren wollen, um eine Hellseherin aufzusuchen. Er habe wirres Zeug geredet und noch am Tisch gesessen, als sie ging.«

Ich finde es interessant, dass Benton Polizeiberichte liest und die Einzelheiten einer Zeugenaussage kennt. Es ist nicht seine Aufgabe, Schuld oder Unschuld eines Verdächtigen zu ermitteln oder überhaupt einen Gedanken daran zu verschwenden. Er soll lediglich ein Gutachten darüber erstellen, ob der Patient die Wahrheit sagt oder die Krankheit nur vortäuscht und ob er verhandlungsfähig ist.

»Ein Mensch mit Asperger-Syndrom hätte Schwierigkeiten mit der Vorstellung, sich an eine Hellseherin zu wenden, sich die Karten legen zu lassen oder Ähnliches«, meint Benton. Je mehr er mir verrät, desto größer wird meine Verwirrung.

Er spricht mit mir, als wäre er ein Detective und ermittelte gemeinsam mit mir in diesem Fall. Und dennoch spielt er in Sachen Jack Fielding den Geheimnisvollen. Das ist kein Zufall. Mein Mann plaudert nur selten Informationen aus, auch wenn es manchmal einen anderen Eindruck macht. Wenn er mir etwas mitteilen möchte, das er mir eigentlich nicht anvertrauen dürfte, findet er einen Weg, mich darauf hinzuweisen. Kommt er hingegen zu dem Schluss, dass ich es besser nicht wissen sollte, hilft er mir auch nicht auf die Sprünge. Das ist das Anstrengende an unserem Zusammenleben. Aber wenigstens wird mir so nie langweilig mit ihm.

»Johnny ist nicht in der Lage, abstrakt zu denken und Sprachbilder zu verstehen. Er nimmt alles wörtlich«, fügt Benton hinzu.

»Was ist mit den anderen Gästen im Café?«, frage ich. »Konnte jemand die Aussage der Freundin oder die von Johnny bestätigen?«

»Nichts weiter, als dass er und Dawn Kincaid an diesem Samstagvormittag dort waren«, erwidert Benton. Ich kann mich nicht erinnern, ihn wegen eines Patienten, den er begutachtet hat, je so besorgt erlebt zu haben. »Ich habe keine Ahnung, ob es sich um einen festen wöchentlichen Termin handelt. Und als Johnny gestanden hat, waren schon einige Tage vergangen. Erstaunlich, was für ein miserables Gedächtnis die Leute haben. Und dann fangen sie an zu raten.«

»Also hast du nichts weiter als Johnnys eigene Aussage in der Hand. Und nun auch noch die Behauptungen seiner Mutter in dem Brief.« Ich wiederhole das gerade Gehörte. »Er behauptet, er habe das Bisquit um zwei verlassen, weshalb ihm vermutlich nicht genug Zeit blieb, um nach Salem zu fahren und dort gegen vier jemanden zu ermorden. Laut seiner Mutter ist er um eins gegangen. In diesem Fall hätte er die Möglichkeit gehabt.«

»Wie bereits erwähnt, ist der Brief seiner Mutter nicht sehr hilfreich. Er schadet ihm sogar ziemlich. Bis jetzt ist der einzige Punkt, mit dem man beweisen könnte, dass sein Geständnis erstunken und erlogen ist, das Zeitproblem. Allerdings bedeutet eine Stunde einen gewaltigen Unterschied.«

Ich male mir aus, wie Johnny gegen eins von seinem Tisch im Bisquit aufsteht und nach Salem fährt. Je nach Verkehrsdichte hätte er, als er Cambridge oder Somerville hinter sich hatte, die I-95 nach Norden nehmen und das Haus der Bishops in der Altstadt zwischen zwei und halb drei erreichen können.

»Hat er ein Auto?«, frage ich.

»Er besitzt keinen Führerschein.«

»Mit dem Taxi? Dem Zug? Um diese Jahreszeit nicht mit

der Fähre. Die verkehrt erst wieder im Frühjahr, und außerdem hätte er in Boston an Bord gehen müssen. Ohne Auto hätte er dorthin noch länger gebraucht. Eine Stunde bedeutet für jemanden, der sich erst eine Fahrgelegenheit suchen muss, einen großen Unterschied.«

»Ich begreife nur nicht, woher sie diese Information hat«, merkt Benton an. »Vielleicht ja von ihm selbst. Möglicherweise hat er seine Geschichte schon wieder geändert. Johnny sagte, er habe das Bisquit um zwei, nicht um eins verlassen. Es könnte doch sein, dass er in dieser ziemlich wichtigen Einzelheit umgeschwenkt ist, weil er denkt, dass sein Gegenüber es so hören will. Allerdings wäre das ungewöhnlich, sehr ungewöhnlich.«

»Du hast ihn doch erst heute Morgen gesprochen.«

»Ich bin nicht der Mensch, der ihn beeinflussen würde, damit er etwas an seiner Aussage ändert.«

Benton meint damit, dass diese Einzelheit neu ist und dass er nicht glaubt, Johnny könnte, was seinen Aufbruch aus dem Café betrifft, eine neue Version der Geschichte erfunden haben. Offenbar ist Mrs. Donahue einfach ein Fehler unterlaufen. Aber als ich versuche, mir das vorzustellen, erscheint es mir sehr unwahrscheinlich.

»Wie hätte er überhaupt nach Salem kommen sollen?«, erkundige ich mich.

»Er hätte ein Taxi oder den Zug nehmen müssen, doch es gibt keine Beweise dafür. Niemand hat ihn gesehen. Keine Belege wurden gefunden. Nichts deutet darauf hin, dass er jemals in Salem war oder irgendeine Verbindung zur Familie Bishop unterhielt. Nichts bis auf sein Geständnis.« Beim Sprechen schaut Benton in den Rückspiegel. »Das Interessante an seiner Geschichte ist, dass sie sich genau mit den Nachrichtenmeldungen deckt und dass er die Details abwandelt, sobald die Sendungen neue Berichte und Theorien bringen. In dieser Hinsicht hat seine Mutter in ihrem Brief recht. Er plappert die Informationen wörtlich nach. Das Gleiche ist der Fall, wenn ihm jemand ein Szenario oder einen Handlungsablauf vorschlägt – ihm also, mit anderen Worten, souffliert. Leichtgläubig, empfänglich für Manipulationen, verdächtiges Verhalten. Typische Symptome von Asperger.« Wieder ein Blick in den Spiegel. »Außerdem ein Interesse an Kleinigkeiten, an Banalitäten, die seinen Mitmenschen bizarr erscheinen mögen. Zum Beispiel die Uhrzeit. Er hat stets darauf beharrt, er habe das Bisquit um zwei verlassen. Um drei nach zwei, um genau zu sein. Wenn man Johnny fragt, wie spät es ist oder um wie viel Uhr er dieses oder jenes getan hat, kann er es einem praktisch auf die Sekunde genau sagen.«

»Warum also sollte er diese Einzelheit ändern?«

»Meiner Ansicht nach würde er das nicht tun.«

»Eigentlich wäre es doch von Vorteil für ihn, zu behaupten, er sei früher gegangen, falls er wirklich will, dass die Leute ihn für den Mörder von Mark Bishop halten.«

»Der springende Punkt ist nicht, wofür die Leute ihn halten. Er selbst hält sich dafür. Nicht etwa, weil er sich daran erinnert, sondern, weil er es gerade nicht tut und weil es ihm eingeredet worden ist.«

»Von wem? Offenbar hat er gestanden, bevor er überhaupt verdächtigt und vernommen wurde. Also ist er nicht beispielsweise von der Polizei zu einem falschen Geständnis verleitet worden.«

»Er weiß es nicht mehr und ist überzeugt, dass er nach dem Verlassen des Bisquit um zwei Uhr nachmittags eine Episode der Persönlichkeitsspaltung erlitten hat. Während dieser Zeit ist er auf ungeklärte Weise nach Salem gefahren und hat den Jungen mit einer Nagelpistole getötet …«

»Ganz offensichtlich hat Mrs. Donahue Jacks Untersuchungsergebnisse falsch verstanden«, verkünde ich im Brustton der Überzeugung, als könnte ein Teil von mir nicht aufhören, darüber nachzugrübeln, wie ich mit ihr umgehen soll. Dabei spiele ich mit dem Gedanken, Bentons Rat zu befolgen und sie nicht anzurufen. Stattdessen werde ich meinen Sekretär Bryce bitten, sich gleich morgen früh mit ihr in Verbindung zu setzen und ihr auszurichten, es täte mir leid, aber ich könne weder über den Fall Mark Bishop noch über einen anderen sprechen. Dabei darf Bryce auf keinen Fall den Eindruck vermitteln, dass ich zu beschäftigt bin oder Mrs. Donahues Anliegen gleichgültig gegenüberstehe. Wieder erinnere ich mich an die Mutter von PFC Gabriel und an die beleidigenden Dinge, die sie mir heute Morgen in Dover entgegengeschleudert hat. »Ich nehme an, du hast den Autopsiebericht gelesen«, sage ich zu Benton.

»Ja.«

»Dann weißt du, dass Jacks Bericht keine Nagelpistole erwähnt. Nur Verletzungen, hervorgerufen durch Nägel, die ins Gehirn eingedrungen sind und zum Tod geführt haben.« Ich komme zu dem Schluss, dass ich unmöglich Bryce mit einem solchen Anruf beauftragen kann. Ich werde es selbst erledigen und Mrs. Donahue auffordern, sich nicht mehr bei mir zu melden. Es sei zu ihrer eigenen Sicherheit, werde ich betonen. Im nächsten Moment bekomme ich wieder Zweifel, und ich überlege hin und her, wie ich sie behandeln soll. Meine Verunsicherung wächst. Bis jetzt habe ich immer auf meine Fähigkeit im Umgang mit trauernden, bestürzten und zornigen Menschen vertraut. Doch ich verstehe den Zwischenfall von heute Morgen nicht. Mrs. Gabriel hat mich als Heuchlerin bezeichnet. So hat mich noch niemand genannt.

»Die Leute, die etwas zu sagen haben, haben eine Nagelpistole nicht ausgeschlossen«, teilt Benton mir mit. »Auch Jack nicht.«

»Es fällt mir wirklich schwer, das zu glauben.«

»Seine Worte.«

»Das ist mir neu.«

»Er erzählt es jedem, der es hören will. Es ist mir egal, was in seinem schriftlichen Bericht steht, also den Unterlagen, die du kennst«, wiederholt Benton und schaut dabei in den Rückspiegel.

»Warum sollte er den Laborberichten widersprechen?«

»Ich gebe hier nur die mir bekannten Tatsachen wieder, und die lauten, dass er eine Nagelpistole als Waffe bezeichnet.«

»Die Behauptung, dass eine Nagelpistole verwendet wurde, widerspricht sämtlichen wissenschaftlichen und medizinischen Erkenntnissen.« Im Seitenspiegel erkenne ich ein gutes Stück hinter uns Autoscheinwerfer. »Eine Nagelpistole hinterlässt Spuren, die auf einen einzigen mechanischen Stoß hinweisen. Etwa so ähnlich wie der Abdruck des Zündbolzens auf einer Patronenhülse. In diesem Fall haben wir es jedoch mit Spuren an den Nägeln zu tun, die eindeutig von einem mit der Hand geführten Hammer stammen. Außerdem hatte der Junge Hammerverletzungen auf Kopfhaut und Schädeldecke sowie die einschlägigen Blutergüsse. Nagelpistolen hinterlassen häufig Reste des Zündmaterials, vergleichbar mit Schmauchspuren. Doch in Mark Bishops Wunden wurde weder Blei noch Barium sichergestellt. Das schließt eine Nagelpistole aus, und wenn du andeuten willst, dass Polizei und Staatsanwaltschaft anderer Ansicht sind, kann ich mich wirklich nur wundern.«

»Einige der Dinge, die die Leute in diesem Fall glauben wollen, sind ziemlich leicht zu erklären«, erwidert Benton. Inzwischen fährt er am Tempolimit.

Wieder blicke ich in den Seitenspiegel. Die Scheinwerfer haben sich um einiges genähert. Bläulich weiße Lichter brechen sich im Spiegel. Ein großer Geländewagen mit Xenonscheinwerfern und Nebelleuchten. Marino, denke ich. Und hinter ihm hoffentlich Lucy.

»Wie ich bereits sagte, wollen sie glauben, dass Johnnys Geständnis echt ist«, spricht Benton weiter. »Sie wollen es sich als Blitzangriff vorstellen, so dass Mark Bishop es nicht hat kommen sehen, da er sich sonst wie wild gewehrt hätte. Niemand möchte sich ausmalen, dass ein Kind festgehalten wurde und genau wusste, was gleich geschehen würde, während ihm jemand mit einem Hammer Nägel in den Schädel trieb, verdammt.«

»Er hatte keine Abwehrverletzungen, keine Hinweise auf einen Kampf, keine Anzeichen dafür, dass er festgehalten wurde. So steht es in Jacks Bericht. Du hast ihn ja sicher gelesen. Außerdem hat Jack Staatsanwaltschaft und Polizei doch bestimmt alles erklärt.«

»Ich wünschte, du hättest die verdammte Autopsie durchgeführt.« Benton schaut rasch in die Spiegel.

»Was genau redet Jack denn so, außer dem, was er in seinen Berichten geschrieben hat? Abgesehen von der Sache mit der Nagelpistole.«

Benton antwortet nicht.

»Vielleicht weißt du es ja nicht«, füge ich hinzu. Allerdings glaube ich, dass er es sehr wohl weiß.

»Seiner Ansicht nach ist eine Nagelpistole nicht auszuschließen«, entgegnet Benton. »Er meinte, es sei nicht definitiv festzustellen. Diese Äußerung fiel auf Nachfrage, und zwar nach Johnnys angeblichem Geständnis. Jack wurde ausdrücklich gefragt, ob eine Nagelpistole zum Einsatz gekommen sein könnte.«

»Die Antwort lautet eindeutig nein.«

»Da würde er dir widersprechen. Er findet, dass es sich in diesem Fall nicht zweifelsfrei ermitteln ließe. Die Möglichkeit einer Nagelpistole bestünde.«

»Wenn ich es dir sage – es ist nicht möglich. Außerdem kann man es ganz klar bestimmen«, wiederhole ich. »Hinzu kommt, dass ich, mit Ausnahme der Berichte im Internet, zum ersten Mal von der Nagelpistole höre. Und auf diese Berichte habe ich nichts gegeben, genauso wenig wie auf die meisten Nachrichtenmeldungen, solange ich die genauen Quellen nicht kenne.«

»Er hat erklärt, dass man eine Spur ähnlich dem Mündungsabdruck bei einem aufgesetzten Schuss erhält, wenn man jemandem eine Nagelpistole an den Kopf presst. Die Spuren auf der Kopfhaut und dem darunterliegenden Gewebe könnten daher rühren. Und deshalb gebe es auch keine Anzeichen dafür, dass der Junge sich gewehrt hat oder wusste, was geschah.«

»Man würde keinen Mündungsabdruck ähnlich wie bei einem aufgesetzten Schuss bekommen. Das geht einfach nicht«, protestiere ich. »Die Verletzungen, die ich auf den Fotos gesehen habe, stammen von einem Hammer. Und dass nichts auf Gegenwehr hinwies, heißt nicht, dass der Junge nicht durch Drohungen, Versprechen oder Manipulation zum Mitmachen bewegt wurde. Ich habe den Eindruck, als wollten gewisse Personen die Tatsachen aus Voreingenommenheit unter den Teppich kehren. Das ist ausgesprochen gefährlich …«

»Meiner Ansicht nach ist Fielding derjenige, der in diesem Fall die Tatsachen unter den Teppich kehrt. Vielleicht mit Absicht …«

»Gütiger Himmel, Benton. Er mag ja in vielerlei Hinsicht …«

»Oder es ist Nachlässigkeit. Eines von beidem muss es sein«, fügt Benton hinzu. Er denkt an etwas Bestimmtes. Davon bin ich überzeugt. »Hör zu, du hast in den letzten sechs Monaten dein Bestes getan.«

»Was soll das schon wieder bedeuten?« Allerdings weiß ich

genau, was es heißt, nämlich das, wovor ich mich während meiner Abwesenheit jeden Tag aufs Neue gefürchtet habe.

»Erinnerst du dich noch an die graue Vorzeit in Richmond, als er bei dir in der Facharztausbildung war?« Benton nähert sich verbotenem Terrain, auch wenn er das nicht ahnen kann. »Vom ersten Tag an hat er es nicht ertragen, Kinder zu obduzieren. Wie du bereits betont hast, entspricht das den Fakten. Wenn ein Kind eingeliefert wurde, hat er die Beine in die Hand genommen und blieb manchmal tagelang verschwunden. Du bist dann herumgefahren, um ihn zu suchen, warst bei ihm zu Hause, in seiner Stammkneipe, im gottverdammten Fitness-Studio oder im Taekwondo-Club, wo er sich entweder bis zur Bewusstlosigkeit besoffen oder jemanden ordentlich vermöbelt hat. Nicht, dass sich jemand gern mit toten Kindern befasst. Doch dieser Mann hat ein ernsthaftes Problem.«

Ich hätte Fielding dazu raten sollen, sich auf die chirurgische Pathologie zu verlegen, in einem Krankenhaus zu arbeiten und Biopsien zu untersuchen. Stattdessen habe ich ihn betreut und ermutigt.

»Aber er hat den Fall Mark Bishop übernommen«, ergänzt Benton. »Er hätte einen deiner anderen Mitarbeiter damit beauftragen können. Ich hoffe nur, dass er nicht zu allem Überfluss auch noch gelogen hat.« Allerdings glaubt Benton, dass Fielding lügt. Das merke ich ihm an.

»Zu allem Überfluss?«, wiederhole ich, während ich aus dem Seitenspiegel blicke und mich frage, warum Marino so dicht auffährt.

»Hoffentlich hat ihm niemand den Floh ins Ohr gesetzt, er solle eine mögliche Nagelpistole erwähnen, obwohl er es besser weiß.« Benton besitzt die Fähigkeit, sämtliche Spiegel zu kontrollieren, ohne dabei den Kopf zu bewegen. In all den Jahren als verdeckter Ermittler war das lebensnotwendig. Manche Gewohnheiten legt man eben nie ab.

»Wer?«, frage ich.

»Keine Ahnung.«

»Du klingst, als wüsstest du es sehr wohl und wolltest es mir nicht erzählen.« Es ist zwecklos, ihn zu drängen. Wenn er es mir nicht sagt, dann deshalb, weil er es nicht darf. Auch nach zwanzig Jahren fällt mir der Eiertanz nicht leichter.

»Die Polizei brennt darauf, diesen Fall abzuschließen, so viel steht fest. Die Ermittler wollen eine Nagelpistole als Waffe, weil in Johnnys Geständnis davon die Rede ist und weil es sich leichter verkraften lässt als ein Hammer. Es gefällt mir gar nicht, dass jemand Jack beeinflusst hat.«

»Hat es sich so abgespielt? Oder stellst du nur Vermutungen an?«

»Und es besorgt mich auch, dass es vielleicht sogar Jack selbst ist, der andere Leute beeinflusst«, fügt Benton hinzu. Das ist es also, was er wirklich denkt.

»Ich wünschte, Marino würde nicht so dicht auffahren. Er blendet mich mit seinen verdammten Scheinwerfern. Was hat er vor?«

»Es ist nicht Marino«, erwidert Benton. »Sein Suburban hat keine solchen Scheinwerfer und außerdem auch vorn ein Nummernschild. Dieser Wagen hat keines. Also kommt er aus einem Bundesstaat, in dem vordere Nummernschilder nicht vorgeschrieben sind. Eine andere Möglichkeit ist, dass man es entfernt oder abgedeckt hat.«

Als ich mich umdrehe, tut mir das Licht in den Augen weh. Der Geländewagen ist nur wenige Autolängen hinter uns.

»Ob er uns überholen will?«, überlege ich laut.

»Lass uns mal sehen, aber ich denke nicht.« Benton wird langsamer. Der Geländewagen auch. »Ich zwinge dich, uns zu überholen, was hältst du davon?« Er spricht mit dem Fahrer hinter uns. »Merk dir die Nummer auf dem hinteren Schild, wenn er vorbeifährt«, weist er mich an.

Wir stehen beinahe mitten auf der Straße. Der Geländewagen stoppt ebenfalls. Im nächsten Moment fährt er rasch rückwärts, wendet und rast schlingernd auf der verschneiten Straße in die Winternacht hinein. Ich kann weder das Kennzeichen noch andere Einzelheiten am Wagen erkennen. Nur, dass er dunkel und groß ist.

»Warum sollte uns jemand verfolgen?«, frage ich Benton, als ob er die Antwort wüsste.

»Ich habe keinen Schimmer, was das sollte«, erwidert Benton.

»Jemand hat uns verfolgt. Das war Sinn und Zweck der Übung. Er ist wegen des Wetters so dicht aufgefahren. Die Sicht ist nämlich so schlecht, dass man den anderen sonst leicht aus den Augen verliert, wenn er abbiegt.«

»Irgendein Schwachkopf«, entgegnet Benton. »Sicher kein Profi. Außer er hat es darauf angelegt, dass wir seine Gegenwart bemerken. Vielleicht hat er auch gedacht, es würde uns nicht auffallen.«

»Wie hat er das bloß geschafft? Wir sind doch gerade durch einen Schneesturm gefahren. Wo zum Teufel kam er her? Aus dem Nichts?«

Benton greift zum Telefon und tippt eine Nummer ein.

»Wo bist du?«, fragt er die Person, die abhebt, und fügt nach einer kurzen Pause hinzu: »Ein großer Geländewagen mit Nebelleuchten und Xenonscheinwerfern und ohne vorderes Nummernschild ist uns fast in den Kofferraum gefahren. Richtig. Hat dann gewendet und ist in die entgegengesetzte Richtung davon. Ja, auf der Route 2. Ist so jemand an dir vorbeigekommen? Das ist aber seltsam. Wahrscheinlich abgebogen. Nun, falls … Ja. Danke.«

Benton legt das Telefon zurück auf die Mittelkonsole und erklärt: »Marino ist ein paar Minuten hinter uns. Dicht gefolgt von Lucy. Der Geländewagen hat sich in Luft aufgelöst. Wenn jemand so dumm ist, uns zu verfolgen, wird er es wieder versuchen, und dann erwischen wir ihn. Und falls es die Absicht war, uns einzuschüchtern, kennt der Betreffende seine Zielpersonen nicht.«

»Jetzt sind wir also Zielpersonen.«

»Jemand, der uns kennt, würde sich gar nicht erst die Mühe machen.«

»Deinetwegen.«

Benton schweigt. Doch ich habe recht. Jeder, der auch nur ein bisschen über Benton im Bilde ist, wäre nie so vermessen, ihm Angst einjagen zu wollen. Ich spüre seine harte Seite und seine stählerne Entschlossenheit und weiß, wozu er in der Lage ist, wenn er sich bedroht fühlt. Er und Lucy haben eine recht ähnliche Einstellung zu Konfliktsituationen. Sie begrüßen sie. Nur, dass Benton kühler, berechnender und beherrschter ist, als es meine Nichte je sein wird.

»Erica Donahue.« Das ist der erste Name, der mir einfällt. »Sie hat uns bereits jemanden auf den Hals gehetzt, der uns aufhalten soll. Vermutlich ahnt sie nicht, wie gefährlich der charmante und attraktive Harvard-Psychologe ihres Sohnes ist.«

Benton verzieht keine Miene. »Klingt nicht plausibel.«

»Wie viele Leute sind über unseren Aufenthaltsort informiert?« Es ist zwecklos, die gnadenlos angespannte Stimmung auflockern zu wollen. Benton hat seine eigene Art von Wachsamkeit. Sie unterscheidet sich von Lucys, und er ist viel besser darin, sie zu verbergen. »Oder meinen Aufenthaltsort. Wie viele wissen davon?«, beharre ich. »Offenbar nicht nur die Mutter und der Chauffeur. Was hat Jack angestellt?«

Benton gibt wieder Gas und antwortet nicht.

»Du glaubst doch nicht etwa, Jack könnte einen Grund haben, uns einzuschüchtern oder es auch nur zu versuchen?«, ergänze ich.

Da Benton schweigt, setzen wir die Fahrt wortlos fort. Von dem Geländewagen mit den Nebelleuchten und Xenonscheinwerfern fehlt jede Spur.

»Lucy hat den Verdacht, dass er in letzter Zeit sehr viel trinkt«, erwidert Benton schließlich. »Aber das solltest du dir von ihr selbst erzählen lassen. Und von Marino.« Sein Tonfall ist kalt, und ich höre ihm an, dass er kein Verständnis dafür hat. Obwohl er meistens kein Wort darüber verliert, empfindet er für Fielding nichts als Verachtung.

»Warum sollte Jack lügen? Welchen Grund hat er, andere zu beeinflussen?«, kehre ich zum ursprünglichen Thema zurück.

»Offenbar hat er sich angewöhnt, zu spät zur Arbeit zu kommen und unangemeldet zu verschwinden. Außerdem ist seine Hautkrankheit wieder ausgebrochen.« Benton geht nicht auf meine Frage ein. »Ich hoffe nur, dass er nicht zusätzlich zu allem anderen auch noch Steroide einwirft, zumal in seinem Alter.«

Ich widerstehe der Versuchung, Fielding wie immer in Schutz zu nehmen: Wenn er akut unter Druck steht, leidet er an Ekzemen, gegen die er machtlos ist. Bei ihm hat sich schon immer alles um seinen Körper gedreht, ein klassischer Fall von Megarexie oder gestörtem Körperbild, was die Muskulatur betrifft, vermutlich eine Folge des sexuellen Missbrauchs, den er als kleiner Junge erleiden musste. Es wäre absurd, die Liste durchzugehen, weshalb ich es diesmal nicht tun werde. Zum ersten Mal nicht. Stattdessen schaue ich immer wieder in den Seitenspiegel. Aber die Xenonscheinwerfer und die Nebelleuchten sind fort.

»Warum sollte er in diesem Fall lügen?«, wiederhole ich. »Warum sollte er jemanden beeinflussen wollen?«

»Ich kann mir nicht vorstellen, wie man es schafft, dass ein Kind ruhighält und sich so etwas antun lässt«, sagt Benton. Er denkt an Mark Bishops Tod. »Die Familie war im Haus und hat die Schreie angeblich nicht gehört. Die Eltern behaupten, Mark habe friedlich gespielt und im nächsten Moment bäuchlings im Garten gelegen. Ich versuche nur, mir zu vergegenwärtigen, wie es sich abgespielt hat, und kann es nicht.«

»Gut, dann sprechen wir eben über dieses Thema, da du meine Frage ja offenbar nicht beantworten willst.«

»Ich habe mir Mühe gegeben, mir ein Bild davon zu machen und den Vorfall zu rekonstruieren, aber Fehlanzeige. Die Familie war zu Hause. Der Garten ist nicht groß. Wie ist es möglich, dass niemand jemanden bemerkt oder etwas gehört hat?«

Seine Miene ist ernst, als wir am Lanes & Games vorbeifahren, wo Marino in einer Bowlingmannschaft spielt. Wie heißt sie noch einmal? Der Club der Gnadenlosen. Seine neuen Freunde sind alle bei der Polizei und beim Militär.

»Ich dachte, ich hätte im Leben schon alles gesehen. Doch das hier übersteigt meine Vorstellungskraft«, fügt Benton hinzu, weil er mir nicht sagen kann oder will, was er wirklich über Fielding denkt.

»Der Mörder muss genau gewusst haben, was er tat.« Ich habe ein Bild vor Augen und sehe das Verbrechen in allen qualvollen Einzelheiten vor mir. »Er ist jemand, in dessen Gegenwart der Junge sich sicher gefühlt hat. Vielleicht hat er ihn ja überredet, seine Anweisungen zu befolgen. Mark könnte geglaubt haben, dass es nur ein Spiel oder ein Zaubertrick ist.«

»Ein Fremder erscheint plötzlich in seinem Garten und bringt ihn dazu, bei einem Spiel mitzumachen, das daraus besteht, ihm Nägel in den Kopf zu schlagen – oder so zu tun, als ob, was wahrscheinlicher ist.« Benton überlegt. »Kann sein. Aber ein Fremder? Da bin ich mir nicht so sicher. Es hat mir gefehlt, mit dir zu reden.«

»Es war kein Fremder, oder zumindest hat Mark ihn nicht als solchen empfunden. Ich vermute, dass er keinen Grund hatte, dem Täter zu misstrauen, ganz gleich, was dieser auch von ihm verlangt haben mag.« Ich stütze mich auf das, was ich über seine Verletzungen beziehungsweise deren Fehlen weiß. »Die Leiche weist keinerlei Anzeichen dahingehend auf, dass der Junge Angst hatte, in Panik war oder versucht hat, sich zu wehren oder zu fliehen. Wahrscheinlich kannte er den Täter oder war aus irgendeinem Grund bereit, seine Bitten zu erfüllen. Mir hat es auch gefehlt, mit dir zu reden. Doch nun bin ich hier, und du redest nicht mit mir.«

»Ich rede mit dir.«

»Irgendwann schütte ich dir Sodiumpentothal ins Glas und finde alles heraus, was du mir nie verraten hast.«

»Wenn es denn funktionieren würde, würde ich mich revanchieren. Und anschließend würden wir beide ordentlich in Schwierigkeiten stecken. Du willst gar nicht alles wissen. Oder du solltest es nicht. Und ich vermutlich auch nicht.«

»Vier Uhr nachmittags am 30. Januar.« Ich überlege, wie dunkel es wohl zum Zeitpunkt des Mordes an Mark gewesen sein mag. »Wann ist an diesem Tag die Sonne untergegangen? Wie war das Wetter?«

»Um halb fünf war es stockfinster, kalt und bedeckt«, erwidert Benton, der sich zuallererst über diese Fakten kundig gemacht hätte, wenn er der zuständige Ermittler wäre.

»Ich versuche, mich zu erinnern, ob Schnee gelegen hat.«

»Nicht in Salem. Es regnet viel, wegen des Hafens. Das Wasser erwärmt die Luft.«

»Also wurden im Garten der Bishops keine Fußabdrücke sichergestellt.«

»Nein. Außerdem dämmerte es um vier, und der Garten befand sich im Schatten von Gebüsch und Bäumen«, erklärt Benton, als wäre er tatsächlich der für diesen Fall zuständige

Polizist. »Laut Aussage der Familie ging Mrs. Bishop, die Mutter, um zwanzig nach vier hinaus, um Mark ins Haus zu holen, und fand ihn auf dem Bauch liegend im Laub vor.«

»Warum nehmen wir an, dass er erst kurz zuvor getötet worden war? Die Autopsieergebnisse lassen es doch sicher nicht zu, den Todeszeitpunkt auf Punkt vier Uhr festzulegen.«

»Die Eltern erinnern sich, dass sie gegen Viertel vor vier aus dem Fenster geschaut und Mark beim Spielen gesehen haben.«

»Spielen? Was genau heißt das? Was für ein Spiel?«

»Ich weiß nicht genau.« Wieder Bentons Herumgedruckse.

»Ich würde gern mit der Familie sprechen.« Vermutlich hat er es bereits getan. »Es gibt noch einige offene Fragen. Aber er hat allein im Garten gespielt, und als seine Mutter gegen Viertel nach vier aus dem Fenster sah, konnte sie ihn nirgendwo entdecken. Also ist sie hinaus, um ihn ins Haus zu holen, fand ihn und versuchte ihn wachzurütteln. Dann hat sie ihn hochgehoben und ist mit ihm ins Haus gelaufen. Um genau 16 Uhr 23 hat sie die Notrufnummer gewählt. Sie war außer sich und sagte, ihr Sohn atme und bewege sich nicht. Sie fürchte, etwas könne in seine Luftröhre geraten sein.«

»Was hat sie denn auf diesen Gedanken gebracht?«

»Offenbar hat er ein paar von Weihnachten übriggebliebene Süßigkeiten in die Tasche gesteckt, bevor er losgezogen ist. Harte Bonbons. Und das Letzte, was sie zu ihm gesagt hat, als er zur Tür hinauslief, war, er solle beim Rennen und Springen keine Bonbons lutschen.«

Ich kann mich des Gedankens nicht erwehren, dass Benton eine Einzelheit wie diese von den Bishops persönlich erfahren hat. Offenbar hat er tatsächlich mit ihnen geredet.

»Und wir wissen nicht, was er gespielt hat? Er ist allein herumgerannt und gesprungen?«, erkundige ich mich.

»Ich bin erst seit Johnnys Geständnis mit dem Fall befasst.«

Wieder weicht Benton mir aus. Aus irgendeinem Grund will er mir nicht verraten, was Mark in seinem Garten gemacht hat. »Später hat Mrs. Bishop der Polizei berichtet, sie habe niemanden in der Gegend bemerkt und es weise auch nichts darauf hin, dass jemand auf ihrem Grundstück gewesen sei. Sie habe erst in der Notaufnahme erfahren, dass Mark ermordet wurde. Die Nägel waren vollständig eingeschlagen worden, so dass sein Haar sie verdeckt hat. Außerdem hat es nicht geblutet. Und seine Schuhe fehlten. Beim Spielen im Garten trug er Turnschuhe von Adidas. Sie sind seitdem nicht mehr aufgetaucht.«

»Ein Junge, der in der Dämmerung im Garten spielt. Schwer vorstellbar, dass er die Anweisungen eines Fremden befolgt. Außer, derjenige gehörte zu einer Personengruppe, der er instinktiv vertraut hat«, beharre ich.

»Ein Feuerwehrmann. Ein Polizist. Der Fahrer des Eiscremewagens. Oder jemand dergleichen«, meint Benton sofort, als ob es kein Problem wäre, über dieses Thema zu sprechen. »Oder noch schlimmer: ein Mitglied seiner eigenen Familie.«

»Ein Familienmitglied bringt ihn auf so sadistische Weise um und nimmt dann seine Schuhe mit? Die Sache mit den Schuhen klingt nach Souvenir.«

»Oder sie soll danach aussehen«, merkt Benton an.

»Ich bin keine forensische Psychologin«, wende ich ein. »Ich übernehme gerade deine Rolle, was ich nicht sollte. Ich würde gern sehen, wo es passiert ist. Jack war nie am Tatort, obwohl er sich dort hätte umschauen müssen.« Als ich diese Worte ausspreche, verdüstert sich meine Stimmung noch mehr. Er war weder im Fall Mark Bishop noch in Norton's Woods am Tatort.

»Vielleicht war es ja auch ein anderes Kind, und sie haben ein Spiel mit tödlichen Folgen gespielt«, schlägt Benton vor.

»Falls es ein anderes Kind war«, gebe ich zurück, »besaß es bemerkenswerte anatomische Kenntnisse.«

Ich rufe mir die Autopsiefotos ins Gedächtnis, die den Kopf des Jungen mit zurückgeschlagener Kopfhaut zeigen. Dann denke ich an die CT-Aufnahmen, dreidimensionale Bilder von vier fünf Zentimeter langen Eisennägeln, die sich ins Gehirn bohren.

»Der Täter hätte sich keine tödlicheren Stellen aussuchen können, um die Nägel zu platzieren«, erkläre ich. »Drei sind über dem linken Ohr in den Schläfenknochen eingedrungen und haben die Verbindung zwischen den Hirnhälften durchtrennt. Ein Nagel wurde von unten nach oben in den Hinterkopf getrieben, so dass das im Gehirn mündende Ende des Rückenmarks beschädigt wurde.«

»Wie schnell ist er daran gestorben?«

»Fast sofort. Allein der Nagel im Hinterkopf wäre nach wenigen Minuten tödlich gewesen. So wenig Zeit, wie man eben zum Sterben braucht, wenn man nicht mehr atmen kann. Eine Verletzung des Rückenmarks auf Höhe der Wirbel C-1 und C-2 beeinträchtigt die Atmung. Die Polizei, die Staatsanwaltschaft und auch die Geschworenen werden wohl kaum davon ausgehen, dass ein anderes Kind so etwas getan haben kann. Offenbar war es die Absicht des Täters, einen raschen Tod hervorzurufen. Und es ist Vorsatz im Spiel, sofern der Hammer und die Nägel nicht am Tatort, das heißt im Garten oder vor dem Haus, herumlagen, und das taten sie nach allgemeiner Auffassung nicht, oder?«

»Ein Hammer war vorhanden, doch zeig mir das Haus, in dem es keinen gibt. Allerdings stimmen die Werkzeugspuren nicht überein. Aber das weißt du ja aus den Laborberichten. Außerdem wurden weder Nägel wie die, die ihn umgebracht haben, noch eine Nagelpistole im Haus der Familie gefunden«, erwidert Benton.

»Es waren Stifte, wie man sie normalerweise beim Verlegen von Dielenbrettern verwendet.«

»Laut Polizei wurden keine derartigen Nägel im Haus gefunden«, wiederholt er.

»Eisen, kein Edelstahl«, zähle ich weiter Einzelheiten der Fotos und Laborberichte auf. Während ich mich selbst reden höre, wird mir klar, dass ich den Fall mit Benton erörtere, als ob es meiner wäre. Und seiner. Als ob wir wie in unseren Anfangstagen gemeinsam ermitteln würden. »Mit Rostspuren, obwohl sie verzinkt sind, was heißt, dass sie nicht erst vor kurzem gekauft wurden«, fahre ich fort. »Das bedeutet, dass sie vielleicht irgendwo herumgelegen haben, wo sie der Feuchtigkeit ausgesetzt waren. Möglicherweise Salzwasser.«

»So etwas wurde am Tatort nicht sichergestellt. Keine Stifte, überhaupt keine Eisennägel«, entgegnet Benton. »Der Vater verbreitet, zumindest in der Öffentlichkeit, die Theorie von der Nagelpistole.«

»Öffentlich. Also hat er, wie ich annehme, mit den Medien gesprochen.«

»Ja.«

»Aber wann? Wann hat er den Medien Auskunft gegeben? Das ist die interessante Frage. Woher stammt dieses Gerücht, und wann ist es entstanden? Können wir sicher sein, dass der Vater es in die Welt gesetzt hat? Denn wenn es sich so verhält, ist es wichtig. Es könnte bedeuten, dass er sich ein Alibi verschaffen will, indem er eine Waffe ins Spiel bringt, die er nicht besitzt, und somit die Polizei auf eine falsche Fährte lockt.«

»Wir denken beide dasselbe«, stimmt Benton zu. »Mr. Bishop könnte es den Journalisten erzählt haben. Der springende Punkt ist, ob es ihm jemand zuvor eingeflüstert hat.«

Ich höre da noch etwas zwischen den Zeilen heraus und habe den Verdacht, dass Benton sehr wohl weiß, woher das

Gerücht um die Nagelpistole stammt. Außerdem ist er offenbar sicher, wer es zuerst verbreitet hat, und es ist nicht schwer zu erraten, was er andeuten will. Jack Fielding versucht zu beeinflussen, wie andere diesen Fall einschätzen. Vielleicht steckt er ja hinter dem Gerücht, über das nun sämtliche Nachrichtensendungen berichten.

»Wir sollten noch eine Ortsbegehung machen. Ich kann mich nicht an den Namen des Detective in Salem erinnern.« Es gibt so viel zu erledigen, so vieles, was ich übersehen habe, dass ich kaum weiß, wo ich anfangen soll.

»St. Hilaire, Vorname James.«

»Kenne ich nicht.« Ich bin eine Fremde in meinem eigenen Leben.

»Er ist fest von Johnny Donahues Schuld überzeugt, und ich mache mir wirklich Sorgen, dass es nur noch eine Frage der Zeit sein könnte, bevor der Junge wegen vorsätzlichen Mordes angeklagt wird. Wir müssen uns beeilen. Wenn St. Hilaire Mrs. Donahues Brief an dich liest, macht das die Sache noch schlimmer. Er wird seinen Verdacht bestätigt sehen. Also müssen wir rasch handeln«, meint Benton. »Eigentlich müsste mir der Fall schnurzegal sein, aber er liegt mir am Herzen, denn Johnny ist nicht der Täter, und der Geschworene, der ihn sympathisch findet, muss erst noch geboren werden. Er verhält sich seltsam. Er missversteht seine Mitmenschen, und sie missverstehen ihn. Sie halten ihn für kaltblütig und arrogant. Er lacht oder kichert, wenn etwas nicht komisch ist. Er benimmt sich unhöflich und patzig, ohne es zu bemerken. Die ganze Veranstaltung ist absurd. Eine Farce. Vermutlich eines der klassischsten Beispiele für ein falsches Geständnis, das mir je untergekommen ist.«

»Warum sitzt er dann noch immer im McLean in der Geschlossenen?«

»Er muss psychiatrisch behandelt werden. Aber nein, man

sollte ihn nicht mit psychotischen Patienten zusammensperren. Das ist zumindest meine Meinung, doch niemand hört auf mich. Vielleicht kannst du ja mit Renaud und St. Hilaire reden. Dir glauben sie möglicherweise. Wir fahren nach Salem und arbeiten den Fall mit ihnen durch. Und wenn wir schon einmal dort sind, können wir uns umschauen.«

»Und Johnnys Zusammenbruch?«, erkundige ich mich. »Wenn man seiner Mutter glauben kann, ging es ihm während der ersten drei Jahre in Harvard gut. Und dann wird er plötzlich eingewiesen? Wie alt ist er denn?«

»Achtzehn. Als er im letzten Herbst zum Abschlussjahr nach Harvard zurückkehrte, hatte er sich sichtlich verändert«, erwidert Benton. »Verbal und sexuell aggressiv und außerdem immer aufgebrachter und paranoider. Ungeordnete Gedanken und Wahrnehmungsstörungen. Symptome also, die denen einer Schizophrenie ähneln.«

»Drogen?«

»Nicht der geringste Hinweis darauf. Nach dem Mordgeständnis war er mit einem Test einverstanden. Ergebnis negativ. Selbst die Haaranalyse war in Bezug auf Drogen und Alkohol sauber. Seine Freundin, Dawn Kincaid, ist Doktorandin am MIT. Sie und Johnny haben gemeinsam an einem Projekt gearbeitet. Sie war so besorgt um ihn, dass sie schließlich seine Familie alarmiert hat. Das war im Dezember. Dann, vor einer Woche, wurde Johnny mit einer Stichwunde an der Hand ins McLean eingewiesen. Seinem Psychiater hat er erzählt, er habe Mark Bishop umgebracht. Er sei mit dem Zug nach Salem gefahren. Im Rucksack habe er eine Nagelpistole gehabt. Er hat behauptet, er brauche ein Menschenopfer, um eine böse Macht loszuwerden, die sich in sein Leben gedrängt habe.«

»Warum Nägel und nicht eine andere Waffe?«

»Es hat etwas mit den magischen Kräften von Eisen zu tun.

Außerdem ist das meiste davon in den Nachrichten gekommen.«

Mir fällt ein, dass ich im Internet etwas über Teufelsknochen gelesen habe, und erwähne es.

»Genau, so nannten die alten Ägypter das Eisen«, antwortet Benton. »In einigen Läden in Salem werden Teufelsknochen verkauft.«

»Zu einem X zusammengebunden. Man trägt sie in einem roten Satinbeutel mit sich herum. Ich habe in ein paar Esoterikläden welche gesehen. Allerdings erinnern sie eher an Spieße und sollen antik wirken. Ich bezweifle, dass sie verzinkt sind.«

»Angeblich schützt Eisen vor bösen Geistern, die Erklärung dafür, warum Johnny Nägel aus Eisen benutzt hat. Zumindest seine Begründung. Doch seine Geschichte ist nicht sehr originell. Wie du gerade gesagt hast, handelt es sich um eine der Theorien, die am Tag vor dem Mordgeständnis in sämtlichen Nachrichtensendungen erwähnt wurden.« Benton hält inne. »Dein eigenes Institut hat angedeutet, schwarze Magie könne das Motiv sein«, fügt er hinzu. »Vermutlich wegen der Verbindung zu Salem, der Stadt der letzten Hexenverbrennungen.«

»Theorien zu entwickeln ist nicht unsere Aufgabe. Wir müssen unparteiisch und objektiv sein. Deshalb verstehe ich deine Bemerkung nicht, wir hätten derartige Andeutungen gemacht.«

»Ich wollte dir nur mitteilen, dass dieses Thema diskutiert wurde.«

»Mit wem?« Aber ich kenne die Antwort.

»Jack war schon immer ein Wackelkandidat. Inzwischen hat er anscheinend auch noch den letzten Rest an Hemmungen verloren«, stellt Benton fest.

»Ich denke, wir haben uns darauf geeinigt, dass Jack ein

Problem ist, das ich nicht länger lösen kann. Was für ein Projekt?« Damit spiele ich auf Bentons Bemerkung über Johnny Donahues Freundin vom MIT an. »Was studiert Johnny eigentlich im Hauptfach?«

»Informatik. Seit Anfang des letzten Sommers hat er ein Praktikum bei Otwahl Technologies in Cambridge gemacht. Wie seine Mutter sagte, ist er in einigen Bereichen hoch begabt ...«

»Was genau waren seine Aufgaben dort?« Ich stelle mir die massive Fassade aus Gussbeton vor, die wie der Hoover Dam in den Himmel ragt, nicht weit von der Stelle, die wir soeben passiert haben, also dem Teil von Cambridge, wo der Geländewagen mit den Xenonscheinwerfern uns bis zu seinem Verschwinden verfolgt hat.

»Software-Programme für unbemannte Fahrzeuge und verwandte Geräte schreiben«, erklärt Benton beiläufig.

Unbemannte Fahrzeuge, *Unmanned Ground Vehicles* – Abkürzung: UGV. Militärroboter wie der Prototyp des MORT in der Wohnung des Toten.

»Was wird hier gespielt, Benton?«, frage ich aufgebracht. »Was in Gottes Namen ist hier los?«

7

Das Unwetter hat nachgelassen. Es stürmt nicht mehr so heftig, und es liegen bereits einige Zentimeter Schnee. Der Verkehr auf dem Memorial Drive fließt stetig. Menschen, die den Winter in Neuengland gewöhnt sind, lassen sich von diesen Witterungsverhältnissen nicht abschrecken.

Die Dächer der Studentenverbindungshäuser und Sportanlagen des MIT bilden eine solide weiße Fläche auf der linken Seite der Straße. Auf der anderen wabert der Schnee wie Rauch über den Radweg und die Bootshäuser und verschwindet im eisig-schwarzen Charles River. Weiter im Osten, wo der Fluss in den Hafen mündet, ragt die Skyline von Boston – gespenstische Rechtecke und trübes Licht – in die dunstige Nacht. Über dem Logan Airport kreisen keine Flugzeuge. Es ist nicht eine einzige Maschine in Sicht.

»Wir sollten uns so bald wie möglich mit Renaud treffen. Je früher, desto besser.« Benton findet, Paul Renaud, der Bezirksstaatsanwalt von Essex County, sollte wissen, dass mehr hinter Johnny Donahues Geständnis steckt und zwischen dem Harvard-Studenten und dem toten Mann in meiner Kühlkammer möglicherweise eine Verbindung besteht. »Und wenn DARPA die Hände im Spiel hat?«, meint er nun.

»Otwahl erhält Mittel von DARPA. Allerdings ist die Firma keine Außenstelle des Verteidigungsministeriums, sondern ein ziviles, international tätiges Privatunternehmen«, entgegne ich. »Doch die Zusammenarbeit mit der Regierung ist eng, und zwar aufgrund der beträchtlichen Gelder. Seit MORT, einer ziemlich grobschlächtigen Erfindung, waren es zig Millionen, vielleicht sogar mehr.«

»Die Frage ist, womit sich die Firma sonst noch beschäftigt.

Welchen Schwerpunkt hat sie jetzt, der in diesem Fall wichtig sein könnte?«

»Darüber weiß ich wirklich nichts Genaues. Aber man erkennt das Offensichtliche, indem man sich einfach den Laden anschaut.« Wenn wir zurück in Richtung Hanscom fahren würden, würden wir in anderthalb Kilometer Entfernung an Otwahl Technologies und ihren angrenzenden Testanlagen vorbeikommen, einem gewaltigen, autarken Gebäudekomplex mit eigener Privatpolizei. »Aller Wahrscheinlichkeit nach Neutronenforschung, und zwar im Rahmen der Materialwissenschaft und deren Anwendung bei neuen Technologien.«

»Robotertechnik«, merkt Benton an.

»Roboter, Nanotechnologie, Software-Entwicklung, synthetische Biologie. Lucy kennt sich ein wenig damit aus.«

»Vermutlich mehr als nur ein wenig.«

»Wie ich sie kenne, ja. Darauf würde ich jede Wette eingehen.«

»Wahrscheinlich arbeiten sie an gottverdammten Humanoiden, damit uns nie die Soldaten ausgehen.«

»Mag sein.« Ich scherze nicht.

»Und Briggs weiß nun über den Roboter in der Wohnung dieses Typen Bescheid.« Benton meint den Toten. »Wegen der Videoaufnahmen? Was könnte sonst noch dahinterstecken? Ich bin neugierig, ob er es Jack gegenüber erwähnt hat. Vielleicht hat er ihn ja angerufen und ihn mit seinen Fragen aufgeschreckt.«

Ich erkläre ihm die Einzelheiten und schildere ihm den Mann und die von Lucy entdeckten Videoaufnahmen – die, die Marino ohne Genehmigung an Briggs gemailt hat, bevor ich Gelegenheit bekam, einen Blick darauf zu werfen. Und als ich sie endlich sichten konnte, geschah das nur oberflächlich auf dem Weg zum Zivilflugplatz in Dover. Ich erzähle Benton alles über den sechsbeinigen Roboter namens MORT, der in der Wohnung neben der Tür steht, und erinnere ihn an die Auseinandersetzungen und Konflikte mit verschiedenen Politikern und vor allem mit Briggs zu dem Thema, eine Maschine zur Bergung von Toten auf dem Schlachtfeld und anderswo einzusetzen.

Ich erkläre ihm, wie herzlos und grausam es ist, wenn ein benzinbetriebener Apparat, der klingt wie eine Kettensäge, über den Boden walzt und verwundete oder tote Menschen einsammelt, indem er sie mit Scheren packt, die an die Greifzangen einer Bulldog-Ameise erinnern. »Stell dir vor, was du empfinden würdest, wenn du sterbend auf dem Schlachtfeld liegst und deine Kameraden dir so ein Ding schicken«, meine ich zu Benton. »Welche Botschaft vermittelt das den Angehörigen der Toten, die so etwas in den Nachrichten sehen?«

»Wahrscheinlich hast du dich bei deiner Aussage vor dem Verteidigungsunterausschuss des Senats genauso undiplomatisch ausgedrückt«, mutmaßt Benton.

»Ich weiß nicht mehr, was ich wörtlich gesagt habe.«

»Du hast dir bei Otwahl sicher keine Freunde gemacht. Eher Feinde, von denen du nichts ahnst.«

»Otwahl oder irgendein anderes Technologieunternehmen standen nicht zur Debatte. Schließlich hat Otwahl nichts anderes getan, als einen Roboter zu entwickeln. Es waren die Leute im Pentagon, die sich diese sogenannte nützliche Einsatzmöglichkeit haben einfallen lassen. Ich glaube, MORT war ursprünglich als Transportroboter gedacht, mehr nicht. Bis heute Abend hatte ich sogar vergessen, dass die Firma Otwahl heißt. Ich habe mich nie eingehender mit dem Unternehmen beschäftigt. Mein Gegner war das Pentagon, und ich war fest entschlossen, mich zu behaupten.« Beinahe hätte ich *diesmal* hinzugefügt, verkneife es mir aber. Benton ahnt nicht, dass ich mich einmal nicht habe behaupten können.

»Feinde, die nicht vergessen. Solche Feinde vergessen

nämlich niemals. Es tut mir leid, dass ich damals nichts davon wusste«, erwidert Benton, denn er war nicht dabei, als ich mich auf dem Capitol Hill unbeliebt gemacht habe. Da er in einem Zeugenschutzprogramm untergebracht war, hatte er nicht die Möglichkeit, mich zu beraten und zu unterstützen. Ja, er durfte mir nicht einmal verraten, dass er noch lebte. »Du hast doch sicher Unterlagen von damals aufgehoben.«

»Warum?«

»Ich würde sie mir gern anschauen, um auf dem Laufenden zu sein. Vielleicht beantworten sich so ein paar Fragen.«

»Was für Fragen?«

»Ich möchte die Papiere aus dieser Zeit gern lesen«, beharrt Benton.

Mitschriften meiner Aussage, Videoaufnahmen der Szenen, die der Nachrichtensender C-SPAN ausgestrahlt hat: Was davon noch übrig ist, befindet sich in meinem Safe in unserem Keller in Cambridge – zusammen mit gewissen Dingen, die ich Benton nicht zeigen will. Dort liegen ein dicker grauer Ziehharmonikaordner und Fotos, die ich mit meiner Privatkamera gemacht habe. Blutfleckige weiße Vierecke aus Pappe, Notbehelfe aus der Zeit, als es noch keine Gerätschaften zum Sammeln von DNA-Proben gab. Denn an der Luft getrocknet ist Blut ewig haltbar, und ich wusste, in welche Richtung die technische Entwicklung sich bewegte. Schlichte weiße Umschläge mit Fingernagelstückchen, Schamhaaren und Kopfhaaren. Abstriche aus Mund, Anus und Vagina sowie zerschnittene und zerrissene blutige Unterhöschen. Eine leere Chablisflasche, eine Bierdose. Gegenstände, die ich vor mehr als zwei Jahrzehnten aus einem dunklen Kontinent am anderen Ende der Welt eingeschmuggelt habe und die sich eigentlich nicht in meinem Besitz befinden dürften. Obwohl ich sie nicht auf eigene Faust hätte testen lassen sollen, habe ich es getan. Und ich habe die starke Befürchtung, dass sich

Bentons Gefühle für mich ändern könnten, wenn er von den Fällen in Kapstadt erfährt.

»Du kennst ja den alten Spruch, dass man die Rache am besten kalt genießt«, stellt er fest. »Du hast ein riesiges, viele Millionen Dollar schweres Projekt gekippt, ein gemeinsames Vorhaben von Pentagon und Otwahl Technologies. Dabei bist du so manchen Leuten auf den Schlips getreten. Inzwischen sind zwar einige Jahre vergangen, doch die Betreffenden haben es nicht vergessen, auch wenn du selbst vielleicht nicht mehr daran denkst. Und da bist du nun und arbeitest in unmittelbarer Nähe von Otwahl mit dem Verteidigungsministerium zusammen. Eine ausgezeichnete Gelegenheit, einen Rachefeldzug zu planen, um es dir heimzuzahlen.«

»Mir heimzahlen? Der Mann, der in Norton's Woods tot umgefallen ist, soll ein Racheakt sein?«

»Ich finde nur, dass wir wissen sollten, wer die handelnden Personen sind.«

Wir schließen das Thema ab, weil wir die Stahlbrücke erreicht haben, die Cambridge mit Boston verbindet. Sie heißt Harvard Bridge, wird von den Einheimischen aber auch oft MIT Bridge genannt. Direkt vor uns ragt mein Institut in den Himmel wie ein Leuchtturm. Es hat sieben Stockwerke und die Form eines von einer Glaskuppel gekrönten Silos und ist mit Titan verkleidet sowie mit Stahl verstärkt. Als Marino das CFC zum ersten Mal sah, fühlte er sich an ein Dumdumgeschoss erinnert, und vermutlich wirkt es in der verschneiten Dunkelheit tatsächlich so.

Wir biegen vom Memorial Drive ab, lassen den Fluss hinter uns und nehmen die erste Einfahrt links, die zum Parkplatz führt. Dieser wird von solarbetriebenen Sicherheitsscheinwerfern beleuchtet und ist von einem mit schwarzem PVC bezogenen Zaun umgeben, den man weder überklettern noch durchschneiden kann. Ich krame eine Fernbedienung aus der

Handtasche und drücke auf einen Knopf, um das hohe Tor zu öffnen. Dann fahren wir über fast unter Neuschnee verschwundene Reifenspuren. Die Autos von Anne und Ollie sind schon da und stehen neben den Transportern mit Allradantrieb und SUV des CFC. Eigentlich sollten es vier sein, aber einer fehlt, und zwar schon, seit es angefangen hat zu schneien. Vermutlich ist der diensthabende gerichtsmedizinische Ermittler damit unterwegs.

Ich frage mich, wer heute Dienst hat und warum der Betreffende mit einem unserer Autos herumkurvt. Ist er an einem Tatort oder zu Hause? Ich blicke mich um, als wäre ich noch nie hier gewesen. Oberhalb des Zauns auf beiden Seiten befinden sich Laborgebäude, die zum MIT gehören. Sie sind aus Glas und Backstein und haben Antennen und Radarschüsseln auf den Dächern. Ihre Fenster sind dunkel. Nur hier und da brennt ein schwaches Licht, als hätte jemand eine Schreibtischlampe angelassen. Schnee weht durch die Nacht und prasselt an die Scheibe wie gefrorene Regentropfen, als Benton vor meinem Institut in der Parklücke stoppt, die für die Leiterin reserviert ist. Fieldings Parklücke gleich daneben ist leer, der Schnee unberührt.

»Wir könnten auch in der Ladezone parken«, schlägt Benton vor.

»Das wäre ein bisschen ungerecht den anderen gegenüber«, antworte ich. »Außerdem ist es verboten. Nur zum Abholen und Anliefern.«

»Dover hat auf dich abgefärbt. Muss ich in Zukunft salutieren?«

»Nur zu Hause.«

Als wir aussteigen, reicht mir der Schnee bis zu den Knöcheln meiner Stiefel und wird unter den Sohlen nicht fest, weil es zu kalt ist. Die Flocken sind klein und eisig. Ich gebe einen Code in das Tastenfeld neben der geschlossenen Tür der Ladezone ein, die mit einem lauten Geräusch zurückgleitet. Im selben Moment treffen Marino und Lucy auf dem Parkplatz ein. Die Ladezone sieht aus wie ein kleiner Hangar und ist mit weißem Harzlack gestrichen. An der Decke sind ein an einer Schiene entlangfahrender Kran und eine motorisierte Hebevorrichtung befestigt, um Leichen zu bewegen, die zu schwer sind, um sie per Hand umzulagern. Eine Rampe führt zu einer Eisentür. Daneben steht unser weißer Leichentransporter, den wir in Dover als Brotlaster bezeichnet haben. Er ist so ausgestattet, dass er bis zu sechs Leichen auf Bahren oder in Transportsärgen fasst und nötigenfalls auch als mobiles kriminaltechnisches Labor dienen kann.

Während ich auf Marino und Lucy warte, wird mir bewusst, dass ich für Neuengland nicht passend gekleidet bin. Meine Uniformjacke war zwar in Delaware ausreichend, doch inzwischen bin ich völlig durchgefroren. Ich versuche, nicht daran zu denken, wie schön es wäre, mit einem Single-Malt-Scotch oder einem Bourbon aus einer kleinen Destillerie vor dem Kaminfeuer zu sitzen und mit Benton über andere Dinge zu sprechen als über Tragödien, Betrug und Feinde mit einem langen Gedächtnis. Ich möchte weg von den anderen, etwas trinken, ein offenes Gespräch mit meinem Mann führen, Spielchen und Ausweichmanöver in den Wind schlagen und mich nicht mehr fragen, was er wissen könnte. Ich sehne mich danach, ganz normal mit ihm zu leben, obwohl wir beide nicht wissen, was das ist. Selbst wenn wir uns lieben, haben wir unsere Geheimnisse, und nichts ist normal.

»Keine neuen Erkenntnisse, bis auf Infos von Lawless«, erwidert Marino, als sich das Tor klappernd hinter uns schließt, obwohl ihm niemand eine Frage gestellt hat. »Er hat mir die Tatortfotos gemailt. Endlich. Aber er sagt, kein Glück mit dem Hund. Niemand hat einen zugelaufenen Windhund gemeldet.«

»Was für ein Windhund?«, erkundigt sich Benton.

Ich war so beschäftigt damit, ihm MORT zu schildern, dass ich das meiste, was auf den Videoaufnahmen zu sehen war, gar nicht erwähnt habe. Es ist mir unangenehm. »Norton's Woods«, antworte ich. »Ein schwarzweißer Greyhound namens Sock, der offenbar verschwunden ist, während sich die Sanitäter mit unserem Toten befasst haben.«

»Woher weißt du, dass er Sock heißt?«

Ich erkläre es ihm, während ich den Daumen über den Glassensor des biometrischen Schlosses halte, damit mein Fingerabdruck eingescannt werden kann. Dann öffne ich die Tür, die in die unteren Ebenen des Gebäudes führt, und füge hinzu, der Hund könnte mit einem Mikrochip ausgestattet sein, der uns wichtige Informationen über die Identität des Besitzers liefern würde. »Einige Tierschutzorganisationen pflanzen ehemaligen Rennhunden automatisch einen Mikrochip ein, bevor sie ein neues Zuhause für sie suchen«, füge ich hinzu.

»Interessant«, erwidert Benton. »Ich glaube, ich habe sie gesehen.«

»Sie haben dich direkt angestarrt, als du gegen Viertel nach drei gestern Nachmittag deinen 911 aus der Einfahrt rangiert hast«, teilt Lucy ihm mit, als wir den Arbeitsbereich betreten, einen großen Raum mit Wachstation, einer digitalen Bodenwaage und einer Reihe massiver Edelstahltüren, die in Kühlkammern und einen begehbaren Gefrierschrank führen.

»Wovon redest du?«, fragt Benton meine Nichte.

»Hast du die lange Fahrt durch den Schneesturm nicht dazu genutzt, ihm alles zu erklären?«, wendet sich Lucy an mich. Wenn sie in dieser Stimmung ist, kann sie ziemlich anstrengend sein.

Ich bin ein wenig verärgert, obwohl sie recht hat. *Außerdem kennt sie dich,* schießt es mir durch den Kopf. *Sie kennt dich so gut wie du sie.* Deshalb bemerkt sie es sofort, wenn mich etwas bedrückt, das ich hartnäckig für mich behalte. Und seit meinem Aufbruch aus Dover bin ich bedrückt und übellaunig. Es war dumm von mir, Benton nicht so in die Einzelheiten einzuweihen, dass er etwas damit anfangen kann. Ich bin noch niemandem begegnet, der über so viel psychologisches Wissen verfügt wie er; sicher hätte er zu den Details, die das im Kopfhörer des Toten versteckte Aufnahmegerät aufgezeichnet hat, eine Menge sagen können.

Stattdessen habe ich auf dem Thema DARPA herumgehackt, weil ich ständig an Briggs denken musste. Ich komme einfach nicht über das hinweg, was heute passiert ist. Ebenso wenig wie über die Ereignisse vor vielen Jahrzehnten und darüber, dass die Lawine, die er losgetreten hat, offenbar nicht aufzuhalten ist. Er ist über den dunklen Fleck in meiner Vergangenheit im Bilde, den ich nie jemandem zeigen würde, und ein Teil von mir wird ihm niemals verzeihen, dass er diesen Fleck geschaffen hat. Es war seine Idee, mich nach Kapstadt zu schicken. Sein gottverdammt ausgekochter Plan.

»Der Mann ist nur wenige Minuten vor seinem Tod mit seinem Greyhound an deiner Auffahrt vorbeigekommen«, sagt Lucy zu Benton, allerdings ohne den Blick von mir abzuwenden. »Wenn du nicht weggefahren wärst, hättest du die Sirenen gehört. Vermutlich wärst du hingegangen, um zu sehen, was los ist, und hättest in diesem Fall nützliche Informationen für uns.«

Sie betrachtet mich, als könnte sie den dunklen Fleck sehen. Unmöglich, dass sie davon weiß, beruhige ich mich. Ich habe es ihr nie erzählt. Auch nicht Benton, Marino oder sonst jemandem. Die Unterlagen wurden – bis auf die, die sich in meinem Besitz befinden – vernichtet. Briggs hat mir das damals versprochen, als ich aus dem Pathologischen Institut der Streitkräfte ausschied und nach Virginia zog. Außerdem wusste ich bereits, dass Papiere fehlten, ohne dass man es mir eigens hätte sagen müssen. Lucy kennt die Kombination zu meinem Safe nicht, halte ich mir vor Augen. Benton auch nicht. Niemand kennt sie.

»Wenn du mit ins Labor kommst«, wendet sich Lucy an Benton, »zeige ich dir die Videoaufzeichnungen.«

»Du hast sie nicht gesehen?«, sage ich zu ihm, weil ich nicht sicher bin. Er verhält sich, als wären sie ihm fremd, es könnte jedoch genauso gut wieder Heimlichtuerei sein.

»Habe ich nicht«, bestätigt er, und es klingt wie die Wahrheit. »Aber ich würde es gern und werde es auch tun.«

»Komisch, dass du darin vorkommst«, meint Lucy zu ihm. »Und dein Haus. Wirklich komisch. Ich fand es echt schräg.«

Der Nachtwächter sitzt hinter seiner Glasscheibe und nickt uns zu, allerdings ohne von seinem Schreibtisch aufzustehen. Er heißt Ron und ist ein großer, muskulöser, dunkelhäutiger Mann mit kurzgeschorenem Haar und einem unfreundlichen Blick. Offenbar fürchtet er sich vor mir – oder er traut mir nicht. Außerdem hat er anscheinend Befehl, auf seinem Posten zu bleiben und keine Gespräche zu führen, ganz gleich mit wem. Ich wage kaum, mir auszumalen, welche Geschichten ihm zu Ohren gekommen sein könnten, und muss wieder an Fielding denken. Was für Schwierigkeiten hat er ausgelöst? Wie sehr hat er diesem Institut geschadet?

Am Fenster der Wachloge überprüfe ich das Eingangsbuch. Seit drei Uhr morgens wurden drei Leichen eingeliefert: ein Verkehrsunfall, eine Schießerei und ein ungeklärter Fall von Ersticken mit einer Plastiktüte.

»Ist Dr. Fielding da?«, frage ich Ron.

Er ist ein ehemaliger Militärpolizist der Marineinfanterie und wirkt in seiner dunkelblauen Uniform mit der amerikanischen Flagge und dem Emblem vom AFME an den Schultern und dem Messingabzeichen vom CFC an der Brust stets wie aus dem Ei gepellt und schneidig. Seine Miene ist argwöhnisch und alles andere als freundlich, als er durch seine Glasscheibe späht und antwortet, er habe Fielding nicht gesehen. Er teilt mir mit, Anne und Ollie seien im Haus, sonst jedoch noch niemand. Nicht einmal Janelle, die diensthabende Ermittlerin, sei hier, erklärt er mit monotoner Stimme. Jedes zweite Wort ist *Ma'am*, was mich daran erinnert, wie kühl und herablassend dieses *Ma'am* hier, *Ma'am* da klingen kann und wie es mich in Dover ermüdet hat. Janelle arbeite wegen des Wetters von zu Hause aus, meldet Ron. Offenbar hat Fielding ihr gesagt, das ginge in Ordnung, was nicht der Fall ist. Es verstößt nämlich gegen die von mir aufgestellten Regeln. Von zu Hause aus kann man nicht ermitteln.

»Wir sind in der Radiologie«, erkläre ich Ron. »Falls jemand kommt, finden Sie uns dort. Aber wenn es sich nicht um Dr. Fielding handelt, möchte ich zuvor wissen, wer es ist, und zuerst meine Zustimmung geben. Ach, vermutlich wäre es sogar besser, wenn Sie mir auch bei Dr. Fielding Bescheid sagen. Ganz gleich, wer es ist, kündigen Sie denjenigen bei mir an.«

»Wenn Dr. Fielding kommt, soll ich Sie anrufen, Ma'am. Damit Sie gewarnt sind«, wiederholt Ron, als wäre er nicht sicher, was genau ich gemeint habe. Vielleicht will er ja auch bockig sein.

»Genau«, bestätige ich. »Niemand, auch nicht Mitarbeiter, sollte einfach hier hereinspazieren, sofern Sie von mir keine anderen Anweisungen erhalten. Ich möchte im Moment undichte Stellen vermeiden.«

»Verstanden, Ma'am.«

»Irgendwelche Anfragen von den Medien? Haben sich Reporter blicken lassen?«

»Ich halte die Augen offen, Ma'am.« An drei Wänden sind in Quadranten aufgeteilte Monitore befestigt. Sie zeigen ständig wechselnde Aufnahmen der Überwachungskameras, die außen am Gebäude sowie an strategischen Punkten wie den Verladezonen, den Fluren, den Aufzügen, in der Vorhalle und an allen ins Gebäude führenden Türen hängen. »Mir ist bekannt, dass es, was den Mann aus dem Park angeht, offene Fragen gibt.« Ron schaut an mir vorbei und sieht Marino an, als bestünde zwischen den beiden eine Übereinkunft.

»Nun, jetzt wissen Sie, wo Sie uns finden können.« Ich öffne eine Tür. »Danke.«

Ein langer weißer Flur mit einem grau gefliesten Boden bringt uns zu einer Reihe von Räumen, die so angeordnet sind, dass sie uns die Arbeit erleichtern. Erste Station ist die Identifizierung, wo man den Toten fotografiert und ihm die Fingerabdrücke abnimmt. Persönliche Gegenstände, die nicht bereits von der Polizei sichergestellt wurden, werden entfernt und in Spinden eingeschlossen. Danach kommt die Radiologie, in der auch ein CT-Gerät steht. Dahinter befinden sich der Autopsiesaal, ein Reinigungsraum, das Vorzimmer, die Umkleideräume, die Garderoben, das anthropologische Labor und das Bio4-Labor, das kontaminierten oder mit ansteckenden Krankheiten behafteten Leichen vorbehalten ist. Der Flur verläuft kreisförmig und endet an der Verladezone, wo er auch angefangen hat.

»Warum weiß der Sicherheitsdienst über unseren Patienten aus Norton's Woods Bescheid?«, erkundige ich mich bei Marino. »Und weshalb spricht Ron von offenen Fragen?«

»Von mir hat er es nicht.«

»Mich interessiert, was er weiß.«

»Als wir vorhin gingen, hatte er keinen Dienst. Ich habe ihn heute noch nicht gesehen.«

»Ich bin neugierig, was man ihm erzählt hat«, wiederhole ich geduldig, weil ich keine Lust habe, in Gegenwart der anderen mit Marino zu streiten. »Wir haben es hier nämlich mit einer ziemlich heiklen Situation zu tun.«

»Bevor ich losgegangen bin, habe ich Anweisung erteilt, dass alle vor Reportern auf der Hut sein sollen«, erwidert Marino und zieht vor der Tür der Radiologie die Lederjacke aus. Ein rotes Lämpchen weist darauf hin, dass gerade das CT läuft. Obwohl Anne und Ollie sicher nicht ohne mich anfangen würden, haben sie die Angewohnheit, andere Menschen vom Betreten eines Raums abzuhalten, in dem eine viel höhere Radioaktivität herrscht, als es bei lebenden Patienten zu verantworten wäre. »Es war nicht meine Idee, dass Janelle und die anderen von zu Hause aus arbeiten sollen«, fügt Marino hinzu.

Ich frage nicht, wie lange das schon so geht und wer »die anderen« sind. Wer ist sonst noch zu Hause geblieben? Immerhin ist das hier eine Regierungsbehörde, eine paramilitärische Einrichtung, keine Klitsche, die Heimarbeit vergibt, würde ich am liebsten sagen.

»Zum Teufel mit Fielding«, murmelt Marino. »Er vermasselt alles.«

Ich antworte nicht. Jetzt ist nicht der richtige Zeitpunkt, um zu erörtern, wie alles hier den Bach runtergeht.

»Ihr wisst, wo ich bin.« Lucy schlendert zum Aufzug und drückt mit dem Ellbogen auf den Knopf, der so überdimensional ist, dass man nicht die Hände benutzen muss. Während sie hinter Schiebetüren aus Edelstahl verschwindet, fahre ich mit dem Daumen über einen weiteren biometrischen Sensor, worauf sich das Schloss entriegelt.

Im Kontrollraum sitzt der forensische Radiologe Dr. Oliver Hess an seinem Arbeitsplatz hinter einer mit Blei verkleideten Glasscheibe. Sein graues Haar ist zerzaust, und seine Miene wirkt schlaftrunken, als hätte ich ihn aus dem Bett geholt. Hinter ihm bemerke ich durch die offene Tür die eierschalenfarbene Somatrom Sensation von Siemens und höre den Ventilator ihrer Wasserkühlung. Das Gerät ist eine vereinfachte Version des Apparats, der in Dover verwendet wird, und mit einer Kopfstütze und Gurten ausgestattet. Die Verkabelung unter der Oberfläche ist versiegelt, der Tisch mit einer schweren Plane aus Vinyl bedeckt, um die viele Millionen Dollar teure Elektronik vor Verschmutzung zum Beispiel durch Körperflüssigkeiten zu schützen. Das Gerät steht in einem leichten Winkel zur Tür, was das Hinauf- und Herunterheben von Leichen erleichtert. Anne Mahoney, die medizinisch-technische Assistentin, ist gerade damit beschäftigt, Röntgenstrahlen abweisende Markierungen an der Haut des Toten aus Norton's Woods anzubringen. Ich bekomme beim Eintreten ein seltsames Gefühl. Der Mann ist mir vertraut, obwohl ich ihn noch nie zuvor gesehen habe und ihn nur von Aufnahmen auf einem iPad kenne.

Mir fallen der Farbton seiner hellbraunen Haut und seine schmalen Hände auf, die seitlich auf dem blauen Einweglaken liegen. Die langen, schlanken Finger sind leicht gekrümmt und zeigen Anzeichen von Leichenstarre.

In den Videoaufnahmen habe ich seine Stimme gehört und einen Blick auf seine Stiefel und seine Kleidung erhaschen können. Sein Gesicht ist mir fremd. Ich bin nicht sicher, was ich mir vorgestellt habe, aber seine zarten Gesichtszüge, das lange, lockige braune Haar und der Hauch von Sommersprossen auf seinen glatten Wangen wirken ein wenig verstörend auf mich. Als ich das Laken zurückschlage, stelle ich fest, dass er sehr schlank ist, etwa eins achtzig groß, höchstens sechzig Kilo wiegt, und außerdem kaum Körperbehaarung aufweist. Er könnte mühelos für sechzehn durchgehen, und ich muss an Johnny Donahue denken, der nicht viel älter ist. Jugendliche. Könnte das eine Gemeinsamkeit sein? Oder liegt die Lösung des Rätsels vielleicht bei Otwahl Technologies?

»Etwas gefunden?«, frage ich Anne, eine unscheinbare

Frau Mitte dreißig mit struppigem braunem Haar und einfühlsamen haselnussbraunen Augen. Wahrscheinlich ist sie meine tüchtigste Mitarbeiterin. Sie hat alles im Griff, seien es nun die verschiedenen Methoden der radiographischen Bildgebung oder das Assistieren im Autopsiesaal beziehungsweise am Tatort. Sie ist sich für nichts zu schade.

»Das hier. Es ist mir beim Ausziehen aufgefallen.« Ihre in Latex gehüllten Hände umfassen die Leiche an Taille und Hüfte und drehen sie zur Seite, so dass ich eine winzige Verletzung links am Rücken, etwa in Nierenhöhe, erkenne. »Wurde offenbar am Tatort nicht bemerkt, weil es nicht geblutet hat, zumindest nicht viel. Sie wissen ja über seine Blutungen Bescheid. Ich habe es mit eigenen Augen gesehen, als ich ihn heute Morgen röntgen wollte. Er hat kräftig aus Mund und Nase geblutet, nachdem man ihn im Leichensack abtransportiert hatte.«

»Deshalb bin ich ja hier.« Ich hole eine Lupe aus einer Schublade. Im nächsten Moment erscheint Benton mit Mundschutz, Kittel und Handschuhen neben mir. »Er hat eine Verletzung«, meine ich zu ihm, während ich mich dicht über den Toten beuge und durch die Lupe eine Wunde mit unregelmäßigen Rändern betrachte, die an ein kleines Knopfloch erinnert. »Eindeutig keine Schussverletzung. Vielleicht ein Einstich mit einer sehr schmalen Klinge. Etwa wie ein Filetiermesser, nur mit zwei Klingen. Ein Stilett vielleicht.«

»Und er ist einfach tot umgefallen, weil ihm jemand mit einem Stilett in den Rücken gestochen hat?« Bentons Augen über dem Mundschutz blicken skeptisch.

»Nein. Das hätte nur geklappt, wenn der Stich ins Genick erfolgt wäre und das Rückenmark durchtrennt hätte.« Ich denke an Mark Bishop und die Nägel, die ihn getötet haben.

»Wie ich bereits in Dover sagte: Möglicherweise hat er ja eine Spritze gekriegt«, schlägt Marino vor, der gerade, von

Kopf bis Fuß in einen Schutzanzug mit Gesichtsmaske vermummt, hereinkommt, als hätte er Angst vor Krankheitserregern in der Luft oder todbringenden Sporen wie Anthrax. »Eine Art Betäubungsmittel oder so. Mit anderen Worten: eine tödliche Injektion. So etwas könnte einen schon umhauen.«

»Erstens muss man ein Narkosemittel wie Thiopental, Pancuroniumbromid oder Kaliumchlorid intravenös spritzen.« Ich hole ein Paar Untersuchungshandschuhe heraus. »Und nicht in den Rücken. Mit Mivacurium und Succinylcholin ist es dasselbe. Wenn man jemanden schnell und sicher mit einem muskellähmenden Mittel umbringen will, verabreicht man es ihm am besten intravenös.«

»Aber in einen Muskel gespritzt, wäre es trotzdem tödlich, oder?« Marino holt eine Kamera aus dem Schrank und kramt zum Größenvergleich ein fünfzehn Zentimeter langes Plastiklineal aus einer Schublade. »Bei einer Hinrichtung verfehlt die Spritze manchmal die Vene und dringt in einen Muskel ein, doch der Häftling stirbt trotzdem.«

»Einen langsamen und sehr schmerzhaften Tod«, entgegne ich. »Und dieser Mann ist allen Berichten nach nicht langsam gestorben. Außerdem rührt die Verletzung nicht von einer Nadel her.«

»Ich würde ja nicht behaupten, dass die Mitarbeiter im Gefängnis das absichtlich machen, aber es passiert manchmal. Gut, wahrscheinlich ist es doch Absicht. Genauso wie einige den Giftcocktail vorher kühlen, damit der Mistkerl auch wirklich spürt, wie die eiskalte Hand des Todes zuschlägt.« Diese Äußerung ist auf Anne gemünzt, die eine leidenschaftliche Gegnerin der Todesstrafe ist. Sie vor den Kopf zu stoßen, so oft er kann, ist seine Art, mit ihr zu flirten.

»Das ist ja widerlich«, sagt sie.

»Hey, schließlich ist es ja nicht so, als ob diese Kerle sich

Gedanken über die Leute gemacht hätten, die sie umgelegt haben, richtig? Es hat sie nicht interessiert, ob sie leiden mussten. Wer hat den verdammten Etikettenbeschrifter versteckt?«

»Ich war's. Ich liege nachts wach und überlege mir, wie ich mich am besten an Ihnen rächen kann.«

»Ach ja? Wofür denn?«

»Einfach dafür, dass Sie Sie sind.«

Marino wühlt in einer anderen Schublade und findet den Etikettenbeschrifter. »Er sieht viel jünger aus, als die Sanitäter gesagt haben. Ist das jemandem außer mir aufgefallen? Würden Sie ihn nicht auch jünger als Mitte zwanzig schätzen?«, wendet Marino sich an Anne. »Wirkt eher wie ein Jugendlicher.«

»Kaum raus aus der Pubertät«, stimmt sie zu. »Andererseits kommen mir allmählich alle Collegestudenten so vor. Wie Babys.«

»Wir wissen nicht, ob er Collegestudent war«, halte ich den anderen vor Augen.

Marino entfernt die Rückseite von einem Etikett, das mit Datum und Fallnummer beschriftet ist, und klebt es auf das Plastiklineal. »Ich werde die Umgebung des Parks abklappern und mich erkundigen, ob irgendein Hausmeister eines Mietshauses ihn erkennt. Wenn er in der Nähe wohnt – das scheint, den Videos nach zu urteilen, eindeutig der Fall zu sein –, muss sich jemand an ihn und seinen Greyhound erinnern. Sock. Was ist das für ein Name für einen Hund?«

»Vermutlich nicht sein vollständiger«, erwidert Anne. »Rennhunde haben diese komplizierten Züchternamen. Es könnte also eine Abkürzung sein.«

»Ich empfehle ihr schon seit langem, in einer Quizshow aufzutreten«, murmelt Marino.

»Sein Name ist vielleicht irgendwo verzeichnet«, merke ich

an. »Irgendetwas, in dem das Wort Sock vorkommt, vorausgesetzt, wir haben mit dem Mikrochip kein Glück.«

»Vorausgesetzt, wir finden den verdammten Hund«, wendet Marino ein.

»Wir überprüfen doch die Fingerabdrücke und die DNA des Opfers? Und, wie ich hoffe, sofort?« Benton mustert den Toten so eindringlich, als spräche er mit ihm.

»Ich habe ihm heute Morgen die Fingerabdrücke abgenommen, aber kein Glück. Nichts im IAFIS, und auch nichts im Nationalen Zentralregister der vermissten Personen. Morgen haben wir seine DNA und können sie mit CODIS abgleichen.« Marinos behandschuhte Pranken legen das Lineal unter das Kinn des Toten. »Das mit dem Hund ist aber irgendwie seltsam. Jemand muss ihn doch gefunden haben. Ich denke, wir sollten eine Meldung über einen entlaufenen Greyhound an die Medien geben. Zusammen mit einer Nummer, wo die Leute anrufen können.«

»Kein Wort von uns«, entgegne ich. »Im Moment machen wir einen Bogen um die Medien.«

»Genau«, stimmt Benton mir zu. »Schließlich sollen die bösen Buben nicht mitbekommen, dass wir überhaupt von der Existenz des Hundes wissen, geschweige denn, dass wir ihn suchen.«

»Böse Buben?«, hakt Anne nach.

»Was sonst?« Ich umrunde den Tisch, was Lucy gern als »Expedition« bezeichnet, und betrachte die Leiche gründlich von Kopf bis Fuß.

Marino fotografiert. »Bevor wir ihn heute Morgen zurück in die Kühlkammer geschoben haben, habe ich seine Hände auf Spuren untersucht und alles, auch seine persönliche Habe, vorläufig sichergestellt«, sagt er.

»Seine persönliche Habe hast du gar nicht erwähnt. Nur, dass er offenbar nichts bei sich trug«, antworte ich.

»Einen Ring mit Wappen, eine Armbanduhr aus Edelstahl von Casio, einige Schlüssel an einem Schlüsselbund. Was sonst noch? Einen Zwanzigdollarschein. Eine kleine Holzschachtel für Haschisch. Leer. Habe sie auf Drogenspuren überprüft. Die Schachtel aus dem Video. Man kann eine Sekunde lang sehen, wie er sie gleich nach seiner Ankunft in Norton's Woods in der Hand hält.«

»Wo wurde sie gefunden?«, frage ich.

»In seiner Tasche. Dort habe ich sie entdeckt.«

»Also hat er die Schachtel im Park aus der Tasche geholt und vor dem tödlichen Zwischenfall wieder eingesteckt.« Ich lasse die Bilder vom iPad Revue passieren: die kleine Schachtel in einer schwarz behandschuhten Hand.

»Ich würde sagen, wir sollten nach etwas zum Schnupfen oder zum Rauchen suchen«, sagt Marino. »Ich tippe auf Gras. Keine Ahnung, ob es dir aufgefallen ist«, wendet er sich an mich, »aber er hatte eine Glaspfeife in einem Aschenbecher auf dem Schreibtisch.«

»Warten wir das Ergebnis der toxikologischen Untersuchung ab«, erwidere ich. »Wir überprüfen den Alkoholpegel und beschleunigen den Drogentest. Wie viel Rückstau haben sie im Labor?«

»Ich bitte Joe, unseren Fall ganz oben auf die Liste zu setzen.« Damit meint Anne den Cheftoxikologen, den ich aus New York mitgebracht habe. Ich habe ihn schamlos aus dem kriminaltechnischen Labor der dortigen Polizei abgeworben. »Sie sind der Chef. Sie brauchen nur ein Wort zu sagen.« Sie blickt mich an. »Willkommen daheim.«

»Was für ein Siegelring? Und wie sieht der Schlüsselbund aus?«

»Ein Wappen: ein offenes Buch mit drei Kronen«, antwortet Marino. Ich merke ihm an, wie er es genießt, besser im Bilde zu sein als Benton. Die Beweissicherung ist sein Fachgebiet.

»Keine Inschrift, kein lateinischer Satz, nichts dergleichen. Ich weiß nicht, wie die Wappen des MIT und von Harvard aussehen.«

»Anders, als du es beschrieben hast«, entgegnet Benton. »Darf ich den da benutzen?« Er weist auf einen Computer, der auf der Arbeitsfläche steht.

»Der Schlüsselring ist aus Stahl und hängt an einer Lederschlaufe, damit man ihn am Gürtel befestigen kann«, fährt Marino fort. »Und wie uns allen bekannt ist, hatte der Tote keine Brieftasche bei sich. Nicht einmal ein Mobiltelefon. Das ist wirklich komisch. Wer verlässt denn das Haus ohne Telefon?«

»Er war mit seinem Hund unterwegs und hat dabei Musik gehört. Vielleicht wollte er nur einen kurzen Spaziergang machen und hatte keine Lust zu telefonieren«, wendet Benton ein, während er Suchbegriffe eingibt.

Ich wende die Leiche auf die rechte Seite und drehe mich zu Marino um. »Könntest du mir vielleicht helfen?«

»Drei Kronen und ein offenes Buch«, verkündet Benton. »City University of San Francisco.« Er tippt weiter. »Eine Online-Universität, die auf Berufe im Gesundheitswesen spezialisiert ist. Gibt es an einer Online-Universität Ringe mit dem Wappen der Uni?«

»In welchen Spind hast du seine Sachen gelegt?«, erkundige ich mich bei Marino.

»*Numero uno.* Und ich habe den Schlüssel, falls du ihn willst.«

»Will ich. Ist etwas dabei, das im Labor untersucht werden sollte?«

»Kann ich mir nicht vorstellen.«

»Dann behalten wir die Sachen hier, bis wir wissen, wer der Tote ist, damit wir sie einem Beerdigungsinstitut oder seiner Familie übergeben können«, antworte ich.

»Und dann wäre da auch noch Oxford«, ergänzt Benton, der immer noch sucht. »Doch wenn der Ring aus Oxford wäre, müsste *Oxford University* draufstehen, und du sagtest ja, dass eine Inschrift oder ein Motto fehlt.«

»Richtig«, erwidert Marino. »Allerdings macht der Ring den Eindruck, als hätte ihn jemand anfertigen lassen. Pures Gold und mit einem eingravierten Wappen. Also ist es vielleicht kein offizieller Ring, wie man ihn an einer Uni kaufen kann, und deshalb ohne Motto oder Inschrift.«

»Mag sein«, entgegnet Benton. »Doch wenn der Ring eine Privatanfertigung ist, glaube ich nicht, dass er für die Oxford University steht. Ich würde eher denken, dass jemand, der an einem Online-College studiert, einen Ring in Auftrag gibt, weil er anders nicht an einen herankommt – immer vorausgesetzt, man möchte der Welt mitteilen, dass man seinen Abschluss im Internet gemacht hat. Das hier ist das Wappen der City University of San Francisco.« Benton tritt zur Seite, damit Marino freie Sicht auf den Computerbildschirm hat. Er zeigt ein kunstvolles Wappen mit einer Umrandung in Blau und Gold. Oben prangt eine goldene Eule mit drei ebenfalls goldenen Lilien. Darunter sind drei goldene Kronen und in der Mitte ein offenes Buch zu sehen.

Marino hält den Toten in Seitenlage, späht hinüber zum Bildschirm und zuckt die Achseln. »Vielleicht. Wenn er graviert war, das heißt, wenn er ihn sich hat anfertigen lassen, war die Abbildung möglicherweise nicht so detailgetreu. Das könnte der Grund sein.«

»Ich schaue mir den Ring an«, versichere ich, während ich die Leiche untersuche und mir Notizen auf ein Klemmbrett mache.

»Kein Grund, von einem Kampf auszugehen. Habe also nicht damit gerechnet, die DNA des Täters auf der Uhr oder sonst irgendwo zu finden. Aber du kennst mich ja«, setzt Marino seinen Bericht über seine Überprüfung der Habe des Toten fort. »Ich habe trotzdem von allem Abstriche genommen. Nichts, was mir ungewöhnlich vorgekommen wäre, nur dass seine Uhr stehengeblieben ist. Es ist eines von diesen sich selbst aufziehenden Dingern, die Lucy so mag. Ein Chronograph.«

»Wann war das?«

»Habe es irgendwo aufgeschrieben. So gegen vier Uhr morgens. Etwa zwölf Stunden nach seinem Tod. Außerdem hatte er eine 9-Millimeter-Pistole mit achtzehn Schuss Munition dabei, aber kein Mobiltelefon«, spricht er weiter. »Gut, vielleicht hat es ja jemand mitgenommen, falls er es nicht zu Hause gelassen hat. Möglicherweise hat derjenige ja auch den Hund. Das beschäftigt mich.«

»In den Videos, die ich gesehen habe, lag ein Telefon auf dem Schreibtisch«, erinnere ich ihn. »Es war, wenn ich mich recht entsinne, an ein Ladegerät neben einem der Laptops angeschlossen. Daneben lag die Glaspfeife, die du erwähnt hast.«

»Wir konnten nicht alles beobachten, was er gemacht hat, bevor er ging. Ich dachte, er könnte das Telefon auf dem Weg nach draußen eingesteckt haben«, mutmaßt Marino. »Oder er besaß mehr als eines. Wer zum Teufel kann das wissen?«

»Wir, wenn wir endlich seine Wohnung finden«, meint Benton, während er seine Suchergebnisse im Internet ausdruckt. »Außerdem würden mich die Tatortfotos interessieren.«

»Das heißt, wenn *ich* die Wohnung finde.« Marino legt die Kamera auf die Arbeitsfläche. »Denn schließlich bin ich derjenige, der sich umhören wird. Polizisten sind die schlimmsten Tratschweiber, die es gibt. Ich kriege raus, wo der Typ gewohnt hat.«

8

Auf dem Körperdiagramm vermerke ich, dass die Leichenstarre des Toten um 23 Uhr 15 voll ausgebildet ist und dass er sich nach dem Aufenthalt in der Kühlkammer kalt anfühlt. Sein Körper ist von einem Muster aus dunkelroten Verfärbungen und blassen Druckstellen überzogen, was darauf hindeutet, dass er nach seinem Tod noch mindestens zwölf Stunden lang flach auf dem Rücken gelegen hat, die Arme entlang den Seiten ausgestreckt, die Handflächen auf dem Boden, voll bekleidet und mit einer Uhr am linken Handgelenk sowie einem Ring am rechten kleinen Finger.

Hypostase nach dem Tod, besser bekannt als Totenflecken oder Livores, ist eines meiner Lieblingsthemen, auch wenn sie oft, selbst von denen, die es eigentlich besser wissen müssten, falsch gedeutet wird. Es ist leicht, sie mit Blutergüssen infolge stumpfer Gewalteinwirkung zu verwechseln, obwohl sie durch das schlichte physiologische Phänomen verursacht wird, dass sich das nicht mehr zirkulierende Blut aufgrund der Schwerkraft in den kleinen Gefäßen sammelt. Totenflecken können dunkelrot oder violett sein. Wo Körperpartien auf einer harten Oberfläche geruht haben, entstehen hellere, blasse Stellen. Ganz gleich, was man mir auch über die jeweiligen Todesumstände erzählen mag, eine Leiche lügt nicht.

»Keine sekundären Totenflecken, die darauf hinweisen könnten, dass die Leiche bewegt wurde, während sich die Livores ausbildeten«, merke ich an. »Was ich hier sehe, bestätigt, dass man den Toten in einen Leichensack und anschließend auf eine Bahre gelegt hat, ohne seine Position noch einmal zu verändern.« Ich befestige das Körperdiagramm am Klemmbrett und zeichne die von Taillenbündchen, Gürtel, Schmuck,

Schuhen und Socken hinterlassenen Spuren ein, helle Bereiche auf der Haut, die die Form eines Gummibands und einer Schließe oder die Oberflächenbeschaffenheit von Stoffen nachbilden.

»Das zeigt deutlich, dass er nicht einmal mit den Armen gerudert oder um sich geschlagen hat. Sehr gut«, merkt Anne an.

»Richtig. Denn wenn er wieder zu sich gekommen wäre, hätte er zumindest die Arme bewegt. Also wirklich erleichternd«, stimmt Marino zu. Tasten klicken, der Computermonitor auf der Arbeitsfläche zeigt ein Bild.

Ich notiere, dass der Mann weder Körperpiercings noch Tätowierungen hat und gepflegt ist. Er hat ordentlich gestutzte Nägel und die glatte Haut eines Menschen, der nicht körperlich arbeitet oder sich sonst mit Dingen beschäftigt, die Schwielen an Händen und Füßen hervorrufen könnten. Ich taste seinen Kopf nach Verletzungen wie zum Beispiel Brüchen ab, finde aber nichts.

»Die Frage ist, ob er vornübergefallen ist.« Marino betrachtet die Mail von Ermittler Lester Law. »Oder liegt er auf diesen Bildern auf dem Rücken, weil die Sanitäter ihn umgedreht haben?«

»Wegen der Wiederbelebungsmaßnahmen hätten sie ihn umdrehen müssen.« Ich komme näher, um es mir selbst anzuschauen.

Marino klickt sich durch einige Fotos, die alle dasselbe Motiv haben, allerdings aus verschiedenen Winkeln aufgenommen worden sind: der Mann auf dem Rücken, die dunkelgrüne Jacke und das Jeanshemd offen, den Kopf zur Seite gedreht, die Augen halb geschlossen. Eine Nahaufnahme seines Gesichts zeigt, dass Schmutz – offenbar totes Laub, Gras und Erde – an seinen Lippen klebt.

»Vergrößere das«, weise ich Marino an, der das Bild mit

einem Mausklick näher heranholt, so dass das jungenhafte Gesicht des Mannes den Bildschirm füllt.

Ich wende mich wieder dem Toten hinter mir zu, untersuche ihn auf Verletzungen im Gesicht und am Schädel und bemerke eine Abschürfung an der Unterseite des Kinns. Als ich seine Unterlippe hinunterziehe, erkenne ich eine kleine Wunde, vermutlich erzeugt durch die Zähne am Unterkiefer, als sein Gesicht beim Sturz auf den Kiespfad aufgeschlagen ist.

»Das kann unmöglich der Grund für das viele Blut sein, das ich gesehen habe«, wendet Anne ein.

»Nein, kann es nicht«, stimme ich zu. »Allerdings weist es darauf hin, dass er nach vorn gestürzt ist. Außerdem muss er gefallen sein wie ein Stein. Er ist nicht einmal gestolpert oder hat versucht, sich abzustützen. Wo ist der Leichensack, in dem er eingeliefert wurde?«

»Ich habe ihn im Autopsiesaal auf einem Tisch ausgebreitet, weil ich mir schon gedacht habe, dass Sie ihn unter die Lupe nehmen wollen«, erwidert Anne. »Seine Kleider sind dort zum Trocknen aufgehängt. Nachdem ich ihn ausgezogen hatte, habe ich alles in den Trockenschrank bei Ihrem Arbeitsplatz getan. Tisch eins.«

»Gut. Vielen Dank.«

»Vielleicht hat ihm ja jemand eine verpasst«, mutmaßt Marino. »Ihn durch einen Schlag oder einen Stoß mit dem Ellbogen ins Gesicht abgelenkt und ihm dann in den Rücken gestochen. Allerdings müsste das dann in den Videos zu sehen sein.«

»Wenn ihm jemand auf den Mund geschlagen hätte, hätte er schwerere Verletzungen als nur diese kleine Wunde. Nach dem Schmutz auf seinem Gesicht und der Position des Kopfhörers zu urteilen« – ich bin wieder am Computer und klicke Bilder an, um es ihnen zu zeigen –, »muss er aufs Gesicht gestürzt sein. Der Kopfhörer liegt da drüben, also mindestens zwei Meter entfernt, unter einer Bank. Das heißt, der Mann ist mit einem solchen Schwung gefallen, dass der Kopfhörer so weit weggeschleudert wurde und das Kabel sich vom Satellitenradio getrennt hat, das, glaube ich, in seiner Tasche steckte.«

»Oder jemand hat den Kopfhörer bewegt, also möglicherweise beiseitegetreten«, meint Benton.

»Diesen Gedanken hatte ich auch schon«, erwidere ich.

»Etwa jemand, der ihm helfen wollte?«, fragt Marino. »Leute, die sich um ihn gedrängt haben, bis der Kopfhörer unter der Bank gelandet ist?«

»Oder jemand hat es absichtlich getan.« Mir ist nämlich noch etwas aufgefallen.

Ich klicke mich durch die Diashow und halte bei einem Foto an, das sein linkes Handgelenk darstellt. Nachdem ich den Chronographen vergrößert habe, hole ich das Zifferblatt aus Kohlefaser näher heran. Der Zeitstempel auf dem Foto lautet 17:17, der Moment, in dem der Polizist die Aufnahme gemacht hat. Allerdings zeigt der Chronograph 22 Uhr 14, also fünf Stunden später, an.

»Als du ihm heute Morgen die Uhr abgenommen hast«, wende ich mich an Marino, »war sie anscheinend stehengeblieben. Bist du sicher, dass es sich nicht um einen Zeitunterschied zur hiesigen Ortszeit gehandelt hat?«

»Nein, sie stand«, entgegnet er. »Wie bereits gesagt, ist es eine mechanische Automatikuhr, und sie hat irgendwann frühmorgens den Geist aufgegeben. So etwa gegen vier.«

»Offenbar war sie fünf Stunden später als Ostküsten-Standardzeit eingestellt.« Ich deute auf das Foto.

»Gut, dann muss sie gegen elf Uhr Ortszeit stehengeblieben sein«, antwortet Marino. »Also war sie erstens falsch gestellt und hat zweitens schlappgemacht.«

»Vielleicht war er noch in einer anderen Zeitzone, weil er gerade aus dem Ausland kam«, schlägt Benton vor.

»Sobald wir hier fertig sind, mache ich mich auf die Suche nach seiner Wohnung«, verkündet Marino.

Ich überprüfe die Qualitätskontrollnummern im Verzeichnis, um mich zu vergewissern, dass die Standardabweichung bei null liegt und dass Lärmpegel und Variationsbreite des Systems im Normalbereich sind.

»Alles bereit?«, frage ich die anderen.

Ich kann die Aufnahme kaum erwarten, weil ich unbedingt ins Innere dieses Mannes hineinschauen will.

»Wir machen ein Topogramm und sichern den Datensatz. Anschließend kommt die 3-D-Aufnahme mit mindestens fünfzig Prozent Überlappung«, weise ich Anne an, während sie einen Knopf drückt, damit der Tisch ins Gerät fährt. »Allerdings ändern wir den Ablauf und fangen nicht mit dem Kopf an, sondern mit dem Brustkorb. Aber natürlich benutzen wir die Glabella als Vergleichspunkt.«

Damit meine ich die Stelle zwischen den Augenbrauen oberhalb des Nasenrückens, die wir zur räumlichen Orientierung benutzen.

»Ein Querschnitt der Brust, genau dem von Ihnen markierten interessanten Bereich entsprechend.« Bei der Rückkehr in den Kontrollraum gehe ich die Liste durch. »Eine In-situ-Ortung der Wunde. Wir isolieren den Bereich sowie sämtliche damit zusammenhängende Verletzungen und Hinweise im Wundkanal.«

Ich setze mich zwischen Ollie und Anne. Marino und Benton holen sich Stühle und nehmen hinter uns Platz. Durch die Glasscheibe kann ich die nackten Füße des Mannes aus der Röhre ragen sehen.

»Auto- und Smart-MT, Geräuschindex achtzehn. Segmentrotation null Komma fünf, Detektorkonfiguration null

Komma sechs zwei fünf«, weise ich an. »Sehr dünne Scheiben, höchste Auflösung. Zehn Millimeter Parallelsetzung.«

Als sich die Sensoren in der Röhre des Geräts zu drehen beginnen, höre ich ein elektronisches Pulsieren. Die erste Aufnahme dauert sechzig Sekunden. Ich beobachte alles in Echtzeit am Computerbildschirm, bin mir jedoch nicht sicher, was ich da sehe. Jedenfalls sollte es nicht so etwas sein. Mein erster Gedanke ist, dass das Gerät defekt sein könnte. Vielleicht zeigt der Monitor ja auch die Aufnahmen eines anderen Patienten an, weil die falsche Datei geöffnet wurde. *Was um Himmels willen ist das?*

»Mein Gott«, flüstert Ollie und betrachtet stirnrunzelnd die in ein Gitternetz eingepassten Aufnahmen, die so seltsam sind, dass es nur ein Fehler sein kann.

»In Zeit und Raum orientieren. Wir wollen die Wunde von hinten nach vorn, von rechts nach links und aufwärts ausrichten«, weise ich an. »Verbinden Sie die Punkte, um den Verlauf des Wundkanals zu ermitteln, sofern man davon überhaupt sprechen kann. Ein Wundkanal, der einfach verschwindet? Ich verstehe das nicht.«

»Was zum Teufel ist das?«, wundert sich Marino.

»Mir zumindest ist noch nie so etwas untergekommen, zumindest nicht bei einer Stichverletzung«, antworte ich.

»Nun, erstens haben wir hier Luft«, verkündet Ollie. »Eine ganze Menge Luft.«

»Die dunklen Stellen hier, hier und hier« – ich zeige es Marino und Benton –, »im CT wirkt Luft dunkel. Im Gegensatz zu den helleren, weißen Bereichen, die auf eine höhere Dichte hinweisen. Knochen und Verkalkungen sind hell. Die Dichte der Pixel vermittelt einen ziemlich guten Eindruck davon, womit man es zu tun hat.«

Ich greife nach der Maus und fahre mit dem Cursor über eine Rippe, um zu verdeutlichen, was ich meine.

»Der CT-Wert beträgt tausendeinhunderteinundfünfzig. Während diese dunklere Stelle hier« – ich bewege den Cursor in Richtung Lunge – »einen Wert von vierzig hat. Das ist Blut. Die trüben Flecken, die ihr hier seht, stehen für eine Blutung.«

Ich muss an Hochgeschwindigkeitsmunition denken, die eine gewaltige Verheerung im Gewebe hervorruft. Ähnliche Verletzungen werden auch durch die Druckwellen einer Explosion ausgelöst. Allerdings wurde auf diesen Mann nicht geschossen. Er ist auch keinem Sprengstoffanschlag zum Opfer gefallen. Zumindest kann ich mir nicht vorstellen, wie das passiert sein soll.

»Eine geheimnisvolle Wunde, die durch die linke Niere führt, durch das Zwerchfell ins Herz eindringt und unterwegs schwere Schäden anrichtet. Und dann das hier.« Ich zeige auf trübe Stellen rings um verschobene und zerfetzte Organe. »Noch mehr Luft unter der Haut. Luft in der paraspinalen Muskulatur. Luft hinter dem Bauchfell. Woher kommt nur die viele Luft? Blut und Luft in der Lunge, Lungenprellung, Einblutungen in der äußeren Umhüllung des Herzens. Und noch mehr Luft. Hier und hier.« Ich berühre den Bildschirm. »Luft rings um das Herz und in den Herzkammern. Ebenso in den Arterien und Venen der Lunge.«

»Und du hast so etwas noch nie gesehen?«, fragt Benton.

»Ja und nein. Gewehre, wie sie das Militär verwendet, Panzerfäuste und einige halbautomatische Waffen, zum Beispiel solche, die Hochgeschwindigkeitsmunition mit extremer Durchschlagskraft verschießen, können solche Verletzungen verursachen. Je höher die Geschwindigkeit, desto größer die kinetische Energie, die beim Aufprall freigesetzt wird. Und umso gewaltiger auch die Schäden. Das gilt insbesondere für hohle Organe wie Darm und Lunge und nichtelastisches Gewebe wie Leber und Nieren. Aber in einem Fall wie diesem würde man mit einem eindeutigen Wundkanal und einem Geschoss oder zumindest Fragmenten rechnen. Was hier fehlt.«

»Und die Luft?«, hakt Benton nach. »Sind dir in solchen Fällen schon einmal derartige Lufteinschlüsse begegnet?«

»Nicht unbedingt«, entgegne ich. »Eine Explosion kann Luftembolien auslösen, indem sie die Luft durch die Luft-Blut-Schranke presst, zum Beispiel aus der Lunge. Mit anderen Worten: Die Luft landet dort, wo sie nicht hingehört. Allerdings ist das hier ziemlich viel Luft.«

»Eine ganze Menge«, stimmt Ollie zu. »Und wie erzeugt man durch Erstechen eine Druckwelle?«

»Ich möchte einen Ausschnitt genau entlang dieser Koordinaten«, sage ich zu ihm und weise auf die fragliche Stelle, die durch einen grellweißen Punkt – die die Röntgenstrahlen abweisende Hautmarkierung neben der Wunde links am Rücken des Mannes – gekennzeichnet ist. »Fangen Sie dort an und bewegen Sie sich fünf Millimeter über und unter dem markierten Bereich. Dieser Ausschnitt. Ja, richtig. Und jetzt formatieren wir in 3D um, und zwar von innen nach außen. Ganz dünne Ausschnitte, ein Millimeter, und die Aussparung dazwischen. Was meinen Sie?«

»Null Komma fünfundsiebzig mal null Komma fünf genügt.«

»Okay, gut. Dann wollen wir mal schauen, was passiert, wenn wir der Spur folgen, wenn man überhaupt von einer sprechen kann.«

Die Knochen sind so lebensecht, als lägen sie vor unseren Augen. Organe und andere Bereiche im Körperinneren zeichnen sich klar in verschiedenen Grautönen ab, als sich der Oberkörper des Toten, sein Brustkorb, langsam in dreidimensionaler Aufnahme auf dem Monitor dreht. Mit der angepassten Version einer Software, die ursprünglich für virtuelle Darmspiegelungen entwickelt wurde, dringen wir durch die knopflochgroße Wunde in den Körper ein und reisen mit einer Kamera wie in einem mikroskopisch kleinen Raumschiff, das langsam durch trübe, graue Gewebewolken fliegt – vorbei an einer linken Niere, die zerfetzt ist wie ein gesprengter Asteroid.

Vor uns klafft eine schartige Öffnung, ein großes Loch im Zwerchfell, durch das wir unseren Weg fortsetzen. Rings um uns herum Verheerung und ein Trümmerfeld. *Was ist dir zugestoßen? Was hat das verursacht?* Ich habe keine Ahnung. Man fühlt sich hilflos, wenn man auf Verletzungen stößt, die gegen die physikalischen Gesetze zu verstoßen scheinen. Wirkung ohne Ursache sozusagen. Kein Geschoss. Keine Fragmente. Soweit ich feststellen kann, überhaupt nichts aus Metall. Auch keine Austrittswunde. Nur das kleine Loch links am Rücken. Ich denke laut und wiederhole die wichtigen Punkte, damit auch alle das Unverständliche verstehen.

»Ständig vergesse ich, dass man hier unten keinen Empfang hat.« Mürrisch betrachtet Benton sein iPhone.

»Nichts ist ausgetreten, und nichts leuchtet auf.« Ich überlege, was als Nächstes zu tun ist. »Keine Hinweise auf Metall. Aber wir müssen auf Nummer sicher gehen.«

»Ich habe nicht die geringste Ahnung, was das hervorgerufen haben könnte«, stellt Benton fest. Er steht auf und entledigt sich raschelnd seines Einwegkittels. »Sicher kennst du den Bibelspruch, dass es nichts Neues unter der Sonne gibt. Offenbar trifft er hier nicht zu.«

»Das hier ist neu. Wenigstens für mich«, erwidere ich.

Er bückt sich, um die Überschuhe auszuziehen. »Zweifellos ein Mord.«

»Falls er nicht total miserables mexikanisches Essen erwischt hat«, versucht Marino zu scherzen.

Mir schießt durch den Kopf, dass Benton sich verdächtig verhält.

»Wie Hochgeschwindigkeitsmunition, nur dass kein Projektil vorhanden ist und die Austrittswunde fehlt«, wiederhole ich. »Wo zum Teufel ist das Metall? Womit könnte er erschossen worden sein? Einer Kugel aus Eis?«

»Ich habe so etwas in der Fernsehserie *MythBusters* gesehen. In der Sendung haben sie nachgewiesen, dass es wegen der Temperaturen unmöglich ist«, sagt Marino, als wäre die Bemerkung von gerade eben mein Ernst gewesen. »Ich bin da allerdings nicht so sicher. Was würde wohl passieren, wenn man die Knarre lädt und sie bis zum Abfeuern in die Gefriertruhe steckt?«

»Als Scharfschütze mitten in der Antarktis vielleicht«, erwidert Ollie. »Woher kommt dieser Einfall? *Dick Tracy?* Das war eine ernsthafte Frage.«

»Ich glaube, James Bond. Habe aber vergessen, welcher Film es war.«

»Vielleicht ist die Austrittswunde nicht auf den ersten Blick zu erkennen«, sagt Anne zu mir. »Erinnern Sie sich an den Fall mit dem Mann, dem in den Kiefer geschossen wurde? Die Kugel kam zum Nasenloch wieder raus.«

»Aber wo ist dann der Wundkanal?«, wende ich ein. »Wir brauchen einen besseren Kontrast zwischen den einzelnen Gewebeschichten, um sicher zu sein, dass wir nichts übersehen haben, bevor ich ihn aufschneide.«

»Wenn du dabei meine Hilfe brauchst, kann ich im McLean anrufen«, schlägt Benton vor und öffnet die Tür. Ich merke ihm an, dass er in Eile ist, weiß aber nicht, warum.

Es ist nicht sein Fall.

»Ansonsten schaue ich mal, was Lucy herausgefunden hat«, fährt Benton fort. »Und sehe mir die Videoaufzeichnungen an. Ich müsste auch noch ein paar andere Dinge erledigen. Du hast doch nichts dagegen, wenn ich eines der Telefone oben benutze?«

»Ich telefoniere«, ruft Anne ihm nach, als er hinausgeht. »Ich gebe im McLean Bescheid und kümmere mich auch um die Aufnahme.«

Da dieser Fall theoretisch jederzeit eintreten könnte, haben wir grünes Licht vom Gesundheitsministerium sowie von Harvard und dem ihm angeschlossenen McLean Hospital, das über vier Magnetresonanztomographen im Stärkebereich von eins Komma fünf bis neun Tesla verfügt. Schon vor langer Zeit habe ich die erforderlichen Genehmigungen eingeholt, um im Labor für funktionale Bildgebung des Nervensystems am McLean Hospital Magnetresonanztomographien durchführen zu können. Anne arbeitet dort in Teilzeit als Röntgenassistentin im Rahmen psychiatrischer Studien. So bin ich überhaupt an sie herangekommen. Benton kannte sie zuerst und hat sie mir empfohlen. Er hat ein Händchen für Personalfragen und ist ein ausgezeichneter Menschenkenner. Am besten sollte ich ihm die Auswahl meiner Mitarbeiter überlassen. Ich frage mich, wen er wohl anrufen wird, und habe keine Ahnung, was er überhaupt hier will.

»Wenn Sie möchten, können wir es gleich hinter uns bringen«, sagt Anne zu mir. »Es dürfte kein Problem sein. Wahrscheinlich ist niemand da. Wir fahren einfach am Eingang vor und tragen ihn hinein und wieder hinaus.«

Um diese Uhrzeit schlendern sicher keine Psychiatriepatienten des McLean auf dem Krankenhausgelände herum, weshalb die Chancen gering sind, dass sie zufällig Zeuge werden, wie eine Leiche ins Labor geschafft wird.

»Was, wenn ihn jemand mit einer Wasserkanone erschossen hat?« Wie gebannt betrachtet Marino den sich drehenden Oberkörper auf dem Videoschirm. Die Rippen wölben sich weißlich schimmernd in 3D. »Mal im Ernst. Ich habe schon öfter gehört, dass das das perfekte Verbrechen wäre. Man füllt eine Schrothülse mit Wasser, so dass sie beim Eindringen in den Körper wie eine Kugel wirkt. Aber sie hinterlässt keine Spuren.«

»So einen Fall hatte ich noch nie«, erwidere ich.

»Aber es könnte funktionieren«, beharrt Marino.

»Theoretisch schon. Allerdings sähe die Eintrittswunde dann anders aus«, antworte ich. »Also los. Ich möchte ihn hinbringen und diskret wieder verschwinden lassen, bevor alle zur Arbeit kommen.« Es ist kurz vor Mitternacht.

Anne klickt das Symbol für Werkzeuge an, um Maß zu nehmen, und teilt mir mit, die Breite des Wundkanals vor dem Durchschlagen des Zwerchfells betrage null Komma siebenundsiebzig bis eins Komma neunundfünfzig Millimeter mit einer Tiefe von vier Komma zwei Millimetern.

»Das sagt mir, dass wir es mit einem Messer beziehungsweise Gegenstand mit zwei Klingen zu tun haben«, erkläre ich. »Sobald die Waffe etwa sieben Zentimeter weit in den Körper eingedrungen war, ist noch etwas anderes geschehen, das zu den schweren inneren Verletzungen geführt hat.«

»Ich frage mich, wie viel von diesen Abweichungen, die wir hier sehen, durch die medizinische Intervention ausgelöst worden sein kann«, wendet Ollie ein. »Schließlich haben sich die Sanitäter zwanzig Minuten lang mit ihm beschäftigt. Vermutlich wird man das zuerst von uns wissen wollen. Wir müssen da ganz offen sein.«

»Auf gar keinen Fall, außer die Wiederbelebungsmaßnahmen wurden von King Kong durchgeführt«, entgegne ich. »Offenbar wurde der Mann mit etwas erstochen, das einen gewaltigen Druck und einen großen Luftembolus in seiner Brust hervorgerufen hat. Sicher hatte er große Schmerzen und war innerhalb weniger Minuten tot, was zu den Beobachtungen der Zeugen passt, er habe sich an die Brust gegriffen und sei zusammengebrochen.«

»Warum dann das viele Blut nach dem Tod?«, erkundigt

sich Marino. »Er hätte doch sofort anfangen müssen zu bluten. Wie zum Teufel ist es möglich, dass er erst geblutet hat, nachdem er für tot erklärt und hierhergebracht worden war?«

»Das kann ich dir auch nicht beantworten. Jedenfalls ist er nicht in unserer Kühlkammer gestorben.« Zumindest in diesem Punkt bin ich sicher. »Er war tot, bevor er hier ankam, ganz bestimmt sogar schon am Tatort.«

»Aber wir müssen beweisen, dass die Blutungen erst nach dem Tod eingesetzt haben. Allerdings bluten Tote nicht wie angestochene Ferkel. Wie also sollen wir das anstellen?«, beharrt Marino.

»Wem müssen wir es denn beweisen?« Ich sehe ihn an.

»Keine Ahnung, mit wem Fielding alles geredet hat, denn schließlich wissen wir ja nicht einmal, wo er steckt. Was, wenn er es jemandem erzählt hat?«

So wie du, denke ich, spreche es aber nicht aus. »Genau deshalb empfiehlt es sich ja, was die Weitergabe von Einzelheiten angeht, vorsichtig zu sein, insbesondere deshalb, weil wir noch nicht sämtliche Informationen besitzen.« Diplomatischer kann ich es nicht ausdrücken.

»Wir haben keine andere Wahl.« Marino lässt nicht locker. »Wir müssen beweisen, warum ein Toter zu bluten begonnen hat.«

Ich greife nach meiner Jacke. »Ein CT vom Kopf und vom ganzen Körper«, wende ich mich an Anne. »Und eine Ganzkörper-Magnettomographie. Zentimeter um Zentimeter. Schicken Sie mir die Ergebnisse per Mail. Ich möchte sie sofort sehen.«

»Ich fahre«, sagt Marino zu ihr.

»Gut, dann bringen Sie den Wagen in die Verladezone, um ihn aufzuwärmen. Nehmen Sie einen Transporter.«

»Wir wollen nicht, dass er aufgewärmt wird. Ich glaube, ich muss die Klimaanlage auf Hochtouren stellen.«

»Dann können Sie allein mit unserem Patienten fahren. Ich treffe Sie dort.«

»Im Ernst. Er könnte wieder zu bluten anfangen.«

»Sie schauen zu oft Comedy bei *Saturday Night Live.*«

»Wie der Moderator Dan Aykroyd die Fernsehköchin Julia Child nachgemacht hat? Erinnern Sie sich? *Sie brauchen ein Messer, ein sehr, sehr scharfes Messer.* Und das Blut spritzte in alle Richtungen.«

»Das war so komisch.«

»Ich fand die alten Folgen besser.«

»Stimmt. Und natürlich *Roseanne.*«

»O Gott, ich bete sie an.«

»Ich habe alle Folgen auf DVD.«

Im Davongehen höre ich sie lachen.

Ich fahre mit dem Daumen über das Lesegerät und öffne die Tür zu dem Bereich, der die erste Station nach der Aufnahme ist. In diesem weißen Raum mit grauen Arbeitsflächen, kurz ID genannt, führen wir die Personenfeststellung durch.

In die Wand sind Asservatenschränke eingelassen, aus grauem Metall und jeder mit einer Nummer versehen. Mit dem Schlüssel, den Marino mir gegeben hat, öffne ich den obersten auf der linken Seite. Hier wird die persönliche Habe des Toten verwahrt, bis wir sie gegen Quittung an ein Bestattungsinstitut oder die Familie aushändigen. Das heißt, wenn wir endlich wissen, wer er ist und wer Anspruch auf seine Leiche hat. Im Schrank befinden sich ordentlich beschriftete Papiertüten und Umschläge. An jedem Umschlag ist ein Formular befestigt, das Marino ausgefüllt und mit seinen Initialen abgezeichnet hat, damit die Beweiskette keine Lücken bekommt. Ich entdecke den kleinen braunen Umschlag mit dem Siegelring, zeichne das Formular ab und vermerke die Zeit, an der ich das Kuvert aus dem Spind genommen habe.

An einem Computerarbeitsplatz rufe ich ein Register auf und gebe dieselben Informationen ein. Dann erinnere ich mich an die Kleidung des Toten.

Da ich schon einmal hier bin, sollte ich sie untersuchen, anstatt bis nach der Autopsie zu warten, die erst in mehreren Stunden stattfinden wird. Ich will das Loch sehen, erzeugt von der Klinge, die in den Rücken des Mannes eingedrungen ist und eine solche Verheerung angerichtet hat. Außerdem interessiert mich, wie viel Blut aus der Wunde ausgetreten ist. Also verlasse ich den ID-Bereich und mache mich, den graugefliesten Flur entlang, auf den Rückweg. Ich komme an der Radiologie vorbei und erhasche durch die offene Tür einen Blick auf Marino, Anne und Ollie, die, lachend und Witze reißend, den Toten auf den Abtransport ins McLean Hospital vorbereiten. Rasch gehe ich weiter, ohne dass sie mich bemerken, und öffne die Doppeltüren aus Stahl, die in den Autopsiesaal führen.

Es handelt sich um einen gewaltigen, mit harzhaltiger Farbe weißgestrichenen und weißgekachelten Raum. An der ebenfalls weißen Decke sind Stahlschienen angebracht, an denen kühles Licht verbreitende Scheinwerfer hängen. Neben an den Wänden befestigten Waschbecken stehen elf Stahltische. Jedes Waschbecken ist mit einem Fußpedal zum Bedienen des Wasserhahns, einem Hochdruckschlauch, einem Müllschlucker, einem Sieb zum Reinigen von Proben und einem Behälter für Instrumente ausgestattet. Ich habe diese Arbeitsplätze nach sorgfältiger Recherche ausgewählt und einbauen lassen. Sie sind gewissermaßen Operationssäle im Miniaturformat, mit Umluftventilation, die die Luft im Fünf-Minuten-Turnus austauscht, mit Wagen voller Operationsbesteck, Halogenleuchten an Schwenkarmen, Schneidebrettern zum Sezieren, Formalinbehältern mit Hähnen, Ständern für Reagenzgläser und Plastikdosen für histologische und toxikologische Proben.

Mein Arbeitsplatz, der der Institutsleiterin, ist der erste. Kurz schießt mir durch den Kopf, dass ihn jemand benutzt hat, doch im nächsten Moment ist mir der Gedanke peinlich. Natürlich haben während meiner Abwesenheit andere hier gearbeitet. Fielding ganz sicher. *Es spielt keine Rolle, und warum sollte es mich kümmern?*, sage ich mir, während ich feststelle, dass die Instrumente auf dem Wagen nicht so ordentlich aufgereiht sind, wie es bei mir der Fall wäre. Sie liegen wild durcheinander auf dem großen weißen Schneidebrett aus Polyäthylen, als hätte sie jemand, allerdings nicht sehr gründlich, gereinigt. Ich nehme ein Paar Latexhandschuhe aus einem Karton und ziehe sie an, weil ich nichts mit bloßen Händen berühren will.

Für gewöhnlich bin ich in dieser Hinsicht leichtsinniger, als gut für mich ist. Vermutlich liegt das daran, dass ich noch zu den Forensikern der alten Schule gehöre, die sich von nichts aus der Ruhe bringen ließen, ihre Schlachten schlugen und einen seltsam anmutenden Stolz darauf kultivierten, vor nichts Angst oder Ekel zu empfinden. Weder vor Maden noch vor Leichenwasser oder verwesendem, aufgedunsenem, sich grün verfärbendem und von den Knochen gleitendem Fleisch, ja nicht einmal vor Aids. Zumindest hatten wir damals nicht die Sorgen, die uns heute im Zeitalter der alles bis ins Kleinste regelnden Bundesgesetze umtreiben. Ich erinnere mich an Zeiten, in denen ich ohne Schutzkleidung herumlief, rauchte, Kaffee trank und tote Patienten berührte wie jeder gewöhnliche Arzt. Meine nackte Haut streifte ihre, wenn ich eine Wunde untersuchte, mir einen Bluterguss ansah oder etwas vermaß. Allerdings bin ich nie schlampig mit meinem Arbeitsplatz oder meinen Instrumenten umgegangen. Ich war nie nachlässig.

Niemals hätte ich auch nur eine Nadel auf den Instrumentenwagen zurückgelegt, ohne sie zuerst mit heißem Seifenwasser abzuspülen. Das Prasseln von heißem Wasser in tiefen Metallbecken war in den Autopsiesälen meiner Vergangenheit ein allgegenwärtiges Geräusch. Selbst damals in Richmond – oder sogar schon früher, als ich gerade im Walter Reed anfing – wusste ich über DNA Bescheid. Mir war bekannt, dass ihre Zulassung als Beweis vor Gericht unmittelbar bevorstand, so dass sie bald zum Standard in der Forensik werden würde. Ab diesem Zeitpunkt würden unsere Schritte am Tatort, im Autopsiesaal und im Labor im Zeugenstand hinterfragt werden, Verunreinigungen sich als ultimatives Schreckensszenario erweisen. Deshalb sterilisieren wir im CFC unsere Instrumente zwar nicht mit Dampf, aber wir halten sie auch nicht nur kurz unters fließende Wasser und werfen sie anschließend auf ein nicht sauberes Schneidebrett.

Als ich ein fünfundvierzig Zentimeter langes Sektionsmesser zur Hand nehme, bemerke ich eine angetrocknete Blutspur am zerkratzten Griff aus Edelstahl. Außerdem ist die Klinge selbst voller Kratzer, schartig und fleckig, nicht rasiermesserscharf und funkelnd wie poliertes Silber. Auch am gezackten Blatt einer Knochensäge entdecke ich Blut. Hinzu kommen verkrustete Blutspritzer an einer Spule mit gewachstem, fünfsträngigem Garn und an einer doppelt gebogenen Nadel. Als ich Pinzetten, Scheren, Rippenschere, Meißel und eine biegsame Sonde unter die Lupe nehme, bin ich entsetzt über den erbärmlichen Zustand der Gerätschaften.

Ich werde Anne anweisen, meinen Arbeitsplatz mit dem Schlauch abzuspritzen und sämtliche Instrumente zu reinigen, bevor wir den Mann aus Norton's Woods obduzieren. Den ganzen verdammten Autopsiesaal werde ich vom Boden bis zur Decke schrubben lassen. Und noch ehe meine erste Woche zu Hause vorbei sein wird, werde ich sämtliche Anlagen überprüfen lassen, beschließe ich, während ich die Handschuhe wechsle und zu einer Arbeitsfläche gehe, wo eine große weiße Papierrolle – wir nennen es Metzgerpapier – in einem Spender an der Wand hängt. Ein lautes Ratschen ertönt, als ich ein Stück Papier abreiße und einen Autopsietisch in der Mitte des Raums abdecke – einen, der sauberer zu sein scheint als meiner.

Ich ziehe einen Einwegkittel über meine Uniform, ohne mich mit den langen Schnürbändern am Rücken abzumühen, und kehre dann an meinen verschmutzten Arbeitsplatz zurück. An der Wand steht ein großer Trockenschrank aus weißem Polypropylen mit Hartgummirollen. Ich entriegele die zweiflüglige Acryltür, indem ich einen Code in das digitale Tastenfeld eingebe. Im Schrank hängen eine mittelgrüne Nylonjacke mit schwarzem Fleecekragen, ein blaues Jeanshemd, eine schwarze Cargohose und eine Boxershorts an Kleiderbügeln aus Edelstahl. Auf der Ablage darunter befinden sich ein Paar abgetragene braune Lederstiefel und graue Wollsocken. Einige der Kleidungsstücke erkenne ich von dem Video wieder, weshalb es mich beunruhigt, sie hier so zu sehen. Der Zentrifugenventilator und die HEPA-Abgasfilter surren leise, während ich die Stiefel und die Socken betrachte und sie nacheinander hochhebe, ohne etwas Bemerkenswertes zu entdecken. Die Boxershorts mit Eingriff und elastischem Taillenbündchen besteht aus weißer Baumwolle, ich kann nichts Ungewöhnliches, weder Flecken noch Beschädigungen, feststellen.

Nun breite ich die Jacke auf dem Metzgerpapier aus und kontrolliere die Taschen, um mich zu vergewissern, dass nichts vergessen worden ist. Dann hole ich mir ein Kleidungsdiagramm und fange an, mir Notizen zu machen. Der Kragen besteht aus einem dichten Kunstpelz und ist mit Erde, Sand und Stücken von trockenem braunem Laub bedeckt, die beim Sturz auf den Boden daran haften geblieben sind. Auch die dicken Strickmanschetten sind verschmutzt. Der grüne

Nylonstoff ist ausgesprochen stabil und offenbar reißfest und wasserdicht. Das schwarze Innenfutter ist wattiert, also auch nicht leicht zu durchdringen, falls das Messer nicht starr und sehr scharf gewesen ist. Am Innenfutter kann ich kein Blut entdecken. Doch von außen ist die Jacke an den Schultern, den Ärmeln und am Rücken mit schwarzem Blut verkrustet, das sich am Grund des Leichensacks gesammelt hat, als der Mann darin in mein Institut gebracht wurde.

Ich kann nicht sagen, wie lange er geblutet hat, während er im Leichensack und in der Kühlkammer lag. Jedenfalls ist nicht die Wunde die Ursache. Als ich das Jeanshemd – langärmelig, Herrengröße »small« – ausbreite, das noch leicht nach einem Parfüm oder Rasierwasser riecht, erkenne ich nur einen dunklen, rings um den durch den Einstich erzeugten Schlitz angetrockneten Blutfleck. Offenbar decken sich Marinos und Annes Berichte mit den Tatsachen. Der Mann hat aus Nase und Mund geblutet, als er voll bekleidet im Leichensack lag. Sein Kopf war zur Seite gewandt, vermutlich zu derselben wie bei meiner Untersuchung vorhin in der Radiologie. Offenbar ist das Blut stetig von seinem Gesicht in den Leichensack getropft, hat sich darin gesammelt und ist schließlich ausgetreten. Das sehe ich auf den ersten Blick, als ich den Leichensack in Erwachsenengröße betrachte. Er ist schwarz mit einem Reißverschluss aus Nylon und von der Art, wie sie Transportdienste für gewöhnlich verwenden. Seitlich sind mit Nieten geflochtene Griffe angebracht, häufig die Schwachstelle, wenn es zu Lecks kommt, vorausgesetzt, der Sack selbst ist unbeschädigt und weist weder Risse noch fehlerhafte Schweißnähte auf. Durch Nieten kann Blut austreten, insbesondere dann, wenn es sich um einen sehr billigen Sack handelt. Dieser hier hat etwa fünfundzwanzig Dollar gekostet, besteht aus dickem PVC und wurde vermutlich palettenweise gekauft.

Als ich mir die CT-Aufnahmen vergegenwärtige und mir klarmache, wie rasch dieser offensichtliche Blitzangriff zu Verletzungen geführt hat, erscheinen mir die Blutungen noch unverständlicher. Ich begreife es noch weniger als nach Marinos Schilderung in Dover. Die schweren Schäden an den Organen des Mannes hätten zu einer Lungenblutung führen müssen, mit dem Ergebnis, dass er aus Mund und Nase geblutet hätte. Allerdings mehr oder weniger sofort. Mir will nicht in den Kopf, warum er nicht am Tatort geblutet hat. Während der Wiederbelebungsversuche durch die Sanitäter hätte er aus den Körperöffnungen im Gesicht bluten müssen, ein klarer Hinweis darauf, dass er nicht wegen einer Herzrhythmusstörung tot zusammengebrochen ist.

Ich verlasse den Autopsiesaal und gehe nach oben. Wieder stelle ich mir die Videoaufnahmen vor und erinnere mich daran, dass mich die schwarzen Handschuhe verwundert haben. Warum hat er sie beim Betreten des Parks angezogen? Wo sind sie jetzt? Ich habe keine Handschuhe gefunden. Weder im Asservatenspind noch im Trockenschrank. Auch in den Jackentaschen waren sie nicht. Doch auf den Aufnahmen, die der Kopfhörer des Mannes heimlich gemacht hat, trug er bei seinem Tod Handschuhe. Ich lasse die Bilder auf Lucys iPad, die ich mir auf der Fahrt zum Terminal für Zivilmaschinen angesehen habe, Revue passieren. Eine schwarz behandschuhte Hand glitt durchs Bild, als hätte der Mann nach etwas geschlagen. Ein Scharren ertönte, als seine Hand den Kopfhörer berührte und seine Stimme rief: »Was zum …? Hey …!« Dann kahle Bäume, die um ihn herumwirbelten. Schiefersplitter, die auf dem Boden näher kamen. Ein dumpfer Aufprall und der Saum eines langen, schwarzen, vorbeiwehenden Mantels. Anschließend Stille und zu guter Letzt die Stimmen von Menschen, die ihn umringten und riefen, dass er nicht mehr atme.

Als ich die Radiologie erreiche, ist die Tür geschlossen. Ich schaue hinein, aber alle sind fort. Der Kontrollraum ist menschenleer und still. Auf der anderen Seite der Bleiglasscheibe schimmert das CT-Gerät weiß im Dämmerlicht. In der Hoffnung, Anne könnte ans Mobiltelefon gehen, greife ich zum Hörer. Falls sie schon im McLean und im Labor ist, kann ich sie wegen der dicken Wände des Gebäudes nicht erreichen. Doch zu meiner Überraschung nimmt sie das Gespräch an.

»Wo sind Sie?«, frage ich. Im Hintergrund höre ich Musik.

»Wir fahren gerade vor«, antwortet sie. Offenbar sitzt sie im Transporter. Marino steuert den Wagen und hat das Radio eingeschaltet.

»Haben Sie ein paar schwarze Handschuhe gefunden, als Sie ihn ausgezogen haben?«, erkundige ich mich. »Wahrscheinlich hat er ein Paar dicke schwarze Handschuhe getragen.«

Eine Pause entsteht. Sie sagt etwas zu Marino. Ich erkenne seine Stimme, verstehe das Gespräch aber nicht. »Nein«, erwidert sie schließlich. »Und Marino meint, bei der Einlieferung der Leiche ins ID wären da keine Handschuhe gewesen. Er erinnert sich nicht an Handschuhe.«

»Schildern Sie mir genau, was gestern Morgen vorgefallen ist.«

»Stoppen Sie mal kurz«, wendet sie sich an Marino. »Nein, nicht da. Sonst kommen die Leute vom Wachdienst raus. Also bleiben Sie besser hier stehen. Gut«, sagt sie dann zu mir. »Gestern Morgen kurz nach sieben erschien Dr. Fielding in der Radiologie. Wie Sie wissen, sind Ollie und ich immer früh da, so gegen sieben. Jedenfalls machte er sich Sorgen wegen des Bluts. Er hatte Blutstropfen auf dem Boden vor der Kühlkammer und auch drinnen entdeckt. Die Leiche blutete oder hatte geblutet. Eine Menge Blut war im Leichensack.«

»Und der Tote war noch voll bekleidet?«

»Ja. Die Jacke war geöffnet, und sein Hemd war aufgeschnitten. Das haben die Sanitäter gemacht. Doch er war bei seiner Einlieferung bekleidet, und nichts geschah, bis Dr. Fielding in die Kühlkammer ging, um ihn für uns vorzubereiten.«

»Was meinen Sie mit vorbereiten?«

Ich habe noch nie erlebt, dass Fielding eine Leiche für die Obduktion vorbereitet oder sich auch nur die Mühe gemacht hätte, sie aus der Kühlkammer zu holen und zum Röntgen oder in den Autopsiesaal zu bringen. Zumindest nicht seit dem Ende seiner Ausbildung. Er überlässt die sogenannten niedrigen Arbeiten den Assistenten.

»Ich weiß nur, dass er Blut gefunden und uns sofort verständigt hat. Schließlich hatte er den Anruf der Polizei von Cambridge entgegengenommen, und wie Ihnen bekannt ist, wurde vermutet, dass der plötzliche Tod des Mannes natürliche Ursachen hatte. Herzrhythmusstörungen zum Beispiel oder ein geplatztes Aneurysma.«

»Und dann?«

»Dann haben Ollie und ich uns die Leiche angesehen. Anschließend haben wir Marino angerufen, und der kam und hat sie sich auch angesehen. Und danach haben wir beschlossen, sie noch nicht zu röntgen oder zu obduzieren.«

»Der Tote wurde also in der Kühlkammer liegen gelassen?«

»Nein, Marino wollte ihn erst im ID-Raum untersuchen, um seine Fingerabdrücke und Abstriche zu nehmen, damit wir alles mit AFIS und der DNA-Datenbank abgleichen konnten, um vielleicht herauszufinden, mit wem wir es zu tun haben. Wichtig daran ist, dass zu diesem Zeitpunkt keine Handschuhe vorhanden waren. Marino hätte sie ihm wegen der Fingerabdrücke nämlich ausziehen müssen.«

»Wo sind sie dann?«

»Er hat keine Ahnung, und ich auch nicht.«

»Könnten Sie ihn mir bitte mal geben?«

Ich höre, wie sie ihm das Telefon reicht. »Ja, ich habe den Leichensack geöffnet«, erklärt er. »Aber ich habe ihn nicht rausgeholt. Da war eine Menge Blut, du weißt ja.«

»Und was hast du genau getan?«

»Ihm die Fingerabdrücke abgenommen, während er im Leichensack lag. Wenn da Handschuhe gewesen wären, hätte ich sie ganz bestimmt nicht übersehen.«

»Könnte es sein, dass die Polizisten am Tatort ihm die Handschuhe ausgezogen und sie in den Leichensack gelegt haben, ohne dass du es bemerkt hast? Und dann sind sie irgendwie verlorengegangen?«

»Auf gar keinen Fall. Ich habe dir doch gesagt, dass ich alles nach seinen persönlichen Sachen abgesucht habe. Die Uhr, der Ring, der Schlüsselbund, die Haschischschachtel, der Zwanzigdollarschein. Habe alles aus seinen Taschen genommen. Außerdem werfe ich immer einen Blick in den Leichensack, und zwar genau aus dem Grund, den du gerade erwähnt hast. Nämlich um sicherzugehen, dass die Polizisten oder der Transportdienst nichts hineingelegt haben. Eine Mütze, eine Sonnenbrille oder sonst etwas. Und den Kopfhörer. Auch das Satellitenradio. Sie waren in einer Papiertüte und wurden mit der Leiche eingeliefert.«

»Was ist mit der Polizei von Cambridge? Ich weiß, dass Ermittler Lawless die Glock abgegeben hat.«

»Er hat sie gegen Quittung so um zehn ins Labor für Schusswaffen gebracht. Sonst nichts.«

»Und als Anne seine Kleider in den Trockenschrank gehängt hat, sind ihr da vielleicht die Handschuhe untergekommen?«

Ich höre ihn etwas sagen. Dann habe ich wieder Anne am Apparat. »Nein, beim Aufhängen in den Schrank sind mir keine Handschuhe aufgefallen. Das war so gegen einundzwanzig Uhr, vor knapp vier Stunden, als ich die Leiche ausgezogen und für die Aufnahme vorbereitet habe. Also kurz vor Ihrer Ankunft. Ich habe den Trockenschrank gereinigt, damit er auch sicher steril ist, ehe ich seine Sachen hineingetan habe.«

»Schön, dass wenigstens etwas hier steril ist. Wir müssen meinen Arbeitsplatz säubern.«

»Okay, okay«, meint sie, allerdings nicht zu mir. »Moment. Mein Gott, Pete. Warten Sie.«

Im nächsten Moment habe ich erneut Marinos Stimme im Ohr. »Da waren noch andere Fälle.«

»Verzeihung?«

»Gestern kamen noch andere Fälle rein. Vielleicht hat sonst jemand die Handschuhe entfernt, auch wenn ich nicht den leisesten Schimmer habe, warum. Außer, es ist ein Versehen gewesen.«

»Wer hat diese Fälle bearbeitet?«

»Dr. Lambotte und Dr. Booker.«

»Was ist mit Jack?«

»Zwei weitere Fälle zusätzlich zu unserem Toten aus Norton's Woods«, erwidert Marino. »Eine Frau, die von einem Zug überrollt worden ist, und ein alter Mann. Jack hat keinen Finger krumm gemacht und sich sofort verdrückt«, fährt er fort. »Er hat sich einen Dreck um den Tatort geschert. Und deshalb haben wir jetzt eine Leiche, die in der Kühlkammer zu bluten anfängt, und müssen beweisen, dass der Typ wirklich tot war.«

9

Die Leitung des Cambridge Forensic Center and Port Mortuary, wie mein Institut offiziell heißt, hat ihr Büro in der obersten Etage. Wie ich inzwischen festgestellt habe, ist es bei einem runden Gebäude schwierig, anderen eine Wegbeschreibung zu geben.

Die beste Lösung, die mir für meine seltenen Besucher eingefallen ist, besteht darin, sie zu bitten, aus dem Aufzug zu steigen und sich auf die Suche nach Zimmer Nummer 111 zu machen. Das ist nur eine Tür von 101 entfernt, weshalb einige Phantasie nötig ist, um zu begreifen, dass 101 die niedrigste und 111 die höchste Zimmernummer ist. Wenn es hier Ecken gäbe, würde mein Büro eine solche am Ende eines langen Flurs einnehmen, aber es gibt eben keine. Der Korridor hier oben beschreibt einen großen Kreis, von dem sechs Büros, die Bibliothek und der Pausenraum abgehen. In der Mitte liegt ein fensterloser Bunker, den Lucy zum Labor für Computertechnik auserkoren hat.

Ich gehe an Marinos Büro vorbei und bleibe vor Zimmer 111 stehen, das er als CentCom – Kommandozentrale – bezeichnet. Ich bin sicher, dass er sich diesen überkandidelten Namen nicht deshalb ausgedacht hat, weil er mich als seine Kommandantin betrachtet, sondern weil er sich inzwischen als Angehöriger eines patriotischen, beinahe sektenähnlichen Ordens fühlt. Dass er alles Militärische vergöttert, ist ein neuer Zug an ihm. Noch ein Widerspruch, als ob Peter Rocco Marinos zerrissene Natur einen weiteren Widerspruch nötig hätte.

Ich muss eine entspanntere Haltung zu ihm entwickeln, sage ich mir, während ich meine schwere, mit Titan verkleidete Tür aufschließe. So schlimm ist er nicht, und sein Patzer ist auch kein Weltuntergang. Außerdem ist er berechenbar, weshalb ich eigentlich nicht überrascht sein sollte. Marinos Stein von Rosetta ist nicht Bayonne, New Jersey, wo er aufgewachsen ist, sich auf der Straße geprügelt hat, Boxer wurde und schließlich zur Polizei ging. Nicht einmal der Alkoholiker und Taugenichts, den er zum Vater hatte, ist der Schlüssel zu seiner Persönlichkeit. Marino versteht man am besten, wenn man sich insbesondere seine Mutter und dann seine Sandkastenliebe und inzwischen geschiedene Frau Doris ansieht. Beide Frauen wirken auf den ersten Blick sanft, unterwürfig und reizend, sind aber ganz und gar nicht harmlos. Weit gefehlt.

Ich schalte das in die Streben der globusförmigen Glaskuppel eingelassene Licht an. Die Kuppel spart Energie und erinnert mich jedes Mal, wenn ich nach oben blicke, an Buckminster Fuller. Würde der berühmte Architekt und Erfinder noch leben, er wäre mit meinem Gebäude und vielleicht auch mit mir zufrieden. Allerdings muss ich seiner Auffassung widersprechen, die moderne Technik sei unsere Rettung. Offen gestanden denke ich, dass eher das Gegenteil zutrifft, sie macht uns zumindest nicht zivilisierter.

An der Türschwelle bleibe ich auf dem dunkelgrauen Teppich stehen, als wartete ich auf die Erlaubnis einzutreten. Vielleicht zögere ich ja auch deshalb, weil ich es seit inzwischen fast zwei Jahren vor mir herschiebe, diesen Raum und dieses Leben für mich zu beanspruchen. Wenn ich ehrlich bin, halte ich diese Verzögerungstaktik schon jahrzehntelang durch, nämlich seit meinen Anfangstagen im Walter Reed Army Medical Center, als ich ahnungslos in meinem engen, fensterlosen Büro in der Zentrale des Pathologischen Instituts der Streitkräfte saß, Briggs, ohne anzuklopfen, hereinkam und mir einen grauen A4-Umschlag mit der Aufschrift GEHEIM auf den Schreibtisch warf.

Es war der 4. Dezember 1987. Ich erinnere mich so deutlich daran, dass ich sogar noch beschreiben kann, was ich anhatte, wie das Wetter war und was es zum Lunch gab. Ich weiß noch, dass ich an jenem Tag viel geraucht und mir am Abend einige Scotch pur genehmigt habe, weil ich so aufgeregt und verängstigt war. Der Fall aller Fälle, und das Verteidigungsministerium hatte mich damit beauftragt, mich aus allen anderen ausgewählt. Oder besser, Briggs hatte es getan. Im Frühling des kommenden Jahres wurde ich dann vorzeitig aus der Air Force entlassen, nicht wegen guter Führung, sondern weil die Regierung Reagan mich loswerden wollte. Ich ging unter Bedingungen, die mich bis heute beschämen und kränken. Es ist wohl Karma, dass ich mich heute in einem kreisförmigen Gebäude wiederfinde. Nichts in meinem Leben hat geendet oder angefangen. Was weit weg war, ist jetzt ganz nah. Und in gewisser Weise unterscheidet es sich nicht voneinander.

Der eindeutigste Hinweis für meine sechsmonatige Abwesenheit von einem Posten, den ich erst noch richtig bekleiden muss, ist, dass in Bryce' angrenzendem Sekretariat ein gemütliches Durcheinander herrscht, während mein Büro kahl und leer ist. Es verbreitet eine traurige und einsame Stimmung. Mein kleiner Konferenztisch aus gebürstetem Edelstahl ist trist. Nicht einmal eine Topfpflanze steht darauf, obwohl es in einem von mir genutzten Raum sonst immer Pflanzen gibt. Orchideen, Gardenien, Sukkulenten oder für Innenräume geeignete Bäume wie Betelnusspalmen und Sagopalmen. Ich brauche Duft und Leben. Doch was ich bei meinem Einzug hier angeschafft habe, ist fort. Zu viel gegossen oder überdüngt. Ich habe Bryce genaue Anweisungen gegeben und insgeheim befürchtet, er würde innerhalb von drei Monaten alle Pflanzen umbringen. Er hat nur knapp zwei gebraucht.

Mein Schreibtisch, ein halbmondförmiges Arbeitsplatzmodul aus Stahl mit einer Platte aus schwarzem Furnier, ist leer. Der Tisch, ein dazu passender Aktenschrank und Bücherregale stehen zwischen großen Fenstern mit Blick auf den Charles River und die Skyline von Boston. Hinter meinem Schreibtischstuhl von Aeron verläuft eine Arbeitsplatte aus schwarzem Granit die Wand entlang, auf der mein Leica-Lasermikroskop mit Bildschirmen und Zubehör steht. Daneben befindet sich mein als Ersatzgerät dienendes treues Labormikroskop, ebenfalls von Leica, das ich mit einer Hand und ohne zuvor einen Software-Lehrgang gemacht zu haben, bedienen kann. Sonst ist hier nicht viel zu sehen. Keine Fallakten, keine Totenscheine oder andere Unterlagen, die ich studieren und abzeichnen müsste. Auch keine Post und nur wenige persönliche Gegenstände. Ich komme zu dem Schluss, dass ein solch übertrieben ordentliches Büro keine gute Idee ist. Mir wäre ein Berg Chaos lieber. Wie seltsam, dass ich ein leeres Büro als so erdrückend empfinde, und während ich Erica Donahues Brief in einer Plastikhülle verstaue, wird mir endlich klar, warum ich einer Welt, die in rasantem Tempo papierlos wird, nicht viel abgewinnen kann. Ich möchte dem Feind ins Auge schauen: Stapel, die ich bezwingen muss. Und Freunde, um mich von ihnen trösten zu lassen.

Gerade lege ich den Brief in einen Schrank, als Lucy lautlos wie ein Geist erscheint. Sie trägt einen ausladenden weißen Kittel, den sie anhat, weil er wärmt, weil sie viel darunter verstecken kann und weil sie große Taschen mag. In dem schlotternden Kittel wirkt sie trügerisch harmlos und viel jünger, als sie eigentlich ist. Doch für mich wird sie immer ein kleines Mädchen bleiben. Ich frage mich, ob Mütter für ihre Töchter stets so empfinden, auch wenn diese Töchter selbst Mütter oder, wie in Lucys Fall, bewaffnet und gefährlich sind.

Im Taillenbündchen ihrer Cargohose steckt eine Pistole. Ich bemerke, wie egoistisch glücklich ich bin, dass sie zu Hause ist. Sie ist wieder Teil meines Lebens, nicht in Florida oder in Gesellschaft von Menschen, die zu mögen mir nicht leichtfällt. Jaime Berger, Staatsanwältin in Manhattan, gehört auch zu diesen Leuten. Als ich meine Nichte, mein einziges Ersatzkind, ansehe, die gerade in mein Büro kommt, kann ich mich eines Gedankens nicht erwehren, auch wenn ich ihr das nie verraten würde. Ich würde mich freuen, wenn es zwischen ihr und Jaime aus wäre. Aus diesem Grund habe ich sie nie ausdrücklich danach gefragt.

»Ist Benton noch bei dir?«, erkundige ich mich.

»Er telefoniert.« Sie schließt die Tür.

»Mit wem spricht er denn um diese Uhrzeit?«

Lucy holt sich einen Stuhl, zieht die Füße auf die Sitzfläche und überkreuzt sie an den Knöcheln. »Mit seinen Leuten«, erwidert sie, als wollte sie andeuten, dass er mit Kollegen am McLean Hospital konferiert. Aber das stimmt nicht. Anne ist für das Krankenhaus zuständig. Sie und Marino sind gerade dort und bereiten alles für die MRI-Aufnahme vor. Warum also sollte Benton mit ihnen oder sonst jemandem am McLean telefonieren?

»Also sind wir nur noch zu dritt hier«, merke ich an. »Bis auf Ron natürlich. Falls du dennoch die Tür zumachen willst, meinetwegen.« Auf diese Weise möchte ich ihr mitteilen, dass mir ihr übertriebener Argwohn und ihre Heimlichtuerei nicht entgangen sind. Ich wünschte, sie würde es mir erklären und mir sagen, warum sie es für nötig hält, mir auszuweichen oder mich sogar unverfroren zu belügen. Mich, ihre Tante, ihre Beinahe-Mutter und nun auch ihre Vorgesetzte.

»Ich weiß.« Sie nimmt eine kleine Asservatenschachtel aus der Kitteltasche.

»Du weißt? Was weißt du?«

»Dass Anne und Marino ins McLean gefahren sind, weil du eine MRI-Aufnahme angeordnet hast. Warum bist du nicht dabei?«

»Ich werde nicht gebraucht und wäre auch keine große Hilfe, da MRI-Aufnahmen nicht mein Spezialgebiet sind.« Im Gerichtsmedizinischen Institut in Dover, wo es sich bei den meisten eingelieferten Leichen um Kriegsopfer mit Metallteilen im Körper handelt, gibt es kein MRI-Gerät. »Ich dachte, ich erledige ein paar Dinge. Und wenn ich endlich weiß, wonach ich suche, fange ich mit der Autopsie an.«

»Eigentlich zäumst du das Pferd von hinten auf«, stellt Lucy fest. Ihre grünen Augen fixieren mich. »Früher hast du eine Leiche obduziert, um herauszufinden, wonach du suchst. Nun erwartest du eine Bestätigung für etwas, was dir bereits bekannt ist, und möchtest nur noch Beweise sichern.«

»Stimmt nicht ganz. Ich werde immer wieder überrascht. Was ist in der Schachtel?«

»Apropos.« Sie schiebt die Schachtel über die freie Platte meines abstrus ordentlichen Schreibtischs. »Du kannst es ohne Handschuhe rausnehmen. Aber sei vorsichtig damit.«

In der Schachtel liegt etwas, das wie ein Insektenflügel, vielleicht von einer Fliege, aussieht, auf einem Wattebett.

»Nur zu, fass es an«, fordert Lucy mich auf. Strahlend vor Aufregung beugt sie sich vor, als sähe sie zu, wie ich ein Geschenk auspacke.

Ich ertaste starre Drahtstreben und eine dünne, durchsichtige Membran, die sich wie Plastik anfühlt. »Künstlich. Wie interessant. Was genau ist das und wo hast du es her?«

»Bist du mit Flybots vertraut?«

»Entschuldige, aber da klingelt bei mir nichts.«

»Jahrelange Forschungsarbeiten. Abermillionen an Forschungsmitteln, die für die Entwicklung des perfekten Flugroboters in Fliegenform ausgegeben wurden.«

»Habe ich noch nie bewusst wahrgenommen. Offen gestanden, weiß ich nicht, wovon du redest.«

»Sie sind mit winzigen Kameras und Sendern für Überwachungsaufgaben ausgestattet, genau genommen dafür, um Leute abzuhören. Oder um Chemikalien, Sprengstoffe oder biologische Kampfmittel aufzuspüren. Die Experimente laufen in Harvard, am MIT, in Berkeley und an einigen anderen Instituten hier und im Ausland. Es handelt sich um Insekten mit eingepflanzten elektromechanischen Systemen, Schnittstellen zwischen Maschine und Insekt sozusagen. Später hat man auch mit anderen Lebewesen experimentiert, zum Beispiel Schildkröten und Delphinen. Nicht unbedingt eine Sternstunde der DARPA, wenn du mich fragst.«

Ich lege den Flügel zurück auf den Wattebausch. »Woher hast du das?«

»Als Marino ihn heute Morgen im ID-Raum hatte« – Lucy meint den Toten aus Norton's Woods – »wollte ich ihm von dem Aufnahmegerät erzählen, das ich im Kopfhörer entdeckt habe. Also bin ich runtergegangen. Er war gerade dabei, dem Toten die Fingerabdrücke abzunehmen, und da habe ich am Jackenkragen des Mannes etwas bemerkt, das auf den ersten Blick wie der Flügel einer Fliege aussah. Es klebte zwischen verschiedenen Schmutzteilen wie Erde und Laub von dem Boden, auf dem er gelegen hatte.«

»Es ist nicht abgefallen, als die Sanitäter ihm die Jacke geöffnet haben«, stelle ich fest.

»Offenbar nicht. Es ist am Webpelzkragen hängengeblieben«, entgegnet Lucy. »Mir kam es irgendwie komisch vor. Also habe ich es mir aus der Nähe angesehen.«

Ich hole eine Lupe aus meiner Schreibtischschublade und schalte einen Spot an. Im grellen Licht wirkt der vergrößerte Flügel nicht mehr natürlich. Dort, wo er normalerweise mit dem Körper verbunden wäre, befindet sich eine Art bewegliches Gelenk. Die Venen, die durch das Gewebe des Flügels verlaufen, sind in Wirklichkeit schimmernde winzige Drähte.

»Vermutlich eine Kohlenstoffzusammensetzung. Jedes Flügelmodul verfügt über fünfzehn Gelenke, was ziemlich bemerkenswert ist.« Lucy beschreibt den Gegenstand vor meinen Augen. »Der Flügel selbst besteht aus einem elektroaktiven Rahmen aus Polymer, der auf elektrische Signale anspricht, so dass die wie ein Fächer gefältelten Flügel genauso schnell schlagen wie in der Natur, also bei einer alltäglichen Stubenfliege. Bis jetzt starteten Flybots senkrecht wie ein Hubschrauber und flogen wie ein Engel, eine der großen Schwächen dieser Erfindung. Das zweite Problem war, etwas Mikromechanisches zu entwickeln, das zwar unabhängig von einer Stromquelle, aber nicht klobig ist. Mit anderen Worten: Der Antrieb muss auf biologischer Basis erfolgen, damit der Roboter genug Energie hat, um sich in jeder beliebigen Umgebung frei zu bewegen.«

»Ein biologischer Antrieb wie in da Vincis Konstruktionszeichnungen.« Ich frage mich, ob sie sich an die Ausstellung erinnert, die ich in London mit ihr besucht habe, und ob ihr das Poster im Wohnzimmer des Toten aufgefallen ist. Aber natürlich ist es das. Lucy entgeht nichts.

»Das Poster über dem Sofa«, sagt sie.

»Ja, habe ich gesehen.«

»In einem der Videos, als er gerade seinen Hund anleint. Gruselig, findest du nicht?«

»Ich weiß nicht, was daran gruselig sein soll.«

»Nun, ich hatte den Vorteil, mir die Aufnahmen gründlicher anschauen zu können als du.« Wieder Lucys Verhalten, die Abstufungen, die ich so klar erkenne wie die feinen Veränderungen von Gewebe unter dem Mikroskop. »Es stammt aus derselben Ausstellung im Courtauld, in die du mich mitgenommen hast. Das Datum desselben Sommers«, fügt sie ruhig hinzu. Offenbar will sie auf etwas Bestimmtes hinaus. »Vielleicht waren wir sogar gleichzeitig dort, mal angenommen, dass er sich die Ausstellung angeschaut hat.«

Das also ist es: Lucy nimmt an, dass es zwischen uns und dem Toten eine Verbindung gibt.

»Dass er das Poster an der Wand hat, ist natürlich kein Beweis dafür«, fährt sie fort. »Das ist mir klar. Vor Gericht würden wir damit nicht durchkommen«, fügt sie mit leicht ironischem Unterton hinzu, so dass es sich anhört wie ein Seitenhieb auf die Staatsanwältin Jaime Berger. In mir wächst der Verdacht, dass es zwischen den beiden aus sein könnte.

»Lucy, hast du einen Verdacht, wer der Mann sein könnte?«, riskiere ich die Frage.

»Ich finde die Vorstellung nur wahnwitzig, dass er vielleicht gleichzeitig mit uns in der Galerie war. Allerdings behaupte ich nicht, dass es so gewesen ist.«

Doch in Wirklichkeit denkt sie etwas anderes. Das erkenne ich an ihrem Blick und an ihrer Stimme. Genau das ist es, was sie annimmt. Wie kann sie solche Schlussfolgerungen über einen Toten ziehen, dessen Namen wir nicht einmal kennen?

»Du hast doch nicht wieder mit dem Hacken angefangen?«, komme ich schonungslos auf den Punkt, so als ob ich mich nach ihrem Zigarettenkonsum, ihrem Trinkverhalten oder einer anderen gesundheitsschädlichen Angewohnheit erkundigte.

Mehr als einmal habe ich mir überlegt, ob Lucy vielleicht einen Weg gefunden hat, die heimlich gemachten Videoaufnahmen zu einem Computer oder einem Server irgendwo auf der Welt zurückzuverfolgen. Für sie sind eine Firewall oder andere Sicherheitsmaßnahmen nicht mehr als Geschwindigkeitsbegrenzungen auf einer Straße, die zum Ziel führt.

»Ich bin keine Hackerin«, erwidert sie nur.

Das ist keine Antwort, denke ich, spreche es aber nicht aus.

»Ich finde es nur einen merkwürdigen Zufall, dass er im Courtauld war«, ergänzt sie. »Außerdem glaube ich, dass er das Poster besitzt, weil er etwas mit dieser Ausstellung zu tun hat. Man kann es inzwischen nämlich nicht mehr kaufen, das habe ich überprüft. Wie also kann jemand eines haben, wenn er oder ein ihm nahestehender Mensch nicht dort war?«

»Falls er nicht viel älter ist, als er aussieht, muss er damals noch ein Kind gewesen sein«, wende ich ein. »Die Ausstellung fand im Sommer 2001 statt.«

Ich erinnere mich daran, dass seine Uhr auf fünf Stunden vor der hiesigen Ortszeit eingestellt war. Und zwar auf die Zeitzone von Großbritannien. Ausstellungsort war London. Allerdings beweist das nichts. *Eine Übereinstimmung, kein Indiz*, sage ich mir.

»Diese Ausstellung war genau nach dem Geschmack eines frühreifen kleinen Möchtegernerfinders«, merkt Lucy an.

»Dir hat sie ja auch gefallen«, erwidere ich. »Wenn ich mich recht entsinne, bist du viermal durchgegangen. Und du warst so begeistert, dass du dir die Vortragsreihe auf CD gekauft hast.«

»Das ist wirklich ein Gedanke. Ein kleiner Junge, der exakt im gleichen Moment wie wir in der Galerie war.«

»Du behauptest das, als wäre es eine Tatsache«, beharre ich auf meinem Standpunkt.

»Und fast zehn Jahre später sitzen wir beide hier und haben mit seiner Leiche zu tun. Das nenne ich ein Beispiel für das Kleine-Welt-Phänomen.«

Ich zucke zusammen, da sie auf etwas anspielt, an das ich vorhin selbst gedacht habe. Erst die Ausstellung in London, dann das große Netz, in das wir verwoben sind, die Art und

Weise, wie unser aller Leben auf diesem Planeten zusammenhängt.

»Ich werde mich nie daran gewöhnen«, sagt sie. »Jemanden gesehen zu haben, der später ermordet wird. Das heißt nicht, dass ich ihn mir als kleinen Jungen in einer Londoner Galerie vorstelle oder das Gesicht eines Kindes vor Augen habe. Aber vielleicht habe ich genau neben ihm gestanden oder sogar mit ihm gesprochen. Rückblickend ist es so schwer zu begreifen, dass man das Schicksal eines anderen Menschen oder auch das eigene hätte beeinflussen können, wenn man gewusst hätte, was kommt.«

»Hat Benton dir erzählt, dass der Tote aus Norton's Woods ermordet wurde? Oder hast du es aus anderer Quelle?«

»Wir haben uns ausgetauscht.«

»Und du hast ihm während eures kleinen Austauschs in deinem Labor von dem Flybot berichtet.« Das ist keine Frage.

Ich bin sicher, dass sie mit Benton über den Flügel des Flybots gesprochen hat. Auch über alles andere, was er ihrer Ansicht nach wissen sollte. Schließlich hat sie vorhin im Helikopter beteuert, dass er außer mir der Einzige ist, dem sie derzeit vertraut. Auch wenn ich gerade nicht unbedingt das Gefühl habe, zu ihren Vertrauten zu gehören. Ich habe eher den Eindruck, dass sie die Informationen filtert und sehr wählerisch darin ist, was sie herausrückt, ganz gleich, wie sehr mich ihre Heimlichtuerei auch wurmt. Ich wünschte, sie würde mir nicht ausweichen oder mich belügen. Allerdings habe ich in Sachen Lucy eines gelernt, nämlich dass Wünsche nicht in Erfüllung gehen. Ich könnte wünschen, bis ich schwarz werde, ohne dadurch etwas an ihrem Verhalten, ihren Gedanken oder ihrem Tun zu ändern.

Ich schalte die Lampe aus und gebe ihr die kleine weiße Schachtel zurück. »Was bedeutet: ›fliegt wie ein Engel‹?«

»Du kennst doch die Gemälde, auf denen Engel in der Luft schweben. Du hast sie sicher schon gesehen.« Lucy greift nach einem Block Telefonnotizen und einem Stift, die ordentlich neben dem Telefon liegen. »Sie fliegen senkrecht, als hätten sie einen Düsenrucksack umgeschnallt. Im Gegensatz zu Insekten und Vögeln, deren Körper waagerecht in der Luft liegen. Diese kleinen Flybots fliegen ebenfalls senkrecht, wie Engel eben, und das ist einer ihrer Nachteile. Das und ihre Größe. Dafür eine Lösung zu finden ist ganz schön schwer. Nicht einmal den hellsten Köpfen ist etwas dazu eingefallen.«

Sie zeichnet ein Strichmännchen, das an ein durch die Luft sausendes Kreuz erinnert, um es mir zu demonstrieren.

»Wenn man ein Insekt, beispielsweise eine gewöhnliche Stubenfliege, nachbauen will, die wie die sprichwörtliche Fliege an der Wand unbemerkt alles beobachtet«, fährt sie fort, »sollte das Objekt auch wie eine Fliege aussehen, nicht wie ein winziger aufrechter Körper mit Flügeln. Stell dir vor, ich sitze bei einem Treffen mit Ahmadinedschad im Iran, und plötzlich taucht ein senkrechtes Flugobjekt auf und landet wie die Glöckchenfee auf dem Fensterbrett. Das würde mir doch sicher auffallen und meinen Verdacht wecken.«

»Wenn du dich im Iran mit Ahmadinedschad treffen würdest, fände ich das aus einer ganzen Reihe von Gründen verdächtig. Wir vergessen die Frage, warum mein Patient den Flügel eines dieser Dinger an der Jacke hatte, angenommen, es handelt sich um ein Teil eines intakten Flybots ...«, setze ich an.

»Das mit dem Flybot stimmt nicht ganz«, unterbricht sie mich. »Es muss auch nicht unbedingt ein Spionageroboter sein. Genau darauf will ich ja hinaus.«

»Aber wozu ist das Objekt, ganz gleich, worum es sich handelt, dann benutzt worden?«

»Lass deine Phantasie spielen«, erwidert sie. »Ich könnte

dir eine ganze Liste von Möglichkeiten aufstellen, aber keine genaue Aussage treffen. Nicht bei einem Flügel. Obwohl mir einige wichtige Punkte aufgefallen sind. Leider konnte ich den Rest des Dings nicht finden.«

»Meinst du an der Leiche oder an seiner Jacke? Wo?«

»Am Tatort.«

»Du warst in Norton's Woods?«

»Na klar«, entgegnet sie. »Sobald mir klarwurde, was das für ein Flügel ist, bin ich natürlich sofort hingefahren.«

»Wir waren stundenlang zusammen.« Damit will ich sie daran erinnern, dass sie mir das auch schon früher hätte mitteilen können. »Den ganzen Weg von Dover bis hierher saßen wir allein im Cockpit.«

»Mit dem Bordfunk ist es eine komische Sache. Selbst wenn ich sicher bin, dass die Passagieranschlüsse abgeschaltet sind, traue ich der Sache nicht ganz. Ich kann es mir nicht leisten, dass jemand mithört. Marino sollte nichts davon wissen.« Sie weist auf die kleine weiße Schachtel mit dem Flügel.

»Und warum?«

»Glaub mir, du willst nicht, dass er auch nur einen blassen Schimmer davon hat. Es ist nämlich ein sehr kleiner Teil von einer in vielerlei Hinsicht ziemlich großen Sache.«

Sie versichert mir, dass Marino nichts von ihrem Besuch in Norton's Woods ahnt. Auch nicht von dem winzigen Kunstflügel oder davon, dass sie ihn hauptsächlich deshalb dazu ermutigt hat, mich früher von Dover nach Hause zu holen und mir in ihrem Helikopter Geleitschutz zu geben. Auch mir gegenüber habe sie es erst jetzt erwähnt, erklärt sie weiter, weil sie derzeit niemandem über den Weg traue. Bis auf Benton, fügt sie hinzu. Und mir, ergänzt sie. Deshalb sei sie bei gewissen Gesprächen sehr vorsichtig. Wir alle sollten vorsichtig sein.

»Solange ein Raum nicht sauber ist«, verkündet sie. Damit

meint sie, auf Wanzen untersucht, und will offenbar andeuten, dass sie mein Büro als ungefährlich einstuft, weil wir diese Unterhaltung anderenfalls nicht führen würden.

»Hast du mein Büro auf Abhörvorrichtungen überprüft?« Das wundert mich nicht weiter. Lucy weiß, wie man versteckte Aufnahmegeräte aufspürt, weil sie eine gute Spionin ist. Der beste Einbrecher ist und bleibt der Schlosser. »Weil du einen Verdacht hast, wer mein Büro abhören wollen könnte?«

»Ich weiß nicht, wer was will oder warum.«

»Nicht Marino«, sage ich.

»Wenn er es versuchen würde, wäre es so offensichtlich wie ein Babyphone aus dem Elektronikmarkt. Natürlich nicht. Ich nehme nicht an, dass er so etwas abziehen würde, befürchte aber, er könnte den Mund nicht halten«, entgegnet Lucy. »Insbesondere in Gegenwart gewisser Leute.«

»Du hast im Helikopter über MORT geredet. Bei diesem Thema hast du dir keine Gedanken über Marino oder den Bordfunk gemacht.«

»Das ist nicht dasselbe. Nicht einmal annähernd«, erwidert sie. »Es spielt keine Rolle, ob Marino gewissen Leuten gegenüber Sprüche über einen Roboter in der Wohnung des Typen klopft. Darüber sind nämlich schon einige im Bilde, da kannst du Gift drauf nehmen. Ich darf nur nicht zulassen, dass er über meinen kleinen Freund hier redet.« Sie betrachtet die weiße Schachtel. »Dabei würde er es nicht einmal böse meinen. Allerdings kapiert er nicht, wie manche Menschen wirklich sind. Insbesondere General Briggs und Captain Avallone.«

»Mir war gar nicht klar, dass sie dir ein Begriff ist.« Ich habe Sophia Avallone Lucy gegenüber nie erwähnt.

»Jack hat sie herumgeführt, als sie hier war. Und Marino hat sie zum Mittagessen eingeladen und ist ihr in den uniformierten Hintern gekrochen. Er durchblickt solche Leute einfach nicht. Ebenso wenig wie das verdammte Pentagon oder andere Personen, von denen er naiverweise annimmt, dass sie auf unserer Seite stehen und deshalb keine Gefahr bedeuten.«

Ich bin erleichtert, dass sie das erkennt, möchte sie aber nicht dazu ermutigen, Marino auch nur im Geringsten zu misstrauen. Sie hat genügend Krisen mit ihm durchgemacht. Nun sind sie endlich wieder Freunde und stehen sich so nah wie damals, als sie ein kleines Mädchen war und er ihr beibrachte, seinen Pick-up zu fahren und zu schießen. Als Kind hat sie ihn schrecklich geärgert, und das Gefühl beruhte auf Gegenseitigkeit. Die Liebe zu den Naturwissenschaften hat sie von mir geerbt, doch ihre Neigung zum Räuber-und-Gendarm-Spiel, wie sie es nennt, hat sie von ihm. Als sie ein altkluges, schwieriges Wunderkind war, war er der große, starke Polizist in ihrem Leben, und er hat sie ebenso oft geliebt und gehasst wie umgekehrt. Inzwischen sind sie Freunde und Kollegen. Und ich werde alles Menschenmögliche tun, damit das auch so bleibt. *Also sei vorsichtig, was du sagst*, halte ich mir vor Augen. *Wahre den Frieden.*

»Daraus schließe ich, dass Briggs nicht darüber informiert ist.« Ich deute auf die kleine weiße Schachtel auf meinem Schreibtisch. »Und Captain Avallone auch nicht.«

»Ich wüsste nicht, wie.«

»Ist mein Büro derzeit verwanzt?«

»Unser Gespräch ist absolut sicher«, erwidert sie, was keine Antwort ist.

»Was ist mit Jack? Könnte er über den Flybot im Bilde sein? Du hast es ihm ja wohl kaum erzählt.«

»Natürlich nicht, verdammt.«

»Jemand könnte ihn angerufen haben, der danach sucht. Oder nach dem Flügel.«

»Du meinst, der Täter hat hier angerufen und sich nach einem vermissten Flybot erkundigt?«, sagt Lucy. »So nenne ich das Ding mal der Einfachheit halber, obwohl es alles andere ist als ein gewöhnlicher Flybot. Das wäre doch ziemlich dumm von dem Anrufer gewesen, da es ein Hinweis darauf wäre, dass er in den Mord verwickelt ist.«

»Wir dürfen nichts ausschließen. Manchmal sind auch Mörder dumm«, entgegne ich. »Wenn sie nur verzweifelt genug sind.«

10

Lucy steht auf und geht in mein Privatbad, wo auf einer Theke eine Kaffeemaschine steht. Ich höre, wie sie den Wasserbehälter mit Leitungswasser füllt und einen Blick in den kleinen Kühlschrank wirft. Inzwischen ist es kurz vor eins, und es schneit noch immer stark. Die Flocken fallen schnell und heftig. Wenn sie gegen das Fenster geweht werden, klingt es wie Sand auf Glas.

»Entrahmte Milch oder Sahne?«, ruft Lucy aus dem Raum, der mir als Umkleidekabine mit angeschlossener Dusche dient. »Bryce ist eine wundervolle Hausfrau. Er hat deinen Kühlschrank aufgefüllt.«

»Ich trinke ihn immer noch schwarz.« Ich ziehe Schreibtischschubladen auf, ohne zu wissen, was ich eigentlich suche.

Dabei denke ich an meinen schlampigen Arbeitsplatz im Autopsiesaal und an Leute, die sich Dinge nehmen, die ihnen nicht gehören.

»Stimmt ja. Warum sind dann Milch und Sahne da?« Lucys laute Stimme. »Green Mountain oder Black Tiger? Es gibt auch Haselnuss. Seit wann trinkst du Kaffee mit Haselnussaroma?« Die Frage ist rein rhetorisch, weil sie die Antwort kennt.

»Nicht in diesem Leben«, murmle ich und betrachte Bleistifte, Kugelschreiber, Post-its, Büroklammern und das Päckchen Spearmint-Kaugummi in der untersten Schublade.

Es ist noch zur Hälfte voll. Ich kaue keinen Kaugummi. Welcher Spearmint-Fan hat einen Grund, meinen Schreibtisch zu öffnen? Nicht Bryce. Der ist viel zu eitel zum Kaugummikauen. Außerdem würde ich ihn rügen, wenn ich ihn dabei erwischen würde, weil ich das Kaugummikauen in Gegenwart anderer Leute unhöflich finde. Hinzu kommt, dass Bryce nie in meinem Schreibtisch herumwühlen würde. Nicht ohne Erlaubnis. Das würde er niemals wagen.

»Jack mag Kaffee, der nach Haselnuss, Vanille oder ähnlichem Mist schmeckt. Und er trinkt ihn mit entrahmter Milch, wenn er nicht wieder eine seiner Eiweiß-Fett-Diäten macht«, fährt Lucy, immer noch in meinem Bad stehend, fort. »Dann nimmt er echte Sahne, Vollfettsahne, wie sie hier im Kühlschrank ist. Vermutlich ist es gut, wenn du Sahne für Besucher dahast.«

»Nichts Aromatisiertes. Und bitte stark.«

»Er hat überall die gleiche Zugangsberechtigung wie du. Seine Fingerabdrücke sind auch in jedem Schloss in diesem Gebäude gespeichert.«

Ich höre, wie das heiße Wasser durch die Kapsel schießt, und nutze das Geräusch als willkommene Ablenkung. Ich möchte mir nämlich lieber nicht vorstellen, dass Jack Fielding während meiner Abwesenheit in meinem Büro war und es zum Kaffeetrinken, Kaugummikauen und für alle möglichen Dinge genutzt hat. Doch als ich mich umsehe, erscheint es mir durchaus möglich. Mein Büro verbreitet eine unbewohnte Atmosphäre. Es wirkt eindeutig nicht so, als ob hier jemand gearbeitet hätte. Was also dann?

»Ich war vor der Polizei von Cambridge in Norton's Woods. Marino hatte sie gebeten, wegen der entfernten Seriennummer der Glock noch einmal dort nachzuschauen, aber ich war zuerst dort«, ruft Lucy aus dem Bad. »Allerdings hatte ich den Nachteil, dass ich nicht genau wusste, wo der Mann erstochen worden und gestürzt ist. Inzwischen steht es fest. Ohne die Tatortfotos ist die exakte Stelle unmöglich herauszufinden, man kann nur schätzen. Deshalb habe ich jeden Fußweg im Park abgesucht.«

Sie erscheint mit dampfendem Kaffee in schwarzen Tassen, auf denen das Wappen des AFME prangt: ein aus fünf Karten, Assen und Achten, bestehendes Pokerblatt, auch als Hand des toten Mannes bekannt, da Wild Bill Hickok der Legende nach diese Karten hielt, als ihn die Kugel traf.

»Es war wie die Nadel im Hauhaufen«, fährt sie fort. »Der Flybot ist vermutlich halb so groß wie eine kleine Büroklammer. Na, eben vergleichbar mit einer Stubenfliege. Also kein Glück.«

»Weil du einen Flügel gefunden hast, heißt das noch lange nicht, dass das ganze Ding je dort draußen rumgelegen hat«, wende ich ein, als sie den Kaffee vor mich hinstellt.

»Falls doch, ist er beschädigt.« Lucy lässt sich wieder auf ihren Stuhl nieder. »Während wir hier reden, wird er vom Schnee begraben, und außerdem fehlt ihm ein Flügel. Aber aller Wahrscheinlichkeit nach lebt er noch, wenn er dem Licht ausgesetzt wird, vorausgesetzt, dass er nicht noch mehr abgekriegt hat.«

»Er lebt noch?«

»Nicht im eigentlichen Sinne des Wortes. Eher angetrieben von winzigen Solarzellen anstelle eines Akkus, der inzwischen leer wäre. Ein Lichtstrahl trifft auf ihn und – abrakadabra. Das ist die Zukunft. Und unser kleiner Freund, wo immer er auch sein mag, ist ein futuristisches Miniatur-Meisterwerk der Technik.«

»Was macht dich so sicher, obwohl du den Großteil davon nicht aufspüren konntest und nur diesen einen Flügel kennst?«

»Keinen x-beliebigen Flügel. Der Winkel und die beweglichen Gelenke sind genial und weisen für mich auf eine andere Flughaltung hin. Also nicht mehr wie ein Engel, sondern horizontal wie ein echtes Insekt. Was auch immer dieses Ding ist und wozu es dienen mag, wir sprechen hier über eine ultramoderne Erfindung, etwas, das ich noch nie gesehen habe. Es existieren keine Veröffentlichungen darüber, denn ich habe fast jede technische Fachzeitschrift online abonniert. Außerdem habe ich erfolglos eine Suchanfrage gestartet. Es deutet alles in die Richtung, dass wir es mit einem streng geheimen Projekt zu tun haben. Hoffentlich liegt der Rest irgendwo da draußen gut versteckt unter dem Schnee.«

»Aber was wollte das Ding in Norton's Woods?« Ich stelle mir die schwarz behandschuhte Hand vor, die ins Bild der versteckten Kamera ragt, als schlüge der Mann nach etwas.

»Richtig. Hatte er es bei sich? Oder ein anderer?« Lucy pustet auf ihren Kaffee und umfasst die Tasse mit beiden Händen.

»Und ist jemand hinter dem Roboter her? Könnte dieser Jemand glauben, dass er hier ist oder dass wir wissen, wo er sich befindet?«, frage ich noch einmal. »Hat jemand dir gegenüber das Verschwinden der Handschuhe erwähnt? Hast du welche bemerkt, als du unten warst, während Marino dem Toten die Fingerabdrücke abgenommen hat? Offenbar hat das Opfer beim Betreten des Parks ein Paar schwarze Handschuhe angezogen, was ich beim Anschauen des Videos merkwürdig fand. Ich nehme an, dass der Mann mit Handschuhen gestorben ist. Also, wo sind sie?«

»Das ist interessant«, meint Lucy. Ich kann nicht feststellen, ob sie bereits von den fehlenden Handschuhen wusste.

Auch nicht, was sie überhaupt weiß und ob sie lügt.

»Als ich gestern Vormittag im Wald herumlief, habe ich sie nicht gesehen«, sagt sie. »Und ein Paar schwarze Handschuhe, das die Sanitäter, der Transportdienst oder die Polizei versehentlich liegengelassen haben, wäre mir sicher aufgefallen. Allerdings könnten sie trotzdem vergessen und von irgendjemandem eingesteckt worden sein.«

»Im Video kommt ein Mensch in einem langen schwarzen

Mantel vorbei, und zwar unmittelbar nachdem der Mann gestürzt ist. Könnte der Täter sich möglicherweise die Zeit genommen haben, ihm die Handschuhe auszuziehen?«

»Meinst du, es waren Datenhandschuhe, Smarthandschuhe, wie man sie im Krieg benutzt? Ausgestattet mit darin eingelassenen Sensoren, also am Körper tragbare Computersysteme und Robotertechnik?«, erwidert Lucy, als ob das bei verschwundenen Handschuhen eine ganz alltägliche Annahme wäre.

»Ich frage mich nur, was an seinen Handschuhen so wichtig gewesen sein könnte, dass jemand sie eingesteckt hat, falls es so geschehen ist«, antworte ich.

»Falls sie über Sensoren verfügen, mit denen er den Flybot gelenkt hat, vorausgesetzt, es war seiner, wären die Handschuhe enorm wichtig«, entgegnet Lucy.

»Und du hast dich bei Marino nicht nach den Handschuhen erkundigt? Du hast Handschuhe und Kleidung nicht auf eingelassene Sensoren überprüft?«

»Wenn ich die Handschuhe gehabt hätte, wären meine Chancen viel größer gewesen, den Flybot in Norton's Woods zu finden«, meint Lucy. »Aber ich habe sie nicht und weiß auch nicht, wo sie stecken, falls du darauf hinauswillst.«

»Ich frage dich das, weil das Unterdrückung von Beweismitteln wäre.«

»Ich habe sie nicht, Ehrenwort. Ich kann ja nicht einmal mit Sicherheit sagen, ob es sich tatsächlich um Datenhandschuhe handelt. Doch wenn ja, würden auch viele andere Dinge mehr Sinn ergeben. Zum Beispiel seine letzten Worte im Video«, fügt sie nachdenklich hinzu. Sie überlegt, oder vielleicht hat sie ja schon ihre Schlussfolgerungen gezogen und möchte mir nur weismachen, dass dieser Einfall ganz neu ist. »Der Mann sagt ständig: ›Hey, alter Junge.‹«

»Ich nahm an, dass er mit seinem Hund spricht.«

»Mag sein. Vielleicht aber auch nicht.«

»Und da sind noch ein paar Wörter, die ich nicht verstanden habe«, erinnere ich mich. »›Und für zwei‹ oder ›hast du einen geschickt‹ oder so ähnlich. Versteht ein Flybot Sprachbefehle?«

»Absolut möglich. Dieser Teil war verzerrt. Ich habe ihn mir auch angehört und fand ihn verwirrend«, erwidert Lucy. »Aber vielleicht ist es ja gar kein Unsinn, wenn er damit den Flybot gelenkt hat. ›Für zwei‹ könnte auch vier-zwei heißen. ›Und‹ könnte für ›N‹, also Norden, stehen. Ich gehe es noch mal durch und bearbeite es weiter.«

»Weiter?«

»Ich habe schon ein bisschen daran herumgespielt. Hat nicht viel gebracht. Möglicherweise hat er dem Flybot GPS-Koordinaten mitgeteilt, was bei einem Gerät, das auf Stimmen reagiert, ein häufiger Befehl wäre. Zum Beispiel, wenn man ihm sagen will, wo es hinfliegen soll.«

»Könntest du anhand der GPS-Koordinaten rauskriegen, wo es ist?«

»Das bezweifle ich sehr. Warum hat der Mann in dem Moment, als er erstochen wurde, mit den Händen gewedelt, wenn der Flybot zumindest teilweise von in die Handschuhe eingelassenen Sensoren gelenkt wurde?«

»Gut. Was dann?«

»Keine Ahnung, aber ich habe weder den Flybot noch die Handschuhe«, entgegnet Lucy und blickt mir eindringlich in die Augen. »Ich habe sie nicht gefunden. Ich wünschte, es wäre anders.«

»Hat Marino erwähnt, dass jemand Benton und mir gefolgt sein könnte, als wir aus Hanscom aufbrachen?«, erkundige ich mich.

»Wir haben nach dem großen Geländewagen mit Xenonscheinwerfern und Nebelleuchten gesucht. Es muss nichts zu bedeuten haben, aber Jack fährt einen dunkelblauen Navigator. Er hat ihn im Oktober gebraucht gekauft. Da du nicht hier warst, kennst du das Auto vermutlich nicht.«

»Warum sollte Jack uns folgen? Und nein. Ich hatte keine Ahnung, dass er jetzt einen Navigator hat. Ich dachte, es wäre noch immer der Jeep Cherokee.«

»Wollte sich wahrscheinlich verbessern.« Sie trinkt ihren Kaffee. »Ich habe nicht behauptet, dass er euch folgen würde oder es getan hat. Oder dass er so dämlich wäre, euch an der Stoßstange zu kleben. Höchstens in einem Schneesturm oder bei Nebel, bei sehr schlechter Sicht also, konnte ein ungeübter Verfolger zu dicht auffahren, wenn er nicht weiß, wohin die Zielperson will. Allerdings sehe ich keinen Grund, warum Jack sich die Mühe hätte machen sollen. Hätte er nicht annehmen müssen, dass ihr auf dem Weg hierher seid?«

»Kannst du dir jemanden vorstellen, der sich die Mühe machen würde?«

»Falls jemand über den verschwundenen Flybot informiert ist«, spricht sie weiter, »wird derjenige ganz sicher danach suchen und alles daransetzen, ihn zu finden, bevor er in die falschen Hände gerät. Oder in die richtigen, abhängig davon, mit wem oder was wir es zu tun haben. Ich kann nur sagen, dass viel von diesem Flügel abhängt. Wenn ihr deshalb verfolgt wurdet, würde ich mit weitaus geringerer Wahrscheinlichkeit davon ausgehen, dass der Mörder den Flybot entdeckt hat. Mit anderen Worten: Das Ding wird dann vermutlich noch immer vermisst oder ist sogar verlorengegangen. Ich muss dir sicher nicht erklären, dass eine streng geheime technische Erfindung wie diese ein Vermögen wert sein kann, insbesondere wenn es jemand schafft, die Idee zu klauen und als seine eigene auszugeben. Sollte diese Person den Roboter suchen und Grund haben, zu befürchten, dass er mit der Leiche eingeliefert worden ist, könnte sie neugierig darauf gewesen sein, wo ihr hinwollt und was ihr vorhabt. Vielleicht glaubt der Betroffene ja, der Flybot befände sich hier im Institut. Allerdings könntest du ihn auch anderswo versteckt haben. Beispielsweise bei dir zu Hause.«

»Warum bei mir zu Hause? Ich war noch gar nicht zu Hause.«

»Wenn jemand in Panik ist, spielt Logik keine Rolle«, entgegnet Lucy. »Wäre ich die Person, die den Roboter sucht, würde ich mutmaßen, dass du deinen Mann, einen ehemaligen FBI-Agenten, gebeten hast, das Ding bei dir zu Hause zu verstecken. Ich könnte mir alles Mögliche zusammenreimen. Und solange der Flybot nicht aufgespürt ist, lasse ich nicht locker.«

Ich erinnere mich an den Ausruf des Mannes und habe seine Stimme im Ohr. »*Was zum …? Hey …!*« Vielleicht ist er ja nicht nur wegen des plötzlichen stechenden Schmerzes am Rücken und des starken Druckgefühls in der Brust erschrocken. Etwas könnte ihm ins Gesicht geflogen sein. Er könnte Datenhandschuhe getragen und durch seine spontane Bewegung den Flybot beschädigt haben. Ich stelle mir ein winziges Gerät im Flug vor, das von der schwarz behandschuhten Hand des Mannes getroffen und an seinen Jackenkragen gedrückt wird.

»Wenn jemand die Datenhandschuhe an sich gebracht und noch vor dem Schneefall nach dem Flybot gesucht hat, müsste er ihn doch gefunden haben?«

»Das ist natürlich möglich. Es hängt von einer Reihe von Dingen ab. Zum Beispiel, wie schwer der Roboter beschädigt wurde. Nach dem Sturz des Mannes ist rings um ihn ein ziemliches Chaos ausgebrochen. Falls der Flybot dort auf dem Boden lag, hätte er zertrampelt und vollständig zerstört werden können, so dass er nun nicht mehr reagiert. Vielleicht hängt er auch draußen in einem Baum oder Busch.«

»Ein Roboterinsekt kann bestimmt auch als Waffe eingesetzt werden«, überlege ich. »Da ich keine Ahnung habe, was die inneren Verletzungen des Mannes hervorgerufen hat, muss ich sämtliche Möglichkeiten in Erwägung ziehen.«

»Genau das ist ja das Problem«, erwidert Lucy. »Heutzutage ist fast alles möglich, was du dir vorstellen kannst.«

»Hat Benton dir erklärt, was wir im CT gesehen haben?«

»Ich denke nicht, dass ein mikromechanisches Insekt solche inneren Verletzungen anrichten kann«, antwortet Lucy. »Außer, dem Opfer wurde ein winziger Sprengsatz injiziert.«

Meine Nichte und ihre Phobien. Ihre Fixierung auf Sprengstoffe und ihr ausgeprägtes Misstrauen gegenüber der Regierung.

»Und das will ich nicht hoffen«, fügt sie hinzu. »Falls wirklich ein Flybot im Spiel war, würden wir sonst nämlich von Nanosprengstoffen reden.«

Meine Nichte und ihre Theorien in Sachen Nanothermit. Ich erinnere mich an eine Bemerkung von Jaime Berger bei unserer letzten Begegnung an Thanksgiving, als wir uns alle in ihrem New Yorker Penthouse zum Abendessen trafen. »Die Liebe besiegt nicht alles«, sagte Berger. »Das kann sie gar nicht.« Sie trank zu viel Wein und verbrachte einige Zeit damit, in der Küche mit Lucy über den 11. September, über beim Abriss von Häusern eingesetzte Sprengstoffe und Nanomaterialien zu streiten, mit denen man infrastrukturell wichtige Gebäude anstreichen kann, so dass beim Aufprall eines großen, vollgetankten Flugzeugs eine unglaubliche Verwüstung entsteht.

Ich habe es aufgegeben, mit meiner von Ängsten geplagten und zynischen Nichte zu diskutieren, denn sie ist klüger, als gut für sie ist, und hört anderen Menschen nicht zu. Es interessiert sie nicht, dass es schlicht und ergreifend zu wenig Tatsachen gibt, die ihre Überzeugung untermauern.

Dass nach dem Einsturz der Türme angeblich Rückstände im Staub gefunden worden seien, sind nichts als Gerüchte. Dann, Wochen später, wurde weiterer Staub eingesammelt, der die gleichen Rückstände, das heißt Eisenoxid und Aluminium, enthielt, hochenergetische Nanobestandteile also, die in der Herstellung von Feuerwerkskörpern und Sprengstoffen verwendet werden. Obwohl ich zugeben muss, dass in einigen namhaften Fachzeitschriften Artikel zu diesem Thema erschienen sind, reicht es nicht aus. Außerdem bleiben sie den Beweis schuldig, dass unsere eigene Regierung an der Planung der Anschläge vom 11. September beteiligt war, um einen Vorwand für den Krieg in Nahost zu schaffen.

»Ich weiß, was du von Verschwörungstheorien hältst«, sagt Lucy zu mir. »Das ist der große Unterschied zwischen uns. Ich habe erlebt, was die sogenannten Guten anrichten können.«

Sie ahnt nichts von Südafrika. Andernfalls wäre ihr klar, dass wir uns in dieser Hinsicht nicht unterscheiden. Ich weiß nur allzu gut, wozu die sogenannten Guten fähig sind. Aber nicht der 11. September. So weit würde ich niemals gehen. Ich denke an Jaime Berger und stelle mir vor, wie schwierig es für eine einflussreiche und angesehene Staatsanwältin in Manhattan sein muss, eine Beziehung mit jemandem wie Lucy zu führen. Die Liebe besiegt nicht alles. Das stimmt tatsächlich. Vielleicht hat Lucys Verfolgungswahn, was den 11. September und das Land, in dem wir leben, angeht, sie wieder zurück in die für sie typische Isolation getrieben, die bei ihr nie lange durchbrochen wird. Ich dachte wirklich, dass Jaime die Richtige wäre und dass die Beziehung von Dauer sein könnte. Inzwischen bin ich überzeugt, dass das nicht der Fall ist. Ich möchte Lucy sagen, wie leid mir das für sie tut, dass ich immer für sie da bin und dass ich über alles mit ihr reden werde, was sie bedrückt, selbst wenn es gegen meine Grundsätze verstößt. Doch jetzt ist nicht der richtige Zeitpunkt.

»Ich glaube, wir müssen die Möglichkeit in Erwägung ziehen, dass wir es vielleicht mit einem abtrünnigen Wissenschaftler oder gar mehreren zu tun haben, die nichts Gutes im Schilde führen«, meint Lucy zu mir. »Das ist es, was ich dir klarmachen will. Und das wäre eine wirklich üble Sache, Tante Kay.«

Es erleichtert mich, dass sie mich Tante Kay nennt. Wenn sie das tut, was mittlerweile nur noch selten geschieht, habe ich das Gefühl, dass zwischen uns alles in Ordnung ist. Als Tante Kay gelingt es mir beinahe, zu vergessen, wer Lucy Farinelli ist, ein Genie mit leichten soziopathischen Anwandlungen. Benton hat für diese Diagnose nur Spott übrig, höflichen zwar, aber auch nachdrücklichen. Leicht soziopathisch sei wie ein bisschen schwanger oder ein bisschen tot, lauten seine Worte. Obwohl ich meine Nichte mehr liebe als mein eigenes Leben, habe ich mich inzwischen damit abgefunden, dass es bei ihr eine bewusste Entscheidung ist oder ihr einfach nur gerade in den Kram passt, wenn sie sich gut benimmt. Moralische Erwägungen sind nebensächlich. Der Zweck heiligt für sie in jedem Fall die Mittel.

Ich mustere sie forschend, auch wenn mich das nicht weiterbringt. Ihr Gesicht verrät niemals etwas, das ihr wirklich schaden könnte.

»Ich muss dir eine Frage stellen«, beginne ich.

»Es kann auch mehr als eine sein.« Als sie lächelt, wirkt sie, als könnte sie keiner Fliege etwas zuleide tun, solange man nicht darauf achtet, wie kräftig und beweglich ihre jetzt ruhigen Hände sind, und auch nicht auf die blitzartigen Veränderungen in ihren Augen, während die Gedanken rasend schnell hinter ihnen vorbeihuschen.

»Du hast mit der ganzen Sache nichts zu tun.« Damit meine ich die kleine weiße Schachtel mit dem Flügel des Flybot darin. Und den Toten, der gerade im McLean ins MRI geschoben wird – einen Menschen, mit dem sich vielleicht unsere Wege in einer Leonardo-da-Vinci-Ausstellung in London gekreuzt haben, und zwar einige Monate vor dem 11. September, den Lucy wider alle Vernunft für ein Komplott unserer eigenen Regierung hält.

»Nein.« Das sagt sie ganz gelassen, ohne mit der Wimper zu zucken oder auch nur einen Hauch von Verlegenheit.

»Denn jetzt bist du hier.« Damit will ich sie daran erinnern, dass sie jetzt für das CFC, das heißt für mich, arbeitet und ich dem Gouverneur von Massachusetts, dem Verteidigungsministerium, dem Weißen Haus und einer ganzen Menge anderer Leute rechenschaftspflichtig bin. »Ich kann es mir nicht leisten …«

»Natürlich nicht. Ich werde dich nicht in Schwierigkeiten bringen.«

»Es geht nicht mehr nur um dich …«

»Dieses Gespräch ist überflüssig«, unterbricht sie mich wieder, und ihre Augen funkeln. Sie sind so grün, dass die Farbe künstlich wirkt. »Wie dem auch sei, er hat keine thermischen Verletzungen, oder? Keine Verbrennungen?«

»Keine, die mir bis jetzt aufgefallen wären«, erwidere ich.

»Gut. Was, wenn ihn jemand mit einer umgebauten Harpune erstochen hat? Du weißt schon, eines dieser speerförmigen Dinger, an deren Spitze eine Art Geschosshülse angebracht ist. Nur dass es sich in diesem Fall um ein winziges Geschoss handelt, das einen Nanosprengstoff enthält.«

Ich schalte den Computer auf meinem Schreibtisch an. »Das würde anders aussehen, nämlich wie ein aufgesetzter Schuss abzüglich der Abschürfung, deren Muster der Pistolenmündung entspricht. Selbst wenn wir davon ausgehen, dass jemand Nanosprengstoff anstelle eines Geschosses an der Spitze des Speers oder speerähnlichen Gegenstands befestigt hat, könnte man, und da hast du ganz recht, eine thermische Verletzung feststellen. Die Eintrittswunde und auch das darunterliegende Gewebe würden Verbrennungen aufweisen. Möchtest du andeuten, der Nanosprengstoff könnte dem Toten von einem Flybot verabreicht worden sein? Befürchtest du, der oder die abtrünnigen Wissenschaftler hätten so etwas getan?«

»Transportieren und auslösen. Nanosprengstoffe, Drogen, Gifte. Wie ich bereits sagte, sind, was die Fähigkeiten dieses Roboters anbelangt, deiner Phantasie keine Grenzen gesetzt.«

»Ich brauche die Aufnahmen der Überwachungskameras, auf denen zu sehen ist, wie Blut aus dem Leichensack austritt.« Ich suche die Dateien in meinem Computer. »Ich muss mich deshalb doch nicht an Ron wenden, oder?«

Lucy umrundet den Schreibtisch und tippt ihr Systemadministrator-Passwort in meine Tastatur ein. Nun habe ich uneingeschränkten Zugang zu meinem Königreich.

»Ein Kinderspiel.« Sie betätigt eine Taste, um eine Datei zu öffnen.

»Niemand kann ohne dein Wissen an meine Dateien heran.«

»Nicht im Cyberspace. Allerdings habe ich nicht die Möglichkeit, festzustellen, ob jemand in der wirklichen Welt in deine Privatsphäre eingedrungen ist, insbesondere da ich nicht die ganze Zeit hier oben bin. Genau genommen sogar meistens nicht, weil ich, wenn möglich, von außerhalb arbeite«, erklärt sie. Doch ich bin nicht sicher, ob ich ihr die Ahnungslosigkeit abnehme.

Offen gestanden, glaube ich ihr kein Wort.

»Aber auf deine passwortgeschützten Dateien hat niemand Zugriff«, fährt sie fort, was ich ihr wiederum glaube. Lucy würde so etwas niemals zulassen. »An die Kameras kommst du von überall heran. Selbst von deinem iPhone aus, wenn du das möchtest. Du brauchst nur einen Internetzugang. Ich habe das hier vorhin entdeckt und gesichert. 17 Uhr 42. Um diese Zeit wurde die Nahaufnahme von einer Überwachungskamera in der Anlieferungszone gemacht.«

Sie klickt auf Play und stellt den Ton lauter. Ich beobachte, wie zwei Mitarbeiter in Winterjacken einen Rollwagen mit einem schwarzen Leichensack darauf über den grau gekachelten Flur im Erdgeschoss schieben.

Räder klappern, als sie den Wagen vor der Kühlkammer abstellen. Nun sehe ich auch Janelle, gedrungen, mit kurzem, braunem Haar, ziemlich durchsetzungsfähig und, wenn ich mich recht entsinne, mit erstaunlich vielen Tätowierungen verziert. Fielding hat sie eingestellt.

Janelle öffnet die massive Tür aus Edelstahl. Ich höre einen zischenden Luftstrom.

»Legen Sie ihn …« Sie zeigt mit dem Finger. Ich stelle fest, dass sie ihre Jacke anhat. Die Jacke ist dunkel, auf der Rückseite prangt das Wort FORENSIK in großen grellgelben Buchstaben. Sie trägt Tatortkleidung, einschließlich einer Baseballkappe mit der Aufschrift CFC, so als wollte sie gleich hinaus in die Kälte oder käme gerade von dort.

»Auf die Bahre dort?«, fragt der Fahrer, während er und sein Kollege den Leichensack vom Rollwagen heben. Der Sack biegt sich beim Tragen durch, denn die Leiche darin ist so beweglich wie ein Lebender. »Scheiße, er tropft. Verdammt. Hoffentlich hat er kein Aids oder so was. Auf meine Hose und auf die Schuhe. Mist.«

»Die untere.« Janelle lotst sie zu einer Bahre in der Kühlkammer. Sie macht Platz, ohne sich um das Blut zu kümmern, das aus dem Leichensack rinnt und Flecken auf dem grauen Boden hinterlässt. Offenbar bemerkt sie es gar nicht.

»Janelle die Große«, merkt Lucy an, als das Video unvermittelt stoppt.

»Hast du das Dienstbuch da?« Ich möchte gern nachschauen, wann die Ermittlerin – sprich: Janelle – gestern zur Arbeit erschienen und wieder gegangen ist. »Anscheinend war sie am Abend zum Dienst eingeteilt.«

»Das fleißige Bienchen hat am Sonntag Doppelschicht geschoben«, erwidert Lucy. »Sie hat Randy vertreten, der eigentlich am Wochenende Spätdienst hatte, sich aber krankgemeldet hat. Was heißt, dass er zu Hause geblieben ist, um Football zu sehen.«

»Hoffentlich nicht.«

»Und jetzt ist der liebe Randy wegen des Wetters nicht hier. Angeblich ist er zu Hause auf Bereitschaft. Muss nett sein, einen Geländewagen mit nach Hause nehmen zu dürfen und dafür bezahlt zu werden, dort herumzusitzen«, fährt Lucy fort. Ich höre Verachtung aus ihrem scharfen Ton heraus und erkenne sie auch in ihrer versteinerten Miene. »Ich denke, da steht dir ein gutes Stück Arbeit bevor. Vorausgesetzt, dass du es dir endlich abgewöhnst, Ausflüchte für andere Leute zu suchen.«

»Für dich suche ich keine.«

»Weil es keine gibt.«

Ich betrachte die Eintragungen, die Janelle gestern gemacht hat, ein Formular auf meinem Videoschirm, in dem nur wenige Felder ausgefüllt sind.

»Du weißt nicht wirklich, was hier gespielt wird«, sagt Lucy. »Du hast keine Ahnung, wie das Alltagsgeschäft im Einzelnen läuft. Wie solltest du auch?« Sie kehrt auf ihre Seite des Schreibtischs zurück und greift nach der Kaffeetasse. »Du warst ja nicht da. Eigentlich warst du nie richtig da, seit wir den Laden aufgemacht haben.«

»Soll es das etwa gewesen sein? Sind das alle Notizen für gestern?«

»Ja. Janelle kam um vier. Falls es stimmt, was in ihrem Eintrag steht.« Lucy trinkt ihren Kaffee im Stehen und mustert mich. »Außerdem treibt sie es ziemlich bunt. Geht mit Kollegen ins Bett. Die meisten sind Polizisten. Ein paar sind in der Datenverarbeitung oder in der Verwaltung tätig. Alles Typen, bei denen sie die Heldin spielen kann. Wusstest du, dass sie in einer Feuerball-Mannschaft ist? Und welche Art Mensch spielt Feuerball? Jemand, der sich gut wegducken kann.«

»Warum trägt sie Tatortkleidung und Jacke, wenn sie schon um vier hier war? So, als käme sie gerade aus der Kälte.«

»Wie gerade gesagt: Falls es stimmt, was in ihrem Eintrag steht.«

»Und vor ihr hatte David Dienst und hat auch nichts unternommen?«, frage ich. »Jack hätte ihn zum Tatort schicken können. Warum hat Jack ihn nicht gebeten, nach Norton's Woods zu fahren, wenn er anwesend war? Das ist nur etwa eine Viertelstunde von hier.«

»Da kannst du auch nicht sicher sein.« Lucy geht ins Bad, um ihre Tasse auszuspülen. »Du weißt nicht, ob David wirklich anwesend war.« Sie kehrt zurück und verharrt neben meiner geschlossenen Bürotür. »Ich möchte ja nicht die Überbringerin der schlechten Nachricht sein ...«

»Anscheinend bist du die Einzige, die mir überhaupt etwas verrät. Sonst schweigen sich ja alle aus, verdammt«, entgegne ich. »Was zum Teufel ist hier los? Lassen sich die Leute nur noch nach Lust und Laune zum Dienst blicken?«

»So ungefähr. Die anderen Rechtsmediziner und Assistenten kommen und gehen und marschieren nach ihrem eigenen Takt. So etwas setzt sich von oben nach unten durch.«

»Also von Jack.«

»Zumindest, was deinen Fachbereich betrifft. Mit den Labors ist es eine andere Geschichte, weil er sich nicht für sie interessiert. Mit Ausnahme von Schusswaffen.« Sie lehnt sich an die Tür und steckt die Hände in die Kitteltaschen.

»Eigentlich sollte er während meiner Abwesenheit das Institut leiten. Jack ist der stellvertretende Direktor des gesamten CFC.« Ich kann den verärgerten und empörten Tonfall nicht unterdrücken.

»Die Labors sind ihm egal. Außerdem nehmen ihn die Wissenschaftler nicht zur Kenntnis. Bis auf das Schusswaffenlabor, wie bereits erwähnt. Du kennst ja Fielding und Pistolen, Messer, Armbrüste und Jagdbogen. Mir ist noch keine Waffe untergekommen, die ihn nicht begeistert hätte. Also spielt er im Labor für Feuerwaffen herum und hat es geschafft, auch dort Chaos zu stiften. Er hat Morrow so genervt, dass der kurz vor der Kündigung steht. Ich weiß, dass er sich bereits nach einer anderen Stelle umschaut, und es gibt keinen guten Grund, warum das Labor mit der Glock des Toten und der entfernten Seriennummer noch nicht fertig ist. Mist. Es liegt nur daran, dass Maroni heute Morgen einfach abgehauen ist, ohne sich darum zu kümmern.«

»Er ist abgehauen?«

»Als ich aus Norton's Woods zurückkam, fuhr er gerade los. Das war so gegen halb elf.«

»Hast du mit ihm gesprochen?«

»Nein. Vielleicht hat er sich ja nicht wohlgefühlt. Keine Ahnung. Aber ich begreife nicht, warum er nicht veranlasst hat, dass sich jemand der Glock annimmt. Wie lange kann es dauern, eine abgefeilte Seriennummer mit Säure zu behandeln oder es wenigstens zu versuchen? Er hat doch wissen müssen, wie wichtig es ist.«

»Vielleicht auch nicht«, erwidere ich. »Warum hätte er die Glock für wichtig halten sollen, wenn er nur mit einem Detective aus Cambridge geredet hat? Damals ahnte doch noch niemand, dass der Tote aus Norton's Woods ermordet worden ist.«

»Nun, das ist vermutlich ein guter Einwand. Morrow hat

wahrscheinlich auch keine Ahnung, dass wir dich aus Dover zurückgeholt haben. Allerdings hat Fielding sich auch in Luft aufgelöst, obwohl ihm bestimmt klar war, dass es ein gewaltiges Problem gegeben hat und jeder, der nur einen Funken Verstand hat, die Schuld bei ihm suchen würde. Immerhin hat er den Anruf entgegengenommen, in dem es hieß, in Norton's Woods sei ein Toter gefunden worden. Er ist derjenige, der nicht zum Tatort gefahren ist oder jemanden hingeschickt hat. Und soll ich dir erklären, weshalb Janelle diese Klamotten trägt? Ich glaube, sie ist, anders als im Dienstbuch vermerkt, nicht um vier gekommen, sondern gerade noch rechtzeitig, um dem Transportdienst die Tür aufzumachen und die Einlieferung der Leiche zu bestätigen. Danach hat sie sich auf dem Absatz umgedreht und ist wieder gegangen. Das kann ich rauskriegen. Man kann nachprüfen, wann sie die Alarmanlage ausgeschaltet hat, um das Gebäude zu betreten. Hängt davon ab, ob du einen Fall für die Bundesbehörden daraus machen willst.«

»Mich wundert, dass Marino mich nicht über das Ausmaß der Probleme auf dem Laufenden gehalten hat.« Etwas anderes fällt mir dazu nicht ein, denn in meinem Kopf ist alles dunkel geworden.

»Das ist wie der Hirtenjunge, der *Zu Hilfe! Der Wolf!* schreit«, entgegnet Lucy, und sie hat recht.

Marino beschwert sich nämlich so oft über so viele Leute, dass ich ihm nur noch mit halbem Ohr zuhöre. Also fällt der Fehler auf mich zurück. Ich habe nicht aufgepasst. Ich war unaufmerksam. Aber vielleicht hätte ich ohnehin nicht darauf geachtet, ganz gleich, wer es mir erzählt hätte.

»Ich muss noch einiges erledigen. Du weißt ja, wo ich bin«, meint Lucy. Sie öffnet meine Bürotür und lässt sie offen, als sie hinausgeht.

Ich greife zum Telefon und wähle wieder Fieldings Nummer. Diesmal hinterlasse ich keine Nachricht, und mir fällt auf, dass auch seine Frau nicht an den Apparat geht. Allerdings kann sie auf dem Display Namen und Nummer erkennen und nimmt vielleicht nicht ab, weil sie weiß, dass ich es bin. Möglicherweise ist seine Familie ja auch verreist. In einer Montagnacht mitten in einem Schneesturm? Obwohl er ganz genau weiß, dass ich wegen des Notfalls auf dem schnellsten Weg aus Dover zurückgekommen bin?

Ich trete auf den Flur hinaus und fahre mit dem Daumen über das Lesegerät, um die Tür rechts von mir zu entriegeln. Dann stehe ich im Büro meines Stellvertreters und blicke mich langsam um, als wäre es ein Tatort.

11

Ich habe sein Büro ausgesucht und darauf bestanden, dass er auch so ein schönes bekommt wie ich. Geräumig also und mit einer eigenen Dusche. Obwohl er Aussicht auf den Fluss und die Stadt hätte, sind die Rollläden geschlossen, was mich beunruhigt. Offenbar hat er sie zugemacht, als es draußen noch hell war, und ich frage mich nach dem Grund. Sicherlich war es kein guter. Was Jack Fielding auch immer getan haben mag, es löst eine unheilvolle Vorahnung in mir aus.

Ich durchquere den Raum und öffne alle Rollläden. Durch die großen Glasscheiben, in denen man sich grau spiegelt, kann ich verschwommen die Lichter der Bostoner Innenstadt und wabernde Wolken aus gefrorener Feuchtigkeit erkennen, einen eisigen Schnee, der beim Aufprall Geräusche verursacht und beißend ist wie scharfe Zähne. Die Spitzen der Hochhäuser, des Prudential und des Hancock Tower, sind nicht auszumachen, und rings um die Kuppel über meinem Kopf ächzt ein böiger Wind. Auf dem Memorial Drive unter mir staut sich selbst um diese Uhrzeit der Verkehr. Der Charles River wirkt formlos und schwarz. Ich frage mich, wie tief der Schnee inzwischen ist und wie lange es wohl noch schneien wird, bis die Front nach Süden weiterzieht. Wird Fielding je in dieses Büro zurückkehren, das ich für ihn entworfen und eingerichtet habe? Ich habe das unbestimmte Gefühl, dass das nicht geschehen wird, obwohl nichts darauf hindeutet, dass er für immer fort ist.

Der größte Unterschied zwischen unseren Büros ist, dass seines von Hinweisen auf seinen Benutzer nur so strotzt. Fieldings diverse Hochschulabschlüsse, Zeugnisse und Belobigungen. In den Regalen seine Sammelobjekte wie signierte

Baseballbälle und -schläger, Taekwondo-Pokale und Plaketten, Modelle von Kampfflugzeugen und ein Teil von einem abgestürzten echten Jet. Ich gehe zu seinem Schreibtisch und betrachte die Fundstücke aus dem Bürgerkrieg: eine Gürtelschließe, ein Essgeschirr, ein Pulverhorn und ein paar Gewehrkugeln, die er, wie ich mich erinnere, in unseren Anfangsjahren in Virginia gesammelt hat. Allerdings keine Fotos, was mich traurig macht. An den kahlen Wänden erkenne ich die Stellen, wo sie gehangen haben, doch er hat sich die Mühe gespart, nach dem Entfernen der Nägel die Löcher zuzuspachteln.

Es tut weh, dass er die vertrauten Fotos aus seiner Zeit als mein Praktikant entfernt hat. Schnappschüsse von uns im Autopsiesaal. Wir beide und Marino, der damals Leiter der Mordkommission in Richmond war, am Tatort. Damals fingen Fielding und ich gerade an, wenn auch auf völlig unterschiedliche Weise. Er war ein gutaussehender Arzt am Anfang seiner Karriere, während ich dabei war, mich an ein Dasein als Zivilistin und die Rolle des Chief Medical Examiner zu gewöhnen und nach Möglichkeit nicht zurückzuschauen. Vielleicht schaut Fielding ja auch nicht zurück, obwohl ich nicht wüsste, warum. Seine Vergangenheit ist, verglichen mit meiner, frei von dunklen Geheimnissen. Er hat nicht Beihilfe zur Vertuschung eines Verbrechens geleistet. Nie hatte er mit etwas zu tun, vor dem er sich hätte verstecken müssen. Zumindest nicht, soweit mir bekannt ist. Inzwischen jedoch bin ich mir da nicht mehr so sicher. Was weiß ich eigentlich noch?

Nicht viel, bis auf das Gefühl, dass er mich, ja vielleicht uns alle, aus seinem Leben gestrichen hat. Ich ahne, dass er mehr über Bord geworfen hat als je zuvor. Davon bin ich überzeugt, ohne den genauen Grund zu kennen. Gut, seine persönliche Habe ist noch hier. Sein Regenanzug aus Goretex hängt an einem Bügel. Ebenso wie seine Anglerstiefel aus Neopren, seine Tasche mit der Taucherausrüstung, sein Tatortkoffer im Schrank und seine Sammlung aus Polizeiabzeichen und Gedenkmünzen von Polizei und Militär, die ich, wie ich mich erinnere, mit ihm in sein Büro geräumt habe. Ich habe ihm sogar geholfen, die Möbel umzustellen. Schimpfend, lachend und ächzend haben wir den Schreibtisch und den Konferenztisch unzählige Male hin und her gerückt.

»Ich fühle mich wie bei Laurel und Hardy«, sagte er. »Willst du als Nächstes den Esel die Treppe hinaufschieben?«

»Du hast keine Treppe.«

»Ich überlege, ob ich mir ein Pferd zulegen soll«, meinte er, während wir für die gerade verrutschten Stühle wieder einen neuen Platz suchten. »Etwa anderthalb Kilometer entfernt von uns gibt es ein Gestüt. Ich könnte das Pferd dort unterbringen und vielleicht zur Arbeit oder zum Tatort reiten.«

»Ich werde das in die Dienstanweisung aufnehmen: Pferde verboten.«

So witzelten wir und zogen einander auf. An diesem Tag sah er gut aus – strotzend vor Lebenskraft und Zuversicht. Seine Muskeln spannten sich unter den kurzen Ärmeln seines Kittels. Damals hatte er eine traumhafte Figur und strahlte vor Gesundheit. Sein Gesicht war noch jungenhaft attraktiv, sein dunkelblondes Haar zerzaust, und er hatte sich seit einigen Tagen nicht rasiert. Er war sexy und unterhaltsam. Ich erinnere mich an das Getuschel und Gekicher einiger Mitarbeiterinnen, die an seiner offenen Tür vorbeigingen und Vorwände suchten, um ihn anzustarren. Fielding schien so glücklich, hier und mit mir zusammen zu sein. Ich weiß noch, wie wir gemeinsam Fotos aufhängten und unserer Anfangstage gedachten – Fotos, die inzwischen verschwunden sind.

An ihrer Stelle hängen welche, die ich nicht kenne. Sie sind auffällig auf den Regalen und an den Wänden platziert und zeigen Fielding in förmlicher Pose mit Politikern und hohen Militärs. Auf einem ist er mit General Briggs, auf einem anderen mit Captain Avallone zu sehen – vielleicht ist es während der Besichtigungstour entstanden. Er wirkt hölzern und gelangweilt. Auf einem Foto von ihm im weißen Taekwondo-Anzug, mitten im Sprung und nach einem imaginären Gegner austretend, macht er einen zornigen Eindruck. Sein Gesicht ist gerötet und hasserfüllt. Als ich die Familienbilder aus jüngster Zeit betrachte, komme ich zu dem Schluss, dass er darauf auch nicht sehr zufrieden aussieht, nicht einmal wenn er seine beiden kleinen Töchter auf dem Schoß hat oder den Arm um seine Frau Laura legt. Sie ist eine zarte Blondine, deren hübsches Aussehen allmählich abgeschliffen wird, so als grübe ein anstrengendes Dasein körperlich seine Spuren in sie hinein und meißelte Rillen und Furchen in eine ehemals idyllische und ebene Landschaft.

Sie ist Fieldings Ehefrau Nummer drei, und ich kann anhand der chronologisch festgehaltenen Momente seinen Niedergang verfolgen. Zum Zeitpunkt der Hochzeit strotzte er noch vor Tatendrang und wies weder die Spur eines Ausschlags noch unansehnliche kahle Stellen auf. Ich bleibe stehen, um zu bewundern, wie traumhaft er damals ausgesehen hat, mit nacktem Oberkörper, mit steinharten Muskeln und in Joggingshorts. Auf dem Foto wäscht er gerade seinen 67er Mustang – kirschrot, mit Rallyestreifen auf der Motorhaube. Und plötzlich, im letzten Herbst erst, waren da plötzlich ein Bäuchlein, unreine, gerötete Haut und mit Gel zurückgekämmte und festgeklebte Strähnen, um den kreisrunden Haarausfall zu tarnen. Auf dem nächsten Bild, aufgenommen bei einem Kampfsportturnier vor einem knappen Monat, wirkt er im Anzug eines Großmeisters und mit schwarzem Gürtel ganz und gar nicht, als wäre er gut in Form und in sich ruhend. Er sieht nicht aus wie ein Mensch, der Freude an

Ästhetik und Technik hat. Nicht wie jemand, der sein Gegenüber achtet, sich selbst im Griff hat oder Respekt vor irgendetwas empfindet. Eher, als verzettelte er sich, wäre ein wenig aus dem Tritt geraten und fühlte sich hundeelend.

Warum?, richte ich die lautlose Frage an das Foto aus früheren Zeiten, das ihn mit seinem geliebten Auto zeigt. Damals, als er noch ein atemberaubender Anblick war, sorglos und lebendig. Ein Mann, in den man sich leicht hätte verlieben können. Dem man das Kommando oder das eigene Leben anvertraut hätte. *Was hat sich verändert? Was hat dich so unglücklich gemacht? Was war es diesmal?* Er hasst es, für mich zu arbeiten. Das war schon beim letzten Mal in Watertown so, als er nicht lange geblieben ist. Und jetzt, im CFC, verabscheut er es sogar noch mehr, so viel steht fest. Sein Aussehen hat sich im vergangenen Spätsommer drastisch zum Schlechten gewandelt, und zwar genau zu dem Zeitpunkt, als wir endlich der Strafjustiz unsere Türen öffnen und die ersten Fälle übernehmen konnten. Ich war, mit Ausnahme des Labor-Day-Wochenendes, nicht einmal in Massachusetts. Also kann es nicht meine Schuld sein. Nur dass es schon immer meine Schuld war. Ich habe mir schon lange Vorwürfe wegen Fieldings Zusammenbrüchen gemacht, und von denen hatte er mehr, als ich zu zählen wage.

Ein ums andere Mal helfe ich ihm beim Aufstehen, und er fällt erneut, nur dass es jedes Mal ein bisschen mehr rumst. Es wird unschöner. Und blutiger. Wieder und wieder. Wie ein Kind, das laufen lernt, und ich werde mich nicht damit abfinden, bis die Schäden nicht mehr gutzumachen sind. Das Drama mit dem stets vorhersehbaren Ende läuft genau so ab, wie Benton es beschrieben hat. Fielding eignet sich nicht zum Rechtsmediziner und ist es meinetwegen geworden. Es wäre besser für ihn gewesen, wenn er mir im Frühjahr 1988 nicht begegnet wäre, als er noch überlegte, welche Richtung er einschlagen sollte. Ich habe ihm gesagt, ich wisse da etwas für ihn. *Lass es mich dir zeigen. Lass es mich dir beibringen.* Wenn er nie nach Richmond gekommen wäre und mich nie kennengelernt hätte, hätte er vielleicht einen Lebensweg gefunden, der besser zu ihm passt. Er selbst, nicht ich, hätte über seine Karriere und sein Leben bestimmt.

Denn darauf läuft es letztlich hinaus: Er schlägt sich in einem Umfeld, das eigentlich schädlich für ihn ist, so gut durch, wie er kann, bis er es schließlich nicht mehr aushält, umkippt, zusammenbricht und sich daran erinnert, warum er so geworden ist und wer ihn dazu gemacht hat. Dann rage ich so groß wie eine Plakatwand über seiner traurigen Existenz auf. Seine Reaktion auf solche Krisen fällt immer gleich aus. Er löst sich in Luft auf. Eines Tages verschwindet er einfach vom Radarschirm, und seine Hinterlassenschaften, die ich dann vorfinde, sind ein Grauen. Fehlerhaft bearbeitete oder verschlampte Fälle. Aktennotizen, die auf seinen Kontrollverlust und seine getrübte Urteilsfähigkeit hinweisen. Kränkende Nachrichten auf dem Anrufbeantworter, die er nicht gelöscht hat, weil er wollte, dass ich sie höre. Beleidigende E-Mails oder andere Botschaften, die ich finden soll. Also setze ich mich auf seinen Stuhl und fange an, Schubladen zu öffnen. Ich muss nicht lange kramen.

Die Aktenmappe ist nicht beschriftet und enthält vier um 8 Uhr 03 des gestrigen Morgens, also am 8. Februar, ausgedruckte Seiten. Es handelt sich um eine Rede, die, ausgehend von den übrigen Informationen in der Kopfzeile und im Betreff, von der Website der Royal United Services stammt. Diese einhundert Jahre alte britische Denkfabrik unterhält strategisch platzierte Zweigstellen auf der ganzen Welt. Die Royal United Services befassen sich mit den neuesten Erfindungen im Rahmen der nationalen und internationalen Sicherheit, weshalb ich mir nicht vorstellen kann, warum Fielding sich damit beschäftigt. Welchen Grund mag er gehabt haben, sich mit einer pragmatischen Ansprache von Russell Brown, Verteidigungsminister im Schattenkabinett, zu befassen, in der er seine Ansichten zum Thema »Verteidigungsdebatte« zum Besten gibt? Ich überfliege die nicht sehr überraschenden Anmerkungen des konservativen Parlamentsmitglieds, es sei keine Selbstverständlichkeit, dass Großbritannien immer als Teil des Bündnisses agieren werde, da die wirtschaftlichen Auswirkungen des Krieges katastrophal seien. Wiederholt spielt Brown auf die gezielt verbreiteten Falschinformationen an – so deutlich ein angesehenes Parlamentsmitglied eben gerade noch werden kann, ohne die USA klipp und klar zu beschuldigen, sie hätten den Einmarsch in den Irak gezielt geplant und Großbritannien in die Sache mit hineingezogen.

Selbstverständlich ist es eine politische Rede wie derzeit jede in Großbritannien, wo in drei Monaten Parlamentswahlen stattfinden. Es geht um sechshundertundfünfzig Sitze, und das wichtigste Wahlkampfthema sind die mehr als zehntausend britischen Soldaten, die in Afghanistan gegen die Taliban kämpfen. Allerdings ist Fielding nicht beim Militär, und er hat sich auch nie groß um Außenpolitik oder Wahlen gekümmert. Deshalb habe ich keine Ahnung, warum er auch nur die Spur eines Interesses an den Ereignissen in Großbritannien hat, wo er meines Wissens nach nie gewesen ist. Er ist nicht der Mensch, der die dortigen Wahlen verfolgen oder etwas über die Royal United Services oder irgendeine andere Denkfabrik in Erfahrung bringen wollte. Und da ich ihn sehr gut kenne, habe ich den Verdacht, dass ich diese Mappe finden sollte. Und zwar, nachdem er sich wieder einmal verdrückt hat. Was möchte er mir damit mitteilen?

Weshalb befasst er sich damit? Hat er die Rede selbst im Internet gefunden, oder ist sie ihm zugeschickt worden? Wenn Letzteres zutrifft, von wem? Ich überlege, ob ich Lucy bitten soll, Fieldings E-Mails durchzusehen. Doch ich bin noch nicht so weit, zu solch drastischen Maßnahmen zu greifen. Außerdem möchte ich nicht dabei erwischt werden. Ich kann zwar die Tür abschließen, doch da mein Stellvertreter eine Zutrittsberechtigung zu sämtlichen Räumen hat, bestünde dennoch die Möglichkeit, dass er plötzlich hereinspaziert käme. Ich glaube nicht, dass Ron, der unfreundlich zu mir war und keine hohe Meinung von mir zu haben scheint, Fielding aufhalten oder versuchen würde, mich zu erreichen, um meine Zustimmung einzuholen. Inzwischen kann ich mich nämlich nicht mehr darauf verlassen, dass meine Mitarbeiter loyal sind, sich bei mir gut aufgehoben fühlen oder meine Anweisungen befolgen. Und deshalb könnte Fielding jeden Moment hier auftauchen.

Es würde zu ihm passen, sich ohne Vorwarnung in Luft aufzulösen, um dann ebenso überraschend wieder zu erscheinen und mich in flagranti dabei zu ertappen, wie ich an seinem Schreibtisch sitze und seine Dateien durchforste. Das wäre dann ein weiterer Punkt, den er gegen mich verwenden könnte, wie er es im Lauf der Jahre schon so oft getan hat. Was hat er hinter meinem Rücken getrieben? Mal schauen, worauf ich sonst noch stoße, bevor ich entscheide, was zu tun ist. Wieder betrachte ich den Datumsstempel und male mir aus, wie Fielding um 8 Uhr 03 morgens auf genau diesem Stuhl gesessen und die Rede ausgedruckt hat, während Lucy, Marino, Anne, Ollie und alle anderen wegen der Vorgänge unten in der Kühlkammer in hellem Aufruhr waren.

Wie seltsam, dass Fielding trotz der dramatischen Ereignisse hier oben in seinem Büro geblieben ist. Ich frage mich, ob es ihn überhaupt berührt hat, dass wir möglicherweise einen lebendigen Menschen in unsere Kühlkammer gesperrt haben. Aber es kann ihn nicht kaltgelassen haben. Im schlimmsten Fall hätte man nämlich ihm die Schuld gegeben.

Letztlich wäre zwar ich in den Nachrichtensendungen zerrissen worden und hätte vermutlich meine Stelle verloren, doch er wäre mit mir untergegangen. Und dennoch saß er hier im sechsten Stock in seinem Büro, fernab vom Geschehen. So, als wäre seine Entscheidung bereits gefallen, und mir schießt durch den Kopf, dass sein Verschwinden vielleicht andere Gründe hat. Als ich mich in seinem Stuhl zurücklehne und mich umschaue, bleibt mein Blick an dem Notizblock und dem Kugelschreiber neben dem Telefon hängen, und ich bemerke schwache Abdrücke auf dem obersten Zettel.

Ich schalte eine Lampe ein, nehme den Block und halte ihn in verschiedenen Winkeln ans Licht, um die eingeprägte Schrift zu deuten, die wie ein Fußabdruck zurückbleibt, nachdem jemand sich etwas auf einen oben liegenden Zettel notiert hat, der inzwischen fehlt. Eine Eigenart von Fielding ist es, dass er keine leichte Hand hat, weder beim Führen eines Skalpells noch beim Tippen oder wenn er etwas schreibt. Für einen Kampfsportler ist er erstaunlich unsanft, ungeduldig und unbeherrscht. Außerdem hält er einen Bleistift oder Kugelschreiber wie ein Kind mit zwei Fingern oben fest, als benutzte er Essstäbchen. Deshalb kommt es bei ihm häufig vor, dass er Minen oder Spitzen abbricht, und Markierstifte halten bei ihm nie lange.

Ich erkenne Fieldings nahezu unleserliches Gekritzel auch ohne elektrostatische Dokumentenanalyse, Vakuumkammer oder ein anderes Gerät zur Deutung von Schriftabdrücken, ja sogar bei schlechtem Licht und auf die altmodische Methode, das heißt mit bloßem Auge. Offenbar handelt es sich um zwei voneinander unabhängige Notizen. Die eine ist eine Telefonnummer mit der Vorwahl 508 und dem Vermerk »MVF18/08/GB Vert. Min. Terminkal. 08/02«. Die zweite: »Uni Sheffield, heute in Whitehall. *Over and out.*« Ich schaue noch einmal hin, um sicherzugehen, dass ich die letzten drei

Wörter richtig gelesen habe. Over and out. Das Ende eines Funkspruchs. Allerdings auch ein Lied einer Heavy-Metal-Band, das Fielding damals in Richmond ständig im Auto gehört hat. *Over and out/every dog has its day.* Er sang es mir vor, wenn er mir mit Kündigung drohte, wenn er genug hatte oder wenn er mich aufzog und flirtete und nur so tat, als reichte es ihm. Hat er aus irgendeinem Grund an mich gedacht, als er *over and out* auf den Notizblock schrieb?

Ich nehme einen Schreibblock aus der Schublade und notiere mir den Textabdruck. Dabei grüble ich darüber nach, was Fielding wohl im Schilde führt und was er mir sagen wollte. Beim Herumschnüffeln in seinem Büro musste ich den Ausdruck und die eingeprägte Schrift zwangsläufig finden. Er kennt mich und hat alles so hinterlassen, weil er verdammt gut weiß, wie mein Verstand funktioniert. Die University of Sheffield ist eines der weltweit besten Forschungsinstitute, und die Zentrale des Royal United Services Institute, abgekürzt RUSI, hat in Whitehall, dem ehemaligen Whitehall Palace und ursprünglichen Sitz von Scotland Yard, ihren Sitz.

Ich logge mich in Intelliquest ein, eine Suchmaschine, die Lucy für das CFC entwickelt hat. Dann tippe ich RUSI, 8. Februar und Whitehall ein. Ergebnis ist eine programmatische Rede mit dem Titel *Zivile und militärische Zusammenarbeit.* Die Rede, auf die Fielding offenbar anspielt, wurde um zehn Uhr vormittags britischer Ortszeit bei RUSI gehalten, für mich also gestern Morgen. Referent war Dr. Liam Saltz, der umstrittene Nobelpreisträger, dessen Endzeitszenarien zum Thema Rüstungstechnologie ihn zum natürlichen Feind von DARPA machen. Mir war gar nicht bekannt, dass er dem Lehrkörper der University of Sheffield angehört. Ich dachte immer, er lehre in Berkeley. Doch das hat sich inzwischen geändert, wie ich im Internet lese, während ich mich, ziemlich verwirrt, an die Ausstellung im Courtauld im Sommer vor dem 11. September erinnere. Damals haben Lucy und ich einen Vortrag von Dr. Saltz gehört. Und kurz darauf hat Dr. Saltz, ebenso wie ich, MORT öffentlich kritisiert.

Ich denke über den Titel der Rede nach, die Dr. Saltz vor nicht einmal vierundzwanzig Stunden gehalten hat. *Zivile und militärische Zusammenarbeit.* Das klingt ziemlich zahm für den provokanten Dr. Saltz, dessen Warnungen, die von der amerikanischen Regierung bewilligten mehr als zweihundert Milliarden Dollar zur Entwicklung zukünftiger Rüstungstechnologie – insbesondere unbemannter Fahrzeuge – seien der Anfang des Weges in die Selbstzerstörung, schriller gellen als eine Luftschutzsirene. Roboter seien auf den ersten Blick im Kampfeinsatz sinnvoll, sagt er. Doch was geschehe mit ihnen, wenn sie wie alte Jeeps und andere ausrangierte Militärbestände anschließend nach Hause zurückkehrten? Mit der Zeit würden sie die Zivilgesellschaft unterwandern. Die Folgen seien mehr Polizeistaat, mehr Überwachung und mehr gefühllose Maschinen, die den Menschen die Arbeit wegnähmen. Nur dass diese Maschinen zusätzlich bewaffnet und mit Kameras und Aufnahmegeräten ausgestattet seien.

Ich habe in den Nachrichten gehört, wie Dr. Saltz wahre Schreckensszenarien entwarf. Am Tatort würden bald »Polizeiroboter« erscheinen, während unbemannte »Streifenwagenroboter« Autos verfolgten, Strafmandate verteilten oder Haftbefehle vollstreckten. Vielleicht, Gott behüte, würde ein Sensor ihnen sogar die Anweisung geben, Gewalt anzuwenden. Roboter, die uns mit Elektroschockern betäubten. Roboter, die uns erschössen. Roboter, die wie riesige Insekten aussähen und Tote und Verwundete vom Schlachtfeld schleppten. Dr. Saltz hat vor demselben Unterausschuss des Senats ausgesagt wie ich, allerdings zu einem anderen Zeitpunkt. Gemeinsam haben wir einem Hightech-Unternehmen namens Otwahl, das ich bis vor ein paar Stunden ganz vergessen hatte, eine schwere Breitseite verpasst.

Ich bin Saltz nur einmal begegnet, und zwar, als wir beide zufällig bei CNN vor der Kamera standen. »Autorobopsien«, witzelte er und zeigte mit dem Finger auf mich.

»Verzeihung?«, antwortete ich und nahm das Mikrofon ab, während er in die Kulisse trat.

»Autopsien, durchgeführt von Robotern. Eines Tages werden sie Ihren Platz einnehmen, meine gute Frau Doktor. Vielleicht schon früher, als Sie glauben. Wir sollten nach der Sendung einen trinken gehen.«

Er war ein Mann mit strahlenden Augen, der mit seinem langen grauen Pferdeschwanz und dem eingefallenen Gesicht an einen angejahrten Hippie erinnerte. Dennoch verbreitete er ein Knistern wie ein unter Strom stehendes, nicht isoliertes Kabel. Das war vor zwei Jahren. Ich hätte seine Einladung annehmen, bei CNN auf ihn warten und etwas mit ihm trinken sollen, um seine Haltung besser zu verstehen, denn es handelt sich dabei nicht nur um Hirngespinste. Seitdem habe ich ihn nicht mehr gesehen, kann jedoch seiner Präsenz in den Medien nicht entgehen. Ich überlege, ob ich aus irgendeinem Grund ihm gegenüber je Fielding erwähnt habe. Ich glaube nicht und kann mir auch keinen Anlass dafür vorstellen. Wo liegen die Verbindungen? Ich suche weiter.

Die Medizinische Fakultät an der University of Sheffield in South Yorkshire genießt einen ausgezeichneten Ruf, doch das wusste ich bereits. Ihr Motto lautet: *rerum cognoscere causas – den Dingen auf den Grund gehen.* Wie passend, wie ironisch. Ich brauche nämlich Gründe. *Forschung.* Ich klicke den Begriff an. Erderwärmung. Weltweite Bodenerosion. Neuansätze in den Ingenieurwissenschaften unter Verwendung innovativer Computersoftware. Neue Ergebnisse zum Thema DNA-Veränderungen bei embryonalen Stammzellen.

Ich wende mich wieder den eingeprägten Notizen auf dem Block zu.

MVF/18/08/GB Vert. Min. Terminkal. 08/02.

MVF bedeutet Motor Vehicle Fatality, Autounfall mit Todesfolge. Also starte ich eine neue Suchanfrage, diesmal in der Datenbank des CFC. Ich gebe MVF und das Datum 18/08 ein, also den 18. August im letzten Sommer. Prompt bekomme ich eine Akte angezeigt. Ein zwanzigjähriger Brite namens Damien Patten ist in Boston bei einem Unfall mit einem Taxi ums Leben gekommen. Die Autopsie wurde nicht von Fielding, sondern einem seiner Kollegen durchgeführt. Dem Bericht entnehme ich, dass Damien Patten Lance Corporal im 14th Signal Regiment und auf Urlaub war. Der Funker war nach Boston gekommen, um zu heiraten, als er bei dem Taxiunfall starb. Ich bekomme ein merkwürdiges Gefühl. Etwas macht *klick*.

Ich gebe nun die Suchbegriffe 8. Februar und GB Vert. Min. Terminkal. ein. Dabei lande ich auf dem offiziellen Blog des britischen Verteidigungsministeriums, das auch eine Liste der gestern in Afghanistan gefallenen Soldaten enthält. Ich gehe die Liste der Toten durch und halte Ausschau nach etwas, das mir bekannt vorkommt. Ein Lance Corporal vom 1st Battalion Coldstream Guards. Ein Lance Sergeant vom 1st Battalion Grenadier Guards. Ein Kingsman vom 1st Battalion Duke of Lancaster's Regiment. Dann ist da noch ein Techniker von der Kampfmittelbeseitigung, der im Gebirge im nordwestlichen Afghanistan getötet wurde. In der Provinz Badghis. Wo auch mein Patient PFC Gabriel am Sonntag, dem 7. Februar, sterben musste.

Ich suche weiter, obwohl ich eine Information bereits besitze, nämlich, wie viele Nato-Soldaten am 7. Februar in Afghanistan gefallen sind. In Dover wissen wir diese Dinge. Es ist so alltäglich wie die Vorbereitung auf ein Unwetter, ein deprimierender und bedrückender Bericht, der unser Leben bestimmt. Neun Tote, darunter die vier Amerikaner, die demselben Sprengsatz am Straßenrand zum Opfer gefallen sind, der PFC Gabriels Humvee in ein Flammenmeer verwandelt hat. Allerdings war das am 7., nicht am 8. Ich frage mich, ob der britische Soldat, der am 8. starb, vielleicht tags zuvor verwundet worden ist.

Ich überprüfe es und finde meinen Verdacht bestätigt. Geoffrey Miller, ein Sprengstofftechniker, dreiundzwanzig Jahre alt und jung verheiratet, wurde am frühen Sonntagmorgen bei einem Bombenanschlag in der Provinz Badghis verwundet, starb jedoch erst am nächsten Tag in einem Krankenhaus in Deutschland. Vermutlich handelte es sich um denselben Anschlag, bei dem auch die Amerikaner, die wir gestern Vormittag in Dover obduziert haben, umgekommen sind. Es ist sogar sehr wahrscheinlich. Ich überlege, ob Miller und Gabriel einander möglicherweise kannten und wie jener Damien Patten, der Brite, der bei dem Taxiunfall starb, ins Bild passt. Hatte Patten in Afghanistan Kontakt zu Miller und Gabriel? Welche Rolle spielt Fielding in dieser Angelegenheit? Und was haben Dr. Saltz, MORT und der Tote aus Norton's Woods, wenn überhaupt, damit zu tun?

Millers Leiche wird an diesem Donnerstag in die Heimat überführt und seiner Familie in Oxford übergeben. Doch sonst kann ich nichts über ihn entdecken. Allerdings bin ich durchaus in der Lage, nötigenfalls mehr über einen getöteten britischen Soldaten herauszufinden. Ich kann Rockman, den Pressesprecher, anrufen. Oder Briggs, was ich ohnehin tun sollte, wie mir siedend heiß einfällt. Schließlich hat er mich darum gebeten, ja, es mir sogar befohlen, ihn über den Fall in Norton's Woods auf dem Laufenden zu halten. Falls es neue Erkenntnisse gebe, könne ich ihn sogar wecken. Aber das werde ich nicht. Kommt gar nicht in Frage. Nicht jetzt. Ich weiß nämlich nicht, wem ich trauen kann, und als sich dieser Gedanke verfestigt, wird mir erst richtig klar, wie sehr ich in der Klemme sitze.

Was bedeutet es, wenn man ausgerechnet die Menschen, mit denen man zusammenarbeitet, nicht um Hilfe bitten kann? Das sagt doch einiges aus. Es ist, als öffnete sich der Boden unter meinen Füßen, so dass ich ins Unbekannte falle, in einen kalten, dunklen und leeren Raum, wo ich bereits einmal war. Briggs hat versucht, mich kaltzustellen, meine Autorität zu untergraben und den Fall Norton's Woods nach Dover zu holen. Fielding hat während meiner Abwesenheit unlautere Dinge getrieben, sich in Angelegenheiten eingemischt, die ihn nichts angehen, und sogar mein Büro benutzt. Jetzt drückt er sich vor einer Begegnung mit mir – zumindest hoffe ich, dass nicht mehr dahintersteckt. Meine Mitarbeiter proben den Aufstand, und verschiedene mir Unbekannte scheinen über die Einzelheiten meiner Rückkehr im Bilde zu sein.

Inzwischen ist es fast zwei Uhr morgens. Ich bin versucht, die Telefonnummer zu wählen, die Fielding auf den Block gekritzelt hat, um die Person am anderen Ende der Leitung zu überrumpeln, indem ich sie wecke. Vielleicht erfahre ich ja so etwas, das mich weiterbringt. Stattdessen bin ich so höflich, eine Suche mit dem Computer zu starten, um herauszufinden, wem die Nummer mit der Vorwahl 508 gehören könnte. Das Ergebnis erschreckt mich so, dass ich einen Moment reglos verharre und versuche, mich zu beruhigen und die Verwirrung zurückzudrängen.

Julia Gabriel. Die Mutter von PFC Gabriel.

Auf dem Bildschirm vor mir erscheinen ihre Privat- und ihre Geschäftsadresse, ihr Familienstand, ihr Gehalt als Apothekerin in Worcester, Massachusetts, und der Name ihres einzigen Kindes, das am Sonntag mit neunzehn Jahren in Afghanistan starb. Ich habe fast eine Stunde mit Mrs. Gabriel am Telefon verbracht, bevor ich ihren Sohn obduziert habe, und ihr so zartfühlend wie möglich beizubringen versucht, dass es unmöglich sei, sein Sperma zu sammeln. Währenddessen wurde sie immer lauter und unterstellte mir persönliche Entscheidungen, die mir gar nicht zustehen, die ich nicht getroffen habe und die ich auch niemals treffen würde.

Sperma von einem Toten zu gewinnen, damit eine Lebende schwanger werden kann, bedeutet für mich kein moralisches Dilemma. Ich habe wirklich keine private Meinung zu diesem Thema, das eine ausschließlich medizinische und rechtliche Frage ist, keine religiöse oder ethische. Es ist einzig und allein Sache der Hinterbliebenen und eindeutig nicht die des Arztes. Mir ist nur wichtig, dass der Eingriff, der wegen des Krieges immer beliebter wird, korrekt und im Rahmen des Gesetzes vorgenommen wird. Im Fall von PFC Gabriel hätten meine Ansichten zum Thema Recht auf Fortpflanzung nach dem Tod ohnehin keine Rolle gespielt, denn seine Leiche war verbrannt und verwest, sein Becken so schwer in Mitleidenschaft gezogen, dass Hoden und Samenstränge gar nicht mehr vorhanden waren. Allerdings hatte ich nicht vor, Mrs. Gabriel das detailliert zu schildern. Deshalb war ich so sanft und einfühlsam wie möglich und nahm es nicht persönlich, als sie ihrer Trauer und ihrem Zorn auf die letzte Ärztin Luft machte, die sich auf dieser Erde mit ihrem Sohn befassen würde.

Peter habe – genau wie einer seiner Freunde – eine Freundin gehabt, die Kinder von ihm bekommen wollte. Es sei ein Pakt gewesen, fuhr Mrs. Gabriel fort. Ich hatte keine Ahnung, welchen Freund sie meinte oder wovon sie eigentlich sprach. Peters Freund habe ihm von einem anderen Freund erzählt, der letzten Sommer in Boston am Tag seiner Hochzeit getötet worden sei. Nur hat Mrs. Gabriel Damien Patten, den Briten, der am 18. August in einem Taxi gestorben ist, nie namentlich erwähnt. »*Alle drei sind jetzt tot. Drei hübsche Jungen tot*«, sagte Mrs. Gabriel zu mir am Telefon, und ich wusste nicht, auf wen sie damit anspielte. Inzwischen hat sich das geändert. Ich bin sicher, dass Patten der Freund des Freundes war, mit dem PFC Gabriel eine Art Pakt geschlossen hatte. War dieser Freund von Patten, der dritte Getötete, auf den Fielding mich offenbar aufmerksam machen wollte, womöglich der Techniker Geoffrey Miller?

Alle drei tot.

Hat Fielding den Fall Patten mit Mrs. Gabriel erörtert? Und mit wem hat sie zuerst gesprochen? Mit Fielding oder mit mir? Sie hat mich gegen Viertel vor acht in Dover angerufen. Ich fülle stets ein Telefonformular aus, und ich erinnere mich, dass ich mir die Zeit notiert habe, als ich in meinem kleinen Büro in der Rechtsmedizin von Dover saß und mir die CT-Aufnahmen und ihre Koordinaten ansah, die mir helfen würden, die Splitter und anderen Objekte, die in den schwerverbrannten Körper ihres Sohnes eingedrungen waren, mit GPS-ähnlicher Genauigkeit zu orten. Wenn ich ihre Worte jetzt noch einmal Revue passieren lasse, hat sie vermutlich zuerst mit Fielding telefoniert. Das könnte ihre wiederholten Anspielungen auf andere Fälle erklären.

Jemand hat ihr einen Floh ins Ohr gesetzt und ihr weisgemacht, wie wir angeblich mit anderen Fällen verfahren. Sie war fest davon überzeugt, dass wir den Toten routinemäßig Sperma abnehmen, ja die Angehörigen sogar dazu ermutigen. Ich weiß noch, dass ich darüber erstaunt war, denn der Eingriff bedarf einer Genehmigung und ist vom juristischen Standpunkt aus ziemlich heikel. Deshalb konnte ich mir nicht vorstellen, wie sie darauf gekommen sein mag. Möglicherweise hätte ich sie ja danach gefragt, wenn sie nicht so sehr damit beschäftigt gewesen wäre, mich zu beschimpfen: Nur ein Ungeheuer würde eine Frau daran hindern, die Kinder ihres toten Freundes zu bekommen, und dafür sorgen, dass die Mutter eines toten Sohnes nicht Großmutter werden könne. Wir täten es doch auch in anderen Fällen, warum dann nicht für ihren Sohn?, schluchzte sie. »*Ich habe jetzt niemanden mehr! Das ist doch nichts als Scheißbürokratie, jetzt geben Sie es schon endlich zu!*«, schrie sie mich an. »*Bürokratischer Mist, um einen weiteren Fall von Rassismus zu vertuschen!*«

»Jemand zu Hause?« Benton steht in der Tür.

Mrs. Gabriel hat mich eine militärische Heuchlerin genannt. »*Sie helfen anderen nur, wenn sie weiß sind*«, warf sie mir vor. »*Das ist nicht die goldene Regel, sondern das Gesetz der Weißen. Sie haben sich um den anderen Jungen gekümmert, der in Boston getötet wurde, und dabei war er nicht einmal amerikanischer Soldat. Aber nicht um meinen Sohn, der für sein Land gestorben ist. Vermutlich, weil er die falsche Hautfarbe hat.*« Ich hatte keine Ahnung, wovon sie redete und was der Grund für ihre Anschuldigungen war. Allerdings habe ich auch nicht versucht, es herauszufinden. Ich habe ihr Verhalten einfach nur als Hysterie eingestuft und ihr auf der Stelle verziehen. Obwohl es mich so schwer gekränkt hat, dass ich es seitdem nicht mehr vergessen kann.

»Hallo?« Benton kommt herein.

»*Wieder einmal Rassismus, nur dass es ans Licht kommen und man Leute wie Sie diesmal nicht belobigen wird.*« Sie hat nicht erklärt, was sie sich dabei gedacht hat, mir etwas so Schreckliches an den Kopf zu werfen. Allerdings habe ich sie auch nicht darum gebeten, da ich ihre hasserfüllte Tirade damals nicht sonderlich ernst genommen habe. Dass mich Menschen, die sich normalerweise zivilisiert und vernünftig benehmen, anschreien, beschimpfen, bedrohen oder sogar angreifen, ist keine neue Erfahrung für mich. Das bruchsichere Glas in den Vorhallen und Aufbewahrungsräumen der

Institute, in denen ich gearbeitet habe, musste ich nicht deshalb einbauen lassen, weil ich mich vor gewalttätigen Übergriffen oder Tobsuchtsanfällen der Toten fürchte.

»Kay?«

Mein Blick fällt auf Benton, der zwei Kaffeetassen balanciert und versucht, nichts zu verschütten. Weshalb hat Julia Gabriel wohl zuerst hier angerufen und nicht in Dover? Oder hat Fielding sie selbst kontaktiert? Ganz gleich, wer den ersten Schritt getan hat, er hatte keinen Grund, mit ihr zu sprechen. Dann fällt mir ein, dass Marino mir erzählt hat, PFC Gabriel sei der erste Kriegstote aus Worcester gewesen, weshalb die Reporter im CFC angerufen hätten, als läge die Leiche hier, nicht in Dover. Wegen der Verbindung nach Massachusetts seien die Telefone nicht stillgestanden. Vielleicht hat Fielding so davon erfahren. Allerdings kann ich nichts erkennen, was Fielding dazu berechtigt hätte, mit der Mutter des Getöteten zu telefonieren, selbst wenn sie irrtümlicherweise hier angerufen und die Auskunft erhalten hat, dass ihr Sohn in Dover ist. Aber das wusste sie doch sicher bereits. Wie hat Mrs. Gabriel nicht wissen können, dass ihr Sohn nach Dover geflogen worden war? Ich habe keine plausible Erklärung dafür, warum Fielding mit ihr gesprochen hat und was er ihr Hilfreiches hätte mitteilen können. Und vor allem: Wie konnte er es wagen?

Er ist kein Militärangehöriger, sondern Zivilist und deshalb nicht befugt, in Einzelheiten zum Thema Kriegsopfer oder nationale Sicherheit herumzustochern oder Gespräche über Dinge zu führen, die eindeutig als geheim eingestuft werden. Medizinische Belange, die das Militär betreffen, gehen ihn nichts an. RUSI geht ihn nichts an. Die Wahlen in Großbritannien auch nicht. Die einzigen Dinge, mit denen Fielding sich beschäftigen sollte und die er massiv vernachlässigt hat, sind die große Verantwortung, die er hier am CFC trägt, und die Loyalität, die er mir verdammt noch mal schuldet.

»Wie nett von dir«, sage ich geistesabwesend zu Benton. »Einen Kaffee kann ich jetzt gebrauchen.«

»Wo warst du gerade? Abgesehen davon, dass du im Geiste offenbar einen Kampf ausgefochten hast. Du siehst aus, als könntest du jemandem den Hals umdrehen.«

Er nähert sich dem Schreibtisch und mustert mich, wie er es immer tut, wenn er meine Gedanken lesen will, weil er meinen Worten nicht traut. Vielleicht weiß er auch, dass meine Antwort bestenfalls den Anfang der Geschichte abdecken wird, da ich, was den Rest angeht, noch im Dunkeln tappe.

»Alles in Ordnung?« Er stellt den Kaffee auf den Schreibtisch und zieht sich einen Stuhl heran.

»Nein.«

»Was ist los?«

»Ich glaube, dass ich gerade entdeckt habe, was es bedeutet, wenn etwas eine kritische Masse erreicht hat.«

»Was ist passiert?«, hakt er nach.

»Alles.«

12

»Mach bitte die Tür zu.« Mir schießt durch den Kopf, dass ich mich allmählich wie Lucy verhalte. »Es ist so viel geschehen, dass ich gar nicht weiß, wo ich anfangen soll.«

Als Benton die Tür schließt, fällt mein Blick auf den schlichten Platinring an seinem linken Ringfinger. Manchmal überrascht es mich noch immer, dass wir verheiratet sind. Die schlichte Trauung fand im kleinen Kreis statt und war weniger eine Feier als eine Vereidigung, denn wir meinten es ernst, als wir »bis dass der Tod uns scheidet« sagten. Nach allem, was wir durchgemacht haben, war es eher ein Amtseid, eine Ordinierung oder vielleicht die Quintessenz unseres bisherigen Lebens. Und ich frage mich, ob er es je bereut hat. Ich würde ihm keinen Vorwurf daraus machen, wenn er darüber nachdenken würde, was er aufgeben musste, was er vermisst und warum sich sein Leben mit mir manchmal so kompliziert gestaltet.

Er hat das Backsteinhaus aus Familienbesitz, eine elegante Villa aus dem neunzehnten Jahrhundert am Boston Common, verkauft. Einige der Behausungen, in denen wir seitdem gewohnt haben, haben ihm ganz sicher nicht zugesagt. Während er seinem Beruf als forensischer Psychologe treu geblieben ist, ging es bei mir in den letzten drei Jahren in dieser Hinsicht drunter und drüber. Zuerst musste ich meine Privatpraxis in Charleston, South Carolina, aufgeben. Dann wurde mein Institut in Watertown wegen Mittelkürzungen geschlossen. Ich habe in New York, Washington und Dover gearbeitet. Und jetzt bin ich hier am CFC.

»Was zum Teufel ist in diesem Laden los?«, frage ich Benton, als ob er mir darauf eine Antwort geben könnte. Allmählich steigen Panik und Verzweiflung in mir hoch. »Jack ist immer noch nicht aufgetaucht, und niemand weiß, wo er steckt.«

»Hier ist er ganz offensichtlich nicht«, erwidert Benton. Mir fällt seine Kleidung auf. Vorhin trug er seine Winterjacke, und in der Radiologie hatte er einen Einwegkittel an, bevor er nach oben in Lucys Büro ging. Was darunter war, habe ich nicht wirklich wahrgenommen. Schwarze Kampfstiefel, schwarze Armeehose, ein dunkelrotes Flanellhemd und eine wasserdichte Plastikuhr mit Leuchtanzeige. Als rechnete er damit, hinaus in die Kälte und an einen Ort zu müssen, der strapazierfähige Kleidung verlangt.

»Lucy hat dir erzählt, dass er anscheinend mein Büro benutzt hat«, sage ich. »Keine Ahnung, warum. Vielleicht weißt du es ja.«

»Ist dir nicht klar, was passiert, wenn kein Kapitän an Bord ist? Die Piratenflagge wird gehisst, die Insassen leiten die Anstalt, und die Säufer bemannen die Bar, wenn du mir die etwas schiefen Vergleiche verzeihst.«

»Was wird hier gespielt? Wenn du es mir erklärst, fällt mir vielleicht eine Lösung ein. Ich weiß, dass Lucy dich auf dem Laufenden gehalten hat. Es wäre nett, wenn jemand bei mir das Gleiche täte. Und zwar in allen Einzelheiten, ehrlich und ohne etwas zu verschweigen.«

»Ich kann dir nur schildern, was ich mit eigenen Augen gesehen habe und was bei meinen verschiedenen Besuchen hier geschehen ist. Fallbesprechungen. An zweien davon war ich beteiligt.« Er blickt ins Leere. »Der erste war der des Footballspielers vom Boston College letzten Herbst, nicht lange nachdem das CFC die Rechtsmedizin des Commonwealth übernommen hatte.«

Wally Jamison, zweiundzwanzig, der Star der Mannschaft des Boston College, wurde am 1. November bei Morgengrauen im Becken des Bostoner Hafens treibend aufgefunden. Todesursache: Verbluten nach einem Schlag mit einem stumpfen Gegenstand und durch mehrere Stichwunden. Tom Booker, einer meiner Rechtsmediziner, hat ihn obduziert.

»Das war nicht Jacks Fall«, wende ich ein.

»Nun, wenn man sich mit ihm unterhält, bekommt man einen anderen Eindruck. Jack hat den Fall Wally Jamison erörtert, als ob es seiner gewesen wäre. Dr. Booker war nicht dabei. Das war letzte Woche.«

»Warum letzte Woche? Davon weiß ich ja gar nichts.«

»Neue Informationen. Wir wollten mit Jack sprechen, und er schien nur allzu bereit mitzuarbeiten. Er hatte uns eine Menge zu sagen.«

»Wir?«

Benton greift nach seiner Kaffeetasse, überlegt es sich anders und stellt sie zurück auf Fieldings unordentlichen Schreibtisch mit den Sammelobjekten, die alles über ihn verraten. »Meiner Ansicht nach hält Jack den Umstand, dass er die Autopsie zufällig nicht selbst durchgeführt hat, für eine reine Formalität. Er denkt wohl, dass er einfach nur Pech hatte, weil er gerade nicht in der Stadt war, als Wally Jamison erschlagen und erstochen wurde. Wally hatte allerdings noch ein wenig mehr Pech.«

Es wird angenommen, dass er an Halloween entführt und ermordet worden ist. Tatort unbekannt. Keine Verdächtigen. Weder ein Motiv noch eine plausible Theorie. Nur eine Mutmaßung, es könnte sich um den Initiationsritus einer satanistischen Sekte gehandelt haben. Gerüchte, die sich unaufhaltsam verbreiten.

»Was Jack empfindet oder was nach seinem gottverdammten Geschmack ist, ist mir völlig egal«, verkündet ein Teil von mir, der alt und vernarbt ist und von Jack Fielding gründlich die Nase voll hat. Mir wird klar, dass ich eine rasende Wut auf ihn habe.

»Und Mark Bishop, ebenfalls letzte Woche. Am Mittwoch der Footballspieler, am Donnerstag der Junge«, fährt Benton fort.

»Ein Junge, hinter dessen Ermordung ebenfalls eine Art Initiation, eine Bande oder eine Sekte vermutet wird«, ergänze ich. »Also ähnliche Spekulationen wie bei Wally Jamison.«

»Muster und Parallelen.«

»Du siehst eine Verbindung zwischen Mark Bishop und Wally Jamison?« Ich traue meinen Ohren nicht. »Ich kann, bis auf besagte Spekulationen, keine Gemeinsamkeiten feststellen.«

»Ich war letzte Woche hier und in beiden Fällen beratend tätig.« Benton blickt mir in die Augen. »Wo war Jack am letzten Halloween? Weißt du das?«

»Ich weiß nur, wo ich selbst war. Während meines Aufenthalts in Dover habe ich sonst nichts mitbekommen und durfte mich auch nicht für andere Dinge interessieren. Wahrscheinlich wirst du mir jetzt eröffnen, dass er nicht mit seinen Kindern beim Süßigkeitensammeln war.«

»Er war in Salem. Allerdings nicht mit seinen Kindern.«

»Und warum ist das jetzt so wichtig?«

»Das war es bis vor kurzem auch nicht«, erwidert Benton.

Wieder mustere ich seine Stiefel und die dunkle, mit Flanell gefütterte Hose, die Seitentaschen und Gesäßtaschen mit Schlitzen hat, um darin Pistolenmagazine und eine Taschenlampe aufzubewahren. Diese Art von Hose trägt er, wenn er draußen unterwegs ist. Zu einem Tatort oder – in Begleitung von Polizisten oder FBI-Agenten – zu einem Schießstand oder einer Kampfmittelbeseitigungsanlage.

»Wo warst du, bevor du mich in Hanscom abgeholt hast?«, frage ich. »Was hast du gemacht?«

»Uns steht noch viel Arbeit bevor, Kay. Ich fürchte, mehr, als ich angenommen habe.«

»Hattest du am Flugplatz auch schon diese Outdoor-Sachen dabei?«

»Ich habe eine Tasche im Auto. Wie dir bekannt ist«, entgegnet Benton. »Schließlich kann ich stets überraschend zu einem Einsatz gerufen werden.«

»Hat man dich denn zu einem Einsatz gerufen?«

Er sieht mich an und blickt dann zu der fahlen Skyline von Boston hinaus, die aus der verschneiten Dunkelheit ragt.

»Es steckt mehr dahinter als vermutet.« Er spricht nicht weiter. Offenbar war das alles. Er ist irgendwohin unterwegs. Zu einem Ort, der anscheinend nichts Gutes verheißt. Und er wird es mir nicht erzählen. Ehrlichkeit und Freude. Falls es so etwas gibt, dann nur als Hauch, als Andeutung dessen, was uns die restliche Zeit über fehlt.

»Ihr habt euch am Mittwoch und am Donnerstag getroffen und hier im CFC die Fälle Wally Jamison und Mark Bishop erörtert«, komme ich wieder auf dieses Thema zurück. »Wie ich vermute, war Jack bei der Besprechung des Falls Mark Bishop auch dabei. Und das hast du nicht erwähnt, als wir uns vor sehr kurzer Zeit im Auto unterhalten haben.«

»Nicht vor sehr kurzer Zeit. Vor über fünf Stunden. Und seitdem ist eine Menge geschehen. Seit unserer Autofahrt hat es neue Entwicklungen gegeben. Und dass wir es inzwischen mit einem dritten Mord zu tun haben, taucht die Dinge in ein völlig neues Licht.«

»Du siehst eine Verbindung zwischen dem Toten aus Norton's Woods, Mark Bishop und Wally Jamison?«

»Das halte ich für sehr wahrscheinlich.«

»Was ist mit den Besprechungen von letzter Woche? Jack war also dabei«, beharre ich.

»Ja. Letzten Mittwoch und Donnerstag. In deinem Büro.«

»In meinem Büro also. Jack hat in meinem Büro Besprechungen abgehalten. Ich verstehe.«

»Beide fanden in deinem Büro statt. An deinem Konferenztisch, der dort steht.«

»Er hat doch seinen eigenen Konferenztisch.« Ich betrachte den schwarzlackierten, ovalen Tisch mit den sechs ergonomisch geformten Stühlen, die ich bei einer Versteigerung von Regierungsbeständen gekauft habe.

Benton antwortet nicht. Er weiß genauso gut wie ich, dass Fieldings Frechheit, mein Büro zu benutzen, nichts mit den Möbeln zu tun hat. Ich denke an Lucys Worte, man müsse mein Büro nach versteckten Abhörgeräten durchsuchen, obwohl sie nie ausdrücklich erwähnt hat, wer mir, wenn überhaupt, nachspionieren könnte. Die Person, der ich es am ehesten zutrauen würde, unbemerkt mein Büro zu verwanzen, ist nämlich meine Nichte selbst. Ich frage mich, ob das, was sich während meiner Abwesenheit in meinen privaten Räumen abgespielt hat, wohl heimlich mitgeschnitten worden ist.

»Und du hast es mir gegenüber zum fraglichen Zeitpunkt nicht erwähnt«, fahre ich fort. »Du hättest mir offen und ehrlich sagen sollen, dass er mein gottverdammtes Büro benutzt, als wäre er der gottverdammte Chief Medical Examiner und Leiter dieses gottverdammten Instituts.«

»Ich habe es erst letzte Woche bei meinen Treffen mit ihm festgestellt. Das soll nicht heißen, dass mir nicht einiges über ihn und das CFC zu Ohren gekommen ist.«

»Dann hättest du es mir letzte Woche erzählen müssen, als du diese Gewissheit hattest. Am Mittwoch hattest du deine erste Sitzung in meinem Büro. Einem Büro, das zu benutzen Jack keine Erlaubnis hatte. Was verschweigst du mir sonst noch?«

»Ich sage dir, so viel ich kann und wann immer es möglich ist. Sicher hast du dafür Verständnis.«

»Nein, habe ich nicht. Du hättest mich die ganze Zeit über auf dem Laufenden halten sollen. Lucy und Marino auch.«

»So einfach ist das nicht.«

»Wir sprechen jeden Tag miteinander, Benton. Du hättest es mir sagen müssen.«

»Wann wäre denn der richtige Zeitpunkt gewesen, dich in Dover mit all diesen Dingen zu belasten? Wenn du mich um fünf Uhr morgens angerufen hast, bevor du in die Rechtsmedizin gefahren bist, um dich unserer gefallenen Helden anzunehmen? Oder um Mitternacht, wenn du endlich deinen Computer abgeschaltet oder aufgehört hast, für deine Prüfungen zu büffeln?«

Er hat recht. Ich bin unfair und überkritisch. Wessen Idee war es denn, dass wir uns, wenn wir praktisch keine Zeit füreinander haben, nicht mit beruflichen oder häuslichen Fragen aufhalten sollten, weil sonst außer diesen Dingen bald nichts mehr übrig wäre? Wie ein Krebsgeschwür. Ich bin rasch mit klugen medizinischen Vergleichen bei der Hand, obwohl Benton der Psychologe ist. Er hat die Profiling-Abteilung des FBI in Quantico geleitet. Er gehört dem Lehrstuhl für Psychiatrie in Harvard an. Doch ich habe die Weisheit gepachtet und stelle tiefsinnige Vergleiche von beruflichen Problemen, lästigen häuslichen Banalitäten und emotionalen Kränkungen mit Krebsgeschwüren, Narbengewebe und Nekrose an. Nun ist es mir peinlich, und ich komme mir oberflächlich vor.

»Nein, ich habe bis zur Fahrt hierher gewisse Themen ausgespart, und jetzt erzähle ich dir mehr. So viel, wie ich eben kann«, sagt Benton mit stoischer Ruhe, als befänden wir uns in einer Therapiesitzung.

Aber ich werde nicht lockerlassen, ehe ich nicht weiß, was ich wissen muss. Es ist nicht nur eine Frage der Fairness, es geht um mein Überleben. Ich bemerke, dass ich mir, was Benton betrifft, nicht mehr sicher bin. Er ist mein Mann, und trotzdem habe ich den vagen Eindruck, dass sich etwas verändert hat.

Was ist es?

»Ich habe angesprochen, dass ich Jacks Deutung von Mark Bishops Verletzungen für problematisch halte«, fügt Benton hinzu. Er hält sich bedeckt und legt sich jedes Wort zurecht, als würde jemand unsere Unterhaltung belauschen und ihren Inhalt an andere weitergeben. »Nun, ausgehend von dem, was du über die Hammerspuren auf dem Kopf des kleinen Jungen gesagt hast, liegt Jack schlicht und ergreifend völlig daneben, und das habe ich bereits vermutet, als er den Fall mit uns erörtert hat. Ich hatte den Verdacht, dass er lügt.«

»*Uns?*«

»Wie bereits erwähnt, ist mir einiges zu Ohren gekommen. Doch ich hatte, ehrlich gesagt, keinen ständigen Kontakt zu Jack.«

»Was heißt *ehrlich*? Im Gegensatz zu *unehrlich*, Benton?«

»Ich bin immer ehrlich zu dir, Kay.«

»Natürlich bist du das nicht, aber jetzt ist nicht der richtige Zeitpunkt, um das zu vertiefen.«

»Ich hatte ihn seit Monaten nicht gesehen, und mein Eindruck war … Nun, während der Treffen in der letzten Woche wurde es ziemlich offensichtlich, dass etwas mit ihm nicht stimmt«, fährt Benton fort. »Er hat sich äußerlich sehr verändert. Seine wilden Gedankensprünge waren nicht nachzuvollziehen. Er hat geredet wie ein Wasserfall und sich gebärdet, als wäre er der Allergrößte. Ich war ziemlich sicher, dass er uns nicht die Wahrheit gesagt hat und uns absichtlich auf eine falsche Fährte locken wollte.«

»Wen meinst du mit *uns*?« Allmählich dämmert mir etwas.

»War er je in einer psychiatrischen Klinik oder in Behandlung? Wegen einer Stimmungsstörung? Hat er dir gegenüber so etwas erwähnt?«

Benton verhält sich so wie damals, als er noch beim FBI war. Ich bemerke an ihm eine Autorität und ein Selbstbewusstsein, das er seit Jahren nicht an den Tag gelegt hat. Eine Trittsicherheit, die er nach seiner Rückkehr aus dem Zeugenschutzprogramm vermissen ließ. Damals kam er sich ziellos und schwach vor, war nur noch ein Universitätsmitarbeiter, wie er häufig klagte. *Entmannt*, nannte er es. *Das FBI frisst seine eigenen Kinder, und es hat mich verschlungen*, sagte er. *Das also ist mein Lohn, nachdem ich eine organisierte Verbrecherbande zur Strecke gebracht habe. Endlich habe ich mein Leben wieder, doch das, was davon übrig ist, gefällt mir nicht*, erklärte er. *Es ist nur noch eine Hülle. Ich bin eine Hülle. Ich liebe dich, aber bitte versteh, dass ich nicht der bin, der ich einmal war.*

»Hatte er je Wahnvorstellungen oder war gewalttätig?«, erkundigt sich Benton nun, und es spricht nicht nur der Arzt aus ihm. Ich fühle mich wie im Verhör. »Ich weiß, dass er aufbrausend sein kann, aber ich meine körperliche Gewalt, möglicherweise begleitet von geistigen Aussetzern. Von stunden-, tage- oder wochenlangem Verschwinden ohne Erinnerung. Symptome, wie wir sie bei Kriegsveteranen beobachten. Umherirren und Gedächtnislücken, ausgelöst durch ein schweres Trauma und häufig mit Simulantentum verwechselt. Die gleiche Sache, an der Johnny Donahue angeblich leidet, obwohl ich nicht sicher bin, wie viel davon dem armen Jungen suggeriert worden ist. Ich frage mich, wer den Einfall hatte und ob es ihm jemand vorgeschlagen hat.«

Bei ihm klingt es so, als hätte er diese Frage für sich bereits beantwortet.

»Jack ist tatsächlich seit jeher ein Simulant, der sich vor seinen Pflichten drückt«, fügt Benton hinzu.

Ich habe Fielding erschaffen.

»Was hast du mir über ihn verschwiegen?«, bohrt Benton weiter.

Ich habe Fielding zu dem gemacht, was er ist. Er ist mein Ungeheuer.

»Eine psychiatrische Krankengeschichte?«, hakt Benton nach. »Tabu für mich und selbst für das FBI? Ich könnte es trotzdem rauskriegen, werde diese Grenze jedoch nicht überschreiten.«

Benton und das FBI. Offenbar wieder ein Herz und eine Seele. Aber nicht mehr als Agent im Einsatz auf der Straße, eher als Analyst und Ermittler. Als Deuter von kriminaltechnischen Daten. Als Entwickler von Bedrohungsszenarien. Das Justizministerium beschäftigt viele Analysten, die sowohl akademisch als auch im Kampfeinsatz ausgebildet sind.

»Was weißt du über Jack, deinen Protegé, was mir unbekannt ist?«, fragt Benton.

Ich bin Briggs' Ungeheuer, und Fielding ist meines. Von Anfang an.

»Über den sexuellen Missbrauch bin ich im Bilde«, verkündet Benton ungerührt, so als kümmerte es ihn nicht, was Fielding in seiner Kindheit zugestoßen ist. So, als wäre es Benton völlig egal.

Hier spricht nicht der Psychologe, sondern ein anderer, da bin ich inzwischen sicher. Polizisten, FBI-Agenten und Staatsanwälte lassen Begründungen an sich abprallen. Sie beurteilen »Verdächtige« oder »Zielpersonen« nicht danach, was sie erlitten haben, sondern nach ihren Taten. Im Grunde seines Herzens hat Benton keinen Funken Verständnis für hasserfüllte und gefährliche Menschen. Deshalb waren seine Jahre als Therapeut und Berater auch eine schwere und unbefriedigende Zeit für ihn. Mehr als einmal hat er mir gestanden, er fühle sich wie ein Schauspieler.

»Die Akten sind öffentlich zugänglich, weil der Fall vor Gericht verhandelt wurde.« Benton hat das Bedürfnis, mir etwas mitzuteilen, nach dem ich Fielding fragen wollte.

Ich erinnere mich nicht, wann ich zuerst von der Schule für schwererziehbare Kinder in der Nähe von Atlanta gehört habe, die Fielding als Junge besucht hat. Aber nun fallen mir seine Anspielungen auf eine bestimmte Phase in seinem Leben wieder ein. Es sind seine Erfahrungen mit einer gewissen »Therapeutin«, weshalb es ihm ausgesprochen schwerfällt, sich mit Tragödien zu befassen, in die Kinder verwickelt sind, insbesondere, wenn es um Missbrauch geht. Ich bin sicher, dass ich ihn nie bedrängt habe, Einzelheiten preiszugeben.

»1978«, fährt Benton fort, »als Jack fünfzehn war. Allerdings war er zwölf, als es begann, und es dauerte mehrere Jahre an, bis sie dabei erwischt wurden, wie sie auf dem Rücksitz ihres Kombis am Rand des Fußballfelds Sex hatten. So, als ob sie es darauf angelegt hätte, ertappt zu werden. Sie war schwanger. Noch eine traurige Geschichte über ein Internat, diesmal aber kein katholisches, sondern eine Ranch für problematische Jugendliche. Was die Therapeutin genau angestellt hat, damit sie später wegen sexuellen Missbrauchs eines Minderjährigen in zehn Fällen verurteilt wurde, ist etwas, das du mir nicht über Jack verraten hast.«

»Ich kenne nicht viele Einzelheiten«, erwidere ich schließlich. »Ihren Namen habe ich vergessen, wenn ich ihn überhaupt je kannte. Dass sie schwanger war, wusste ich nicht. War das Kind von ihm? Hat sie es bekommen?«

»Ich habe die Fallakten studiert. Ja. Sie hat es bekommen.«

»Ich hätte keinen Grund gehabt, die Fallakten zu lesen.«

Ich frage nicht, warum Benton es getan hat. Er wird es mir im Moment sowieso nicht verraten. »Ein Jammer, dass es auf der Welt noch ein Kind gibt, um das Jack sich kaum gekümmert hat. Oder gar nicht«, füge ich hinzu. »Wie traurig.«

»Kathleen Lawler hatte auch kein sehr schönes Leben. Die Frau wurde verurteilt, weil sie Jack sexuell missbraucht hat«, sagt er. »Was aus dem Kind wurde, kann ich nicht sagen. Das Mädchen kam im Gefängnis zur Welt und wurde zur Adoption freigegeben. Angesichts der genetischen Vorbelastung sitzt sie heute vermutlich ebenfalls ein oder ist tot. Kathleen ist immer wieder in Schwierigkeiten geraten und verbüßt derzeit eine Strafe in einem Frauengefängnis in Savannah, Georgia. Zwanzig Jahre wegen Totschlags und Fahrens unter Alkoholeinfluss. Jack hat Kontakt mit ihr. Er ist ihr Gefängnisbrieffreund, wenn auch unter einem Decknamen. Doch das ist es nicht, was du mir verschwiegen hast, denn ich bezweifle, dass du davon wusstest.«

»Wer war sonst noch bei dem Treffen letzte Woche dabei?« Mir ist kalt, und ich wünschte, ich hätte meine Jacke mitgebracht. Ich bemerke, dass an Fieldings Tür ein Laborkittel hängt.

»Es ist mir eingefallen, während wir in deinem Büro saßen«, spricht Benton weiter – der ehemalige FBI-Agent und Meister in der Kunst der Geheimhaltung, der sich nun verhält, als gehörte das Wort *ehemalig* der Vergangenheit an.

Nein, es ist, als ermittelte er in einem Fall, anstatt nur beratend tätig zu werden. Er ist wieder beim FBI. Irgendwann schließt sich immer der Kreis.

»Eine Affektstörung. Ich habe lange darüber nachgedacht und versucht, mich zu erinnern, wie er früher war. Überhaupt habe ich mich lange mit ihm beschäftigt.« Bentons Tonfall ist sachlich, als löste das, was er preisgibt oder mir vorwirft, nicht die Spur eines Gefühls in ihm aus. »Er war noch nie normal. Darauf will ich hinaus. In Jack schlummert eine schwere Störung. Deshalb wurde er ja aufs Internat geschickt. Um zu lernen, seine Aggressionen in den Griff zu bekommen. Mit sechs stach er einem anderen Kind mit einem Kugelschreiber in die Brust. Mit elf zog er seiner Mutter eins mit dem Rechen über den Kopf. Daraufhin wurde er in diese Ranch in der Nähe von Atlanta gesteckt, wo seine Wut nur noch zugenommen hat.«

»Keine Ahnung, wie seine Jugend abgelaufen ist«, antworte ich. »Wenn man einen Arzt einstellt, ist es im Allgemeinen nicht üblich, seine Vergangenheit ausführlich unter die Lupe zu nehmen. Als ich in meinem Beruf anfing, hätte niemand auch nur im Traum daran gedacht. Außerdem bin ich nicht beim FBI«, füge ich in vielsagendem Ton hinzu. »Ich wühle nicht im Leben anderer Menschen herum, um alles Mögliche über sie herauszufinden, und klappere dann die Nachbarn aus ihren Kindertagen ab. Ich befrage nicht ihre Lehrer. Und ich schnüffle auch nicht ihren Brieffreunden nach.«

Ich stehe hinter Fieldings Schreibtisch auf.

»Obwohl ich es vermutlich hätte tun sollen. Wahrscheinlich werde ich in Zukunft auch so verfahren. Aber ich habe ihn nie gedeckt und mich niemals in dieser Weise schützend vor ihn gestellt. Zugegeben, ich war zu nachsichtig mit ihm. Ich habe seine Fehler ausgebügelt oder es wenigstens versucht. Aber ich habe nie etwas Zwielichtiges vertuscht, falls du mir das vorwirfst. Nie im Leben würde ich mich unethisch verhalten. Weder für ihn noch für sonst jemanden.« *Nicht mehr*, ergänze ich im Geiste. Einmal habe ich es schließlich getan, aber niemals wieder – und noch nie für Jack Fielding. Auch damals geschah es nicht für mich selbst, sondern für das Wohl unseres Landes.

Durchgefroren, erschöpft und voller Scham, durchquere ich das Büro und nehme Fieldings Kittel vom Haken an der geschlossenen Tür.

»Ich weiß nicht, was ich dir deiner Ansicht nach verheimlicht haben soll, Benton. Ich habe nämlich keine Ahnung, auf was oder mit wem er sich eingelassen hat. Von irgendwelchen Wahnvorstellungen, geistigen Aussetzern und Gedächtnislücken ist mir ebenfalls nichts bekannt. In meiner Gegenwart hat so etwas nicht stattgefunden. Außerdem hat er nie mit mir über diese Dinge gesprochen, falls sie überhaupt zutreffen.«

Ich ziehe den Kittel an. Er ist viel zu groß, und ich kann

den Anflug eines scharfen Eukalyptusgeruchs ausmachen. Wie Vicks oder Bengay-Schmerzpflaster.

»Möglicherweise eine Stimmungsstörung mit einem Hang zu Narzissmus und aggressiven Ausfällen«, spricht Benton weiter, als hätte mein Einwand nie stattgefunden. »Oder es liegt an seinen verdammten leistungssteigernden Medikamenten. Er stellt das CFC nach außen nicht gut dar. Tut mir leid, aber das ist die Untertreibung des Jahrhunderts und Douglas und David nicht entgangen. Deshalb hat das CFC bereits Anfang November bei der Untersuchung der Entführung und Ermordung von Wally Jamison einen Fehlstart hingelegt. Du kannst dir sicher vorstellen, wie das bei Briggs und anderen angekommen ist. Jack steht kurz davor, den Laden an die Wand zu fahren. Und das öffnet Opportunisten Tür und Tor. Wie bereits gesagt, führt es zu der Einstellung, sich zu nehmen, was man kriegen kann.«

Ich bleibe an einem Fenster stehen und blicke auf die dunkle, verschneite Straße hinunter, als könnte ich dort etwas entdecken, das mich daran erinnert, wer ich bin, das mir Kraft gibt und das mir Trost spendet.

»Er hat eine Menge Schaden angerichtet«, höre ich Bentons Stimme hinter mir. »Ich kann nicht sagen, ob es Absicht war. Allerdings habe ich den Verdacht, dass es wegen seines komplizierten Verhältnisses zu dir zum Teil so gewesen sein könnte.«

Der Schnee weht in einem steilen Winkel heran, so dass er beinahe waagerecht gegen das Fenster prallt. Das rasche Klicken erinnert mich an das Klopfen von Fingernägeln, ein ruheloses, aufgebrachtes Geräusch. Während ich beobachte, wie der Schnee an die Scheibe schlägt, wird mir schwindlig. Als ich erst den Schnee und dann die Straße unter mir anschaue, dreht sich alles.

»Geht es dir darum, Benton? Um mein kompliziertes Verhältnis zu ihm?«

»Ich muss darüber Bescheid wissen. Und es ist besser, dass ich dich selbst danach frage und kein anderer.«

»Meinst du damit, dass alles deswegen bergab gegangen ist. Dass die Wurzel allen Übels darin liegt?« Ich drehe mich nicht um, sondern starre nach draußen und zu Boden, bis ich den Anblick der wirbelnden Eisflocken, der Straße dort unten, des dunklen Flusses und der launischen Winternacht nicht mehr ertrage. »Glaubst du das wirklich?« Ich will, dass er seine Worte von gerade eben bestätigt, denn ich muss wissen, was während meiner Abwesenheit alles Schaden genommen hat, einschließlich unserer Beziehung.

»Ich will alles hören, was du mir bis jetzt verschwiegen hast«, entgegnet er stattdessen.

»Ich bin sicher, dass es dich und andere brennend interessiert.« Mein Tonfall ist nicht sehr freundlich, und mein Puls beschleunigt sich.

»Mir ist klar, dass sich Dinge aus der Vergangenheit nicht leicht lösen lassen. Dass es kompliziert sein kann.«

Ich wende mich um und schaue ihm in die Augen. Was ich sehe, sind nicht nur Fälle, Mordopfer, meine aufsässigen Mitarbeiter und mein aus dem Ruder gelaufener Stellvertreter. Nein, Benton misstraut mir und meiner Vergangenheit. Ich merke ihm an, dass er an meinem Charakter zweifelt. Daran, was ich ihm bedeute.

»Ich habe nie mit Jack geschlafen«, sage ich. »Falls du darauf anspielst, um jemand anders die Peinlichkeit zu ersparen, mir diese Frage stellen zu müssen. Oder befürchtest du, es könnte *mir* peinlich sein? Ich habe es nie getan. Und was nicht stattgefunden hat, kann auch nicht ans Licht kommen. Falls es das war, hast du jetzt deine Antwort. Das kannst du Briggs, dem FBI, dem Justizminister oder wem auch immer gern ausrichten.«

»Ich hätte Verständnis dafür, wenn es damals passiert wäre,

als Jack dein Praktikant war und ihr beide gerade in Richmond anfingt.«

»Ich gebe mir Mühe, es nicht zur Gewohnheit werden zu lassen, mit den Leuten, die ich ausbilde, ins Bett zu gehen«, entgegne ich gereizt. »Ich wiege mich nämlich gern in dem Glauben, dass ich nichts mit dieser früheren Therapeutin, die jetzt in Georgia einsitzt, gemeinsam habe.«

»Jack war keine zwölf mehr, als du ihn kennengelernt hast.«

»Es ist nie dazu gekommen. Ich lasse die Finger von Menschen, die ich ausbilde.«

»Auch von Menschen, die *dich* ausbilden?« Benton fixiert mich mit Blicken, während ich weiter am Fenster stehe.

»Das ist nicht der Grund, warum Briggs und ich ein Problem miteinander haben«, antworte ich verärgert.

13

Gerade kehre ich an Fieldings Schreibtisch zurück und setze mich wieder auf seinen Stuhl, als ich plötzlich etwas Glattes, Folienartiges in einer seiner Kitteltaschen ertaste. Ich fördere ein papierdünnes, durchsichtiges Quadrat aus Plastik zutage.

»Dass das CFC beim FBI einen schlechten ersten Eindruck hinterlassen hat, hätte man sich wirklich sparen können, aber ich bin sicher, dass du das ändern wirst.« Benton sagt das, als ob er seine Frage bereute und als ob er bedauerte, was er mir soeben unterstellt hat.

Ich schnuppere an dem Gegenstand, den Fielding offenbar von der Rückseite eines nach Eukalyptus riechenden Schmerzpflasters entfernt hat. *Ja, natürlich, das FBI*, denke ich dabei abfällig. *Ich bin ja so erleichtert, dass ich die Meinung, die das gottverdammte FBI von mir hat, wieder zurechtbiegen kann.*

»Ich möchte nicht, dass das Nachhausekommen für dich nur mit Problemen verknüpft ist«, fährt Benton fort. »Das wäre für uns alle nicht hilfreich. Es gibt eine Menge zu erledigen, aber wir schaffen das. Da bin ich ganz sicher. Es tut mir wirklich leid, dass ich dieses Thema zur Sprache bringen musste.«

»Lass uns über Douglas und David reden«, spiele ich auf die vorhin erwähnten Namen an. »Wer sind sie?«

»Ich habe keine Zweifel daran, dass du dich durchsetzen und dieses Institut wieder auf Vordermann bringen wirst. Du wirst es zu dem machen, was es sein soll, nämlich ein Aushängeschild, das nirgendwo seinesgleichen findet. Besser als die Einrichtungen in Australien oder in der Schweiz, ja besser noch als alle Vorreiterinstitute, einschließlich Dover.

Ich habe absolutes Vertrauen in dich, Kay. Das darfst du nie vergessen.«

Je mehr Benton beteuert, wie sehr er mir vertraut, desto weniger glaube ich ihm.

»Die Polizeibehörden achten dich ebenso wie das Militär«, fügt er hinzu, was ich ihm auch nicht abnehme.

Wenn das stimmen würde, hätte er es nicht eigens zu betonen brauchen. *Na und?*, denke ich, erfüllt von einem Hass, der scheinbar aus dem Nichts kommt. Ich habe es nicht nötig, dass die Menschen mich mögen oder achten. *Das ist kein Beliebtheitswettbewerb.* Lautet so nicht Briggs' Lieblingsspruch? *Das ist kein Beliebheitswettbewerb, Colonel.* Oder, wenn er persönlicher werden will: *Das ist kein Beliebtheitswettbewerb, Kay.* Dabei spielt ein spöttisches Lächeln um seine Lippen, und seine Augen funkeln gleichzeitig stahlhart und spitzbübisch. Ihm ist es völlig einerlei, ob die Menschen ihn mögen oder nicht, und allmählich fange auch ich an, dieses Gefühl zu genießen. Zum Teufel mit den Leuten. Ich weiß, was ich tun muss. O ja, ich werde nicht die Hände in den Schoß legen. Wenn die sich einbilden, dass ich es einfach so hinnehme, wenn ich beim Nachhausekommen einen solchen Scherbenhaufen vorfinde, haben die sich geschnitten! Nein. Niemals. Kommt überhaupt nicht in Frage. Wer das glaubt, hat die Rechnung ohne mich gemacht.

»Wer sind Douglas und David?«, wiederhole ich in ziemlich scharfem Ton.

»Douglas Bourke und David McMaster«, sagt Benton.

»Die kenne ich nicht. Was hast du mit ihnen zu tun?« Inzwischen führe ich das Verhör.

»Die Außenstelle des FBI in Boston und das Bostoner Büro des Ministeriums für Heimatschutz. Du bist den wichtigen Leuten hier noch nicht begegnet, aber das wird sich ändern. Einschließlich der Küstenwache. Wenn du es mir gestattest, werde ich dich allen vorstellen. Dann könnte ich mich wenigstens endlich einmal nützlich machen. Es hat mir gefehlt, dir eine Hilfe sein zu können. Ich weiß, dass du wütend bist.«

»Ich bin nicht wütend.«

»Dein Gesicht ist ganz gerötet. Du siehst wütend aus. Ich wollte dich nicht verärgern, und es tut mir leid, falls ich es dennoch getan habe. Aber ich musste es aus einer Reihe von Gründen wissen.«

»Und, bist du jetzt zufrieden?«

»Es war wichtig, zu erfahren, wo du in dieser Sache stehst und welche Rolle du spielst«, erwidert er, während ich die dünne Plastikfolie, ein etwa zigarettenpäckchengroßes Viereck, hochhalte.

Als ich es im Licht betrachte, entdecke ich Fieldings große Fingerabdrücke auf dem durchsichtigen Material. Die kleineren müssen meine sein. Fielding leidet ständig an Muskelzerrungen und hat immer irgendwo Schmerzen, insbesondere, wenn er Anabolika missbraucht. Sobald er in seine schlechten Angewohnheiten zurückverfällt, fängt er an zu riechen wie ein Hustenbonbon mit Menthol.

»Was haben das Ministerium für Heimatschutz und die Küstenwache mit unserem Thema zu tun?« Auf der Suche nach Nuprin-, Motrin- und Bengay-Pflastern, Tigerbalsam oder einer sonstigen Bestätigung meines Verdachts ziehe ich Schubladen auf.

»Wally Jamisons Leiche schwamm im Hafenbecken vor der Kommandozentrale der Küstenwache. Direkt unter ihrer Nase. Was meiner Meinung nach Absicht war«, entgegnet Benton und beobachtet mich dabei.

»Das könnte auch einfach nur daran gelegen haben, dass der Landungssteg dort nach Einbruch der Dunkelheit menschenleer ist. Außerdem ist er einer der wenigen, die man mit dem Auto befahren kann. Mir ist diese Gegend nur zu gut vertraut. Und dir auch. Gleich nebenan befindet sich nämlich das Hotel, wo wir einmal alle Jubeljahre übernachten, wenn wir uns freinehmen können, um allein und höflich zueinander zu sein.« Ich klinge sarkastisch und gehässig.

»Dürfte ich wissen, wonach du suchst?«

»Das hier ist mein Büro. Dieser ganze Laden ist mein Büro. Ich kann suchen, so viel ich will, verdammt.« Mein Puls rast. Ich bin aufgebracht.

»Der Steg ist nicht öffentlich zugänglich. Nicht jeder darf ihn mit dem Auto befahren«, entgegnet Benton, während er mich aufmerksam und besorgt beobachtet. »Ich wollte dich wirklich nicht so aufregen.«

»Wir sind ständig dort herumgelaufen, ohne dass uns jemand nach unseren Ausweisen gefragt hätte. Schließlich stehen keine Wachen mit Maschinenpistolen herum. In der Gegend wimmelt es von Touristen.« Ich fühle mich streitlustig und aggressiv, obwohl ich es nicht sein will.

»Die Kommandozentrale der Küstenwache ist für Touristen tabu. Um auf den Anlegesteg zu kommen, muss man durch ein bewachtes Tor«, antwortet Benton sehr ruhig und gelassen.

»Ich vermisse es. Lass uns bald ein paar Tage dort verbringen.« Ich bemühe mich um einen freundlichen Tonfall, weil ich mich schrecklich benehme. »Nur wir beide.«

»Ja. Das werden wir. Bald«, antwortet er. »Dann reden wir und klären alles.«

Plötzlich sehe ich sie messerscharf umrissen vor mir: unsere Lieblingssuite im Fairmont Hotel am Battery Wharf, die wie ein Finger aufs Wasser hinausragt. Gleich nebenan befindet sich die Kommandozentrale der Küstenwache. Ich sehe das gekräuselte dunkelgrüne Hafenwasser und höre, wie es gegen die Pfosten schwappt, so als wäre ich wirklich dort. Takelagen schlagen klappernd gegen Masten, und Schiffe lassen röhrend ihre Signalhörner ertönen.

»Und wir nehmen keine Anrufe an, gehen spazieren, lassen uns das Essen aufs Zimmer bringen und beobachten vom Fenster aus die großen Schiffe, Schleppkähne, Tanker. Das wäre wunderschön. Meinst du nicht?« Allerdings ist mein Tonfall alles andere als nett, sondern eher fordernd und zornig.

»Wenn du möchtest, dieses Wochenende. Falls wir können«, antwortet er, während er auf seinem iPhone etwas liest und den Text mit dem Daumen herunterscrollt.

Ich schiebe die Kaffeetasse weg. Die Schreibtischkante wirkt nicht eckig, sondern rund. Zu viel Koffein. Mein Herz klopft heftig, und ich fühle mich schwindlig und aufgekratzt.

»Ich kann es nicht ausstehen, wenn du die ganze Zeit auf dein Telefon starrst«, platze ich heraus. »Du weißt, wie sehr ich es verabscheue, während wir uns unterhalten.«

»Im Moment lässt es sich nicht vermeiden«, erwidert er und liest weiter.

»Wenn man von der Ninety-third in die Commercial Street abbiegt, ist man sofort da«, setze ich die Debatte fort. »Ein bequemer Weg, eine Leiche loszuwerden. Man fährt einfach zum Hafen und wirft sie hinein. Nackt, damit Faserspuren, zum Beispiel vom Inneren des Kofferraums, weggespült werden.« Ich schließe eine Schublade. Als ich weiter vor mich hin murmle, finde ich, dass meine eigene Stimme seltsam klingt. »Schmerzpflaster: Fehlanzeige. In meinen Schreibtischschubladen habe ich auch keine entdeckt. Nur Kaugummi. Und ich habe nie Kaugummi gekaut. Gut, als kleines Kind. Dubble Bubble an Halloween, das war der in dem bunten, gewachsten Papier, das sich an beiden Enden zusammendrehen ließ.«

Ich sehe und rieche ihn. Mir läuft das Wasser im Mund zusammen.

»Ich verrate dir ein Geheimnis, das sonst niemand kennt. Ich habe ihn wiederverwendet, ihn gekaut und ihn dann zurück ins Papier getan. Tagelang, bis er nach nichts mehr geschmeckt hat.«

Ich muss Speichel hinunterschlucken.

»Als ich aufgehört habe, an Halloween Süßigkeiten zu sammeln, war auch Schluss mit dem Kaugummi. Schau, du hast mich an Halloween erinnert, etwas, woran ich seit Jahren nicht mehr gedacht habe. Kaum zu glauben, dass es mir einfach so eingefallen ist. Manchmal vergesse ich, dass ich je ein Kind war – jung, naiv und vertrauensselig.«

Meine Hände zittern.

»Da es besser ist, etwas, das man sich nicht leisten kann, auch nicht zu mögen, habe ich mir das mit dem Kaugummi gar nicht erst angewöhnt.«

Ich zittere.

»Außerdem sollte man nicht aussehen, als ob man aus der Unterschicht stammte, insbesondere dann nicht, wenn es tatsächlich der Fall ist. Wann hast du je erlebt, dass ich Kaugummi kaue? Ich tue so etwas nicht. Das ist Unterschicht.«

»Nichts an dir ist Unterschicht.« Benton betrachtet mich aufmerksam und besorgt. Ich erkenne an seinen Augen, dass ich ihm Angst mache.

Aber ich kann nicht anders. »Ich habe mein Leben lang verdammt hart daran gearbeitet, dass man mir die Unterschicht nicht anmerkt. Du kanntest mich nicht in meinen Anfangstagen, als ich noch nicht wusste, wie die Menschen wirklich sind. Menschen, die absolute Macht über einen haben und die man eigentlich verehrt. Und ich ahnte nicht, wie geschickt sie einen zu Dingen verleiten, die zur Folge haben, dass man sich nie wieder fühlt wie früher. Auch wenn man dieses Gefühl unter den Dielenbrettern versteckt, wie das schlagende Herz in der Erzählung von Edgar Allan Poe, weiß man immer, dass es da ist. Außerdem darf man mit niemandem darüber sprechen. Selbst wenn es einen nachts wach hält. Nicht einmal dem Menschen, der einem am nächsten steht, kann man anvertrauen, dass unter den Dielenbrettern ein kaltes, totes Herz liegt – und dass man selbst schuld daran ist.«

»Mein Gott, Kay.«

»Seltsam, dass alles, was wir lieben, so eng mit Hass und Tod verwoben zu sein scheint«, lautet mein nächster Gedanke. »Gut, nicht unbedingt alles.«

»Kay, fehlt dir etwas?«

»Alles bestens. Ich bin nur ein wenig durcheinander. Wer wäre das nicht? Immerhin steht unser Haus gleich gegenüber von Norton's Woods, wo jemand ermordet worden ist. Außerdem könnte das Opfer zum gleichen Zeitpunkt in der Courtauld Gallery gewesen sein wie Lucy und ich, und zwar im Sommer vor dem 11. September. Lucy stuft die Anschläge übrigens als Komplott der amerikanischen Regierung ein. Auch Liam Saltz war im Courtauld und hat dort einen Vortrag gehalten. Ich habe ihn damals nicht kennengelernt, aber Lucy besitzt eine CD von ihm. Ich kann mich nicht erinnern, worüber er geredet hat.«

»Interessant, dass du ihn erwähnst.«

»Ein Link auf einer Website, die Jack aus irgendeinem Grund besucht hat.«

Benton schweigt, wendet jedoch den Blick nicht von mir.

»Wenn ich am Wochenende zu Hause bin, gehen wir beide häufig ins Bisquit. Vielleicht waren wir ja zum selben Zeitpunkt dort wie Johnny Donahue und seine Freundin vom MIT«, spreche ich weiter und kann kaum mit meinen Gedanken Schritt halten. »Wir lieben Salem und die Öle und Kerzen in den dortigen Läden. Denselben Läden, die auch Eisennägel und Teufelsknochen verkaufen. Unser Lieblingshotel in Boston befindet sich unmittelbar neben der Stelle, wo am Morgen nach Halloween Wally Jamisons Leiche gefunden wurde. Werden wir etwa beobachtet? Weiß jemand über alles Bescheid, was wir tun? Was wollte Jack an Halloween in Salem?«

»Wallys Leiche ist mit einem Boot an den Fundort geschafft worden, nicht mit dem Auto«, entgegnet Benton.

»All diese Überschneidungen. Man möchte meinen, dass wir in einer Kleinstadt wohnen.«

»Du siehst gar nicht gut aus.«

»Bist du sicher, dass es ein Boot war? Ich fühle mich, als hätte ich eine Hitzewallung.« Ich drücke meine Hand an die Wange. »Noch etwas, um sich drauf zu freuen.«

»Wichtiger ist, dass jemand seine Leiche absichtlich an einer Stelle ins Wasser geworfen hat, wo dreißig Meter lange Kutter mit Wachen an Bord vor Anker liegen.« Benton lässt mich keine Sekunde aus den Augen. »Außerdem kommen in den frühen Morgenstunden jede Menge Mitarbeiter zum Dienst. Das Dock verwandelt sich dann in einen Parkplatz. Die Leute steigen aus dem Auto und sehen eine verstümmelte Leiche im Wasser treiben. Das ist tollkühn. Einen kleinen Jungen in seinem eigenen Garten zu töten, während seine Eltern zu Hause sind, ist ebenfalls tollkühn. Das Gleiche gilt für einen Mord am Super-Bowl-Sonntag in Norton's Woods, während gerade eine Promi-Hochzeit stattfindet. Und die Krönung der Kühnheit ist, dass all diese Taten an Plätzen begangen wurden, wo wir uns häufig aufhalten.«

»Erst sagst du mir, dass es ein Boot war. Dann weißt du, dass es sich um eine Promi-Hochzeit gehandelt hat – also nicht nur um eine ganz gewöhnliche.« Das ist keine Frage, sondern eine Feststellung. Er würde es nicht aussprechen, wenn er nicht sicher wäre. »Warum war Jack in Salem? Was hat er dort gewollt? An Halloween wimmelt es in Salem von Menschen.«

»Fehlt dir auch wirklich nichts?«

»Hältst du es für etwas Persönliches?«, frage ich, während ich verbissen darüber nachgrüble, wie klein doch die Welt ist. »Ich komme nach Hause und werde so empfangen. Man knallt mir Hässlichkeit, Lügen und Betrug praktisch vor die Füße.«

»In gewisser Weise, ja«, erwidert Benton.

»Vielen Dank auch.«

»Ich sagte, *in gewisser Weise*. Nicht absolut.«

»Das heißt doch, dass es persönlich ist. Ich möchte wissen, wie genau.«

»Versuch dich zu beruhigten. Atme tiefe durch.« Als er nach meiner Hand greift, entziehe ich sie ihm. »Ganz langsam, Kay.«

Ich weiche vor ihm zurück, woraufhin seine Hand wieder zu seinem Schoß wandert, wo das iPhone liegt. Alle zwei Sekunden blinkt es, weil eine Nachricht eingegangen ist. Ich will nicht von ihm berührt werden. Es ist, als hätte ich keine Haut.

»Gibt es hier im Haus etwas Essbares?«, erkundigt sich Benton. »Ich könnte auch etwas bestellen. Wann hast du zuletzt etwas gegessen?«

»Nein, ich würde jetzt nichts runterkriegen. Schon in Ordnung. Warum hast du von einer Promi-Hochzeit gesprochen?«, höre ich mich fragen.

Wieder betrachtet er sein Telefon. »Anne«, teilt er mir mit, während er die gerade eingetroffene Nachricht liest. »Sie ist unterwegs und müsste in wenigen Minuten hier sein.«

»Was sonst noch?«

»Sie hat versucht, dich anzurufen, aber du bist ja nicht an deinem Schreibtisch. Die Hochzeit wurde von Agenten in Zivil bewacht, um einen Prominenten zu beschützen, obwohl der es offenbar nicht nötig hatte«, erklärt Benton. »Auf denjenigen, der wirklich Schutz gebraucht hätte, hat hingegen niemand geachtet.«

Ich hole noch einmal tief Luft, versuche, mir die Symptome eines Herzinfarkts ins Gedächtnis zu rufen, und frage mich, ob ich vielleicht gerade dabei bin, einen zu erleiden.

»Haben die Agenten beobachtet, was passiert ist?« Das nächste Krankenhaus wäre Mount Auburn. Ich will nicht ins Krankenhaus.

»Die, die an den Türen nach draußen postiert waren, haben nichts gesehen. Sie haben erst bemerkt, dass er zusammengebrochen ist, als einige Leute auf ihn zugelaufen sind. Da der Mann für sie nicht von Interesse war, sind sie auf ihrem Posten geblieben. Das mussten sie auch, für den Fall, dass es sich um ein Ablenkungsmanöver gehandelt hätte. Bei einem Personenschutzeinsatz verlässt man seinen Posten nicht.«

Ich konzentriere mich auf das unangenehme Gefühl mitten in meiner Brust und auf meine Kurzatmigkeit. Ich schwitze, und mir ist schwindlig, aber ich habe keine Schmerzen in den Armen. Auch nicht im Rücken oder im Kiefer. Nein, keinen ausstrahlenden Schmerz. Außerdem verändert ein Herzinfarkt das Denken nicht. Ich betrachte meine Hände und strecke sie aus, als könnte ich etwas von ihnen ablesen.

»Hat Jack bei eurem Treffen letzte Woche nach Menthol gerochen?«, erkundige ich mich und füge hinzu: »Wo steckt er? Was genau hat er angestellt?«

»Warum Menthol?«

»Extrastarke Nuprin-Pflaster. Bengay-Pflaster oder etwas Ähnliches.« Ich stehe von Fieldings Schreibtisch auf. »Wenn er sie ständig trägt und nach Eukalyptus stinkt, ist das normalerweise ein Zeichen dafür, dass er Missbrauch mit seinem eigenen Körper treibt, sich im Fitness-Studio und in seinen Taekwondo-Turnieren verausgabt und deshalb chronische und akute Muskel- und Gelenkschmerzen hat. Steroide. Falls

Jack auf Steroiden ist, nun … das war immer der Auftakt zu Problemen.«

»Nach dem zu urteilen, was ich letzte Woche beobachtet habe, nimmt er irgendetwas.«

Ich ziehe Fieldings Kittel aus, falte ihn zu einem ordentlichen Quadrat und lege ihn auf den Schreibtisch.

»Kannst du dich hier irgendwo hinlegen?«, fragt Benton. »Ich glaube, das solltest du tun. Unten im Bereitschaftsraum gibt es ein Bett. Ich kann dich nicht nach Hause bringen. Ich möchte nicht, dass du ohne meine Begleitung dieses Gebäude verlässt.«

»Ich brauche mich nicht hinzulegen. Das würde nichts nützen, sondern die Sache nur verschlimmern.« Ich gehe in Fieldings Bad und nehme mir einen Müllbeutel aus einer Schachtel unter dem Waschbecken.

»Drogen«, verkünde ich, als ich mich setze.

Benton kehrt zu seinem Stuhl zurück, wirkt jedoch so angespannt, als würde er gleich wieder aufspringen.

»Eindeutig etwas, das über die Haut aufgenommen wird, allerdings auf keinen Fall Nuprin oder Motrin. Keine Ahnung, was es ist, aber ich werde es rauskriegen«, teile ich ihm mit.

»Das Stück Plastik, das du angefasst hast.«

»Außer du hast meinen Kaffee vergiftet.«

»Vielleicht ein Nikotinpflaster.«

»Du würdest mich doch nicht vergiften, oder? Falls du nicht mehr mit mir verheiratet sein willst, gibt es einfachere Lösungen.«

»Aber ich wüsste nicht, warum er Nikotin nehmen sollte. Zur Anregung möglicherweise?«

»Das ist es nicht. Ich habe früher von Nikotinpflastern gelebt und mich nie so gefühlt, nicht einmal, wenn ich mir mit einem 21-Milligramm-Pflaster eine angezündet habe. Eine echte Süchtige eben. So bin ich nun mal. Doch ich lasse die

Finger von Drogen. So ein Zeug wie dieses hier kenne ich nicht. Was hat er angestellt?«

Benton starrt auf seine Kaffeetasse und fährt das Emblem des Medical Examiner der Streitkräfte auf der schwarzglasierten Keramik nach. Sein Schweigen bestätigt meinen Verdacht. Die Sache, in die Fielding verwickelt ist, hängt mit allen anderen beteiligten Personen zusammen: mit mir, mit Benton, mit Briggs, mit einem toten Footballspieler, mit einem ermordeten kleinen Jungen, mit dem Mann aus Norton's Woods und mit den gefallenen Soldaten aus Großbritannien und Worcester. So, wie Flugzeuge, die in der Nacht leuchten und mit einem Tower in Verbindung stehen, ein Muster bilden, manchmal am dunklen Himmel zu verharren scheinen und dennoch alle einen Startpunkt und ein Ziel haben, jedes für sich eine Einheit und trotzdem Teil von etwas Größerem, das unermesslich gewaltig ist.

»Du musst mir vertrauen«, sagt Benton leise.

»Hat Briggs sich bei dir gemeldet?«

»Einiges läuft schon seit einer geraumen Weile. Ist bei dir alles in Ordnung? Ich möchte nicht gehen, bevor ich nicht sicher sein kann.«

»Dafür bin ich ausgebildet worden und habe eine Menge Opfer gebracht.« Ich beschließe, mich damit abzufinden. Schicksalsergebenheit erleichtert es mir, eine Lösung zu finden. »Sechs Monate ohne dich und alles andere, was mir wichtig ist. Und dann komme ich nach Hause und werde mit etwas konfrontiert, das schon seit einer Weile läuft. Wie eine feste Tagesordnung.«

Ich bin versucht, *wie am Anfang* hinzufügen, damals, als ich gerade meinen Abschluss als Rechtsmedizinerin in der Tasche und in meiner Naivität keine Ahnung hatte, was gespielt wurde. Als ich, ohne groß darüber nachzudenken, vor Vorgesetzten salutierte, Respekt vor ihnen hatte und ihnen, schlimmer, sogar vertraute. Noch fataler war es, dass ich Hochachtung vor ihnen empfand und sie bewunderte. Und mein allergrößter Fehler war es, John Briggs so anzuhimmeln, dass ich alles, ja alles getan hätte, was er von mir verlangte. Und auf unerklärliche Weise bin ich nun wieder an diesem Punkt angelangt. Die Geschichte wiederholt sich. Eine feste Tagesordnung. Lügen und noch mehr Lügen und unschuldige Menschen, die man beseitigt, ohne mit der Wimper zu zucken. Verbrechen, so kaltblütig verübt, wie ich es noch nie zuvor erlebt habe. Joanne Rule und Noonie Pieste stehen mir so deutlich vor Augen, als wäre es gestern gewesen.

Ich sehe sie auf verbeulten Rollwagen mit rostigen Schweißnähten und klemmenden Rädern. Und ich weiß noch, wie meine Füße beim Gehen an dem alten weißen Steinfußboden kleben blieben, der sich einfach nicht sauber halten ließ. In der Rechtsmedizin von Kapstadt, wo sich überall die Leichen stapelten, war er stets voller Blut. In der Woche meines Aufenthalts sind mir dort Fälle untergekommen, die so unbeschreiblich extrem waren wie der Kontinent malerisch und schön. Menschen, unter den Zug gekommen oder auf dem Highway überfahren. Drogentote aus den Elendsvierteln. Das Opfer eines Haiangriffs in False Bay. Und ein Tourist, der vom Tafelberg in den Tod gestürzt war.

Mir schießt der abstruse Gedanke durch den Kopf, dass mich die Leichen der beiden ermordeten Frauen unten in der Kühlkammer erwarten. So wie an jenem Dezembermorgen, nachdem ich einen neunzehnstündigen Flug auf einem engen Sitz in der Touristenklasse hinter mich gebracht hatte, um zu ihnen zu reisen. Nur dass sie bei meiner Ankunft bereits manipuliert worden waren. Allerdings wäre das auch der Fall gewesen, wenn ich mit einer Concorde eingeflogen oder nur zwei Straßen entfernt gewesen wäre. Rechtzeitig einzutreffen war in diesem Fall ein Ding der Unmöglichkeit. Die Leichen hätten genauso gut Filmrequisiten sein können, so sorgfältig waren sie hergerichtet. Unschuldige junge Frauen, umgebracht um des Erhalts von Macht und Einfluss und der Wählerstimmen willen. Und ich konnte nichts dagegen tun.

Ich habe nicht nur versäumt, es zu verhindern, sondern sogar aktiv zur Vertuschung beigetragen, indem ich erst die Voraussetzungen dafür geschaffen habe. Ich lasse die Bemerkungen von PFC Gabriels Mutter zum Thema Rassismus, für den man auch noch belohnt würde, Revue passieren. Mein Büro in Dover befindet sich direkt neben Briggs' Kommandozentrale. Ich erinnere mich, dass während des Telefonats jemand öfter an meiner geschlossenen Bürotür vorbeigekommen ist. Derjenige ist mindestens zweimal stehengeblieben. Damals dachte ich mir, dass die betreffende Person möglicherweise auf mich wartete, mich durch die Tür telefonieren hörte und mich deshalb nicht stören wollte. Die wahrscheinlichere Antwort lautet allerdings, dass ich belauscht wurde. Briggs, oder jemand, der mit ihm unter einer Decke steckt, führt offenbar etwas im Schilde. Und Benton hat recht: Die Sache läuft bereits seit geraumer Zeit.

»Dann waren die letzten sechs Monate nichts weiter als ein politisches Intrigenspiel. Wie traurig. Wie schäbig. Wie enttäuschend.« Meine Stimme ist fest, und ich klinge absolut ruhig, wie immer, kurz bevor ich explodiere.

»Ist wirklich alles in Ordnung? In diesem Fall sollten wir nämlich runtergehen. Anne ist hier. Wir sollten mit ihr reden, und dann muss ich los.« Benton ist aufgestanden und wartet auf mich, das iPhone in der Hand, an der Tür.

»Lass mich raten. Briggs hat mir diesen Posten zugeschanzt, um ihn für seinen wahren Wunschkandidaten offenhalten zu können«, fahre ich fort. Mein Herz schlägt inzwischen langsamer, und ich fühle mich ruhiger, so als ob meine Synapsen sich wieder im Normalzustand befänden. »Ich sollte den Sitz warm halten. Oder war ich der Vorwand, um dieses Institut bauen, das MIT, Harvard und alle anderen an Bord holen und sich dreißig Millionen Dollar an Fördergeldern sichern zu können?«

Benton liest schon wieder eine Nachricht.

»Er hätte sich eine Menge Mühe ersparen können«, verkünde ich und erhebe mich hinter dem Schreibtisch.

»Du darfst nicht alles hinwerfen«, sagt Benton, während er die nächste Nachricht studiert. »Gönne ihnen nicht diese Genugtuung.«

»*Ihnen*. Also ist es mehr als nur einer.«

Er antwortet nicht, sondern fährt mit den Daumen über sein iPhone.

»Es ist immer mehr als einer. Du kannst es dir aussuchen«, fahre ich fort, während wir gemeinsam losgehen.

»Wenn du aufgibst, tust du genau das, was sie wollen.« Dabei liest er weiter und scrollt durch die Nachricht.

»Solche Leute wissen nicht, was sie wollen.« Ich schließe Fieldings Tür hinter mir und vergewissere mich, dass das Schloss eingerastet ist. »Sie glauben es nur.«

Wir fahren in die untere Etage meines Gebäudes, das in dunklen Nächten und an trüben Tagen die Farbe von Blei hat.

Während der Fahrt im Aufzug, den ich ausgesucht habe, weil er fünfzig Prozent weniger Energie verbraucht, erzähle ich Benton von dem Schriftabdruck auf dem Notizblock. Es könne kein Zufall sein, dass Fielding sich für einen Vortrag interessierte, den Dr. Liam Saltz gerade in Whitehall gehalten habe, füge ich hinzu. Unterdessen verändern sich die Zahlen auf der Digitalanzeige, während wir sanft von Stockwerk zu Stockwerk gleiten. Das LED-Display meiner umweltfreundlichen Transportmaschine schimmert zart. Dem Vernehmen nach weiß keiner der Mitarbeiter hier den Lift auch nur im

Geringsten zu schätzen. Die meisten beschweren sich nur, er sei ihnen zu langsam.

»Er und DARPA vertreten extrem unterschiedliche Auffassungen. Und dass keiner von beiden immer recht hat, steht fest.« Ich schildere Dr. Saltz als Informatiker, Ingenieur, Philosoph und Theologen, der ganz eindeutig kein Freund von Kriegen ist. Er hasst Kriege und die Menschen, die sie vom Zaun brechen.

»Ich kenne ihn und seine Theorien.« Bei Benton klingt das nicht sehr freundlich. Der Aufzug stoppt sanft, die Stahltüren öffnen sich nahezu geräuschlos. »Ich erinnere mich noch gut an deine Zeit bei CNN, als wir uns seinetwegen in die Haare gekriegt haben.«

»Ich kann mich nicht an einen Streit erinnern.« Wir sind wieder im Empfangsbereich, wo Ron, streng und aufmerksam und in derselben Körperhaltung wie vor vielen Stunden, hinter seiner Glasscheibe thront.

Auf den aufgeteilten Videomonitoren kann ich Autos auf dem Parkplatz hinter dem Gebäude erkennen. SUV, nicht mit Schnee bedeckt und mit eingeschalteten Scheinwerfern. FBI oder verdeckte Ermittler. In den Gebäuden des MIT, die hinter dem Zaun das CFC überragen, habe ich erleuchtete Fenster gesehen, als ich vorhin mit Benton daran vorbeigefahren bin. Inzwischen kenne ich den Grund. Das CFC wird überwacht, und FBI und Polizei sparen sich inzwischen die Mühe, aus ihrer Anwesenheit einen Hehl zu machen. Es fühlt sich an wie eine Belagerung.

Seit ich den Stützpunkt in Dover verlassen habe, war ich die ganze Zeit entweder in Begleitung oder befand mich in einem bewachten Gebäude, und zwar nicht aus jenen Gründen, die mir weisgemacht worden sind. Zumindest waren es nicht die einzigen Gründe. Niemand wollte mich so schnell wie möglich zurück nach Hause holen, weil in der Kühlkammer eine

Leiche geblutet hatte. Das stand zwar ziemlich weit oben auf der Liste, war jedoch eindeutig nicht der einzige Punkt, ja vielleicht nicht einmal der wichtigste. Gewisse Leute haben diesen Anlass als Vorwand benutzt, um immer in meiner Nähe bleiben zu können. Leute wie meine Nichte zum Beispiel, die bewaffnet war und Leibwächterin gespielt hat. Außerdem kann ich mir nicht vorstellen, dass Benton nicht an dieser Entscheidung beteiligt war, ganz gleich, was er zum fraglichen Zeitpunkt auch gewusst oder nicht gewusst haben mag.

»Vielleicht wollte er sich ja an dich ranmachen«, sagt Benton auf dem Weg den grauen Korridor entlang.

»Offenbar glaubst du, dass ich mit jedem ins Bett steige.«

»Nicht mit jedem«, erwidert er.

Ich schmunzle und muss beinahe lachen.

»Du fühlst dich besser«, merkt er an und berührt mich zärtlich am Arm, während er neben mir geht.

Die merkwürdige Stimmung von vorhin ist verflogen, und ich wünschte, es wäre nicht so eine unchristliche Uhrzeit. Außerdem hoffe ich, jemanden im Labor für Spurenuntersuchung anzutreffen, damit wir die Plastikfolie, die ich berührt habe, genauer unter die Lupe nehmen können. Vermutlich werden wir sie zuerst unters Elektronenmikroskop legen und sie dann mit dem FTIR-Spektrometer oder einem anderen Gerät überprüfen, bis wir wissen, was Fieldings Schmerzpflaster sonst noch enthalten. Da ich noch nie anabole Steroide genommen habe, kenne ich die Symptome nicht aus erster Hand. Allerdings glaube ich nicht, dass man davon in einen Zustand gerät wie ich gerade eben. Jedenfalls nicht so blitzartig.

Kokain, Crack, LSD oder was sonst unmittelbar über die Haut in den Organismus eindringt. Hoffentlich war es nichts davon, aber wie sich das anfühlt, kann ich ebenso wenig beurteilen. Auch kein Opiat wie Fentanyl, das am häufigsten über

Pflaster verabreichte Betäubungsmittel. Ein starkes Schmerzmedikament wie Fentanyl hätte keine solche Reaktion in mir ausgelöst. Andererseits kann ich da auch nicht sicher sein, da mir die Erfahrung mit Fentanyl fehlt. Jeder Mensch reagiert anders auf Medikamente. Außerdem können Substanzen, die nicht ordnungsgemäß von einem Arzt verschrieben worden sind, verunreinigt oder ungenau dosiert sein.

»Ja, du bist offenbar wieder du selbst.« Benton berührt mich noch einmal. »Wie geht es dir? Bist du sicher, dass alles in Ordnung ist?«

»Es hat nachgelassen, was immer es auch war. Wenn ich mich auch nur im Entferntesten angeschlagen fühlen sollte, würde ich den Fall nicht übernehmen«, antworte ich. »Vermutlich kommst du mit in den Autopsiesaal.« Schließlich sind wir auf dem Weg dorthin.

»Ein Drink. Richtig.« Benton ist wieder beim Thema Liam Saltz. »Der Mann begegnet dir zufällig bei CNN und will dich um Mitternacht auf einen Drink einladen. Das ist nicht unbedingt normal.«

»Ich weiß nicht, wie ich das jetzt verstehen soll. Aber bestimmt nicht als Kompliment.«

»Sein Ruf, was Frauen betrifft, ähnelt dem gewisser Politiker, die ich jetzt nicht beim Namen nennen möchte. Wie heißt das Modewort? Sexsucht.«

»Nun, wenn du dafür einen Begriff brauchst.«

Wir passieren die Radiologie. Die Tür ist geschlossen, und das rote Lämpchen leuchtet nicht, weil das Röntgengerät nicht läuft. Das Erdgeschoss ist still und menschenleer, und ich frage mich, wo Marino steckt. Vielleicht ist er ja bei Anne.

»Hat er sich seitdem mit dir in Verbindung gesetzt? Wann war das? Vor zwei Jahren?«, erkundigt sich Benton. »Oder mit einigen deiner Mitstreiter im Walter Reed oder in Dover?«

»Mit mir nicht. Was die anderen betrifft, keine Ahnung.

Allerdings sind Leute, die mit dem Militär zu tun haben, nicht unbedingt Fans von Dr. Saltz. Er gilt als unpatriotisch, was nicht ganz fair ist, wenn man sich seine Äußerungen genauer ansieht.«

»Das Problem ist, dass heutzutage niemand mehr den anderen zu verstehen scheint. Die Menschen hören einander nicht mehr zu. Saltz ist kein Kommunist. Er ist kein Terrorist. Und er hat auch keinen Landesverrat begangen. Er weiß nur nicht, wann er seinen Überschwang bremsen und auch mal die Klappe halten muss. Allerdings ist er für die Regierung nicht von Interesse. Nun, zumindest bis jetzt nicht.«

»Und plötzlich ist er es.« Ich nehme an, dass Benton mir das als Nächstes eröffnen wird.

»Er war gestern nicht in Whitehall, ja nicht einmal in London.« Benton hat mit dieser Mitteilung gewartet, bis wir vor der abgeschlossenen Stahltür zum Autopsiesaal stehen. »Vermutlich hast du das nicht im Internet gelesen, als du versucht hast, dem Abdruck von Jacks Notiz auf den Grund zu gehen«, fügt Benton in einem Tonfall hinzu, in dem andere Bedeutungen mitschwingen. Ein Hauch von Feindseligkeit, jedoch nicht gegen mich gerichtet, sondern gegen Fielding.

»Woher weißt du, wo Liam Saltz sich aufgehalten hat und wo nicht?«, frage ich und denke gleichzeitig an Bentons Bemerkung von vorhin. Er hat die Festlichkeit in Norton's Woods als Promi-Hochzeit bezeichnet und erwähnt, es seien Leibwächter dort gewesen. FBI-Männer in Zivil, hat Benton mir erzählt, wenn auch in einem Moment, in dem ich nicht so klar denken konnte, wie es angebracht gewesen wäre.

»Er hat seinen Vortrag per Satellit auf einen großen Videoschirm übertragen lassen. Er hat bei den Teilnehmern in Whitehall großen Anklang gefunden«, fügt Benton hinzu, als wäre er selbst dabei gewesen. »Er musste wegen einer Familienangelegenheit ins Ausland reisen.«

Ich denke an den Mann jenseits dieser geschlossenen Stahltür. Einen Mann, dessen Uhr zum Zeitpunkt seines Todes auf britische Zeit eingestellt gewesen sein könnte. Einen Mann, der einen alten Roboter namens MORT in seiner Wohnung stehen hat. Denselben Roboter, gegen den Liam Saltz und ich uns ausgesprochen haben, um die Mächtigen davon zu überzeugen, seinen Einsatz zu verbieten.

»Hat Jack ihm deshalb nachspioniert, indem er gestern Vormittag bei RUSI oder sonst irgendwo nachgesehen hat?«, erkundige ich mich, während ich die Tür zum Autopsiesaal öffne.

»Ich überlege, wie sich das abgespielt haben mag. Hat er einen Anruf bekommen und dann nachgeforscht, oder wusste er, dass Saltz aus irgendeinem Grund in Cambridge ist?«, entgegnet Benton. »Übrigens stelle ich mir eine Menge Fragen, auf die ich hoffentlich bald eine Antwort erhalten werde. Jedenfalls ist mir bekannt, dass Dr. Saltz auf der Hochzeit war. Die Tochter seiner derzeitigen Frau sollte eigentlich von ihrem leiblichen Vater zum Altar geführt werden, doch der ist an der Schweinegrippe erkrankt.«

»Ich habe Ihnen eine SMS geschickt«, verkündet Anne. In blaue Schutzkleidung gehüllt, arbeitet sie an einem Computer, der in einem wasserdichten Edelstahlbehälter steht. Die eingeschweißte Tastatur ist so hoch angebracht, dass man sie bequem im Stehen bedienen kann. Hinter ihr auf dem inzwischen blitzblanken Autopsietisch von Arbeitsplatz Nummer eins liegt der Mann aus Norton's Woods.

»Tut mir leid«, meine ich geistesabwesend zu ihr, während ich weiter über Liam Saltz und seine mögliche Verbindung zu dem Toten, abgesehen von Robotern, insbesondere MORT, nachgrüble. »Mein Telefon liegt in meinem Büro, und ich war nicht dort«, erkläre ich Anne und wende mich an Benton. »Hat er noch andere Kinder?«

»Er wohnt im Charles Hotel«, erwidert Benton. »Jemand ist dorthin unterwegs, um mit ihm zu reden. Aber um deine Frage zu beantworten: ja. Er hat eine ganze Reihe von Kindern und Stiefkindern aus verschiedenen Ehen.«

»Ich wollte Ihnen noch sagen, dass es mir nicht ganz geheuer war, die Aufnahmen zu speichern und Ihnen zu mailen«, erklärt Anne. »Keine Ahnung, womit wir es hier zu tun haben. Deshalb hielt ich es für besser, absolut auf Nummer sicher zu gehen. Wenn Sie bleiben wollen, müssen Sie sich etwas überziehen«, meint sie dann zu Benton. »Er hat zwar nirgendwo Alarm ausgelöst, aber ich weiß trotzdem nicht, womit er in Berührung gekommen ist. Wenigstens ist er nicht radioaktiv verseucht. Das Zeug in seinem Körper strahlt nicht, Gott sei Dank.«

»Ich nehme an, im Krankenhaus war alles ruhig. Keine Zwischenfälle«, entgegnet Benton. »Nein, ich bleibe nicht.«

»Der Sicherheitsdienst hat uns hinein- und hinausbegleitet. Sonst sind wir niemandem begegnet. Zumindest keinen Patienten oder Mitarbeitern.«

»Haben Sie irgendwelche Substanzen in ihm feststellen können?«, frage ich.

»Spuren von Metall.« Annes behandschuhte Hände bewegen sich auf der Computertastatur und klicken auf die Maus. Beides ist frisch mit strapazierfähigem Silikon überzogen. Die Spuren von Fieldings Schlamperei wurden im Autopsiesaal radikal beseitigt. Im Waschbecken von Arbeitsplatz eins – meinem Arbeitsplatz – erkenne ich Wasser und einen großen Schwamm. Die chirurgischen Instrumente blitzen und funkeln und sind ordentlich auf einem Sezierbrett angeordnet. Außerdem entdecke ich einen Mopp, der vorhin noch nicht vorhanden war, sowie einen Wetzstein auf einer Arbeitsfläche.

»Ich traue meinen Augen nicht«, meine ich zu ihr, während ich mich umschaue.

»Ollie«, erwidert sie und bedient weiter die Maus. »Als ich ihn angerufen habe, ist er zurückgekommen und hat hier Frühjahrsputz veranstaltet.«

»Wirklich?«

»Das heißt nicht, dass wir uns während Ihrer Abwesenheit keine Mühe gegeben hätten. Jack hat diesen Arbeitsplatz benutzt, und wir hielten es für klüger, ihm aus dem Weg zu gehen.«

»Wie kann es sein, dass das Metall nicht vom CT angezeigt wurde?« Benton beobachtet, wie Anne sich auf der Suche nach den gewünschten MRI-Bildern durch die im Labor für Bildgebung angefertigten Aufnahmen klickt.

»Weil es sich um ein wirklich winziges Teilchen handelt«, erkläre ich ihm. »Bei einer Größe von unter null Komma fünf Millimetern ist nicht zu erwarten, dass es beim CT auftaucht. Deshalb wollten wir diese Möglichkeit mit dem MRI ausschließen. Offenbar die richtige Entscheidung.«

»Magnetische Metallteile in einem lebenden Menschen können ausgesprochen unschöne Folgen haben, weil sie sich im MRI drehen und bewegen«, meint Anne und klickt eine Datei an. »Wie Metallsplitter in den Augen von Menschen zum Beispiel, die sie sich in ihrem Beruf zugezogen haben. Manchmal ahnen sie nichts davon, bis man sie in ein MRI steckt. Und dann merken sie es, und wie sie es merken. Auch wenn jemand irgendwo ein Piercing hat, das er uns verschweigt. Das haben wir schon oft genug erlebt«, wendet sie sich an Benton. »Oder, gütiger Himmel, einen Herzschrittmacher. Metall bewegt sich, und außerdem wird es heiß.«

»Irgendwelche Theorien?«, frage ich sie, weil mir kein Ereignis oder eine Waffe mit den gerade auf dem Bildschirm dargestellten Folgen einfällt.

»Ich kann auch nur raten, so wie Sie«, entgegnet Anne, während wir die hochaufgelösten Aufnahmen betrachten, die

die inneren Verletzungen des Mannes zeigen. Es handelt sich um einen großen, verzerrten Bereich, bestehend aus Lücken im Signal, der unmittelbar jenseits der Knopflochwunde beginnt und sich immer schwächer abzeichnet, je tiefer er in die Organe und das weiche Gewebe im Brustraum hineinreicht.

»Wegen des Magnetfelds bekommt man selbst bei so unglaublich winzigen Partikeln ein Ergebnis. Genau hier.« Ich weise Benton darauf hin. »Diese sehr dunklen und verzerrten Stellen, wo das Signal nicht durchdringt. Diese Ausblühungen entlang des Wundkanals, beziehungsweise dessen Überresten, entstehen dadurch, dass das Signal vom Metall abgelenkt wurde. Er hat eindeutig Fremdkörper aus magnetischem Eisen im Körper.«

»Und wie sind sie da hineingeraten?«, wundert sich Benton.

»Dazu muss ich ein paar davon herausholen und analysieren.« Ich denke an Lucys Bemerkung zum Thema Nanothermit. Das wäre magnetisch wie ein Geschoss, und beide Metalllegierungen enthalten Eisenoxid.

»Null Komma fünf? Etwa so wie ein Staubkorn?« An Bentons Blick ist zu erkennen, dass er gedanklich abgelenkt ist.

»Ein wenig größer«, antwortet Anne.

»Ungefähr so wie die Partikel von Schmauchspuren oder Körnchen von nicht abgebranntem Schießpulver«, ergänze ich.

»Ein Projektil, ein Geschoss zum Beispiel, könnte zu Fragmenten zerfallen, die nicht größer sind als Schießpulverkörnchen«, überlegt Benton laut. Ich merke ihm an, dass er meine Erklärung in einen Zusammenhang setzt, denke an meine Nichte und frage mich, was genau sie heute Morgen in ihrem Labor mit ihm besprochen hat. Dann grüble ich über Patronen für Haiharpunen und Nanosprengstoffe nach. Allerdings müssten in diesem Fall Verbrennungen festzustellen sein. Ich kann mir einfach keinen Reim darauf machen.

»Kein Projektil, das ich kenne«, stellt Anne fest, und ich stimme ihr zu. »Wissen wir inzwischen, wer er sein könnte?« Sie meint den Toten auf dem Tisch. »Ich wollte nicht lauschen.«

»Hoffentlich bald«, erwidert Benton.

»Hört sich an, als hätten Sie eine Vermutung«, gibt Anne zurück.

»Unser erster Hinweis war, dass er zur gleichen Zeit in Norton's Woods aufgekreuzt ist, als Dr. Saltz sich im Gebäude aufhielt. Dieser Sache sind wir nachgegangen, da die beiden Personen gewisse gemeinsame Interessen haben.« Ich nehme an, dass er die Roboter meint.

»Von dem habe ich, glaube ich, noch nie gehört«, erwidert Anne.

»Ein Wissenschaftler und Nobelpreisträger, der im Ausland lebt«, erläutert Benton. Als ich seinen Umgang mit Anne beobachte, werde ich wieder daran erinnert, dass sie Kollegen und Freunde sind, was man daran erkennt, dass er sie so locker, offen und vertraut behandelt wie kaum sonst jemanden. »Und falls er« – Benton deutet auf den Toten – »wusste, dass Dr. Saltz nach Cambridge kommen wollte, stellt sich die Frage, woher.«

»Ist uns bekannt, ob er es gewusst hat?«, wende ich ein.

»Im Moment noch nicht.«

»Also war Dr. Saltz bei der Hochzeit. Dieser Mann hingegen war nicht für eine Hochzeit angezogen.« Anne weist auf den nackten Toten auf dem Tisch. »Außerdem hatte er seinen Hund dabei. Und eine Pistole.«

»Bis jetzt wissen wir, dass die Braut eine Tochter aus einer anderen Ehe von Saltz' Frau ist«, verkündet Benton, als wäre diese Einzelheit sorgfältig nachgeprüft worden. »Der Vater der Tochter, der sie eigentlich hätte zum Altar führen sollen, ist krank geworden. Deshalb hat sie in letzter Minute ihren Stiefvater Dr. Saltz darum gebeten, und der konnte schließlich nicht an zwei Orten gleichzeitig sein. Also ist er am Sonntag nach Boston geflogen und hat seinen Auftritt in Whitehall per Satellit abgewickelt. Ein Opfer für ihn. Sicher hat es ihm gerade noch gefehlt, in die USA zu reisen und sich in Cambridge blicken zu lassen.«

»Waren die Agenten in Zivil seinetwegen dort?«, frage ich. »Und wenn ja, warum? Er hat zwar einige Feinde, aber weshalb sollte das FBI einen Zivilisten und Wissenschaftler aus Großbritannien schützen?«

»Genau das ist ja die Ironie des Schicksals«, erwidert Benton. »Die Sicherheitsvorkehrungen bei der Feier wurden nicht für ihn getroffen, sondern für die Hochzeitsgäste, von denen die meisten wegen der Familie des Bräutigams aus Großbritannien kamen. Der junge Ehemann ist nämlich Russell Browns Sohn David. Liam Saltz' Stieftochter Ruth und David haben in Harvard Jura studiert, einer der Gründe, warum die Hochzeit hier stattfand.«

Russell Brown, der Verteidigungsminister im Schattenkabinett, dessen Rede ich gerade auf der Website von RUSI gelesen habe.

»Er erscheint bewaffnet zu einem gesellschaftlichen Anlass wie diesem«, merke ich an und nähere mich dem Stahltisch. »Und zwar mit einer Pistole, deren Seriennummer entfernt wurde?«

»Richtig. Und warum?«, überlegt Benton. »Zu seinem eigenen Schutz? Oder wollte er einen Anschlag verüben? Glaubte er gar, sich aus Gründen verteidigen zu müssen, die überhaupt nichts mit der Hochzeit und den gerade erwähnten Personen zu tun haben?«

»Möglicherweise hat er an einem streng geheimen Technologieprojekt gearbeitet«, schlage ich vor. »Einer Entwicklung, die sehr viel Geld wert ist«, füge ich hinzu. »Einer Erfindung, für die Menschen einen Mord begehen könnten.«

»Und es vielleicht sogar getan haben«, fügt Anne mit einem Blick auf den toten jungen Mann hinzu.

»Hoffentlich sind wir bald klüger«, erwidert Benton.

Ich betrachte den Toten, der steif auf dem Rücken liegt. An den gekrümmten Fingern und der Stellung von Armen, Beinen, Händen und Kopf hat sich überhaupt nichts geändert, obwohl er während des Transports und zur Anfertigung der Aufnahmen viel bewegt worden ist. Die Leichenstarre ist zwar voll ausgebildet, doch der Körper sperrt sich nicht sehr gegen die Untersuchung, weil der Tote so schlank ist. Er hat nicht viel Muskelmasse, in der sich Kalziumionen hätten festsetzen können, nachdem seine Nervenbahnen den Dienst eingestellt hatten. Ich kann ihn mühelos bewegen.

»Ich muss los«, sagt Benton zu mir. »Ich weiß, dass du das hier erledigen willst. Wenn du hier fertig bist, brauche ich deine Hilfe. Aber fahr auf keinen Fall allein los. Sorgen Sie dafür, dass sie mich anruft«, meint er zu Anne, die gerade Reagenzgläser und Behälter für Proben beschriftet. »Melde dich bei mir oder bei Marino«, ergänzt er. »Gib uns eine Stunde im Voraus Bescheid.«

»Triffst du dich mit Marino …?«, setze ich an.

»Wir arbeiten an einer Sache. Er ist schon dort.«

Ich hake nicht weiter nach, auf wen Benton anspielt, wenn er von »wir« spricht. Als er mich noch einmal ansieht, treffen sich unsere Blicke mit der Vertrautheit einer zärtlichen Berührung. Dann geht er hinaus. Ich höre seine leiser werdenden energischen Schritte auf den harten Fliesen im Flur, dann seine Stimme und noch eine andere, als er mit jemandem redet. Vielleicht ist es Ron. Ich kann zwar kein Wort verstehen, aber sie klingen ernst und besorgt. Im nächsten Moment herrscht plötzlich Schweigen. Ich stelle mir vor, wie Benton den Empfangsbereich verlässt, und bin überrascht, als ich ihn auf dem Videoschirm sehe. Aufgezeichnet von den Überwachungskameras, durchquert er die Ladezone und zieht dabei den Reißverschluss der Lammfelljacke zu, die ich ihm vor so langer Zeit geschenkt habe, dass ich mich nicht mehr an das Jahr erinnere. Ich weiß nur noch, dass es in Aspen war, wo er früher ein Haus hatte.

Auf dem Bildschirm der Überwachungskamera beobachte ich, wie er eine Seitentür neben dem großen Tor zur Ladezone öffnet. Eine andere Kamera zeigt, wie er vor dem Gebäude an seinem grünen Porsche Cayenne vorbeigeht, der in meiner Parklücke steht. Er steigt in einen anderen SUV, einen großen, dunklen mit grellen Scheinwerfern, deren Licht sich in den Schneeflocken bricht. Ich kann nicht erkennen, wer am Steuer sitzt. Ich sehe zu, wie der Wagen auf meinem verschneiten Parkplatz rückwärtsrangiert und dann vorwärtsrollt. Er bleibt stehen, bis sich das große Tor geöffnet hat, und verschwindet schließlich im bitterkalten Schneetreiben. Es ist vier Uhr morgens, eine einsame Stunde. Mein Mann sitzt auf dem Beifahrersitz, am Steuer ein Unbekannter, vielleicht sein FBI-Freund Douglas. Die beiden haben ein Ziel, das mir niemand verraten hat.

14

Im Vorraum bereite ich mich wie gewohnt auf die Schlacht vor und werfe mich in meine Rüstung aus Plastik und Papier.

Vor einer Obduktion fühle ich mich nie wie eine Ärztin, ja nicht einmal wie eine Chirurgin, aber vermutlich können das nur die Menschen verstehen, bei denen der Umgang mit den Toten zum beruflichen Alltag gehört. Während meiner Praktika im Medizinstudium war ich nicht anders als andere Ärzte, versorgte auf den Stationen und in der Notaufnahme die Kranken und Verletzten und assistierte im Operationssaal. Also weiß ich, wie es ist, einen warmen Körper aufzuschneiden, der einen Blutdruck und etwas zu verlieren hat. Und deshalb ist mir auch klar, dass das, was ich nun tun werde, unterschiedlicher nicht sein könnte. Denn als ich zum ersten Mal mit einem Skalpell in einen kalten, gefühllosen Körper eindrang und einen Y-förmigen Einschnitt bei einem toten Patienten ansetzte, habe ich etwas unwiederbringlich aufgegeben.

Ich habe mich von der Vorstellung verabschiedet, eine Halbgöttin und Heldin zu sein, die über den gewöhnlichen Sterblichen steht. Außerdem war Schluss mit dem Wunschdenken, dass ich ein anderes Lebewesen, einschließlich meiner selbst, heilen könnte. Kein Arzt hat die Macht, Blut zum Verklumpen zu bringen, dafür zu sorgen, dass Gewebe und Knochen sich regenerieren, oder Tumore schrumpfen zu lassen. Wir lösen keine biologischen Abläufe aus, sondern helfen ihnen höchstens auf die Sprünge, damit sie reibungslos ablaufen – oder auch nicht. In dieser Hinsicht sind Ärzten engere Grenzen gesetzt als Mechanikern oder Ingenieuren, die wirklich etwas aus dem Nichts erschaffen. Vermutlich hat mich die Wahl meines Fachgebiets, das meine Mutter und meine Schwester bis heute morbide und befremdlich finden, ehrlicher gemacht als die meisten Ärzte. Ich weiß, dass die Toten gegen meine Person oder mein Verhalten am Krankenbett immun sind, wenn ich meine heilende Hand an sie lege. Sie sind und bleiben tot. Auch bedanken sie sich nicht, schicken keine Weihnachtskarten und benennen ihre Kinder nicht nach mir. Natürlich war ich mir dieser Dinge bewusst, als ich mich für die Rechtsmedizin entschied. Doch das ist, als behauptete man, zu wissen, was Krieg bedeutet, wenn man sich bei den Marines verpflichtet und dann in den Bergen Afghanistans eingesetzt wird. Man kennt eine Sache erst wirklich, wenn man sie selbst erlebt.

Immer wenn mir der beißende, ölige, scharfe Geruch von unverdünntem Formaldehyd in die Nase steigt, erinnere ich mich daran, das ich einmal so naiv war, anzunehmen, die Sektion einer der Wissenschaft gespendeten Leiche zu Lehrzwecken sei auch nichts anderes als die Autopsie eines nicht einbalsamierten Menschen mit unklarer Todesursache. Meine erste Leichenöffnung fand im Autopsiesaal der Klinik der Johns Hopkins University statt, einem primitiv ausgestatteten Raum, wenn man ihn mit dem vergleicht, der hinter der Tür des Zimmers liegt, wo ich gerade meine AFME-Uniform zusammenfalte und auf eine Bank lege. Um diese Uhrzeit spare ich mir die Mühe, in die Umkleidekabine zu gehen, weil ich nicht befürchten muss, dass mich jemand nackt sehen könnte. Die Frau, an deren Namen ich mich noch erinnere, war erst dreiunddreißig und hinterließ zwei kleine Kinder und einen Mann, als sie an den nach einer Blinddarmoperation eingetretenen Komplikationen starb.

Bis zu diesem Tag bedaure ich, dass sie mein Studienobjekt war. Es tut mir leid, dass sie überhaupt zum Studienobjekt einer Pathologiepraktikantin gemacht wurde. Ich weiß noch, wie absurd ich es fand, dass eine gesunde junge Frau wie sie einer bei der Entfernung eines überflüssigen Wurmfortsatzes aufgetretenen Infektion erliegen musste. Ich wollte sie heilen. Während ich mich an ihr zu schaffen machte, wünschte ich mir, sie möge zu sich kommen und von dem erhöhten Edelstahltisch in dem tristen, nach Tod riechenden Kellerraum mit seinem abgewetzten Fußboden heruntersteigen. Ich wollte, dass sie wieder lebendig und gesund wurde, und sehnte mich nach dem Gefühl, dazu beigetragen zu haben. Allerdings bin ich keine Chirurgin, sondern führe eher Ausgrabungen durch, um in meinem Krieg gegen Mörder, oder – weniger dramatisch, dafür aber häufiger – Anwälte, etwas in der Hand zu haben.

Anne war so nett, mir einen frischgewaschenen OP-Anzug in dem üblichen Grün, an das ich gewohnt bin, Größe medium, zu besorgen. Darüber ziehe ich einen Einwegkittel an, den ich im Rücken fest zubinde, bevor ich ein Paar Überschuhe aus dem Spender nehme und über die Arztclogs aus Gummi streife, die Anne irgendwo aufgetrieben hat. Als Nächstes kommen Ärmelschoner, Haarnetz, Mundschutz, Gesichtsschild und zu guter Letzt zwei Paar Handschuhe übereinander.

»Vielleicht könnten Sie für mich mitschreiben«, sage ich zu ihr, als ich in den Autopsiesaal, einen großen, leeren, von schimmerndem Weiß und funkelndem Stahl geprägten Raum, zurückkehre. Wenn ich meinen Patienten auf dem Tisch mitzähle, sind wir nur zu dritt. »Für den Fall, dass ich keine Gelegenheit habe, meine Ergebnisse gleich anschließend zu diktieren. Und es sieht ganz danach aus, dass ich wegmuss.«

»Aber nicht allein«, erinnert sie mich.

»Benton hat den Autoschlüssel mitgenommen«, erwidere ich.

»Das würde Sie nicht daran hindern. Schließlich haben wir

hier einen Fuhrpark. Also versuchen Sie nicht, mich reinzulegen. Wenn es so weit ist, rufe ich ihn an. Keine Widerrede.« Anne kann fast alles sagen, ohne dabei respektlos oder unhöflich zu klingen.

Während ich Abstriche von der Eintrittswunde unten am Rücken nehme, fotografiert sie. Anschließend nehme ich noch Abstriche von den Körperöffnungen, nur für den Fall, dass bei diesem Mord ein sexueller Übergriff im Spiel gewesen sein sollte, obwohl ich mir das angesichts der Schilderungen nicht vorstellen kann.

»Weil wir nach einem Einhorn suchen.« Ich verstaue die Abstriche von Anus und Mund in Papierumschlägen und zeichne sie mit meinen Initialen ab. »Und nicht nur nach einem gewöhnlichen Pony. Außerdem nehme ich nichts als gegeben hin, weil ich nicht am Tatort war.«

»Nun, das war niemand von uns«, antwortet Anne. »Was ein Jammer ist.«

»Selbst wenn es anders wäre, würden wir nach einem Einhorn suchen.«

»Ich kann Sie verstehen. An Ihrer Stelle würde ich auch nicht viel auf die Aussagen anderer Leute geben.«

»An meiner Stelle.« Ich lege eine neue Klinge in ein Skalpell ein. Anne füllt einen beschrifteten Plastikbehälter mit Formalin.

»Außer, wenn ich es bin«, entgegnet sie, ohne mich anzusehen. »Ich würde nicht lügen, betrügen oder mir etwas nehmen, das mir nicht zusteht. Nie würde ich so tun, als ob das hier mein Laden wäre. Aber schon gut. Ich sollte das nicht weiter ausführen.«

Das verlange ich auch gar nicht von ihr. Schließlich will ich sie nicht in die Verlegenheit bringen, die Leute anschwärzen zu müssen, die mich hintergangen haben. Ich weiß nämlich, wie es ist, in diese Rolle gedrängt zu werden. Ein schlimmeres

Gefühl gibt es kaum. Außerdem fühlt man sich gezwungen, zu lügen oder zumindest die Wahrheit zu verschweigen. Die Lüge nistet sich dann im tiefsten Inneren eines Menschen ein, völlig intakt wie die unverdauten Maiskörner, die in ägyptischen Mumien gefunden wurden. Man wird sie nicht mehr los und kann sie nicht mehr ungeschehen machen, ohne zuzupacken und sie eigenhändig herauszuholen. Und ich bin nicht sicher, ob ich den Mut dazu habe. Ich denke an die abgetretenen Holzstufen, die in den Keller des Hauses in Cambridge führen. An die rauen Steinmauern unter der Erde. Und an den siebenhundertfünfzig Kilo schweren Safe mit seiner sechs Zentimeter dicken und mit drei Schlössern gesicherten Tür.

»Vermutlich haben Sie, als Sie mit Marino im McLean waren, keine Gerüchte aufgeschnappt, wo die anderen stecken könnten«, meine ich. Ich beginne den Y-förmigen Einschnitt von Schlüsselbein zu Schlüsselbein und dann nach unten mit einem kleinen Umweg um den Nabel bis zum Unterleib und Schambein. »Haben Sie eine Vermutung, wer da auf unserem Parkplatz herumsteht und was los ist? Offenbar stehe ich unter Hausarrest, und zwar aus Gründen, die mir noch niemand zu erklären für nötig gehalten hat.«

»Das FBI.« Da verrät Anne mir nichts Neues. Sie geht zu der Wand, wo neben Reihen von Plastikhalterungen für Formularvordrucke und Diagramme Klemmbretter an Haken hängen. »Mindestens zwei Beamte auf dem Parkplatz und einer, der uns gefolgt ist. Jedenfalls hat uns jemand beschattet.« Sie sucht die benötigten Papiere zusammen und nimmt ein Klemmbrett, nachdem sie sich vergewissert hat, dass der mit einer Kordel daran befestigte Kugelschreiber auch funktioniert. »Ein Detective oder Agent, keine Ahnung, ist uns zum Krankenhaus nachgefahren. Offenbar hat derjenige vor unserer Ankunft den Wachdienst verständigt.« Sie kehrt zum

Tisch zurück. »Als wir am Labor eintrafen, wurden wir nämlich schon von drei Wachleuten des McLean erwartet. Wahrscheinlich hatten sie seit Jahren nicht mehr so viel Aufregung gehabt. Und dazu noch der große Unbekannte in einem SUV. Übrigens ein dunkelblauer Ford Explorer oder Expedition.«

Vielleicht das Auto, in dem Benton gerade aufgebrochen ist. »Ist diese Person ausgestiegen?«, frage ich Anne. »Vermutlich haben Sie nicht mit ihr gesprochen.« Ich schlage weiches Gewebe zurück. Der Mann ist so mager, dass es sich unter einer hauchdünnen gelben Fettschicht dunkelrot verfärbt.

»Ob Mann oder Frau, war schwer festzustellen. Ich konnte ja schlecht hinmarschieren und reinschauen. Der Agent saß noch im Wagen, als wir abfuhren, und ist uns zurück hierher gefolgt.«

Sie nimmt die Rippenschere vom Instrumentenwagen und hilft mir, den Brustkorb zu öffnen, so dass die Organe und eine kräftige Blutung in Sicht kommen. Der Geruch nach Zellen, die allmählich anfangen, sich zu zersetzen, steigt mir in die Nase. Es ist die Vorahnung dessen, was sicher bald widerwärtig stinken wird. Die Gerüche, die ein verwesender menschlicher Körper absondert, sind nämlich ganz besonders unangenehm und ganz anders als die eines Vogels, eines Opossums oder des größten Säugetiers, das wir uns vorstellen können. Im Tod unterscheiden wir uns von den übrigen Geschöpfen ebenso wie im Leben. Den Geruch von faulendem Menschenfleisch würde ich überall erkennen.

»Wie wollen Sie vorgehen? En bloc? Und die Metallteile sehen wir uns an, wenn wir die Organe auf dem Sezierbrett haben?«

»Ich glaube, wir müssen jeden Schritt Zentimeter um Zentimeter aufeinander abstimmen und alles nach den Aufnahmen ausrichten, so gut es möglich ist. Ich bin nämlich nicht sicher, ob ich diese ferromagnetischen Fremdkörper ohne Lupe überhaupt erkennen kann.« Ich wische mir die blutigen Handschuhe an einem Handtuch ab und trete näher an den Videoschirm, den Anne in Quadranten aufgeteilt hat, damit ich mir verschiedene MRI-Aufnahmen gleichzeitig anschauen kann.

»Sie haben sich verteilt wie Schießpulver«, merkt sie an. »Auch wenn wir die eigentlichen Metallteilchen nicht sehen können, weil sie das Signal blockieren.«

»Richtig. Am Anfang befinden sich mehr Ausblühungen und Lücken als am Ende. Die meisten haben wir an der Eintrittswunde.« Mit dem blutigen Finger zeige ich auf den Bildschirm.

»Allerdings gibt es keine Rückstände an der Oberfläche«, stellt sie fest. »Und das ist der Unterschied zu einem aufgesetzten Schuss.«

»Von einem aufgesetzten Schuss kann hier gar nicht die Rede sein«, entgegne ich.

»Was das auch immer für ein Zeug sein mag, jedenfalls beginnt es hier.« Sie weist auf die Eintrittswunde unten am Rücken. »Allerdings nicht an der Oberfläche, sondern direkt darunter. Etwa einen Zentimeter tiefer, was wirklich seltsam ist. Ich habe dafür beim besten Willen keine Erklärung. Wenn der Täter ihm eine Waffe an den Rücken gehalten und abgedrückt hätte, wären an Kleidung und Eintrittswunde Schmauchspuren zu erkennen – und nicht erst einen Zentimeter darunter.«

»Ich habe mir vorhin seine Sachen angeschaut.«

»Keine Brandflecken, kein Ruß, nicht die geringsten Schmauchspuren«, stellt sie fest.

»Zumindest nicht auf den ersten Blick«, verbessere ich sie. Denn dass man keine Schmauchspuren sieht, bedeutet nicht, dass keine vorhanden sind.

»Genau. Nichts Offensichtliches.«

»Was ist mit Morrow? Wie ich annehme, ist er gestern nicht runtergekommen, als Marino der Leiche im ID-Raum die Fingerabdrücke abgenommen und die persönliche Habe sichergestellt hat. Vermutlich hat auch niemand Morrow gebeten, die Kleidung sorgfältig auf Salpetersäure zu testen, da wir damals noch nichts von Schmauchspuren oder dem Vorhandensein einer mit Löchern in der Kleidung übereinstimmenden Eintrittswunde ahnten.«

»Nicht, soweit mir bekannt ist. Außerdem ist er früher weg.«

»Das habe ich gehört. Tja, wir können den vorläufigen Test noch immer durchführen, obwohl es mich wirklich wundern würde, wenn wir es damit zu tun hätten. Sollte Morrow oder vielleicht Phillip hier aufkreuzen, machen sie am besten einen Griess-Test, nur um meine Neugier zu befriedigen, bevor wir noch falsche Schlüsse ziehen. Ich wette, er wird negativ ausfallen. Aber da dabei nichts zerstört wird, haben wir nichts zu verlieren.«

Es handelt sich um ein einfaches und schnelles Testverfahren, bei dem man belichtetes Fotopapier mit einer Lösung aus Schwefelsäure, destilliertem Wasser und Waschbenzin behandelt. Wenn man das Papier an die fragliche Stelle des Kleidungsstücks drückt und es dann in Dampf hält, verfärben sich Salpetersäurerückstände orange.

»Natürlich versuchen wir es auch mit dem Rasterelektronenmikroskop«, füge ich hinzu. »Allerdings ist es heutzutage ratsam, mehrere Methoden parallel anzuwenden, da das Blei langsam, aber sicher aus der Munition verschwinden wird. Die meisten Testverfahren weisen Blei nach, doch das ist umweltschädlich. Also müssen wir anfangen, nach Zink- und Aluminiumlegierungen sowie verschiedenen Stabilisatoren und Bindemitteln zu suchen, die die Hersteller dem Schießpulver beimengen. Zumindest hier in den USA. Ganz im Gegensatz zum Krieg, wo es als gute Idee gilt, die Umwelt mit Schwermetallen zu verseuchen. Schließlich sind ja schmutzige Bomben das Ziel. Je schmutziger, desto besser.«

»Hoffentlich nicht unser Ziel.«

»Nein, nicht unseres. Wir tun so etwas nicht.«

»Ich weiß nicht, was ich glauben soll.«

»Ich schon, zumindest bei manchen Dingen. Zum Beispiel weiß ich, was hierher zurückkommt, wenn unsere gefallenen Soldaten nach Dover gebracht werden«, erwidere ich. »Ich kann feststellen, was sie im Körper haben und was nicht und ob die Munition bei uns hergestellt wurde oder von der Gegenseite, den Aufständischen im Irak, den Taliban oder den Iranern. Die Materialanalyse, also herauszufinden, wer was produziert und liefert, gehört zu unseren Aufgaben.«

»Wenn ich etwas über im Iran hergestellte Waffen oder Bomben höre …«

»Dann kommen sie auch von dort. So erhalten die USA diese Informationen. Von den Toten und dem, was sie uns verraten.«

Wir führen das Gespräch über den Krieg nicht weiter, und zwar wegen eines anderen Krieges, der das Leben eines zum Sterben noch viel zu jungen Mannes gefordert hat. Hier im friedlichen Cambridge hat er seinen alten Windhund spazieren geführt und ist auf meinem Tisch gelandet.

»In Texas wurde eine wirklich interessante Methode entwickelt, die wir uns einmal anschauen sollten.« Ich wende mich wieder dem Thema Schmauchspuren zu, weil es unverfänglicher ist. »Man kombiniert die Extraktion mikroskopisch kleiner fester Teile mit Gaschromatographie und einem Stickstoff-Phosphor-Detektor.«

»Sehr angebracht in Texas, wo laut Gesetz jeder berechtigt ist, eine Waffe zu tragen. Sind Waffen dort nicht auch steuerlich begünstigt wie die Landwirtschaft oder die Rinderzucht?«

»Nun, nicht ganz«, antworte ich. »Aber ich würde gern eine ähnliche Methode am CFC anwenden, denn ich rechne insbesondere hier damit, dass sich *grüne* Munition immer mehr durchsetzen wird.«

»Natürlich. Damit man ja nicht die Umwelt verpestet, wenn man jemanden aus einem fahrenden Auto heraus abknallt.«

»Durch die Erfindung der Wissenschaftler am Sam Houston können wir Teilchen ermitteln, die so klein sind wie ein Schießpulverkorn, was in unserem Fall jedoch nicht weiterhilft, weil wir wissen, dass dieser Mann Metall im Körper hat. Die Partikel sind zwar beinahe mikroskopisch klein, dafür aber zahlreich vorhanden. Zumindest laut vorläufiger Untersuchung. Marino hätte zumindest die Hände des Toten auf Schmauchspuren untersuchen sollen. Immerhin war der Mann bewaffnet.«

»Soweit mir bekannt ist, hat er das vor den Fingerabdrücken erledigt«, erwidert Anne. »Wegen der Pistole, obwohl nichts darauf hinwies, dass sie abgefeuert wurde. Doch als ich in den ID-Raum kam, habe ich beobachtet, wie er die Fingerspitzen abgetupft hat.«

»Allerdings nicht die Wunde, denn die haben Sie ja erst später entdeckt. Die wurde nicht abgetupft.«

»Jedenfalls nicht von mir. Das hätte ich nie getan. Nicht meine Abteilung.«

»Gut. Ich erledige das, wenn wir so weit sind, ihn umzudrehen«, beschließe ich. »Dann wollen wir mal die Organe herausholen, damit ich die offenen Stellen des Wundkanals mit Löschpapier abtupfen kann. Ich verwende die MRI-Aufnahme als Vorlage und nehme so viele Metallteilchen auf wie möglich. Hoffentlich erwischen wir welche, obwohl wir sie nicht sehen können. Wir wissen zwar, dass es Metall ist, die Frage ist nur, was für eines und woher es stammt.«

Aus einem Hängeschrank aus Stahl mit Glastüren nehme

ich eine Schachtel mit Löschpapier, während Anne die Organe en bloc aus der Leiche holt und sie vorsichtig auf das Sezierbrett legt.

»Ich kann Ihnen gar nicht sagen, welche Probleme wir inzwischen mit Leuten haben, die Metallteile im Körper mit sich herumtragen«, stellt sie fest und sammelt dabei Organfragmente aus der Brusthöhle ein. Inzwischen liegt sie offen und leer vor uns wie eine Porzellantasse. Die Rippen schimmern matt durch das feuchtrote Gewebe. »Einschließlich alter Kugeln von der umweltschädlichen Art. Wenn das Krankenhaus in Anzeigen nach Freiwilligen sucht, melden sich ganz *normale* Menschen. Und dann kreuzen diese Durchschnittsbürger bei uns auf und haben keine besonderen Angaben zu früheren Verletzungen zu machen. Die finden es offenbar ganz normal, mit einer alten Kugel rumzulaufen.«

Sie legt Stücke der linken Niere, des linken Lungenflügels und des Herzens an die Stellen im Organblock, wo sie anatomisch hingehören, so als setzte sie sorgsam ein Puzzlespiel zusammen.

»Das passiert häufiger, als Sie glauben«, fährt sie fort. »Gut, nicht so oft, wie jemand in Ihrem Beruf meinen würde, weil wir so etwas im Autopsiesaal ständig sehen. Und dann kriegt man unweigerlich den alten Spruch zu hören, dass Kugeln doch aus Blei bestehen, das nicht magnetisch ist, weshalb man den Betreffenden ruhig ins MRI stecken kann. Normalerweise kommt er von einem der Psychiater, die es entweder nicht besser wissen oder es sich einfach nicht merken können. Und schon wieder daneben. Blei, Eisen, Nickel, Kobalt – alle Kugeln und auch Schrotkörner sind ferromagnetisch. Mir ist es egal, ob es sich um angeblich grüne Munition handelt. Im Magnetfeld dreht sie sich trotzdem. Das kann zum Problem werden, wenn sich das Fragment in der Nähe eines Blutgefäßes oder Organs befindet. Oder, Gott bewahre, im Gehirn, weil der Arme vor Ewigkeiten einen Kopfschuss abgekriegt hat. Weder Paxil noch Neurontin wirken gegen die psychischen Störungen, die entstehen, wenn sich eine alte Kugel an der falschen Stelle einnistet.«

Sie reinigt ein Stück Niere unter fließendem Wasser und legt es aufs Sezierbrett.

»Wir müssen nachmessen, wie viel Blut im Peritoneum ist.« Ich betrachte das Loch im Zwerchfell, das ich schon vor Stunden bemerkt habe, als ich den Wundkanal in der CT-Aufnahme sah. »Ich tippe auf mindestens dreihundert Milliliter, eingetreten durch das durchtrennte Zwerchfell, und noch einmal fünfzig Milliliter im Perikardium. Das Ausmaß der Blutungen wäre eigentlich ein Hinweis darauf, wie viel Zeit bis zum Tod vergangen ist. Aber bei diesen schweren Verletzungen, die von einer Explosion stammen könnten, hat er sicher nur noch so lange gelebt, bis Herz und Atmung ausgesetzt haben. Wenn wir den Begriff *sofort tot* verwenden wollen, würde er in diesem Fall sogar zutreffen.«

»Das ist aber ungewöhnlich.« Anne reicht mir ein winziges Stück Niere. Es ist hart und braun, mit beigen Verfärbungen und verschrumpelten Rändern. »Was soll denn das sein? Es sieht beinahe aus wie präpariert oder gekocht.«

Es gibt noch mehr davon. Als ich eine Lichtquelle heranziehe und den Organblock betrachte, entdecke ich harte, trockene Fragmente des unteren linken Lungenflügels und der linken Herzkammer. Mit einem Stahlbecher schöpfe ich Blut und Blutgerinnsel aus dem Mediastinum, dem mittleren Teil der Brusthöhle, wobei ich auf weitere Fragmente und winzige, harte, unregelmäßige Blutklümpchen stoße. Bei einer gründlichen Musterung der beschädigten linken Niere bemerke ich perirenale Blutungen und ein interstitielles Emphysem sowie weitere Beispiele für merkwürdige Veränderungen des Gewebes im Umfeld des Wundkanals, das am stärksten von der Explosion betroffen war. Aber was für einer Explosion?

»Mich erinnert das an gefrorenes oder sogar gefriergetrocknetes Gewebe«, stelle ich fest, während ich Löschpapierbogen mit Abkürzungen für die Herkunft der jeweiligen Probe beschrifte. LUL für linker unterer Lungenflügel. LN für linke Niere. LHK für linke Herzkammer.

Im grellen Schein einer OP-Leuchte und mit Hilfe einer Lupe kann ich die dunklen, silbrigen Pünktchen gerade noch ausmachen, die diesem Mann durch die Einstichstelle im Rücken in den Körper gepresst worden sind. Außerdem sehe ich Fasern und andere Bruchstücke, die ich erst unter dem Mikroskop identifizieren kann. Aber meine Hoffnung wächst. Offenbar handelt es sich um vom Täter unabsichtlich hinterlassene Rückstände, Spuren also, die mir Hinweise auf die Waffe und ihren Benutzer liefern könnten. Ich schalte die Abzugshaube auf die niedrigste Stufe, so dass nur noch ein Luftaustausch stattfindet, und fange vorsichtig zu tupfen an.

Mit dem sterilen Papier berühre ich die Oberflächen des beschädigten Gewebes und die Wundränder und lege die Bogen dann nacheinander in die Haube, wo die sanft zirkulierende Luft die Verdunstung beschleunigen und das Blut trocknen wird, ohne daran haftende Partikel wegzuwehen. Anschließend nehme ich Proben von dem wie gefriergetrocknet aussehenden Gewebe und lagere sie in mit Plastik ausgekleideten Schachteln und kleinen Gläsern mit Formalin. Danach teile ich Anne mit, dass wir viele Fotos brauchen und dass ich andere Kollegen bitten werde, sich die Bilder von den inneren Verletzungen und dem bräunlichen, harten Gewebe anzusehen. Ich werde sie fragen, ob ihnen so etwas schon einmal untergekommen ist. Doch noch während ich das ausspreche, überlege ich, an wen ich mich eigentlich wenden soll. Nicht an Briggs. Ihm etwas zu schicken, würde ich nicht wagen. Auch ganz bestimmt nicht an Fielding. An überhaupt niemanden, der hier beschäftigt ist. Außer Benton und Lucy fällt mir niemand ein, und deren Einschätzung wäre weder hilfreich noch von Belang. Also bleibt es an mir hängen, ob es mir nun gefällt oder nicht.

»Drehen wir ihn um«, sage ich. Nach der Entnahme der Organe ist sein Körper leicht und kopflastig.

Ich vermesse die Eintrittswunde und beschreibe ihr Aussehen und ihre genaue Lage. Anschließend verfolge ich den Wundkanal durch den Organblock und entdecke jene Stelle, die, wie ich inzwischen überzeugt bin, von einer schmalen Doppelklinge durchstoßen wurde.

»Wenn Sie sich die Wunde genauer anschauen, erkennen Sie deutlich die beiden scharfen Ränder. Die Ecken des Knopflochs wurden durch zwei scharfe Klingen erzeugt«, erkläre ich Anne.

»Aha.« Ihre Augen hinter der Kunststoffbrille blicken skeptisch drein.

»Aber sehen Sie mal hier, wo der Wundkanal ins Herz mündet. Beide Enden der Wunde sind identisch, und zwar sehr scharf.« Ich ziehe die Leuchte näher heran und reiche ihr die Lupe.

»Nicht ganz so wie die Verletzung am Rücken«, merkt sie an.

»Ja. Weil die Klinge nur mit der Spitze eingedrungen ist, als sie den Herzmuskel berührte. Anders als bei den anderen Wunden.« Ich zeige es ihr. »Erst kam die Spitze, gefolgt von der gesamten Klinge. Wie Sie erkennen können, ist das eine Ende der Wunde ein kleines bisschen abgestumpft und gedehnt. Das kann man insbesondere dort gut feststellen, wo sie auf dem Weg durch den Körper die linke Niere durchbohrt hat.«

»Ich glaube, ich verstehe, was Sie meinen.«

»Also nicht das, was man bei einem Butterfly-Messer, einem Filetiermesser oder einem Dolch erwarten würde, die zwei Klingen haben, was heißt, dass beide Seiten vom Griff bis zur Spitze scharf sind. Es erinnert eher an eine speerförmige Waffe – zwar an der Spitze auf beiden Seiten scharf, aber weiter unten nur noch mit einer Klinge versehen. So etwas kenne ich von einigen Kampfmessern, insbesondere von Bowie-Messern oder Bajonetten, deren Spitze auf beiden Seiten geschliffen ist, damit sie beim Zustechen besser eindringt. Wir haben es also mit einer Eintrittswunde von einem halben Zentimeter Länge zu tun. Beide Wundränder sind scharf, der eine ein wenig stumpfer als der andere. Die Breite erweitert sich auf zwei Zentimeter.« Ich messe nach, und Anne trägt die Zahlen in ein Körperdiagramm ein.

»Also hat die Klinge an der Spitze einen Durchmesser von einem halben Zentimeter und an der breitesten Stelle einen von zwei Zentimetern. Das ist ziemlich schmal. Fast wie ein Stilett«, verkünde ich.

»Aber ein Stilett hat zwei Klingen.«

»Vielleicht selbst angefertigt? Eine Klinge, mit der man einen Sprengstoff injiziert?«

»Und zwar, ohne dass es zu thermischen Verletzungen, also zu Verbrennungen, kommt. Was wir hier vor uns haben, das verfärbte und harte Gewebe, erinnert eher an Gefrierbrand«, meine ich, während ich den Abstand von der Wunde am Rücken des Mannes bis zum Kopf vermesse. »Vierundsechzig Zentimeter. Sechs Zentimeter entfernt von der Mitte der Wirbelsäule. Richtung aufwärts und nach vorn, mit erheblichen Emphysemen subkutan und im Gewebe entlang des Wundkanals. Durchdringt die Diagonale an der zwölften Rippe links hinten sowie den paraspinalen Muskel, das perirenale Fett, die linke Nebenniere, linke Niere, das Zwerchfell, den linken Lungenflügel und endet im Herzen.«

»Wie lang muss eine Klinge sein, um solche Schäden anzurichten?«

»Mindestens dreizehn Zentimeter.«

Sie schließt die Autopsiesäge an, und wir drehen den Toten wieder auf den Rücken. Nachdem ich ihm eine Kopfstütze in den Nacken geschoben habe, schneide ich die Kopfhaut von einem Ohr zum anderen ein, und zwar entlang des Haaransatzes, damit man später die Nähte nicht sieht. Der Schädel ist weiß wie eine Eierschale, als ich die Kopfhaut zurückschlage und das Gesicht wie eine Socke nach unten ziehe. Es sieht traurig aus, denn seine Züge sacken in sich zusammen, als weinte er.

15

Erst als ich meine Bürotür öffne und mich ein klarer blauer Himmel jenseits der hohen Fenster begrüßt, wird mir klar, dass die Sonne aufgegangen und die Kaltfront weitergezogen ist.

Ich blicke sieben Stockwerke nach unten. Nur wenige Autos kriechen über die weiß vereiste und von Spurrillen durchzogene Straße. Aus der entgegengesetzten Richtung nähert sich ein Schneepflug. Die gelbe Schaufel erhoben wie die Schere einer Krabbe, tuckert er dahin und hält Ausschau nach der richtigen Stelle. Schließlich senkt er mit einem Scheppern, das ich hier oben kaum hören kann, die Schaufel und beginnt, den Schnee von der Straße zu räumen.

Das Ufer ist weiß. Der Charles River hat die Farbe alter blauer Glasflaschen und kräuselt sich in der Strömung. Dahinter fängt sich das Morgenlicht in der Skyline von Boston. Der John Hancock Tower erhebt sich über alle anderen Wolkenkratzer, so beherrschend und massiv wie eine einsame Säule, die inmitten der Ruinen eines alten Tempels stehengeblieben ist. Ich denke an Kaffee, ein kurzer Anflug von Appetit, als ich ins Bad gehe und mir die Kaffeemaschine auf der Theke neben dem Waschbecken und die Kartons mit Kaffeekapseln ansehe, unter denen sich auch welche mit Haselnussgeschmack befinden.

Für anregende Mittel ist es inzwischen bei mir zu spät. Deshalb befürchte ich, dass der Kaffee nur in meinem Magen wirken würde, denn er ist leer und schmerzt. Einen Moment lang spüre ich Brechreiz, dann Hunger und schließlich gar nichts mehr. Nur noch eine vom Schlafmangel ausgelöste Benommenheit und die beharrliche Ankündigung von Kopfschmerzen, die in meiner Erinnerung zu existieren scheinen. Mir brennen die Augen, und meine Gedanken bewegen sich schwerfällig. Dennoch schlagen sie wie schwere See gegen die immer selben unnachgiebigen Fragen und Aufgaben, die abgearbeitet werden wollen. Wenn man mir die Wahl lässt, werde ich auf niemanden warten. Ich kann es nicht. Ich muss es angehen. Nötigenfalls werde ich Grenzen überschreiten. Und warum auch nicht? Schließlich werden die von mir gesetzten Grenzen auch rücksichtslos von anderen niedergetrampelt. Deshalb werde ich die Dinge, mit denen ich mich auskenne, selbst in die Hand nehmen. Ich bin allein, und zwar noch mehr als früher, weil ich mich verändert habe. Dover hat mich verändert. Also werde ich tun, was nötig ist, auch wenn meine Mitmenschen vielleicht nicht darüber erfreut sein werden.

Inzwischen ist es halb acht. Ich war so lange im Autopsiesaal, weil Anne und ich uns auch noch mit anderen Fällen befasst haben, als wir mit dem Mann aus Norton's Woods fertig waren. In der Frage, wie er heißt, sind wir noch keinen Schritt weitergekommen. Vielleicht ist es inzwischen ja bekannt, ohne dass man es mir gesagt hat. Ich weiß intime Einzelheiten über ihn, die mich eigentlich nichts angehen, doch das Wichtigste fehlt: wer er ist, wer er war, was er werden wollte, seine Träume, seine Vorlieben und seine Abneigungen. Ich setze mich an meinen Schreibtisch, gehe die Notizen durch, die Anne für mich gemacht hat, und ergänze sie. Schließlich will ich nicht vergessen, dass der Mann kurz vor seinem Tod etwas mit Mohn und gelbem Käse gegessen hat. Auch nicht, dass die gesamte Blutmenge in der linken Brustkorbhälfte eintausenddreihundert Milliliter betrug und das Herz in fünf ungleich große Fragmente zerplatzt war, die noch an den Klappen zusammenhingen.

Das werde ich gegenüber der Staatsanwaltschaft betonen,

schießt es mir durch den Kopf, weil ich sofort an eine Gerichtsverhandlung denke. Für mich endet alles vor Gericht. Zumindest in meinem Leben als Zivilistin. Ich male mir aus, wie der Staatsanwalt in leidenschaftlichen Worten, die ich nicht benutzen darf, den Geschworenen mitteilt, der Mann habe einen Mohnbagel mit Käse gegessen und dann seinen alten Hund aus dem Tierheim spazieren geführt. Sein Herz sei in Stücke zerrissen worden, so dass beinahe drei Einheiten Blut, oder mehr als ein Drittel der im Körper verfügbaren Blutmenge, innerhalb von Minuten in den Brustraum geflossen seien. Die Autopsie hat zwar nicht verraten, aus welchem Grund der Mann sterben musste, doch die Todesursache ist, zumindest vorläufig, verhältnismäßig einfach zu bestimmen. Ich bin nur halb bei der Sache, als ich sie notiere und währenddessen weiter nachdenke, grüble und Pläne schmiede.

Eine typische Stichwunde links am Rücken.

Das ist eine pathologische Diagnose, die mir nach dem, was ich soeben gesehen habe, beinahe trivial erscheint und mich stutzig machen würde, wenn ich sie irgendwo läse. Zieht man in Betracht, was tatsächlich dahintersteckt – nämlich die massiven Organschäden, die an eine Explosion denken lassen, und dass es sich um einen grausamen und vorsätzlichen Mord handelt –, klingt sie vage, ja beinahe keck und frech und wie ein schlechter Scherz. Ich stelle mir den Saum des langen, rasch vorbeirauschenden Mantels vor. Was mag wohl wenige Sekunden zuvor geschehen sein, als der Träger dieses Mantels dem Opfer die Klinge in den Rücken stieß? Der Mann hat nur eine körperliche Reaktion wie Schreck und Schmerz verspürt und »Hey …!« gerufen. Im nächsten Moment hat er sich an die Brust gegriffen und ist bäuchlings auf den Kiespfad gestürzt.

Ich male mir aus, wie sich die Person im schwarzen Mantel rasch gebückt, dem Mann die schwarzen Handschuhe von den

Händen gerissen und sich hastig entfernt hat. Vielleicht hatte er die Klinge im Ärmel, in einer zusammengerollten Zeitung oder anderswo versteckt. Jedenfalls halte ich die Person im langen schwarzen Mantel, der heimlich von der Kamera im Kopfhörer des Toten aufgenommen wurde, für den Mörder. Das wiederum stellt mich erneut vor die Frage, wer der Spion war. Hat der Täter die winzige Kamera in den Kopfhörer des Ermordeten eingebaut, um ihn verfolgen zu können? Ich sehe eine Gestalt im langen schwarzen Mantel vor mir, die schnell durch den dunklen Wald geht und sich von hinten dem Opfer nähert, das wegen der Musik aus dem Kopfhörer nichts davon bemerkt. Der Mann wird in den Rücken gestochen und stürzt so plötzlich, dass ihm nicht einmal mehr die Zeit bleibt, sich umzudrehen. Ich überlege, ob er gestorben ist, ohne seinen Mörder zu sehen. Und danach? Hat es sich so abgespielt, wie Lucy meint? Hat der Täter im langen schwarzen Mantel die Videodateien gesichtet und es für überflüssig gehalten, sie von irgendeiner Webcam-Seite zu löschen? Fand er es sogar klüger, sie dort zu belassen?

Es gibt für alles einen Grund, sage ich mir. Das trifft zwar schon von jeher zu, fühlt sich aber nie so an, wenn ich mitten in einem Problem stecke. Die Antworten sind da, und ich werde sie finden. Auch wenn es sicher nicht leicht wird, eine physikalische Erklärung dafür zu ermitteln, wie dem Mann die tödliche Verletzung zugefügt wurde, bin ich sicher, dass der Täter Spuren hinterlassen haben muss. Diese Fußabdrücke habe ich auf Löschpapier festgehalten, und ich werde ihnen bis zu dem Menschen folgen, der diesen Mord auf dem Gewissen hat. *Du kommst mir nicht ungeschoren davon*, denke ich, als würde ich ein Gespräch mit dem Träger des langen schwarzen Mantels führen. *Außerdem hoffe ich, dass du, wer immer du auch sein magst, keine Verbindung zu mir unterhältst. Und dass du niemand bist, dem ich beigebracht habe, schlau und gründlich zu sein.* Ich bin zu dem Schluss gekommen, dass Jack Fielding entweder auf der Flucht oder im Gefängnis ist. Einen Moment lang überlege ich sogar, ob er tot sein könnte. Aber ich bin erschöpft und übernächtigt und denke nicht so klar, wie ich sollte. Er kann nicht tot sein. Warum auch? Außerdem habe ich die eingelieferten Leichen im Erdgeschoss ja gesehen, und er war nicht dabei.

Meine anderen Patienten heute Morgen waren ziemlich anspruchslos und haben mir nicht viel abverlangt, als ich mich mit ihnen befasste: das Opfer eines Verkehrsunfalls. Ich konnte den Alkohol noch riechen, und die Blase des Mannes war voll, als hätte er bis zu dem Moment getrunken, in dem er die Kneipe verließ, sich im Schneesturm ans Steuer setzte und gegen einen Baum geschleudert wurde. Eine Schießerei in einem heruntergekommenen Motel; Einstichspuren und Gefängnistätowierungen wiesen wieder einmal auf einen Menschen hin, der so gestorben ist, wie er gelebt hat. Und ein Erstickungstod, herbeigeführt mit einer Plastiktüte aus der Reinigung. Das alte rote Satinband, mit dem die Tüte um den Hals der alten Witwe zusammengeschnürt war, stammte vermutlich von einem Weihnachtsfest in besseren Zeiten. Ihr Magen war voll aufgelöster weißer Tabletten, und neben dem Bett stand ein leeres Döschen, das Benzodiazepin enthalten hat, verschrieben gegen Schlaflosigkeit und Angstzustände.

Auf Festnetzanschluss und Mobiltelefon hatte niemand eine Nachricht hinterlassen, und es war auch keine Mail eingegangen, die mich in diesem Moment und unter den gegebenen Umständen interessiert hätte. Als ich einen Blick in Lucys Büro warf, war niemand da, und sogar Ron vom Sicherheitsdienst war gegangen. Er wurde von einem Wachmann abgelöst, den ich nicht kenne. Er ist hager, hat abstehende Ohren wie Ichabod Crane, der Schulmeister aus Washington Irvings *The Legend of Sleepy Hollow*, und heißt Phil. Er sagte, Lucys

Auto befinde sich nicht auf dem Parkplatz. Seine Anweisung laute, weder durchs Untergeschoss noch durch die Vorhalle jemanden ins Gebäude zu lassen, ohne es vorher mit mir abzuklären. Das sei nicht möglich, habe ich Phil geantwortet. Jeden Moment würden die ersten Mitarbeiter eintreffen, und ich könne schließlich keinen Pförtnerdienst versehen. Er solle jedem Zutritt gewähren, der berechtigt sei, sich hier aufzuhalten, habe ich ihm mitgeteilt, bevor ich nach oben ging. Mit Ausnahme von Dr. Fielding. Als ich das hinzufügte, wurde mir klar, dass das überflüssig war. Offenbar war der Wachmann namens Phil darüber im Bilde, dass Fielding nicht einfach hier hereinspazieren darf, es nicht tun wird und es vielleicht auch gar nicht mehr kann. Außerdem hat das FBI meinen Parkplatz mit Beschlag belegt. Auf dem Videoschirm auf meinem Schreibtisch kann ich die Geländewagen der Agenten so deutlich sehen wie den klaren, kalten Tag.

Ich drehe den Stuhl herum zu der Theke aus poliertem schwarzen Granit hinter mir, wo meine Mikroskope mit Zubehör stehen. Nachdem ich ein Paar Untersuchungshandschuhe angezogen habe, schlitze ich einen der weißen Umschläge auf, die ich, kurz bevor ich nach oben kam, mit weißem Papierband zugeklebt hatt5e. Ich hole einen Bogen Löschpapier heraus. Er weist einen dicken Schmierer getrocknetes Blut auf, das aus der Umgebung der linken Niere stammt, wo ich auf dem MRI-Bild eine dichte Ansammlung von metallischen Fremdkörpern bemerkt habe. Ich schalte die Beleuchtung meines Materialmikroskops von Leica ein, das mir schon seit Jahren treue Dienste leistet, und lege das Papier vorsichtig auf den Objekttisch. Dann justiere ich die Objektive in einem Winkel, bei dem ich mir nicht Hals und Schultern verrenke, und bemerke sofort, dass das Gerät von jemandem benutzt worden ist, der viel größer als ich und Rechtshänder ist. Außerdem vermute ich, dass dieser Mensch Kaffee mit Sahne trinkt und Spearmintkaugummi kaut. Auch die Schärfe der Linse und der Augenabstand wurden geändert.

Ich stelle Linkshänderbedienung ein und passe die Höhe an meine Größe an. Anschließend beginne ich mit einer Vergrößerung von fünfzig und betätige mit einer Hand den Schärfenregler, während ich mit der anderen den Löschpapierbogen hin und her bewege und den Blutschmierer von allen Seiten betrachte, bis ich das Gesuchte gefunden habe: helle, weißsilbrige Flocken, zusammen mit anderen Partikeln, die so winzig sind, dass ich auch bei einer Vergrößerung von hundert keine Einzelheiten ausmachen kann. Ich erkenne nur raue Ecken, Kratzer und Kerben auf den größten der Teilchen. Sie sehen aus wie nicht verbrannte Metallsplitter und Späne, die durch Bearbeitung mit einer Maschine oder einem Werkzeug entstanden sind. Es ist nichts vorhanden, was mich an die Rückstände eines Geschosses erinnern würde. Die Partikel ähneln nicht im Entferntesten den Flocken, Scheiben oder Kügelchen, die ich von Schießpulver her kenne. Auch nicht an die schartigen Splitter und Fragmente eines Projektils oder seiner Hülse.

Noch merkwürdiger sind die übrigen Verunreinigungen, die sich mit dem Blut und seinen offensichtlichen Bestandteilen vermischt haben. Das bunte Konfetti der Teilchen, aus denen sich alltäglicher Hausstaub zusammensetzt, wechselt sich mit roten Blutkörperchen, aufeinandergestapelt wie Münzen, und körnigen weißen Blutkörperchen ab. Letztere ähneln Amöben, wie in der Zeit erstarrt. Läusen und Flöhen gleich, wimmeln sie durcheinander, und ich muss daran denken, wie das London des siebzehnten Jahrhunderts in Panik geriet, als Robert Hooke sein Werk *Micrographia* veröffentlichte und die Beißwerkzeuge und Klauen der Lebewesen vorführte, die Katzen und Matratzen besiedeln. Ich kann Pilze, Sporen, die wie Schwämme oder Früchte aussehen, die winzigen Stückchen von Insektenbeinen und die Eihüllen von Insekten ausmachen, die an zarte Nussschalen oder aus grobporigem Holz geschnitzte runde Schachteln erinnern. Als ich das Papier unter dem Mikroskop weiter verschiebe, stoße ich auf noch mehr haarige Gliedmaßen längst verstorbener Ungeheuer wie Moskitos und Milben und die großen Verbundaugen einer geköpften Ameise. Außerdem einen fedrigen Fühler, wahrscheinlich von einer Mücke, und einander überlappende Schuppen von Tierhaaren, vermutlich von einem Pferd, einem Hund oder einer Ratte. Die rotorangefarbenen Flecken könnten Rost sein.

Ich greife zum Telefon und rufe Benton an. Als er abhebt, höre ich im Hintergrund Stimmen. Die Verbindung ist schlecht.

»Ein Messer, das offenbar an einer Drehbank geformt oder geschliffen wurde, möglicherweise einer rostigen in einer Werkstatt, einem Souterrain, vielleicht auch einem alten Kartoffelkeller, wo es Schimmel, Insekten, verdorbenes Gemüse und einen feuchten Teppich gibt«, verkünde ich. Dabei starte ich an meinem Computer eine Internetsuche und tippe die Begriffe *Messer* und *explodierende Gase* ein.

»Was wurde geschliffen?«, fragt Benton und sagt dann etwas zu jemandem. *Schlüssel* oder *Wissen*. »Ich gehe woanders hin. Kein guter Empfang«, meint er dann zu mir.

»Die Waffe, mit der das Opfer erstochen wurde. Eine Drehbank, eine Feile, vermutlich alt oder nicht gut in Schuss und angerostet. Zumindest nach den Metallspänen und den winzigen Partikeln zu urteilen, die ich hier sehe. Meiner Ansicht nach wurde die Klinge geschärft und möglicherweise schmaler gemacht. Die Spitze hat man auf beiden Seiten angeschliffen, um sie in einen Speer zu verwandeln, und zwar mit irgendeinem Wetzinstrument wie einer Raspel oder einer Feile.«

»Alte, verrostete Elektrowerkzeuge also. Sehr verrostet?«

»Irgendwelche zur Metallbearbeitung geeigneten Werkzeuge. Es müssen nicht unbedingt Elektrowerkzeuge sein. So genau kann ich das nicht feststellen. Ich bin keine Spezialistin für Metallbearbeitung. Wie stark verrostet, weiß ich auch nicht. Ich habe nur Rückstände gefunden, die wie Rostflöckchen aussehen.« *Explodierende Eingeweide. Wie man Zündkerzen reinigt. Häufige Gase bei der Bearbeitung von Metall und handgeschmiedeten Messern*, lese ich lautlos auf dem Computerbildschirm und sage dabei zu Benton: »Ich behaupte ja nicht, dass das Untersuchen von Rückständen mein Fachgebiet ist, aber das, was ich gerade unter dem Mikroskop habe, ist für mich nichts Neues. Es ist mir nur noch nie untergekommen, dass es jemandem in den Körper geblasen wurde. Allerdings habe ich nie ausdrücklich danach gesucht. Ich hatte keinen Grund dazu. Auch Löschpapier an den inneren Organen eines Erstochenen anzuwenden, ist eher unüblich. Wahrscheinlich entdeckt man in den Körpern von Menschen, die erschossen, erstochen, gepfählt oder wie auch immer umgebracht worden sind, alle möglichen mit dem bloßen Auge nicht sichtbaren Fasern, Verunreinigungen oder Partikel.«

Ich tippe *Injektionsmesser* ins Suchfeld ein, da ich, wenn ich mich selbst reden höre, an Pfeile und andere mit CO_2 angetriebene Waffen denke, mit denen man ein Betäubungsgeschoss abfeuern kann. Sie sind für gewöhnlich mit einer kleinen Sprengladung und einer Spritze ausgestattet. Warum also nicht das Gleiche mit einem Messer tun, das über eine Vorrichtung zum Abschießen und einen dünnen Kanal mit einer Öffnung in der Spitze verfügt?

»Ich gehe jetzt raus zum Auto«, sagt Benton. »Ich bin in einer Dreiviertelstunde da. Vorausgesetzt, es ist nicht zu viel Verkehr, die Straßenverhältnisse sind nicht zu schlecht und die 128 ist nicht verstopft.«

»Ach, das war aber einfach.« Ich bin enttäuscht. Eine derart todbringende Waffe dürfte nicht so leicht zu finden sein.

»Was war einfach?«, fragt Benton, während ich verwundert ein Kampfmesser aus Stahl betrachte, das an der Spitze eine Öffnung zum Absondern von Gas und einen Griff aus Neopren hat und in einem mit Schaumgummi gepolsterten Plastikgehäuse liegt.

»In den Griff kann man eine CO_2-Kartusche einlegen ...« Ich blättere weiter und lese laut vor. »Stoßen Sie die fünfzehn Zentimeter lange Klinge in das Ziel und drücken Sie mit dem Daumen auf den in das Heft integrierten Auslöseknopf ...«

»Kay, wer ist gerade bei dir?«

»Injiziert eine Blase aus gefrorenem Gas von der Größe eines Basketballs mit einem Druck von vierhundert Kilogramm pro Quadratzentimeter«, fahre ich fort und studiere die Abbildungen auf der aufwendig gestalteten Website. Dabei frage ich mich, wie viele Leute wohl solche Waffen bei sich zu Hause, im Auto oder in ihrer Campingausrüstung aufbewahren oder damit am Gürtel herumlaufen. Ich muss zugeben, dass die Erfindung genial und gleichzeitig das Beängstigendste ist, was ich je gesehen habe. »Erlegt ein großes Säugetier mit einem einzigen Stich ...«

»Kay, bist du allein?«

»Gefriert das Wundgewebe sofort, was die Blutung verzögert, so dass keine anderen Raubtiere angelockt werden. Müssen Sie sich zum Beispiel gegen einen großen Weißen Hai verteidigen, wird sein Blut erst dann andere Haie herbeirufen, wenn Sie schon längst über alle Berge sind.« Ich lese weiter und fasse zusammen, bis mir flau im Magen wird. »Das Ding nennt sich Wasp Knife. Man kann es für knapp vierhundert Dollar in den Einkaufswagen legen.«

»Lass uns darüber reden, wenn ich da bin«, sagt Benton am Telefon.

»Ich habe noch nie von so einer Waffe gehört.« Ich lese weiter, was da über ein Messer zum Injizieren von komprimierten Gasen steht, das ich jetzt sofort bestellen könnte, sofern ich über achtzehn bin. »Empfohlen für Sondereinsatzkommandos, Piloten im Fall des Notwasserns und Taucher. Offenbar wurde es, wie bereits erwähnt, dazu entwickelt, große Meeresraubtiere zu töten. Haie, Säugetiere, vielleicht Wale, und Wesen in Taucheranzügen …«

»Kay?«

»Oder gegen Grizzlybären zum Beispiel, wenn man gemütlich und ahnungslos durch die Berge wandert.« Ich gebe mir keine Mühe, meinen Sarkasmus und Zorn zu verhehlen. »Und natürlich beim Militär, obwohl ich bei Gefallenen noch nie so etwas gesehen …«

»Ich bin am Mobiltelefon«, unterbricht mich Benton. »Mir wäre es lieber, wenn du mit niemandem darüber sprichst. Nicht im Institut. Oder hast du das schon getan?«

»Natürlich nicht.«

»Bist du allein?«, wiederholt er.

Warum sollte ich das nicht sein? »Ja«, antworte ich trotzdem.

»Könntest du die Sache aus deinem Verlauf und aus dem Cache löschen, nur für den Fall, dass jemand auf den Gedanken kommt, sich deine letzten Recherchen anzuschauen.«

»Ich kann Lucy nicht daran hindern.«

»Bei Lucy interessiert es mich nicht.«

»Sie ist nicht da. Keine Ahnung, wo sie steckt.«

»Ich weiß es«, erwidert er.

»Also gut.« Er wird mir weder ihren Aufenthaltsort noch den der anderen verraten. »Ich mache meine Runde und kümmere mich um so viele Beweismittel wie möglich. Wir treffen uns unten, wenn du kommst.« Ich lege auf und denke über das nach, was gerade geschehen ist. Dabei versuche ich, mich nicht gekränkt zu fühlen, sondern alles logisch zu betrachten.

Benton klang weder überrascht noch sonderlich besorgt. Anscheinend hat ihn nicht meine Entdeckung selbst erschreckt, sondern die Tatsache, dass ich überhaupt darauf gestoßen bin und es möglicherweise jemandem erzählt habe. Und das passt zu dem merkwürdigen Gefühl, das mich schon seit meiner Rückkehr aus Dover quält. Vielleicht bin ich ja gar nicht diejenige, die Dinge herausfindet, sondern eher die Letzte, die davon erfährt, weil alle mich im Ungewissen lassen wollen. Das ist eine unangenehme Lage, mit der ich nicht gerechnet habe, auch wenn es nicht zum ersten Mal geschieht, denke ich, während ich Bentons Anweisung befolge und Verlauf und Cache lösche, damit andere nicht so leicht nachvollziehen können, was ich im Internet gesucht habe. Dabei frage ich mich, wen ich gerade in der Leitung hatte: meinen Ehemann oder das FBI? Wer hat gerade mit mir gesprochen und mich herumkommandiert, als wenn ich von gestern wäre?

Da es schon kurz vor neun ist, sind die meisten meiner Mitarbeiter inzwischen eingetroffen. Das heißt diejenigen, die den Schnee nicht als Ausrede benutzen, um zu Hause zu bleiben oder sich auf angenehmere Weise die Zeit zu vertreiben. Mit Skilaufen in Vermont zum Beispiel. Auf dem Überwachungsmonitor beobachte ich, wie Autos auf den Parkplatz einbiegen. Einige Leute betreten das Gebäude durch die Hintertür, doch der Großteil wählt den offiziellen Weg durch die mit Stein gepflasterte Vorhalle im Erdgeschoss mit ihren beeindruckenden Reliefs und Flaggen und meidet das triste Reich der Toten in der unteren Etage. Als Wissenschaftler begegnet man nur selten den Patienten, deren Körperflüssigkeiten, persönliche Habe und andere Hinterlassenschaften man untersucht. Ich höre, wie Bryce, mein Sekretär, im Flur die Tür seines Büros öffnet, das an meines angrenzt.

Ich verstaue das Löschpapier in einem frischen Umschlag und schließe eine Schublade auf, um weitere Gegenstände herauszuholen, die ich dort aufbewahrt habe. Dabei gebe ich mir Mühe, nicht in einem schwarzen Loch zu versinken und mir düstere Gedanken über die Dinge zu machen, die ich gerade auf der Website gesehen habe. Sie sagen viel über den Menschen und seine Fähigkeit aus, sich immer wieder etwas Neues einfallen zu lassen, um andere Lebewesen zu schädigen. Im Namen des Überlebenskampfs, schießt es mir durch den Kopf, obwohl es meistens gerade nicht ums eigene Überleben geht, sondern um das Machtgefühl, das man empfindet, wenn man jemanden überwältigen, verstümmeln und töten kann. Wie schrecklich. Eine grauenhafte Vorstellung. Inzwischen steht für mich zweifelsfrei fest, was dem Mann in Norton's Woods zugestoßen ist. Jemand hat sich von hinten an ihn herangeschlichen und ihm eine komprimierte Gasblase in lebenswichtige Organe geschossen. Falls es sich um CO_2 gehandelt hat, kann man das mit keinem Test nachweisen. Kohlendioxid kommt überall vor und ist buchstäblich so allgegenwärtig wie die Luft, die wir ausatmen. Ich erinnere mich an die Bilder aus dem CT, die dunklen Lufteinschlüsse in der Brust, und male mir aus, wie sich das angefühlt haben muss. Wie werde ich die Frage beantworten, die man mir immer stellt?

Hat er leiden müssen?

Obwohl die Wahrheit lautet, dass dies nur der Verstorbene selbst beurteilen kann, würde ich nein sagen. Er hat nicht gelitten. Allerdings hat er etwas gespürt, nämlich, dass sich eine Katastrophe anbahnte. Er war nicht lange genug bei Besinnung, um die schrecklichen letzten Momente seines Lebens bewusst wahrzunehmen. Doch er hat einen Stoß unten am Rücken und gleichzeitig einen gewaltigen Druck in der Brust wahrgenommen, als seine Organe zerplatzten. Danach nichts mehr, höchstens die blitzartige panische Erkenntnis, dass er gleich sterben würde. Ich zwinge mich, nicht mehr daran zu denken. Denn wenn ich weiter darüber nachgrüble und meiner Phantasie freien Lauf lasse, entwickle ich nur sinnlose und sich im Kreis drehende Theorien, die niemanden weiterbringen. Ich helfe ihm nicht, indem ich mich hineinsteigere.

Wenn ich meine Gefühle nicht im Griff habe, nütze ich damit niemandem. Es ist wie damals, als ich meinen Vater pflegen musste und die hohe Kunst erlernte, Emotionen zurückzudrängen, die in mir hochstiegen wie Lebewesen, die sich verzweifelt zu befreien versuchten. »Es macht mir Sorgen, was du inzwischen alles weißt, meine kleine Katie«, sagte mein Vater zu mir. Ich war zwölf, und er, zum Skelett abgemagert, lag im hinteren Schlafzimmer, wo es immer zu warm war und nach Krankheit roch und das Licht fahl durch die Schlitze der während seiner letzten Monate meist geschlossenen Fensterläden hereinströmte. »Du hast Dinge gelernt, die du niemals hättest wissen dürfen, insbesondere nicht in deinem Alter, meine kleine Katie«, meinte er zu mir, als ich das Bett machte, während er noch darin lag. Inzwischen hatte ich Erfahrung darin, ihn gründlich zu waschen, damit er sich nicht wund lag, und seine beschmutzten Laken zu wechseln, indem ich seinen Körper hin und her schob – seinen Körper, der ausgehöhlt und bis auf das Glühen des Fiebers tot wirkte.

Dazu drehte ich meinen Vater sanft auf die Seite, stützte ihn erst rechts, dann links nach oben und lehnte ihn an mich, weil er sich am Ende nicht mehr aufsetzen, geschweige denn aufstehen konnte. In jener Zeit, die der Arzt als Endstadium einer chronischen, von einer Entzündung des Knochenmarks verursachten Leukämie bezeichnete, war er sogar zu schwach, um mitzuhelfen. Wenn ich, in Schutzkleidung gehüllt und mit einer Schutzbrille auf der Nase, an meinem Tisch aus hartem Edelstahl stehe, spüre ich noch immer sein Gewicht.

Ich fülle die Laboranalysenaufträge aus, die jeder Wissenschaftler abzeichnen muss, und etikettiere einige Gegenstände, damit die Beweiskette nicht unterbrochen wird. Dann stehe ich vom Schreibtisch auf.

16

Nach einmaligem Klopfen öffne ich die Tür zu Bryce' Büro.

Unsere Verbindungstür befindet sich genau gegenüber von der zu meinem Bad. Ich habe mir inzwischen angewöhnt, Letztere einen Spalt weit offen zu lassen. Wenn beide grauen Metalltüren geschlossen sind, passiert es mir sonst nämlich öfter, dass ich sie verwechsle und bei Bryce hereinplatze, obwohl ich eigentlich Kaffee kochen oder mich frischmachen wollte. Oder ich ertappe mich dabei, wie ich versuche, der Toilette und dem Waschbecken Akten zu überreichen. Bryce sitzt am Schreibtisch. Er hat den Stuhl zurückgeschoben und den Mantel ausgezogen, trägt aber noch seine riesige Designersonnenbrille, die übertrieben wuchtig aussieht, als hätte sie jemand mit dunkelbrauner Wachskreide aufgemalt. Er kämpft gerade mit seinen schweren Winterstiefeln von L. L. Bean, die nicht zu seiner ansonsten eleganten Aufmachung passen. Heute hat er einen marineblauen Kaschmirblazer, enge schwarze Jeans, einen schwarzen Rollkragenpullover und einen Gürtel aus gehämmertem Leder mit einer großen silbernen Schnalle in Form eines Drachen an.

»Ich habe einige Telefongespräche zu führen und möchte nicht gestört werden«, teile ich ihm mit, als wäre ich in den letzten sechs Monaten jeden Tag hier und niemals fort gewesen. »Und danach muss ich weg.«

»Verrät mir vielleicht mal jemand, was hier los ist? Übrigens, willkommen daheim, Boss.« Als er den Kopf hebt, sind seine Augen hinter der großen dunklen Brille verborgen. »Ich nehme nicht an, dass es sich bei den Zivilfahrzeugen auf dem Parkplatz um eine Überraschungsparty handelt, denn ich habe keine organisiert. Nicht dass ich etwas dagegen hätte und nicht irgendwann eine veranstalten würde. Doch diese Leute, wer immer sie auch sein mögen, sind nicht auf meinen Wunsch hier. Und als ich einen von ihnen bat, mir gütigerweise eine Erklärung zu geben und bitte seinen Hintern zu bewegen, damit ich mich auf meinen Parkplatz stellen kann, war er, nennen wir es mal, *ungehalten.*«

»Der Fall von gestern Vormittag«, setze ich an.

»Ach, das ist der Grund? Tja, jetzt wundert mich nichts mehr.« Seine Miene erhellt sich, als hätte ich ihm gerade eine gute Nachricht überbracht. »Ich wusste, dass es eine wichtige Sache werden würde, ich wusste es einfach. Aber er ist doch nicht wirklich hier gestorben. Bitte sagen Sie mir, dass es nicht stimmt. Dass Sie keine Hinweise auf etwas derart Schreckliches gefunden haben. Ansonsten werde ich mir nämlich umgehend eine neue Stelle suchen und Ethan mitteilen müssen, dass wir den Bungalow, den wir uns angeschaut haben, doch nicht kaufen können. Sicher sind Sie inzwischen dahintergekommen, was wirklich passiert ist. Sie haben bestimmt nur fünf Minuten dafür gebraucht.«

Er zieht auch den zweiten Stiefel aus und stellt beide zur Seite. Ich bemerke, dass er sein Haar mit Gel aufgestellt und sich den Bart abrasiert hat, den er bei unserer letzten Begegnung noch trug. Bryce ist nicht sehr groß, zierlich, aber kräftig, und hübsch wie ein blonder Chorknabe, um bei diesem Klischee zu bleiben, weil es nun einmal zutrifft. Mit Bart sieht er aus wie ein Fremder, was vermutlich der Zweck der Übung war. Er wollte sich in einen der starken Männer wie James Brolin verwandeln oder ernst genommen werden wie Wolf Blitzer, alles Helden, die er verehrt. Er ist mein Verwaltungschef und meine zuverlässige rechte Hand, hat allerdings Unmengen von berühmten Phantasiefreunden, von denen er so selbstverständlich spricht, als ob der Umstand, dass er sie auf einem seiner Flachbildfernseher erscheinen lassen oder auf Festplatte speichern kann, sie so real machen würde wie tatsächliche Nachbarn.

Obwohl er wirklich gut in seinem Beruf ist und Abschlüsse in Strafrecht und öffentlicher Verwaltung vorweisen kann, wirkt Bryce Clark auf den ersten Blick in diesem Institut so fehl am Platz, als hätte er sich aus einer Promiklatsch-Website hierher verirrt. In den Jahren, die er inzwischen für mich arbeitet, habe ich dies häufig ausgenutzt. Außenstehende, ja sogar hier im Haus Beschäftigte, ahnen oft nicht, dass mit meinem Verwaltungschef, den sie als Quasselstrippe und lebenden Kleiderständer abtun, nicht gut Kirschen essen ist. Außerdem ist er unglaublich neugierig und liebt es, mich, wie er es ausdrückt, »auf dem Laufenden zu halten«. Nichts bereitet ihm größeres Vergnügen, als Informationen zusammenzutragen wie eine Elster und sie dann in seinem Nest zu sammeln. Wenn er jemanden nicht leiden kann, ist er ein gefährlicher Gegner. Allerdings wird sein Gegenüber das wahrscheinlich zunächst nicht bemerken. Sein Geplänkel und seine lässige Art sind eine Fassade, hinter der er sein wahres Ich verbirgt. In dieser Hinsicht erinnert er mich an meine frühere Sekretärin Rose. Wer so leichtsinnig war, sie wie eine närrische Alte zu behandeln, wurde gnadenlos einen Kopf kürzer gemacht, ehe er sich's versah.

»Das FBI? Das Ministerium für Heimatschutz? Jedenfalls Leute, die ich nicht kenne.« Bryce beugt sich vor und öffnet eine Sporttasche aus Nylon.

»Wahrscheinlich das FBI …« Aber er lässt mich nicht ausreden.

»Tja, der Mensch, der so unhöflich zu mir war, sah genau danach aus. Tolle Figur, grauer Anzug, Kamelhaarmantel. Vermutlich feuert das FBI seine Mitarbeiter, sobald sie zu dick werden. Na, dann viel Spaß bei der Anwerbung von Personal in Amerika. Ein Sahneschnittchen, das muss ich ihm lassen.

Wissen Sie, wen ich meine? Kennen wir seinen Namen und seine Außenstelle? In Boston bin ich ihm nie begegnet. Vielleicht ist er ja neu.«

»Wer?« Meine Gedanken prallen an eine Mauer.

»Herrje, sind Sie müde. Ich meine den Agenten in dem großen, bösen schwarzen Ford Expedition, der dem Footballspieler aus *Glee* … oh, wahrscheinlich schauen Sie sich das nie an, obwohl es die beste Sendung ist, die zurzeit im Fernsehen läuft. Ich kann mir nicht vorstellen, dass es Leute gibt, die Jane Lynch nicht lieben, außer sie kennen sie nicht. Doch wahrscheinlich schauen Sie sich auch nicht *The L Word* an. Aber vielleicht ja *Best in Show* oder *Talladega Nights*? Mein Gott, einfach ein Wahnsinn. Der FBI-Bubi in dem schwarzen Ford sieht genauso aus wie Finn …«

»Bryce …«

»Wie dem auch sei. Ich habe das viele Blut gesehen und mitgekriegt, wie stark der Tote aus Norton's Woods im Leichensack geblutet hat. Es war entsetzlich, und ich habe mir gesagt: *Das war's. Jetzt machen sie uns den Laden dicht.* Marino hat geschnaubt und geprustet, als wollte er das Haus umpusten, und rumgebrüllt, wie nur Marino es kann, wir hätten jemanden lebendig eingeliefert gekriegt, der dann in der Kühlkammer gestorben sei. Also habe ich zu Ethan gesagt, wir müssten von nun an unser Geld zusammenhalten, weil ich möglicherweise arbeitslos werde. Und das bei dem Arbeitsmarkt, den wir momentan haben. Eine Arbeitslosenquote von zehn Prozent oder etwas ähnlich Alptraumhaftes. Und ich bezweifle stark, dass *Doctor G.* mich nehmen wird, weil jeder Mitarbeiter an einem rechtsmedizinischen Institut auf dem ganzen Planeten bei ihr arbeiten möchte. Doch falls dieser Laden den Bach runtergeht, würde ich mich freuen, wenn Sie zum Telefon greifen und mich ihr empfehlen könnten. Warum machen wir eigentlich keine Reality-Show? Mal im Ernst. Sie hatten doch vor ein paar Jahren auch ihre eigene Sendung bei CNN. Weshalb also nicht hier?«

»Ich muss mit Ihnen über …« Aber das ist zwecklos, wenn er in diesem Zustand ist.

»Ich bin froh, dass Sie wieder da sind, obwohl es mir leidtut, dass Sie beim Nachhausekommen so eine Katastrophe vorfinden mussten. Die ganze Nacht habe ich wach gelegen und mich gefragt, was ich den Reportern antworten soll. Als ich die Fahrzeuge hinter dem Haus bemerkt habe, dachte ich erst, es seien die Medien, und habe schon mit Übertragungswagen gerechnet …«

»Bryce, Sie sollten sich beruhigen und vielleicht die Sonnenbrille abnehmen …«

»Doch soweit ich es mitgekriegt habe, haben die Nachrichten nichts gebracht. Und kein einziger Reporter hat mich angerufen oder hier eine Nachricht hinterlassen …«

»Ich möchte ein paar Dinge mit Ihnen besprechen. Und dazu müssten Sie mal kurz still sein«, falle ich ihm ins Wort.

»Schon gut.« Er entfernt die Sonnenbrille und steckt den Fuß in einen schwarzen Basketballschuh. »Ich bin nur ein bisschen überdreht, Dr. Scarpetta. Und Sie wissen ja, wie ich sein kann, wenn ich überdreht bin.«

»Haben Sie von Jack gehört?«

»Wo ist der Mund der Wahrheit, wenn man ihn braucht?« Er bindet sich die Turnschuhe zu. »Verlangen Sie nicht von mir, dass ich Theater spiele. Außerdem möchte ich Sie mit allem Respekt dazu auffordern, ihm mitzuteilen, dass er nun nicht mehr mein direkter Vorgesetzter ist. Jetzt sind Sie ja wieder zu Hause. Gott sei Dank.«

»Was soll das heißen?«

»Dass er nichts Besseres zu tun hat, als mich herumzuscheuchen, als würde ich am Drive-in-Schalter bei Wendy's arbeiten. Er brüllt mich an, ist patzig, die Haare fallen ihm aus, und ich frage mich ständig, ob er gleich jemanden treten wird. Mich zum Beispiel. Vielleicht erdrosselt er mich ja auch mit einem seiner schwarzen Gürtel des soundso vielten Grades oder wie man den Scheiß nennt, entschuldigen Sie die Ausdrucksweise. Es wurde immer schlimmer mit ihm, und wir durften Sie ja in Dover nicht stören. Also habe ich alle gebeten, Sie in Ruhe zu lassen. Gerade ist mir klargeworden, dass Sie die Nacht durchgemacht haben müssen. Sie sehen zum Fürchten aus.« Seine blauen Augen mustern mich von Kopf bis Fuß und registrieren, was ich anhabe, nämlich dieselbe khakifarbene Cargohose und das schwarze Polohemd mit dem Emblem des AFME, die ich in Dover angezogen habe.

»Ich bin auf direktem Weg hierhergefahren und hatte nichts zum Umziehen«, gelingt es mir endlich, wieder zu Wort zu kommen. »Keine Ahnung, warum Sie sich die Mühe machen, ihre L. L. Beans mit einem Paar alter Converse zu vertauschen, die wahrscheinlich noch vom Basketball-Sommerlager übrig sind.«

»Ich weiß, dass Sie einen geschulteren Blick haben. Und außerdem ist Ihnen bekannt, dass ich nie im Basketball-Sommerlager, sondern immer im Musik-Sommerlager war. Hugo Boss, zum halben Preis bei Endless.com. Versandkostenfrei«, fügt er hinzu und steht auf. »Ich mache Kaffee, und Sie möchten sicher welchen. Und nein, ich habe nichts von Jack gehört. Außerdem brauchen Sie mir nicht zu erzählen, dass wir ein Problem haben, das vermutlich mit diesen offenbar an einer Persönlichkeitsstörung leidenden FBI-Beamten auf unserem Parkplatz zusammenhängt. Keine Ahnung, warum sie sich keine Mühe geben, freundlich zu sein. Wenn ich eine dicke Knarre mit mir herumtragen würde und Leute verhaften dürfte, wäre ich die kleine Miss Sonnenschein in Person, würde immer lächeln und wäre nett zu meinen Mitmenschen.

Warum auch nicht?« Bryce schiebt sich an mir vorbei, geht in mein Büro und verschwindet in meinem Badezimmer. »Ich könnte auch bei Ihnen vorbeifahren und Ihnen ein paar Sachen holen, wenn Sie wollen. Sie brauchen es nur zu sagen. Ein Kostüm oder etwas Legeres?«

»Falls ich hier nicht wegkann …«, beginne ich. Eigentlich möchte ich ihm mitteilen, dass ich vielleicht auf sein Angebot zurückkommen werde.

»Wir müssen wirklich einen Schrank für Sie einrichten. Ein bisschen Haute Couture in der Kommandozentrale. Oh, eine Garderobe?«, flötet er, während er den Kaffee zubereitet. »Wenn wir unsere eigene Sendung hätten, hätten wir auch eine Garderobe, einen Friseur und einen Maskenbildner. Niemals müssten Sie in denselben schmutzigen Sachen herumlaufen, die nach Tod riechen. Das heißt natürlich nicht, dass Sie … Nun, wie dem auch sei. Am besten wäre es, wenn Sie nach Hause und sofort ins Bett gehen würden.« Heißes Wasser schießt laut zischend durch eine Kaffeekapsel. »Ich könnte Ihnen auch rasch etwas zu essen besorgen. Ich habe nämlich festgestellt, dass ich, wenn ich müde und übernächtigt bin …« Er kommt mit zwei Kaffeetassen aus meinem Bad. »Es gibt für alles den richtigen Zeitpunkt und Ort. Was halten Sie von einem Croissant mit Würstchen und Ei von Dunkin' Donuts? Vielleicht sogar von zweien? Sie sind wirklich ein bisschen zu dünn. Das Leben beim Militär bekommt Ihnen nicht, Chefin.«

»Wissen Sie, ob eine Frau namens Erica Donahue hier angerufen hat?«, frage ich ihn, während ich mit einem Kaffee, von dem ich nicht sicher bin, ob ich ihn trinken soll, zu meinem Schreibtisch zurückkehre. In der Hoffnung, dass sich dort wirklich ein Döschen mit Kopfschmerztabletten verbirgt, ziehe ich eine Schublade auf und suche Advils.

»Hat sie. Einige Male.« Bryce, der im Rahmen der Verbindungstür lehnt, nimmt vorsichtig einen Schluck von dem heißen Kaffee.

»Wann?«, hake ich nach, als er nichts hinzufügt.

»Angefangen hat es, kurz nachdem die Nachrichten etwas über ihren Sohn gebracht hatten. Das war, glaube ich, vor einer Woche. Damals hatte er gerade den Mord an Mark Bishop gestanden.«

»Haben Sie mit ihr gesprochen?«

»In letzter Zeit habe ich ihre Anrufe nur immer wieder zu Jack durchgestellt, obwohl sie eigentlich Sie sprechen wollte.«

»Immer wieder?«

»Das sollte er Ihnen selbst erzählen. Ich kenne keine Einzelheiten«, erwidert Bryce, obwohl es sonst gar nicht seine Art ist, mir gegenüber ein Blatt vor den Mund zu nehmen. Aber plötzlich hält er sich zurück.

»Hat er die Anrufe angenommen?«

»Das war am … lassen Sie mich nachdenken …« Bryce hat die Angewohnheit, zur Kuppel hinaufzuschauen, als läge dort die Antwort auf alle Fragen. Außerdem ist es seine Lieblingsmethode, um Zeit zu schinden. »Am letzten Donnerstag.«

»Und Sie haben auch mit ihr geredet, bevor Sie sie mit Jack verbunden haben?«

»Ich habe hauptsächlich zugehört.«

»Wie hat sie sich verhalten, und was hat sie gesagt?«

»Sie war sehr höflich und klang wie die gebildete Frau aus der Oberschicht, die sie, soweit ich weiß, auch ist. Schließlich kann man über die Familie Donahue und Johnny Hinckley Jr. jede Menge lesen. Inzwischen ist er beinahe so bekannt … *Und als er sah, was er getan hatte, steckte er seine bewährte Nagelpistole zurück ins Halfter* … Aber wahrscheinlich lesen Sie diesen Mist auf den Skandal-Sites wie *Morbidia Trivia, Wickedpedia, Cryptnotes* und so weiter nicht. Ich muss das, es gehört zu meinem Job, damit ich auch weiß, welche Gerüchte im sensationslüsternen und sündigen Cyberland verbreitet werden.«

Er ist wieder mit sich im Reinen. Nur wenn ich ihn nach Fielding ausfrage, wird ihm unbehaglich.

»Mom war in einem früheren Leben eine beinahe bekannte Konzertpianistin und hat in einem Symphonieorchester gespielt. Ich glaube, in San Francisco«, fährt Bryce fort. »Bei Twitter habe ich zufällig aufgeschnappt, dass sie von Yundi Li unterrichtet wurde, aber ich bezweifle, dass Li Klavierstunden gibt. Außerdem ist er erst achtundzwanzig, weshalb es nicht stimmen kann. Natürlich ist sie außer sich, was man sich auch gut vorstellen kann. Angeblich soll ihr Sohn eine Intelligenzbestie sein und über merkwürdige Fähigkeiten verfügen. Zum Beispiel kann er Reifenprofile voneinander unterscheiden. Der Detective aus Salem, St. Hilaire, der ganz und gar kein Spaßvogel ist, obwohl sein Name so viel wie Heiterkeit bedeutet, aber Sie kennen ihn ja noch nicht, hat das gesagt. Offenbar kann sich Johnny Donahue einen Reifenabdruck auf einem ungeteerten Parkplatz anschauen und meint dann: *Das ist ein Bridgestone Battle Wing, der Vorderreifen eines Motorrads.* Das habe ich gerade nur erfunden, denn Ethan hat eine von diesen BMW. Mir wäre es lieber, wenn er nicht so daran hängen würde, denn für mich sind Motorradfahrer zukünftige Organspender. Anscheinend kann Johnny auch Rechenaufgaben im Kopf lösen, und damit meine ich nicht, wie viel man für ein Sixpack Budweiser hinblättern muss, wenn eine Dose neunzig Cent kostet. Eher so in Richtung Einstein. Zum Beispiel: Wie lautet die Quadratwurzel aus neun mal einhundertunddrei oder so. Aber das ist Ihnen vermutlich bekannt. Sicher haben Sie den Fall verfolgt.«

»Was genau wollte sie mit mir besprechen? Hat sie das erwähnt?« Ich kenne Bryce. Er würde nie jemanden wie Erica Donahue einfach weiterverbinden, ohne sie reden zu lassen, bis ihr entweder die Worte oder die Geduld ausgehen. Dazu ist er viel zu neugierig, und sein unermüdlicher Verstand ist eine Gerüchteküche.

»Nun, natürlich, dass er es nicht war. Und wenn sich jemand wirklich die Tatsachen anschauen würde, ohne sich bereits ein Urteil gebildet zu haben, würde er die logischen Widersprüche erkennen«, erwidert Bryce und pustet in seinen Kaffee, ohne mich anzuschauen.

»Welche Widersprüche genau?«

»Sie sagte, sie habe am Tag des Mordes gegen neun Uhr morgens mit ihm gesprochen, bevor er in das Café in Cambridge gleich um die Ecke von Ihnen gegangen sei, das inzwischen so berühmt ist«, antwortet Bryce. »Das Bisquit. Mittlerweile stehen die Leute Schlange bis auf die Straße hinaus. Es geht doch nichts über einen Mord, um die Werbetrommel zu rühren. Jedenfalls fühlte er sich laut Mom an diesem Tag nicht wohl. Er leidet an irgendwelchen scheußlichen Allergien und beklagte sich, seine Tabletten, Spritzen oder was auch immer wirkten nicht mehr richtig. Also hat er die Dosis kräftig erhöht und fühlte sich *elend*, wie sie es ausdrückte. Vermutlich wollte sie darauf hinaus, dass jemand, dem die Augen jucken und die Nase läuft, keinen Mord begehen würde. Ich wollte ihr nicht sagen, dass die Geschworenen nicht viel auf Niesen als Verteidigungsstrategie geben dürften ...«

»Ich muss telefonieren und mache dann meine Runde«, unterbreche ich ihn, bevor er sich für den Rest des Tages in Abschweifungen verzetteln kann. »Könnten Sie im Spurensicherungslabor anrufen und nachfragen, ob Evelyn da ist? Wenn ja, richten Sie ihr bitte aus, ich hätte da ein paar wirklich dringende Aufgaben für sie. Danach sind die Fingerabdrücke, die DNA und die toxikologische Untersuchung an der Reihe. Anschließend soll einer der fraglichen Gegenstände wieder nach oben in Lucys Labor. Vor einer Weile war noch niemand dort. Was ist mit Shane? Kommt er heute? Ich brauche nämlich seine Meinung zu einem Dokument.«

»Herrje, Sie reden ja, als wären wir eine im Schneesturm in den Anden abgestürzte Rugbymannschaft, die sich in ihrer Not auf Kannibalismus verlegt.«

»Es war ein ziemlich schweres Unwetter heute Nacht.«

»Sie waren zu lange im Süden. Wie viel Neuschnee haben wir? Fünfundzwanzig Zentimeter? Ein bisschen kalt, aber nicht ungewöhnlich für unsere Breitengrade«, erwidert Bryce.

»Am besten bitten Sie Evelyn, sofort nach oben zu kommen, und lassen sie in Jacks Büro.« Ich beschließe, nicht länger zu warten, denn ich denke an den in einem Müllsack verstauten, zusammengefalteten Laborkittel.

Ich erkläre Bryce, was sich in der Tasche des Kittels befindet und dass ich es sofort mit dem Rasterelektronenmikroskop untersucht wissen möchte. Außerdem soll eine chemische Analyse durchgeführt werden, die das Beweisstück nicht beschädigt.

»Seien Sie äußerst vorsichtig, öffnen Sie den Beutel nicht und fassen Sie nichts an«, erkläre ich Bryce. »Und sagen Sie Evelyn, dass sich auf der Plastikfolie auch Fingerabdrücke befinden. Das heißt: DNA.«

Als mein Verwaltungschef außer Hörweite auf der anderen Seite unserer geschlossenen Verbindungstür sitzt, beschließe ich, den Anruf bei Erica Donahue so lange zu verschieben, bis ich Gelegenheit hatte, mir eine Strategie auszudenken. Ich muss mir alles gründlich überlegen.

Außerdem möchte ich ihren Brief noch einmal lesen, um mir über meine eigenen Absichten klarzuwerden. Während ich darüber nachgrüble, die Ereignisse seit meinem Aufbruch aus Dover Revue passieren lasse und den strahlend blauen Himmel eines neuen Tages betrachte, wird mir bewusst, dass ich mich noch immer nicht von meinem Kontakt mit der letzten Mutter erholt habe. Ich fühle mich von der Erinnerung an das Telefonat mit Julia Gabriel, dass ich geführt habe, während sich jemand vor meiner geschlossenen Bürotür in Port Mortuary herumdrückte, wie vergiftet. Die Beschimpfungen, die sie mir entgegengeschleudert hat, und ihre Vorwürfe gingen unter die Gürtellinie und waren gehässig. Allerdings habe ich sie bis jetzt nicht so nah an mich herangelassen, dass ihre Worte Macht über mich gehabt hätten. Bis zu dem Fund in Fieldings Büro. Seitdem hat sich ein Schatten, so kühl und dunkel wie auf der der Sonne abgewandten Seite des Mondes, über mein Denken und meine Stimmung gelegt. Ich habe keine Ahnung, was über mich geredet oder entschieden wird. Und auch nicht, was man wieder zum Leben erweckt hat wie ein wechselwarmes Tier, das nur in Kältestarre lag und sich nun regt.

Welche Papiere sind zutage gefördert worden? Ist man vielleicht auf Dinge gestoßen, die ich all die Jahre insgeheim gefürchtet und dennoch vergessen habe? Obwohl die Wahrheit immer da war wie etwas Unschönes, das man im Schrank versteckt. Man denkt zwar nie daran, doch wenn man erinnert wird, weiß man, dass es noch da ist, denn es wurde weder weggeworfen noch dem rechtmäßigen Besitzer zurückgegeben. Eigentlich war diese unangenehme Sache nie für mich bestimmt, doch man hat sie mir in die Hand gedrückt, als gehörte sie mir. Und damit galt die Angelegenheit als erledigt. Solange die Vorfälle in Südafrika in meinem Schrank verborgen blieben und nicht am vorgesehenen Platz landeten, könne mir nichts geschehen. Das war die Botschaft, die man mir vermittelte, als ich nach der Untersuchung der beiden Todesfälle ins Walter Reed zurückkehrte. Man dankte mir für meine dem Pathologischen Institut der Streitkräfte und der Air Force geleisteten Dienste und stellte es mir frei, früher als geplant meinen Abschied zu nehmen. Schuld beglichen. Da gäbe es genau die richtige Stelle für mich in Virginia, wo ich blühen und gedeihen könnte, solange ich mich an die Abmachungen halten und meine schmutzige Wäsche mitnehmen würde.

Ist es wieder so weit? Hat Briggs mir zum zweiten Mal auf diese Weise mitgespielt und wird mir bald den Stuhl vor die Tür setzen? Wohin wird er mich diesmal schicken? In den Vorruhestand? Offenbar kommt jetzt alles ans Licht. Die Situation spitzt sich auf ausgesprochen hässliche Weise zu und wird mir allem Anschein nach das Genick brechen. Eine andere Erklärung fällt mir nicht ein. Briggs hat mit jemandem darüber gesprochen, und dieser Jemand hat es Julia Gabriel weitererzählt, die mir dann wiederum Rassismus, Vorurteile, Herzlosigkeit und Verlogenheit vorgeworfen hat. Ich muss mir ständig vor Augen halten, dass dieser giftige Nebel derzeit all meine Entscheidungen beeinflussen wird. Er und die Erschöpfung. *Sei auf der Hut. Benutze deinen Verstand. Lass dich nicht von deinen Gefühlen mitreißen. Kinderleicht*, denke ich. Was hat Lucy noch einmal zum Thema Überwachungskameras gesagt? Ich greife zum Hörer und rufe Bryce an.

»Ja, Boss«, meldet er sich so fröhlich, als hätten wir seit Tagen nicht mehr miteinander gesprochen.

»Es geht um die Aufnahmen aus den Überwachungskameras im Haus«, beginne ich. »Wann war Captain Avallone aus Dover hier? Soweit ich informiert bin, hat Jack sie herumgeführt.«

»Herrje, das ist schon ein Weilchen her. Ich glaube, im November …«

»Wenn ich mich recht entsinne, ist sie in der Thanksgiving-Woche nach Maine zu ihrer Familie geflogen«, antworte ich ihm. »Ich weiß, dass sie in jener Woche nicht in Dover war, weil ich dort bleiben musste. Wir wären unterbesetzt.«

»Müsste passen. Es könnte am Freitag gewesen sein.«

»Waren Sie bei der Besichtigungstour dabei?«

»Nein, ich war nämlich nicht eingeladen. Außerdem hat Jack ziemlich viel Zeit mit ihr in Ihrem Büro verbracht, nur damit Sie es wissen. Und zwar bei geschlossener Tür. Sie haben an Ihrem Tisch zu Mittag gegessen.«

»Ich möchte, dass Sie jetzt Folgendes tun«, sage ich zu ihm. »Versuchen Sie, Lucy zu erreichen. Per SMS oder sonst irgendwie. Und teilen Sie ihr mit, dass ich jede Aufnahme aus den Überwachungskameras sehen will, die Jack und Sophia zeigt. Auch die aus meinem Büro.«

»Aus Ihrem Büro?«

»Wie lange hat er es schon benutzt?«

»Tja ...«

»Bryce, wie lange?«

»Mehr oder weniger die ganze Zeit über. Er hat sich dort breitgemacht, wenn er jemanden beeindrucken wollte. Das heißt, er hat nicht oft dort gearbeitet. Nur seine Audienzen abgehalten ...«

»Richten Sie Lucy aus, ich bräuchte die Aufnahmen aus meinem Büro. Sie wird wissen, was ich meine. Mich interessiert, worüber Jack und Captain Avallone gesprochen haben.«

»Reizend. Ich erledige das sofort.«

»Ich muss jetzt ein wichtiges Telefonat führen. Also stören Sie mich bitte nicht«, füge ich hinzu. Beim Auflegen fällt mir ein, dass Benton gleich hier sein wird.

Aber ich widerstehe der Versuchung, mich zu beeilen. In einer solchen Lage ist es ratsam, die Ruhe zu bewahren und es Gedanken und Wahrnehmungen zu gestatten, sich zu ordnen. *Du bist übernächtigt. Sei vorsichtig. Lass Vernunft walten, wenn du so müde bist. Es gibt nur eine Methode, es richtig anzugehen. Alle anderen sind falsch. Du wirst den richtigen Weg erst er-*

kennen, wenn er vor dir liegt, und falls du dann aufgebracht oder nicht geistesgegenwärtig bist, wirst du ihn übersehen. Ich greife nach meiner Kaffeetasse, überlege es mir jedoch anders. Kaffee wird mir jetzt nichts nutzen, sondern mich nur nervös machen und meinen Magen noch mehr in Aufruhr versetzen. Ich nehme das nächste Paar Untersuchungshandschuhe aus der Schachtel auf der Granittheke hinter meinem Schreibtisch und hole den Brief aus seinem Plastikbeutel.

Dann ziehe ich die beiden gefalteten dicken Papierbogen aus dem Umschlag, den ich in Bentons Auto auf der Fahrt durch den Schneesturm geöffnet habe. Inzwischen scheint eine Lebenszeit vergangen zu sein, obwohl es in Wirklichkeit nicht einmal zwölf Stunden sind. Im Morgenlicht und angesichts der sich überstürzenden Ereignisse erscheint es mir plötzlich noch merkwürdiger als zuvor, dass eine Konzertpianistin, die Bryce als gebildet und sachlich geschildert hat, ihr teures, geprägtes Briefpapier mit Isolierband kombiniert. Warum benutzt sie nicht das übliche durchsichtige Klebeband anstelle des hässlichen, breiten bleigrauen Streifens quer über die Rückseite? Sie könnte es auch so wie ich machen, wenn ich einen privaten Brief in einen Umschlag stecke, und einfach ihren Namen oder ihre Initialen auf die Lasche schreiben. Was wollte Erica Donahue vermeiden? Dass der Fahrer lesen könnte, was sie an eine ihm offenbar völlig unbekannte Person namens Scarpetta geschrieben hat?

Mit der in einem Baumwollhandschuh steckenden Hand streiche ich die Seiten glatt und versuche zu deuten, was die Mutter eines College-Studenten, der einen Mord gestanden hat, den Tasten ihrer Schreibmaschine anvertrauen wollte, so als wären ihre Gefühle und ihre Überzeugung beim Verfassen dieses Bittschreibens eine Chemikalie, die ich aufnehmen kann, um mich in ihr Denken hineinzuversetzen. Ich überlege, ob ich diesen Vergleich wegen der in Fieldings Kitteltasche gefundenen Plastikfolie ziehe. Nun, einige Stunden nach diesem beunruhigenden Drogenerlebnis ist mir klar, wie schwerwiegend die Auswirkungen waren. Gewiss habe ich mich Benton gegenüber merkwürdig verhalten und ihn damit in eine wirklich unangenehme Lage gebracht. Vielleicht tut er ja deshalb so geheimnisvoll und hält mir Vorträge darüber, ich solle zufällig in der Nähe herumstehenden Personen keine Informationen preisgeben. Als ob ausgerechnet ich das nicht am besten wüsste. Möglicherweise traut er meinem Urteilsvermögen nicht mehr und glaubt, ich hätte mich nicht im Griff oder mich durch die Gräuel des Krieges verändert. Ob er befürchtet, die Frau, die aus Dover zu ihm zurückgekehrt ist, könnte nicht mehr die sein, die er kennt?

Ich bin nicht mehr die, die du früher kanntest, schießt es mir durch den Kopf. *Ich bin nicht sicher, ob du mich überhaupt je gekannt hast*, raunt es in meinen Gedanken. Als ich die ordentlich in einzeiligem Abstand betippten Bogen lese, fällt mir auf, dass sich auf zwei Seiten nicht ein einziger Fehler findet. Ich entdecke weder Spuren von Tipp-Ex oder einem Korrekturband noch Rechtschreib- oder Grammatikfehler. Wenn ich mich an meine letzte Schreibmaschine erinnere, eine IBM Selectric, die ich in meinen ersten Jahren in Richmond benutzt habe, fällt mir nur der ständige Ärger mit abgerissenen Farbbändern ein. Um den Schrifttyp zu ändern, musste man den Kugelkopf wechseln. Verschmutzte Typen hinterließen Schmierer auf dem Papier. Und nicht zu vergessen meine eigenen eiligen Finger, die immer wieder die falschen Tasten berührten. Was Rechtschreibung und Grammatik angeht, bin ich zwar gut, aber sicherlich nicht unfehlbar.

Wie pflegte meine Sekretärin Rose zu sagen, wenn sie mit dem jüngsten Ergebnis meiner Versuche, auf dieser verdammten Maschine ein Schreiben zu verfassen, hereinkam? »*Und auf welcher Seite steht das im Webster's? Vielleicht ist es ja auch im MLA-Stilwörterbuch, und ich kann es bloß nicht finden. Ich tippe es besser noch mal für Sie ab.«* Ich darf diesen Gedanken nicht weiterdenken, weil er mich traurig macht. Seit Rose tot ist, vermisse ich sie jeden Tag. Wenn sie jetzt hier wäre, wäre alles anders. Zumindest würden sich die Dinge anders anfühlen. Sie verkörperte für mich Klarheit. Für sie war ich ihr Leben. Ein Mensch wie Rose sollte sich nicht von dieser Erde verabschieden müssen, und ich kann es noch immer nicht fassen. Allerdings ist jetzt nicht der richtige Zeitpunkt, über den blonden jungen Mann mit den schwarzen Basketballstiefeln nachzugrübeln, der nun an ihrer Stelle im Nebenzimmer sitzt. Ich muss mich konzentrieren. Und zwar auf Erica Donahue. Was soll ich mit dieser Frau anfangen? Irgendetwas muss ich tun, aber ich muss schlau zu Werke gehen.

Offenbar hat sie den Brief mehrmals getippt, so oft, bis er absolut fehlerfrei war. Mir fällt ein, dass der Chauffeur, der da in dem Bentley vorfuhr, anscheinend nicht wusste, dass der Empfänger des mit Isolierband zugeklebten Briefes in Wirklichkeit eine Frau war. Er schien wirklich zu denken, der Mann mit dem silbergrauen Haar sei ich. Ich halte mir vor Augen, dass Johnny Donahues Mutter vermutlich auch nicht ahnt, dass der forensische Psychologe, der ihren Sohn begutachtet, also ebendieser Mann mit dem silbergrauen Haar, mein Ehemann ist. Außerdem gibt es im McLean, anders als in dem Brief steht, keine Abteilung für »psychisch kranke Straftäter«. Hinzu kommt, dass niemand Johnny zum psychisch kranken Straftäter erklärt hat, was ein juristischer Begriff und keine Diagnose ist. Laut Benton hat sie auch einige andere Tatsachen verwechselt.

Sie hat Dinge durcheinandergebracht, die ihrem Sohn ziemlich schaden könnten und vielleicht sogar sein vermutlich wasserdichtes Alibi untergraben. Ihre Behauptung, Johnny habe, anders als er selbst aussagt, das Bisquit in Cambridge schon um eins und nicht erst um zwei verlassen, macht es wahrscheinlicher, dass er eine Fahrgelegenheit auftreiben und rechtzeitig in Salem sein konnte, um Mark Bishop um vier Uhr nachmittags umzubringen. Außerdem ist da noch ihre Äußerung, ihr Sohn lese gern Horrorromane und habe eine Schwäche für Gewaltfilme und einschlägige Spiele. Hinzu kommt, dass ihre Bemerkungen über Jack Fielding, eine Nagelpistole und eine satanistische Sekte weder korrekt noch bewiesen sind.

Woher hat sie diese gefährlichen Informationen? Woher nur? Fielding könnte ihr während der Telefonate Flausen in den Kopf gesetzt haben, falls er wirklich derjenige ist, der inzwischen Gerüchte verbreitet und Lügen in die Welt setzt, wie zumindest Benton annimmt. Doch ganz gleich, was Fielding nun getan oder nicht getan hat, ob er nun lügt oder die Wahrheit sagt und welche Gründe sein Verhalten auch immer haben mag – meine Gedanken kehren immer wieder zu Johnny Donahues Mutter zurück, und zwar aus dem Grund, dass ich bei ihr keine logischen Motive erkennen kann. Dass sie mir diesen Brief hat überbringen lassen, macht einen merkwürdigen Eindruck auf mich. Etwas stimmt da nicht.

Mir kommt es seltsam vor, dass eine Person, der Rechtschreibung und Satzbau so wichtig sind, ganz zu schweigen von der Konzentration, die das Musizieren erfordert, vergleichsweise wenig auf Einzelheiten im Geständnis ihres Sohnes achtet, denn immerhin will er eines der grausamsten Gewaltverbrechen der jüngeren Geschichte begangen haben. In einem solchen Fall ist jede Kleinigkeit von Bedeutung. Wie also kann eine kluge und gebildete Frau, die sicher teure Anwälte beschäftigt, das nicht wissen? Warum geht sie das Risiko ein, jemandem wie mir, einer Wildfremden also, derartige Dinge preiszugeben? Und noch dazu schriftlich. Während ihrem Sohn ein lebenslanger Aufenthalt in einer forensischen

Psychiatrie wie Bridgewater droht. Vielleicht kommt es ja noch schlimmer, und er muss ins Gefängnis, wo ein verurteilter Kindermörder mit Asperger-Syndrom, ein sogenanntes Wunderkind, das zwar die schwierigsten Rechenaufgaben im Kopf lösen kann, aber im alltäglichen Umgang mit seinen Mitmenschen schwer beeinträchtigt ist, wahrscheinlich nicht lange überlebt.

Während ich mir all diese Fakten und wichtigen Punkte noch einmal vergegenwärtige, wird mir klar, dass ich mich fühle und verhalte, als ob ich emotional beteiligt wäre. Und das darf ich nicht sein. Ich muss Objektivität wahren. *Du ergreifst nicht Partei. Es ist nicht deine Aufgabe, Anteil zu nehmen*, sage ich mir. *Johnny Donahue und seine Mutter bedeuten dir überhaupt nichts. Außerdem bist du weder Detective noch beim FBI*, tadle ich mich. *Du bist weder Johnnys Verteidigerin noch seine Therapeutin, hast also keinen Grund, dich einzumischen.* Das halte ich mir streng vor Augen, weil ich noch nicht ganz überzeugt bin. Ich ringe mit Impulsen, die unbeschreiblich stark geworden sind und von denen ich nicht weiß, wie ich sie abstellen soll und ob ich das überhaupt kann. Ich weiß nur, dass ich es nicht will.

Einiges, woran ich mich nicht nur in Dover, sondern auch in nicht mit dem Krieg zusammenhängenden Angelegenheiten gewöhnt habe, die unter die Zuständigkeit des Medical Examiner der Streitkräfte fallen, entspricht viel zu sehr meinem wahren Naturell. Ich habe die ausgetretenen Pfade satt. Nun bin ich Militärangehörige und gleichzeitig Zivilistin. Ich habe immer wieder in Washington zu tun. Ich habe auf einem Luftwaffenstützpunkt gelebt und wurde bei Bergungsaktionen, Flugzeugabstürzen, Manöverunfällen und Todesfällen in militärischen Einrichtungen eingesetzt. Ich habe Mitglieder von Sondereinsatzkommandos, Geheimagenten, einen Bundesrichter und vor ein paar Monaten sogar einen

Astronauten obduziert, viele Situationen, die der Geheimhaltungspflicht unterliegen und über die ich nicht sprechen darf. Meine Gefühle kommen in dieser Gleichung nicht vor. Ich sitze zwischen den Stühlen und habe nicht die geringste Lust, mir Einschränkungen aufzuerlegen, weil eine Sache nicht in meinen Kompetenzbereich fällt.

Als in der medizinischen Aufklärung tätige Offizierin gehört es zu meinen Aufgaben, gewisse Aspekte des Lebens und des Todes zu untersuchen, die weit über die übliche klinische Bewertung hinausgehen. Aus den Leichen entnommene Stoffe, die Art der Verletzung, ballistische Eigenheiten, die Widerstandsfähigkeit oder das Versagen von Panzerungen, Infektionen, Krankheiten, Wundstellen, ob nun ausgelöst von Parasiten, Sandflöhen oder extremer Hitze, Flüssigkeitsmangel, Langeweile, Depressionen, Drogenmissbrauch – all das ist für die nationale Verteidigung und Sicherheit von Bedeutung. Die Daten, die ich sammle, sind nicht nur für die Familien bestimmt und kommen für gewöhnlich auch nicht in Gerichtsverfahren zum Tragen, haben jedoch Einfluss auf Kriegsstrategien und den Schutz unseres Landes. Man erwartet von mir, dass ich Fragen stelle, Spuren verfolge, meine Ergebnisse an den Gesundheitsminister und das Verteidigungsministerium weitergebe und ausgesprochen bemüht und engagiert bin.

Du bist jetzt wieder zu Hause. Und du möchtest nicht wie ein Colonel oder ein Kommandant und ganz sicher nicht wie eine Primadonna auftreten. Schließlich möchtest du nicht, dass ein Fall für nichtig erklärt oder eine Klage abgewiesen wird. Du willst keinen Ärger. Davon hast du bereits mehr als genug. Weshalb also weitere Schwierigkeiten heraufbeschwören? Briggs will dich loswerden. Pass auf, dass du ihm keine Munition lieferst. Deine eigenen Mitarbeiter lehnen dich ab oder nehmen dich nicht einmal zur Kenntnis. Gib ihnen nichts in die

Hand. Der einzige Grund, der einen Anruf bei Erica Donahue rechtfertigt, ist die höfliche Bitte, sich nicht mehr mit dir oder deinem Büro in Verbindung zu setzen, und zwar zu ihrem eigenen Besten und ihrem eigenen Schutz. Ich beschließe, genau diese Worte zu wählen, und glaube beinahe meine eigene Begründung, als ich die Privatnummer wähle, die am Ende des Briefes steht.

17

Die Person, die sich meldet, versteht mich offenbar nicht richtig. Ich muss mich zweimal wiederholen und erklären, dass ich Dr. Kay Scarpetta bin, wegen eines Briefes von Erica Donahue anrufe und sie bitte sprechen möchte.

»Verzeihung?«, erwidert eine wohlklingende Stimme. »Wer ist da?« Eine Frauenstimme, da bin ich ziemlich sicher, obwohl sie recht dunkel ist. Beinahe im Tenorbereich, es könnte also auch ein junger Mann sein. Im Hintergrund erklingt ein Klaviersolo.

»Spreche ich mit Mrs. Donahue?« Ich bekomme bereits ein mulmiges Gefühl.

»Wer sind Sie, und warum rufen Sie an?« Die Stimme wird hart; die Aussprache ist überdeutlich akzentuiert.

Während ich mein Anliegen erneut wiederhole, erkenne ich eine Etüde von Chopin und erinnere mich an ein Konzert in der Carnegie Hall. Michail Pletnjow, der dieses sehr schwer zu spielende Stück mit einer beeindruckenden Technik beherrschte. Es ist Musik für einen detailverliebten und gründlichen Menschen, bei dem alles seinen Platz haben muss. Einen Menschen, der keine Flüchtigkeitsfehler macht. Einen Menschen, der niemals einen teuren Umschlag mit Prägedruck verunstalten würde, indem er Isolierband daraufklatscht. Einen Menschen, der nicht zur Impulsivität neigt und sich alles eingehend überlegt.

»Tja, ich habe keine Ahnung, wer Sie sind«, verkündet die Stimme, die, wie ich inzwischen glaube, die von Mrs. Donahue ist. Sie klingt versteinert und voller Misstrauen und Schmerz. »Außerdem weiß ich nicht, woher Sie diese Nummer haben, da sie nicht im Telefonbuch steht. Wenn es sich bei diesem Anruf also um einen Scherz handelt, finde ich das absolut empörend, und Sie, wer immer Sie auch sein mögen, sollten sich schämen …«

»Ich versichere Ihnen, es ist kein Scherz«, unterbreche ich sie, bevor sie auflegen kann. Ich stelle mir vor, wie sie sich Chopin, Beethoven und Schumann anhört, von Sorgen zermürbt, und sich den Kopf über einen Sohn zerbricht, der ihr vermutlich seit seiner Geburt das Leben schwergemacht hat. »Ich bin die Leiterin des Cambridge Forensic Center, Chief Medical Examiner des Staates Massachusetts«, erkläre ich in demselben bestimmten, aber ruhigen Ton, den ich auch bei Familienangehörigen anschlage, die kurz vor einem emotionalen Ausbruch stehen. So als wäre sie Julia Gabriel und würde mich jeden Moment anschreien. »Ich war verreist, und als ich gestern Abend am Flughafen ankam, wurde ich von Ihrem Fahrer mit Ihrem Brief erwartet. Ich habe ihn sorgfältig gelesen.«

»Das ist völlig unmöglich. Ich beschäftige keinen Fahrer und habe Ihnen auch nicht geschrieben. Ich habe an niemanden in Ihrem Institut geschrieben und keine Ahnung, wovon Sie reden. Wer sind Sie? Wer sind Sie wirklich, und was wollen Sie?«

»Ich habe den Brief hier vor mir liegen, Mrs. Donahue.«

Ich betrachte den Brief auf meinem Schreibtisch und streiche ihn noch einmal glatt, ganz langsam und vorsichtig, während es mir auf der Zunge brennt, mich nach Fielding, dem Grund ihres Anrufs und dem Inhalt ihres Gesprächs zu erkundigen. Es macht mir zu schaffen, dass ich nicht von ihr gehasst und für gefühllos und sogar unehrlich gehalten werden möchte. Möglicherweise hat Fielding mich ja bei ihr genauso schlecht gemacht, wie er es vermutlich bei Julia Gabriel getan hat. Beinahe spreche ich die Frage aus, verkneife sie mir aber dann. Was wurde gesagt, und was hat man Erica Donahue weisgemacht? Aber nicht jetzt. *Nimm dich zusammen*, tadle ich mich.

»Was soll ich denn angeblich geschrieben haben?«, empört sich Erica Donahue.

»Es ist ein cremefarbenes Büttenpapier mit Wasserzeichen.« Ich halte die erste Seite an meine Schreibtischlampe und rücke den Schirm so zurecht, dass das Licht der Glühbirne direkt durch den Bogen scheint und das Wasserzeichen so deutlich sichtbar wird wie das Innenleben einer Krabbe durch die perlmuttartige Haut. »Ein offenes Buch mit drei Kronen«, fahre ich fort und erschrecke.

Aber ich lasse mir nichts anmerken. Sie darf auf keinen Fall auch nur erahnen, welche Gedanken mir im Kopf herumwirbeln, während ich ihr beschreibe, was ich vor Augen habe. Auf dem Blatt Papier tritt es gegen das Licht hervor wie ein Hologramm: ein offenes Buch zwischen zwei Kronen und mit einer dritten Krone darunter. Darüber befinden sich drei fünfblättrige Blumen. Diese Blumen, die Marino zu erwähnen vergessen hat, gehören ganz eindeutig weder zum Wappen von Oxford noch zu dem der City University of San Francisco. Was ich gerade betrachte, ist nicht das, was Benton vorhin im Internet entdeckt hat. Allerdings ist das Emblem identisch mit dem auf dem goldenen Siegelring, den ich aus dem Asservatenspind geholt habe, bevor ich nach der Untersuchung der Kleider des Toten in mein Büro ging.

Ich öffne den kleinen braunen Umschlag und kippe den Ring in meine behandschuhte Handfläche. Das Lampenlicht fängt sich im Gold, so dass es auf der weißen Baumwolle funkelt, als ich den Ring hin und her drehe, um ihn aus verschiedenen Winkeln zu mustern. Ich stelle fest, dass er ziemlich zerkratzt und unten abgewetzt ist. Der Ring sieht für mich alt aus. Wie eine Antiquität.

»Tja, es hört sich an wie mein Wappen und mein Briefpapier, das muss ich einräumen«, spricht Mrs. Donahue ins Telefon. Als ich ihr die in Umschlag und Briefkopf eingeprägte Adresse in Beacon Hill vorlese, bestätigt sie, dass es ebenfalls ihre ist. »Mein persönliches Briefpapier? Wie ist das möglich?« Sie klingt verärgert, wie Menschen es tun, wenn sie Angst haben.

»Was können Sie mir über Ihr Wappen erzählen? Wären Sie so gut, es mir zu schildern?«, fordere ich sie auf.

Dabei betrachte ich durch eine Lupe das identische Wappen auf dem Siegelring aus Gelbgold. In der Vergrößerung erkenne ich, dass die drei Kronen und das offene Buch an manchen Stellen beinahe abgewetzt sind. Insbesondere die fünfblättrigen Blumen sind wegen des Alters des Rings nur noch schemenhaft auszumachen. Offenbar wurde er von einer oder mehreren Personen durch häufiges Tragen abgenutzt, auch von dem Mann aus Norton's Woods, der ihn bei seiner Ermordung am kleinen Finger der linken Hand stecken hatte. Es besteht kein Zweifel, dass es seiner ist. Der Ring wurde mit seiner Leiche eingeliefert. Es hat keine Verwechslung vonseiten der Polizei, eines Krankenhauses oder eines Bestattungsinstituts stattgefunden. Als Marino gestern Vormittag die persönliche Habe des Mannes sichergestellt, weggesperrt und den Schlüssel bis zur Übergabe an mich bei sich behalten hat, war der Ring da.

»Mein Geburtsname ist Fraser«, erklärt Mrs. Donahue. »Es handelt sich um mein Familienwappen. Diese Version steht für Jackson Fraser, einen Urgroßvater, der das Emblem geändert und Elemente wie den blauen Hintergrund, eine goldene Kante und eine dritte Krone in Rot hinzugefügt hat. Doch das sieht man nur, wenn man sich eine farbige Abbildung des Wappens anschaut, die gerahmt in meinem Musikzimmer hängt. Soll das heißen, jemand hat einen Brief auf meinem Briefpapier geschrieben und ihn von einem Chauffeur bei Ihnen abgeben lassen? Das begreife ich nicht, und ich weiß auch nicht, wie das möglich sein soll. Was für ein Auto war es denn? Wir haben wirklich keinen Chauffeur. Ich fahre einen alten Mercedes, mein Mann, der sich zurzeit im Ausland aufhält, hat einen Saab. Und einen Fahrer haben wir nie beschäftigt.«

»Ist Ihr Familienwappen vielleicht noch irgendwo anders abgebildet als auf dem Bild an der Wand Ihres Musikzimmers? Auf einer Stickerei, einer Gravur oder sonst einem Gegenstand? Wenn es öffentlich zugänglich ist, hätte sich jemand Zugriff verschaffen können.« Ganz gleich, wie ich es formuliere, die Frage klingt weiterhin merkwürdig.

»Zugriff? Aber warum? In welcher Absicht?«

»Betrachten wir einmal Ihr Briefpapier. Vielleicht sagt es uns ja, was diese Absicht gewesen sein könnte.«

»Ist der Bogen, den Sie vor sich haben, geprägt oder gedruckt?«, erkundigt sie sich. »Können Sie den Unterschied anhand des Papiers feststellen?«

Du kennst ihn nicht, denke ich. *Du weißt nicht, ob der Mann, der mit dem Ring am Finger gestorben ist, ein Mitglied oder ein Verwandter war.* Mir fällt ein, dass Benton von einem älteren Bruder gesprochen hat, der in Langley arbeitet. Was, wenn er sich gestern zufällig in Cambridge aufgehalten und in einer Wohnung in der Nähe von Harvard übernachtet hat? Vielleicht bei einem Freund, in dessen Wohnung ein veralteter Transportroboter steht. Einem Freund mit einem Greyhound. Einem Freund, der vielleicht in einem Entwicklungslabor für Roboter arbeitet? Was, wenn der ältere Bruder oder ein anderer Mann, der Mrs. Donahue etwas bedeutet, gerade im Ausland, in Großbritannien, war, unerwartet zurückgeflogen ist und ermordet wurde, ohne dass sie oder ihre Familie etwas davon weiß. Wie sieht Johnnys Bruder aus?

Nicht nachfragen.

»Das Briefpapier ist geprägt«, antworte ich Mrs. Donahue.

Was, wenn ihre Familie Verbindungen zu Liam Saltz oder einem anderen Gast auf der Hochzeit seiner Tochter am Samstag unterhält? Könnten die Donahues ein Parlamentsmitglied namens Brown kennen?

Finger weg.

»Nun, ein geprägtes Briefpapier kann man nicht einfach aus dem Hut zaubern und es in wenigen Minuten anfertigen lassen«, sagt Mrs. Donahue.

Ich mustere den Briefumschlag und das Isolierband auf der Rückseite, das ich nicht durchgeschnitten habe, um es nicht zu beschädigen.

»Insbesondere dann, wenn man die Druckstöcke nicht hat«, fügt sie hinzu.

Bei kriminaltechnischen Untersuchungen verwenden wir ständig Klebeband, um Spuren von Teppichen und Polstern zu sichern und Fasern, Lacksplitter, Glasscherben, Schmauchspuren, Mineralien, ja sogar DNA und Fingerabdrücke von allen möglichen Flächen, auch menschlichen Körpern, abzunehmen. Das ist allgemein bekannt. Man braucht nur fernzusehen. Oder »Techniken und Ausrüstung für die Spurensicherung am Tatort« zu googeln.

»Wer könnte meine Druckstöcke in seinen Besitz gebracht haben? Wer nur?«, beharrt sie. »Ohne die Druckstöcke würde es Wochen dauern. Und wenn man Probedrucke in Auftrag gibt, was ich natürlich immer tue, kommen noch ein paar Wochen hinzu. Es ergibt keinen Sinn.«

Sie würde niemals einen eleganten Briefumschlag, dessen Prägung einige Wochen dauert, mit Klebeband verunstalten. Nicht diese korrekte, stolze Frau, die sich Etüden von Chopin anhört. Bei jemand anders könnte ich mir einen Grund denken. Insbesondere, falls mich dieser Jemand kennt oder weiß, wie ich denke.

»Und ja, das Wappen ist auf vielen Gegenständen abgebildet. Meine Familie führt es schon seit Jahrhunderten«, fügt sie hinzu, weil sie jetzt reden will. In ihr hat sich eine Menge aufgestaut, was nun herausmuss.

Lass es zu.

»Schottisch, aber das haben Sie sich vermutlich schon wegen des Namens gedacht«, meint sie. »Wie bereits erwähnt, hängt es gerahmt an der Wand im Musikzimmer. Außerdem ist es in einen Teil des Familiensilbers eingraviert. Eine Haushälterin hat uns vor einigen Jahren etwas Silber gestohlen. Sie wurde zwar entlassen, kam aber nie vor Gericht, weil der Bostoner Polizei unsere Beweise nicht genügten. Vermutlich ist mein Familiensilber dort in irgendeiner Pfandleihe gelandet. Doch ich verstehe nicht, was das mit meinem Briefpapier zu tun hat. Es hört sich fast danach an, als wollten Sie andeuten, jemand hätte sich geprägtes Briefpapier anfertigen lassen, das mit meinem identisch ist, um vorzutäuschen, der Brief stamme von mir. Oder jemand hat es gestohlen. Gehen Sie von einem Identitätsdiebstahl aus?«

Was antworte ich? Wie weit soll ich gehen?

»Ist vielleicht sonst noch etwas gestohlen worden, das Ihr Familienwappen trägt?« Ich möchte nicht geradeheraus nach dem Ring fragen.

»Warum interessiert Sie das? Wurde denn etwas gefunden?«

»Ich habe hier einen Brief, der angeblich von Ihnen ist«, wiederhole ich anstelle einer Antwort. »Er wurde mit der Schreibmaschine getippt.«

»Ich benutze tatsächlich noch eine Schreibmaschine«, entgegnet sie überrascht. »Aber für gewöhnlich schreibe ich Briefe mit der Hand.«

»Dürfte ich erfahren, womit?«

»Na, mit einem Füller natürlich. Einem Füllfederhalter.«

»Und welchen Schrifttyp hat Ihre Schreibmaschine? Doch vielleicht wissen Sie das ja auch nicht. So geht es vielen.«

»Es ist eine Reiseschreibmaschine von Olivetti, die ich schon seit einer Ewigkeit habe. Die Schrift ist kursiv wie eine Handschrift.«

»Also noch eine manuelle. Die muss ja schon ziemlich alt sein.« Ich betrachte den Brief und die Kursivschrift, erzeugt von Typen aus Metall, die gegen ein Farbband schlagen.

»Sie gehörte meiner Mutter.«

»Mrs. Donahue, können Sie mir sagen, wo Ihre Schreibmaschine derzeit ist?«

»Ich gehe gerade zu dem Schrank in der Bibliothek, wo ich sie aufbewahre, wenn ich sie nicht brauche.«

Ich höre, wie sie sich durchs Haus bewegt. Dann ein Geräusch, als würde ein schnurloses Telefon auf einer harten Fläche abgelegt. Danach werden einige Türen geschlossen, vielleicht die eines Schranks. Kurz darauf ist sie wieder am Apparat. »Sie ist verschwunden. Sie steht nicht mehr an ihrem Platz«, verkündet sie, beinahe atemlos.

»Erinnern Sie sich, wann Sie sie zuletzt gesehen haben?«

»Keine Ahnung. Es ist schon Wochen her. Wahrscheinlich so gegen Weihnachten, aber ich bin nicht sicher.«

»Und die Maschine könnte auch nirgendwo anders sein? Vielleicht haben Sie sie ja umgestellt, oder jemand hat sie sich ausgeliehen?«

»Nein. Das ist ja entsetzlich. Jemand hat meine Schreibmaschine gestohlen. Und vermutlich auch mein Briefpapier. Und zwar dieselbe Person, die Ihnen unter meinem Namen einen Brief geschrieben hat. Ich war es nämlich ganz sicher nicht.«

Der Erste, der mir einfällt, ist ihr Sohn Johnny. Aber der ist im McLean. Er hätte auf keinen Fall ihre Schreibmaschine, ihren Füller und ihr Briefpapier entwenden und dann einen

Mann mit Bentley damit beauftragen können, mir einen Brief zu überbringen. Vorausgesetzt, er hätte überhaupt die Möglichkeit gehabt, herauszufinden, wann ich am gestrigen Abend in Lucys Hubschrauber eintreffen würde. Doch darauf werde ich seine Mutter auch nicht ansprechen. Mit jeder Frage liefere ich ihr nur weitere Informationen.

»Was steht in dem Brief?«, beharrt sie. »Was hat die Person geschrieben, die getan hat, als wäre sie ich? Wer hätte meine Schreibmaschine stehlen können? Sollen wir die Polizei verständigen? Was rede ich da. Sie sind ja die Polizei.«

»Ich bin Rechtsmedizinerin«, verbessere ich sie sachlich, während ein schnelleres Stück von Chopin, eine andere Etüde, erklingt. »Ich bin nicht die Polizei.«

»Eigentlich schon. Ärzte wie Sie ermitteln doch wie Polizisten, verhalten sich wie Polizisten und haben Macht, die sie missbrauchen können, wie Polizisten. Ich habe mit Dr. Fielding über das gesprochen, was meinem Sohn zur Last gelegt wird, aber darüber sind Sie sicher ohnehin im Bilde. Bestimmt wissen Sie, dass ich deshalb in Ihrem Institut angerufen habe. Sie müssen es einfach wissen und auch, was für ein schrecklicher Irrtum es ist. Sie klingen wie eine Frau, der Gerechtigkeit etwas bedeutet. Mir ist klar, dass Sie nicht hier waren. Allerdings begreife ich nicht, wie Sie so etwas, selbst aus der Entfernung, haben durchgehen lassen können.«

Ich drehe meinen Stuhl zu der gewölbten Wand hinter mir um, die ganz und gar aus Glas besteht. Mein Büro hat dieselbe Form wie das ganze Gebäude. Wenn man es auf die Seite legen würde, hätte man eine Walze mit einer Kuppel am einen Ende. Der Morgenhimmel ist strahlend blau. Knallblau, wie Lucy sagen würde. Ich bemerke, dass sich auf dem Überwachungsvideo etwas bewegt. Ein schwarzer SUV parkt hinter dem Haus.

»Man hat mir mitgeteilt, dass Sie ihn angerufen haben«,

erwidere ich, weil ich nicht aussprechen darf, was mir so drängend auf der Zunge liegt. Was ist ungerecht? Was habe ich durchgehen lassen? Wie hat sie erfahren, dass ich nicht da war? »Ich verstehe ja, dass Sie in Sorge sind, aber …«

»Ich bin nicht auf den Kopf gefallen«, unterbricht mich Mrs. Donahue. »Ich lebe nicht hinterm Mond, obwohl ich bis jetzt noch nie in eine so schreckliche Sache verwickelt war. Allerdings hatte er keinen Grund, so unhöflich zu mir zu sein. Es war mein Recht, diese Frage zu stellen, und ich begreife nicht, wie Sie so etwas dulden können. Vielleicht haben Sie das ja auch nicht getan und ahnen gar nichts von dieser bedauerlichen Geschichte. Aber wie kann das sein? Schließlich sind Sie die Leiterin, und da ich Sie nun am Telefon habe, können Sie mir ja möglicherweise erklären, warum es fair, angemessen oder überhaupt legal ist, dass sich jemand in seiner Position in diese Sache einmischt und so viel Macht hat.«

Das Wort *Vorsicht* blitzt in meinen Gedanken auf wie ein neonrotes Warnsignal.

»Es tut mir leid, falls Sie sein Verhalten als unhöflich und wenig hilfsbereit empfunden haben sollten.« Ich höre auf meine eigene Warnung und bin auf der Hut. »Sie verstehen doch, dass wir unsere Fälle nicht mit …«

»Dr. Scarpetta.« Durchdringende Klavierklänge im Hintergrund, als wechselte die Musik mit ihrer Stimmung – oder umgekehrt. »Das würde ich niemals tun, das versichere ich Ihnen«, beteuert sie. »Würden Sie mich bitte entschuldigen, während ich die Musik leiser mache? Wahrscheinlich kennen Sie Valentina Lisitsa nicht. Wenn ich nur einfach zuhören könnte, ohne dass diese schrecklichen Dinge in meinem Kopf scheppern und krachen, als schlüge jemand Töpfe und Pfannen aneinander! Mein Briefpapier, meine Schreibmaschine. Mein Sohn! O Gott, o mein Gott.« Die Musik verstummt.

»Ich habe Dr. Fielding keine neugierigen Fragen über ein Mordopfer, geschweige denn ein Kind gestellt. Sollte er behaupten, dass das der Grund meines Anrufs war, entspricht es nicht den Tatsachen. Gut, ich will nicht um den heißen Brei herumreden. Es ist eine Lüge. Eine gottverdammte Lüge. Allerdings wundert es mich nicht.«

»Sie hatten angerufen, weil Sie mich sprechen wollten«, erwidere ich, weil mir sonst nur noch ihre Äußerungen über Johnnys Unschuld und seine Allergien bekannt sind, die sie gegenüber Bryce gemacht hat. Offenbar ahnt sie nicht, dass weder ich noch, wie es inzwischen aussieht, sonst jemand Gelegenheit hatte, mit Fielding zu sprechen. Je mehr ich abwiegle oder gar nicht erst auf sie eingehe, desto lauter wird sie werden – und umso mehr wird sie mir verraten.

»Ende letzter Woche«, entgegnet sie mit Nachdruck. »Da Sie hier die Leitung haben und ich mit Dr. Fielding nicht weitergekommen bin. Sicher haben Sie Verständnis für meine Besorgnis und teilen meine Auffassung, dass die Situation für mich untragbar ist, wenn es nicht sogar gegen das Gesetz verstößt. Also wollte ich mich beschweren. Tut mir leid, dass Sie einen solchen Empfang hatten. Als mir klarwurde, wer Sie sind und dass es sich bei dem Anruf nicht um einen schlechten Scherz handelt, war mein erster Gedanke meine Beschwerde über Ihr Institut. Bis jetzt ist es nicht so offiziell, wie es sich anhören mag, zumindest noch nicht, auch wenn unser Anwalt und der Justitiar des CFC bereits informiert sind. Aber vielleicht brauche ich nun ja keine weiteren Schritte mehr zu unternehmen. Es hängt davon ab, worauf wir beide uns einigen können.«

Worauf einigen?, denke ich, frage jedoch nicht nach. Sie wusste also, dass ich nach Hause komme, was ebenfalls dem Inhalt des angeblich von ihr stammenden Briefes an mich widerspricht – obwohl es andererseits erklären würde, warum ich am Flugplatz in Hanscom von einem Fahrer erwartet worden bin.

»Was steht in dem Brief? Können Sie ihn mir vorlesen? Was hindert Sie daran?«, beharrt sie.

»Ist es möglich, dass jemand aus Ihrer Familie mir auf Ihrem Briefpapier und mit Ihrer Schreibmaschine geschrieben hat?«, erkundige ich mich.

»Mit meiner Unterschrift?«

Ich antworte nicht.

»Wie ich annehme, ist das Schreiben, das Ihnen vorliegt, mit meinem Namen unterzeichnet. Sonst würden Sie ja nicht glauben, dass es von mir ist. Schließlich könnte die eingeprägte Adresse genauso gut auf meinen Mann hinweisen, aber der ist seit Freitag auf Geschäftsreise in Japan, obwohl der Zeitpunkt wirklich ausgesprochen ungünstig ist. Außerdem würde er nie so etwas schreiben. Auf gar keinen Fall.«

»Der Brief ist angeblich von Ihnen«, erwidere ich, ohne hinzuzufügen, dass er mit »Erica« über ihrem in Kursiv getippten Namen unterschrieben und das Kuvert mit schwarzer Tinte in einer verschnörkelten Schrift adressiert ist.

»Das alles belastet mich sehr. Ich verstehe nicht, warum Sie mir den Brief nicht vorlesen. Ich habe ein Recht darauf, zu wissen, welche Behauptungen jemand in meinem Namen in die Welt setzt. Vermutlich wird sich doch unser Anwalt mit Ihnen befassen müssen. Es ist derselbe, der auch Johnny vertritt. Wie ich annehme, geht es in diesem eindeutig gefälschten Brief um Johnny. Sicher ein schmutziger Trick der Leute, die hinter der ganzen Sache stecken. Er hat sich ausgezeichnet gefühlt, bis er dort angefangen und sich plötzlich in Mr. Hyde verwandelt hat, so schwer es auch ist, etwas Derartiges über sein eigenes Kind zu sagen. Doch anders kann ich es nicht ausdrücken, um Ihnen begreiflich zu machen, wie drastisch er sich verändert hat. Ganz sicher stecken Drogen dahinter, obwohl laut unserem Anwalt alle Tests negativ ausgefallen sind. Außerdem würde Johnny niemals Drogen nehmen. So leichtsinnig ist er nicht. Er weiß, auf welch dünnem Eis er sich wegen seines Andersseins bewegt. Allerdings kann ich mir keine andere Erklärung denken. Jemand hat ihm Drogen verabreicht, die ihn zum Negativen verändert haben, um absichtlich sein Leben zu zerstören und ihm dann eine Straftat unterzuschieben …«

Sie redet wie ein Wasserfall und steigert sich immer mehr hinein. Im nächsten Moment klopft es an der Tür, und jemand rüttelt am Türknauf. Gleichzeitig öffnet Bryce die Verbindungstür. Ich schüttle den Kopf: *nicht jetzt*. Darauf flüstert er, Benton stehe vor meiner Tür. Ob er ihn hereinlassen solle? Ich nicke. Er schließt die eine Tür, und die andere geht auf.

Ich schalte Mrs. Donahue auf Raumlautsprecher.

Benton zieht die Tür hinter sich zu, während ich den Brief hochhalte, um ihm mitzuteilen, mit wem ich gerade telefoniere. Er rückt sich einen Stuhl zurecht, während Mrs. Donahue weiterspricht. Ich kritzle etwas auf einen Notizzettel:

Hat ihn angeblich nicht geschrieben – auch kein Fahrer oder Bentley.

»… in dieser Firma.« Mrs. Donahues Stimme hallt durch mein Büro, als wäre die Frau persönlich anwesend.

Benton setzt sich. Er verzieht keine Miene, und sein Gesicht ist bleich, eingefallen und erschöpft. Er sieht kränklich aus und riecht nach Holzrauch.

»Ich war noch nie dort, weil Besucher nicht zugelassen sind, außer es findet eine Veranstaltung für die Mitarbeiter statt …«, fährt sie fort.

Benton nimmt einen Stift und schreibt auf dieselbe Telefonnotiz: *Otwahl?* Doch die Frage hat offenbar nur Alibifunktion. Er wirkt nicht sonderlich neugierig.

»Und dann muss man durch eine Sicherheitsschleuse wie

im Weißen Haus – oder vielleicht sogar noch schlimmer«, spricht Mrs. Donahue weiter. »Nicht, dass ich es selbst erlebt habe. Ich weiß es von meinem Sohn, der in den Monaten, die er dort gearbeitet hat, immer verängstigter und ein psychisches Wrack wurde. Also seit dem Sommer.«

»Wovon reden Sie?«, frage ich, während ich wieder etwas für Benton notiere.

Schreibmaschine verschwunden.

Er liest und nickt, als wäre ihm bereits bekannt, dass Erica Donahues alte mechanische Olivetti-Schreibmaschine vermisst wird und vermutlich gestohlen wurde, falls sie mir gerade die Wahrheit gesagt hat. Womöglich hat er diese Information ja auch unserem bisherigen Telefonat entnommen, und mir schießt durch den Kopf, dass mein Büro wahrscheinlich verwanzt ist. Lucys Behauptung, sie habe es auf versteckte Abhörvorrichtungen durchsucht, hieß vermutlich eher, dass sie welche angebracht hat. Mein Blick schweift durch den Raum, als könnte ich die winzigen Kameras und Mikrofone in den Büchern, Kugelschreibern, Briefbeschwerern oder dem Telefon entdecken, das ich gerade benutze. Doch das ist vergebliche Liebesmüh. Falls Lucy mein Büro tatsächlich verwanzt hat, werde ich es nie erfahren. Und was noch wichtiger ist: Fielding hat es auch nicht wissen können. Ich hoffe, dass ich hören kann, was er mit Captain Avallone besprochen hat, ohne zu ahnen, dass sie heimlich abgehört wurden. Ich möchte sie dabei ertappen, wie sie sich miteinander verbünden, um mich zu vernichten und aus dem CFC zu vertreiben.

»… wo er sein Praktikum gemacht hat. In dieser Technologiefirma, die Roboter und andere streng geheime Dinge herstellt …«, sagt Mrs. Donahue.

Ich beobachte, wie Benton die Hände auf dem Schoß verschränkt und scheinbar gelassen die Finger ineinanderflicht, obwohl er alles andere als entspannt und locker ist. Ich kenne seine Körpersprache, seine Sitzhaltung und wie er die Augen bewegt und kann seine innere Unruhe spüren, selbst wenn er keinen Muskel und keine Miene regt. Er ist angestrengt und überlastet, doch es steckt noch mehr dahinter. Etwas ist vorgefallen.

»... Johnny musste Verträge und alle möglichen rechtlichen Revers unterschreiben, in denen er einwilligte, nicht über Otwahl zu sprechen. Nicht einmal darüber, was der Name bedeutet. Können Sie sich das vorstellen? Nicht einmal über etwas Unwichtiges wie den Namen. Aber das wundert mich nicht! Wenn man sich anschaut, was diese Verbrecher im Schilde führen. Millionenschwere Geheimaufträge von der Regierung, da geht es um richtig viel Geld. Grenzenlose Habgier. Ist es da überraschend, dass Gegenstände verschwinden und Menschen sich für jemand anders ausgeben und ihm die Identität stehlen?«

Ich habe keine Ahnung, was Otwahl bedeutet, und bis jetzt immer angenommen, dass es sich um den Namen des Firmengründers handelt. Soundso Otwahl. Ich sehe Benton an, aber der starrt ins Leere und hört Mrs. Donahue zu.

»... Kein Wort über das, was in dieser Firma vorgeht. Und all seine Arbeitsergebnisse gehören dem Unternehmen und dürfen das Haus nicht verlassen.« Sie spricht schnell. Ihre Stimme klingt nicht länger, als käme sie aus dem Zwerchfell, sondern kehlig und gepresst. »Ich habe eine Todesangst. Wer sind diese Leute, und was haben sie mit meinem Sohn gemacht?«

»Was bringt Sie auf den Gedanken, dass sie etwas mit Johnny gemacht haben könnten?, frage ich sie, während Benton in aller Ruhe etwas auf die Telefonnotiz schreibt. Sein Mund ist zu einer schmalen Linie zusammengepresst, sein typischer Gesichtsausdruck, wenn er in dieser Stimmung ist.

»Dass es kein Zufall sein kann«, entgegnet sie. Ihre Stimme erinnert mich an die kursiven Schrifttypen ihrer alten Olivetti. Verblassende Eleganz, die immer weniger scharf umrissen, immer konturloser wird. »Erst ging es ihm gut und dann plötzlich nicht mehr. Jetzt sitzt er in einer geschlossenen psychiatrischen Anstalt und hat ein Verbrechen gestanden, das er nicht begangen hat. Und zu allem Überfluss auch noch das hier«, fügt sie heiser hinzu und räuspert sich. »Ein Brief auf meinem Briefpapier oder einem, das wie meines aussieht. Natürlich ist der Brief nicht von mir, und ich habe auch keine Ahnung, wer ihn Ihnen übergeben haben könnte. Außerdem ist meine Schreibmaschine weg …«

Benton schiebt mir den Zettel zu, und ich lese in seiner klaren Handschrift:

Das wissen wir.

Stirnrunzelnd blicke ich ihn an. Ich verstehe kein Wort.

»… Warum will man ihm nur ein Verbrechen unterschieben, obwohl er unschuldig ist. Und wie hat man ihm bloß eingeredet, er hätte das arme Kind ermordet?«, spricht Mrs. Donahue weiter. »Drogen. Etwas anderes fällt mir dazu nicht ein. Vielleicht hat ja einer dieser Leute den kleinen Jungen auf dem Gewissen und braucht nun einen Sündenbock. Und da kam ihm mein armer, leichtgläubiger Johnny, dem das Gespür für Situationen fehlt, gerade recht. Ein besseres Opfer als einen Jugendlichen mit Asperger hätten die doch gar nicht finden können …«

Ich starre auf Bentons Nachricht. *Das wissen wir.* So als würde sich mir erschließen, was er und die anderen, die großen Unbekannten, die er »wir« nennt, wissen, wenn ich den Satz nur oft genug lese. Während ich dasitze, Mrs. Donahue aufmerksam lausche, zu ergründen versuche, was sie mir wirklich mitteilen will, und ihr gleichzeitig diskret Informationen entlocke, habe ich den Eindruck, dass Benton gar nicht richtig zuhört. Er wirkt gelangweilt und, anders als sonst, nicht mit allen Sinnen bei der Sache. Außerdem spüre ich seine Botschaft, dass ich das Telefonat beenden und mit ihm losfahren soll. So, als ginge es darum, einen Schlussstrich unter eine Sache zu ziehen, die bereits beendet ist, die letzten losen Fäden zu verknüpfen und aufzuräumen. So hat er sich früher verhalten, wenn Ermittlungen, die ihn monate- oder gar jahrelang belastet hatten, endlich abgeschlossen oder eingestellt wurden oder wenn die Geschworenen zu einem Urteil gelangt waren. Dann war plötzlich alles vorbei, und Benton blieb aufgekratzt, aber auch ausgelaugt und niedergeschlagen zurück.

»Wann sind Ihnen denn die ersten Veränderungen an Ihrem Sohn aufgefallen?« Ich werde nicht lockerlassen, ganz gleich, was Benton weiß oder wie müde er ist.

»Juli, August. Im September war es dann nicht mehr zu übersehen. Sein Praktikum bei Otwahl hat er im Mai angefangen.«

»Mark Bishop wurde am 30. Januar getötet.« Direkter wage ich nicht, sie auf etwas hinzuweisen, was eigentlich auf der Hand liegt, nämlich, dass ihre Beteuerungen, ihr Sohn müsse als Sündenbock herhalten, keinen Sinn ergeben. Es geht zeitlich nicht auf.

Johnnys Persönlichkeitsveränderung hat bereits im letzten Sommer während des Praktikums bei Otwahl begonnen. Dennoch deutet sie an, jemand habe Johnny einer Gehirnwäsche unterzogen, und zwar deshalb, damit er einen Mord gesteht, der zu diesem Zeitpunkt noch gar nicht geschehen war. Mark Bishop ist nämlich erst am 30. Januar, also Monate später, umgebracht worden. Außerdem lässt die Vorgehensweise in seinem Fall nicht auf ein sorgfältig geplantes Verbrechen schließen. Es handelt sich um einen sinnlosen und sadistischen Übergriff auf einen kleinen Jungen, der an einem

Spätnachmittag am Wochenende bei Dämmerung und unbeaufsichtigt in seinem eigenen Garten gespielt hat. Ich tippe eher auf eine spontane Tat, begangen aus reiner Mordlust, das böse Spiel eines skrupellosen Menschen mit möglicherweise pädophilen Neigungen.

»… Leute, die noch nie von Asperger gehört haben, glauben, dass die Betroffenen gewalttätig sind und fast keine menschlichen Regungen haben. Dass sie nicht so fühlen wie wir anderen oder gar überhaupt nichts empfinden. Die Leute phantasieren sich alles Mögliche zurecht, nur weil jemand *anders* ist, wie ich es nenne, nicht krank oder irre, sondern eben anders. Das benachteiligt ihn.« Mrs. Donahue spricht schnell, und ihre Gedanken scheinen sich zu überstürzen. »Wenn man darauf hinweist, dass er sich Sorgen wegen seines Verhaltens macht, denken die Leute, er ist eben so wie immer. Typisch Johnny, nur wegen seines Andersseins, und das meine ich mit Benachteiligung, als ob er noch mehr Probleme nötig hätte. Doch diesmal lag es eindeutig nicht an seinem Anderssein. Seit er im letzten Mai bei dieser Firma, Otwahl, angefangen hat, wurde es immer schlimmer …«

Mir fällt ein, was Benton vor ein paar Stunden erwähnt hat, nämlich, dass der Mord an Mark Bishop mit weiteren Verbrechen zusammenhängen könnte: dem Tod des Footballspielers vom Boston College, dessen Leiche im November im Hafenbecken aufgefunden wurde. Und vielleicht sogar mit dem Toten aus Norton's Woods. Wenn Benton recht hat, hätte der wahre Täter Johnny Donahue alle drei Morde in die Schuhe schieben müssen. Aber wie sollte das möglich sein? Zum Zeitpunkt des Verbrechens in Norton's Woods befand sich Johnny in stationärer Behandlung im McLean, ein offensichtlicher Grund, warum er diese Tat nicht begangen haben kann. Ich jedenfalls sehe keinen Weg, ihn zum Schuldigen zu stempeln – außer er hätte eine Möglichkeit gefunden, das

Krankenhaus zu verlassen und, bewaffnet mit einem Injektionsmesser, durch die Stadt zu laufen.

Benton schreibt mir noch einen Zettel. *Wir müssen los.* Der Satz ist unterstrichen.

»Mrs. Donahue, nimmt Ihr Sohn Medikamente?«, erkundige ich mich.

»Eigentlich nicht.«

»Rezeptpflichtige oder rezeptfreie?«, hake ich nach, ohne zu drängend zu klingen, was mir sehr schwerfällt, weil meine Geduld allmählich zu Ende geht. »Vielleicht können Sie mir Auskunft geben, ob er vor seiner Einweisung ins Krankenhaus irgendetwas genommen oder andere gesundheitliche Probleme hatte.«

Beinahe hätte ich *gehabt hat* gesagt, als wäre er tot.

»Nun, ein Nasenspray. Insbesondere in letzter Zeit.«

Benton breitet die Handflächen aus, was wohl *Das ist mir nichts Neues* ausdrücken soll. Er ist über Johnnys Medikamente im Bilde. Auch er hat keine Geduld mehr, und langsam machen sich hinter der Fassade der Gelassenheit die ersten Anzeichen dafür bemerkbar. Er will, dass ich jetzt sofort zu telefonieren aufhöre und mitkomme.

»Warum in letzter Zeit? Hatte er Schwierigkeiten mit der Atmung? Allergien? Asthma?«, frage ich, während ich ein Paar Untersuchungshandschuhe aus dem Spender nehme und sie Benton reiche. Dann gebe ich ihm den braunen Umschlag mit dem Ring.

»Tierhaare, Pollen, Staub, Gluten, eigentlich gegen alles. Fast sein ganzes Leben lang ist er schon bei verschiedenen Allergologen in Behandlung. Bis zum letzten Spätsommer klappte alles recht gut, und dann wirkte plötzlich nichts mehr richtig. Es waren ziemlich viele Pollen unterwegs. Außerdem verschlimmert Stress die Sache noch. Und er hatte eine Menge Stress«, erwidert sie. »Also hat er wieder mit einem Spray angefangen, das irgendeine Art Cortison enthält. Der Name ist mir gerade entfallen …«

»Corticosteroid?«

»Genau, das ist es. Ich habe schon überlegt, ob es vielleicht Einfluss auf seine Stimmung und sein Verhalten gehabt haben könnte. Schlaflosigkeit zum Beispiel. Gefühlsschwankungen und Reizbarkeit, die, wie Sie wissen, immer stärker wurden. Schließlich kam es zu Bewusstseinslücken und Wahnvorstellungen, bis wir ihn ins Krankenhaus gebracht haben.«

»Er hat *wieder* damit angefangen? Also hat er früher schon einmal ein corticosteroidhaltiges Spray benutzt?«

»Sicher. Im Lauf der Jahre. Allerdings nicht, seit er eine neue Behandlung angefangen hat, was hieß, dass das Spray überflüssig wurde. Etwa ein Jahr lang war das wie ein Wunderheilmittel. Dann kam der Rückfall, und er hat wieder zum Nasenspray gegriffen.«

»Erzählen Sie mir von der neuen Behandlung.«

»Sicher kennen Sie sich mit Tropfen unter die Zunge aus.«

Soweit ich weiß, ist die sublinguale Immuntherapie noch nicht von der Gesundheitsbehörde genehmigt. »Nimmt Ihr Sohn an einer klinischen Studie teil?«, erkundige ich mich deshalb und schreibe Benton noch einen Zettel.

Spray und Tropfen ins Labor, sofort.

»Richtig. Sein Allergologe hat sie ihm vermittelt.«

Ich sehe Benton an, um festzustellen, ob er das ebenfalls wusste. Nach einem Blick auf meinen Zettel zieht er die Handschuhe an und schaut auf die Uhr. Er wird sich nur deshalb mit dem Ring befassen, weil ich ihn darum gebeten habe. So, als kennte er ihn bereits oder wäre darüber im Bilde, dass er keine Bedeutung hat. Offenbar liegen Ergebnisse vor, von denen ich noch nichts ahne. Es muss etwas vorgefallen sein.

»… es ist eine Studie, bei der ein Medikament zu einem anderen als dem ursprünglich vorgesehenen Zweck eingesetzt wird. Sein Arzt überwacht sie. Jetzt muss mein Sohn nicht mehr jede Woche in die Praxis«, erklärt Mrs. Donahue, und sie wirkt kurz beruhigt, während sie über die Allergien ihres Sohnes anstatt über die tatsächlichen Probleme spricht. Ihr Schmerz mag sich für einen Moment legen, aber es wird nicht von Dauer sein.

Falls sich jemand an Johnnys Medikamenten zu schaffen gemacht hat, wäre das ein Grund, warum sich seine allergischen Symptome wieder verschlechtert haben. Was hat er sich unter die Zunge oder in die Nase appliziert, das man chemisch so verändern kann, dass die Medikamente nicht nur wirkungslos werden, sondern stattdessen großen Schaden anrichten? Ich beobachte Benton, der den Siegelring mustert. Seine Miene ist ausdruckslos. Ich halte einen Bogen Briefpapier hoch, um ihm das Wasserzeichen zu zeigen. Er reagiert nicht. Ich bemerke eine Spinnwebe in seinem Haar, strecke die Hand aus und entferne sie. Er steckt den Ring wieder in den Umschlag. Dann sieht er mich an und weitet die Augen, wie er es auf Partys und Essenseinladungen tut, wenn er mir *Lass uns jetzt endlich gehen* signalisieren will.

»... Johnny tropfte sich jeden Tag verschiedene Flüssigkeiten unter die Zunge, und das funktionierte eine Weile ausgezeichnet. Dann klappte es plötzlich nicht mehr, und es ging ihm immer elender. Also hat er im letzten August wieder mit dem Spray angefangen. Doch es wurde nur noch schlimmer, und gleichzeitig setzten diese beunruhigenden Persönlichkeitsveränderungen ein. Auch andere Leute haben sie bemerkt. Er geriet in Schwierigkeiten, weil er sich danebenbenommen hatte, und wurde, wie Sie wissen, aus diesem Kurs geworfen. Aber er hätte dem Kind nie etwas getan. Ich bin sicher, dass Johnny den Jungen gar nicht kannte, und er hätte niemals ...«

Benton zieht die Handschuhe aus und wirft sie in den Papierkorb. Als ich auf den Umschlag deute, schüttelt er den Kopf. *Erkundige dich bei Mrs. Donahue nicht nach dem Ring.* Er möchte nicht, dass ich ihn erwähne. Vielleicht ist es auch gar nicht nötig, dass ich ihn aufs Tapet bringe, weil Benton etwas weiß, das mir unbekannt ist. Im nächsten Moment bemerke ich, dass seine schwarzen Kampfstiefel mit grauem Staub bedeckt sind, der bei unserem Gespräch in Fieldings Büro noch nicht da war. Auch die Beine seiner schwarzen Cargohose sind ziemlich staubig, und die Ärmel der Lammfelljacke sind schmutzig, als wäre er an etwas entlanggestreift.

»... Das war das Wichtigste, was ich ihn fragen wollte, eher eine persönliche Sache an ihn als Kampfsporttrainer, der eigentlich an einen Ehrenkodex gebunden sein sollte«, sagt Mrs. Donahue, was mich aufhorchen lässt. Ich traue meinen Ohren nicht und bin sicher, sie falsch verstanden zu haben. »Das hat mich mehr gewurmt als alles andere. Es war nicht so, wie Sie angenommen haben oder wie er es Ihnen erzählt hat. Er hat gelogen, davon bin ich überzeugt. Sollte er, wie bereits gesagt, behaupten, ich hätte angerufen, weil ich Einzelheiten des Mordes an dem armen Kind hören wollte, ist das nicht wahr. Ich schwöre, ich habe ihn nicht auf Mark Bishop angesprochen, den wir übrigens persönlich nicht kannten. Wir haben ihn nur hin und wieder dort gesehen. Ich wollte keine Informationen über ihn ...«

»Mrs. Donahue, tut mir leid, aber die Verbindung ist sehr schlecht.« Das stimmt zwar nicht, aber ich will, dass sie ihre Äußerung wiederholt, um auf Nummer sicher zu gehen.

»Diese schnurlosen Telefone! Ist es jetzt besser? Verzeihen Sie, ich laufe beim Reden im Haus hin und her.«

»Vielen Dank. Könnten Sie bitte wiederholen, was Sie gerade gesagt haben? Was war das mit dem Kampfsport?«

Erneut zucke ich ungläubig zusammen, als sie mir etwas mitteilt, das ich ihrer Ansicht nach bereits weiß, nämlich dass ihr Sohn Johnny Jack Fielding vom Taekwondo kennt. Dass sie einige Male hier angerufen hat, erst, um mit Fielding zu sprechen, dann, um sich bei mir über ihn zu beschweren, lag an dieser Verbindung. Fielding war Johnnys Trainer im Cambridger Taekwondo-Club. Er war außerdem Mark Bishops Trainer, weil er zusätzlich einen Kurs für Kinder unterrichtet hat. Allerdings ist Johnny Mark nie begegnet, und sie waren ganz sicher nicht im selben Kurs. Davon ist Mrs. Donahue felsenfest überzeugt. Ich erkundige mich, wann Johnny mit dem Kampfsport angefangen hat, und füge hinzu, ich sei über die Einzelheiten nicht informiert und bräuchte eine genaue Schilderung, um ihre Beschwerde über meinen Stellvertreter angemessen würdigen und beiden Seiten gerecht werden zu können.

»Er nimmt seit letztem Mai Unterricht«, erwidert Mrs. Donahue, während meine Gedanken auseinanderrollen und an die Bande prallen wie Billardkugeln. »Sicher können Sie nachvollziehen, warum mein Sohn, der nie wirkliche Freunde hatte, sich von jemandem, den er bewundert und respektiert, leicht beeinflussen lässt …«

»Bewundert und respektiert? Meinen Sie Dr. Fielding?«

»Wo denken Sie hin«, gibt sie spitz zurück, als verabscheute sie den Mann wirklich. »Seine Freundin ist schon seit einer Weile dabei. Offenbar gibt es einige Frauen, die ernsthaft Taekwondo betreiben. Als sie anfing, mit Johnny zusammenzuarbeiten, und sich mit ihm anfreundete, hat sie ihn überredet mitzumachen. Ich wünschte, er hätte nicht auf sie gehört. Es hat ihm ebenso wenig gutgetan wie Otwahl, diese Firma, in der sich seltsame Dinge abspielen. Man braucht sich ja nur anzuschauen, was passiert ist. Allerdings können Sie sich bestimmt denken, warum Johnny lernen wollte, sich durchzusetzen und sich selbst zu verteidigen, damit nicht mehr alle auf ihm herumhacken. Er kam sich hilflos vor. Ironie des

Schicksals ist es, dass diese Zeit längst vorbei war. In Harvard hat ihn niemand schikaniert …«

So redet sie immer weiter und klingt inzwischen nicht mehr so zackig und befehlsgewohnt. Ihre Verzweiflung kann man mit Händen greifen. Ich spüre sie in der Luft meines Büros, als ich vom Schreibtisch aufstehe.

»… Wie kann er es wagen. Damit verstößt er eindeutig gegen die ärztlichen Standesregeln. Warum darf er weiter den Fall Mark Bishop bearbeiten, obwohl die Wahrheit klar auf der Hand liegt?«, fährt sie fort.

»Könnten Sie etwas genauer erläutern, welche Wahrheit Sie meinen?« Ich schaue aus dem Fenster in den blendend hellen Morgen hinaus. Die Sonne scheint so grell, dass mir die Tränen in die Augen treten.

»Seine Vorurteile«, hallt ihre Stimme hinter mir aus dem Raumlautsprecher. »Er hat Johnny nie gemocht, war nicht sonderlich nett zu ihm und hat ihn vor allen anderen heruntergeputzt. In der Art: *Wenn ich mit dir spreche, musst du mich anschauen, nicht den verdammten Lichtschalter.* Sicher wissen Sie, dass Johnny wegen seines Andersseins die Aufmerksamkeit auf Dinge richtet, die für seine Mitmenschen keinen Sinn ergeben. Es fällt ihm schwer, Blickkontakt zu halten, was viele als beleidigend empfinden, weil sie nicht verstehen, dass sein Verstand eben so funktioniert. Kennen Sie sich mit Asperger aus, oder hat Ihr Mann …«

»Nicht sehr gut.« Ich beabsichtige nicht, ihr zu erzählen, was Benton mir verraten oder verschwiegen hat.

»Nun, Johnny kann sich auf Dinge fixieren, die sonst für niemanden eine Bedeutung haben, und starrt dann auf den betreffenden Gegenstand, während man mit ihm redet. Ich versuche ihm etwas Wichtiges zu erklären, und er schaut dabei die Brosche oder das Armband an, das ich gerade trage, macht irgendeine Bemerkung oder lacht an einer unpassenden Stelle. Dr. Fielding hat ihn wegen des Lachens zurechtgewiesen. Er hat ihn öffentlich gedemütigt, und da hat Johnny versucht, ihn zu treten. Der Mann hat den schwarzen Gürtel des soundso vielten Grades, und mein Sohn, der gerade mal siebzig Kilo wiegt, versucht ihn zu treten. Dafür ist er aus dem Kurs geworfen worden. Dr. Fielding hat ihm verboten wiederzukommen und gedroht, ihn auf eine schwarze Liste zu setzen, falls er sich irgendwo anders anmelden sollte.«

»Wann war das?« Ich höre mich, als spräche da eine andere.

»In der zweiten Dezemberwoche. Ich kann Ihnen das genaue Datum nennen. Ich schreibe nämlich alles auf.«

Sechs Wochen vor dem Mord an Mark Bishop, denke ich, als wäre ich diejenige, die gerade einen Tritt gekriegt hat. »Und Sie haben Dr. Fielding vorgeschlagen ...«, sage ich zu dem Telefon auf meinem Schreibtisch, als könnten Mrs. Donahue und ich einander sehen.

»Das habe ich in der Tat!«, entgegnet sie in heftigem Ton. »Als Johnny anfing, wirres Zeug zu reden, er habe den Jungen im Zustand der Bewusstseinsstörung getötet und ihr Taekwondo-Trainer führe die Autopsie durch! Können Sie sich meine Reaktion vorstellen?«

Ihr Taekwondo-Trainer? Auf welche andere Person spielt sie an? Johnnys Freundin am MIT? Oder gibt es da noch mehr Leute? Wen hat Fielding sonst noch unterrichtet, und was könnte Johnny Donahue dazu bewegt haben, einen Mord zu gestehen, den er laut Benton nicht begangen hat? Warum glaubt Johnny, er könnte während einer sogenannten Bewusstseinsstörung etwas derart Schreckliches getan haben? Wer hat ihm das eingeflüstert und ihm außerdem Einzelheiten verraten, wie zum Beispiel, dass die Waffe eine Nagelpistole war, was meiner Überzeugung nach nicht stimmt? Aber ich habe keine Fragen mehr an Mrs. Donahue. Ich habe mich bereits zu weit vorgewagt. Die ganze Sache geht zu weit. Ich hätte meine Neugier zügeln sollen. Benton hat ohnehin Antworten auf alles. Das erkenne ich daran, wie er auf seinem Stuhl sitzt und zu Boden starrt. Sein Gesicht ist so hart und dunkel wie die metallene Außenhaut des Institutsgebäudes.

18

Ich lege auf, stehe vor meiner gewölbten Glasfront und blicke hinaus auf den Flickenteppich aus Schieferdächern und Schnee, hin und wieder unterbrochen von einem Kirchturm, der sich vor meinem Königreich, dem CFC, erstreckt.

Während ich darauf warte, dass mein Herzschlag langsamer wird und meine Gefühle sich beruhigen, und mich bemühe, Schmerz und Wut hinunterzuschlucken, lenke ich mich mit der Aussicht auf das MIT, Harvard und die Stadt ab. Ich verstehe, warum Benton sich so verhält, und ahne allmählich, was vorgefallen ist: Jack Fielding hat aufgehört zu existieren.

Ich erinnere mich undeutlich, dass er kurz nach seinem Umzug aus Chicago hierher erwähnt hat, er habe sich als freiwilliger Trainer in einem Taekwondo-Club verpflichtet und stehe deshalb öfter am Wochenende und nach Feierabend nicht zur Verfügung. Schließlich liege ihm viel daran, seine Kunst, seine Leidenschaft, wie er es nannte, an andere weiterzugeben. Gelegentlich müsse er auch zu Turnieren, fuhr er fort, in der Annahme, dass ich ihm »Flexibilität« einräumen würde. Als amtierender Institutsleiter während meiner langen Abwesenheit erwarte er Flexibilität, wiederholte er beinahe dozierend. Dieselbe Flexibilität, die auch ich genießen würde, wenn ich hier wäre, merkte er an, es sei eine allgemein bekannte Tatsache, dass ich in meinen Arbeitszeiten flexibel wäre.

Ich weiß noch, dass ich seine Forderung als unangemessen empfand, denn schließlich war er ja derjenige, der mich angerufen und mich um eine Stelle im CFC gebeten hatte. Die Position, die ich ihm leichtsinnigerweise gegeben habe, ist bei weitem die höchste in seiner bisherigen Laufbahn. In Chicago war er nur ein kleines Licht, einer von sechs Rechtsmedizinern und auch nicht für irgendeine Beförderung vorgesehen, wie sein Vorgesetzter mir anvertraute, als wir darüber sprachen, dass ich Fielding abwerben wollte. Es sei eine ausgezeichnete berufliche Chance und außerdem gut für ihn, wieder bei seiner Familie zu sein, sagte der Vorgesetzte. Ich war tief gerührt, dass Fielding mich als Familie betrachtete, und froh, dass er mich vermisste und zurück nach Massachusetts kommen wollte, um für mich zu arbeiten wie in der guten alten Zeit.

Fieldings Vorstellung von Flexibilität hätte mich zornig machen sollen, und ich hätte hart bleiben müssen, anstatt ihm wie immer nachzugeben. Er hat nämlich getan, als wäre ich diejenige, die nach Belieben kommt und geht, Urlaub nimmt, zu Turnieren fährt und jeden Monat einige Wochenenden in der Versenkung verschwindet, weil ich eine Leidenschaft pflege, die über meinen Beruf hinausgeht. Über das, was ich jeden gottverdammten Tag tue. Mein Beruf ist meine Passion. Die Toten, mit denen ich mich Tag für Tag befasse. Die Angehörigen, die diese Toten zurücklassen. Die Trümmer ihres Lebens, die sie einsammeln, um weitermachen zu können. Als ich meine Stimme höre, wird mir klar, dass ich es laut ausgesprochen habe. Ich spüre Bentons Hände auf den Schultern, und er steht hinter mir, während ich mir die Tränen aus den Augen wische. Er stützt das Kinn auf meinen Scheitel und schlingt die Arme um mich.

»Was habe ich nur getan?«, frage ich ihn.

»Du hast ihm viel zu viel durchgehen lassen, aber getan hast du gar nichts. Das, was er eingeworfen und womit er offenbar auch gehandelt hat … Nun. Du hattest ja vorhin eine kleine Kostprobe, also kannst du es dir vermutlich denken.« Er meint damit die Drogen, mit denen Fielding möglicherweise seine Schmerzpflaster getränkt und die er vielleicht weiterverkauft hat.

»Habt ihr ihn gefunden?«, erkundige ich mich.

»Ja.«

»Ist er in Haft? Wurde er festgenommen? Oder verhört ihr ihn nur?«

»Wir haben ihn, Kay.«

»Wahrscheinlich ist es das Beste so.« Die einzige Frage, die mir dazu noch einfällt, ist, wie es Fielding geht. Aber Benton antwortet nicht.

Ich überlege, ob man Fielding vielleicht fixiert oder ihn in eine Gummizelle gesteckt hat. Ich kann ihn mir nicht in Gefangenschaft vorstellen. In einer Strafanstalt würde er zugrunde gehen. Er würde sich bis zum Tod gegen die Gitterstäbe werfen wie eine in Panik geratene Motte, falls ihn nicht jemand vorher umbrächte. Mir schießt durch den Kopf, dass er vielleicht tot sein könnte. Im nächsten Moment bin ich sicher. Das Gefühl senkt sich so schwer und dumpf auf mich herab, als hätte man mir ein Betäubungsmittel verabreicht.

»Wir müssen los. Ich erkläre dir die Sache, so gut ich kann, und sage dir alles, was wir wissen. Es ist kompliziert und ziemlich umfangreich«, höre ich Bentons Stimme.

Er weicht zurück, und als er mich nicht mehr berührt, ist es, als hielte mich nichts mehr, so dass ich jeden Moment aus dem Fenster schweben könnte. Gleichzeitig ist da diese Schwere, die sich anfühlt, als hätte ich mich in Metall oder Stein verwandelt, in etwas also, das weder lebendig noch menschlich ist.

»Ich konnte dir nicht früher reinen Wein einschenken, weil noch einiges offen war. Nicht dass die Situation inzwischen völlig geklärt wäre«, fährt Benton fort. »Ich habe nicht gern Geheimnisse vor dir, Kay.«

»Wie konnte er, wie kann überhaupt jemand …«, setze ich zu Fragen an, die niemals zufriedenstellend beantwortet werden können. Ich stelle sie dennoch immer wieder. Warum sind Menschen grausam? Warum töten sie? Warum haben sie Freude daran, anderen zu schaden?

»Weil er die Möglichkeit dazu hatte«, erwidert Benton wie gewöhnlich.

»Aber weshalb?« Fielding ist nicht so. Er war noch nie ein Teufel in Menschengestalt. Unreif, egoistisch und nicht überlebensfähig, ja. Doch nicht böse. Er würde niemals zum Spaß einen sechsjährigen Jungen töten und die Tat dann aus reinem Mutwillen einem Jugendlichen mit Asperger-Syndrom in die Schuhe schieben. So ein kaltblütiges Spiel widerspräche Fieldings Naturell.

»Geld. Macht. Seine Süchte. Um erlittenes Unrecht aus grauer Vorzeit wiedergutzumachen. Und geistige Zerrüttung. Letztlich wollte er sich selbst zerstören, indem er andere zerstörte.« Für Benton steht die Sache fest. Eigentlich tut sie das für alle, nur nicht für mich.

»Ich weiß nicht«, murmle ich und halte mir vor Augen, dass ich stark bleiben muss. Ich muss dieses Rätsel lösen. Und ich kann weder Fielding noch sonst jemandem helfen, wenn ich jetzt einknicke.

»Er hat seine Spuren nicht gut verwischt«, spricht Benton weiter, während ich vom Fenster zurücktrete. »Als wir erst einmal dahintergekommen waren, wo wir nachschauen mussten, lag es praktisch auf der Hand.«

Jemand schiebt anderen Verbrechen unter und zieht hinter den Kulissen die Fäden. Das ist der Grund, warum die Antworten so offensichtlich zu sein scheinen. Genauso hat der Täter es ja geplant, um uns auf eine falsche Fährte zu locken. Ich werde erst glauben, dass Fielding unser Schuldiger ist, wenn ich mich selbst davon überzeugt habe. *Lass dich nicht einwickeln. Halt die Augen offen. Weine nicht um ihn oder sonst jemanden. Das kannst du dir nicht leisten.*

»Soll ich irgendetwas mitnehmen?« Ich greife nach meiner

Jacke, die über dem Stuhl hängt. Es ist die Uniformjacke aus Dover und nicht annähernd warm genug.

»Wir haben alles da«, entgegnet er. »Nur deinen Dienstausweis, falls ihn jemand sehen will.«

Natürlich sind sie bestens ausgerüstet. Alle sind da, die Vorbereitungen sind gelaufen. Ohne mich. Ich nehme meine Umhängetasche vom Haken an der Tür.

»Wann habt ihr es rausgekriegt?«, erkundige ich mich. »Das heißt, seit wann reichen eure Informationen, damit ihr die nötigen Haft- und Durchsuchungsbeschlüsse bekommen konntet, um ihn zu finden? Wie ist es eigentlich abgelaufen?«

»Als du entdeckt hast, dass es sich bei dem Todesfall in Norton's Woods um einen Mord handelt, hat sich die Lage, mal vorsichtig ausgedrückt, drastisch verändert. Denn nun bestand eine Verbindung zwischen Fielding und einem weiteren Mord.«

»Ich kann da keinen Zusammenhang erkennen«, widerspreche ich, während wir gemeinsam mein Büro verlassen. Ich melde mich nicht bei Bryce ab, weil ich jetzt niemandem gegenübertreten will. Im Moment bin ich nicht in der richtigen Stimmung, um zu plaudern und freundlich oder auch nur höflich zu sein.

»Die Glock war nämlich aus dem Schusswaffenlabor verschwunden. Ich weiß, dass man dir das nicht gesagt hat. Nur wenige sind darüber informiert«, erklärt Benton.

Ich erinnere mich an Lucys Bemerkung, sie habe Morrow gestern Vormittag gegen halb elf auf dem Parkplatz hinter dem Haus beobachtet. Das war etwa eine Stunde nachdem die Pistole bei ihm abgegeben worden war und er sich laut Lucy nicht damit befassen wollte. Wenn sie über die fehlende Glock im Bilde war, hat sie mir dieses wichtige Detail absichtlich vorenthalten. Also frage ich Benton, ob Lucy mich, ihre Chefin, mit Vorsatz belogen hat.

»Sie ist nämlich hier beschäftigt«, stelle ich fest, während wir darauf warten, dass der Aufzug unsere Etage erreicht. Er steckt unten fest, als hätte jemand die Tür blockiert, was die Mitarbeiter manchmal tun, wenn sie viel zu be- oder entladen haben. »Sie ist meine Untergebene und darf mir deshalb nicht einfach etwas verschweigen oder mich im Unklaren lassen.«

»Zu diesem Zeitpunkt ahnte sie selbst noch nichts davon. Nur Marino und ich wussten es und haben es ihr nicht erzählt.«

»Außerdem war dir klar, dass es das Taekwondo ist, das Jack, Johnny und Mark miteinander verbindet.« Ich bin sicher, dass Benton das bekannt war. Und Marino ebenso.

»Da wir Jack beobachtet haben, sind wir der Sache nachgegangen, richtig. Nach dem Mord an Mark letzte Woche habe ich dann herausgefunden, dass Jack sein und Johnnys Trainer war.«

Ich denke an die fehlenden Fotos in Fieldings Büro und die winzigen Löcher in der Wand, wo jemand die Nägel entfernt hat.

»Allmählich ergab es Sinn, dass Jack bestimmte Fälle an sich gerissen hat. Den Fall Mark Bishop zum Beispiel, obwohl er es verabscheut, Kinder zu obduzieren«, fährt Benton fort und schaut sich dabei um, um sicherzugehen, dass niemand in Hörweite ist. »Was für eine wunderbare Gelegenheit, die eigenen Verbrechen zu vertuschen.«

Oder die Verbrechen eines anderen, denke ich. Es würde zu Fielding passen, jemanden zu decken. Er braucht das Gefühl, Macht zu haben und ein Held zu sein. Im nächsten Moment halte ich mir vor Augen, dass ich aufhören muss, Rechtfertigungen für ihn zu suchen. *Lass das, solange du keine Beweise hast.* Ich werde mich mit dem abfinden, was sich letztlich als die Wahrheit entpuppt. Ich überlege, ob die aus Fieldings Büro verschwundenen Fotos Gruppenaufnahmen gewesen sein könnten. Fast habe ich den Verdacht, und ich kann sie mir beinahe vorstellen. Vielleicht von Taekwondo-Kursen. Fotos, auf denen Johnny und Mark zu sehen sind.

Ich überlege, ob Benton die Fotos von der Wand genommen hat, frage aber nicht nach. Möglicherweise war es auch Marino. Währenddessen erklärt Benton weiter, Fielding habe großen Aufwand betrieben, um Johnny Donahue überall als Mark Bishops Mörder zu verkaufen. Er habe einen behinderten und deshalb wehrlosen Jugendlichen als Sündenbock missbraucht. Nachdem er den Mann aus Norton's Woods eliminiert hatte, habe er sein Lügennetz noch weiter spinnen müssen. So drückt Benton sich aus: eliminiert. Fielding habe ihn also *eliminiert*, dann von der an der Leiche gefundenen Glock gehört und bemerkt, dass ihm ein schwerer taktischer Fehler unterlaufen sei. Das Kartenhaus drohte in sich zusammenzustürzen. Und so sei er zunehmend in Panik geraten. Er habe sich nicht mehr im Griff gehabt, wie der berühmte Serienmörder Ted Bundy kurz vor seiner Verhaftung. Meint zumindest Benton.

»Jacks verhängnisvoller Fehler war, dass er gestern Vormittag ins Schusswaffenlabor gegangen ist, um sich bei Morrow nach der Glock zu erkundigen«, fährt Benton fort. »Kurz darauf war die Waffe verschwunden und Jack ebenfalls. Das war impulsiv, leichtsinnig und schlichtweg dumm von ihm. Er hätte besser daran getan, abzuwarten, bis wir ihn als den Besitzer der Waffe ermittelt hätten. Dann hätte er immer noch behaupten können, er habe das Ding verloren oder es sei ihm gestohlen worden. Die verdammte Pistole aus dem Labor mitzunehmen ist ein deutliches Zeichen dafür, dass er den Überblick verloren hatte.«

»Soll das heißen, die Glock des Mannes aus Norton's Woods gehört Jack?«

»Ja.«

»Sie gehört wirklich Jack?«, wiederhole ich. Inzwischen bewegt sich der Aufzug, hält jedoch auf dem Weg nach oben immer wieder an. Mir fällt ein, dass Mittagspause ist. Die Mitarbeiter gehen in den Aufenthaltsraum oder verlassen das Gebäude.

»Ja. Fielding ist der Eigentümer der Waffe, die der Tote bei sich hatte. Das wurde klar, nachdem wir die abgefeilte Seriennummer mit Säure behandelt hatten«, erwidert Benton. Inzwischen steht für mich fest, dass er die Identität des Toten kennt.

»Das wurde doch nicht etwa hier erledigt?« Ich möchte mir lieber gar nicht vorstellen, dass sich an meinem Institut noch weitere Dinge abspielen, von denen ich nichts ahne.

»Es ist schon vor Stunden passiert. Wir haben die Identifizierung gleich vor Ort durchgeführt.«

»Das FBI.«

»Wir mussten dringend so schnell wie möglich erfahren, wessen Pistole es eigentlich ist, um unseren Verdacht zu bestätigen. Anschließend wurde sie zurück ins CFC gebracht und wird nun sicher im Schusswaffenlabor verwahrt. Für weitere Untersuchungen«, erwidert Benton.

»Falls Jack der Mörder ist, hätte ihm das Problem mit der Glock doch schon auffallen müssen, als man ihn am Sonntagnachmittag wegen des Toten anrief«, entgegne ich. »Und trotzdem soll er bis Montagmorgen gewartet haben, ehe er eine Waffe verschwinden ließ, die man, wie er wusste, zu ihm zurückverfolgen würde?«

»Um nicht in Verdacht zu geraten. Wenn er die Polizei vor der Einlieferung der Leiche ins CFC nach der Glock ausgefragt oder verlangt hätte, dass sie sofort hierhergebracht wird, obwohl die Labors geschlossen waren, hätte er sich damit verdächtig gemacht. Einige Leute wären stutzig geworden. Also hat Fielding darüber geschlafen, war am Montagmorgen vermutlich völlig außer sich und hat überlegt, was er tun soll, wenn die Waffe ins Labor kommt. Und so hat er beschlossen, sie mitzunehmen und zu fliehen. Vergiss nicht, dass er nicht unbedingt vernünftig gehandelt haben muss. Man darf nicht aus den Augen verlieren, dass er unter Drogen stand und nicht klar denken konnte.«

Ich lasse den zeitlichen Ablauf Revue passieren und rekonstruiere Fieldings Schritte am gestrigen Vormittag anhand der Informationen, die mir seine Schreibtischschublade und der Abdruck seiner Nachricht auf dem Notizblock geliefert haben. Kurz nach sieben Uhr morgens hat er offenbar mit Julia Gabriel telefoniert, und zwar bevor sie mich in Dover angerufen hat. Eine halbe Stunde später war er in der Kühlkammer, und nur wenige Minuten danach hat er Anne und Ollie mitgeteilt, die Leiche aus Norton's Woods blute aus unerklärlichen Gründen. Mir erscheint die Annahme logischer, dass Fielding den Toten erst in diesem Moment erkannt und deshalb gewusst hat, dass man ihn als Besitzer der Glock, von der die Polizisten ihm erzählt hatten, identifizieren würde. »Und wenn Fielding erst am Montagmorgen wusste, wer der Tote war, kann er den Mann ja schlecht umgebracht haben«, erkläre ich Benton, der entgegnet, Fielding habe ein Motiv gehabt, von dem ich nichts ahnen könne.

Der Stiefvater des Toten sei Liam Saltz, sagt Benton zu mir. Das habe sich vor einer Weile bestätigt, als ein FBI-Agent Dr. Saltz im Charles Hotel aufgesucht und ihm ein Foto gezeigt habe, das Marino von dem Mann aus Norton's Woods gemacht hat. Er heiße Eli Goldman, zweiundzwanzig, und sei Doktorand am MIT und bei Otwahl Technologies beschäftigt, wo er an geheimen Projekten im Bereich Mikromechanik arbeite. Die Videoaufnahmen aus Elis Kopfhörer wurden zu einer Webcam-Seite auf dem Server von Otwahl zurückverfolgt, führt Benton weiter aus. Allerdings verrät er mir nicht, wer das Zurückverfolgen übernommen hat, zum Beispiel, ob es womöglich Lucy war.

»Hat er den Kopfhörer selbst gebaut?«, erkundige ich mich, als der Aufzug endlich eintrifft und sich die Türen öffnen.

»Wahrscheinlich. Er war ein Bastler.«

»Und MORT? Wo hatte er den her? Und wozu hat er ihn gebraucht? Auch zum Basteln?« Mir ist bewusst, dass ich zynisch klinge.

Ich merke es, wenn jemand sich eine feste Meinung gebildet hat, und bin noch nicht bereit dazu. Schwierige Fragen wie diese lassen sich nicht so schnell beantworten.

»Es ist nur ein Modell, das er als Junge gebaut hat«, erklärt Benton. »Nach einem Foto von dem echten Roboter. Sein Stiefvater hat es vor acht oder neun Jahren aufgenommen, als er gegen das Ding auf die Barrikaden gegangen ist. Das war zu der Zeit, als Dr. Saltz und du vor dem Unterausschuss des Senats ausgesagt habt. Offenbar hat Eli Modelle von Robotern gebaut und Erfindungen gemacht, als er praktisch noch in den Windeln lag.«

Langsam gleiten wir von Etage zu Etage, während ich mich erkundige, warum Otwahl den Stiefsohn eines politischen Gegners wie Liam Saltz einstellt. Außerdem habe Mrs. Donahues Anspielung auf die Bedeutung des Namens Otwahl neugierig gemacht. »O. T. Wahl«, entgegnet Benton »Ein Wortspiel, da der Name des Firmengründers Wahl lautet. *On the Wall* – heimlich lauschend wie die Fliege an der Wand also. Außerdem hieß Eli mit Nachnamen nicht Saltz«, fügt Benton hinzu, als ob ich nicht richtig zugehört hätte, als er Goldman gesagt hat. Eli Goldman. Allerdings habe Otwahl doch sicher seine Vergangenheit unter die Lupe genommen, wende ich ein. Sicher sei der Firma trotz der unterschiedlichen Familiennamen klar gewesen, wer sein Stiefvater ist.

»Seit MORT ist viel Zeit vergangen«, meint Benton, als die

Aufzugtüren sich im Untergeschoss öffnen. »Außerdem hatte man bei Otwahl meines Wissens nach keine Ahnung, dass Eli und sein Stiefvater weltanschaulich auf einer Linie waren.«

»Wie lange hat Eli dort gearbeitet?«

»Drei Jahre.«

»Vielleicht ist bei Otwahl vor drei Jahren ja noch nichts gelaufen, woran Eli oder sein Stiefvater hätten Anstoß nehmen können«, schlage ich vor, während wir, beobachtet von Phil, dem Wachmann, über den grauen Fliesenboden gehen. Ich winke ihm nicht zu, weil ich nicht in der Stimmung bin, freundlich zu sein.

»Nun, Eli war in Sorge, und das schon seit Monaten«, antwortet Benton. »Er wollte seinem Stiefvater eine Erfindung vorführen, die ihm überhaupt nicht gefallen würde. Es handelt sich um eine Fliege, die sich tatsächlich wie die sprichwörtliche Fliege an der Wand verhält. Sie kann spionieren und Sprengstoffe aufspüren oder absetzen. Ebenso Drogen, Gifte und Ähnliches.«

Nanosprengstoffe und gefährliche Drogen, übertragen von einem Gerät, so klein wie eine Fliege, denke ich, als wir an Mitarbeitern vorbeikommen, die ich monatelang nicht gesehen habe. Ich bleibe weder stehen, um ein Schwätzchen zu halten, noch winke oder grüße ich oder nehme Blickkontakt auf.

»Also wollte er seinem Stiefvater eine wichtige Information liefern, ist aber praktischerweise davor gestorben«, stelle ich fest.

»Genau. Das ist das Motiv, von dem ich sprach«, erwidert Benton. »Drogen«, wiederholt er und schildert mir dann die Details, die das FBI erst vor wenigen Stunden von Liam Saltz erfahren hat.

Wieder werde ich von Trauer und Niedergeschlagenheit ergriffen, als ich Benton zuhöre und mir einen jungen Mann vorstelle, der seinen berühmten Stiefvater so vergöttert, dass er vor Verabredungen mit ihm in seiner Vorfreude stets die Uhr auf Dr. Saltz' Zeitzone eingestellt hat. Diese Marotte hat ihre Wurzeln in einer tragischen, von chaotischen Familienverhältnissen geprägten Kindheit, in der Eltern durch Abwesenheit glänzten und nur aus der Ferne bewundert werden konnten. Ich erinnere mich an die Videoaufnahmen von Eli und Sock bei ihrem Spaziergang in Norton's Woods. Dann male ich mir aus, wie Dr. Saltz nach einer Hochzeit, auf die Eli nicht eingeladen war, bei Dämmerung aus dem Gebäude tritt. Sicher hat der Nobelpreisträger sich umgesehen und sich gefragt, wo sein Stiefsohn wohl stecken mochte, ohne die schreckliche Wahrheit zu ahnen. Tot. In einem Leichensack und nicht identifiziert. Ein junger Mann, fast noch ein Junge. Jemand, mit dem meine und Lucys Wege sich im Sommer 2001 anlässlich einer Ausstellung in London gekreuzt haben.

»Wer hat ihn umgebracht und warum?«, frage ich, als wir die leere Verladezone durchqueren. Der Transporter des CFC ist verschwunden. »Ich verstehe nicht, warum das, was du mir gerade erzählt hast, auf Jack als Elis Mörder hinweist.«

»Alles deutet in dieselbe Richtung. Tut mir leid, aber so ist es nun einmal.«

»Ich begreife einfach nicht, warum.« Ich öffne die Tür nach draußen. Es ist viel zu schön und sonnig, um so kalt zu sein.

»Ich weiß, es ist nicht leicht für dich«, sagt Benton.

»Wegen eines Paars Datenhandschuhe?«, hake ich nach, während wir uns über den gefrorenen, eisglatten Schnee tasten. »Einer mikromechanischen Fliege? Wer hätte einen Grund gehabt, Eli mit einem Injektionsmesser zu erstechen?«

»Drogen«, kehrt Benton zu seinem ursprünglichen Thema zurück. »Eli hat offenbar den Fehler gemacht, sich mit Jack einzulassen – vielleicht war es ja auch umgekehrt. Muskelaufbauende Drogen mit gefährlichen Nebenwirkungen. Vermutlich hat Jack sie selbst genommen und damit gehandelt. Und Eli oder sonst jemand bei Otwahl hat ihn damit beliefert. Wer, wissen wir nicht. Doch dass Eli ermordet wurde, während er mit einem Flybot unterwegs war, den er seinem Stiefvater zeigen wollte, ist kein Zufall, sondern meiner Ansicht nach das Motiv.«

»Warum sollte sich Jack für einen Flybot oder ein Treffen von Vater und Sohn interessieren?«, frage ich. Dabei gehen wir sehr langsam und setzen vorsichtig einen Fuß vor den anderen, weil ich jeden Moment auszurutschen drohe. »Das ist ja hier wie auf einer Eislaufbahn«, schimpfe ich, weil der Parkplatz nicht geräumt wurde und gestreut werden muss. Offenbar hat man hier in letzter Zeit wirklich alles schleifen lassen.

»Tut mir leid, dass wir so weit hinten stehen.« Im Schneckentempo arbeiten wir uns zum rückwärtigen Zaun vor. »Aber sonst war nichts frei. Die Drogensache«, fügt er hinzu. »Allerdings keine Drogen, die man auf der Straße kriegt. Hier hat Otwahl seine Finger im Spiel. Es geht um eine Menge Geld, um den Krieg und um mögliche massive Gewaltausbrüche auf internationaler Ebene.«

»Wenn du recht hast, würde das darauf hinweisen, dass Jack Eli ausspioniert hat. Er hat seinen Kopfhörer heimlich mit einem Aufnahmegerät ausgestattet und ist ihm nach Norton's Woods gefolgt. Das wäre plausibel, wenn der Mord dem Zweck diente, Eli daran zu hindern, seinem Stiefvater den Flybot zu zeigen oder ihn ihm gar auszuhändigen. Woher sonst hätte Jack wissen sollen, was Eli vorhatte? Also muss er oder ein anderer ihn ausspioniert haben.«

»Ich bezweifle, dass Jack etwas mit dem Kopfhörer zu tun hat.«

»Genau das meinte ich ja. Jack interessiert sich nicht für solche technischen Feinheiten und besitzt auch gar nicht die nötigen Kenntnisse. Außerdem hat er keinen Bezug zu einem Unternehmen wie Otwahl. Du sprichst nicht über den Jack, den ich kenne. Er hat viel zu viel Bewegungsdrang und ist zu ungeduldig und einfach gestrickt, um einen Plan umzusetzen, wie du ihn gerade geschildert hast.« Beinahe hätte ich das Wort *primitiv* benutzt, weil das schon immer einen Teil seines Charmes ausmachte. Seine Körperlichkeit, seine Sinnenfreude und seine geradlinige Art, an die Dinge heranzugehen. »Und deshalb passt das mit dem Kopfhörer nicht zu ihm«, beharre ich. »Sie sind für mich ein Hinweis darauf, dass jemand anders dahinterstecken muss.«

»Ich habe Verständnis für deine Gefühle und dafür, warum du das gern glauben möchtest.«

»Wusste Dr. Saltz eigentlich, dass der Stiefsohn, der ihn so vergötterte, in der Drogenszene verkehrte und eine illegale Waffe besaß?«, frage ich. »Hat er zufällig den Kopfhörer oder irgendwelche Personen erwähnt, mit denen Eli Kontakt hatte?«

»Er wusste weder von dem Kopfhörer noch sehr viel über Elis Privatleben. Nur dass Eli um seine Sicherheit fürchtete und sich, wie ich schon sagte, seit einigen Monaten Sorgen machte. Mir ist klar, wie weh dir das tut, Kay.«

»Weswegen genau hat er sich Sorgen gemacht?«, erkundige ich mich, während ich mich langsam weitertaste. Sicher wird bald jemand hier draußen ausrutschen und sich etwas brechen. Und dann wird er das CFC verklagen. Wieder ein Problem, mit dem ich mich dann herumschlagen muss.

»Eli war an gefährlichen Projekten beteiligt und von schlechten Menschen umgeben. So hat Dr. Saltz es ausgedrückt«, antwortet Benton. »Es ist eine lange Geschichte, die ganz anders lautet, als du glaubst.«

»War ihm klar, dass sein Stiefsohn eine illegale Waffe mit sich herumtrug?«, wiederhole ich meine Frage.

»Nein, war es nicht. Vermutlich hat Eli ihm das nicht auf die Nase gebunden.«

»Hier scheinen eine Menge von Vermutungen umzugehen.« Ich bleibe stehen und sehe Benton an. Unser Atem schwebt wie eine Wolke in der klaren, kalten Luft. Inzwischen befinden wir uns auf dem hinteren Teil des Parkplatzes in der Nähe des Zauns, in einem Bereich, den ich als Einöde bezeichne.

»Eli war Dr. Saltz' Einstellung zu Waffen sicher bekannt«, erwidert Benton. »Wahrscheinlich hat Jack ihm die Glock verkauft oder geschenkt.«

»Oder ein anderer.« Ich lasse nicht locker. »Genauso wie jemand ihm den Siegelring mit dem Wappen der Donahues gegeben haben muss. Ich nehme nicht an, dass Eli Taekwondo betrieben hat.« Mein Blick schweift über die SUV, die nicht zum CFC gehören, allerdings ohne die Agenten darin oder sonst jemanden anzusehen, und ich schütze meine Augen mit der Hand vor der Sonne.

»Nein«, entgegnet Benton. »Aber das Gleiche gilt für den Footballspieler. Allerdings hat Wally Jamison das Fitness-Studio in dem Gebäude besucht, wo die Kurse stattfinden, also dasselbe wie Jack. Vielleicht war Eli ja auch in diesem Fitness-Studio.«

»Eli macht nicht den Eindruck eines Menschen, der ins Fitness-Studio geht. Kaum ein Muskel am Körper«, merke ich an, während Benton einen Schlüsselanhänger auf einen schwarzen Ford Explorer richtet, der nicht seiner ist. Die Türen entriegeln sich mit einem Klacken. »Und warum sollte Jack ihn getötet haben?«, frage ich wieder, weil es für mich keinen Sinn ergibt. Aber möglicherweise liegt das an meiner Müdigkeit. Kein Schlaf und zu viele tragische Ereignisse, so dass ich zu erschöpft bin, um die einfachsten Zusammenhänge zu verstehen.

»Die Verbindung könnte bei Otwahl und Johnny Donahue

und weiteren illegalen Machenschaften liegen, in die Jack verwickelt war und von denen du noch erfahren wirst. Er hat deine Abwesenheit vom CFC nämlich dafür genutzt, um sich etwas dazuzuverdienen.« Bentons Stimme klingt hart, als er das ausspricht und mir dabei die Tür aufhält. »Ich weiß nicht alles, aber genug. Und deine Frage, was genau Mark Bishop im Garten gespielt hat, als er ermordet wurde, war völlig berechtigt. Ich habe meinen Ohren nicht getraut, als du es ausgesprochen hast, und durfte es dir dennoch nicht verraten. Mark war, wie Mrs. Donahue angedeutet hat, in einem von Jacks Kursen, und zwar in dem für Drei- bis Sechsjährige, der erst im Dezember angefangen hatte. Er übte gerade im Garten Taekwondo, als eine uns vermutlich gut bekannte Person dort aufgekreuzt ist. Wahrscheinlich hast du auch, was den Tathergang betrifft, recht.«

Während er zur Fahrerseite geht, um einzusteigen, durchwühle ich meine Handtasche nach der Sonnenbrille und bin so fahrig und ungeduldig, dass ein Lippenstift und eine Tube Handcreme auf der Fußmatte aus Kunststoff landen. Offenbar habe ich die Sonnenbrille irgendwo liegengelassen. Vielleicht in meinem Büro in Dover, an das ich mich inzwischen kaum noch erinnere. Es scheint eine Ewigkeit her zu sein. Im Moment bin ich unbeschreiblich angewidert, und es freut mich gar nicht, dass ich in irgendeinem Punkt recht hatte. Mir ist es verdammt noch mal egal, wer recht hat. Es kann sich einfach nicht so abgespielt haben.

»Ein Mensch, dem Mark vertraut hat, sein Trainer zum Beispiel, und der verleitet ihn dann zu einem Spiel und ermordet ihn«, spricht Benton weiter und lässt den Motor an. »Und anschließend denkt er sich etwas aus, um die Schuld auf Johnny zu schieben.«

»Das habe ich nie behauptet.« Ich stopfe meine Sachen zurück in die Tasche, greife nach dem Sicherheitsgurt und lasse ihn einrasten. Dann jedoch beschließe ich, die Jacke auszuziehen, und mache ihn wieder auf.

»Was behauptet?« Benton gibt eine Adresse ins Navi ein.

»Ich habe nie behauptet, Jack habe Johnny weisgemacht, er habe Mark Bishop Nägel in den Kopf geschlagen«, erwidere ich. Es ist warm im Auto, weil Benton noch vor kurzem damit gefahren ist und die Sonne durch die Scheiben hereinbrennt. Ich schlüpfe aus der Jacke und werfe sie auf den Rücksitz, wo ein großer Karton mit dem Etikett von FedEx steht. Keine Ahnung, an wen er adressiert ist, und es interessiert mich auch nicht. Vermutlich an irgendeinen FBI-Agenten, den Benton kennt, vielleicht an diesen Douglas. Ich werde es schon früh genug herausfinden.

»Ich habe nie gesagt, dass du das behauptet hast. Es gibt noch eine Menge offener Fragen. Du musst uns helfen, so viele wie möglich davon zu beantworten.«

Als der Wagen rückwärts aus der Parklücke rollt und wir warten, bis sich das Tor öffnet, fühle ich mich behandelt wie ein Möbelstück. Als hätte ich nicht mitzureden. Noch nie habe ich mich während laufender Ermittlungen derart überflüssig gefühlt, so als wäre ich ein Hindernis, Ballast, ein Mensch, zu dem man zwar wegen meiner Position pro forma höflich sein muss, der aber dennoch nicht ernst genommen wird und unerwünscht ist.

»Kay, ich muss dich warnen, es ist ziemlich übel.« Bentons Stimme klingt matt, als er das ausspricht, ohne Kraft und Substanz.

19

Das graue Holzhaus mit dem alten Steinfundament und dem Kühlkeller dahinter wurde vor vielen Jahrhunderten von einem Schiffskapitän erbaut. Das Grundstück ist von der rauen Witterung blank gescheuert und kahl, da es ungeschützt dem Wind vom Meer her ausgesetzt ist und am Ende einer schmalen, vereisten, von städtischen Notfallteams hastig gestreuten Straße liegt. Wo Zweige abgebrochen sind, liegen Eisstückchen auf der Straße. In den Strahlen einer hoch am Himmel stehenden Sonne, die grell blendet, aber keine Wärme schenkt, funkeln sie wie Glassplitter.

Sand knirscht unter Autoreifen, als Benton im Schritttempo weiterfährt und einen Parkplatz sucht. Ich betrachte die hellerleuchtete Straße, das wogende dunkelblaue Meer und das hellere Blau des wolkenlosen Himmels. Inzwischen habe ich nicht mehr das Bedürfnis zu schlafen und könnte es auch nicht, selbst wenn ich es versuchen würde. Da ich gestern früh in Delaware um Viertel vor fünf aufgestanden bin, bin ich inzwischen gut dreißig Stunden auf den Beinen, was bei mir nicht ungewöhnlich ist. Wenn ich mir genauer überlege, wie häufig es in meinem Beruf vorkommt, ist es wirklich nicht sehr bemerkenswert. Schließlich sind die Menschen, mit denen ich es zu tun habe, nicht so freundlich, während der üblichen Bürozeiten zu sterben und zu töten. Allerdings handelt es sich diesmal um eine andere Form von Schlaflosigkeit, und zwar eine, die mir völlig neu ist. Es ist eine innere Unruhe hinzugekommen, die an Hysterie grenzt. Grund dafür ist die Eröffnung, oder zumindest Andeutung, ich hätte viele Jahre meines Lebens neben einem Menschen verbracht, der eine tödliche Gefahr darstellt – und ich hätte ihn dazu gemacht.

Natürlich hat das niemand wortwörtlich so ausgedrückt, doch ich weiß, dass es zutrifft. Da kann Benton noch so diplomatisch sein, für mich steht es trotzdem fest. Er wirft mir nicht vor, es sei meine Schuld, dass Menschen auf grausame Weise sterben mussten, während die Würde zahlreicher anderer mit Füßen getreten wurde. Ganz zu schweigen von denen, die durch Drogen Schaden genommen haben und deren Namen wir vielleicht nie erfahren werden. Versuchskaninchen oder »Laborratten«, wie Benton sie nennt, vor den Karren eines diabolischen Forschungsprojekts gespannt, bei dem ein stark wirksames anaboles Steroid oder Testosteron mit einem Halluzinogen versetzt wird, um Kraft und Muskelmasse aufzubauen und den Konsumenten gleichzeitig aggressiv und furchtlos zu machen. Auf diese Weise werden Killermaschinen geschaffen und Menschen in Ungeheuer ohne Frontalkortex verwandelt. In menschliche Roboter, die gnadenlos töten, keine Reue kennen und eigentlich gar nichts empfinden, ja nicht einmal Schmerzen. Benton hat mir geschildert, was Liam Saltz heute Morgen den Leuten vom FBI erklärt hat. Der arme Mann war außer sich vor Trauer und Furcht.

Dr. Saltz hat den Verdacht, dass Eli bei Otwahl mit illegalen und nicht zugelassenen Entwicklungen in Kontakt gekommen und in ein fehlgeschlagenes Forschungsprojekt von DARPA verwickelt gewesen sei. Die Ergebnisse hätten ihn so geängstigt, dass er beschlossen habe, seinen Stiefvater, den Humanisten und Nobelpreisträger, zu warnen, ihm Beweise zu liefern und ihn anzuflehen, dem Treiben ein Ende zu bereiten. Fielding habe Eli aus dem Weg geräumt, weil er selbst diese gefährlichen Drogen genommen habe und vielleicht auch an ihrem Vertrieb beteiligt gewesen sei. Doch in erster Linie sei mein Stellvertreter mit seiner lebenslangen Lust an Kraft und körperlicher Schönheit und seinen ständigen Schmerzen ein Süchtiger gewesen. Das ist die Theorie, die Fieldings teuflische Verbrechen erklären soll. Ich allerdings glaube nicht, dass die Antwort so einfach ist, und halte sie auch nicht für wahr. Andere Anmerkungen von Benton nehme ich hingegen sehr ernst. Ich war zu nachsichtig mit Fielding. Und zwar schon immer. Ich habe ihn nie so gesehen, wie er wirklich ist, oder ihm zugetraut, anderen ernsthaft Schaden zuzufügen. Und damit habe ich ihm sein Tun erst ermöglicht.

Wo das Meer die Luft erwärmt, verwandelt sich der Schnee in Eisregen. Wegen abgerissener Leitungen ist dieser Teil von Salem Neck, der Winter Island heißt, noch immer ohne Strom. Hier besitzt Jack Fielding als Geldanlage ein denkmalgeschütztes Haus, von dem ich nichts geahnt habe. Auf dem Weg hierher kommt man am Plummer Home for Boys vorbei, einer reizenden moosgrünen Villa auf einer malerischen Rasenfläche mit Meerblick. In der Ferne ist die Luxussiedlung Marblehead zu sehen. Ich muss daran denken, wie alle Dinge beginnen und enden. Menschen neigen dazu, auf der Stelle zu treten, so dass sie sich im Grunde genommen nie wirklich von ihren Anfängen entfernen.

Fielding hat sein Leben dort angehalten, wo es sich so stotternd in Bewegung gesetzt hat, in einer Idylle für schwererziehbare Jugendliche, die nicht mehr bei ihren Familien wohnen können. Ich frage mich, ob er sich absichtlich ein Haus ausgesucht hat, das nur einen Katzensprung von einem Kinderheim für Jungen entfernt ist. Hat dieser Punkt bei seiner Entscheidung für eine Immobilie unterbewusst eine Rolle gespielt? Man hat mir erzählt, er habe die Absicht gehabt, sich hier zur Ruhe zu setzen oder das Haus nach Abschluss der dringend notwendigen Renovierungsarbeiten irgendwann mit Gewinn zu verkaufen, wenn der Markt sich wieder erholt habe. Die Arbeiten an Haus und Nebengebäuden habe er selbst durchgeführt, und zwar ziemlich schlampig. Gleich würde ich die Beweise für sein ungeordnetes, chaotisches

Denken zu sehen bekommen, die handwerklichen Leistungen eines Menschen, der völlig die Kontrolle über sich verloren habe, wie Benton mir erklärte. Ich würde Einblicke in das Leben und Sterben meines begabten Protegés erhalten.

»Bist du noch bei der Sache? Du bist sicher schrecklich müde«, sagt Benton und berührt mich am Arm.

»Alles bestens.« Mir wird klar, dass ich seine Stimme ausgeblendet habe.

»Du machst aber nicht diesen Eindruck. Du weinst immer noch.«

»Ich weine nicht. Es ist die Sonne. Ich fasse es nicht, dass ich meine Sonnenbrille verlegt habe.«

»Ich habe dir doch meine angeboten.« Seine dunklen Brillengläser wenden sich mir zu, während der Wagen im grellen Sonnenlicht die knirschende Straße entlangkriecht.

»Nein, danke.«

»Warum verrätst du mir nicht, was mit dir los ist, denn wir werden eine Weile keine Gelegenheit mehr zum Reden haben«, fordert er mich auf. »Du bist wütend auf mich.«

»Du machst nur deine Arbeit, woraus die auch immer bestehen mag.«

»Du bist wütend auf mich, weil du eigentlich wütend auf Jack bist und dich vor diesem Gefühl fürchtest.«

»Ich fürchte mich nicht vor dem, was ich für ihn empfinde, sondern eher vor den übrigen beteiligten Personen«, entgegne ich.

»Und das bedeutet?«

»Es ist nur so ein Gefühl. Außerdem bist du ohnehin nicht meiner Ansicht. Also belassen wir es dabei«, erwidere ich und betrachte durch die Scheibe das kalte blaue Meer und den Horizont in der Ferne, wo ich am Ufer Häuser erkenne.

»Könntest du das ein bisschen genauer ausführen? Was für ein Gefühl? Ist das ein neuer Gedanke?«

»Nein. Und es will sowieso niemand hören«, antworte ich und starre weiter in den sonnigen Nachmittag hinaus, während wir weiter nach einer Parklücke suchen.

Allerdings helfe ich Benton nicht dabei, sondern sitze einfach nur da und schaue aus dem Fenster. Dabei huschen meine Gedanken hin und her wie ein kleines Tier auf der Suche nach einem Unterschlupf. Benton findet vermutlich, dass ich ihn nicht sehr unterstütze. Allerdings hat er diesem Zustand aktiv Vorschub geleistet, indem er so lange damit gewartet hat, mich zu einer Sache dazuzuholen, die schon seit einigen Stunden andauert. Ich betrete die Bühne, während alles bereits in vollem Gange ist, als handelte es sich um eine Oper, bei der es keine Rolle spielt, ob ich irgendwann in der Mitte oder gegen Ende hereinspaziere.

»Mein Gott, allmählich wird es albern. Man möchte doch meinen, dass uns jemand einen Parkplatz reserviert hat. Ich hätte Marino bitten sollen, Verkehrskegel aufzustellen und uns eine Lücke zu blockieren.« Nachdem Benton seinem Zorn auf die zugeparkte, enge Straße Luft gemacht hat, wendet er sich wieder an mich. »Ich will es hören, was es auch ist. Ein neuer Gedanke oder nicht. Und zwar jetzt, solange wir noch eine Minute für uns haben.«

Es ist zwecklos, es auszusprechen und meinen Eindruck zu wiederholen, dass hinter den Morden an Wally Jamison, Mark Bishop und Eli Goldman eine berechnende und grausame Logik steckt. Ebenso hinter dem, was mit Fielding geschehen ist, und all den anderen Ereignissen. Es handelt sich um einen präzise formulierten Plan, auch wenn er letztlich nicht aufgegangen ist. Das heißt nicht, dass ich diesen Plan in seiner Gesamtheit oder auch nur in Teilen kenne. Und dennoch bin ich felsenfest davon überzeugt, dass ich mit meiner Wahrnehmung richtigliege, und lasse es mir nicht ausreden. *Vertraue deinem Instinkt. Alles andere ist belanglos. Hier geht es nur um Macht: die Macht, Menschen so zu manipulieren, dass sie Freude, Angst oder schreckliches Leid empfinden. Die Macht über Leben und Tod.* Ich werde nichts davon wiederholen, da es sich sicher wie wirres Zeug anhört. Und ich werde Benton nicht noch einmal sagen, dass ich eine unersättliche Machtgier erspüre, die Gegenwart eines todbringenden Wesens, das uns aus einer dunklen Nische heraus beobachtet und uns auflauert. Einige Dinge mögen abgeschlossen sein, aber es ist noch lange nicht ausgestanden. Doch ich spreche es nicht aus.

»Jetzt zwänge ich mich einfach hier rein.« Eigentlich spricht er nicht mit mir, sondern mit sich selbst, während er den Wagen so nah wie möglich an eine Steinmauer lenkt, so dass wir nicht zu weit in die mit Sand bestreute glatte Straße hineinragen. »Wir können nur hoffen, dass mir nicht irgendein Idiot eine Beule ins Auto fährt. Wenn doch, wird er sein blaues Wunder erleben.«

Vermutlich ist die Erkenntnis, dass die Tür, die man gerade eingedellt, oder die Stoßstange, die man soeben zerkratzt hat, Eigentum des FBI ist, sicher kein Spaß. Der SUV ist ein typisches Regierungsfahrzeug, schwarz mit getönten Scheiben, Stoffpolstern und hinter dem Kühlergrill versteckten Blaulichtern. Auf dem Boden vor der Rückbank stehen zwei Kaffeebecher ordentlich in einem Pappkarton zum Mitnehmen. Daneben liegt eine zusammengeknüllte Brötchentüte. Der Streitwagen einer vielbeschäftigten Beamtin, die zwar ordentlich ist, aber oft keinen geeigneten Platz findet, um ihren Müll loszuwerden. Ich habe erst erfahren, dass Douglas eine Frau ist, als Benton den Beamten, der dieses Auto sonst benutzt, vorhin als »sie« bezeichnet hat. Er hat mir mitgeteilt, *sie* habe das Kennzeichen des Bentley überprüft, der uns letzte Nacht in Hanscom erwartet hat. Es ist ein viertüriger schwarzer Flying Spur, Baujahr 2003, privat zugelassen auf den Vorstandsvorsitzenden eines in Boston ansässigen kleinen Dienstleistungsunternehmens, das mit »diskreten Chauffeuren mit Butlereigenschaften« wirbt, die jedes gewünschte Fahrzeug steuern. Das erklärt, warum der Bentley kein Mietwagen-Kennzeichen hatte.

Der Wagen wurde online gebucht, und zwar von jemandem, der Johnny Donahues E-Mail-Adresse benutzt hat. Doch der saß gestern, als die Mail von der IP-Adresse eines Internetcafés aus, unweit des Salem State College, also ganz hier in der Nähe, versendet wurde, als stationärer Patient im McLean und hatte keinen Zugang zum Netz. Die eingesetzte Kreditkarte ist die von Erica Donahue, die sich, soweit bekannt, nie im Netz aufhält und einen Computer nicht mit der Kneifzange anrühren würde. Es erübrigt sich also die Feststellung, dass weder das FBI noch die Polizei glauben, sie oder ihr Sohn könnte den Bentley mit Fahrer geordert haben.

Stattdessen geht man davon aus, dass Fielding die Mail geschickt hat. Vermutlich hat er sich die Kreditkartendaten von Erica Donahue im Taekwondo-Club besorgt, wo sie damit den Unterricht ihres Sohnes bezahlt hat, bis dieser hinausgeworfen wurde, weil er versucht hat, seinen Trainer zu treten – meine rechte Hand, einen Großmeister und Inhaber des schwarzen Gürtels siebten Grades. Wie Fielding an Johnnys E-Mail-Adresse herangekommen ist, bleibt allerdings unklar, außer er hat den hilflosen und leichtgläubigen Jugendlichen irgendwie dazu verleitet, ihm sein Passwort zu verraten. Er könnte es auch anderweitig in Erfahrung gebracht haben.

Der Chauffeur, dessen einziges Vergehen darin besteht, dass er sich nicht die Mühe gemacht hat, herauszufinden, wer Dr. Scarpetta ist, bevor er ihr einen Brief überbrachte, hat seinen Auftrag von der Zentrale erhalten. Laut Aussage der dortigen Mitarbeiter hat niemand, der in diesem exklusiven Fuhrunternehmen tätig ist, die angebliche Mrs. Donahue jemals gesehen oder mit ihr telefoniert. In der die Online-Reservierung begleitenden Nachricht wurde ein »ausgefallenes Luxusfahrzeug« für einen »Auftrag« verlangt und hinzugefügt, weitere Anweisungen und ein Brief würden später in der Firmenzentrale abgegeben werden. Gegen sechs Uhr abends wurde dann ein brauner Umschlag durch den Briefschlitz in der Eingangstür geschoben. Etwa vier Stunden später erschien dann der Fahrer mit dem Brief am Hanscom Field und kam zu dem Schluss, dass Benton Dr. Scarpetta sein musste.

Wir steigen aus und stehen in der kalten, sauberen Luft. Die Sonne bringt das Eis zum Funkeln, so dass man sich fühlt wie in einem Kronleuchter aus Kristall. Ich halte mir schützend die Hand vor Augen und beobachte das dunkelblaue Meer, das sich ausdehnt und zusammenzieht wie ein Muskel und in Richtung Küste drängt, um sich gegen ein felsiges, unbewohntes Ufer zu werfen. Genau von diesem Punkt aus hat einst der Schiffskapitän die Aussicht bewundert, die sich seitdem inzwischen kaum verändert hat: viele Hektar schroffer Küste und Strand, wo hin und wieder ein Hain aus Hartholzbäumen steht, eine unberührte Landschaft, wo niemand wohnen darf, weil sie zu einem Naherholungsgebiet mit Bootsanlegestelle gehört.

Ein Stück weiter, jenseits des Campingplatzes, wo die Halbinsel am Salem Harbor mündet, gibt es eine Werft, wo die Polizei heute Morgen Fieldings sieben Meter langes Mako aufgedockt unter einer Plane gefunden hat. Undeutlich erinnere ich mich daran, dass er ein Boot zum Tauchen besitzt, weil er es irgendwann einmal erwähnt hat, doch ich wusste nicht, wo es liegt. Vor vierundzwanzig Stunden hätte ich mir nicht träumen lassen, dass es je ins Zentrum der Ermittlungen in einem Mordfall rücken würde. Dasselbe gilt für seinen dunkelblauen Navigator, bei dem das vordere Kennzeichen fehlt, die Glock mit der entfernten Seriennummer oder sonst etwas, das Fielding im Lauf seines Lebens getan oder besessen hat.

Über uns schwebt ein orangefarbener Helikopter, ein Eurocopter HH-65A Dolphin, im kalten blauen Himmel. Sein gekapselter zehnflügeliger Heckrotor erzeugt ein unverkennbares Geräusch, das angeblich zu weniger Lärmbelastung führt. Für mich jedoch klingt es wie ein bedrohliches Surren, das mich ein wenig an eine C-17 Globemaster erinnert. Das Ministerium für Heimatschutz führt, wie man mir ebenfalls mitgeteilt hat, eine Luftüberwachung durch. Ich weiß nicht, warum eine Bundesbehörde auftritt, sofern nicht die Sicherheit des Salem Harbor auf dem Spiel steht, der ein wichtiger Hafen ist. Außerdem steht dort ein großes Kraftwerk. Benton und auch Marino, mit dem ich vor einigen Minuten telefoniert habe, haben beiläufig das Wort *Terrorismus* fallenlassen. Allerdings höre ich das in letzter Zeit häufig. Bioterrorismus. Chemieterrorismus. Inlandsterrorismus. Industrieterrorismus. Nanoterrorismus. Technoterrorismus. Eigentlich ist bei genauerer Betrachtung heutzutage alles Terrorismus. Genauso wie jedes Gewaltverbrechen mit Hass zusammenhängt und deshalb eigentlich ein Hassverbrechen ist.

Otwahl lässt mich einfach nicht los. Alles führt mich dorthin zurück. Meine Gedanken werden von den Schwingen eines Flybots getragen. Dann fällt mir MORT, mein alter Unglücksbote, ein. Er steht als lebensgroßes Modell in einer Wohnung in Cambridge, die Eli Goldman gemietet hat. Im nächsten Moment sorge ich mich um den umstrittenen Wissenschaftler Dr. Liam Saltz, der sicher völlig verzweifelt ist. Vielleicht ist er einfach nur Opfer eines der grausigen Zufälle geworden, die das Leben nun einmal so mit sich bringt, und hatte das tragische Pech, der Stiefvater eines genialen jungen Mannes zu sein, der in fragwürdige wissenschaftliche Experimente und den Handel mit gefährlichen Drogen hineingeraten war und eine nicht registrierte Waffe bei sich hatte.

Eines jungen Mannes, dem die eigene Klugheit das Genick gebrochen hat, um mit Benton zu sprechen. Als er ermordet wurde, trug er einen antiken Siegelring, der aus Erica Donahues Haus verschwunden ist, ebenso wie ihr Briefpapier, ihre Schreibmaschine und ihr Füllfederhalter, alles Dinge, die Fielding irgendwie an sich gebracht haben muss. Offenbar hat er von dem reichen Harvard-Studenten, den er unter Druck gesetzt hat, alles Mögliche bekommen. Es spielt keine Rolle, dass die Rechnung für mich nicht aufgeht. Ich kann nun einmal nicht beweisen, dass Fielding den goldenen Ring oder die Glock nicht gegen Drogen eingetauscht hat. Deshalb kann ich auch nicht sagen, ob sich die beiden nicht aus diesem Grund in Elis Besitz befanden oder dass eine viel heimtückischere und bedrohlichere Erklärung dahintersteckt, als Benton und die anderen vermuten.

Ich kann, wie bereits geschehen, lediglich feststellen, dass Eli Goldman der Profitgier von Otwahl offenbar im Wege stand und dieses Unternehmen das Verbindungsglied zwischen sämtlichen beteiligten Personen ist. Und zwar in höherem Maße als Taekwondo oder Fielding. Meiner Ansicht nach sollten wir, selbst wenn Fielding wirklich ein Einzeltäter ist, wie alle behaupten, Otwahl noch einmal gründlich und aus einem anderen Blickwinkel unter die Lupe nehmen. Die richtige Frage lautet nämlich, in welchem Verhältnis er zu der Firma stand; abgesehen davon, dass er süchtig, möglicherweise Proband in einer Studie oder sogar am Vertrieb experimenteller Drogen beteiligt war, bis er daran zerbrach.

»Otwahl und Fielding«, sagte ich vor einer Weile zu Benton. Wenn Fielding sich des Mordes, der Unterschlagung von Beweismitteln, der Behinderung der Justiz und der Verabredung zu einer Straftat schuldig gemacht und außerdem gelogen hat, unterhält er anscheinend enge Beziehungen zu Otwahl. Dass er letzte Nacht während des Schneesturms aller Wahrscheinlichkeit nach seinen Navigator auf dem Firmenparkplatz versteckt hat, lässt ebenfalls darauf schließen. »Du musst herausfinden, was dahintersteckt«, habe ich Benton auf der Fahrt zu diesem abgelegenen Fleckchen Erde immer wieder aufgefordert. Die Landschaft ist so schön, dass es schmerzt, und gleichzeitig verdorben, als wäre Fieldings Haus eine Verschmutzung auf der Leinwand eines ausgezeichneten Seestücks.

»Otwahl Technologies und das Haus eines Schiffskapitäns aus dem achtzehnten Jahrhundert auf Salem Neck«, habe ich zu meinem Mann gesagt und ihn um seine aufrichtige und professionelle Meinung gebeten. Schließlich arbeitet er mit den ausgezeichnet informierten und absolut objektiven anonymen Schattengestalten vom FBI zusammen, dem er angeblich nicht mehr angehört, was ich ihm natürlich nicht glaube. Ganz sicher ist er wieder beim FBI, denn er ist so heimlichtuerisch und angespannt, wie ich es aus einer fernen Vergangenheit in Erinnerung habe. Vielleicht wäre das für mich ja auszuhalten, wenn ich mich nicht so abgrundtief einsam fühlen würde.

Denn Benton hört mir nicht einmal mehr zu und hat mich mehr oder weniger ausgeblendet, als ich vor einigen Minuten angemerkt habe, Fieldings Kontakte zu Otwahl gingen sicherlich über den bloßen Kampfsportunterricht für ein paar hochintelligente Studenten und Praktikanten bei diesem Technologiemonstrum hinaus. Zudem müsse mehr dahinterstecken als nur Drogen. Mit Drogen getränkte Schmerzpflaster können nicht die einzige Erklärung für das sein, was ich in dem kleinen Nebengebäude vorfinden werde. Ursprünglich wollte Fielding es als Gästehaus nutzen, bevor er, wie es hieß, eine andere Verwendung dafür gefunden hat, die dem Gebäude inzwischen einige Spitznamen eingebracht hat.

Das Haus des Todes, denke ich bedrückt. *Samenbank*, ergänze ich zynisch.

Sicher steht dem Haus an Halloween, der hier den ganzen Oktober über gefeiert wird und Millionen von Pilgern aus dem ganzen Land anlockt, eine Karriere als Salems neueste Touristenattraktion bevor. Wieder ein Beispiel dafür, dass die Stadt aus Grausamkeiten Kapital schlägt, die inzwischen unwirklich zu sein scheinen. Räuberpistolen, beinahe nicht mehr ernst zu nehmen, wie die Hexe mit Besen im Wappen von Salem, die auch auf den Abzeichen der Polizei und sogar auf den Türen der Streifenwagen abgebildet ist. Passen Sie auf, wen Sie hassen und umbringen, denn eines Tages wird der Fluch auf Sie zurückfallen. Die Hexenstadt, wie die Leute Salem nennen, wo Männer und Frauen zu einer Hinrichtungsstätte geführt wurden, die heute Gallows Hill Park – Galgenhügelpark – heißt. Dort sieht es ganz ähnlich aus wie in der Gegend, wo Fielding das Haus des Schiffskapitäns gekauft hat. Orte, die inzwischen Parks sind, verändern sich kaum. Nur, dass Gallows Hill so hässlich ist, wie der Name sagt, ein frei liegendes, kahles und vom Wind umtostes Feld, das fast nur aus Felsen, Unkraut und ein paar derben Grasbüscheln besteht. Hier wächst nichts.

Gedanken wie diese sind wie Sonnengewitter. Benton berührt mich am Ellbogen und umfasst ihn fest, als wir die mit Sand bestreute Sackgasse überqueren, die sich in einen Parkplatz für Dienstfahrzeuge, zivile und mit Emblem, verwandelt hat. Auf einigen prangt das Logo von Salem, der Schattenriss einer Hexe, die rittlings auf einem Besen sitzt. Dicht am Haus des Schiffskapitäns, so nah, dass er fast die rückwärtige Mauer berührt, steht der weiße Transporter des CFC, den Marino schon vor Stunden hierhergefahren hat, während ich noch im Autopsiesaal und später in meinem Büro war, ohne zu ahnen, was sich fünfzig Kilometer weiter nordöstlich abspielte. Die Hecktür des Transporters ist offen. Im Wagen bemerke ich Marino, mit grünen Gummistiefeln, einem grellgelben Schutzhelm und einem ebenfalls grellgelben Schutzanzug der Stufe A bekleidet, wie wir sie für Einsätze verwenden, bei denen man Gefahr läuft, sich bakteriologisch oder chemisch zu kontaminieren.

Über den Boden aus geriffeltem Stahl und zu den geöffneten Metalltüren hinaus schlängeln sich Kabel bis zur ungeteerten, vereisten Auffahrt und verschwinden in der Tür des Steinhäuschens. Es muss ein reizendes, gemütliches Nebengebäude gewesen sein, bevor Fielding es in eine Baustelle mit freigelegten Fundamenten verwandelt hat. Das Eis auf dem gefrorenen Boden ist grau. Der Garten hinter dem Haus ist mit verschüttetem Zement, umgekippten Holzstößen, herumliegenden Backsteinen, verrosteten Werkzeugen, Dachziegeln, Isoliermaterial und Nägeln zugemüllt und kein sehr erfreulicher Anblick. Eine Schubkarre ist mit einer losen schwarzen Plane abgedeckt, die sich im Wind bewegt. Das rings um das Gelände gespannte Flatterband zittert.

»Das Ding liefert genügend Saft für die Beleuchtung, aber das war's dann auch schon. Wir haben noch etwa hundertzwanzig Minuten«, sagt Marino zu mir, während er in einem Einbauschrank wühlt.

Damit meint er das Notstromaggregat, das die Elektrik des Transporters bei abgeschaltetem Motor am Laufen hält und auch außerhalb des Fahrzeugs in beschränktem Umfang Energie liefert.

»Mal ausgehend davon, dass der Strom nicht wieder eingeschaltet wird. Vielleicht haben wir ja Glück. Ich habe gehört, dass es jederzeit so weit sein kann. Das Hauptproblem sind die von gekippten Bäumen umgerissenen Strommasten, an denen du auf dem Weg hierher auf der Derby Street sicher vorbeigekommen bist. Aber selbst wenn wir wieder Strom hätten, würde es uns da drin nicht viel nützen.« Er meint das

Nebengebäude. »Es gibt nämlich keine Heizung. Scheißkalt ist das, und nach einer Weile ist man bis aufs Mark durchgefroren. Nur um dich zu warnen.« Er bleibt im Transporter, während Benton und ich draußen im Wind stehen. Ich schlage den Jackenkragen hoch. »So kalt wie in deiner verdammten Kühlkammer im Institut. Und jetzt stell dir vor, stundenlang dort zu arbeiten.«

Als ob ich noch nie bei kaltem Wetter an einem Tatort gewesen wäre und nicht wüsste, wie unwirtlich es in einer Kühlkammer ist.

»Natürlich haben diese Temperaturen auch Vorteile, wenn der Strom ausfällt, was er in dieser Gegend bei Unwetter häufig tut. Außerdem hatte er kein Notstromaggregat«, fährt Marino fort.

Mit *er* meint er Fielding.

»Denn wenn der Gefrierschrank keinen Saft mehr kriegt, kann das richtig ins Geld gehen. Deshalb war der offensichtliche Grund, einen Heizstrahler zu nehmen und ihn auf höchste Stufe zu stellen, der, die DNA zu zerstören, damit wir nie rauskriegen, von wem das Zeug stammt. Hältst du das für möglich?«, fragt er mich.

»Ich bin nicht ganz sicher, was du …«, setze ich an.

»Dass wir sie nicht identifizieren können. Ist das möglich?« Marino redet wie ein Wasserfall, als hätte er seit unserer letzten Begegnung ununterbrochen Kaffee in sich hineingeschüttet. Seine Augen sind blutunterlaufen und glasig.

»Nein«, antworte ich. »Ich glaube nicht. Ich denke, wir werden es sicher herausfinden.«

»Also meinst du nicht, dass die Proben so wertlos sind wie Grießpudding.«

»Herrgott«, sagt Benton. »Darauf hätte ich verzichten können. Warum kannst du nicht die verdammten Lebensmittelvergleiche lassen?«

»Wir brauchen nicht viel.« Ich erinnere Marino daran, dass man ein DNA-Profil bereits aus drei menschlichen Zellen erstellen kann. Falls nicht sämtliche Zellen restlos zerstört seien, seien wir aus dem Schneider, versichere ich ihm.

»Nun, dann ist es einen Versuch wert.« Marino spricht mit mir, als wäre Benton nicht vorhanden. Er richtet das Wort nur an mich, als führte er hier das Kommando und wollte nichts mit meinem Mann, dem ehemaligen oder derzeitigen FBI-Agenten, zu tun haben. »Was, wenn so was deinem Sohn passiert wäre?«

»Ich stimme zu, dass wir sie identifizieren und ihren Angehörigen Bescheid geben müssen«, entgegne ich.

»Und dann werden wir wahrscheinlich verklagt«, überlegt Marino laut. »Also sollten wir es vielleicht doch lieber für uns behalten. Für uns ist nur wichtig, die Herkunft zu kennen. Warum die Familien informieren und eine Lawine lostreten?«

»Vollständige Offenlegung«, meint Benton. Ausgerechnet er, als ob er wirklich wüsste, was das ist. Er wirft einen Blick auf sein iPhone und liest eine Nachricht. »Schon allein deshalb, weil viele vermutlich ohnehin schon im Bilde sind«, fügt er hinzu. »Wir nehmen an, dass Fielding sich für seine Dienste im Voraus hat bezahlen lassen. Es lässt sich also nicht vertuschen.«

»Das werden wir auch nicht tun«, erwidere ich. »Bei uns wird nichts vertuscht, und damit basta.«

»Also eines sage ich dir. Ich finde, wir sollten wirklich Kameras in der Kühlkammer anbringen. Nicht nur draußen auf dem Flur und in der Ladezone, sondern im Raum selbst«, wendet sich Marino an mich, als ob er schon immer die Auffassung vertreten hätte, dass Kameras in der Kühlkammer und sicher auch im Gefrierschrank notwendig seien. Allerdings hat er so etwas noch nie zuvor erwähnt. »Ich frage mich, ob Kameras in einer Kühlkammer überhaupt funktionieren würden …«, fährt er fort.

»Draußen funktionieren sie ja auch. Im Winter ist es hier kälter als in der Kühlkammer«, merkt Benton mit matter Stimme an. Er hört Marino, der vor Selbstbewusstsein strotzt und ganz in seiner Rolle in diesem Drama aufgeht, kaum zu. Marino hat Fielding noch nie leiden können. *Ich hab's dir ja gleich gesagt*, strahlt seine ganze Haltung aus.

»Nun, wir sollten es tun«, meint Marino zu mir. »Wenn wir erst Kameras haben, ist Schluss mit diesem Mist, und keiner, der so etwas abzieht, kommt ungeschoren davon.«

Ich drehe mich zu den Stiefeln und Schuhen um, die in Reih und Glied vor dem Eingang des Anbaus stehen. Dem Haus des Todes, der Samenbank. Einige Polizisten nennen ihn auch das Horrorkabinett.

»Kameras«, höre ich Marinos Stimme, während ich den Anbau betrachte. »Wenn in der Kühlkammer welche wären, hätten wir alles auf Band. Ach, Mist, vielleicht ist es ja besser so. Stell dir nur vor, was passiert, wenn der Scheiß irgendwie nach außen dringt und bei YouTube landet. Das, was Fielding mit all den Leichen gemacht hat. Mein Gott. Ich wette, dass ihr in Dover solche Kameras habt.«

Er reicht uns zusammengefaltete Overalls, wie er einen trägt.

»In Dover habt ihr doch sicher Kameras in den Kühlkammern, oder?«, spricht er weiter. »Das Verteidigungsministerium würde bestimmt Kohle dafür lockermachen. Und der Zeitpunkt ist günstig, mal nachzufragen, oder? Angesichts der Umstände halte ich nichts für übertrieben, wenn es darum geht, die Sicherheitsvorkehrungen in unserem Laden aufzupeppen …«

Ich stelle fest, dass Marino noch immer mit mir redet. Aber ich antworte nicht, weil ich über den Insassen des Führerhauses des Transporters nachgrüble. Während ich draußen in Kälte, Wind und grellem Sonnenlicht stehe, werde ich plötzlich von Mitleid ergriffen. Benton steigt bereits in seinen Schutzanzug; ich habe meinen noch zusammengefaltet unter dem Arm.

Marino plappert fröhlich weiter, als würden wir uns hier für den Karneval verkleiden. »… wie ich schon sagte, gut, dass es kalt ist. Nicht auszudenken, bei dreißig Grad an so einem Fall arbeiten zu müssen, wie damals in Richmond, als man das Wasser aus der Luft wringen konnte und sich kein Lüftchen geregt hat. Was für eine elende Sauerei. Schau bloß nicht ins Klo. Da wurde wahrscheinlich zum letzten Mal runtergespült, als die hier noch Hexen verbrannt haben …«

»Sie wurden erhängt«, höre ich mich sagen.

Marino sieht mich verständnislos an. Sein breites Gesicht, seine Nase und seine Ohren sind rot angelaufen. Der Helm sitzt auf seinem kahlen Schädel wie der Deckel auf einem Feuerhydranten.

»Wie geht es ihm?« Ich weise auf das Führerhaus.

»An Anne ist ein Dr. Dolittle verlorengegangen. Wusstest du, dass sie eigentlich Tierärztin werden wollte, bevor sie beschlossen hat, in Madame Curies Fußstapfen zu treten?« Er spricht den Namen noch immer wie Curry aus, ganz gleich, wie oft ich ihm erkläre, dass es *Kü-rie* heißt, wie das Element Curium, das nach Madame *Kü-rie* benannt ist.

»Und noch was«, meint er dann zu mir. »Gut, dass die Heizung im Haus erst vor fünf oder sechs Stunden ausgefallen ist, als jemand kam. Solche Hunde haben ja nicht viel mehr Haare als ich. Obwohl er sich unter die Decke von Fieldings Bett gewühlt hatte, hat er gezittert, als hätte er Krämpfe. Natürlich hatte er eine Scheißangst. Die vielen Polizisten und das FBI, alle in Nahkampfausrüstung, sind hier reingestürmt wie die Wilden. Ganz zu schweigen davon, dass Windhunde nicht gern allein sind. Sie kriegen dann, wie nennt man das, Trennungsängste.«

Er öffnet noch einen Schrank und reicht mir ein Paar Stiefel, ohne mich nach der Größe fragen zu müssen.

»Woher weißt du, dass es Jacks Bett ist?«, frage ich.

»Weil sein Mist überall rumliegt. Wessen Bett sollte es sonst sein?«

»Wir müssen auf Nummer sicher gehen.« Ich wiederhole mich. »Er hat hier draußen in einer abgelegenen Gegend gewohnt. Nirgendwo Nachbarn, die ihn hätten beobachten oder belauschen können. Der Park ist um diese Jahreszeit menschenleer. Woher weißt du also, ob er allein hier war? Warum bist du so überzeugt, dass er keinen Helfer hatte?«

»Wen denn? Wer zum Teufel würde ihm bei so etwas helfen?« Als Marino mich ansieht, steht ihm die Skepsis ins breite Gesicht geschrieben: Ich bin in Sachen Fielding nicht objektiv. Zumindest denkt das Marino. So wie alle anderen vermutlich auch.

»Wir dürfen keine Möglichkeit ausschließen«, entgegne ich, deute noch einmal auf das Führerhaus und erkundige mich nach dem Hund.

»Alles bestens«, erwidert Marino. »Anne hat ihm etwas zu fressen besorgt, Hühnchen und Reis vom Griechen in Belmont. Außerdem hat sie ihm ein hübsches bequemes Bettchen hergerichtet. Die Heizung läuft auf Hochtouren. Da drin ist es heiß wie in einem Backofen. Wahrscheinlich verbrauchen wir mehr Saft, um seinen mageren Hintern warm zu halten, als für die Untersuchung des Kellers. Willst du ihn kennenlernen?«

Er gibt uns dicke schwarze Gummihandschuhe und Einweghandschuhe aus Nitril. Benton pustet sich auf die Hände, um sie zu wärmen, verschickt dabei weiter SMS und liest die auf seinem Telefon eingehenden Nachrichten. Marinos und mein Gespräch scheint ihn nicht zu interessieren.

»Eines nach dem anderen«, sage ich zu Marino, weil ich es im Moment nicht über mich bringe, mir einen bedauernswerten Hund anzusehen, der in einem stockfinsteren, unbeheizten Haus zurückgelassen wurde, nachdem der Entführer sein Herrchen umgebracht hatte. So lautet zumindest die Theorie.

»Der Ablauf funktioniert wie folgt«, verkündet Marino, greift nach zwei grellgelben Helmen und reicht sie uns. »Da drüben stehen Plastikwannen zum Desinfizieren.« Er zeigt auf eine Stelle neben der Sperrholzplatte, die als Eingangstür der Hütte dient. »Ihr dürft keine Spuren außerhalb des Flatterbands verteilen. Deshalb werden Overalls und Stiefel da drüben an- und ausgezogen.«

Neben drei mit Wasser gefüllten Wannen steht eine Flasche Geschirrspülmittel; Schuhe und Stiefel der Leute, die drinnen arbeiten, sind säuberlich aufgereiht. Ich erkenne ein paar braune Kampfstiefel in Herrengröße. Nach der Schuhkollektion zu urteilen, befinden sich mindestens acht Ermittler am Tatort, von denen jemand vermutlich bei der Army ist. Vielleicht ist es sogar Briggs selbst. Nachdem Marino sich gebückt und die Anzeige des mit geriffeltem Stahl verkleideten Notstromaggregats überprüft hat, poltert er die ebenfalls aus geriffeltem Stahl bestehenden Stufen hinunter und hinaus ins grelle Sonnenlicht. Das funkelnde Eis, das die kahlen Bäume überkrustet, lässt sie aussehen wie in flüssiges Glas getaucht. Überall hängen lange, spitze Eiszapfen, die mich an Nägel und Speere erinnern.

»Du könntest mal langsam deinen Overall anziehen«, meint Marino zu mir, während Benton, mit seinem Telefon beschäftigt, davonschlendert. Er tauscht Nachrichten mit jemandem aus und hört uns nicht zu. Marino und ich nähern uns dem Anbau, wobei wir aufpassen müssen, dass wir auf dem unebenen Eis, das die zerfurchte Erde, den Morast und den von Fielding zurückgelassenen Schutt bedeckt, nicht stolpern.

»Lass deine Schuhe hier stehen«, weist Marino mich an. »Falls du auf die Toilette musst oder frische Luft schnappen willst, vergiss nicht, deine Stiefel abzuspülen, bevor du wieder reingehst. Der Boden da drin ist voll mit allem möglichen Mist, den du nicht überall verteilen möchtest. Wir wissen nicht einmal, womit genau wir es zu tun haben. Es könnte ja etwas sein, das wir noch nicht kennen. Jedenfalls steht fest, dass es sich nicht ausbreiten sollte. Es heißt zwar, das Aids-Virus würde nach dem Tod des Betroffenen nicht lange überleben, aber ich möchte es lieber nicht ausprobieren.«

»Was wurde bis jetzt erledigt?« Als ich den Overall entfalte, reißt der Wind ihn mir beinahe aus der Hand.

»Dinge, um die du dich nicht kümmern willst und die auch nicht dein Problem sein sollten.« Marino zwängt seine Pranken in violette Handschuhe.

»Ich kümmere mich um alles, was getan werden muss«, erinnere ich ihn.

»Wenn du da drinnen etwas anfassen willst, musst du die dicken Gummihandschuhe anziehen.« Marino tut es.

Am liebsten würde ich ihm eine patzige Antwort geben, nämlich dass ich nicht zum Gaffen hier bin. Natürlich werde ich etwas anfassen! Allerdings wäre es unter meiner Würde, zuzugeben, dass ich an einem Tatort erschienen bin wie ein Mitglied der Mannschaft, das Marino Bericht erstatten muss und demnächst vermutlich vor ihm salutieren wird. Außerdem habe ich natürlich längst verstanden, was Marino, Benton und die anderen im Schilde führen: Alle wollen nach Kräften verhindern, dass ich mir genau die Verfehlungen zuschulden kommen lasse, die Mrs. Donahue Fielding vorwirft. Nicht dass ich es auf einen Interessenkonflikt anlegen würde. Mir ist sehr wohl klar, dass ich nicht diejenige sein sollte, die einen ehemaligen Mitarbeiter obduziert – und überdies einen, mit dem ich der Gerüchteküche zufolge in grauer Vorzeit ein Verhältnis gehabt haben soll.

Was ich allerdings nicht begreife, ist, warum mich die Situation nicht stärker mitnimmt. Doch momentan gilt die einzige Trauer, die ich empfinde, einem Hund namens Sock, der gerade auf einem Haufen aus Handtüchern im Führerhaus des CFC-Transporters schläft. Ich befürchte, bei seinem Anblick in Tränen auszubrechen, und fast jeder meiner Gedanken ist von Sorge um ihn geprägt. Wo soll er hin? Nicht ins Tierheim, das lasse ich nicht zu. Das Sinnvollste wäre, wenn Liam Saltz ihn nähme, aber der wohnt in England. Wie soll er den Hund dorthin schaffen, wenn nicht im Frachtraum eines Flugzeugs, und das kommt für mich auch nicht in Frage. Das arme Geschöpf hat im Leben schon genug mitgemacht.

»Sei einfach vorsichtig«, beendet Marino seine Einweisung, als ob er eine blutige Anfängerin vor sich hätte. »Und damit du Bescheid weißt: Der Transporter bringt die Proben in regelmäßigen Abständen ins Labor.«

Ja, auch das weiß ich, denn ich habe es selbst veranlasst. Ich beobachte, wie Benton zum Transporter zurückkehrt. Er telefoniert, und ich fühle mich überflüssig. Wie eine Außenseiterin. So, als wäre ich niemandem eine Hilfe und völlig unwichtig.

»Praktisch ununterbrochen. Inzwischen werden schon etwa dreißig bis vierzig DNA-Proben untersucht. Viele davon sind noch nicht völlig aufgetaut. Also liegst du vielleicht richtig, und wir haben Glück. Der Transporter liefert die Beweisstücke aus und kehrt dann wieder um. Er ist gerade unterwegs hierher«, verkündet Marino.

Ich bücke mich und schnüre den ersten Stiefel auf.

»Anne fährt wie der Teufel. Das wusste ich gar nicht. Ich hätte bei ihr eher einen Omastil vermutet, aber sie rutscht mit der Kiste hier rum, als hätte sie Kufen. Wirklich beeindruckend«, plaudert Marino weiter. »Überhaupt schuften hier alle wie die Gehilfen des Weihnachtsmanns. Der General hat angeboten, zur Unterstützung Wissenschaftler aus Dover herzubeordern. Bist du noch immer dagegen?«

Im Moment weiß ich nicht, was ich will – abgesehen von einer Gelegenheit, mir selbst ein Bild vom Stand der Dinge zu machen, und das habe ich bereits klar geäußert.

»Das ist nicht deine Entscheidung«, antworte ich Marino, während ich den zweiten Stiefel öffne. »Ich erledige das.«

»Meiner Ansicht nach wäre es hilfreich, AFDIL an Bord zu holen«, entgegnet Marino in einem Tonfall, der meinen Argwohn weckt. Ich betrachte die braunen Kampfstiefel neben den Desinfektionswannen.

Dass Briggs hier ist, ist schon unangenehm genug. Außerdem habe ich den Verdacht, dass er nicht allein aus Dover hergekommen ist.

»Wer sonst noch?«, erkundige ich mich bei Marino, während ich mich an einen Haufen Mauersteine lehne, um nicht das Gleichgewicht zu verlieren. »Rockman oder Pruitt?«

»Colonel Pruitt.«

Noch jemand von der Army. Pruitt ist der Leiter von AFDIL, dem für DNA-Proben zuständigen Labor der Streitkräfte.

»Er und der General sind mit demselben Flugzeug gekommen«, fügt Marino hinzu.

Ich habe zwar keinen der beiden hergebeten, aber sie brauchten meine Erlaubnis auch nicht. Marino hat zugegeben, dass er sich an Briggs gewandt hat. Das hat er mir auf der Fahrt hierher am Telefon gebeichtet und hinzugefügt, er hoffe, ich hätte nichts dagegen, dass er sich diese Freiheit genommen habe. Briggs habe mich angeblich zuerst angerufen, und da ich nicht rangegangen sei, habe er sich auf die Suche nach Marino gemacht. Briggs habe nach Eli, dem Toten aus Norton's Woods, gefragt, worauf Marino ihm berichtet habe, was er über den Fall wisse. Anschließend habe er ihm »alles andere« erklärt, teilte Marino mir mit. Er hoffe, es würde mich nicht stören.

Ich habe erwidert, dass es mich durchaus stören würde. Allerdings ließe sich Geschehenes nun einmal nicht rückgängig machen. Das scheint bei mir in letzter Zeit zum Standardspruch zu werden, was ich Marino im Lauf des Telefonats im Auto auch gesagt habe. Einige Dinge seien nur seinetwegen passiert, habe ich hinzugefügt. So könne ich kein Institut leiten. Allerdings schwang zwischen den Zeilen mit, dass Briggs genau aus diesem Grund hier ist: nämlich, weil ich kein Institut leiten kann. Nicht so. Überhaupt nicht. Wäre ich in der Lage, das CFC so zu führen, wie die Regierung, das MIT, Harvard und alle anderen es von mir erwarten, würde jetzt niemand an diesem Tatort arbeiten müssen, weil es ihn gar nicht gäbe.

Mein gelber Overall ist steif und schneidet mir ins Kinn, als ich die grünen Gummistiefel anziehe. Marino schiebt die provisorische Sperrholztür beiseite. Dahinter ist eine schwere, durchsichtige Plastikplane mit Nägeln am Türrahmen befestigt wie ein Vorhang.

»Damit eines klar ist: Ich bin für die Beweiskette zuständig«, wiederhole ich meine Worte von vorhin. »Wir gehen genauso vor wie immer.«

»Wenn du es sagst.«

»Ich sage es.«

Dazu habe ich auch das Recht. Briggs steht nicht über dem Gesetz. Er muss sich an Zuständigkeiten halten, und die liegen in diesem Fall beim Staat Massachusetts und den jeweiligen Kommunen, wo die Verbrechen stattgefunden haben, ob es ihm nun passt oder nicht.

»Ich denke nur, dass alle Hilfe, die wir kriegen können …«, wendet Marino ein.

»Ich weiß, was du denkst.«

»Schau, es ist ja nicht so, dass es zu einem Prozess kommen wird«, spricht er weiter. »Fielding hat dem Commonwealth eine schöne Stange Geld gespart.«

20

Dichter Holzrauch liegt in der Luft, und ich bemerke, dass der Kamin an der gegenüberliegenden Wand mit teilweise verbrannten Holzstücken vollgestopft ist, auf denen sich aufgeplusterte Wolken einer weißlich grauen Asche abgesetzt haben. Sie ist so zart wie Spinnweben, allerdings geschichtet. Ein Material, das sauber verbrennt wie Baumwollstoff, denke ich. Oder ein teures Papier mit geringem Holzfaseranteil.

Die Person, die das Feuer angezündet hat, hat das bei geschlossener Esse getan. Es wird angenommen, dass es Fielding war, obwohl niemand wirklich eine Erklärung dafür zu haben scheint. Höchstens, dass er im Zustand geistiger Verwirrung gehofft hat, sein kleines Horrorkabinett würde bis auf die Grundmauern niederbrennen. Doch falls das seine Absicht gewesen sein sollte, hat er sich dabei nicht sehr geschickt angestellt. Ich erkenne einen Benzinkanister in der Ecke. Daneben sehe ich Lackdosen, Verdünner, Lumpen und Holzstöße. Wohin das Auge auch blickt, wimmelt es nur so von Möglichkeiten, mühelos eine Feuersbrunst zu entfachen, weshalb der Kamin keinen Sinn ergibt. Außer dass Fielding wirklich nicht mehr Herr seiner Sinne war. Vielleicht wollte er ja auch nicht das Haus anzünden, sondern nur etwas verbrennen, womöglich um Beweismittel zu vernichten. Er oder ein anderer.

Im wenig schmeichelhaften Licht der provisorischen Niedervoltleuchten mit den Glühbirnen hinter Gittern, die in unregelmäßigen Abständen an Haken von Stangen hängen, schaue ich mich im Raum um. Auf einer alten, zerkratzten und mit Lackspritzern überzogenen Werkbank liegen mechanische Werkzeuge, Klemmen, Bohreraufsätze und Pinsel.

Ich sehe auf Plastikbehälter mit L-förmigen Parkettnägeln und Schrauben sowie Elektrowerkzeuge, zum Beispiel einen Bohrer mit Schraubendreheraufsätzen, eine Kreissäge, einen Winkelschleifer und eine Drehbank auf einem Metallständer. Metallsplitter, einige davon glänzend, und Sägemehl bedecken die Werkbank und den Betonboden. Alles ist schmutzig und verrostet. Fieldings Anschaffungen zur Hausverschönerung werden nur von vor die Fenster genagelten schweren Plastikplanen und Pressspanplatten vor Witterungseinflüssen und der Meeresluft geschützt. Auf der gegenüberliegenden Seite des Raums befindet sich eine andere Tür, die weit offen steht. Ich höre Stimmen und andere Geräusche, die die Kellertreppe hinaufwehen.

»Was habt ihr hier sichergestellt?«, frage ich Marino, während ich mich umblicke und mich an das erinnere, was ich unter dem Mikroskop gesehen habe. Wenn ich Proben aus Fieldings Werkstatt vergrößern würde, würde ich vermutlich auf dieselbe Müllhalde aus Rost, Fasern, Schimmelsporen, Schmutz und Insektenteilen stoßen.

»Tja, wenn du dir die Metallsplitter anschaust, wirst du merken, dass einige davon neu sind. Sie sind nämlich nicht verrostet, sondern blitzblank«, erwidert Marino. »Also haben wir Proben genommen und ins Labor geschickt, um festzustellen, ob sie unter dem Mikroskop so aussehen wie das Zeug, das du in Eli Saltz' Leiche gefunden hast.«

»Sein Familienname ist nicht Saltz«, verbessere ich ihn zum wohl tausendsten Mal.

»Und man vergleicht die Werkzeugspuren«, fügt Marino hinzu. »Obwohl eigentlich klar ist, was Fielding getan hat. Wir haben die Schachtel gefunden.«

Die Schachtel, in die das Wasp-Messer verpackt gewesen ist.

»Einige verbrauchte CO_2-Kartuschen, ein paar Ersatzgriffe, sogar ein Bedienungshandbuch«, fährt Marino fort. »Das volle Programm also. Laut Aussage der Firma hat Jack das Messer vor zwei Jahren bestellt. Vielleicht zum Tauchen.« Als er die Achseln zuckt, bewegen sich seine breiten Schultern unter dem riesigen gelben Overall. »Keine Ahnung. Jedenfalls kann er nicht schon damals geplant haben, Eli umzubringen. Das ist so sicher wie das Amen in der Kirche. Vor zwei Jahren hat Jack in Chicago gewohnt, und du fragst dich jetzt sicher, wozu er dort ein Wasp Knife brauchte.« Marino stapft in seinen großen grünen Stiefeln herum und späht immer wieder die Kellertreppe hinunter, als wäre er neugierig, was dort vor sich geht. »Das einzige Lebensgefährliche in den Great Lakes ist nämlich das Quecksilber in den Fischen.«

»Also sind die Sachen bei uns? Haben wir die Schachtel und die CO_2-Kartuschen? Alles eben?« Ich will wissen, in welchen Labors, um sicherzugehen, dass Briggs meine Beweisstücke nicht ins AFME-Labor in Dover schickt.

»Ja, alles. Bis auf das Messer, das in der Schachtel war. Das ist noch nicht aufgetaucht. Vermute, dass er es nach dem Mord an dem Typen weggeschmissen hat. Vielleicht hat er es ja von einer Brücke geworfen. Natürlich wollte er nicht, dass sich jemand am Tatort in Norton's Woods umsieht.« Marino fixiert mich aus blutunterlaufenen Augen und lässt dann den Blick geistesabwesend durch den Raum schweifen, so wie Menschen es tun, wenn ihnen an ihrer Umgebung nichts mehr neu ist. Schließlich war er schon viele Stunden vor mir vor Ort.

»Was ist denn da passiert?« Ich gehe vor dem Kamin in die Hocke. Er ist aus alten Backsteinen gemauert und offenbar original. »Was wurde hier gemacht?« Da mir der Helm ständig über die Augen rutscht, nehme ich ihn ab und lege ihn auf den Boden.

»Was stört dich daran?« Marino bleibt stehen und beobachtet mich.

Ich nähere meine behandschuhte Hand der Asche. Die Luftbewegung bringt sie zum Schweben, als wäre sie schwerelos. Ich überlege, wie ich den Zustand, in dem sie sich befindet, am besten erhalten kann. Die Asche ist viel zu instabil, um sie im Ganzen zu transportieren. Allerdings bin ich ziemlich sicher, zu wissen, was in diesem Kamin geschehen ist. Zumindest ahne ich es. So etwas ist mir schon öfter untergekommen, allerdings nicht in letzter Zeit. Die Dokumente, die heutzutage verbrannt werden, sind gewöhnlich Computerausdrucke, keine getippten Briefe. Außerdem bestehen sie aus billigem Kopierpapier mit hohem Holzfaseranteil, das unvollständig verbrennt, so dass eine Menge schwarzer, rußiger Asche entsteht. Die Rückstände von Büttenpapier sehen völlig anders aus. Sofort fällt mir Erica Donahues Brief ein, den sie nicht geschrieben haben will.

»Ich würde empfehlen«, wende ich mich an Marino, »den Kamin abzudecken, damit die Asche nicht durcheinandergeweht wird. Wir müssen sie in situ fotografieren, bevor sich etwas daran verändert. Also fangen wir damit an, sammeln sie dann in Farbdosen und bringen sie ins Dokumentenlabor.«

Seine in großen Stiefeln steckenden Füße kommen näher. »Wozu?«

Seine wirkliche Frage lautet, warum ich auftrete wie eine Spurensicherungsexpertin. Meine Antwort, wenn ich ihm denn eine geben wollte, was nicht der Fall ist, wäre, dass es schließlich jemand tun muss.

»Wir wollen auf die übliche Methode vorgehen.« Ich blicke ihm in die glasigen Augen. *Es ist noch nicht vorbei*, soll das heißen. *Mich interessiert nicht, dass alle anderen sich bereits ein Urteil gebildet haben. Wir müssen der Wahrheit auf den Grund gehen.*

»Lass mich mal schauen, was du da hast.« Er kauert sich

neben mich. Unsere gelben Overalls knistern bei jeder Bewegung wie Plastiktüten. Der schwache Geruch, den sie absondern, erinnert mich an einen neuen Duschvorhang.

»Getippte Buchstaben in der Asche.« Als ich mit dem Finger darauf deute, entstehen neue Verwehungen.

»Wenn du seit neuestem Hellseherin bist, kannst du ja in einem der Esoterikläden hier anheuern. Wie willst du einen verbrannten Brief lesen?«

»Das geht zum Teil, weil teures Papier sauber verbrennt, so dass man die mit dem Farbband einer Schreibmaschine getippten Buchstaben noch erkennt. So etwas hatten wir schon, Marino. Es ist nur eine Weile her. Verstehst du, was ich meine?« Wieder deute ich mit dem Finger darauf, und die Asche verrutscht weiter. »Man kann sogar noch ein Stück des eingeprägten Briefkopfs ausmachen. Boston und einen Teil der Postleitzahl. Es ist dieselbe Postleitzahl wie auf dem Brief, den ich von Mrs. Donahue erhalten habe. Allerdings will sie ihn nicht geschrieben haben, und ihre Schreibmaschine ist verschwunden.«

»Nun, im Haus gibt es eine. Eine alte grüne Reiseschreibmaschine, die auf dem Esszimmertisch steht.« Er rappelt sich auf und beugt die Knie, als täten sie ihm weh.

»Nebenan ist eine grüne Schreibmaschine?«

»Ich dachte, Benton hätte es dir erzählt.«

»Wahrscheinlich war eine Stunde nicht lang genug, um mir alles zu erzählen.«

»Sei nicht sauer. Wahrscheinlich ging das nicht. Du würdest deinen Augen nicht trauen, was drüben für ein Chaos herrscht. Offenbar hat Fielding beim Umzug seinen Kram nie wirklich ausgepackt. Überall Kartons. Eine richtige Müllhalde.«

»Ich bezweifle, dass er eine Reiseschreibmaschine hatte. Es ist bestimmt nicht seine.«

»Außer er hat mit dem jungen Donahue unter einer Decke gesteckt. So lautet wenigstens die offizielle Erklärung für diesen Mist.«

»Nicht, wenn man der Mutter glaubt. Johnny konnte Jack nicht ausstehen. Also ist es ziemlich unwahrscheinlich, dass er Jack Mrs. Donahues Schreibmaschine gegeben hat.«

»Falls es ihre ist. Das wissen wir schließlich nicht. Und außerdem sind da noch die Drogen«, erwidert Marino. »Johnny nimmt sie offenbar, seit er in Fieldings Taekwondo-Kurs angefangen hat. Und eins plus eins macht zwei, richtig?«

»Ob diese Rechnung aufgeht, wird sich noch zeigen. Was ist mit Briefpapier oder Ähnlichem?«

»Keines bemerkt.«

»Außer dem, was anscheinend im Kamin liegt.« Ich erläutere ihm noch einmal, dass hier vermutlich Erica Donahues Briefpapier verbrannt worden ist, entweder alles oder das, was nach dem Brief übriggeblieben ist, den jemand unter ihrem Namen an mich geschrieben hat.

»Pass auf ...« Marino beendet den Satz nicht.

Aber das ist auch überflüssig. Mir ist nämlich klar, was er sagen wollte. Er wollte mich daran erinnern, dass ich in Sachen Fielding nicht objektiv bin. Marino meint, das am besten zu wissen, und zwar wegen unserer gemeinsamen Vergangenheit. Er war in den Anfangstagen nämlich auch dabei und hat die Zeit miterlebt, als Fielding in Richmond mein Praktikant und Protegé – und offenbar in den Augen vieler Leute noch mehr – war.

»Und das lag einfach so rum?«, erkundige ich mich und deute auf eine Rolle bleigraues Isolierband auf der Werkbank.

»Okay, schon gut«, antwortet er, kauert sich neben einen offenen Tatortkoffer, der auf dem Boden steht, und holt einen Asservatenbeutel heraus. Die Rolle kann anhand der Abrissstelle mit dem letzten abgetrennten Streifen verglichen werden. »Dann verrate mir mal, wie zum Teufel er da rangekommen ist und wozu er das gemacht hat.«

Er meint Fielding. Wie ist Jack Fielding in den Besitz von Erica Donahues Schreibmaschine gelangt, und aus welchem Grund hat er einen angeblich von ihr stammenden Brief geschrieben und ihn mir von einem gemieteten Fahrer aushändigen lassen, der normalerweise bei B'nei Mitzwa und Hochzeiten die Gäste chauffiert? Hat Johnny Donahue Fielding Briefpapier und Schreibmaschine gegeben? Und wenn ja, warum? Vielleicht hat Fielding Johnny ja für seine Zwecke eingespannt und ihn in eine Falle gelockt.

»Möglicherweise ein letzter Versuch, dem Jungen etwas unterzuschieben«, beantwortet Marino seine eigene Frage und spricht damit das aus, was ich mir auch schon überlegt, jedoch beinahe verworfen habe. »Das wäre etwas für Benton.«

Allerdings ist Benton nicht hier, sondern telefoniert oder bespricht sich mit seinen Freunden vom FBI oder mit einer Beamtin namens Douglas. Ich bekomme ein unangenehmes Gefühl, wenn ich an sie denke, und hoffe, dass ich nur paranoid und emotional aufgewühlt bin und keinen Grund habe, mir wegen der Natur der Beziehung zwischen Benton und Special Agent Douglas Sorgen zu machen. Außerdem hoffe ich, dass der zweite Kaffeebecher hinten in ihrem Auto nicht von Benton stammt und er nicht mit ihr herumgefahren ist und sie viel Zeit miteinander verbracht haben, während ich in Dover und davor in Washington war. Mir schießt durch den Kopf, dass ich nicht nur schreckliche Dinge möglich gemacht und als Mentorin versagt habe, sondern überdies noch eine schlechte Ehefrau bin. Alles scheint bergab zu gehen. So, als wäre etwas zu Ende gegangen und ich untersuchte nun den Schauplatz meines eigenen Todes. Das Leben, wie ich es kannte, hat meine Abwesenheit nicht überstanden. Nun muss ich ermitteln und versuchen herauszufinden, was meinen Untergang herbeigeführt hat.

»Jetzt müssen wir erst mal Folgendes tun«, wende ich mich an Marino. »Ich vermute, dass niemand die Schreibmaschine angerührt hat. Weißt du, ob es eine Olivetti ist?«

»Wir waren hier ziemlich beschäftigt.« Das soll heißen, dass die Polizei Wichtigeres zu tun hat, als sich alte mechanische Reiseschreibmaschinen anzuschauen. »Wie schon gesagt, haben wir drüben den Hund entdeckt. Und ein Schlafzimmer, das Fielding offenbar benutzt hat. Man merkt, dass er immer wieder im Haus war und es bewohnt hat. Aber passiert ist es hier.« Er meint das Nebengebäude, in dem wir stehen. »Die Schreibmaschine befindet sich in einem Kasten auf dem Tisch. Ich habe ihn aufgemacht, um nachzuschauen, was drin ist. Mehr nicht.«

»Nimm DNA-Proben von den Tasten, bevor du die Maschine einpackst und ins Labor bringen lässt. Ich möchte, dass diese Proben mit dem nächsten Beweismitteltransport rausgehen, da sie uns vielleicht verraten, wer den Brief an mich geschrieben hat«, weise ich ihn an.

»Ich glaube, das ist uns bekannt.«

»Anschließend muss die Schreibmaschine ins Dokumentenlabor, damit wir den Schrifttyp mit dem kursiven des Briefes vergleichen können. Außerdem werden wir das Isolierband am Umschlag analysieren und feststellen, ob es von der gerade sichergestellten Rolle stammt. Es könnten auch Spuren, DNA, Fingerabdrücke oder sonst etwas darauf sein. Wundere dich aber nicht, wenn die Ergebnisse, also Spuren, Fingerabdrücke und DNA, auf die Donahues hinweisen.«

»Warum?«

»Um dem Sohn etwas anzuhängen.«

»Ich wusste gar nicht, dass Jack so verdammt gerissen war«, sagt Marino.

»Ich habe nicht behauptet, dass er derjenige war, der jemandem etwas angehängt hat. Ich habe nämlich weder eine Gerichtsverhandlung gegen ihn oder sonst jemanden geführt noch ihn verurteilt«, entgegne ich abweisend. »Wie wir alle hat er sein DNA-Profil und seine Fingerabdrücke zu Ausschlusszwecken im Institut hinterlegt. Also dürfte es kein Problem sein, ihn von den anderen Profilen abzugrenzen, falls wir welche finden. Wenn da DNA von mehr als einer Quelle ist, gleichen wir die Profile sofort mit CODIS ab.«

»Klar. Wenn du unbedingt willst.«

»Und ich meine sofort, Marino. Was ist, wenn noch jemand seine Hände im Spiel hat? Die Donahues zum Beispiel? Wir dürfen keine Zeit verlieren.«

»Klar, Doc. Wie du meinst«, erwidert Marino, und ich kann seine Gedanken lesen.

Das hier ist Jack Fieldings Haus. Sein Mordkeller. Sein kleines Horrorkabinett. Wozu also die Mühe. Allerdings wird Marino mir das nicht ins Gesicht sagen. Er vermutet, dass ich die Tatsachen nicht wahrhaben will und mich deshalb an die an den Haaren herbeigezogene Hoffnung klammere, Fielding wäre doch nicht der Mörder. Wie durch Zauberhand könnte eine weitere Person auf der Bildfläche erscheinen, die sich seines Hauses und seiner persönlichen Habe bedient hat und hinter den Verbrechen steckt. Jemand anders als Fielding, der das Opfer ist, nicht das Ungeheuer, für das ihn alle inzwischen halten.

»Wir wissen nicht, ob seine Familie je hier war«, erkläre ich Marino ruhig und geduldig, aber in strengem Ton. »Also seine Frau und seine beiden kleinen Töchter. Wir haben keine Ahnung, wer sich im Haus aufgehalten und dort etwas angefasst hat.«

»Die werden doch nicht aus Chicago hergekommen sein, um in dieser Bruchbude zu hausen.«

»Wann genau sind sie aus Concord weggezogen?« Dort haben Fielding und seine Familie gewohnt, und zwar in einem gemieteten Haus, das zu finden ich ihm geholfen hatte.

»Letzten Herbst. Und es passt genau.« Marino ergeht sich wieder in Mutmaßungen. »Die Sache mit dem Footballspieler und alles andere ist passiert, nachdem Fieldings Familie zurück nach Chicago gezogen ist und er herkam, um dieses Haus herzurichten, während er darin gelebt hat wie ein Penner. Er hätte dir doch eine gottverdammte E-Mail schreiben und dir mitteilen können, dass es hier mit seinem Privatleben nicht klappt. Dass seine Frau und seine Kinder kurz nach der offiziellen Eröffnung des CFC die Biege gemacht haben.«

»Das hat er mir nicht gesagt. Tut mir leid, wirklich nicht.«

»Schon gut, wirf mir jetzt nicht vor, dass ich es nicht getan habe.« Marino verstaut die Isolierbandrolle in einem Asservatenbeutel aus Plastik. »Es ging mich nichts an. Schließlich wollte ich nicht gleich nach Antritt meines neuen Jobs anfangen, Kollegen zu verpetzen und dir unter die Nase zu reiben, dass Fielding so durchgeknallt ist wie immer. Eigentlich hättest du damit rechnen müssen, anstatt es für eine prima Idee zu halten, ihn wieder einzustellen.«

»Ich hätte damit rechnen müssen?« Ich weiche Marinos vorwurfsvollem Blick aus blutunterlaufenen Augen nicht aus.

»Setz den Helm auf, bevor du runtergehst. An der Decke hängt jede Menge Zeug rum. Alle möglichen Lampen, als ob wir Weihnachten hätten. Ich muss raus zum Transporter. Du möchtest sicher ein paar Minuten für dich haben.«

Ich stelle den Riemen meines Helms enger. Marino lässt mich nicht deshalb allein in den Keller gehen, damit ich ein paar Minuten für mich habe, sondern weil er so feinfühlig ist, mir Gelegenheit zu geben, das, was mich dort unten erwartet, zu verarbeiten, ohne dass er dicht neben mir steht. Zumindest hat er sich das vermutlich eingeredet. Aber als ich höre, wie er seine Stiefel in den Wannen vor der Tür reinigt, indem er ins Wasser und wieder hinaussteigt, kann ich mir nur ausmalen, wie abstoßend ein solcher Anblick auf ihn wirken muss. Das hat nur wenig mit den widerwärtigen Begleiterscheinungen zu tun, wenn Körperflüssigkeiten auftauen und sich zersetzen. Ja nicht einmal mit seiner Angst vor Hepatitis, HIV oder einem anderen Virus. Ihn belastet, wie die Körperflüssigkeiten überhaupt hierhergekommen sind. Marinos Waschungen in den Plastikwannen voller Wasser und Geschirrspülmittel dienen dem Zweck, sich von der Schuld zu reinigen, die er sicher empfindet.

Marino hat Fielding nicht auf frischer Tat ertappt, und daran hat er zu knacken. Er stellt nämlich den Anspruch an sich, dass er es hätte bemerken müssen. Wie ich unterwegs erst Benton und dann Marino am Telefon erklärt habe, unterscheidet sich die Gewinnung von Sperma nicht sehr von einer Vasektomie, nur mit dem Unterschied, dass der Eingriff bei einer Leiche sogar schneller und unkomplizierter vonstattengeht, und zwar aus offensichtlichen Gründen. Erstens erübrigt sich die örtliche Betäubung. Und zweitens braucht der Arzt sich keine Gedanken über die Gefühle des Patienten zu machen oder zu befürchten, dieser könne seine Entscheidung bereuen oder sonst eine emotionale Reaktion zeigen.

Fielding musste nichts weiter tun, als einen kleinen Einstich seitlich am Hodensack vorzunehmen und mit einer Spritze das Sperma aus dem Samenleiter abzuzapfen, eine Sache von wenigen Minuten. Wahrscheinlich hat er es nicht während der Autopsie getan, sondern davor. Er hat sich in die Kühlkammer geschlichen, wenn niemand in der Nähe war, und zwar möglichst bald nach Eintritt des Todes. Das könnte rückblickend erklären, warum er als Erster bemerkt hat, dass der Mann aus Norton's Woods blutete. Fielding ist, als er am Montagmorgen zur Arbeit kam, sofort in die Kühlkammer gegangen, um sich dem nächsten unfreiwilligen Samenspender zu widmen. Und da ist ihm das Blut auf der Bahre unter dem Leichensack aufgefallen. Also ist er schnell den Flur hinuntergelaufen, um Anne und Ollie zu alarmieren.

Wenn jemand während meiner sechs Monate in Dover Umtriebe wie diese hätte bemerken müssen, dann wäre das Anne gewesen, habe ich Marino erläutert. Doch sie hat Fielding nie dabei erwischt und hatte keine Ahnung. Ausgehend von den Funden im Gefrierschrank im Keller und zwischen den Scherben überall auf dem Boden, wissen wir inzwischen, dass er mindestens hundert Patienten Sperma entnommen haben muss. Das heißt etwa einhunderttausend Dollar möglicher Gewinn, abhängig von seinen Preisen und ob er diese den finanziellen Verhältnissen der jeweiligen Familie oder anderer Interessenten angepasst hat. Mit diesem flüssigen Gold, wie die Polizisten das nennen, hat Fielding auf dem von ihm selbst geschaffenen Schwarzmarkt regen Handel getrieben. Die Frage, warum er sich Eli als unfreiwilligen Spender ausgesucht hat, vorausgesetzt, das ist seine Absicht gewesen, beschäftigt mich weiter. Doch wir werden es jetzt wohl nie erfahren.

Der Grund könnte sein, dass gestern Vormittag, als Fielding in die Kühlkammer kam, dort nur eine junge männliche Leiche lag, die frisch genug war, um als Kandidat dienen zu können, nämlich Eli Goldman. Der andere tote Mann war schon alt und hatte aller Wahrscheinlichkeit nach keine Angehörigen, die Interesse daran gehabt hätten, sein Sperma zu kaufen. Der dritte Fall war eine Frau. Wäre Fielding, falls er Eli tatsächlich mit dem Injektionsmesser umgebracht hat, wirklich so tollkühn gewesen, dem jungen Mann das Sperma abzunehmen? Und wem hätte er es verkaufen sollen, ohne sich selbst zu belasten? In diesem Fall hätte er den Mord doch genauso gut gleich gestehen können.

Es lässt mich nicht los, dass Fielding nicht wusste, wer der nicht identifizierte junge Mann war, als man ihn am Sonntagnachmittag informierte. Fielding hat sich nicht die Mühe gemacht, zum Fundort der Leiche zu fahren. Er hatte kein Interesse daran und zu diesem Zeitpunkt auch noch keinen Grund dazu. Deshalb hält sich bei mir die Vermutung, dass er bis zum Betreten der Kühlkammer völlig ahnungslos war und Eli Goldman dann erkannte, weil zwischen ihnen eine Verbindung bestand. Vielleicht waren es Drogen, eine mögliche Erklärung, warum Eli Fieldings Pistole in der Tasche hatte. Fielding hätte Eli die Glock ja verkauft haben können. Irgendwo musste er sie schließlich hergehabt haben. Drogen, die Pistole. Vermutlich steckt noch mehr dahinter. Wenn ich nur wüsste, was in Fielding vorgegangen ist, als er gestern kurz nach sieben Uhr morgens in die Kühlkammer kam. Dann hätte ich des Rätsels Lösung. Dann wäre alles klar.

Als ich in meinem sperrigen gelben Overall und den schweren Gummistiefeln die Steintreppe hinuntersteige, muss ich eine an der Decke hängende Lampe beiseiteschieben, damit sie nicht gegen meinen Helm prallt.

Kalter Schweiß läuft mir die Flanken hinunter, und ich mache mir Sorgen wegen Briggs, weil mir vor einer Begegnung mit ihm graut. Außerdem sorge ich mich um einen Greyhound namens Sock. Ich sorge mich überhaupt um alles, um das man sich nur sorgen kann, weil ich mich vor dem Anblick fürchte, der mir bevorsteht. Doch es ist besser. Sooft ich mich auch über Marino ärgern mag, hat er sich diesmal richtig verhalten. Ich hätte nicht gewollt, dass Fieldings Leiche ins CFC geschafft wird, wo ich zum ersten Mal in einem Leichensack auf einem Rollwagen aus Stahl oder auf einer Bahre mit ihr konfrontiert worden wäre. Marino kennt mich gut genug, um zu wissen, dass ich verlangen würde, Fielding so zu sehen, wie er gestorben ist. Nur so kann ich mich vergewissern, dass es sich wirklich auf diese Weise abgespielt hat und dass sich das Ergebnis von Briggs' Untersuchung vor einigen Stunden mit meinen Beobachtungen deckt. Ich brauche die Gewissheit, dass Briggs und ich, was die Ursache von Fieldings Tod angeht, einer Meinung sind.

Der Keller hat weißgetünchte Steinwände, eine gewölbte Decke, ebenfalls aus Stein, und keine Fenster. Er ist zu klein für so viele Menschen, die alle genauso angezogen sind wie ich: grellgelb mit dicken schwarzen Handschuhen, grünen Gummistiefeln und leuchtend gelben Helmen. Einige tragen Gesichtsschilder, andere OP-Masken. Ich erkenne Wissenschaftler aus meinem Institut, drei aus dem DNA-Labor. Sie nehmen Abstriche von einer Stelle des Steinfußbodens, der mit zersplitterten Reagenzgläsern und deren schwarzen Plastikstöpseln bedeckt ist. Daneben stehen der von Marino erwähnte Heizstrahler und ein hoher Niedrigtemperatur-Gefrierschrank aus Edelstahl. Er ist vom selben Hersteller wie das Modell, das wir in unseren Labors benutzen, um Proben organischen Materials bei besonders tiefen Temperaturen zu lagern.

Die Tür des Gefrierschranks ist weit offen. Die verstellbaren Regalböden sind leer, weil jemand, mutmaßlich Fielding, die Proben herausgeholt, sie auf den Steinboden geworfen und dann den Heizstrahler eingeschaltet hat. An den Scherben erkenne ich Teile von Etiketten. Ansonsten ist der Boden sauber. Offenbar ist der Keller mit einer matten Dispersionsfarbe gestrichen worden wie ein zum Labor umfunktionierter Weinkeller. Es gibt hier ein Waschbecken und eine Arbeitsfläche aus Stahl, Ständer für Reagenzgläser und große Stahltanks mit flüssigem Stickstoff. Die Mitte des Hauptraums, in dem ich mich inzwischen befinde, wird von einem langen Metalltisch eingenommen, den Fielding vermutlich zum Verpacken benutzt hat. Es sind auch einige Stühle da, einer davon herausgezogen, als hätte jemand darauf gesessen. Ich schaue mir zuerst den Stuhl an und halte Ausschau nach Blut, kann aber keines entdecken.

Der Tisch ist mit weißem Metzgerpapier abgedeckt. Darauf liegen ellbogenlange, hellblaue, frostsichere Handschuhe, Ampullen, Halterungen, wischfeste Stifte, lange Korken und Maßstäbe für Kanister. Unter dem Tisch stapeln sich weiße Pappkartons, die CryoCubes heißen. Es handelt sich um preiswerte Transportbehälter, die wir üblicherweise für den Versand organischer Materialien verwenden. Die Proben kommen zuerst in einen Aluminiumkanister, wo sie bis zu fünf Tage lang bei minus einhundertfünfzig Grad gefroren bleiben. Die Schachteln werden auch für das Versenden tiefgekühlten Spermas benutzt und deshalb häufig als »Samentanks« bezeichnet. Sie sind bei Tierzüchtern sehr beliebt.

Ich kann nur vermuten, dass Fielding die Ausrüstung und die Verbrauchsmaterialien für seine illegale Heimarbeit im CFC gestohlen hat. Offenbar ist es ihm im Schutz der Dunkelheit oder nach Feierabend gelungen, die verschiedensten Dinge aus den Labors mitgehen zu lassen, ohne dass die Wachleute den geringsten Verdacht geschöpft haben. Möglicherweise hat er das Benötigte ja auch einfach auf unsere Rechnung bestellt, es sich aber direkt hierher ins Haus des Kapitäns liefern lassen. Während ich noch versuche, seine mutmaßlichen Verbrechen zu rekonstruieren, ist er so nah bei mir, dass ich ihn berühren könnte. Er liegt unter einem blauen Einweglaken auf seinem sauberen, weißen, mit Dispersionsfarbe gestrichenen Fußboden, der an einer Kante des mit Plastik beschichteten Papiers einen Blutfleck aufweist. Dieser ist, soweit ich im Bilde bin, Teil einer großen Lache unter seinem Kopf. Von meinem Platz aus kann ich feststellen, dass das Blut angefangen hat, sich in seine Bestandteile aufzuspalten und zu verklumpen. Es befindet sich in einem frühen Zerfallsstadium, einem Prozess, der von den im Keller herrschenden Temperaturen stark verzögert worden ist. Es ist hier so kalt, dass man seinen Atem sehen kann. So kalt wie in der Kühlkammer eines Leichenschauhauses.

Das Blitzlicht einer Kamera zuckt immer wieder, als eine breitschultrige, grellgelb gekleidete Gestalt eine Stelle an der weißen Wand fotografiert, die geschwärzt und schmutzig ist. Man hat eine Messbildkamera auf einem leuchtend gelben Stativ aufgestellt, und ich vermute, dass das elektrooptische Gerät bereits den Fundort der Leiche kartographiert und die Koordinaten jedes wichtigen Punkts aufgezeichnet hat. Auch diejenigen von Colonel Pruitts Fotomotiv. Er bemerkt, dass ich ihn ansehe, und lässt die Kamera sinken, als ich zu der Wand gehe. Ich rieche den Tod, den Hauch des animalischen und durchdringenden Gestanks von Blut, das im Lauf von Monaten in einer kalten Umgebung ohne Sonnenlicht zerfallen und getrocknet ist. Außerdem rieche ich Moder und Staub und bemerke an einer anderen Wand Haufen von zerrissenen, schmutzigen Teppichresten und Pressspan. Am Staub und den Schmierern auf dem weißen Boden erkenne ich, dass Teppich und Holz erst vor kurzem dorthin geschleift worden sind.

Etwa auf Höhe meines Kopfes sind einige Ankerschäkel an die Wand gedübelt, wie man sie für Seilwinden verwendet. Aus den Taurollen, Schmierölkannen, Klammern, einem Sackkarren und den Haken und Drehgelenken an der Decke schließe ich, dass Fielding sich ein kreatives System zum Wuchten der schweren Tanks mit Flüssigstickstoff gebastelt hat. Und diese Konstruktion wurde eines Tages auf eine Weise missbraucht, wie er es sich, als er mit dem Abzapfen und dem Verkauf von Sperma anfing, wohl nie hätte träumen lassen.

»Soweit ich bis jetzt feststellen konnte, wurde hauptsächlich der Spalthammer benutzt, was das gleichzeitige Vorhandensein von stumpfen und Schnittverletzungen erklären würde«, beginnt Pruitt, ohne mich auch nur zu begrüßen, so als ob unsere Begegnung hier nichts Ungewöhnliches wäre. Als handelte es sich nur um eine Fortsetzung unserer Zusammenarbeit in Dover. »Das ist so etwas wie ein Vorschlaghammer mit einem langen Stiel, dessen eine Seite eine Klinge hat wie eine Axt. Er lag unter dem Teppich und dem Holz, zusammen mit einer Jacke mit dem Emblem des Boston College, einem Paar Turnschuhen und anderen Kleidungsstücken, die wir Wally Jamison zuordnen können. Der ganze Bereich war mit diesem Zeug da drüben abgedeckt.« Er zeigt auf die Teppichreste und das Holz, das man zur Seite geschafft hat. Vermutlich ist der Tatort damit getarnt worden. »Alles, natürlich auch der Spalthammer, ist bereits verpackt und an Ihr Institut geschickt worden. Haben Sie die Waffe schon gesehen?«, fragt Pruitt kopfschüttelnd.

»Nein.«

»Ich wage gar nicht mir vorzustellen, dass jemand mit so einem Ding auf mich losgehen könnte. Mein Gott. Wie bei Lizzie Borden. Und dazu die blutigen Seilenden, an denen das Opfer aufgehängt war.« Er deutet auf die an der mit altem, schwarzem Blut verkrusteten Wand befestigten Schäkel und Ringe. Fast kann ich die Furcht riechen, die unermessliche Todesangst des Footballspielers, der an Halloween hier gefoltert und ermordet worden ist.

»Warum hat er das nicht abgewischt?«, stelle ich die erste Frage, die mir einfällt, als ich den Tatort betrachte, wo seit dem brutalen und sadistischen Mord an Wally Jamison offenbar nichts angerührt worden ist.

»Wahrscheinlich ist er den Weg des geringsten Widerstands gegangen und hat die Sache nur mit Pressspan und altem Teppich abgedeckt«, erwidert Pruitt. »Deshalb wimmelt es hier auch von Schmutz und Fasern. Offenbar hat er sich nach dem Mord die Mühe des Putzens gespart und einfach Teppichreste draufgeschmissen und die Bretter an die Wand gelehnt.« Wieder weist er auf den Haufen aus alten Teppichresten von unterschiedlicher Farbe und die großen Pressspanplatten, die sich auf dem weißen Boden stapeln. Daneben befindet sich eine Tür, die aus dem Keller führt.

»Ich verstehe nicht, warum er das Blut nicht abgewischt hat«, beharre ich. »Es ist drei Monate her. Und er soll einen Tatort praktisch wie eine Zeitkapsel hinterlassen haben? Einfach unter einem Teppich und Holz versteckt?«

»Eine Theorie lautet, dass ihn das erregt hat. So wie manche Leute ihre Tat fotografieren oder filmen, damit sie auch später noch etwas davon haben. Wenn er hier runterkam, wusste er immer, was sich unter den Brettern und dem Teppich verbarg, und das hat ihn eben scharfgemacht.«

Jemanden hat es sicher scharfgemacht, denke ich. Jack Fielding hatte noch nie etwas für Blut übrig. Für einen Rechtsmediziner war er erstaunlich zimperlich. Benton wird sicher behaupten, er habe unter dem Einfluss von Drogen gestanden. Das werden alle sagen, und vielleicht stimmt es ja auch. Fielding hat sich verändert, daran zweifle nicht einmal ich.

»Wir könnten Ihnen bei diesem Fall helfen«, meint Pruitt und betrachtet mich durch seinen Gesichtsschild. Das durchsichtige Plastik beschlägt, als er die kalte Kellerluft einatmet. Seine haselnussbraunen Augen blicken zwar aufmerksam und freundlich drein, aber ich merke ihm an, dass ihn etwas bedrückt. Aber wie sollte es anders sein? Ich überlege, ob er das Gleiche empfindet wie ich, ob er auch ein Bauchgefühl hat, dass etwas an dieser Sache faul ist. Stellt er sich gerade dieselbe Frage, die mir in den Sinn kommt, als ich die geschwärzte weiß gestrichene Wand mit den daran befestigten rostigen Schäkeln betrachte?

Warum sollte Jack Fielding so etwas tun?

Toten Sperma zu entnehmen und es an die trauernden Angehörigen zu verkaufen ist beinahe nachvollziehbar. Man kann es mit Habgier oder sogar mit Freude an der Macht erklären, Leben zu spenden und die Toten unsterblich zu machen. Doch als ich mir die Fotos, die Videoaufnahmen und die CT-Bilder von Wally Jamisons verstümmelter Leiche ins Gedächtnis rufe, denke ich dasselbe wie damals. Meiner Einschätzung nach standen hinter dem Mord sexuelle und emotionale Motive. Der Täter, der ihn mit dem Spalthammer attackiert hat, muss etwas für ihn empfunden haben, und wenn es nur Wut war, die erst nachließ, als Wally bis zur Unkenntlichkeit zerstückelt, zerhackt und zerschlagen war und schließlich verblutete. Anschließend wurde die nackte Leiche, vermutlich mit einem Boot, wahrscheinlich mit Fieldings Boot, weggeschafft und unweit des Reviers der Küstenwache ins Hafenbecken geworfen. Benton hat diese Vorgehensweise als tollkühn bezeichnet, als hätte der Mörder der Polizei eine lange Nase drehen wollen. Auch das passt nicht zu Fielding. Für einen kampferprobten, muskelbepackten Großmeister war er nämlich ein ziemlicher Feigling.

»Danke, lassen Sie uns schauen, was alles ansteht«, sage ich zu Pruitt.

»Nun, da wäre die DNA. Wir haben bereits Hunderte von Proben sichergestellt. Nicht nur vom Sperma, das zu einem Spender zurückverfolgt werden muss, sondern auch von allen anderen Gegenständen hier.«

»Ich weiß. Es ist eine gewaltige Aufgabe, und die Sache wird sich eine Weile hinziehen, weil wir keine Ahnung haben, was sich in diesem Raum abgespielt hat. Wir kennen nur einen Teil der Tatsachen. Was war sonst noch im Kühlschrank, und was hat sich, abgesehen vom Mord an dem Studenten Wally Jamison, außerdem hier abgespielt?« Während ich das ausspreche, stelle ich mir den markanten Kiefer, die schwarzen Locken, die leuchtend blauen Augen und den kräftigen Körperbau des toten Studenten vor – und dann, wie er später ausgesehen hat. »Seit wann sind Sie hier?«

»John und ich sind vor etwa sieben Stunden mit dem Flugzeug gekommen.« Ich frage ihn nicht, wo Briggs jetzt ist.

»Er hat die äußerliche Untersuchung durchgeführt und wird die Einzelheiten mit Ihnen besprechen, wenn Sie so weit sind«, fügt Pruitt hinzu.

»Und davor hat ihn niemand angefasst?« Fieldings Leiche wurde kurz nach drei Uhr morgens gefunden. So hat man es mir zumindest mitgeteilt.

»Als John und ich eintrafen, war die Leiche genauso zugedeckt wie jetzt. Die Glock ist nicht hier. Nachdem das FBI die entfernte Seriennummer wiederhergestellt hatte, wurde die Waffe eingetütet und ist inzwischen in Ihrem Labor.« Pruitt erklärt mir, wie Benton vorgegangen ist.

»Ich habe es erst auf der Fahrt gehört.«

»Schauen Sie, wenn ich um drei hier gewesen wäre und die Entscheidung bei mir gelegen hätte …« Offenbar will er mir damit sagen, dass er mir reinen Wein eingeschenkt hätte. »Doch das FBI wollte keine Informationen herausrücken, weil niemand sicher war, ob er ein einsamer Wolf ist.« Damit meint er Fielding. »Wegen all der anderen Faktoren. Zum Beispiel Dr. Saltz und das Parlamentsmitglied. Terrorismusgefahr.«

»Ja. Nur dass es nicht die Art von Terrorismus ist, mit der sich das FBI normalerweise befasst, sondern eine andere«, merke ich an. »Es scheint um etwas Persönliches zu gehen, finden Sie nicht auch? Wie schätzen Sie die Lage ein?«

»Niemand hatte die Leiche angerührt, als die Polizei und das FBI sie fanden.« Pruitt hält mit seiner Meinung hinter dem Berg. »Was ich weiß, ist, dass er zu diesem Zeitpunkt dieselbe Temperatur hatte wie der Raum. Also muss er schon eine ganze Zeit hier gelegen haben. Aber darüber sollten Sie mit John reden.«

»Das heißt, dass Körper- und Raumtemperatur um fünf Uhr morgens identisch waren.«

»So um die null Grad, vielleicht ein wenig wärmer wegen der vielen Leute hier. Doch nach den Einzelheiten müssen Sie John fragen.«

Pruitt starrt auf den menschenförmigen Hügel unter dem blauen Laken, der auf der anderen Seite des Kellers liegt, in der Nähe des Gefrierschranks und der auf dem Boden auftauenden Flüssigkeiten. Spurensicherungsexperten mit Knieschonern sammeln jede einzelne Glasscherbe ein, tupfen jeden Gegenstand ab und verstauen ihn separat in einem Papierumschlag, den sie mit Markierstift beschriften. Ich werde keine Mutmaßungen anstellen, ohne die Leiche untersucht zu haben. Aber die Informationen, die ich gerade erhalten habe, bestätigen meinen Verdacht. Etwas ist hier faul.

21

Der dunkle, hässliche Fleck an der weißen Wand befindet sich etwa einen Meter achtzig oberhalb des Steinfußbodens. Vermutlich haben Wally Jamisons Kopf und Hals dort die Mauer berührt, als er angekettet und zu Tode gequält wurde.

Vom größten Fleck gehen stecknadelkopfähnliche Spritzer aus, winzige schwarze Punkte, die sich bei näherer Betrachtung als länglich und in einem Winkel verlaufend entpuppen: Spritzer, verursacht von einer mehrfach geschwungenen, vom Kontakt mit dem menschlichen Körper blutig gewordenen Waffe. Als ich an den von Pruitt erwähnten Spalthammer zum Holzhacken denke, muss ich ihm zustimmen. Was für eine schreckliche Art zu sterben. Dann fällt mir das Injektionsmesser ein. Ebenfalls ein grausiger Tod. Sadismus.

»Er hat sicher ein System gehabt, die Proben zu katalogisieren«, meine ich zu Pruitt, während ich die Ermittler in ihren grellgelben Overalls dabei beobachte, wie sie auf Händen und Knien herumkriechen. Einige von ihnen kenne ich nicht. Vielleicht ist ja St. Hilaire aus Salem dabei. Oder Lester »Lawless« Law aus Cambridge. Keine Ahnung, wer sich alles hier versammelt hat, nur dass das FBI mit einer Sonderkommission zusammenarbeitet, die sich aus Mitarbeitern verschiedener Polizeibehörden zusammensetzt. Sie alle gehören dem North Eastern Massachusetts Law Enforcement Council an, also dem Zusammenschluss der Polizeibehörden im nordöstlichen Massachusetts. »Wenn er das gewonnene Sperma verkauft hat«, setze ich meinen Gedankengang fort, »muss er über die Proben Buch geführt haben.« Ich weise Pruitt auf die Stücke der Selbstklebeetiketten hin, die noch an den Glasscherben auf dem Boden haften. »Informationen wie diese helfen uns möglicherweise bei einer vorläufigen Identifizierung, die wir dann durch eine DNA-Untersuchung bestätigen können. Falls alle Proben von Fällen aus dem CFC stammen, haben wir die DNA auf den Karten mit den Blutflecken, die jeder Akte beiliegen.«

»Ich weiß. Marino sorgt dafür, dass jemand sämtliche Fälle junger Männer heraussucht, die als Kandidaten in Frage kommen. Insbesondere, wenn Fielding die Autopsien durchgeführt hat.«

»Mit allem Respekt, doch diese Anweisung zu geben wäre eigentlich meine Aufgabe, nicht Marinos.« Ich höre, wie empört ich klinge, bin aber machtlos dagegen. Inzwischen habe ich nämlich genug von meinem selbsternannten Stellvertreter Pete Marino. Ich habe mittlerweile nämlich mehr als eine Andeutung erhalten, dass er jetzt an meinem Institut das Zepter schwingt.

»Wir haben noch kein Register gefunden«, fügt Pruitt hinzu. »Aber Farinelli kümmert sich da drüben um seinen Laptop, der bei unserer Ankunft genauso tot war wie sein Besitzer. Vielleicht ist das Verzeichnis ja dort abgespeichert.«

Ich finde es immer merkwürdig, wenn Ermittler meine Nichte beim Nachnamen nennen. Offenbar ist Lucy im Haupthaus, wo es weder Licht noch Heizung gibt, falls der Strom seither nicht wieder eingeschaltet wurde. Mir wird klar, dass ich das hier unten gar nicht bemerken würde, weil wir die mitgebrachte Notbeleuchtung benutzen. Ich gehe zu einem offenen Hartschalenkoffer, der unten an der Treppe steht, nehme eine Taschenlampe heraus und leuchte die Blutflecken an der Wand ab, um festzustellen, was sie mir sonst noch zu sagen haben. Anschließend werde ich einen Blick auf den angeblichen Verursacher werfen, meinen Stellvertreter, der allein in seiner Mördergrube gearbeitet haben soll. *Mein Stellvertreter, der einsame Wolf, der das alles ohne fremde Hilfe bewerkstelligt hat*, denke ich zweifelnd. Mein Zorn auf das FBI und alle anderen, die ohne mich angefangen haben, den Tatort zu untersuchen, wächst.

Unterhalb der dunkelsten Stelle an der weißen Wand erkenne ich einen dazu passenden Bereich auf dem ebenfalls weißen Boden. Es sind unzählige Tröpfchen, die sich zu einem zusammenhängenden Fleck verbinden. Ich konstatiere, dass hier früher eine Blutlache gewesen sein muss, die zum Großteil in den porösen Stein eingesickert ist. Einige Tropfen am Rand des großen Flecks sind kreisrund und weisen kaum eine Verzerrung auf, andere sind wegen des unebenen Steins gewellt. Es handelt sich um passive Spritzer, die vom blutenden Opfer stammen. Andere Flecken sind verschmiert, vermutlich vom Täter, der hineingetreten ist oder etwas darübergeschleift hat, als das Blut noch feucht war. Vielleicht die Teppichreste und die Spanplatten, um sie zu verstecken, sage ich mir. Die einzigen Blutflecken, die auf eine Bewegung und deren Richtung hinweisen, sind die an Wand und Decke, schwarz, länglich oder tränenförmig. Meiner Ansicht nach wurden die meisten durch das mehrmalige Ausholen und Zuschlagen der Waffe verursacht.

Das Opfer stand aufrecht, als es geblutet hat, und war offenbar an die Wand gekettet. Ich kann nicht feststellen, wann der tödliche Schlag gefallen ist. Schon zu Anfang oder erst später? *Je früher, desto besser*, denke ich, während ich mir die Tat vorstelle und mir Schmerz, Leid und vor allem Todesangst ausmale. Hoffentlich hat er die Qualen nicht lange erdulden müssen, bis eine Arterie, aller Wahrscheinlichkeit nach die Karotidarterie links am Hals, verletzt wurde. Das unverkennbare Muster an der Wand wurde von arteriellem Blut verursacht, das unter Hochdruck und im Gleichtakt mit dem Herzschlag aus dem Körper gespritzt ist. Ich erinnere mich an die Fotos, die tiefe Wunden am Hals zeigen.

Mit einer solchen Verletzung hat Wally Jamison nur noch wenige Minuten zu leben gehabt. Ich frage mich, wie lange die Misshandlungen noch angedauert haben, als es ihn schon nicht mehr quälen konnte. Es muss eine unglaubliche Wut im Spiel gewesen sein, und ich überlege, welche Verbindung wohl zwischen Wally Jamison und Jack Fielding bestanden haben mag. Sicher steckt mehr dahinter als die Tatsache, dass sie dasselbe Fitness-Studio besucht haben. Wally betrieb keinen Kampfsport, und soweit wir feststellen konnten, kannte er weder Johnny Donahue noch Eli Goldman oder Mark Bishop. Er hat auch nie bei Otwahl gearbeitet oder ein Praktikum dort gemacht und hatte auch nichts mit Robotern und anderen technischen Entwicklungen zu tun. Über Wally Jamison weiß ich nur, dass er aus Florida kam, am Boston College im Abschlussjahr war, Geschichte studierte, wegen seiner Erfolge im Football ein wenig Berühmtheit genoss, gern feierte und Erfolg bei den Frauen hatte. Mir fällt kein einziger Berührungspunkt zwischen ihm und Fielding ein, außer sie wären sich zufällig im Fitness-Studio begegnet. Vielleicht sind es ja auch die Drogen, der Hormoncocktail, den Benton erwähnt hat.

Die toxikologische Untersuchung auf illegale Drogen oder aus medizinischen Gründen eingenommene Medikamente ist bei Wally Jamison negativ ausgefallen. Allerdings testen wir normalerweise nicht auf Steroide, wenn wir keinen Grund zu der Vermutung haben, dass sie im Zusammenhang mit dem Tod des Verstorbenen stehen. Bei Wally stand die Todesursache jedoch eindeutig fest. Es gab keinen Grund zu der Vermutung, dass er, zumindest unmittelbar, von Steroiden umgebracht worden war. Nun ist es vielleicht zu spät, um das nachzuprüfen. Wir werden ihm keine Urinprobe mehr abnehmen können. Nur eine Haaranalyse ist noch möglich, denn Drogenmoleküle, auch Steroide, könnten sich im Haarschaft abgesetzt haben. Steroide bei einer solchen Untersuchung aufzuspüren ist jedoch ziemlich unwahrscheinlich. Außerdem wird uns das Ergebnis nicht verraten, ob er sie von Fielding bekommen hat, Fielding kannte oder von Fielding ermordet worden ist. Doch ich bin bereit, es zu versuchen, denn als ich mich im Keller umschaue und mein Blick auf die Umrisse von Fieldings Leiche unter dem Laken auf dem Boden fällt, will ich der Frage nach dem Warum auf den Grund gehen. Ich muss es wissen und werde die Erklärung, er habe den Verstand verloren, nicht unwidersprochen hinnehmen. Sie genügt mir nicht.

Ich kehre zu dem Hartschalenkoffer an der Treppe zurück und nehme mir ein Paar Knieschoner, bevor ich mich neben das runde blaue Laken knie. Als ich Jack Fieldings Gesicht freilege, erschreckt mich, wie präsent er wirkt. Das ist das erste Wort, das mir einfällt. *Präsent.* So als wäre er noch bei uns und schliefe nur, fühlte sich aber nicht wohl. Allerdings strahlt er nichts Lebendiges oder Kraftvolles aus, und mein Verstand verarbeitet in Windeseile die aufgenommenen Eindrücke. Die vom Gel steifen Haarsträhnen, mit denen er die kahlen Stellen getarnt hat. Die roten Flecken im aufgedunsenen, blassen Gesicht. Ich ziehe das Laken ganz weg. Es raschelt, als ich es beiseitelege. Dann kauere ich mich auf die Absätze meiner Gummistiefel, betrachte ihn und mustere sein gegeltes hellbraunes Haar, das am Scheitel schütter wurde und hie und da ausgefallen ist, und das getrocknete Blut am Ohr und unter seinem Kopf.

Ich stelle mir vor, wie Jack Fielding sich die Glock ins linke Ohr gesteckt und abgedrückt hat. Dabei versuche ich, in seinen Verstand einzudringen und seine letzten Gedanken heraufzubeschwören. Warum hat er das getan? Warum ins Ohr? Die Schläfe ist bei Selbstmord durch Erschießen eine beliebte Stelle, aber nicht das Ohr. Und warum links und nicht rechts?

Fielding war Rechtshänder. Ich habe ihn oft mit seiner sogenannten Extremhändigkeit aufgezogen, denn seine linke Hand war zu nichts zu gebrauchen, was irgendeine Form von Geschicklichkeit oder Beweglichkeit vorausgesetzt hätte. Und wenn er sich während meiner Abwesenheit nicht in einen Schlangenmenschen verwandelt hat, hat er sich ganz sicher nicht mit der rechten Hand ins linke Ohr geschossen – aber vielleicht lautet so ja die neue Theorie, auf die man sich allgemein geeinigt hat. Um den Winkel zu überprüfen, stecke ich den rechten Zeigefinger in den linken Gehörgang, so gut es geht, und stelle mir vor, er wäre der Lauf einer Glock.

»So schlimm ist es doch nun auch wieder nicht«, sagt da eine dunkle Stimme. »Oder sind wir schon so weit?«, fügt General John Briggs hinzu.

Ich blicke zu ihm hoch. Er ragt über mir auf, breitbeinig und die Hände hinter dem Rücken. In seinem gelben Overall wirkt er riesenhaft. Aber er trägt weder Gesichtsschutz noch Handschuhe oder Helm. Sein schroffes, aber anziehendes Gesicht ist schon oft mit dem eines Falken verglichen worden. Es ist mit Bartstoppeln bedeckt. Briggs ist dunkelhaarig und sieht immer aus, als müsste er sich dringend rasieren, ganz gleich, wie oft er es auch tut. Seine Augen sind genauso dunkelgrau wie die Titanhülle meines Institutsgebäudes. Sein schwarzes Haar weist für sein Alter, sechzig, nur sehr wenig graue Strähnen auf.

»Colonel«, spricht er weiter, kauert sich neben mich und greift nach der Taschenlampe, die ich vorhin benutzt und aufrecht auf den Boden gestellt habe. »Vermutlich fragen Sie sich dasselbe wie ich.« Er schaltet die Taschenlampe ein.

»Das bezweifle ich sehr«, entgegne ich, während er in Fieldings linkes Ohr leuchtet.

»Ich frage mich, wo genau er war«, sagt Briggs. »Suchen Sie auch nach mit hoher Geschwindigkeit verspritzten Blutstropfen oder sonstigen Hinweisen darauf, dass er hier gestanden hat? Aber warum? Hat er sich etwa neben seinen Niedrigtemperatur-Gefrierschrank gestellt und sich einfach die Pistole ins Ohr gesteckt?«

Ich nehme ihm die Taschenlampe aus der Hand, um sie so an Fieldings Ohr zu halten, wie ich möchte. Hauptsächlich sehe ich dunkles, angetrocknetes, verkrustetes Blut. Doch als ich mich vorbeuge, erkenne ich die kleine schwarze Eintrittswunde. Sie ist länglich und verläuft in einem Winkel. Unter seinem Kopf hat sich eine große, inzwischen ebenfalls angetrocknete Blutlache gesammelt. Sie ist ziemlich tief und wirkt klebrig, da es feucht im Keller ist. Der leicht süßliche und widerwärtige Geruch nach sich zersetzendem Blut steigt mir in die Nase. Außerdem nehme ich Alkohol wahr. Es würde mich nicht wundern, wenn Fielding in letzter Zeit getrunken hätte. Als er sich erschoss oder von jemandem umgebracht wurde, war er sicher nicht ganz zurechnungsfähig. Ich erinnere mich an den großen SUV mit Xenonscheinwerfern, der Benton und mich vor etwa sechzehn Stunden auf unserer Fahrt durch den Schneesturm zum CFC verfolgt hat. Nach allgemeiner Auffassung handelt es sich bei dem Auto um Fieldings Navigator, dessen vorderes Kennzeichen er entfernt hat, damit wir nicht feststellen konnten, wer hinter uns her war.

Allerdings hat niemand eine zufriedenstellende Erklärung dafür, warum er sich an Bentons und meine Fersen geheftet hat und wie es ihm gelungen ist, sich in Sekundenschnelle in Luft aufzulösen, als Benton, in der Hoffnung, der Verfolger würde uns überholen, mitten auf der Straße gehalten hat. Offenbar bin ich die Einzige, die der Gedanke nicht loslässt, dass der große SUV mit den Xenonscheinwerfern und Nebelleuchten ganz in der Nähe von Otwahl Technologies verschwunden ist. Das heißt, jemand, der einen Toröffner besaß, den Zugangscode kannte oder dem Wachdienst kein Fremder war, hätte den Navigator dort verstecken können wie in Batmans Höhle. So habe ich es Benton geschildert, der nicht sehr beeindruckt schien. »*Warum kann Jack Fielding bei Otwahl aus und ein gehen?*«, habe ich Benton auf der Fahrt hierher gefragt. »*Selbst wenn er Kontakt zu Mitarbeitern dort unterhält, gibt ihm das noch lange nicht das Recht, den Firmenparkplatz zu benutzen. Ist es wirklich möglich, dass er einfach schnell abgebogen ist und sicher war, dass die Wachleute, die das Gelände patrouillieren, nichts dagegen haben würden?*«

»Angesichts der vielen weiß gestrichenen Flächen hier«, sagt Briggs zu mir, »müsste doch ein Hinweis darauf zu finden sein, wo der Schuss gefallen ist.«

Ich mustere Fieldings Hände. Sie sind so kalt wie der Steinboden im Keller. Die Leichenstarre ist voll ausgebildet. Da Fielding sehr muskulös ist, fühlt es sich an, als bewegte ich die Arme einer Marmorstatue. Dabei richte ich die Taschenlampe auf seine breiten, kräftigen Hände. Zu meiner Überraschung sind die Fingernägel sauber und gestutzt. Eigentlich hätte ich damit gerechnet, dass sie ungepflegt sind, da ja jeder hier davon ausgeht, er hätte den Verstand verloren. Ich bemerke die Schwielen, die er schon immer hatte. Vom Gewichtheben im Fitness-Studio, vom Herumschrauben an seinen Autos oder vom Renovieren. Offenbar ist er mit der Pistole in der linken Hand gestorben. Zumindest soll es danach aussehen, denn die Finger sind stark gekrümmt, und der rutschsichere genoppte Griff der Glock hat einen Abdruck in der Handfläche hinterlassen. Allerdings fehlt der feine Blutschleier, der sich vermutlich beim Abdrücken auf die Haut gesenkt hätte. Blutspritzer sind Indizien, die man nicht manipulieren oder fälschen kann.

»Wir werden seine Hände auf Schmauchspuren testen«, verkünde ich. Mir fällt auf, dass Fielding keinen Ehering trägt. Bei unserer letzten Begegnung hatte er ihn am Finger, doch das war im August, als er, soweit mir bekannt ist, noch mit seiner Familie zusammenlebte.

»An der Mündung der Pistole klebte Blut«, teilt Briggs mir mit. »Und zwar an der Innenseite, weil Blut eingesaugt worden ist.«

Dieses Phänomen wird bei einem auf die Haut aufgesetzten Schuss von den explosiven Gasen verursacht.

»Und die ausgeworfene Geschosshülse?«, erkundige ich mich.

»Da drüben.« Er zeigt auf eine Stelle, etwa einen Meter fünfzig von Fieldings rechtem Knie entfernt.

»Und wo lag die Pistole?« Ich schiebe die Hände unter Fieldings Kopf und ertaste den harten, schartigen Metallklumpen oberhalb des rechten Ohrs unter der Kopfhaut. Hier ist die Kugel aus dem Schädel ausgetreten und unter der Haut stecken geblieben.

»Und er hat die Waffe trotzdem in der linken Hand gehalten. Sicher sind Ihnen die gekrümmten Finger und der Abdruck in der Handfläche aufgefallen. Wir hatten Mühe, ihm die Pistole abzunehmen.«

»Aha. Also hat er sich mit der linken Hand erschossen, obwohl er Rechtshänder ist. Nicht unmöglich, allerdings ungewöhnlich. Außerdem lag er entweder bereits auf dem Boden oder hat beim Sturz die Waffe nicht losgelassen. Eine Leichenzuckung, so dass er sie noch fester umklammert hat. Und er ist einfach so auf dem Rücken gelandet. Nun, das ist ziemlich schwer vorstellbar. Sie kennen ja meine Einstellung zu Leichenzuckungen, John.«

»Sie können vorkommen.«

»Ungefähr so oft wie ein Sechser im Lotto«, entgegne ich. »Das kommt auch manchmal vor. Nur nie bei mir.«

Als ich vorsichtig Fieldings Kopf befühle, spüre ich, wie sich unter meinen Fingern Knochensplitter bewegen. Der

Wundkanal verläuft vermutlich aufwärts und in einem leicht vorwärtsgewandten Winkel, die Kugel steckt schätzungsweise neun Zentimeter oberhalb des rechten Unterkiefers.

»Er soll sich so erschossen haben?« Wieder forme ich meine linke Hand zur Pistole und verrenke meinen in einen violetten Nitrilhandschuh gehüllten Zeigefinger in einem unbequemen Winkel, als wollte ich mir ins rechte Ohr schießen. »Selbst wenn er die Pistole in der linken Hand hatte, obwohl er kein Linkshänder war, ist es doch ziemlich umständlich und anstrengend, den Ellbogen nach unten und hinter den Körper zu drücken, finden Sie nicht? Außerdem hätte seine Hand dann einen leichten Blutschleier aufweisen müssen. Natürlich sind diese Dinge nicht in Stein gemeißelt«, füge ich in Fieldings weiß gestrichenem Steinkeller hinzu.

»Das Eigenartige daran, sich ins Ohr zu schießen«, fahre ich fort, »ist, dass die meisten Menschen davor zurückscheuen, weil sie sich vor dem Knall fürchten. Natürlich ist das unlogisch, weil man ja sowieso gleich stirbt, aber es liegt nun mal in der menschlichen Natur. Fast niemand tut es.«

»Wir müssen miteinander reden, Kay«, sagt Briggs.

»Am meisten stört mich der Zeitpunkt, wann der Gefrierschrank ausgeräumt wurde«, spreche ich weiter. »Hinzu kommen der eingeschaltete Heizstrahler und das, was oben verbrannt wurde, wahrscheinlich Erica Donahues Briefpapier. Wenn Jack all das vor seinem Tod getan hat, warum befinden sich dann unter seiner Leiche auf dem Boden weder Sperma noch Glassplitter?« Ich schiebe Fieldings massigen Körper beiseite. Er ist schwer und völlig starr, als ich ihn ein Stück bewege, um mir den weißen, sauberen Boden unter ihm anzuschauen. »Falls er hier heruntergekommen ist, um zuerst alle Reagenzgläser zu zerbrechen und sich dann ins Ohr zu schießen, müssten unter seiner Leiche Scherben und Sperma sein. Aber sie sind nur rings um ihn herum. Er hat sogar eine

Scherbe im Haar.« Ich pflücke sie heraus und betrachte sie. »Jemand hat die Gläser zerbrochen, als er bereits tot war und auf dem Boden lag.«

»Der Splitter hätte auch in sein Haar geraten können, als er die Reagenzgläser zerbrochen und in wilder Wut alles verwüstet hat«, wendet Briggs ein. Für seine Verhältnisse klingt er sehr freundlich und geduldig. Er scheint beinahe Mitleid mit mir zu haben. Wieder meine Unsicherheit.

»Steht die Antwort für Sie bereits fest, John? Für Sie und für alle anderen?« Ich betrachte sein faszinierendes Gesicht.

»Sie wissen, dass es nicht so ist«, erwidert er. »Wir haben eine Menge zu besprechen. Ich würde es aber lieber nicht hier in Gegenwart der anderen tun. Wenn Sie fertig sind, kommen Sie nach nebenan.«

Gegen halb drei ist auf Salem Neck wieder der Strom eingeschaltet worden. Ich war gerade mit Jack Fielding fertig und hatte neben ihm auf dem kalten Steinfußboden gekniet, bis meine Füße prickelten und mir trotz der Knieschoner die Knie wehtaten.

Die nackten Glühbirnen in seiner altmodischen, abgewohnten Küche brennen. Im Haus ist es zwar recht kühl, doch die Luft aus den Schächten im Boden, die ich beim Herumgehen spüre, verheißt Wärme. Inzwischen trage ich wieder Kampfstiefel, Uniform und Jacke. Die Schutzkleidung habe ich bis auf ein Paar Einweghandschuhe abgelegt. Im Spülbecken aus weißem Porzellan türmt sich das Geschirr. Das Wasser ist von Spülmittel getrübt. Eine gelbliche geronnene Fettschicht schwimmt darauf. Der durchsichtige gelbe Vorhang vor dem Fenster über der Spüle ist schmutzig und zerschlissen.

Wohin das Auge blickt, entdecke ich Essensreste, Müll und Hinweise darauf, dass hier kräftig dem Alkohol zugesprochen worden ist. Ich fühle mich an die unzähligen heruntergekommenen Tatorte erinnert, an denen ich schon gearbeitet habe. An Verdorbenes und Verfaultes, an muffigen Modergeruch und daran, wie oft das Leben, das dem Tod vorausging, das eigentliche Verbrechen war. Fieldings letzte Monate auf Erden waren eine größere Quälerei, als er es verdient hat, und es will mir nicht in den Kopf, warum er es so weit hat kommen lassen. So hat er sich sein Schicksal sicher nicht vorgestellt. Dafür war er nicht geboren. Ich muss an diesen Lieblingssatz von ihm denken, den er mir immer wieder unter die Nase rieb. *Er sei für dieses nicht geboren* und *für jenes nicht geboren*, insbesondere dann, wenn ich etwas von ihm verlangte, das er langweilig oder unangenehm fand.

An einem Holztisch mit zwei Holzstühlen neben einem Fenster mit Blick auf die vereiste Straße und das unruhige blaue Meer dahinter bleibe ich stehen. Auf dem Tisch stapeln sich alte Zeitungen und Zeitschriften, die ich mit der behandschuhten Hand hin und her schiebe. *The Wall Street Journal, The Boston Globe, The Salem News*, die letzte Ausgabe, wie ich feststelle, vom Samstag. Ich erinnere mich, dass ich auf dem Gehweg vor dem Haus einige mit Eis bedeckte Zeitungen bemerkt habe, so als hätte sie jemand dorthin geworfen, ohne dass sie vor dem großen Unwetter hereingeholt worden wären. Außerdem sind da sechs Ausgaben von *Men's Health*. Der Adressaufkleber lautet noch auf Fieldings Adresse in Concord. Die Ausgaben von Januar und Februar wurden ihm hierher nachgesendet, ebenso wie viele andere Briefe in dem Stoß, den ich durchsehe. Ich erinnere mich, dass Fieldings Mietvertrag für das Haus in Concord vor einem knappen Jahr abgeschlossen wurde. Ausgehend von dem Durcheinander, den Möbeln, die ich als seine erkenne, und dem, was man mir über seine familiären Probleme erzählt hat, ist es nur stimmig, dass er ihn nicht verlängert hat. Stattdessen ist er in einen zugigen Altbau übergesiedelt, der wegen seines heruntergekommenen Zustands nicht die Spur von Charme hat. Ich kann mir zwar seine Träume vorstellen, als er sich in das Haus verliebte. Aber etwas hat sich für ihn verändert.

Was ist mit dir passiert? Ich betrachte den Dreck, den er hinterlassen hat. *Wer warst du am Ende?* Ich denke an seine toten Hände und erinnere mich daran, wie kalt, starr und schwer sie sich anfühlten, als ich sie hielt. Sie waren sauber, die Nägel gut gepflegt. Und dieses kleine Detail fällt aus dem Rahmen. *Hast du dieses entsetzliche Tohuwabohu angerichtet? Oder war es jemand anders? Hat eine schlampige, geistig verwirrte Person in deinem Haus gelebt?* Allerdings weiß ich auch, dass Berechenbarkeit das ist, was Kleingeister umtreibt. Ralph Waldo Emerson hatte recht, als er schrieb, der Mensch sei leicht zu erklären und handle nicht immer rational. Es kann durchaus sein, dass es in Fieldings Kopf ausgesehen hat wie in seinem Zuhause. Und dennoch war er noch immer eitel genug, um auf die Körperpflege zu achten. Das ist möglich.

Allerdings werde ich das nie erfahren. Die CT-Aufnahmen und die Autopsie werden es mir nicht verraten. Es gibt so viel, was mir verborgen bleiben wird, einschließlich der Antwort auf die Frage, warum er mir nie von dem Haus in Salem erzählt hat. Laut Benton hat Fielding das Haus unmittelbar nach seinem Umzug nach Massachusetts, also im Januar vor einem Jahr, gekauft, ohne es mir gegenüber zu erwähnen. Ich bin nicht sicher, ob er damit kriminelle Machenschaften oder Absichten vertuschen wollte. Mir erscheint es eher, als hätte er sich nach etwas gesehnt, das nur ihm gehörte und mich nichts anging, so dass ich mir keine Meinung darüber bilden konnte. Er wollte nicht, dass ich mich einmische, als er sich vornahm, den Heimathafen eines Schiffskapitäns aus dem achtzehnten Jahrhundert zu seinem Zufluchtsort zu machen – oder was er sich sonst davon erträumt hat.

Wie traurig, wenn das die Wahrheit ist, denke ich, als ich das wie Saphire funkelnde Wasser betrachte, das sich auf der anderen Seite der vereisten Straße donnernd an die graue Felsenküste wirft. Ich gehe durch eine breite Öffnung, wo früher einmal eine Kassettentür hing, in ein Esszimmer mit frei liegenden dunklen Eichenbalken. Die weißverputzte Decke hat Wasserflecken. Ich stelle fest, dass die angelaufene zwiebelförmige Laterne in einen Eingangsflur und nicht über den staubigen Tisch aus Walnussholz gehört. Die Stühle ringsherum passen nicht zusammen und müssten neu gepolstert werden. Ich kann es Fielding nicht zum Vorwurf machen, dass er mich nicht in diesem Haus haben wollte. Ich bin zu kritisch, mir meines gottverdammten guten Geschmacks und meiner elitären Ansichten zu sicher. Kein Wunder, dass ich ihn auf die Palme gebracht habe. Ich ermögliche nicht nur schreckliche Ereignisse, sondern bin dazu noch eine schlechte Mutter, obwohl ich nicht einmal das Recht hatte, eine gute zu sein. Meine Rolle in seinem Leben war nur die einer verantwortungsbewussten Chefin. Wenn er hier wäre, würde ich mich bei ihm entschuldigen. Ich würde ihn bitten, mir zu verzeihen, dass ich ihn gekannt und mir Gedanken um ihn gemacht habe, denn was hat ihm das genutzt? Was habe ich, verdammt noch mal, für ihn getan?

An einer Ecke des Tisches bemerke ich eine staubfreie Stelle, wo jemand gegessen oder gearbeitet haben muss. Vielleicht hat ja auch die Olivetti hier gestanden. Der Stuhl davor ist in einem besseren Zustand als die anderen. Sein verschossenes, fadenscheiniges rotes Samtpolster hat keine Risse, so dass man sich vermutlich ohne Gefahr für Leib und Leben draufsetzen kann. Ich male mir aus, wie Fielding hier den Brief getippt hat, und versuche, ihn hier an diesem Tisch vor den alten, zurückversetzten Fenstern mit Blick auf die trostlose, mit Kies bestreute Auffahrt zu sehen. Doch es gelingt mir nicht, ihn mir vornübergebeugt auf einem zierlichen Stuhl unter einer hängenden Laterne vorzustellen, wie er einen zweiseitigen Brief wieder und wieder abschreibt, bis er eine absolut fehlerfreie Version vorliegen hat.

Fielding mit seinen großen, ungeduldigen Fingern war nie ein Virtuose an der Tastatur. Er hatte sich selbst eine Methode beigebracht, die er als »Dreifingerzufallssystem« bezeichnete. Deshalb leuchtet die Theorie nicht ein, er sei der Verfasser des angeblich von Erica Donahue geschriebenen Briefes. Wenn man dazu noch Fieldings Zustand berücksichtigt, wie Benton ihn bei dem Treffen letzte Woche in meinem Büro erlebt hat, hätte sich mein Stellvertreter niemals solche Umstände gemacht, nur um einem Studenten aus Harvard den Mord an Mark Bishop unterzuschieben. Und warum hätte er einen sechsjährigen Jungen umbringen sollen? Ich nehme Benton die These nicht ab, Fielding habe sich selbst als Kind getötet, indem er Mark Bishop Nägel in den Kopf trieb. Benton hat mir erklärt, Fielding habe damit einen Schlussstrich unter seine eigene Kindheit ziehen wollen, doch er hat mich nicht überzeugt.

Allerdings muss ich mir vor Augen halten, dass es im Leben viele Dinge gibt, die demjenigen, der sie tut, sinnvoll erscheinen, während seine Mitmenschen sich ratlos am Kopf kratzen. Selbst wenn man es ihnen erläutert, entspricht die Antwort oft den Mustern ihres logischen Denkens. Vor einem der zurückversetzten Fenster bleibe ich stehen, noch nicht ganz bereit, dieses Zimmer zu verlassen und ins nächste zu gehen, wo ich die Schritte von Briggs' Kampfstiefeln höre. Er telefoniert, und als ich mein Telefon heraushole, um meine SMS abzufragen, stelle ich fest, dass eine von Bryce eingetroffen ist.

Können Sie Evelyn anrufen?

Als ich die Nummer des kriminaltechnischen Labors wähle, meldet sich ein anderer Fachmann fürs Mikroskopieren, ein junger Wissenschaftler namens Matthew.

»Sind Sie in der Nähe eines Computers?« Matthews Tonfall ist selbstbewusst und angespannt vor Aufregung. »Evelyn ist gerade auf der Toilette, aber wir wollten Ihnen etwas absolut Seltsames schicken. Ich werde den Gedanken nicht los, dass irgendwo ein Fehler passiert ist. Anderenfalls wäre es die merkwürdigste Verunreinigung, die es je gegeben hat. Sie wissen ja, dass ein Haar etwa achtzigtausend Nanometer dick ist, richtig? Und jetzt stellen Sie sich etwas mit einer Dicke von vier Nanometern vor. Mit anderen Worten: Ein Haar wäre zwanzigtausendmal dicker als das Ding, was wir gefunden haben. Und es ist nicht organisch, obwohl der elementare Fingerabdruck hauptsächlich aus reinem Kohlenstoff besteht. Aber wir haben auch Rückstände entdeckt, die Pentochlorphenol zu sein scheinen …«

»Sie sind auf PCP gestoßen?«, unterbreche ich seinen atemlosen Redeschwall.

»PCP, Angel Dust, eigentlich nur ein Rückstand, eine winzige Menge. Unter dem Fourier-Transformations-IR-Spektroskop. Bei einer einhundertfachen Vergrößerung unter einer einfachen Lichtquelle betrachtet, sieht man die Körnchen von zahlreichen anderen mikroskopisch kleinen Verunreinigungen, insbesondere Baumwollfasern auf der Rückseite des Schmerzpflasters, okay? Wahrscheinlich handelt es sich bei einigen dieser Körnchen um PCP, vielleicht auch um Nuprin oder Motrin oder was das Pflaster ursprünglich sonst enthalten hat. Vielleicht auch noch weitere Chemikalien.«

»Immer mit der Ruhe, Matthew.«

»Nun, bei einhundertfünfzigtausendfacher Vergrößerung mit dem Rasterelektronenmikroskop sehen Sie das, was wir Ihnen schicken wollen, so groß wie einen Brotkasten, Dr. Scarpetta.«

»Nur zu. Wenn es hier nicht klappt, gehe ich raus zum Transporter und logge mich dort ein. Aber formatieren Sie es als PDF, dann versuche ich es mit dem iPhone. Wovon genau reden Sie eigentlich?«

»Erinnert an Buckyballs, diese magnetischen Spielzeugkugeln. Wie eine Hantel aus Buckyballs, aber mit Beinen. Eindeutig künstlich und etwa so groß wie ein DNA-Strang. Wie ich schon sagte, vier Nanometer und reiner Kohlenstoff bis auf das Zeug, das es offenbar übertragen sollte. Hinzu kommen Spuren von Polyethylenglykol, unserer Einschätzung nach die Umhüllung der Substanz, die übertragen werden sollte.«

»Erklären Sie mir das mit dem *übertragen werden sollte* ein wenig genauer. Ein Gerät, dessen Größe im Nanobereich liegt und das eine winzige Menge PCP übertragen sollte?«

»Das ist natürlich nicht mein Fachgebiet. Außerdem haben wir hier kein Nuklearmikroskop. Wink mit dem Zaunpfahl angekommen? Ich würde nämlich behaupten, dass wir gerade in eine neue Ära eingetreten sind und in Zukunft häufiger nach solchen Dingen suchen werden, die man millionenfach vergrößern muss. Meiner Ansicht nach hat man ein Nuklearmikroskop benutzt, um dieses nanokleine Teil zu bauen und die Nanoröhrchen und Nanopartikel so zusammenzusetzen, dass sie auch halten. Gut, einen Teil davon würde man auch mit dem Rasterelektronenmikroskop hinkriegen, aber ein Nuklearmikroskop wäre eine prima Idee, falls solche Sachen nun öfter auf uns zukommen. Sonst werden wir noch von der Entwicklung überrollt, Dr. Scarpetta.«

»Sie wissen nicht genau, was Sie da gefunden haben, gehen aber von einem Nanoroboter aus und glauben, dass er für die Übertragung von Drogen verwendet wurde? Und entdeckt haben sie ihn auf der Folie in der Tasche des Laborkittels?« Ich verrate nicht, wem der Kittel gehört.

»Nur einen, und zwar vermischt mit Partikeln, Fasern und anderen Verunreinigungen, weil wir nicht die gesamte Folie untersucht haben, sondern nur die Probe auf dem Objektträger. Der Rest der Folie wird gerade auf Fingerabdrücke überprüft und kommt dann ins Gaschromatograph-Massenspektrometer«, erwidert Matthew. »Außerdem ist das Ding kaputt oder zerfallen.«

»Was meinen Sie?«

»Den Nanoroboter. Zumindest macht er einen beschädigten Eindruck. Vielleicht zersetzt er sich ja auch. Sieht aus, als hätte er ursprünglich acht Beine gehabt, aber nun sind da nur noch vier auf der einen und zwei auf der anderen Seite. Ich maile Ihnen jetzt ein paar Fotos, damit Sie es sich selbst anschauen können.«

Ich kann die Fotos auf meinem iPhone herunterladen. Die gespenstische Symmetrie löst ein merkwürdiges Gefühl in mir aus, denn ich muss sofort daran denken, dass der Nanoroboter einer mikromechanischen Fliege im Molekularformat ähnelt. Das künstliche Gebilde auf den Fotos ist gebaut wie ein Insekt und hat einen grauen Körper von der Form eines verlängerten Buckyballs. Die zarten Arme oder Beine aus Nanodrähten sind noch intakt, rechtwinklig gekrümmt und an den Spitzen mit Greifwerkzeugen versehen, vermutlich, um sich an Zellwänden festzuhalten oder sich in Blutgefäße oder Organe zu graben und daran haften zu bleiben, während Medikamente oder möglicherweise illegale Drogen abgesetzt werden, die auf Rezeptoren im Gehirn wirken.

Kein Wunder, dass Johnny Donahues Drogentest negativ ausgefallen ist, schießt es mir durch den Kopf. Wenn die Nanoroboter seinem sublingualen Allergiemedikament oder, noch besser, dem corticosteroidhaltigen Nasenspray zugesetzt wurden, war die Dosis vermutlich so niedrig, dass die Tests nicht anschlagen konnten. Noch erstaunlicher ist, dass die Drogen die Blut-Hirn-Schranke womöglich gar nicht überschritten haben. Drogen, die nicht in den Blutkreislauf geraten, werden nicht mit dem Urin ausgeschieden. Sie landen auch nicht in den Haaren, und genau darauf kommt es bei der Anwendung der Nanotechnologie in der Medizin ja an. Krankheiten und Störungen sollen mit Medikamenten behandelt werden, die nicht systemisch sind und deshalb weniger Nebenwirkungen haben. Dabei gilt dasselbe wie auch in allen anderen Lebensbereichen: Was eigentlich zum Wohle der Menschheit gedacht war, wird ganz sicherlich missbraucht werden, um Böses zu tun.

Fußboden und Wände in Fieldings Wohnzimmer sind kahl. Fast bis zur Decke stapeln sich staubige braune Kartons von identischer Größe, die auf den Seiten das Emblem der Umzugsfirma Gentle Giants tragen. Es sind unzählige, zu würfelförmigen Stößen aufgeschichtet, als wären sie in diesen Raum gestellt und seitdem nicht mehr angerührt worden.

Mitten in diesem Bunker aus Pappe sitzt Briggs. In seiner in gedecktem Braun und Grün gehaltenen Uniform und den Stiefeln erinnert er mich an ein Foto von Matthew Grady, das einen General aus dem Bürgerkrieg darstellt. Er hat ein MacBook auf dem Schoß. Die breiten Schultern ruhen gerade an der Stuhllehne. Ich gehe davon aus, dass er absichtlich sitzen bleibt und mich stehen lässt, um unser Gespräch zu steuern und dafür zu sorgen, indem er mir die untergeordnete Rolle zuweist. Doch er erhebt sich und bietet mir den Stuhl an, was ich dankend ablehne. Also treten wir ans Fenster, wo Briggs seinen Laptop aufs Fensterbrett stellt.

»Interessant, dass er hier ein drahtloses Netzwerk hat«, beginnt Briggs und betrachtet den Ozean und die Felsen auf der anderen Seite der vereisten, mit braunem Sand bestreuten Straße. »Wenn man sich diesen Schweinestall anschaut, würde man es nicht vermuten.«

»Vielleicht war er ja nicht allein hier.«

»Vielleicht.«

»Also ziehen Sie diese Möglichkeit zumindest in Betracht. Das ist, verglichen mit den anderen, schon ein Fortschritt.« Ich lege mein iPhone aufs Fensterbrett, damit er die Darstellung auf dem kleinen Display erkennt. Er mustert sie und wendet dann den Blick ab.

»Stellen Sie sich zwei Sorten von Nanorobotern vor«, beginnt er, als spräche er mit jemandem, der auf der anderen Seite des gewellten alten Fensters steht. Seine Aufmerksamkeit scheint dem zu gelten, was sich draußen im Freien abspielt. Dem Sonnenlicht und dem funkelnden Wasser, nicht der Frau neben ihm, die sich, ungeachtet ihres Alters und ihrer Position, in seiner Gegenwart stets jung und unsicher fühlt.

»Einer der beiden Nanoroboter ist biologisch abbaubar«, fährt er fort, »und löst sich irgendwann auf, nachdem er die winzige Dosis einer psychoaktiven Droge abgesetzt hat. Die zweite Art Nanoroboter kann sich selbst vermehren.«

In Briggs' Gegenwart komme ich mir immer wie ein anderer Mensch vor, nicht wie ich selbst. Während ich neben ihm stehe, so dass unsere Ärmel sich berühren und ich seine Körperwärme spüre, denke ich an die wundervolle und schreckliche Art, in der er mich geformt hat.

»Die sich selbst vermehrende Version ist es, die uns am meisten zu schaffen macht. Nicht auszudenken, so ein Ding im Körper zu haben«, fügt er hinzu. Ich bin von der unerschütterlichen Gewissheit erfüllt, dass General John Briggs und ich verstehen, was Fielding empfunden hat und wie sehr er mich gleichzeitig bewundert und verabscheut haben muss.

Ich kann nachvollziehen, wie furchterregend und dennoch atemberaubend es ist, von jemandem überwältigt zu werden. Wie bei einer Droge, schießt es mir durch den Kopf. Einer Sucht, von der man sich verzweifelt befreien will und an die man sich ebenso verzweifelt klammert. Briggs wird immer diese Wirkung auf mich ausüben, denke ich. In diesem Leben werde ich wohl nicht darüber hinwegkommen.

»Außerdem ermöglicht der sich selbst vermehrende Roboter eine Langzeitdosierung beispielsweise von Testosteron«, sagt Briggs. Ich spüre seine Kraft und seinen Tatendrang, und ich bemerke, wie dicht wir zusammenstehen, voneinander angezogen, so wie immer, was nie hätte sein dürfen. »Eine Droge wie PCP dupliziert sich natürlich nicht selbst, wäre also eine Sackgasse. Sie muss immer wieder zugeführt werden, zum Beispiel, indem der Proband das Nasenspray erneut anwendet, sich eine Spritze geben lässt oder ein weiteres mit biologisch abbaubaren Nanorobotern versetztes Pflaster auf die Haut klebt. Einen Stoff, den der Körper jedoch natürlich herstellt, könnte man so manipulieren, dass er sich erneuert. Der Nanoroboter würde sich vermehren, in den Arterien ungehindert durch den Körper treiben und an Zielorganen wie dem Frontalkortex des Gehirns andocken, ohne eine Batterie zu brauchen. Er treibt sich selbst an und erschafft sich immer wieder neu.«

Als Briggs mich betrachtet, sind seine Augen hart. Allerdings spiegelt sich etwas in ihnen, das er schon immer für mich empfunden hat, eine Zuneigung, die so dauerhaft wie zwiegespalten ist. Ich erinnere mich noch deutlich, wie wir im Walter Reed waren, als uns die Zukunft noch Geheimnisse und grenzenlose Möglichkeiten verhieß. Er war älter als ich und schüchterte mich ein. Ich war ein Wunderkind. Er nannte mich Major Wunderkind. Als ich dann aus Südafrika zurückkehrte und nach Richmond zog, meldete er sich jahrelang nicht mehr bei mir. Was uns verbunden hatte, war vielschichtig und schwer zu fassen. Wenn ich in seiner Nähe bin, muss ich wieder daran denken.

»Wir würden keine Kriege mehr brauchen«, fährt er fort. »Zumindest nicht solche, wie wir beide sie kennen, Kay.

Wir stehen an der Schwelle einer neuen Welt, in der uns die Kriege von damals unkompliziert und menschlich erscheinen werden.«

»Jack Fielding war nicht diese Art von Wissenschaftler«, wende ich ein. »Er hat die Pflaster nicht hergestellt und hätte vermutlich entsetzt abgewinkt, wenn jemand von ihm verlangt hätte, sich von Nanorobotern Drogen verabreichen zu lassen. Es würde mich wundern, wenn er überhaupt gewusst hat, was ein Nanoroboter ist, oder auch nur geahnt, was er seinem Körper da antat. Vermutlich wiegte er sich in dem Glauben, dass es sich um eine neue Sorte von Steroiden handelte, ein Designer-Steroid, etwas, das seinen Muskelaufbau unterstützen, seine vom jahrelangen Missbrauch chronisch gewordenen Schmerzen lindern und ihm einen Vorteil im Kampf gegen das Altern verschaffen würde. Er fand es entsetzlich, älter zu werden. Ein alter Mensch zu sein war für ihn eine Schreckensvorstellung.«

»Nun, diese Sorge ist er jetzt los.«

Ja, das ist er, so viel steht fest. Doch ich sage: »Ich bin hundertprozentig sicher, dass er nicht aus Angst vor dem Alter Selbstmord begangen hat. Ja, ich bezweifle sogar stark, dass wir es überhaupt mit einem Suizid zu tun haben.«

»Wie ich gehört habe, wurden Sie einem seiner Pflaster ausgesetzt«, meint Briggs. »Das tut mir leid, obwohl Sie andernfalls wahrscheinlich keinen Verdacht geschöpft hätten. Kay Scarpetta auf Droge. Eine interessante Vorstellung. Schade, dass ich nicht dabei war.«

Sicher hat Benton es ihm erzählt.

»So sieht unser Problem aus, Kay«, spricht Briggs weiter. »Unsere schöne neue Welt, das, was ich als Neuroterrorismus bezeichne. Das Pentagon tut es übrigens auch. Das ist unsere große Angst. Wer uns den Verstand raubt, hat schon gewonnen und kann uns sogar in den Selbstmord treiben, wodurch die Bösen sich die Mühe sparen, sich die Hände schmutzig zu machen. In Afghanistan könnte man unseren Jungs Opium, Benzodiazepine, Halluzinogene oder sonst etwas verabreichen, um die Langeweile zu vertreiben. Und dann werden wir sehen, was passiert, wenn sie in ihre Hubschrauber, Kampfjets, Panzer und Humvees steigen und später als Süchtige oder psychische Wracks nach Hause kommen.«

»Otwahl«, merke ich an. »Entwickeln wir denn solche Waffen?«

»Wir nicht. Für so etwas blättert DARPA ganz sicher keine Millionen hin, verdammt. Allerdings tut sich bei Otwahl etwas auf diesem Gebiet, und wir glauben, dass es sich um mehr als nur eine Person handelt. Ein Trüppchen von Superhirnen führt Experimente durch, die weder genehmigt noch erlaubt, dafür jedoch umso gefährlicher sind.«

»Ich nehme an, Sie kennen diese Leute.«

»Verdammte Kids«, erwidert er und blickt in den sonnigen Nachmittag hinaus. »Siebzehn oder achtzehn Jahre alt, mit einem IQ jenseits aller Tabellen und voller Leidenschaft, aber da oben ist niemand zu Hause.« Er tippt sich an die Stirn. »Ich muss Ihnen ja nichts über Jungs erzählen. Der Frontallappen ist noch nicht richtig ausgebildet und bleibt bis Anfang oder Mitte zwanzig so unfertig wie ein nicht durchgebackenes Plätzchen. Und trotzdem dürfen diese Jugendlichen in Nanotech-Labors mit Superleitern, Robotertechnik, synthetischer Biologie und noch allen möglichen anderen Dingen herumspielen. Es ist schon heikel genug, dass wir ihnen Waffen in die Hand drücken und sie in Tarnkappenbomber setzen, aber in unserem Verein gibt es wenigstens feste Regeln«, fügt er in hartem Ton hinzu. »Wir haben Strukturen, Vorschriften und Hierarchien und führen ein strenges Regiment. Aber wie zum Teufel mag es wohl in einem Laden wie Otwahl zugehen, wo nicht nationale Sicherheit und Disziplin zählen, sondern nur

Geld und Selbstbestätigung? Kleine Überflieger wie Johnny Donahue und seine Bande haben nicht den blassesten Schimmer von Afghanistan, Pakistan oder dem Irak, verdammt. Sie haben noch nie einen Fuß in einen Militärstützpunkt gesetzt.«

»Ich sehe keine Verbindung zu Jack, außer dass er einigen von ihnen Kampfsportunterricht gegeben hat.« Der Himmel ist wolkenlos und strahlend türkisfarben. Darunter wälzt sich der blaue Ozean.

»Er hat sich mit ihnen eingelassen und ist, wie ich vermute, ohne es zu ahnen, ihr Versuchskaninchen geworden. Sie wissen ja sicher nur allzu gut, wie diese Forschungsprojekte und klinischen Versuchsreihen ablaufen, nur dass die Menschenversuche, die wir kennen, streng von Kontrollgremien überwacht werden. Woher aber nimmt man seine Freiwilligen, wenn man achtzehn ist, aus Harvard oder vom MIT kommt und als Techniker bei Otwahl arbeitet? Wir können nur annehmen, dass Jack seine Kontakte im Fitness-Studio und beim Taekwondo geknüpft hat. Seine lebenslangen Drogenprobleme, insbesondere mit Steroiden, sind uns allen nicht neu. Und nun bietet ihm jemand das Lebenselixir, den Jungbrunnen in Form von Schmerzpflastern, an. Aber er hat sicher eine böse Überraschung erlebt. Ebenso wie Wally Jamison, Mark Bishop und Eli Goldman.«

»Wally Jamison hat nie bei Otwahl gearbeitet.«

»Er ist eine Weile mit einem Mädchen gegangen, das dort beschäftigt ist. Dawn Kincaid, auch eine von den Neuroterroristen in diesem Laden.«

»Johnny Donahues beste Freundin«, merke ich an. »Und wo ist sie jetzt?«, frage ich. »Alle, die Sie bis jetzt erwähnt haben, sind tot. Bis auf Dawn Kincaid.« Mir wird unbehaglich.

»Sie ist verschwunden«, antwortet Briggs. »Ist weder gestern noch heute bei Otwahl erschienen. Angeblich Urlaub.«

»Na klar.«

»Genau. Wir suchen sie und lassen uns von ihr den Rest der Geschichte erzählen, denn bei ihr sind wir eindeutig an der richtigen Adresse. Ihr Spezialgebiet ist nämlich Nanotechnik und chemische Synthese im Nanobereich. Von unserem derzeitigen Informationsstand ausgehend, hat sie vermutlich die fiesen kleinen Roboter entwickelt, die sich in Jack Fielding eingeschlichen und ihn, mal vorsichtig ausgedrückt, in einen Mr. Hyde verwandelt haben.«

»Mr. Hyde«, wiederhole ich. »Dasselbe sagte Erica Donahue über ihren Sohn«, füge ich hinzu. »Allerdings bezweifle ich, dass Johnny jemanden umgebracht hat.«

»Er hat den Jungen nicht getötet.«

»Sie sind sicher, dass Jack es war.«

»Kontrollverlust und Schlamperei«, entgegnet Briggs.

»Und dann hat er Eli getötet.« Meine Bemerkung hängt in der Luft, und ich frage mich, ob sie für Briggs ebenso hohl klingt wie für mich. Kann er hören, dass ich ganz und gar nicht daran glaube?

»Ist Ihnen klar, dass wir das nur der verdammten Schweinegrippe zu verdanken haben?« Er starrt immer noch durch die staubige alte Fensterscheibe in den strahlenden Tag hinaus. »Wenn der leibliche Vater seiner Stieftochter nicht krank geworden wäre, hätte Liam Saltz nicht das Vergnügen gehabt, sie bei ihrer Hochzeit zum Altar zu führen. Dann wäre er nicht in letzter Minute in die USA, nach Cambridge und nach Norton's Woods gekommen. Und in diesem Fall hätte Jack Eli kein gottverdammtes Injektionsmesser in den Rücken zu rammen brauchen.«

»Damit er Dr. Saltz nicht das erzählt, was Sie gerade mir erzählt haben.«

»Leider können wir Jack nicht mehr fragen.«

»Vielleicht wäre diese Tätigkeit für mich ja nachvollziehbar, wenn Eli Dr. Saltz oder sonst jemandem mitteilen wollte, dass Jack mit Sperma handelt, das er heimlich Leichen abgezapft hat. Das wäre möglicherweise ein Motiv.«

»Wir können nicht mehr feststellen, was Eli wusste. Allerdings war er sicher über Jacks Drogenprobleme im Bilde und kannte ihn offenbar gut genug, um eine seiner Pistolen mit sich herumzutragen. Jack ist gewiss ziemlich mulmig geworden, als er von der Polizei in Cambridge erfuhr, der Tote habe eine Glock mit entfernter Seriennummer bei sich gehabt.«

»Anscheinend haben Sie Ihre Informationen von Marino. Und der hat Ihnen alles so erzählt, als handelte es sich um unumstößliche Tatsachen. Stimmt aber nicht. Es ist nur eine Theorie. Wir haben keine greifbaren Beweise dafür, dass Jack jemanden umgebracht hat.«

»Er hat mit Schwierigkeiten gerechnet. So viel können wir mit Bestimmtheit sagen«, entgegnet Briggs.

»Sofern man überhaupt etwas mit Bestimmtheit sagen kann. Ich bin auch der Ansicht, dass er die Glock nicht ohne guten Grund aus dem Labor mitgenommen hat. Meine Frage ist nur, ob er sein eigenes Verbrechen tarnen oder jemanden decken wollte.«

»Ihm war eindeutig klar, dass wir die Seriennummer wiederherstellen und ihn als Eigentümer der Pistole identifizieren können.«

»›Wir‹«, erwidere ich. »Dieses Wort höre ich in letzter Zeit ständig.«

»Mir ist klar, wie Sie die Dinge sehen.« Briggs stützt die Hände aufs Fensterbrett und beugt sich vor, als hätte er Schmerzen unten am Rücken. »Sie glauben, dass ich Ihnen etwas wegnehmen will. Sie sind wirklich davon überzeugt.« Er lächelt finster. »Captain Avallone war im letzten Herbst hier.«

»Jemand in so untergeordneter Position? Damit niemand Verdacht schöpft?«

»Genau. Damit alles ganz beiläufig wirkt. Eine kleine Stippvisite, ein Zwischenstopp. Der Hintergrund war jedoch, dass uns unschöne Dinge darüber zu Ohren gekommen waren, wie Ihr Stellvertreter das CFC leitet. Sicher muss ich nicht eigens betonen, dass wir großes Interesse an diesem Institut haben. Ebenso wie das MIT, das Verteidigungsministerium und noch viele andere Leute. Sie dürfen es nicht gegen die Wand fahren.«

»Offenbar habe ich hier sowieso nichts mehr zu sagen«, entgegne ich. »Ich habe es gründlich vermasselt, bevor ich überhaupt angefangen habe …«

»Sie haben gar nichts vermasselt«, unterbricht er mich. »Mich trifft genauso viel Schuld. Sie haben Jack eingestellt oder, besser ausgedrückt, seiner Bitte entsprochen, wieder bei Ihnen anfangen zu können. Und ich habe Sie nicht daran gehindert, obwohl ich es, verdammt noch mal, hätte tun sollen. Aber ich wollte Sie nicht übergehen, auch wenn es meine Pflicht gewesen wäre, Ihnen bei dieser Entscheidung in den Arm zu fallen. Doch ich dachte mir, dass Sie in vier Monaten ohnehin wieder zu Hause sind. In meinen kühnsten Träumen habe ich mir nicht ausgemalt, wie viel Schaden der Mann in so kurzer Zeit anrichten würde. Niemand konnte ahnen, dass er sich mit den Laborratten von Otwahl zusammentun, Drogen nehmen und immer mehr durchdrehen würde.«

»Haben Sie deshalb meine Abreise aus Dover wieder und wieder hinausgezögert? Um eine neue Leitung für das CFC zu finden und mich zu ersetzen?« Ich gebe mich so kühn wie möglich.

»Ganz im Gegenteil. Ich wollte Sie aus der Schusslinie halten. Es sollte nichts auf Sie zurückfallen. Deshalb habe ich Ihre Abreise so oft verschoben, wie ich konnte, ohne dass Sie mich wegen Freiheitsberaubung verklagen. Und dann kriegt der Brautvater in London die verdammte Schweinegrippe, und eine Leiche fängt zu bluten an. Im nächsten Moment taucht Ihre Nichte mit dem Hubschrauber in Dover auf. Ich habe versucht, Sie zum Bleiben zu überreden, indem ich Ihnen anbot, den Toten nach Dover zu bringen, aber Sie haben sich geweigert. Und jetzt haben wir wieder mal ein Problem.«

»Wäre nicht das erste.«

»Wir haben schon viele Krisen durchgestanden. Und es werden noch weitere kommen.«

»Sie haben Lucy also nicht beauftragt, mich abzuholen?«

»Nein. Außerdem glaube ich nicht, dass sie Befehle von mir entgegennehmen würde. Gott sei Dank ist sie nie auf den Gedanken gekommen, zur Army zu gehen. Sie wäre im Militärgefängnis gelandet.«

»Und Sie haben sie auch nicht aufgefordert, mein Büro zu verwanzen?«

»Ein beiläufiger Vorschlag, um in Sachen Jack auf dem Laufenden zu bleiben.«

»Bei ihnen klingt ein beiläufiger Vorschlag so, als würde ein Kannibale jemanden spontan zum Abendessen einladen.«

»Ein interessanter Vergleich.«

»Die Leute hören auf Ihre Vorschläge, und Sie wissen das genau.«

»Lucy hört nur, wenn es ihr passt.«

»Was ist mit Captain Avallone? Hat sie mit Jack unter einer Decke gesteckt? Wollten die beiden an meinem Stuhl sägen?«

»Ganz und gar nicht. Ich habe Ihnen doch erklärt, warum sie dem Institut im letzten November einen Besuch abgestattet hat. Sie steht auf Ihrer Seite.«

»So sehr, dass sie Jack von Kapstadt erzählt hat.« Es überrascht mich selbst, dass ich es laut ausspreche.

»Das hat sie nicht. Sophia weiß nichts von Kapstadt.«

»Woher wusste es dann Julia Gabriel?«

»Als sie Sie am Telefon angeschrien hat? Ich verstehe«, erwidert er, als hätte ich gerade eine Frage beantwortet. Allerdings habe ich gar nicht bemerkt, dass er eine gestellt hat. »Ich stand vor Ihrer Tür, weil ich eigentlich mit Ihnen reden wollte, und konnte hören, dass Sie drinnen telefonierten. Offenbar waren Sie sehr beschäftigt. Sie hat auch mit mir gesprochen. Und noch mit einer ganzen Reihe von anderen Leuten, nachdem sie das Gerücht aufgeschnappt hatte, dass wir in Dover den Leichen stets Sperma abnehmen und dass das in jedem rechtsmedizinischen Institut so praktiziert wird, was ja absoluter Schwachsinn ist. Wir würden so etwas niemals ohne vorherige offizielle Genehmigung tun. Sie hatte diesen Eindruck gewonnen, weil Jack es heimlich im CFC betrieb, so zum Beispiel bei dem Mann, der in Boston an seinem Hochzeitstag bei einem Taxiunfall starb. Der Mann hatte Verbindung mit Mrs. Gabriels Sohn. Nun verstehen Sie vermutlich, wie sie auf den Gedanken gekommen ist, für ihren Sohn Peter denselben Eingriff zu fordern.«

»Sind Sie sicher, dass Sie keine privaten Informationen über mich besitzt und es nicht persönlich gemeint hat?«

»Warum nehmen Sie diese Beschimpfungen überhaupt ernst?«, erwidert er.

»Ich glaube, das wissen Sie ganz genau, John.«

»Dass Mrs. Gabriel auf konkrete Ereignisse angespielt hat, ist vollkommen ausgeschlossen. Sie ist wütend und auf dem Kriegspfad und hat nur ihrem Ärger Luft gemacht, als sie Ihnen am Telefon dieselben Schmähungen an den Kopf geworfen hat wie mir und noch einigen anderen Leuten in Dover. Heuchler. Rassisten. Nazis. Faschisten. Viele meiner Mitarbeiter haben sich an diesem Vormittag diese reizenden Kosenamen anhören dürfen.«

Briggs tritt vom Fenster zurück und nimmt seinen Laptop

vom Fensterbrett, seine Art, mir mitzuteilen, dass er gehen muss. Er kann kein Gespräch führen, das länger als zwanzig Minuten dauert. Unsere Unterhaltung gerade eben war schon ziemlich lang für ihn, hat seine Geduld auf die Probe gestellt und ist ihm in vielerlei Hinsicht zu persönlich gewesen.

»Übrigens könnten Sie mir einen Gefallen tun, über den ich mich sehr freuen würde«, sagt er. »Bitte hören Sie auf, herumzuerzählen, dass ich MORT für die beste Erfindung aller Zeiten halte.«

Benton, denke ich. *Offenbar sind die beiden inzwischen richtige Kumpel.*

»Das stimmt so nämlich nicht, aber ich habe den Eindruck, dass Sie es so in Erinnerung behalten haben«, fährt Briggs fort. »Wenn man allerdings die Wahl hat, ob ein Toter von einem Roboter vom Schlachtfeld geborgen wird oder ob ein lebendiger Mensch dabei Kopf und Kragen riskiert – was ist das geringere Übel? Es gibt keine richtige Entscheidung, nur zwei falsche. Sie hatten nicht recht. Ich auch nicht.«

»Dann belassen wir es dabei«, erwidere ich. »Dann haben wir eben beide eine falsche Entscheidung gefällt.«

»Ist ja nicht so, als wäre es das erste Mal gewesen«, murmelt er.

Gemeinsam verlassen wir das Haus des Schiffskapitäns und kommen auf unserem Weg durch Zimmer, in denen ich bereits gewesen bin. Jeder Raum wirkt kahl und bedrückend, als ob hier nie jemand gelebt hätte. Das Haus vermittelt nicht den Eindruck, dass Fielding hier wirklich gewohnt hat. Er ist nur hier untergeschlüpft, hat sich wie ein Wilder in die Renovierungsarbeiten gestürzt und in seinem Keller geheime Geschäfte betrieben. Ich weiß nur nicht, was sein Motiv war. Vielleicht das Geld. Er hat sich schon immer einen größeren Wohlstand gewünscht, als sich in unserem Beruf erarbeiten lässt. Auch das hat ihn an mir gestört. Ich bin finanziell besser gestellt als die meisten Kollegen. Erstens habe ich ein Händchen fürs Finanzielle, zweitens hat Benton geerbt, und drittens ist da noch Lucy, die dank der Computerprogramme, die sie verkauft, seit sie etwa in demselben Alter war wie die von Briggs erwähnten Nanoterroristen, in Geld ertrinkt. Zum Glück sind Lucys Erfindungen legal. Zumindest, soweit ich weiß.

Sie sitzt mit Marino und Benton im Transporter des CFC. Alle haben ihre gelben Overalls und Schutzhelme abgelegt und sehen müde aus. Anne ist wieder losgefahren, um Proben im Labor abzugeben. Inzwischen warten schon weitere Beweismittel, weiße Kartons, gefüllt mit Asservatentüten aus weißem Papier.

»Im Auto liegt ein Paket für Sie«, sagt Briggs zu mir, als wir die anderen erreichen. »Der neueste Körperpanzer Kategorie 4A, eigens entworfen für Frauen in Gefechtssituationen, wenn die Damen sich die Mühe machen würden, die Dinger auch anzuziehen.«

»Falls die Weste nicht bequem ist …«, setze ich an.

»Ich finde, sie ist es, aber ich bin natürlich ein bisschen anders gebaut als Sie. Leider wird es problematisch, wenn sie an den Seiten nicht richtig schließt. Wir haben nämlich zu oft erlebt, dass die Kugel genau diese verdammte Lücke findet.«

»Ich probiere sie für dich an«, erbietet sich Lucy.

»Prima Idee«, meint Marino zu ihr. »Du ziehst sie an, und ich schieße auf dich, um zu schauen, ob sie auch etwas taugt.«

»Außerdem vergessen die meisten das Problem des Traumas durch stumpfe Gewalteinwirkung«, erkläre ich Briggs. »Die Kugel braucht den Körperpanzer nicht zu durchdringen. Wenn der Stoß vierundvierzig Millimeter tief in den Körper fährt, überlebt man das nicht.«

»Ich war lange nicht mehr auf dem Schießstand«, wendet

sich Lucy an Marino. »Vielleicht können wir ja den in Watertown benutzen. Warst du schon mal dort?«

»Ich spiele Bowling mit dem Chef.«

»Ach ja, eure Idiotenmannschaft. Wie heißt sie noch mal? Die Galgenvögel?«

»Die Gnadenlosen. Sie sollten mal mit uns zum Bowling gehen«, sagt Marino zu Briggs.

»Nun, Colonel, sind Sie jetzt endlich damit einverstanden, dass das AFDIL Ihnen Wissenschaftler schickt, um im CFC auszuhelfen?«, fragt Briggs. »Schließlich haben Sie eine wahre Lawine an Beweisstücken hier, und es werden immer mehr.«

»Ich wäre Ihnen sehr dankbar«, antworte ich. »Und um die Weste kümmere ich mich gleich.«

»Legen Sie sich zuerst schlafen.« Bei Briggs klingt das wie ein Befehl. »Sie sehen zum Fürchten aus.«

22

Die Notaufnahme des Massachusetts Veterinary Referral Hospital, der Tierklinik, hat rund um die Uhr geöffnet. Sock scheint gesund zu sein, schläft, schnarcht und hat sich zusammengerollt wie ein Chihuahua, der in eine Handtasche passt. Dennoch muss ich so viel wie möglich über ihn herausfinden. Inzwischen ist es beinahe dunkel. Sock liegt auf meinem Schoß; wir sitzen auf der Rückbank des geliehenen SUV, der auf der I-95 nach Norden fährt.

Nachdem ich den Mann identifiziert habe, der während eines Spaziergangs mit Sock ermordet wurde, will ich dem geretteten Greyhound denselben Gefallen tun, denn es scheint niemand zu wissen, woher er kommt. Liam Saltz kann dazu nichts sagen, weil ihm nicht einmal bekannt war, dass sein Stiefsohn Eli einen Windhund oder überhaupt ein Haustier besaß. Der Hausmeister des Mietshauses unweit des Harvard Square hat Marino mitgeteilt, Haustiere seien hier nicht gestattet. Außerdem hatte Eli allen Berichten zufolge keinen Hund, als er die Wohnung im letzten Frühjahr anmietete.

»Das muss doch wirklich nicht heute Abend sein«, protestiert Benton auf der Fahrt, während ich den seidenweichen Kopf des Windhunds streichle. Ich habe großes Mitleid mit ihm und achte darauf, seine eingerissenen Ohren nicht zu berühren, weil er das offenbar nicht mag. Außerdem hat er alte Narben an der spitzen Schnauze. Er ist still, als wäre er stumm. *Wenn du nur reden könntest*, denke ich.

»Dr. Kessel hat nichts dagegen. Also lass es uns jetzt erledigen. Wir sind ohnehin unterwegs«, erwidere ich.

»Ich hatte eigentlich nicht an die Meinung irgendeines Tierarztes gedacht.«

»Das ist mir klar.« Ich streichle Sock und bekomme immer mehr das Bedürfnis, ihn zu behalten. »Ich versuche mich an den Namen der Frau zu erinnern, die sich um Jet Ranger kümmert.«

»Nicht wieder dieses Thema.«

»Lucy ist auch nie zu Hause, und trotzdem klappt es wunderbar. Ich glaube, sie heißt Annette oder Lanette. Ich frage Lucy, ob Annette oder Lanette tagsüber vorbeischauen kann, vielleicht gleich morgens. Dann kann sie Sock abholen und mit zu Lucy nehmen, und er und Jet Ranger leisten einander Gesellschaft. Und abends bringt Annette oder wie sie auch immer heißt, Sock zurück nach Cambridge. Was soll daran so schwierig sein?«

»Wir werden ein Zuhause für Sock suchen, wenn der richtige Zeitpunkt da ist.« Benton nimmt die Ausfahrt Woburn. Das Schild schimmert grün, als der Lichtkegel unserer Scheinwerfer darübergleitet und der Wagen langsamer wird.

»Du bekommst ein wundervolles Zuhause«, sage ich zu Sock. »Das hat Secret Agent Wesley gerade versprochen. Du hast es selbst gehört.«

»An dem Grund, warum du besser keinen Hund haben solltest, hat sich nichts geändert«, erklingt Bentons Stimme vom dunklen Vordersitz her. »Dein IQ sackt um etwa fünfzig Punkte.«

»Das wäre dann ein negativer Wert. Minus zehn oder so.«

»Bitte lass die Babysprache und das Geplapper, wenn du mit Tieren redest.«

»Ich überlege gerade, wo ich Futter für ihn herkriegen soll.«

»Am besten setze ich dich ab, fahre zum nächsten Supermarkt und besorge etwas«, schlägt Benton vor.

»Nichts aus der Dose. Ich muss zuerst recherchieren, welche Marke geeignet ist. Vermutlich Seniorenkost von einer kleinen Firma, denn er ist nicht mehr der Jüngste. Apropos, wir sollten es mit Hühnerbrust, weißem Reis, einem Weißfisch wie Kabeljau und vielleicht etwas Gänsefuß versuchen. Ich fürchte also, du wirst in einen richtigen Lebensmittelladen gehen müssen. Ich glaube, irgendwo hier in der Nähe gibt es einen Biosupermarkt.«

In der Tierklinik werde ich in einen langen, hellen Flur geführt, von dem aus viele Behandlungszimmer abgehen. Der Pfleger, der uns begleitet, ist sehr freundlich zu Sock. Mir fällt auf, dass die Bewegungen des Hundes schwerfällig sind. Er steht zwar leicht auf seinen kleinen Füßen, trottet aber langsam den Flur entlang, als wäre er nie im Leben ein Rennen gelaufen und auch gar nicht in der Lage dazu.

»Ich glaube, er hat Angst«, meine ich zu dem Pfleger.

»Diese Hunde sind faul.«

»Wer würde das bei einem Hund glauben, der ein Tempo von sechzig Stundenkilometern schafft«, wende ich ein.

»Weil sie müssen, aber sie wollen nicht. Sie schlafen lieber auf dem Sofa.«

»Nun, aber ich möchte ihn nicht zerren. Außerdem hat er den Schwanz eingekniffen.«

»Der Arme.« Der Pfleger bleibt immer wieder stehen, um Sock zu streicheln.

Vermutlich hat Dr. Kessel die Mitarbeiter über das traurige Schicksal des Hundes aufgeklärt. Jedenfalls bringt man uns nichts als Rücksichtnahme und Mitgefühl und außerdem ziemlich viel Aufmerksamkeit entgegen, als wäre Sock prominent. Ich hoffe, dass es nicht dazu kommen wird. Es wäre nämlich gar nicht hilfreich, wenn Informationen über ihn an die Öffentlichkeit gelangen würden. Das Resultat wären Gerüchte im Internet, Sensationsgier und die üblichen geschmacklosen Witze, die man so gern über mich reißt. Nehme ich Sock ins Institut mit? Wird Sock zum Leichenspürhund ausgebildet? Was macht Sock, wenn ich beim Nachhausekommen nach Tod rieche?

Er hat kein Fieber. Zahnfleisch und Zähne sind gesund. Puls und Atmung sind normal, und er weist keine Anzeichen von Herzflimmern oder Austrocknung auf. Allerdings erlaube ich Dr. Kessel nicht, ihm Blut abzunehmen. Das heben wir uns für das nächste Mal auf, schlage ich vor, weil der Hund für heute genug mitgemacht hat. »Er soll mich erst kennenlernen, bevor er mich mit Leid und Schmerzen in Verbindung bringt«, sage ich zu Dr. Kessel, einem mageren Mann im OP-Anzug, der viel zu jung aussieht, um ein Medizinstudium abgeschlossen zu haben. Mit einem kleinen Scanner sucht er Socks knochigen Rücken nach einem möglicherweise unter die Haut eingepflanzten Mikrochip ab. Währenddessen sitzt der Hund auf dem Untersuchungstisch und wird von mir gestreichelt.

»Ja, er hat einen, einen hübschen kleinen RFID-Chip, und zwar genau, wo er sein sollte, nämlich oberhalb der Schultern«, verkündet Dr. Kessel und betrachtet die Zahl auf dem Display des Scanners. »Hier haben wir eine Identifikationsnummer. Ich rufe rasch beim bundesweiten Haustierregister an. Dann wissen wir, wem das Kerlchen gehört.«

Dr. Kessel telefoniert und macht sich Notizen. Dann reicht er mir ein Stück Papier mit einer Telefonnummer und dem Namen Lost Sock – verlorene Socke.

»Ein toller Name für einen Rennhund, was, alter Junge?«, sagt der Tierarzt zu Sock. »Vielleicht trifft er ja zu, und der Hund wurde deshalb aufs Altenteil geschickt. Die Vorwahl lautet sieben-sieben-null. Eine Ahnung, wo das sein könnte?«

»Nein.«

Er geht zum Computer, der auf einer Arbeitsfläche steht, und tippt die Vorwahl in ein Suchfeld ein. »Douglasville, Georgia. Wahrscheinlich eine Tierarztpraxis. Möchten Sie von hier aus anrufen und feststellen, ob noch geöffnet ist? Du bist aber weit weg von zu Hause«, meint er zu Lost Sock. Ich habe bereits beschlossen, ihn nicht so zu nennen.

»Du wirst nie wieder verlorengehen«, sage ich ihm auf dem Rückweg zum Auto, weil ich den Anruf nicht vor Zeugen erledigen will.

Die Frau am anderen Ende meldet sich einfach mit *Hallo*, als ob ich mit einer Privatnummer verbunden wäre. Ich erkläre, dass ich wegen eines Hundes anriefe, auf dessen Mikrochip diese Nummer verzeichnet sei.

»Dann ist er einer von denen, die wir gerettet haben«, antwortet sie in gedehntem Südstaatenakzent. »Wahrscheinlich aus Birmingham. Wir kriegen viele ausgemusterte Hunde von der dortigen Rennbahn rein. Wie heißt er denn?«

Ich sage es ihr.

»Schwarzweiß, fünf Jahre alt.«

»Ja, stimmt«, erwidere ich.

»Geht es ihm gut? Er ist doch nicht verletzt, oder? Wurde er etwa misshandelt?«

»Er liegt zusammengerollt auf meinem Schoß. Alles bestens.«

»Ein Schätzchen, aber das sind sie alle. Das Schöne an ihm ist, dass er gut mit Katzen, kleinen Tieren und auch mit Kindern kann, solange sie nicht an ihm zerren oder ihn an den Ohren zupfen. Wenn Sie einen Moment Zeit haben, rufe ich ihn auf dem Computer auf und sehe nach, wo er eigentlich sein sollte und bei wem. Ich weiß noch, dass eine Studentin ihn aufgenommen hat, erinnere mich jedoch nicht mehr an den Namen. Sie war aus dem Norden. Ist er herrenlos herumgeirrt? Von wo aus rufen Sie an? Er ist ausgebildet, hat die Maßnahme mit Bravour durchlaufen. Also haben Sie einen wirklich netten Hund gefunden. Seine Besitzerin ist sicher schon außer sich und sucht ihn.«

»Ausgebildet in einer Maßnahme?«, hake ich nach, als ich höre, dass Socks Besitzerin eine Studentin ist. »Was für eine Maßnahme? Ist Ihr Tierschutzverein an einer Maßnahme beteiligt und besucht mit Windhunden Seniorenheime oder Krankenhäuser?«

»Gefängnisse«, antwortet sie. »Er wurde letzten Juli von der Rennbahn freigestellt und hat eine neunwöchige Hundeschule durchlaufen, bei der die Häftlinge die Ausbildung übernehmen. In seinem Fall war es Chatham in Savannah, Georgia.«

Ich erinnere mich an das, was Benton mir über die Frau erzählt hat, die in einem Gefängnis in Savannah einsitzt. Es ist die Therapeutin, die verurteilt wurde, weil sie Jack Fielding sexuell missbraucht hatte, als er ein schwererziehbarer Junge war und in einem Heim in der Nähe von Atlanta lebte.

»Wir arbeiten mit diesem Gefängnis zusammen, weil dort bereits Sprengstoffsuchhunde ausgebildet werden. Deshalb dachten wir, die Häftlinge dort wollen vielleicht auch einmal etwas zum Knuddeln haben«, fährt die Frau fort. Ich schalte sie auf Raumlautsprecher und stelle den Ton lauter. »Zum Beispiel, sich um einen dieser niedlichen Racker kümmern. Auf diese Weise lernen die Insassen Geduld und Verantwortungsgefühl kennen und machen die Erfahrung, bedingungslos geliebt zu werden. Der Windhund lernt dafür, Befehlen zu gehorchen. Sock wurde in Chatham von einer Frau ausgebildet, die ihn nach ihrer Entlassung unbedingt aufnehmen wollte. Allerdings wird das, wie ich fürchte, noch eine Weile dauern. Also wurde er von einer jungen Frau in Massachusetts adoptiert, die sie uns empfohlen hat. Haben Sie etwas zum Schreiben da?«

Sie nennt mir den Namen Dawn Kincaid und einige Telefonnummern. Die Adresse ist die in Salem, wo wir gerade herkommen. Jack Fieldings Haus. Ich bezweifle stark, dass

Dawn Kincaid wirklich dort gewohnt hat, aber vielleicht war sie ein häufiger Gast. Mit Eli Goldman hat sie vermutlich auch nicht zusammengelebt, doch er könnte auf ihren Hund aufgepasst haben. Ganz offensichtlich kannte er sie, weil sie beide bei Otwahl arbeiteten. Ich erinnere mich an Briggs' Aussage, Dawn Kincaids Spezialgebiete seien chemische Synthese und Nanotechnologie. Für einen Experten in Nanotechnologie ist es ein Kinderspiel, einen Kopfhörer mit einem unsichtbaren Aufnahmegerät auszustatten. Außerdem hatte sie sicher freien Zugang zu Elis Kopfhörer und seinem Satellitenradio. Schließlich waren sie Kollegen. Jedenfalls muss sie oft in seiner Wohnung gewesen sein, sonst hätte der Hund sich sicher nicht allein dort aufgehalten. Vielleicht hat sie ja auch dort übernachtet und besitzt einen Schlüssel.

Ich erreiche Bryce im CFC und bitte ihn, Erica Donahues Brief zu fotokopieren, bevor er ans Labor geht. Und wenn er so gut sein könnte, die Akte herauszusuchen und mir die Telefonnummern vorzulesen? Ich notiere sie mir und erkundige mich nach der Lage im DNA-Labor.

»Es wird rund um die Uhr gearbeitet«, antwortet Bryce. »Hoffentlich kommen Sie heute nicht noch einmal her. Sie sollten sich ausruhen.«

»Ist Colonel Pruitt wieder in Dover oder im Labor?«

»Ich habe ihn vor kurzem gesehen. Er ist mit General Briggs hier. Bald kommen einige ihrer Leute aus Dover. Tja, wahrscheinlich sind sie auch Ihre Leute …«

»Suchen Sie Colonel Pruitt und fragen Sie ihn, ob die an der Schreibmaschine sichergestellte DNA auf meine Anweisung hin sofort und als Erstes mit CODIS abgeglichen werden könnte. Möglicherweise ist es ja schon geschehen. Er wird wissen, was ich meine. Doch vor allem möchte ich, dass eine Analyse auf Blutsverwandtschaft durchgeführt wird. Alle DNA-Profile sollen mit dem von Jack Fielding verglichen werden. Außerdem hätte ich da noch eine weitere Analyse auf Blutsverwandtschaft mit einer Person, die in CODIS abgespeichert ist. Es handelt sich um eine Strafgefangene im Chatham Correctional Institute in Savannah, Georgia, namens Kathleen Lawler.« Ich buchstabiere den Namen. »Eine Wiederholungstäterin …«

»Wo?«

»Chatham. Das ist ein Frauengefängnis in der Nähe von Savannah, Georgia. Ihre DNA sollte in der Datenbank von CODIS sein …«

»Was hat das …?«

»Sie und Jack hatten ein gemeinsames Kind, ein Mädchen. Durch die Analyse möchte ich herausfinden, ob eine Übereinstimmung mit sichergestellten DNA-Spuren besteht …«

»Er hat was? Was mit wem?«

»Und dann noch die latenten Fingerabdrücke auf der Plastikfolie …«, fahre ich fort.

»Jetzt haben Sie mich völlig verwirrt …«

»Bryce, dann entwirren Sie sich und unterbrechen Sie mich nicht ständig. Am besten schreiben Sie mit.«

»Wird gemacht, Boss.«

»Ich will, dass die Fingerabdrücke auf der Folie mit Fieldings und meinen verglichen werden, und außerdem so schnell wie möglich eine DNA-Analyse. Nur um zu sehen, wer die Folie sonst noch angefasst haben könnte. Vielleicht die Person, die das Schmerzpflaster, zu dem sie gehört, hergestellt oder verändert hat. Ich vermute, dass Otwahl die Fingerabdrücke seiner Mitarbeiter speichert. Schließlich ist man dort sehr auf Sicherheit bedacht. Es ist wirklich wichtig, zu erfahren, von wem genau die manipulierten Pflaster stammen. Colonel Pruitt und General Briggs werden das verstehen.«

Während Benton durch Cambridge fährt, rufe ich als Nächstes Erica Donahue an. Benton nimmt dieselben Straßen wie Eli am letzten Sonntag mit Sock auf dem Weg zu seinem Stiefvater, um die Machenschaften bei Otwahl einem Mann zu melden, der die Möglichkeit besaß, etwas dagegen zu unternehmen.

»Zu welchen Gelegenheiten war Sie denn bei Ihnen?«, frage ich Mrs. Donahue, nachdem sie mir mitgeteilt hat, Dawn Kincaid sei häufig im Haus der Donahues auf dem Beacon Hill und ein gerngesehener Gast gewesen. Die Donahues finden sie reizend.

»Zum Abendessen oder einfach auf einen Kurzbesuch, insbesondere am Wochenende. Wissen Sie, sie hat es nicht leicht gehabt im Leben und musste sich alles hart erarbeiten. Sie ist wirklich vom Pech verfolgt. Ihre Mutter kam bei einem Verkehrsunfall ums Leben, und dann ist tragischerweise ihr Vater gestorben, ich habe vergessen, woran. So ein nettes Mädchen, und sie ist immer lieb mit Johnny umgegangen. Sie haben sich kennengelernt, als er im letzten Frühjahr bei Otwahl angefangen hat, obwohl sie älter ist als er und am MIT promoviert. Davor war sie in Berkeley, glaube ich. Sie ist hochintelligent und sehr attraktiv. Woher kennen Sie sie?«

»Ich muss zugeben, dass ich ihr noch nie begegnet bin.«

»Sonst hat Johnny eigentlich keine Freunde. Sie ist die beste Freundin, die er je hatte. Leider ist sonst nichts zwischen ihnen, obwohl ich darauf gehofft habe. Doch daraus wird wahrscheinlich nichts werden. Wie es aussieht, ist sie mit einem anderen Mitarbeiter von Otwahl liiert, einem Wissenschaftler.«

»Kennen Sie seinen Namen?«

»Tut mir leid; falls ich ihn je gewusst habe, habe ich ihn vergessen. Ich glaube, er ist ebenfalls aus Berkeley und wegen des MIT und Otwahl hergekommen. Ein Südafrikaner. Johnny hat ziemlich unschön über den afrikanischen Streber gesprochen, mit dem Dawn geht, und noch einige andere Kraftausdrücke benutzt, die ich hier nicht wiederholen möchte. Davor war sie mit einem geistig minderbemittelten Sportler zusammen, das waren Johnnys Worte, denn er ist ein bisschen eifersüchtig …«

»Einem geistig minderbemittelten Sportler?«, hake ich nach.

»Einfach pietätlos, so etwas über jemanden zu sagen, der auf derart tragische Weise gestorben ist. Aber Johnny hat kein Taktgefühl. Das gehört zu seinem Anderssein.«

»Wissen Sie, wie der Mann, der gestorben ist, hieß?«

»Ich erinnere mich nicht. Der Footballspieler, der im Hafenbecken gefunden wurde.«

»Hat Johnny mit Ihnen über den Fall gesprochen?«

»Sie wollen doch nicht etwa andeuten, mein Sohn könnte etwas damit …«

Ich versichere ihr ruhig, dass ich nichts dergleichen andeuten möchte, und beende das Telefonat, als das Auto knirschend über den Schnee rollt, der unsere Einfahrt in Cambridge bedeckt. An ihrem Ende steht unter den kahlen Ästen einer riesigen Eiche das Kutschhaus, das wir zur Garage umgebaut haben. Die Scheinwerfer beleuchten die doppelflügelige Tür aus Holz.

»Du hast es selbst gehört«, meine ich zu Benton.

»Das heißt nicht, dass Jack es nicht war. Kein Beweis dafür, dass er Wally Jamison, Mark Bishop oder Eli Goldman nicht auf dem Gewissen hat«, fügt er hinzu. »Wir müssen vorsichtig sein.«

»Natürlich müssen wir das. Wir sind immer vorsichtig. Und du wusstest wirklich nichts von all diesen Dingen?«

»Ich darf nicht wiederholen, was ein Patient mir anvertraut hat. Aber drücken wir es einmal so aus: Was Mrs. Donahue gerade gesagt hat, ist interessant. Außerdem behaupte ich nicht, dass ich mir in Sachen Fielding sicher bin. Wir müssen uns nur bedeckt halten, weil uns über gewisse Dinge noch die Informationen fehlen. Doch wir werden sie bekommen, das verspreche ich dir. Nach Dawn Kincaid wird überall gesucht. Ich werde die neuesten Fakten weitergeben«, sagt Benton. Damit will er in Wahrheit ausdrücken, dass wir momentan nichts tun können oder sollten, und er hat recht. Schließlich geht es nicht an, dass wir als zweiköpfiger Suchtrupp losziehen, um Dawn Kincaid aufzuspüren, die inzwischen ohnehin vermutlich über alle Berge ist.

Benton stoppt den Wagen und richtet eine Fernbedienung auf die Garage. Ein Holztor hebt sich. Innen schaltet sich das Licht an. Es beleuchtet seinen schwarzen Porsche 911 und drei leere Stellplätze.

Nachdem er den SUV neben dem Sportwagen geparkt hat, lege ich Sock die Leine um den langen, schlanken Hals und hebe ihn von meinem Schoß und vom Rücksitz in die Garage, wo es wegen des fehlenden Fensters bitterkalt ist. Dann überquere ich mit ihm den gummierten Bodenbelag und spähe durch das klaffende schwarze Quadrat in unseren verschneiten Garten hinaus. Trotz der Dunkelheit kann ich aufgewühlten Schnee und Unmengen von Fußabdrücken erkennen. Die Nachbarskinder haben unser Grundstück wieder als Abkürzung benutzt, womit endlich Schluss sein muss. Wir haben einen Hund. Außerdem werde ich den Garten einzäunen lassen. Ich werde die miese, unfreundliche Nachbarin sein, die anderen das Betreten ihres Grundstücks verbietet.

»Das ist doch ein Witz«, meine ich zu Benton, während wir aus der frei stehenden Garage auf die glatte, schneebedeckte Einfahrt hinaustreten. Die Nacht ist eiskalt, weiß und totenstill. »Du beschließt, eine Alarmanlage für die Garage anzuschaffen. Jetzt haben wir eine, die nicht funktioniert. Jeder könnte ungehindert einsteigen. Wann kommt das neue Fenster?«

Wir gehen zur Hintertür. Vorsichtig tasten wir uns über den verkrusteten Schnee, der Sock offensichtlich nicht zusagt. Er zieht ruckartig die Pfoten hoch, als wären es glühende Kohlen, und zittert am ganzen Körper. Dunkle Bäume wiegen sich im Wind, der Nachthimmel ist mit Sternen übersät. Der Mond schwebt klein und knochenweiß hoch über den Dächern und Wipfeln von Cambridge.

»Es nervt«, antwortet er und nimmt die Einkaufstüte in die andere Hand, um den Schlüssel herauszukramen. »Ich bestelle gleich morgen die Handwerker. Das Problem ist nur, dass ich nie da war und jemand zu Hause sein muss.«

»Wäre es sehr aufwendig, den Garten für Sock einzuzäunen? Dann könnten wir ihn rauslassen, ohne befürchten zu müssen, dass er davonläuft.«

»Du hast doch erzählt, dass er nicht gern läuft.« Benton schließt die verglaste Veranda auf.

Dahinter erheben sich die dunklen Umrisse der Bäume von Norton's Woods. Das Holzgebäude mit seinem dreischichtigen Metalldach ragt düster in der Nacht auf. Drinnen brennt kein Licht. Der Anblick der American Academy of Arts and Sciences macht mich traurig, und ich denke an Liam Saltz und seinen ermordeten Stiefsohn. Dann frage ich mich, ob der beschädigte Flybot noch irgendwo da draußen herumliegt, im Schnee begraben, erfroren, nicht mehr am Leben, wie Lucy es ausgedrückt hat, da keine Sonne an ihn herankommt. Ich habe das merkwürdige Gefühl, dass er jemandem in die Hände gefallen ist. Vielleicht dem FBI, überlege ich. Oder jemandem von DARPA oder dem Pentagon. Möglicherweise auch Dawn Kincaid.

»Ich glaube, wir brauchen Schuhe für ihn«, sage ich. »Es gibt kleine Schuhe für Hunde. Schließlich soll er sich auf dem Eis und dem gefrorenen Schnee nicht die Pfoten verletzen.«

»Nun, in dieser Kälte wird er ohnehin nicht weit gehen.«

Als Benton die Tür öffnet, piepst die Alarmanlage. »Glaub mir. Bei diesem Wetter wirst du Schwierigkeiten haben, ihn vor die Tür zu locken. Hoffentlich ist er stubenrein.«

»Außerdem muss er ein paar Mäntel haben. Mich wundert, dass Eli, Dawn oder sonst jemand ihm keinen Mantel gekauft hat. Hier in unserer Gegend brauchen Windhunde bei diesem Wetter einen. Eigentlich ist das hier nicht die richtige Umgebung für diese Rasse, aber so ist es nun mal, Sock. Du wirst es warm und gut haben und genug zu fressen bekommen.«

Benton gibt den Code ins Tastenfeld ein und aktiviert die Alarmanlage wieder, sobald sich die Tür hinter uns geschlossen hat. Sock lehnt sich an meine Beine.

»Du zündest ein Feuer an, ich kümmere mich um die Drinks«, meine ich zu Benton. »Dann koche ich Hühnchen und Reis. Später wechsle ich vielleicht zu Kabeljau und Gänsefuß, aber noch nicht jetzt. Schließlich hat er den ganzen Tag Hühnchen mit Reis gefressen, und ich möchte nicht, dass ihm übel wird. Was hättest du denn gern? Oder sollte ich besser fragen, was überhaupt im Haus ist?«

»Im Gefrierschrank ist noch etwas von deiner Pizza.«

Ich mache Licht. Die Buntglasfenster im Treppenhaus sind dunkel, sehen aber von außen wegen der Innenbeleuchtung sicher wundervoll aus. Ich stelle mir vor, wie die französischen Naturszenen fröhlich funkeln, wenn ich bei Dunkelheit mit Sock vors Haus gehe. Dann male ich mir aus, wie ich im Frühling und im Sommer, wenn es warm ist, mit ihm draußen spiele und sehe, wie hinter den farbenfrohen Fenstern abends das Licht angeht, ein friedlicher und heimeliger Anblick. Ich werde am Stadtrand von Harvard wohnen, von der Arbeit zu meinem alten Hund nach Hause kommen und einen Rosengarten anlegen. Das hört sich wundervoll an.

»Ich möchte jetzt nichts essen«, erwidert Benton und zieht

die Jacke aus. »Eins nach dem anderen. Einen sehr starken Drink bitte.«

Er geht ins Wohnzimmer. Socks Fußnägel klicken auf dem Parkett und sind lautlos auf den Teppichen, als wir durch die Zimmer auf die Küche zusteuern. Ich spüre, wie er sich an meine Beine lehnt, während ich Hängeschränke aus dunklem Kirschholz über Küchengeräten aus Edelstahl öffne. Er folgt mir auf Schritt und Tritt, schmiegt sich an mich und drückt sich von hinten an meine Beine, als ich Gläser und anschließend Eis aus dem Gefrierschrank hole. Dann nehme ich eine Flasche von unserem besten Scotch, einem Glenmorangie Single Malt, fünfundzwanzig Jahre alt – ein Weihnachtsgeschenk von Jaime Berger. Es bricht mir fast das Herz, als ich die Drinks einschenke und an Lucys und Jaimes Trennung, die vielen Toten und daran denke, wie Fielding sein Leben ruiniert hat und wie er gestorben ist. Er hat Selbstmord auf Raten begangen, und zu guter Letzt hat jemand das Werk für ihn vollendet, indem er ihm eine Glock ins rechte Ohr gesteckt und abgedrückt hat. Aller Wahrscheinlichkeit nach hat er dabei neben dem Niedrigtemperatur-Gefrierschrank gestanden, in dem er das illegal beschaffte Sperma gelagert hat, bevor er es an die Ehefrauen, Mütter und Lebensgefährtinnen von jung gestorbenen Männern schickte.

Wem hätte Fielding genug vertraut, um ihm Zutritt zu seinem Keller zu gewähren, die Erlöse seines verbotenen Geschäftsbetriebs mit ihm zu teilen und ihn das Haus des Schiffskapitäns sowie vermutlich seine gesamte Habe mitbenutzen zu lassen? Ich erinnere mich an die Worte seines ehemaligen Vorgesetzten, des Chief Medical Examiner in Chicago. Er meinte, er sei froh, dass Jack nach Massachusetts in die Nähe seiner Familie zöge. Allerdings hat er damit nicht Lucy, Marino oder mich gemeint, nein, weit gefehlt. Nicht einmal seine derzeitige Frau und seine beiden Kinder.

Ich habe das Gefühl, dass der Kollege auf eine Person angespielt hat, von deren Existenz ich bis jetzt nichts geahnt habe, und wenn ich nicht so sehr um mich selbst kreisen würde, wäre ich vielleicht schon früher auf diesen Gedanken gekommen.

Wie typisch für mich, meine Rolle in Fieldings Leben derart zu überschätzen! Dabei hat er nicht an mich gedacht, als er gegenüber seinem früheren Vorgesetzten seine Familie erwähnte. Wahrscheinlich ging es ihm um die Tochter seiner ersten Liebe, die vermutlich die erste Frau war, mit der er je Sex gehabt hatte – die Therapeutin in einer Jugendeinrichtung bei Atlanta, die sein Kind zur Welt gebracht und dann weggeben hat, genau wie Fielding selbst weggegeben worden war. Ein Mädchen mit genetischer Vorbelastung, wie Benton es formuliert hat, weshalb sie vermutlich selbst im Gefängnis, wenn nicht gar tot sei. Letztes Jahr ist sie von Berkeley hierhergezogen. Und Fielding kam aus Chicago.

»1978«, sage ich, als ich in das dämmrige, gemütliche Wohnzimmer mit seinen eingebauten Bücherregalen und den frei liegenden alten Deckenbalken komme. Die Lichter sind ausgeschaltet, und im Backsteinkamin knistert ein fröhliches Feuer. Als Benton mit dem Schüreisen ein Holzscheit verschiebt, stieben Funken. »Sie müsste ungefähr in Lucys Alter sein, etwa einunddreißig.« Ich reiche ihm ein Glas Scotch; viel Whisky mit nur wenigen Eiswürfeln. Der Whisky leuchtet im Schein des Feuers kupferrot. »Glaubst du auch, dass Dawn Kincaid seine leibliche Tochter ist? Ich bin nämlich ziemlich sicher. Hoffentlich warst du darüber nicht auch bereits im Bilde.«

»Nein, ich schwöre. Falls es überhaupt stimmt.«

»Du hast dich wirklich nicht mit Dawn Kincaid oder einem Kind befasst, das Fielding mit einer Frau gezeugt hat, die heute im Gefängnis sitzt?«

»Ich schwöre. Vergiss nicht, wie wenig Zeit wir hatten, Kay.« Wir nehmen nebeneinander auf dem Sofa Platz; Sock lässt sich auf meinem Schoß nieder. »Bis letzte Woche hat sich niemand für Fielding interessiert, zumindest nicht wegen eines Verbrechens oder einer Gewalttat. Allerdings hätte ich mir die Mühe machen sollen, mehr über das zur Adoption freigegebene Baby herauszufinden«, antwortet Benton und scheint sich ein wenig über sich selbst zu ärgern. »Irgendwann hätte ich es sicher getan. Ich hatte es nur noch nicht erledigt, weil es mir nicht wichtig erschien.«

»Im Großen und Ganzen betrachtet, war es das zu diesem Zeitpunkt auch noch nicht. Ich mache dir keine Vorwürfe.«

»Aus den Unterlagen wusste ich, dass das Baby, ein Mädchen, zur Adoption freigegeben wurde, während die Mutter ihre erste Haftstrafe verbüßte. Eine Vermittlungsagentur in Atlanta«, erwidert er. »Vielleicht hat sie sich wie viele adoptierte Kinder auf die Suche nach ihren leiblichen Eltern gemacht.«

»Und für jemanden, der so klug ist wie sie, war das sicher nicht schwierig.«

»Herrgott.« Benton trinkt einen Schluck Scotch. »Immer stolpert man über die eine Sache, die man auf die lange Bank geschoben hat.«

»Schon gut. So ist es eben. Man kann nicht auf alles achten.«

Wir sitzen auf dem Sofa und betrachten das Feuer. Sock hat sich auf meinem Schoß zusammengerollt. Er hängt an mir und lässt mich nicht aus den Augen. Ständig braucht er Körperkontakt, als glaubte er, dass ich mich in Luft auflösen und ihn wieder in einem heruntergekommenen Haus allein lassen könnte, wo schreckliche Dinge geschehen.

»Meiner Ansicht nach sind die Chancen sehr hoch, dass die DNA-Tests unseren Verdacht in Sachen Dawn Kincaid bestätigen werden«, fährt Benton mit matter Stimme fort. »Ich wünschte, wir hätten es schon früher gewusst, doch es gab keinen Grund für gründliche Nachforschungen.«

»Du musst es nicht noch öfter wiederholen. Warum hättest du dich dafür interessieren sollen?«

»Mir war bekannt, dass Fieldings E-Mails an Kathleen Lawler schrieb, aber das ist ja nicht verboten, ja nicht einmal verdächtig. Außerdem wurde nie jemand namens Dawn erwähnt. Nur ein gemeinsames *Thema*. An dieses Wort erinnere ich mich noch gut. Ich dachte, dass er damit ein Verbrechen meint, vielleicht das Verbrechen von damals, das ihr ganzes Leben unwiederbringlich verändert hat. Ich dachte, das wäre das *Thema*«, antwortet er bedauernd und scheint beim Sprechen weiter zu überlegen. »Inzwischen muss ich mich fragen, ob dieses gemeinsame *Thema* nicht ihr Kind, Dawn Kincaid, ist. Nur schade, dass Jack diese Phase seines Lebens nie hinter sich gelassen und sich Kathleen Lawler noch immer verbunden gefühlt hat. Und sie sich vermutlich auch ihm. Und dann ist da noch eine Tochter mit seiner Intelligenz, seinen guten Seiten und auch seinen schlechten. Ebenso, wie sie die guten und die wirklich schlechten Seiten ihrer Mutter geerbt hat. Der Himmel weiß, wie oft das Mädchen herumgereicht worden ist. Bei ihrem Vater hat sie jedenfalls nie gelebt, und ich vermute, dass sie ihn in ihrer Kindheit gar nicht kannte. Aber das ist natürlich reine Spekulation.«

»Eigentlich nicht. Mich erinnert es eher an eine Autopsie, die mir in den meisten Fällen nur das bestätigt, was ich ohnehin bereits weiß.«

»Ich fürchte, wir wissen es vielleicht wirklich. Es wäre der Inbegriff des Grauens. So viel zum Thema schlechte Saat und die Sünden der Väter.«

»Manche würden sagen, dass es in diesem Fall die Sünden der Mutter sind.«

»Ich sollte einige Anrufe erledigen«, meint Benton, trinkt dabei einen Schluck und starrt ins Feuer.

Er ärgert sich über sich selbst, denn er kann sich nicht verzeihen, dass er diese eine Sache, wie er sie nennt, übersehen hat. Er ist überzeugt, dass er der Suche nach einem Baby, das eine Frau vor über dreißig Jahren im Gefängnis geboren hat, ganz oben auf die Prioritätenliste hätte setzen sollen, was wirklich unrealistisch von ihm ist. Wie hätte er denn darauf kommen sollen?

»Jack hat mir gegenüber weder Dawn Kincaid noch eine zur Adoption freigegebene Tochter erwähnt. Mit keinem Wort. Ich hatte keine Ahnung.« Der Whisky hat mich aufgewärmt. Ich streichle Sock und spüre seine vorstehenden Rippen wie ein Waschbrett. In mir hat sich eine Trauer festgesetzt, die sich nicht legen wird. »Ich bezweifle stark, dass sie, außer vielleicht vor kurzem, je bei ihm gelebt hat. In Richmond auf gar keinen Fall. Zumal es unwahrscheinlich ist, dass seine jeweilige Ehefrau einverstanden gewesen wäre, eine Tochter aus einem strafbaren Verhältnis bei sich aufzunehmen, vorausgesetzt, dass sie überhaupt davon wusste. Wahrscheinlich hat er seinen Frauen nichts erzählt, außer vielleicht, um zu erklären, warum ihm Fälle, bei denen es um tote Kinder geht, solche Schwierigkeiten bereiten. Sofern er gegenüber den Frauen in seinem Leben überhaupt so offen gewesen ist.«

»Dir hat er es gesagt.«

»Ich war nicht nur irgendeine Frau in seinem Leben, sondern seine Chefin.«

»Mehr als das.«

»Bitte, fang nicht schon wieder damit an, Benton. Allmählich wird es albern. Ich weiß, dass du schlechte Laune hast. Außerdem sind wir beide müde.«

»Es ist nur der Gedanke, dass du vielleicht nicht ehrlich zu mir bist. Es kümmert mich nicht, was du früher getan hast.

Ich habe kein Recht, mich für die Zeit vor unserer Beziehung zu interessieren.«

»Nun, es interessiert dich offenbar trotzdem, und du kannst dich interessieren, wofür du willst. Wie oft muss ich es noch wiederholen?«

»Ich erinnere mich noch an das erste Mal, als wir miteinander ausgegangen sind.«

»Wie altmodisch das klingt. Wie ein Paar in den Fünfzigern.«

»1988, das italienische Lokal in diesem Viertel von Richmond, das Fan heißt. Weißt du noch, Joe's?«

»Dort sind wir immer gelandet, wenn ich mit Polizisten unterwegs war.«

»Damals warst du noch nicht lange Chief Medical Examiner.« Benton spricht mit dem Kaminfeuer und streichelt dabei zärtlich meine Hand. »Ich habe dich nach Jack gefragt, weil du dich so um ihn bemüht, auf ihn geachtet und so viel an ihn gedacht hast. Ich fand das ungewöhnlich. Und je mehr ich nachgehakt habe, desto stärker bist du mir ausgewichen. Das habe ich nie vergessen.«

»Das lag nicht an ihm«, antworte ich, »sondern daran, dass ich mich nicht wohl in meiner Haut gefühlt habe.«

»Wegen Briggs? Kein einfacher Mensch, wenn man ihm untergeordnet ist.«

»Was geschehen ist, ist ohnehin nur meine Schuld. Ich mache weder ihm noch sonst jemandem Vorwürfe«, fahre ich fort. »Aber damals war er Gott. Jedenfalls für jemanden wie mich. Ich hatte wirklich ein sehr behütetes Leben geführt. Eigentlich hatte ich bis dahin nichts anderes getan, als zur Schule zu gehen, zu studieren und ein Praktikum nach dem anderen abzuleisten. Mein Gott, wie viele Jahre habe ich damit verbracht. Ich war wie in Trance, habe geschuftet, kaum geschlafen und natürlich die Anweisungen meiner

Vorgesetzten befolgt. Anfangs habe ich kaum gewagt, sie in Frage zu stellen, weil ich glaubte, das Medizinstudium nicht verdient zu haben. Ich dachte, ich hätte den kleinen Lebensmittelladen meines Vaters übernehmen, heiraten, Kinder bekommen und mich bescheiden sollen wie alle anderen in meiner Familie.«

»John Briggs war der mächtigste Mann, dem du je begegnet warst, und ich verstehe den Grund«, sagt Benton, und ich ahne, dass er Briggs besser kennt, als ich bis jetzt vermutet habe. Ich überlege, wie oft sie in den letzten sechs Monaten wohl miteinander gesprochen haben mögen, nicht nur über Fielding, sondern auch über andere Themen.

»Bitte fühle dich nicht von ihm bedroht«, beteuere ich, während ich darüber nachgrüble, was Benton über Briggs und vor allem auch über mich weiß. »Unsere gemeinsame Vergangenheit spielt keine Rolle mehr. Außerdem war es ohnehin eher meine subjektive Wahrnehmung. Damals hat seine Macht eine Funktion für mich erfüllt.«

»Weil dein Vater das genaue Gegenteil war. Die jahrelange Krankheit, eine Zeit, in der du ihn gepflegt und auch sonst alles geregelt hast. Du hast dich nach jemandem gesehnt, der sich endlich einmal um dich kümmert.«

»Und rate mal, was passiert, wenn Wünsche in Erfüllung gehen. John hat sich nämlich auf eine sehr destruktive Weise um mich gekümmert. Oder, besser, ich habe nicht auf mich geachtet. Ich habe mich sehenden Auges dazu verleiten lassen, gegen mein Gewissen zu handeln und etwas zu tun, was nicht richtig war.«

»Politische Erwägungen«, sagt Benton, als wäre er im Bilde.

»Was hat man dir über die damaligen Ereignisse erzählt?« Ich mustere ihn. Das lodernde Feuer malt tanzende Schatten auf sein attraktives Gesicht.

»Soweit ich informiert bin, muss man sich für jedes vom Militär finanzierte Jahr Medizin- oder Jurastudium für zwei Jahre verpflichten. Wenn meine Rechenkünste also nicht völlig versagen, hättest du der amerikanischen Regierung acht Jahre Dienst bei der Air Force geschuldet, genauer, beim AFIP und dem AFME.«

»Sechs. Ich habe meinen Abschluss am Johns Hopkins in drei Jahren gemacht.«

»Ja, richtig. Aber wie lange warst du tatsächlich im Dienst? Ein Jahr? Und immer, wenn ich mich danach erkundige, tischst du mir dieselbe Geschichte auf, das AFIP habe eine Ausbildungsstätte in Virginia einrichten wollen und beschlossen, dich dort als Leiterin einzusetzen.«

»Wir haben tatsächlich eine Ausbildungsstätte gegründet. Damals gab es beim AFIP nicht viele Möglichkeiten, sich auf Forensik zu spezialisieren. Also haben wir ein Institut in Richmond aufgemacht. Und inzwischen ist noch das CFC dazugekommen. Wir werden auch hier bald mit der Ausbildung beginnen. Ich muss es in die Wege leiten.«

»Politische Erwägungen«, wiederholt Benton und trinkt von seinem Scotch. »Du hattest immer ein schlechtes Gewissen, und ich dachte lange Zeit, dass Jack der Grund ist. Weil du eine Affäre mit ihm hattest, weshalb er das Trauma seiner Kindheit noch einmal durchleben musste. Eine mächtige, ihm weisungsbefugte Frau geht mit ihm ins Bett, macht ihn erneut zum Opfer und erinnert ihn wieder an das Verbrechen von damals. Das wäre unverzeihlich von dir gewesen.«

»Und ich habe es auch nicht getan.«

»Ehrenwort?«

»Ehrenwort.«

»Aber irgendetwas muss da gewesen sein.« Er lässt einfach nicht locker.

»Ja, doch das war vor Jacks Zeit«, antworte ich.

»Du hast Befehle ausgeführt, Kay. Du darfst dich nicht weiter zermürben«, entgegnet er. Dass er eingeweiht ist, liegt jetzt auf der Hand.

»Ich habe ihren Familien nie reinen Wein eingeschenkt«, erwidere ich. Benton schweigt. »Ich habe es nicht geschafft, die Familien der beiden in Kapstadt ermordeten Frauen anzurufen und ihnen zu erzählen, was sich wirklich dort abgespielt hat. Sie glauben noch immer an eine rassistische Tat, an eine Bande. Eine hohe Kriminalitätsrate und Schwarze, die Weiße umbringen, passten während des Apartheidregimes einigen Leuten in der politischen Führungsspitze gut in den Kram. Je furchtbarer, desto besser.«

»Diese Leute sind nicht mehr an der Macht, Kay.«

»Du solltest deine Telefonate erledigen, Benton. Ruf Douglas oder sonst jemanden an und gib ihnen in Sachen Dawn Kincaid Bescheid. Sag ihnen, wer sie vermutlich ist und welche Tests ich angeordnet habe.«

»Die Regierung Reagan ist Schnee von gestern, Kay.« Benton will, dass ich darüber rede, und ich bin überzeugt, dass dieses Thema bereits abgehandelt wurde. Vermutlich hat Briggs es erwähnt, weil ihm klar ist, wie sehr die Angelegenheit mich verfolgt.

»Das gilt nicht für das, was ich getan habe«, gebe ich zurück.

»Du hast nichts falsch gemacht, verdammt. Du bist nicht schuld am Tod dieser Frauen. Um das festzustellen, brauche ich nicht alle Einzelheiten zu kennen«, widerspricht Benton und flicht die Finger in meine.

»Ich fühle mich aber schuldig«, antworte ich.

»Das brauchst du nicht«, beharrt er. »Die Tat wurde von anderen begangen, und dich hat man zum Schweigen gezwungen. Ist dir klar, wie oft ich mein Wissen nicht preisgeben darf? Es ist ein Motiv, das mein Leben begleitet. Die

Alternative wäre, die Lage zu verschlimmern. Das ist der springende Punkt. Verschlimmert die Wahrheit die Lage, und sorgt sie dafür, dass Menschen verfolgt und getötet werden? *Primum non nocere.* Erstens: Richte keinen Schaden an. Dagegen wäge ich alles ab, und ich bin todsicher, dass das bei dir nicht anders ist.«

Im Moment habe ich keine Lust auf einen Vortrag.

»Glaubst du, sie war es?«, erkundige ich mich. Sock atmet ruhig und zufrieden, als hätte er schon immer bei uns gelebt und wäre hier zu Hause. »Hat sie alle umgebracht?«

»Inzwischen stelle ich mir diese Frage.« Er betrachtet seinen Drink, der im Schein des Feuers honiggelb schimmert.

»Um Jack von seinen Leiden zu erlösen?«

»Wahrscheinlich hat sie ihn gehasst«, entgegnet Benton. »Und deshalb hat sie sich vermutlich zu ihm hingezogen gefühlt und wollte ihn als Erwachsene kennenlernen. Falls es so war.«

»Nun, ich traue ihm nicht zu, Wally Jamison im Keller anzuketten und ihn totzuprügeln. Wenn Wally das Haus in Salem freiwillig betreten hat, dann vermutlich, weil er von Dawn eingeladen worden war, sie zu besuchen. Vielleicht wollte sie an Halloween eine Phantasie, ein makabres Sexspiel, ausleben. Möglicherweise hat sie mit Mark Bishop etwas Ähnliches gemacht. Und wenn sie jemanden unter ihrer Kontrolle hat, also in ihrem Bann, genau dort, wo sie ihn haben will, dann schlägt sie zu. Einfach nur, weil es einen diabolischen Menschen wie sie in Erregung versetzt.«

»Liam Saltz' zweite Frau, Elis Mutter, ist Südafrikanerin«, sagt Benton. »Ebenso wie ihr erster Mann, Elis leiblicher Vater. Eli trug einen Ring, der vermutlich aus dem Haus der Donahues entwendet wurde, aller Wahrscheinlichkeit nach von Dawn, als sie auch die Schreibmaschine und das Briefpapier mitgehen ließ. Sie könnte das Isolierband dazu verwendet haben, Fasern und andere Spuren im Haus der Donahues einzusammeln, wenn sie gerade schon dabei war. Damit es aussieht, als käme der Brief tatsächlich von der Mutter, so dass Johnnys Alibi noch mehr ins Wanken gerät.«

»Jetzt denkst du genauso irrational wie ich«, erwidere ich spöttisch. »Aber so stelle ich es mir ungefähr vor.«

»Das Spiel«, überlegt Benton laut. Sein Tonfall ist der, den er immer anschlägt, wenn er mit den Handlungen eines Menschen ganz und gar nicht einverstanden ist. »Spiele und noch mehr Spiele, ausgeklügelte, kunstvoll aufgebaute Dramen. Ich kann es kaum erwarten, dieses gottverdammte Miststück kennenzulernen.«

»Vielleicht hattest du genug Scotch.«

»Nicht annähernd genug. Wer hätte Johnny Donahue besser manipulieren können als eine attraktive Intelligenzbestie, eine ältere Frau wie sie? Es wäre ein Leichtes für sie gewesen, dem armen Jungen einzureden, er habe in einem Anfall von Wahn und Gedächtnisverlust, ausgelöst von den Drogen, mit denen sie seine Medikamente versetzt hat, einen sechsjährigen Jungen getötet. An Fieldings Medikamenten hat sie vermutlich auch herumgedoktert. Wer weiß, bei wem sie es noch getan hat. Eine bis ins Mark verdorbene Person, die die Menschen vernichtet, die sie angeblich liebt. Sie rächt sich an ihnen für alles, was ihr angetan worden ist. Wenn man noch die genetische Vorbelastung hinzunimmt und davon ausgeht, dass sie die gleichen Drogen eingeworfen hat wie Fielding …«

»Das wäre eine tödliche Mischung.«

»Na, dann wollen wir doch mal sehen, was für eine Killermaschine ich sein kann und womit ich ungeschoren davonkomme«, fügt er in seinem ganz speziellen Tonfall hinzu. Wenn ich ihm in die Augen schauen könnte, würde ich den erwarteten Ausdruck darin finden: abgrundtiefe Verachtung.

»Und wenn es vorbei ist, bleibt sie als Letzte lebend stehen. Weil sie verdammt noch mal kugelfest ist.«

»Du könntest recht haben.« Mir fällt das Paket ein, das ich im Auto liegengelassen habe. »Warum erledigst du nicht deine Anrufe?«

»Borderline-Syndrom, Sadismus, manipulative, narzisstische Persönlichkeit.«

»Vermutlich bekommen manche Leute von allem etwas ab.« Ich stelle mein Glas auf den Couchtisch und schiebe Sock sanft von meinem Schoß auf den Teppich.

»Das ist in einigen Fällen eben so.«

»Ich habe das Paket vergessen, das Briggs mir mitgebracht hat«, sage ich und stehe vom Sofa auf. »Ich gehe kurz mit Sock raus. Musst du Gassi?«, frage ich den Hund. »Anschließend wärme ich die Pizza auf. Wahrscheinlich haben wir nichts für einen Salat da. Wovon um alles in der Welt hast du gelebt, während ich weg war? Lass mich raten. Du hast dir bei Chang An chinesisches Essen geholt und drei Tage lang die Reste aufgewärmt.«

»Darauf hätte ich jetzt Lust.«

»Bestimmt hast du es die ganze Zeit so gemacht.«

»Deine Pizza ist mir jederzeit lieber.«

»Versuch nicht, dich einzuschmeicheln«, erwidere ich.

Ich hole Socks Leine aus der Küche, lege sie ihm um und nehme eine Taschenlampe aus der Schublade. Es ist eine alte Maglite, die Marino mir vor Ewigkeiten geschenkt hat, lang, aus schwarzem Aluminium und mit dicken D-Batterien betrieben. Sie erinnert mich an die Zeiten, als Polizisten Taschenlampen, so groß wie Schlagstöcke, mit sich herumschleppten. Heutzutage sind sie winzig wie die SureFire-Lampen, die Lucy so liebt. Benton hat auch so eine im Handschuhfach. Während ich die Alarmanlage deaktiviere, mache ich mir wegen der Kälte Sorgen um Sock. Auf dem Weg die Hintertreppe hinunter in die Dunkelheit stelle ich fest, dass ich vergessen habe, eine Jacke anzuziehen. Außerdem leuchtet der Bewegungsmelder an der Garage nicht. Ich überlege, ob er auch schon nicht funktioniert hat, als wir vor einer guten Stunde nach Hause gekommen sind, bin mir aber nicht sicher. Es gibt hier noch so viel zu reparieren und zu erledigen. Wo soll ich morgen nur anfangen?

Benton hat die Tür der frei stehenden Garage nicht abgeschlossen. Wozu auch, wenn an der hinteren Wand ein Fenster von der Größe eines Flachbildfernsehers offen ist? In dem umgebauten Kutschhaus ist es dunkel und bitterkalt. Durch das klaffende schwarze Quadrat, das ich kaum ausmachen kann, weht Luft herein. Als ich die Maglite einschalten will, passiert nichts. Offenbar sind die Batterien leer. Wie dumm von mir, dass ich das vor dem Rausgehen nicht überprüft habe. Ich richte die Fernbedienung auf den SUV, bis die Zentralverriegelung klackt. Allerdings schaltet sich das Licht nicht ein, weil es ein verdammtes FBI-Dienstfahrzeug ist und Special Agent Douglas das Wageninnere nicht hell erleuchtet wissen will. Als ich auf dem Rücksitz nach dem ziemlich großen Paket taste, wird mir klar, dass ich es nicht gleichzeitig tragen und Sock an der Leine führen kann. Es geht nicht.

»Tut mir leid, Sock«, sage ich zu dem Hund, der sich zitternd an meine Beine drängt. »Ich weiß, dass es hier kalt ist. Gib mir nur eine Minute. Entschuldige. Du siehst, ich bin heute furchtbar zerstreut.«

Mit dem Autoschlüssel schlitze ich das Band auf, mit dem das Paket zugeklebt ist, und hole eine Weste heraus. Die Machart ist mir vertraut, obwohl ich speziell mit dieser Marke noch keine Erfahrung habe. Doch ich erkenne das feste Nylon und die steifen Kevlar-Platten, die Briggs oder sonst jemand bereits in die Innentaschen gesteckt hat. Nachdem ich die Klettbänder auf beiden Seiten geöffnet habe, lege ich mir die Weste über die Schultern. Ich spüre ihr Gewicht, als ich die Wagentür zuschlage. Sock macht einen Satz wie ein Hase und reißt mir die Leine aus der Hand.

»Das war nur die Autotür, Sock. Alles in Ordnung. Komm her, Sock …« Neben dem offenen Fenster bewegt sich etwas. Ich drehe mich um, kann aber bei der Dunkelheit nichts erkennen.

»Sock? Bist du das?«

Die eiskalte Luft um mich herum gerät in Bewegung. Der Hieb in den Rücken fühlt sich an wie ein Hammerschlag zwischen die Schulterblätter, und ich fühle mich, als hätte mich ein laut fauchender Drache angegriffen. Ich verliere das Gleichgewicht.

Ein durchdringender Schrei, ein Zischen und ein warmer, feuchter Nebel, der sich auf mein Gesicht legt, während ich gegen das Auto pralle und mit aller Kraft nach der unbekannten Gestalt aushole. Wie ein Baseballschläger prallt die Maglite krachend gegen etwas Hartes, das unter der Wucht des Hiebs nachgibt und zurückweicht. Wieder hole ich aus und treffe auch, diesmal etwas, das sich anders anfühlt. Metallischer Blutgeruch steigt mir in die Nase, und ich schmecke das Blut auch auf den Lippen und im Mund, als ich erneut zuschlage; allerdings ist da nur leere Luft. Im nächsten Moment geht das Licht an, ich werde geblendet. Ich bin mit einem feinen Blutschleier bedeckt, der aussieht, als stammte er aus einer Airbrush-Pistole. Benton steht in der Garage und zielt mit einer Pistole auf die Frau im langen schwarzen Mantel, die bäuchlings auf dem Boden liegt. Unter ihrer rechten Hand bildet sich eine Blutlache, daneben erkenne ich eine abgetrennte Fingerspitze mit einem funkelnden weißen Nagel. Französische Maniküre. Außerdem liegt da ein Messer mit einer schmalen Stahlklinge und einem dicken schwarzen

Griff, dessen schimmerndes Heft aus Metall mit einem Auslöseknopf versehen ist.

»Kay? Kay? Ist dir etwas passiert? Kay! Alles in Ordnung?«

Ich stelle fest, dass Benton mich anschreit, während ich mich neben die Frau kauere und seitlich am Hals nach ihrem Puls taste. Ich vergewissere mich, ob sie atmet, und drehe sie auf den Rücken, um ihre Pupillen zu untersuchen. Keine davon ist starr. Ihr Gesicht ist blutig, wo die Maglite sie getroffen hat. Erstaunt stelle ich fest, wie sehr sie ihm ähnelt. Das dunkelblonde, sehr kurz geschnittene Haar, die markanten Züge und die volle Unterlippe sehen aus wie bei Jack Fielding. Selbst die kleinen, anliegenden Ohren sind seine, und ich spüre, dass sie Kraft in Oberkörper und Schultern hat. Obwohl sie nicht sehr groß ist, etwa zwischen eins fünfundsechzig und eins achtundsechzig, ist sie grobknochig wie ihr toter Vater. All diese Eindrücke stürmen auf mich ein, während ich Benton bitte, schnell ins Haus zu laufen, einen Notarzt zu rufen und einen Kübel mit Eiswürfeln mitzubringen.

23

Über Nacht ist eine Warmfront herangezogen und hat noch mehr Schnee gebracht, diesmal ein sanftes Rieseln, das lautlos fällt, sämtliche Geräusche dämpft, alles Hässliche zudeckt und scharfe, harte Kanten weichzeichnet.

Ich sitze im Schlafzimmer im ersten Stock unseres Hauses in Cambridge im Bett. Schnee fällt und sammelt sich auf den kalten Ästen einer Eiche vor dem großen Fenster neben mir. Gerade war da noch ein dickes Eichhörnchen, das geschickt auf einem winzigen Zweig balancierte. Wir haben einander durchs Fenster angesehen, während ich die Papiere und Fotos auf meinem Schoß durchschaue. Der Geruch von altem Papier und Staub steigt mir in die Nase. Außerdem der medizinische Geruch der Reinigungstücher, die ich bei Sock verwendet habe. Ich habe nämlich den Verdacht, dass seine Ohren schon seit einiger Zeit nicht gereinigt worden sind, vielleicht sogar noch nie, jedenfalls nicht so gründlich wie bei mir. Anfangs gefiel es ihm gar nicht, aber ich habe ihn mit sanfter Stimme und mit von Lucy mitgebrachten Süßkartoffelleckerchen überredet. Sie hat mir auch eine Schachtel der gleichen Reinigungstücher gegeben, die sie bei ihrer Bulldogge benutzt. Das Miconazol-Chlorhexidin ist gut für Dickhäuter. Ich habe den Fehler gemacht, das meiner Nichte gegenüber zu erwähnen, als sie mir heute Morgen einen Besuch abgestattet hat.

Jet Ranger hätte es gar nicht gern, wenn man ihn einen Dickhäuter nennt, entgegnete Lucy. Schließlich sei er weder ein Elefant noch ein Nilpferd, und den Maßnahmen zur Eindämmung seines Gewichts seien Grenzen gesetzt. Sie habe ihn auf eine neue Diät für Senioren gesetzt, aber wegen seiner Hüftprobleme bekäme er zu wenig Bewegung, und außerdem würde der Schnee aus irgendwelchen Gründen Ausschlag an den Pfoten verursachen. Und seine Beine seien für so tiefen Schnee zu kurz, weshalb er um diese Jahreszeit nicht einmal einen kleinen Spaziergang unternehmen könne. So redete sie immer weiter. Offenbar hatte ich sie wirklich gekränkt. Aber so kann Lucy eben sein, wenn sie sich Sorgen macht oder Angst hat. Am meisten ärgert sie, dass sie gestern Nacht nicht hier war, um sich Dawn Kincaid vorzuknöpfen. Ich hingegen bedaure das nicht im Mindesten, auch wenn ich nicht gerade stolz darauf bin, jemandem zu einem Schädelriss und einer Gehirnerschütterung verholfen zu haben. Aber wenn Lucy in dieser Garage gewesen wäre, gäbe es jetzt eine Leiche mehr. Meine Nichte hätte Dawn Kincaid sicherlich getötet, vermutlich erschossen. Es hat bereits genug Tote gegeben.

Es ist auch möglich, dass Lucy die Begegnung nicht überlebt hätte, ganz gleich, wie vehement sie es abstreitet. Nur zwei Zufällen ist es zu verdanken, dass ich noch hier sitze, während Dawn Kincaid in der geschlossenen Forensikabteilung eines örtlichen Krankenhauses liegt. Ich glaube, sie hat nicht damit gerechnet, dass ich in die Garage gehe. Wahrscheinlich hat sie draußen vor dem offenen Fenster gelauert und darauf gewartet, dass ich Sock in den dunklen Garten führe. Dass ich zuerst in die Garage wollte, um etwas Vergessenes aus dem Auto zu holen, hat sie überrascht, und bis sie durch die Fensteröffnung geklettert war, hatte ich das Paket bereits geöffnet und die Schutzweste Kategorie 4A angezogen. Deshalb ist die Klinge an einer mit Nylon überzogenen keramischen Kevlar-Platte abgerutscht, als sie mir das Injektionsmesser in den Rücken stieß. Der heftige, durch den Aufprall verursachte Ruck hat ihre Finger die Klinge entlanggleiten lassen. Beim Auslösen des CO_2 hat sie sich drei Finger bis zum Knochen aufgeschlitzt und die Spitze des kleinen Fingers abgeschnitten, so dass ich von ihrem Blut bespritzt wurde.

Ich habe versucht, Lucy klarzumachen, dass sie, falls es Dawn gelungen wäre, sie zu überrumpeln, ohne Schutzweste vielleicht nicht so viel Glück gehabt hätte wie ich. Deshalb soll meine Nichte nicht ständig wiederholen, was für eine gottverdammte Schande es sei, dass sie gestern Nacht nicht hier war. Sie soll auch nicht behaupten, sie hätte die Sache schon geregelt, so als ob ich völlig hilflos gewesen wäre. Schließlich habe ich mich erfolgreich gewehrt, auch wenn viel Glück dabei war. Meiner Ansicht nach habe ich mich wacker geschlagen, und ich hoffe nur, dass es mir nun gelingen wird, eine viel wichtigere Sache zu bereinigen. Das Problem ist zwar nicht lebensbedrohlich, aber für mich von großer Bedeutung.

»Sie hat mir erzählt, sie habe viele Pfiffe und anzügliche Bemerkungen einstecken müssen«, sagt Mrs. Pieste am Telefon, als ich den Fall ihrer Tochter mit ihr bespreche. »Sie haben sie Burin genannt und gebrüllt, die Buren sollten abhauen. Wie Sie sicher wissen, ist das Afrikaans für Farmer, doch es wurde als Schimpfwort für alle weißen Südafrikaner benutzt. Ich habe dem Mann vom Pentagon gegenüber immer wieder beteuert, dass mich der Grund nicht interessiert. Es war mir ziemlich egal, ob es daran lag, dass Noonie und Joanne weiße Amerikanerinnen waren oder ob sie für Südafrikanerinnen gehalten wurden. Die Motive haben mich nicht gekümmert. Ich konnte es nur nicht fassen, als er mir beschrieben hat, wie sehr sie gelitten haben.«

»Erinnern Sie sich, wer der Mann vom Pentagon war?«, erkundige ich mich.

»Ein Anwalt.«

»Er war kein Colonel der Army?«, spreche ich meine Befürchtung laut aus.

»Irgendein junger Anwalt aus dem Pentagon, der dem Verteidigungsminister unterstellt war. Seinen Namen weiß ich nicht mehr.«

Dann war es nicht Briggs.

»Er hat einen richtiggehend totgeredet«, fügt Mrs. Pieste abfällig hinzu. »Mir war er jedenfalls unsympathisch. Allerdings hätte ich vermutlich niemanden sympathisch gefunden, der mir eine solche Nachricht überbringt.«

»Ich kann Sie nur damit trösten«, sage ich noch einmal, »dass Noonie und Joanne nicht so haben leiden müssen, wie man Ihnen weismachen wollte. Ich kann zwar nicht ausschließen, dass sie etwas gespürt haben, als sie erstickt wurden, aber wahrscheinlich eher nicht, denn man hatte sie davor unter Drogen gesetzt.«

»Aber das wäre doch bei den Untersuchungen sicher herausgekommen«, erwidert Mrs. Pieste. Sie hat den für Massachusetts typischen Akzent und kann kein r aussprechen. Mir war gar nicht bekannt, dass sie ursprünglich aus Andover stammt. Wie ich gerade erfahren habe, sind die Piestes erst nach dem Mord an Noonie nach New Hampshire gezogen.

»Mrs. Pieste, vermutlich ist Ihnen klar, dass die Untersuchungen nicht so durchgeführt wurden, wie es eigentlich angebracht gewesen wäre«, entgegne ich.

»Warum nicht?«

»Der Chefforensiker in Kapstadt …«

»Sie haben den Totenschein unterschrieben, Dr. Scarpetta. Und den Autopsiebericht. Ich habe die Kopien, die mir der Anwalt vom Pentagon geschickt hat.«

»Die Unterschrift ist nicht von mir.« Ich habe mich geweigert, Dokumente zu unterzeichnen, deren Inhalt nicht der Wahrheit entsprach. Doch allein die Tatsache, dass ich von der Lüge wusste, macht mich zur Mitschuldigen. »Mir liegen keine Kopien vor, auch wenn das für Sie vermutlich schwer zu glauben ist«, füge ich hinzu. »Man hat sie mir nie ausgehändigt. Ich habe nur meine eigenen Notizen und Aufzeichnungen, die ich vor meiner Abreise aus Südafrika per

Post in die USA geschickt habe. Ich habe nämlich befürchtet, dass man mein Gepäck durchsuchen würde, was auch prompt geschah.«

»Aber Sie haben die Papiere unterschrieben, die ich hier vor mir habe.«

»Ich schwöre, es ist nicht meine Unterschrift«, antworte ich ruhig, jedoch mit Nachdruck. »Wahrscheinlich haben gewisse Leute dafür gesorgt, dass meine Unterschrift auf diesen gefälschten Dokumenten steht, nur für den Fall, dass ich mich genau zu dem entschließen sollte, was ich gerade tue.«

»Für den Fall, dass Sie sich entschließen sollten, die Wahrheit zu sagen.«

Es ist nicht leicht, es in diesen schonungslosen Worten zu hören. Die Wahrheit. Eine Andeutung, dass mich meine jahrelange Heimlichtuerei zur Lügnerin macht.

»Es tut mir leid«, wiederhole ich. »Sie hatten schon damals, als Ihre Tochter und deren Freundin starben, ein Recht auf die Wahrheit.«

»Allerdings kann ich verstehen, warum Sie geschwiegen haben.« Inzwischen klingt Mrs. Pieste nicht mehr so aufgebracht. Sie wirkt eher neugierig und erleichtert, über etwas sprechen zu können, was den Großteil ihres Lebens beherrscht hat. »Menschen, die zu so etwas in der Lage sind, ist alles zuzutrauen. Sie kennen keine Grenzen. Andere hätten zu Schaden kommen können. Sie auch.«

»Ich hätte nicht gewollt, dass jemand zu Schaden kommt«, erwidere ich. Es macht mir zu schaffen, dass sie meinen könnte, ich hätte aus Angst um meine eigene Sicherheit den Mund gehalten. In dieser Zeit habe ich mich vor vielen Dingen und Menschen gefürchtet, die ich nicht sehen konnte. Ich wollte weitere Todesopfer und Falschbezichtigungen verhindern.

»Hoffentlich ist Ihnen klar, dass man beim Lesen des Autopsieberichts glaubt, Ihre Untersuchungsergebnisse vor sich zu haben, nicht dass ich die vielen medizinischen Fachbegriffe alle verstanden hätte«, fährt Mrs. Pieste fort.

»Es sind nicht meine, und sie sind falsch. Das Gewebe hat nicht reagiert. Die Verletzungen wurden den Opfern erst viele Stunden nach ihrem Tod zugefügt, Mrs. Pieste. Was Noonie und Joanne zugestoßen ist, geschah, als sie schon längst nicht mehr lebten.«

»Was macht Sie so sicher, dass man den beiden Drogen verabreicht hat, wenn Sie sie nicht darauf untersucht haben?«, hakt sie nach. Ich höre, dass ein zweiter Telefonhörer abgehoben wird.

»Hier spricht Edward Pieste«, meldet sich eine Männerstimme. »Ich höre mit. Ich bin Noonies Vater.«

»Herzliches Beileid.« Es klingt abgedroschen und oberflächlich. »Ich wünschte, ich wüsste, was ich Ihnen beiden sagen soll. Ich bedaure, dass man Sie belogen hat und dass ich es zugelassen habe, obwohl ich mich nicht rechtfertigen möchte …«

»Wir verstehen, warum Sie damals schweigen mussten«, entgegnet der Vater. »Die politische Stimmung in jener Zeit und unsere Regierung, die heimlich mit dem Apartheidregime unter einer Decke steckte. Davon handelte ja Noonies Dokumentarfilm. Da man dem Filmteam die Einreise nach Südafrika verweigert hat, mussten sich die Mitglieder einzeln als Touristen ins Land schmuggeln. Es war ein großes, schmutziges Geheimnis, was unsere Regierung alles unternommen hat, um die Menschenrechtsverletzungen dort weiter möglich zu machen.«

»So geheim war es nun auch wieder nicht, Eddie«, wendet Mrs. Pieste ein.

»Nun, im Weißen Haus hat man getan, als wüsste man von nichts.«

»Sicher hat man Ihnen von dem Dokumentarfilm erzählt,

den Noonie drehen wollte. Sie hatte noch so viel vor«, fährt Mrs. Pieste fort, während ich ein Foto ihrer Tochter betrachte, das die Piestes nie zu Gesicht bekommen dürfen.

»Über die Kinder der Apartheid«, antworte ich. »Ich habe ihn mir angeschaut, als er hier ausgestrahlt wurde.«

»Die Schrecken der Ideologie von der Überlegenheit der weißen Rasse«, sagt sie. »Überhaupt von jeglicher Form von Rassismus.«

»Ich habe den Anfang des Gesprächs versäumt«, meldet sich wieder Mr. Pieste zu Wort. »Habe draußen die Einfahrt freigeschippt.«

»Er hört einfach nicht auf mich«, fügt seine Frau hinzu. »Ein Mann in seinem Alter schippt Schnee. Aber er hat nun mal seinen Dickkopf.« Bei ihr klingt das gleichzeitig resigniert und liebevoll. »Dr. Scarpetta hat mir mitgeteilt, Noonie und Joanne seien unter Drogen gesetzt worden.«

»Wirklich? Wie interessant.« Seine Stimme hört sich kraftlos an.

»Ich bin einige Tage nach ihrem Tod in ihrer Wohnung gewesen und habe eine zweite Begehung durchgeführt. Natürlich war das Verbrechen inszeniert. Der Tatort wurde präpariert«, erkläre ich. »Im Mülleimer in der Küche lagen Bierdosen, Plastikbecher und eine Flasche Weißwein aus Stellenbosch. Es ist mir gelungen, die Dosen, die Flasche und die Becher in die Staaten zu schicken und sie dort testen zu lassen. Wir haben hohe Dosen von GHB in der Weinflasche und in zweien der Becher festgestellt. Gammahydroxybutylsäure, eine Droge, die häufig verwendet wird, um Frauen willenlos zu machen und sie dann zu vergewaltigen.«

»Von Vergewaltigung war die Rede«, erwidert Mr. Pieste in demselben matten Ton.

»Ich bin nicht sicher, ob sie vergewaltigt wurden. Es gab keine körperlichen Hinweise darauf. Keine Verletzungen, bis auf die, die den Opfern nach dem Tod zugefügt wurden. Ich habe auch Abstriche genommen und auf eigene Kosten in den USA untersuchen lassen. Es wurde kein Sperma gefunden«, entgegne ich. Als ich die Fotos der nackten, an Stühle gefesselten Leichen betrachte, ist es für mich eindeutig, dass die Frauen nicht im Sitzen ermordet wurden. Die Totenflecken auf den Nahaufnahmen zeigen ganz klar, dass sie nach ihrem Tod mindestens zwölf Stunden lang in einem Bett auf zerknitterten Laken gelegen haben.

Ich studiere die mit meiner eigenen Kamera aufgenommenen Fotos. Die Schnittverletzungen bluten kaum, die Fesseln haben fast keine Spuren auf der Haut hinterlassen. Offenbar fehlte den Ungeheuern, die hinter dieser Tat stecken, das nötige Wissen. Es handelte sich vermutlich um Auftragskiller oder Mitarbeiter von Regierung oder Militär, die Anweisung hatten, eine Flasche einheimischen Weins mit Drogen zu versetzen und ein Glas mit den Frauen zu trinken. Wahrscheinlich war es ein Freund oder jemand, den die beiden dafür hielten, ein Mensch, den sie als sympathisch und ungefährlich einstuften, obwohl genau das Gegenteil zutraf. Ich berichte den Piestes, die serologischen Untersuchungen, die ich nach meiner Rückkehr veranlasst hätte, hätten auf die Anwesenheit eines Mannes hingedeutet. Spätere DNA-Tests hätten ergeben, dass es ein Europäer beziehungsweise ein Weißer gewesen sein müsse, der weiterhin unbekannt sei. Ich sei nicht sicher, ob es das DNA-Profil des Mörders wäre, nur dass diese Person in der Wohnung ein Bier getrunken habe, füge ich hinzu.

Ich schildere den Piestes, so gut ich es rekonstruieren kann, was sich meiner Ansicht nach zugetragen hat, nachdem Noonie und Joanne betäubt worden waren. Der Täter hat sie in benommenem oder bewusstlosem Zustand ins Bett gelegt und sie mit einem Kissen erstickt. Das schließe ich, wie ich erkläre, aus den stecknadelkopfgroßen Einblutungen und anderen Verletzungen. Anschließend hat die Person aus unbekannten Gründen die Wohnung verlassen. Vielleicht wollte der Mann später in Begleitung seiner Komplizen zurückkommen. Es könnte auch sein, dass er in der Wohnung auf seine Mittäter gewartet hat. Das weiß ich nicht. Doch als die Frauen gefesselt, mit dem Messer attackiert und grausam verstümmelt wurden, waren sie bereits seit einer Weile tot, was mir schon auf den ersten Blick aufgefallen ist.

»Wir haben hier bei uns schon zwölf Zentimeter Schnee«, sagt Mr. Pieste nach einer Weile, als hätte er genug gehört. »Und drunter ist Eis. Hatten Sie in Cambridge auch Eis?«

»Wahrscheinlich sollten wir uns irgendwo beschweren«, meint Mrs. Pieste. »Spielt es eine Rolle, wie viel Zeit seitdem vergangen ist?«

»Bei der Wahrheit spielt es nie eine Rolle«, entgegne ich. »Außerdem verjährt Mord nicht.«

»Ich hoffe nur, dass sie keinen Unschuldigen eingesperrt haben«, fügt Mrs. Pieste hinzu.

»Die Fälle gelten als ungelöst. Man gab an, dass es Mitglieder einer schwarzen Bande waren, aber es wurde niemand festgenommen«, antworte ich.

»Und es war sicher ein Weißer«, erwidert sie.

»Ein Weißer, der in der Wohnung Bier getrunken hat. So viel kann ich mit Bestimmtheit sagen.«

»Wissen Sie, wer es war?«, erkundigt sie sich.

»Wir wollen, dass der Täter bestraft wird«, ergänzt ihr Mann.

»Ich kann mir nur einen Typ Mensch vorstellen, der für so etwas in Frage kommt, nämlich einen Feigling, dem es nur um Macht und politische Intrigen geht. Tun Sie das, was Ihr Gefühl Ihnen rät.«

»Eddie, was meinst du?«

»Ich schreibe an Senator Chappel.«

»Das nützt doch sowieso nichts.«

»Dann an Obama, Hillary Clinton, Joe Biden. Ich schreibe an alle«, beharrt er.

»Wird jemand so viele Jahre später etwas unternehmen?«, sagt Mrs. Pieste zu ihrem Mann. »Ich bin nicht sicher, ob ich das noch einmal durchstehe, Eddie.«

»Nun, ich muss wieder die Einfahrt freischippen«, verkündet er. »Sonst ersticken wir hier noch im Schnee. Danke, dass Sie sich die Zeit genommen und die Mühe gemacht haben, Ma'am«, wendet er sich an mich. »Und dafür, dass Sie sich überhaupt bei uns gemeldet haben, um uns alles zu erzählen. Ich weiß, dass das sicher nicht leicht für Sie war, und ich bin sicher, meine Tochter hätte es zu schätzen gewusst, wenn sie es Ihnen noch selbst sagen könnte.«

Nach dem Telefonat sitze ich eine Zeitlang auf dem Bett. Die Unterlagen und Fotos befinden sich wieder in dem grauen Ziehharmonikaordner, in dem sie die letzten zwei Jahrzehnte gelegen haben. Ich beschließe, den Ordner im Safe im Keller zu verstauen. Aber nicht jetzt. Denn ich fühle mich im Moment nicht danach, in den Keller und zum Safe zu gehen. Außerdem glaube ich, dass gerade jemand in unsere Auffahrt eingebogen ist. Ich höre das Knirschen von Schnee und bin nicht in der Stimmung, nachzuschauen, wer es ist. Also werde ich noch eine Weile hier oben bleiben. Vielleicht schreibe ich ja eine Einkaufsliste, überlege mir, was noch alles zu erledigen ist, oder streichle einfach nur Sock.

»Ich kann jetzt nicht mit dir spazieren gehen«, meine ich zu ihm.

Er hat sich neben mir zusammengerollt. Sein Kopf ruht auf meinem Oberschenkel. Das traurige Gespräch, dessen Zeuge er soeben geworden ist, berührt ihn nicht, denn er ahnt nicht, was es über die Welt aussagt, in der er lebt. Andererseits hat er

Bekanntschaft mit Grausamkeit gemacht, vielleicht mehr als die meisten von uns.

»Keine Spaziergänge ohne Mantel«, fahre ich fort und streichle ihn. Er gähnt und leckt mir die Hand. Ich höre ein Piepsen, als die Alarmanlage deaktiviert wird. »Ich glaube, wir werden es mit Hundeschuhen versuchen«, teile ich Sock mit, während Marinos und Bentons Stimmen von der Tür zu mir heraufwehen. »Wahrscheinlich wirst du die kleinen Schuhe nicht mögen, die eigens für Hunde hergestellt werden, und wirst ziemlich böse auf mich sein. Doch ich verspreche dir, dass sie gut für dich sind. So, und jetzt kriegen wir Besuch.« Ich erkenne Marinos schwere Schritte auf der Treppe. »Du bist ihm gestern schon in dem großen Transporter begegnet. Der große Mann in Gelb, der mir meistens auf die Nerven fällt. Aber nur damit du es weißt, du brauchst dich nicht vor ihm zu fürchten. Er ist kein schlechter Mensch, und wie du sicher schon bemerkt hast, neigen alte Bekannte dazu, härter miteinander umzugehen, als sie es mit Fremden täten.«

»Jemand zu Hause?« Marinos dröhnende Stimme erreicht vor ihm das Schlafzimmer, als er den Türknauf umdreht, klopft und die Tür öffnet. »Benton sagt, du bist anständig angezogen. Mit wem hast du geredet? Telefonierst du?«

»Dann ist er offenbar unter die Hellseher gegangen.« Ich sitze im Bett und habe unter der Decke nur meinen Pyjama an. »Ich telefoniere nicht und habe auch mit niemandem geredet.«

»Wie geht es Sock? Na, wie fühlst du dich, alter Junge?« Bevor ich antworten kann, fügt er hinzu: »Warum riecht er denn so komisch? Womit hast du ihn denn eingeschmiert? Einem Flohmittel? Um diese Jahreszeit? Du siehst wieder ganz in Ordnung aus. Wie geht es dir?«

»Ich habe seine Ohren gereinigt.«

»Und wie geht es dir, Doc?«

Marino ragt vor mir auf. Er wirkt noch gewaltiger als sonst, weil er einen dicken Parka, eine Baseballkappe und Wanderstiefel trägt, während ich nur einen Pyjama anhabe und mich diskret unter Decke und Federbett tarne. In der Hand hält er einen kleinen schwarzen Kasten, den ich als Lucys iPad erkenne – außer er hat sich selbst eines zugelegt, was ich bezweifle.

»Ich habe nichts abgekriegt. Ich bin unverletzt. Heute Morgen bin ich nur hier oben geblieben, um einige Dinge zu erledigen«, erkläre ich ihm. »Ich nehme an, Dawn Kincaid ist auf dem Weg der Besserung. Die letzte Information war, dass ihr Zustand stabil ist.«

»Stabil? Das soll wohl ein Scherz sein.«

»Ich meinte körperlich stabil. Der wieder angenähte Finger und die tiefen Schnittverletzungen an den anderen dreien. Vermutlich war die Kälte in der Garage ein Glück für sie. Und natürlich, dass wir daran gedacht haben, die Hand und den abgetrennten Finger in Eis zu packen. Hoffentlich hat das etwas genutzt. Weißt du Näheres? Ich habe seit ihrer Einlieferung ins Krankenhaus gestern Nacht nichts mehr gehört.«

»Das ist doch wohl nicht dein Ernst, oder?« Marino fixiert mich mit Augen, die noch genauso blutunterlaufen sind wie gestern in Salem.

»Doch, ist es. Niemand sagt mir etwas. Benton hat mir vorhin versprochen, sich zu erkundigen, aber ich denke, er hat es nicht getan.«

»Er hat den ganzen Vormittag mit uns telefoniert.«

»Könntest du vielleicht so gut sein, im Krankenhaus anzurufen und nachzufragen?«

»Als ob es mich einen Scheißdreck interessieren würde, ob sie einen oder alle verdammten Finger verliert«, entgegnet Marino. »Warum kümmert es dich? Hast du Angst, dass sie dich verklagt? Das muss es sein. Wäre das nicht eine Nummer?

Bestimmt macht sie das. Sie zerrt dich vors Gericht, weil sie ihre Hand nicht mehr dazu benutzen kann, Nanoroboter zusammenzubasteln. Voll durchgeknallt. Wahrscheinlich sind Psychopathen im Vergleich zu anderen Geisteskranken stabil. Kann man gleichzeitig ein Psychopath sein und trotzdem im Alltag gut genug funktionieren, um in einem Laden wie Otwahl zu arbeiten? Der Prozess gegen sie wird ein Riesenproblem. Und kannst du dir vorstellen, was passiert, wenn sie freikommt?«

»Warum sollte sie freikommen?«

»Ich wiederhole nur: Der Prozess wird ein Problem. Und sollte sie wirklich freigesprochen werden, schwebst du in Gefahr. Und wir anderen auch.«

Als er sich unaufgefordert am Fußende des Bettes niederlässt, sackt das Möbel ein. Ich fühle mich, als würde ich plötzlich an einem Berghang sitzen. Marino streichelt Sock und teilt mir mit, das FBI habe die »Bruchbude« gefunden, die Dawn Kincaid gemietet hat, ein Einzimmerapartment in Revere am Stadtrand von Boston. Dort hat sie übernachtet, wenn sie sich nicht gerade bei Eli Goldman, ihrem leiblichen Vater Jack Fielding oder bei anderen Menschen aufgehalten hat, die sich in ihrem Spinnennetz verfangen haben. Marino nimmt das iPad aus der Hülle und erklärt mir, er, Lucy und eine beträchtliche Anzahl von Spurensicherungsexperten hätten besagte Bruchbude stundenlang durchsucht und Dawns Computer und ihre gesamte Habe unter die Lupe genommen – einschließlich der Dinge, die sie gestohlen hat.

»Was ist mit ihrer Mutter?«, frage ich. »Hat jemand mit ihr gesprochen?«

»Dawn hat schon seit einigen Jahren Kontakt mit ihrer Mutter und sie hin und wieder im Gefängnis in Georgia besucht. Im Lauf der Zeit hat sie immer wieder mal Verbindung mit ihr und Fielding aufgenommen. Sie hat sich gemeldet, wenn sie etwas wollte, ein absolut manipulativer Mensch, der andere Leute nur benutzt.«

»Weiß die Mutter, was hier passiert ist?«

»Warum interessierst du dich für die Gefühle einer gottverdammten Kinderschänderin?«

»Ihre Beziehung zu Jack war nicht so einfach. Es lässt sich nicht so leicht erklären, wie du es gerade elegant in Worte gekleidet hast. Ich fände es schrecklich, wenn sie es aus den Nachrichten erfährt.«

»Scheißegal.«

»So etwas wünsche ich niemandem«, beharre ich. »Ganz gleich, wer er auch sein mag. Ihre Beziehung zu ihm war nicht so einfach«, wiederhole ich. »Das sind solche Beziehungen nämlich nie.«

»Für mich ist die Sache klar wie Kloßbrühe. Schwarz und weiß.«

»Ich will nicht, dass sie es in den Nachrichten hört«, wiederhole ich und bemerke, dass ich dabei bin, mich in etwas zu verrennen. »So etwas macht mich traurig. Es ist grausam, wenn jemand auf diesem Weg eine schlechte Nachricht erhält. Das beschäftigt mich.«

»Eine Kleptomanin«, verkündet Marino, denn ihn kümmern nur der Fall und das, was die Spurensicherungsexperten in Dawn Kincaids Wohnung entdeckt haben.

Um Marino zu zitieren, ist Dawn Kincaid offenbar eine Kleptomanin, wie sie im Buche steht. Er berichtet, sie habe bei allen möglichen Leuten Souvenirs mitgehen lassen, auch Dinge, deren Eigentümer wir noch gar nicht kennen. Allerdings haben die Ermittler einige Schmuckstücke und seltene Münzen aus dem Haus der Donahues sichergestellt, ebenso wie ein paar wertvolle signierte Notenmanuskripte, deren Fehlen in der Familienbibliothek Mrs. Donahue noch gar nicht bemerkt hat.

In einer abgeschlossenen Truhe in Dawns Wandschrank befinden sich außerdem Waffen, die vermutlich aus Fieldings Sammlung stammen, und sein Ehering. In derselben Truhe steht auch eine Sporttasche, die ein schwarzes Satinband, einen weißen Kampfsportanzug, Trainingsutensilien, einen Sandwichbeutel voll rostiger, L-förmiger Parkettnägel und ein Paar Taekwondo-Schuhe für Jungen, Marke Adidas, enthält. Wahrscheinlich hat Mark Bishop sie getragen, als er am späten Nachmittag des Tages, an dem er ermordet wurde, im Garten Tritte geübt hat. Allerdings besteht keine Gewissheit darüber, wie Dawn den Jungen dazu überredet hat, sich bäuchlings auf den Boden zu legen und bei einem grausigen Spiel mitzumachen, das daraus bestand, »so zu tun«, als schlüge sie ihm Nägel in den Kopf. Oder den ersten Nagel, um genau zu sein.

»Er ist wahrscheinlich genau hier eingedrungen«, mutmaßt Marino und deutet auf die Stelle zwischen Nacken und Schädelansatz. »Daran wäre er sofort gestorben, richtig?«

»Wenn du es unbedingt so ausdrücken willst«, erwidere ich.

»Vielleicht hat sie Fielding ja manchmal beim Kindertraining geholfen«, fabuliert er weiter. »Deshalb kennt sie der Junge und bewundert sie. Sie ist ja auch wirklich attraktiv. Ich an ihrer Stelle hätte dem Jungen gesagt, ich wolle ihm einen neuen Trick beibringen. Dazu müsse er sich auf den Bauch legen. Und natürlich tut so ein Kind, was ein Lehrer oder Trainer von ihm verlangt. Er legt sich also hin, es ist fast dunkel draußen, und *bumm*, ist es vorbei.«

»So ein Mensch darf nie wieder auf freien Fuß kommen«, erwidere ich. »Sie wird weitere und noch grausigere Verbrechen begehen, falls das überhaupt möglich ist.«

»Sie streitet alles ab, schweigt und beharrt darauf, Fielding habe alle Morde auf dem Gewissen. Sie sei natürlich völlig unschuldig.«

»Er war es aber nicht.«

»Ganz deiner Ansicht.«

»Sie wird Probleme haben, zu erklären, was ihr in ihrer Wohnung gefunden habt«, wende ich ein, während ich weiter Fotos durchschaue. Offenbar hat Marino Hunderte gemacht.

»Sie ist attraktiv, charmant und hochintelligent. Und Fielding ist tot.«

»Erdrückende Beweislast.« Das habe ich beim Durchsehen der Fotos auf dem iPad bereits einige Male gesagt. »Die Staatsanwaltschaft wird Luftsprünge machen. Ich verstehe nicht, was du an dem Fall problematisch findest.«

»Glaub mir. Die Verteidigung wird alles auf Fielding schieben. Und diese durchgeknallte Schlampe nimmt sich garantiert ein tolles Team hochkarätiger Anwälte, die den Geschworenen Fielding als Täter verkaufen werden.« Als Marino sich zu mir vorbeugt, ändert sich das Gefälle des Bettes. Sock schnarcht friedlich vor sich hin, ohne sich für seine ehemalige Besitzerin oder ihre Bruchbude zu interessieren, in der auch ein Hundebett steht. Marino zeigt es mir.

Er lehnt sich weiter zu mir hinüber, klickt einige Fotos an, die das karierte Hundebett und einige Spielzeuge darstellen, und fordert mich auf, sie näher zu betrachten. So eingezwängt zwischen ihn und Sock, fühle ich mich beengt.

»Ich dachte, ich führe sie dir am besten selbst vor, weil ich sie schließlich geknipst habe«, sagt Marino.

»Danke, ich komme schon damit zurecht. Das mit den Fotos hast du übrigens gut gemacht.«

»Der springende Punkt ist, dass der Hund offenbar dort geschlafen hat.« Das heißt, Sock hat in Dawn Kincaids Bruchbude gelebt. »Außerdem auch bei Eli und Fielding«, fügt er hinzu. »Man muss ihr zugutehalten, dass sie den Hund offenbar gerngehabt hat.«

»Sie hat ihn allein in Jacks unbeheiztem Haus zurückgelassen.« Ich klicke mich durch Fotos, wie sie belastender nicht sein können.

»Ihr ist alles scheißegal, was ihr gerade nicht in den Kram passt. Dann entsorgt sie es einfach auf die eine oder andere Weise. Also hat sie sich um den Hund gekümmert, solange sie Lust dazu hatte.«

»Das klingt wahrscheinlicher«, stimme ich zu.

Ich betrachte Fotos von einem ungemachten Doppelbett und andere von einem absolut zugemüllten, winzigen Schlafzimmer. Offenbar ist Dawn Kincaid ein Messie.

»Sie hatte auch noch einen anderen Grund, Sock nicht mitzunehmen«, fährt Marino fort. »Indem sie den Hund bei Fielding ließ, hat sie uns auf eine falsche Fährte gelockt und uns weisgemacht, dass er die anderen und anschließend sich selbst umgebracht hat. Der Hund ist da. Seine rote Leine ist da. Das Boot, mit dem vermutlich Wally Jamisons Leiche beseitigt wurde, ist da. Und Wallys Kleider und die Mordwaffe liegen in Fieldings Keller. Der Navigator mit dem fehlenden vorderen Kennzeichen ist ebenfalls vor Ort. Du solltest denken, dass es Fielding war, der dir und Benton von Hanscom aus gefolgt ist. Dass er dich beobachtet, beschattet, dich einschüchtern will, dich ausspioniert und vielleicht sogar plant, dich auch zu ermorden.«

»Als wir verfolgt wurden, war er bereits tot. Ich kann den Todeszeitpunkt zwar nicht genau festlegen, schätze jedoch, dass er am Montagnachmittag gestorben ist. Vermutlich wurde er umgebracht, kurz nachdem er die Glock aus dem Labor im CFC gestohlen hatte und in Salem angekommen war. Die Person im Navigator, die uns Montagnacht nachgefahren ist, war Dawn. Sie ist uns fast in den Kofferraum gekrochen, damit wir auch ganz sicher bemerkten, dass wir verfolgt werden, und ist dann plötzlich verschwunden. Vermutlich hat sie sich auf dem Parkplatz von Otwahl versteckt.

Wir sollten glauben, dass es Jack war, obwohl sie ihn in Wahrheit bereits mit einer Pistole erschossen hatte, und zwar mit der, die sie ihrem Freund Eli gegeben hat, bevor sie ihn ebenfalls beseitigte. Aber du hast recht. Aller Wahrscheinlichkeit nach wollte sie es so einrichten, dass die Schuld an Jack hängenbleibt, weil er nicht mehr in der Lage ist, sich zu verteidigen. Sie hat Jack als Sündenbock missbraucht und es so aussehen lassen, als hätte er Johnny Donahue ein Verbrechen unterschieben wollen. Gruselig.«

»Das müssen die Geschworenen dir erst mal abkaufen.«

»Das ist, unabhängig vom Fall, immer eine Herausforderung.«

»Gar nicht gut, dass der Hund in Fieldings Haus war«, beharrt Marino. »Denn das stellt eine Verbindung zwischen Fielding und dem Mord an Eli her. Verdammt, schließlich haben wir es auf Video, dass Eli den Hund ausgeführt hat, als er umgelegt wurde.«

»Der Mikrochip«, erinnere ich ihn. »Der lässt sich zu Dawn zurückverfolgen, nicht zu Jack.«

»Hat nichts zu bedeuten. Er tötet Eli und schnappt sich den Hund. Der Hund hat Fielding ja sicher gekannt, oder?«, erwidert Marino, als läge Sock nicht nur wenige Zentimeter entfernt von ihm da und schliefe, den Kopf auf mein Bein gestützt. »Schließlich hat Dawn öfter in Salem übernachtet und den Hund mitgebracht. Also tötet Fielding Eli und spaziert mit dem Hund davon. Das will Dawn uns zumindest weismachen.«

»So war es aber nicht. Jack hat niemanden getötet.«

Die Fotos führen mir vor Augen, dass in Dawns Wohnung die gleiche Tristesse und Unordnung herrscht wie in Fieldings Haus in Salem. Überall Durcheinander und Kartons. Berge von verstreut herumliegenden Kleidern. Geschirrstapel in der Spüle. Überquellende Mülleimer. Stöße von Zeitungen, Computerausdrucken und Zeitschriften. Auf dem Esszimmertisch eine beträchtliche Anzahl von Gegenständen, die die Polizei beschriftet und dort aufgereiht hat. Darunter eine mit GPS ausgestattete Sportuhr, das gleiche Modell, das ich Fielding vor einigen Jahren zum Geburtstag geschenkt habe, und ein Sektionsbesteck aus dem Bürgerkrieg in einer Rosenholzschatulle, ebenfalls ein Geschenk von mir aus unserer Zeit in Richmond.

Außerdem entdecke ich die Nahaufnahme eines Paars schwarze Handschuhe, einer davon mit einem kleinen schwarzen Kästchen am Handgelenk. Laut Marino sind es Datenhandschuhe mit eingebauten Geschwindigkeitsmessern, sechsunddreißig Sensoren sowie einem sehr schwach sendenden Transmitter und einem Empfänger. Allerdings brauche ich wegen Marinos wirren Beschreibungen eine Weile, um ihm diese Information zu entlocken. Die Handschuhe wurden von Briggs und Lucy bereits am Fundort eingehend untersucht und sind eindeutig dazu bestimmt, einen Roboter durch Handbewegungen zu steuern – genauer gesagt, den Flybot, den Eli bei sich hatte, als er ermordet wurde. Und zwar von derselben Frau, die ihm den gestohlenen Siegelring geschenkt hat, den er bei seiner Einlieferung ins CFC am Finger trug.

»Dann war der Flybot in ihrer Wohnung«, mutmaße ich.

Er führt mir eine Nahaufnahme des Flybot vor. Ein schimmernder Gegenstand aus Drähten auf Dawn Kincaids Esstisch. Das Hightech-Gerät könnte genauso gut ein silberner Ohrring sein, schießt es mir durch den Kopf. Lucy glaubt, dass der Flybot während der Wiederbelebungsmaßnahmen durch die Sanitäter jemandem unter die Füße geraten ist. Dawn hat ihn gefunden, als sie später nach Norton's Woods zurückkehrte. Vermutlich trug sie denselben langen schwarzen Wollmantel, den sie auch in meiner Garage anhatte, einen Mantel, der meiner Ansicht nach Fielding gehört hat. Ein Zeuge gibt an, einen jungen Mann oder eine Frau – er sei sich nicht sicher – in einem langen schwarzen Mantel beobachtet zu haben. Die Person sei mit einer Taschenlampe durch Norton's Woods gestreift, und zwar einige Stunden nach Eli Goldmans Tod. Die Person sei allein gewesen, und der Zeuge fand es seltsam, dass sie keinen Hund spazieren führte und offenbar irgendetwas suchte.

»Sie ist also zurückgekommen, als sie es für ungefährlich hielt. Und der Flybot hat auf die Signale der Datenhandschuhe reagiert, obwohl er schwer beschädigt war?« Ich schalte das iPad ab und reiche es Marino.

»Vermutlich hat sie ihn einfach auf dem Boden liegen sehen. Er könnte im Lichtkegel der Taschenlampe aufgeblitzt haben, und dadurch hat sie ihn gefunden.«

»Wissen wir, wozu es eingesetzt wurde?«

Marino zuckt die Achseln. »Das ist nicht mein Fachgebiet. Habe kaum die Hälfte von dem verstanden, worüber Lucy und der General geredet haben. Aber dieses Ding scheint über Fähigkeiten zu verfügen, die einem wirklich Sorgen bereiten können. Das Verteidigungsministerium plant, Otwahl zu überprüfen, um festzustellen, was zum Teufel die dort treiben.«

»Was meinst du dazu?«

Marino verstaut das iPad wieder in seiner Hülle. »Ich befürchte, da könnte ein Forschungsprojekt laufen, über das die Regierung bestens informiert ist, was aber sonst niemand mitkriegen soll. Und dann schlagen ein paar Jugendliche über die Stränge, und die Kacke ist am Dampfen. Ich denke, dir ist klar, worauf ich hinauswill. Wann kommst du wieder ins Büro?«

»Heute vermutlich nicht mehr«, erwidere ich.

»Wir ersticken in Arbeit«, antwortet er.

»Herzlichen Dank für den Hinweis.«

»Ruf mich an, wenn du etwas brauchst.«

»Mach ich. Und danke, dass du vorbeigekommen bist.«

Ich warte ab, bis seine schweren Schritte die Eingangstür erreichen. »Komm, lass uns aufstehen«, sage ich zu Sock. Der Hund schlägt die Augen auf und betrachtet mich gähnend. »Du bist ein richtiger Faulpelz, weißt du das? Bist du sicher, dass du je ein Rennen gewonnen oder überhaupt an einem teilgenommen hast?«

Ich schiebe seinen Kopf weg, setze die Füße auf den Boden und denke, dass es in der Nähe sicher eine Tierhandlung gibt, die alles führt, was ein magerer, träger alter Greyhound bei diesem Wetter braucht.

»Wir gehen gleich ein wenig spazieren. Aber zuerst schauen wir, was Agent Wesley macht. Sicher sitzt er wieder im Arbeitszimmer und telefoniert, wollen wir wetten? Und danach koche ich leckere Nudeln, selbstgemachte Pappardelle mit einer kräftigen Sauce Bolognese aus Kalbshack mit Rotwein, Knoblauch und vielen Pilzen.«

Anmerkung der Autorin

Dieses Buch ist zwar ein fiktionales Werk, allerdings kein Science-Fiction-Roman. Die hier beschriebenen medizinischen und forensischen Methoden und auch die Waffen gibt es bereits, während Sie diese Zeilen lesen. Einiges von dem, wovon Sie erfahren haben, ist ausgesprochen beunruhigend. Und es könnte tatsächlich eintreten.

Auch die verschiedenen erwähnten Institutionen, einschließlich der folgenden, existieren wirklich und sind derzeit aktiv:

Das Rechtsmedizinische Institut Port Mortuary auf der Dover Air Force Base
Das Rechtsmedizinische Institut der Streitkräfte (Armed Forces Medical Examiner, AFME)
Das DNA-Identifizierungslabor der Streitkräfte (Armed Forces DNA Identification Laboratory, AFDIL)
Das Pathologische Institut der Streitkräfte (Armed Forces Institute of Pathology, AFIP)
Das Verteidigungsministerium (Department of Defense, DoD)
Das Institut für Neuentwicklungen in der Rüstungsforschung (Defense Advanced Research Projects Agency, DARPA)
Das Royal United Services Institute (RUSI)
Das Beobachtungssystem für ferngesteuerte Waffensysteme (Special Weapons Observation Remote Direct-Action System, SWORDS)

Obwohl durchaus im Bereich des Möglichen liegend, sind das Forensische Zentrum in Cambridge (CFC), Otwahl Technologies und der Leichenbergungsroboter MORT ebenso freie Erfindungen der Autorin wie sämtliche Romanfiguren und die Handlung selbst.

Ich danke …

… allen engagierten Männern und Frauen am Rechtsmedizinischen und Pathologischen Institut der Streitkräfte, die im Lauf meines Berufslebens so freundlich waren, ihr Wissen und ihre hochspezialisierten Fachkenntnisse mit mir zu teilen; ich bin beeindruckt von ihrer Disziplin, Unbestechlichkeit und Freundschaft. Besonders danke ich Navy Captain Craig Mallak, Chief Medical Examiner am AFME, und Paul Stone, Presseoffizier beim AFIP.

Wie immer stehe ich tief in der Schuld von Dr. Staci Gruber, Leiterin der Abteilung für anatomische und funktionale Bildgebung des Nervensystems, McLean Hospital, und Assistenzprofessorin an der Harvard Medical School, Lehrstuhl für Psychiatrie.

Und natürlich danke ich Dr. Marcella Fierro, ehemals Chief Medical Examiner von Virginia, und Dr. Jamie Downs vom Rechtsmedizinischen Institut Savannah, Georgia, für ihre Beratung im Fachbereich Forensik.